大鱼
有爱的青春陪伴者

献给猫猫的蓝玫瑰

Rose

上册

吞鱼 著

江苏凤凰文艺出版社
JIANGSU PHOENIX LITERATURE AND ART PUBLISHING

图书在版编目（CIP）数据

献给猫猫的蓝玫瑰 : 全2册 / 吞鱼著. -- 南京 : 江苏凤凰文艺出版社, 2025. 3. -- ISBN 978-7-5594-9365-1

Ⅰ. I247.5

中国国家版本馆CIP数据核字第20259ES662号

献给猫猫的蓝玫瑰：全2册

吞鱼 著

责任编辑　王昕宁
特约编辑　欧雅婷
出版发行　江苏凤凰文艺出版社
　　　　　南京市中央路165号，邮编：210009
网　　址　http://www.jswenyi.com
印　　刷　天津睿和印艺科技有限公司
开　　本　880mm × 1230mm　1/32
印　　张　18
字　　数　599千字
版　　次　2025年3月第1版
印　　次　2025年3月第1次印刷
书　　号　ISBN 978-7-5594-9365-1
定　　价　65.80元（全2册）

·上册目录·

·下册目录·

第一章 //
猛虎下山

南岛市，海角疗养院。

监控室里，屏幕上正在播放一段视频。

灰蒙暗淡的天色让视频画面显得十分模糊，阴沉沉的海浪正拍打着海岸，仿佛有什么怪物即将撕碎黑夜，爬上岸来。

一艘巨型探测船正在缓慢地靠岸。

监控里，船头的士兵们突然间停止了交谈，仿佛看见了什么让人惊恐的存在，只听见两句混乱的惊呼：

“回舱！

“回船舱！”

然而还是太慢了，下一秒整艘探测船就剧烈地颠簸了起来，紧接着，就仿佛被海底什么恐怖的怪物拦腰折断，船只轰然倒塌。

视频里，只剩下了尖锐的呼喊声：

“呼叫救援！呼叫救援！”

…………

这段视频已经被播放了二十几次，然而每一次都会给人带来巨大的震撼。

如果把视频截图不断地放大、放大，会在黑暗中看见：

在 1 分 20 秒的时候，一只苍白的手抓住了船舷。

在 1 分 32 秒的时候，有个模糊的影子。

那个所谓的海底怪物，仅仅是一个“人”。

就算是在3036年，如今人类已经拥有精神力、强大精神的情况下，以人类的想象力也还是很难想象得到，世界上有着可以徒手撕碎装甲船的存在。

这样的，还算是人吗？

监控室内，一片寂静。

终于，一个戴着眼镜的白大褂出声打破了沉默："他已经没有人性了。

"我们应该对他进行人道毁灭。"

他旁边的男人也不安道："禁区离市中心这么近，太危险了，我们不能留着001号！"

话音落下，对面的寸头黑军装alpha却冷笑了一声："你们嘴皮子一碰倒是简单，知道杀掉他是件多难的事吗？"

监控室内的硝烟味空前浓重。

自从半年前，海角疗养院禁区里的001号病人苏醒后，这种争吵已经持续了整整半个月。一开始，所有人都知道001号的身份神秘，只服从联邦的命令，并不抱怨什么。但是在发现一切超出预期，001号的危险性已经突破了许多人的想象后，层层加码的恐惧带来巨大的精神压力，分歧开始了。

一方认为要将001号人道毁灭，将危害性降到最小，更是不理解为何联邦要将这样危险的存在放在海角疗养院；一方则绝不松口，认为必须服从联邦的命令，却语焉不详，不肯说出001号的身份。

听着争吵声，头发花白的邱院长看向了窗外如注的暴雨。

他回忆起了十年前的一个雨夜。

十年前，邱院长的身份还只是"看门人"。

那时，邱院长刚刚从研究院被紧急调走，那也是他第一次见到001号。

当时的邱院长惊讶地发现，自己以后要看守的人，是联邦定海神针一般的人物，联邦的前任大首领祝延。

不过，大家一般称呼他为"元勋"。

元勋这个词其实是"首功"的意思，从遍布的污染区中，让联邦发展起来的"首功"。渐渐地，人们不再称呼他的名字，"元勋"成了祝延的代称。

至今，联邦大部分人都认为，这十年里元勋不过是隐退幕后，在某个基地休养。

可是谁也想不到，十年前的那个雨夜，是元勋最后一次露面。

那个高大的男人一出现，就被无数武器对准。

邱院长在角落里，看见元勋很平静地脱下了自己的手套。手套下，苍青色的血管充满了恐怖的力量感。他的尖牙冒了出来，银色的短发在缓慢又诡异地生长，美丽的灰蓝色眼睛渐渐变得一片漆黑。而他的腰腹部，伴随着他的走动，开始出现流光溢彩的漂亮鳞片。

一个介于人和怪物之间、诡异又美丽的存在，仿佛只应该存在于古老神秘的传说中。

他平静地走进了那座巨大的铁笼子，下了最后一个命令："去海角监狱。"

十年前的那个雨夜里，一座神秘的巨大钢制笼子在整整五百人的特种部队的护送下，被直升机运送到了海角监狱。

谁也想象不出，那个"砰砰"作响，仿佛有什么可怕的野兽在里面挣扎的巨大笼子里，关着的是一个怎样的存在。

横跨了南岛市北边的整片礁石海域的范围被封锁，成为"禁区"，设置了漫长的禁渔期。

3025 年到 3035 年，这片灰暗的海域，再也没有任何动静。海角监狱渐渐变成了海角疗养院，当年的看门人也成了"邱院长"。

直到上个月，一声刺耳的警报声刺破了云霄。

他苏醒了。

十年的时间，精神力暴动把联邦曾经的传奇，变成了一个可怕的怪物。然而，这一切注定只是最高机密，001 号的身份，连同海角疗养院的历史，一起被尘封，被遗忘。

…………

争吵还在继续。

"不管他过往是什么身份，有过多大的贡献，现在这种情况，他还算是人吗？"

这句话落下，对面一群身着军装的 alpha 霍然站了起来。为首的 alpha 额头青筋直跳，几乎就要拔枪。剑拔弩张时，邱院长平静地开口："一会儿燕市的专家就要到了，别吵了。"

监控室里安静了下来。

其实所有人都知道，吵得再凶也没有用，他们只能听从联邦的最高指示。只是巨大的精神压力之下，情绪需要一个发泄的出口。

众人鱼贯而出，整个监控室里只剩下了花白头发的邱院长。他叹息了一声，正准备收回视线离开的时候，实时监控画面突然间出现了变化。

邱院长的视线凝固了。

因为屏幕上出现了一个身影。

隔着十年的光阴，邱院长仍然能够一眼认出这个人。他的身形远比普通人类高大，“滴滴答答”的雨水落下，耳后半透明的淡蓝色鱼鳍翕张。更加惊人的是，那“滴滴答答”往下淌着水的白发之下，是一条美丽到有点诡谲的鱼尾。

仿佛有所感应，他回过头来，下颌线流畅漂亮。

只是，他的眸子里，没有瞳仁，黑洞洞一片。

隔着监控器的一眼，邱院长便愣在原地，悚然想起刚刚那句话：

“现在这种情况，他还算是人吗？”

“嗞嗞”两声，信号断开。

监控室内寂静了一秒钟，紧接着，刺耳的防空警报响了起来！

别人不知道，邱院长却知道，禁区的设立，乃至于整个海角疗养院的存在，不是为了保护里面的 001 号，而是为了保护外面的所有人！

一定不能让他出来！

“快！靠近禁区的地区，所有人全都紧急疏散！

“快点将燕市派过来的专家送进去！务必要将 001 号安抚下来！”

春日大雨如注，海角疗养院的急诊科里，灯光亮了起来。

进入三十世纪后，精神力、精神体被开发出来，对人体的潜能探索到了一个新的领域。但是随之而来的，是疾病。

精神力越强的人类，面临着更大的精神力暴动的可能。当精神力暴动到一定程度后，人就会逐渐走向狂化，往往短短十年里就会面临死亡。

而偏偏，一个国家的精英、骨干力量，尤其是在污染区前线的士兵们，是精神力最容易暴动的人群，因此治疗师、疗养院应运而生。

海角疗养院收治着整个联邦最危险、最极端的一群狂化者。

此时急诊科的 alpha 治疗师们正在茶水间里交谈，不知道聊到了什么，他们透过玻璃窗，齐刷刷地看向了一个窈窕的身影。

大部分的 alpha 都长得非常冷硬，但是舒棠无疑是个例外：她的眼睛是猫儿眼，圆溜溜、湿漉漉，眼尾微微上翘；脸蛋透着初春枝头的粉，漂亮得像是带着露水的垂丝海棠。

怎么说呢，她长得特别像个 omega。

但是实际上，舒棠不仅是个 alpha，还因为 sss 级别的精神力，领先一干单身 alpha，被联邦匹配到了一个优秀的 omega。

这实在是羡煞旁人。

有的 alpha 忍不住酸了起来："她这样的，不讨 omega 的喜欢吧？"

"而且家世悬殊，就算她嫁，也是高攀人家了吧。"

"不过听说，她的未婚夫身体不太好，可能是因为太病弱，才挑了她吧？"

…………

舒棠没有听见议论声，只注意到急诊科的那群 alpha 正在看着她。

她揣着白大褂的兜，穿过人群，朝着急诊科外走去。精致的侧脸让她和周围的 alpha 格格不入，如同钢铁森林里，混进去了一朵海棠花。

海棠花：他们盯着我看干什么，我今天早上只是多抢了食堂的两个大鸡腿而已，要怪不应该怪他们这群 alpha 长得太高，没法从别人的臂弯下钻过去抢饭吗？

活到二十来岁，舒棠早就习惯了周围人各种奇怪的打量。成年分化前，舒棠一直以为自己是个平平无奇的 beta。不管是 alpha 还是 omega，小时候都会显现出一些端倪，小 o 们都性格文静，喜欢画画、看书；小 a 们就喜欢互相殴打。beta 们就更好区分了，只要你想不起来这小孩叫什么名字，他八成就是个 beta。

舒棠一出生就和 alpha 小孩们格格不入，吃了睡、睡了吃，醒了就待在阳光底下，叼奶嘴的姿势都显得十分斯文。在一群粗犷的惊天巨 a 中，软软小小的一只，既不殴打兄弟姐妹们，也不上蹿下跳。家人们和她大声说话，都怕把她吹跑了。

上幼儿园后，她也不爱殴打同学，也不和同学互薅头发，和到处惹事的 alpha 形成了鲜明的对比。尤其是随着她慢慢长大，小圆脸越长越好看，性别就更好判断了。

隔壁的两个小 a 预备役，每年都要为谁长大后娶她而互相殴打一顿。舒棠每次放学路过他们，都会兴致勃勃地探头观战：打起来！打起来！

总之，不管是老师、家长，还是路人，都觉得舒棠以后会是个甜美小 o。

听说 a 战斗力极强，同时攻击性也会很强，意志力坚定；听说 o 敏感纤细，战斗力奇弱无比，但是艺术细胞发达。然而，舒棠从小就感觉自己应该是个占人口比例 80% 的 beta，因为她既不好斗，也不敏感，还挺热爱和平的，身上也没有多出什么构造来，怎么看都是平平无奇的 beta。

一直到十六岁分化的那一年，舒棠被检测出来是个精神力 sss 级别的 alpha。简称：绝世巨 a。

舒棠的妈妈是个典型的 omega，在听到舒棠突然变成了 alpha 之后，直接哭晕了过去。家人们不觉得舒棠长得像 omega，性格像 beta 有什么问题，也不觉得家里出了一个舒棠这样的alpha很耻辱，因为至今为止，舒棠的父母仍然经常忘记舒棠是个alpha。

一直到几个月前，舒棠被联邦匹配到了一个omega。匹配结果让家人很满意，这倒不是因为匹配对象家庭条件好，而是因为对方据说风一吹就倒，性格也很温柔，就算是在omega中也算是柔弱不能自理的。

是的，家人们都一致认为：舒棠不能嫁给一个强势的对象，因为很容易被欺负。

舒棠无数次纠正：不是，我是娶啊！

但是没人理她。

舒棠匹配到的omega似乎有严重的精神力受损问题，好巧不巧，住院的地方正是海角疗养院。要知道omega被保护得很好，想要见上一面可是很难的。所以，在知道对方就在海角疗养院住院后，舒棠就被催着去“相亲”了。

舒棠也认为事不宜迟，决定和他见上一面。

不过，舒棠今天，是打算去和对方解除基因匹配的。

她撑着伞，沿着小路，朝着海角疗养院的深处走去。

按照危险程度，海角疗养院，分为1到11区，舒棠工作的地方就在11区的急诊科。

她在疗养院实习了三个月，除了急诊科就去过食堂和超市，这还是第一次去别的区。

1区和其他区是完全独立的，而且更加靠近海边。高大的建筑物在风雨中看上去十分阴沉压抑，密密麻麻的黑衣军人正在巡逻，还有人匆匆地朝着外面撤离，一切井然有序、戒备森严。就连外围的入口处，都有两排士兵看守。

舒棠心想这也太夸张了。她掏出印着“01”的准入牌，走了进去。

陈生正皱眉看着时间。

此时，距离防空警报响起已经过去了十五分钟。

陈生是从军部调过来的上校，他从前在元勋的秘书团当过秘书，作为忠心耿耿的心腹，他是少数的知情人之一。

当听说了海角疗养院这边出问题后，他立马放下了工作，打报告调到了南岛市，接手海角疗养院禁区的警戒工作。

就在禁区内的防空警报响起十五分钟后，01区已经紧急撤离了所有医护和工作人员，只剩下了特种部队。

燕市来的专家也紧急就位，签下了生死状，准备进入禁区。然而，还有一位燕市的专家不知道出于什么原因，迟迟没来。

陈生正在焦急等待中，一抬头，就看见了一个白大褂。

简直是万黑丛中一点白。

舒棠把手中的准入牌递过来，陈生匆匆扫了一眼，就想把这位专家快点带进去，但是一看对方的长相又犹豫了，因为眼前的女孩子长得太像个omega了。

精致秀气，个子也不高。

不过，他很快就扫到了她白大褂上夹着的工作牌，上面sss级的精神力等级，让陈生放下了心。

陈生："等你好久了，我们快点进去吧。"

这段时间里，所有要去禁区的alpha都面无人色，就算是穿着出自研究院最高端的防护罩，坐在直升机上，都不能减轻他们心中的恐惧。

然而舒棠的淡定让陈生高看了一眼。他一边匆匆把人带进去，一边问："你不紧张吗？"

舒棠见这个工作人员这么热情地带路，以为是相亲对象派了人来接她，也就跟了上去。

闻言，舒棠刚想说自己不紧张，但是一想，今天也算是相亲，她不紧张是不是有点不礼貌？

她礼貌地紧张了一下："有点。"

001号苏醒后，派去了不知道多少艘探测船、多少架直升机，全都没能回来。禁区的危险程度可想而知，要不是情况紧急，也不会派治疗师专家亲自进去。

今天早上，所有的专家都签了生死毋论的军令状，然而就算是再强大的alpha也不免在路上拖延，只有舒棠走得毫不犹豫，还不停看表，似乎比陈生还着急。

陈生又问："你不穿防护服吗？"

舒棠："没这个必要。"

去相亲，还穿防护服，多生疏啊。

听她这么一说，陈生欲言又止。不过时间快到了，陈生也不想废话，匆匆带着她穿过走廊。反正一会儿禁区里也有防护服，到时候穿也来得及。

舒棠一边匆匆走，一边想着一会儿见到人要怎么说。

今天的"相亲"，舒棠其实是打算去找对方解除基因匹配的。这倒也不是舒棠觉得对方不好，而是舒棠有一个很严重的缺陷：她闻不到信息素的味道。

在十八岁体检的时候，舒棠就被医生拍着肩膀让她坚强一点。

这个毛病翻译一下就是：性冷淡。

在abo的世界里（abo是指一种虚构的世界观设定，alpha通常被视为强势和具有领导力，而omega则被认为是柔弱和专注于生育，beta则处于中间地带，各方面能力都比较平庸），信息素不仅是异性之间性吸引力的表现，还是同性之间统治力的表现。所有的a都喜欢虎躯一震，用强大的信息素碾压其他的a。强a只需要释放出强大的信息素，周围比他弱的a就要乖乖地表示臣服。

舒棠却是个例外，她就像是一个行走的屏蔽器。

她既接收不到omega甜蜜的信息素，在其他的alpha用信息素表达情绪的时候，也会非常迟钝，就像是在5G时代，她还在用2G小灵通。

往往对方用信息素震慑她——

一天后。

晚上睡觉前的舒棠：什么？他攻击我？

可见，接收不到信息素这种事，也是有好处的。

舒棠甚至觉得自己闻不到信息素算是个优点，但是想到医生让她坚强，一副她得了不治之症的样子，舒棠也模模糊糊地意识到：这可能是个很严重的问题。

医生说舒棠生理上没什么问题，闻不到信息素，大概是心理上的问题。

这个说法舒棠自己也很认同。在这方面她更加像是个普通的beta，对omega的感觉很平淡，据说ao之恋干柴烈火，但舒棠多年来一直揣手隔岸观火。

舒棠不打算隐瞒自己的缺陷，也并不计划着结婚。这么想着，舒棠已经被带到了走廊的尽头。

电梯门打开，里面已经站了几个alpha。他们个子高，气场强，脸还一个赛一个的白。面色红润的舒棠一走进去，立马被他们多看了好几眼。但是因为不熟，谁也没有搭话。舒棠总觉得这部电梯一直在下沉、下沉，而且速度慢得出奇。

电梯里，舒棠感觉他们都在看她，不过她早就习惯了被人打量，并不觉得奇怪。也许是因为等待电梯到达的时间实在是太长了，众alpha开始聊天。

舒棠听了一耳朵，没懂。

毕竟她只是个大三实习生，听不懂前辈们的话题也很正常。但是众

alpha说到一半齐齐看着她。

轮到舒棠接话了。

舒棠："今天的雨真的好大啊！"

电梯里静了一瞬。

众alpha附和："南岛市天气确实不好。"

"海边都这样。"

很快，又有alpha开口了："你们的精神体是什么？"

左边189黑皮壮男："黑豹。"

右边肌肉爆炸的白衣酷哥："孟加拉虎。"

前面185的高个子姐姐："狮子。"

等到都报完了，他们又齐刷刷地看向了最矮小的那一只。

舒棠在a群里面混迹多年，因为长得可爱有时难免受到排挤，而alpha之间弱肉强食，生存法则十分残酷。幸好，聪明的舒棠早早就学会了如何在alpha中间混得风生水起，尤其是面对精神体这种强a们经常拿来霸凌鄙夷弱a的话题，她早就有了丰富的应对经验。

舒棠若无其事地进行了一番春秋笔法："和你们一样，也是猫科，不过我的精神体是橘色的。"

周围的alpha都收回了视线，明白了。

——东北虎。

真是alpha不可貌相。小只一点，也可以理解了，个子小，爆发力强；长得可爱一点，大概是用外表迷惑敌人。

舒棠混在众多气场强大的大型猫科猛兽中，抬头挺胸。

橘猫，也是猫科啊！

在3036年，人们很难想象到还有禁区这样封闭的地方。这里除了这部藏在地下的电梯，没有任何通向外界的道路。

电梯到了，门一打开，灰尘扑面而来。

十年未有人踏足过的禁区，早就已经变成了一片废墟，地面上积攒了一层厚厚的灰。

电灯和电线都稀稀拉拉地掉了下来，因为没有电力供应，光线很暗，只能依靠外面的一点光勉强看清眼前的景象——

大厅里的设备早就生锈、发霉，桌椅东倒西歪，像是座无人问津的坟墓。窗户早就破败，正在往这里"呼呼啦啦"地灌着海风。

电梯里的猫科巨a小分队，是燕市调过来的特级治疗师，他们不仅在精神力疗愈领域有着极高的造诣，还有着极强的战斗力。今天他们的任务是，接近001，如果可以，用精神力治疗暴动的001。

第一步，他们要散开分头寻找001。

来之前他们就制定好了战略：分头行动，最大限度上保证生还率，这样就算是折损了一两个，还有人可以继续完成任务。

见电梯门打开了，几个人高马大的alpha，脸色变得比纸还要白，出电梯的动作都变得无比缓慢。

但是舒棠——

她是来相亲的啊。

舒棠抢先一步，匆匆离开了电梯。

那个精神体是狮子的alpha姐姐是小队长，见“东北虎”如此勇猛，咬咬牙，也踏出了电梯。

舒棠走得快，很快就看不见其他人的身影了。

潮湿、阴暗、寂静。

舒棠的每一步都自带回音，周围安静得只听得到自己的呼吸声。她没想到海角疗养院还有这样年久失修的地方，明明外面看上去那么光鲜，里面却破败成这样。

听说疗养院越靠近中心区，住院费越贵，舒棠一算，1区这么核心的地区，一天的住院费大概一万，就算她是员工也不得不说一句：这也太坑了吧。

舒棠像只没头苍蝇一般转了转，终于找到了地图指示牌。她凑过去想要找到病房在哪里，结果一抬头就看见了一个手印。

黑色的，好像是陈年的血手印。

舒棠浑身一抖，四处望了望：见鬼，有没有人啊？好可怕。

舒棠心想自己不会是走错了吧，她掏出准入牌再次确认了一遍，的确是“01”啊！

她低下头，在自己随身携带的医疗箱里摸了摸，摸出了一个手电筒打开，周围瞬间亮了。

舒棠：这样就好多了嘛。

她找回了安全感，顺着指示牌上的地图，朝着病房区走去。

监控器另一头。

陈生死死地盯着屏幕，上面正是禁区的实时监控。他的额头上忍不住冒出了冷汗。

就在十分钟之前——

陈生刚把舒棠送进去，一转头就撞见了那位姗姗来迟的燕市专家，他顿时蒙了。

专家现在才来，那刚刚进去的是谁?

但，仅仅是十五分钟的时间，小分队已经进去了。

因为这个插曲，他没有将监控按照原计划转播给已经撤去 3 区的邱院长，而是带着手底下军部的人守在监控室商量对策。

陈生并不担心里面 001 号的安危，禁区乃至于整个海角疗养院的存在，不是为了保护禁区里的人，而是保护禁区外的人。

陈生盯着监控，最后发现，他们根本没有办法，只能希望那个误闯禁区的女孩子，sss 级的精神力可以保住她的性命。

然而第一个出状况的，不是误闯进去的舒棠，而是战斗力最高的那个黑豹男 alpha。

“你们快看，第一个监控！”

看着地上的水渍，黑豹 a 此时额头冒汗。

禁区十年没人进来了，不可能有这么明显的水渍，而此时他面前布满灰尘的地上，水渍如一团洇开的黑色血迹。

黑豹男 alpha 脖子僵硬地转过身——

在走廊尽头的黑暗里，是一个看不清面目的黑影。

所有人的呼吸都暂停了。

黑影那长长的头发尾端，未干的海水还在落下。

滴答、滴答。

黑豹男 a 只觉得巨大的恐惧在心头炸开，脊椎骨蹿起战栗的麻意，双腿却如同灌了铅一样无法动弹。

那个高大的黑影正缓慢地靠近他。

一步、两步，突然，缓慢走近的黑影停了下来。

“他”动作迟缓地转过了头。

因为黑暗中，出现了一道十分刺眼的光线。

是的，舒棠正在晃自己的强光手电筒。

手电筒质量极好，一打开，鸡都以为天亮了。在它的帮助下，很快，舒棠就找到了病房的入口。她一推门，扑面而来的却是呼啸的冰冷海风。

病房竟然是建在海上的。

不远处，大海漆黑一片，嶙峋的礁石中，一座巨大的石头堡垒矗立其上，任由海浪拍打。这座石头堡垒的外形非常像舒棠在书上见过的巴士底狱。

海角疗养院里的病人身份非富即贵，拥有自己独立的病房并不奇怪。

但是，拥有一座小型巴士底狱是否有点夸张了？

舒棠知道对方家里条件不错，但是万万没有想到这么好。本来还隐约有点担心一会儿要和对方提解除匹配，会不会伤了 omega 的心，如今一看这座“巴士底狱”，再想想自己个位数的存款，舒棠就觉得：这事八成能成。

她本来就隐约感觉对方不太满意这个匹配结果。

因为，基因匹配之后，omega 可以得到 alpha 的联系方式，在网上很容易见到对方，但是几个月过去了，对方迟迟没有动静。

舒棠这么想着，撑开了雨伞，匆匆朝着“巴士底狱”走去。

十年前，这里遍布警戒线，仿佛是黑暗冰冷的野兽世界和现代文明社会的分界线；十年后，警戒线上蓝色的爬藤蔷薇开得野蛮又茂盛，已经看不出原貌了。

远远看去，“巴士底狱”显得非常恢宏。堡垒整体是由无数巨石垒成，这种巨石可以隔离强大的精神波动，还有种原始而敦实的美感。黑暗的天地里，除了大海的呼啸声和雨声，仿佛只剩下舒棠的脚步声。

监控室，一片吓人的寂静，因为舒棠前进的方向，是“他”的“巢穴”！仅仅是踏入禁区就已经有极大的危险，更不用说深入“他”的巢穴了。这种入侵领地的行为，太容易激怒 001 号了！

不行，要让其他人拦一下她！陈生下意识地将对讲机放在了嘴边，却始终没能发出声来——

他不能因为一个误闯者，牺牲别人的性命。

然而这一犹豫，舒棠已经走过了长长的石梯，敲响了堡垒的石门。

没有听见任何声音。舒棠问：“有人吗？”

仍然没有回应。黑暗里，海浪不知疲倦地拍打着海岸。此时，雨短暂地停了，感知就更加清晰了。

舒棠突然间有种后背发寒的感觉，仿佛后方有什么可怕的野兽正在沉默地盯着她。舒棠脚步一顿，但是还没等她做出什么反应，下一秒，她就立马闻到了一种前所未有、陌生又诱人的气味。

舒棠从小到大都没闻到过信息素的味道。

高中的时候，有一次班上某个 omega 的抑制剂失效，在场的 alpha 无不眼神如狼似虎。

——当时舒棠在扫地。

很快，小 o 信息素泄漏，在场的 alpha 双眼发红，即将发生一场不可描述的暴动。

——舒棠还在扫地。

最后那个惹人怜爱的omega抓住了舒棠的衣摆。

舒棠一脸莫名。

——舒棠很乖巧地换了个地儿扫。

最后，在这场严重的事故中，舒棠帮助班级拿到了卫生流动红旗。

舒棠：信息素不就是香水味吗？

所以第一时间，从未闻过信息素的舒棠，根本没有反应过来这是什么。她只是瞬间开始不由自主地散发信息素，信息素分泌的刺激让她头脑发昏，心脏像是鼓噪着某种东西，开始疯狂地跳动。

舒棠好一会儿才平复剧烈的心跳：要命了，谁在这附近烤鱼啊？

舒棠犹豫了一下，还是忽略了那股刻在生物本能里对于危险的隐约感知力。她顺着那股加了柠檬汁和海盐、香香脆脆的烤鱼味走去。

监控器后面，所有人的呼吸都慢了半拍。

舒棠先是看见了石梯上的水渍，紧接着就看见了石梯下不远处的礁石上的黑影。

——真的有鱼。

暗礁上，是一条半身浸在水里的高大人鱼。

他银白色的长发正在“滴滴答答”地往下滴着水。他慢慢地抬起头来，眼睛里面没有瞳仁，只有一片漆黑。五官漂亮得像是神造之物，就连耳后翕张的鳍都是半透明的淡蓝色，飘逸又美丽。

然而面对这样美丽的事物，寻常人第一感觉不是被惊艳，而是毛骨悚然！那是一种极为诡谲、危险的美丽。

南岛市的阴天，雨总是一阵一阵的，刚停不久的雨，似乎又要开始下了。这一切，仿佛一个雨夜怪谈的开篇。事实上也正是如此：十年的时间过去，“他”身上已经发生了某些不可知的变化，精神力好像都在他身上发生了某些古怪的变异。诚如疗养院里的那些治疗师不安的判断，比起人，“他”更像是污染区降临的那些异种、怪物。

舒棠远远地站住了，许久都没有动弹。

监控室内，所有人都提起了心：不要尖叫！不要逃跑！

她没有穿任何防护服，只要一转身逃跑，就会立马被撕碎！

就在陈生以为她被吓傻了的时候，舒棠快步走了过去，蹲在了礁石上，把手一伸，伞就撑在了那高大人鱼的上方，替人鱼遮住了头顶噼里啪啦的大雨。

人鱼抬起头来，银白色的长发衬得美丽的容貌如同海妖，冰冷而毫无情绪的眼神和舒棠对视。被这种眼神注视，舒棠有种被什么恐怖的存在锁定的毛骨悚然之感。

距离太近了，近到不管往任何一个方向跑，都会瞬间死在人鱼的手底下。

呼吸声都仿佛变得更清晰。

人鱼比她想象中高大，就算是下半身的鱼尾都在水里，在舒棠面前，仍然显得十分高大。这种体型上的差别，在人鱼缓慢地靠近舒棠的时候，带来了一种绝对的压制感。

人鱼靠近的动作缓慢至极，直到近到突破安全距离，直到冰冷的呼吸在舒棠的脖颈间激起了一片战栗。这个动作近似于一种野兽的嗅闻。

舒棠一动不动，屏住了呼吸。

监控室内的人松了一口气，因为舒棠误打误撞采用了最佳的应对方式，这种时候逃跑是最蠢的。精神力暴动极其严重的情况下，理智会消失，行为上更接近兽类。只有用对付野兽的方式，屏住呼吸装死，才是唯一一条生路。

舒棠的大脑一片空白，心跳越来越快。

相亲地点约在疑似废弃的疗养院角落，相亲对象的眼睛还没有瞳仁黑漆漆一片，一见面就盯着你不说话。

人鱼靠近她的时候，银白色的长发还扫到了她的面颊，很凉。周围全是他的气息，将她笼罩其中，最危险的脖颈就暴露在野兽的注视之下。

舒棠的大脑应该在这个时候发出警报，指挥她的身体快点逃跑。

但实际上——

舒棠的脑子：什么东西？好香，吸一口！

香得她脑子发昏，心跳加速。

好一会儿，她空白的大脑才开始运转，却发现人鱼靠近她后就不动了，一动不动地维持着这个姿势，要不是他还在呼吸，舒棠几乎以为他死了。

她小心翼翼地转头看了他一眼。

舒棠：他卡 bug 了？

她第一眼就注意到他的睫毛好长，上面还有一粒粒晶莹的水珠。然而更加引人注意的是：他的眼睛，黑漆漆一片，看上去很诡异。

舒棠来之前就知道自己的相亲对象身体不好，精神力还受了损伤，她的大脑迅速给出一个合理的解释：现在他应该还在病中，某种并发症还没有消退。

他还特别白，是那种媲美吸血鬼的不正常的白，苍白得近乎透明，没有任何血色。

一般来说，omega 的身体都是很虚弱的，如果没有得到很好的照顾，一场冷雨、一次风寒，都可能要了他们的性命。

舒棠的妈妈就曾因为洗澡时水温比平日里低了 0.5℃，住了一个星期的院。

这条人鱼却泡在了冰冷刺骨的海水里，现在可是春天，海水的温度可能只有七八度，可以轻松冻晕十个像他这样柔弱的小 omega。

人鱼在礁石中一动不动，保持着闻她的姿势。

舒棠看了看礁石，猜测这条人鱼应该是搁浅了，或者是卡在了礁石中。

人鱼缓慢地歪头看她。他的动作其实有点迟滞，像是有十年没有用这副身体了似的，好像和自己的肢体不是很熟，每个动作都有点慢。

三个月前，禁区里，人鱼苏醒了。

十年的时间过去，再次苏醒的人鱼早就失去了理智，既不记得自己是谁，也不记得为什么会出现在这里。在传说中，人鱼用歌喉吸引过路的船只，然后将猎物拖进深海活活溺死。现实里，人鱼也是凶悍的深海屠夫。

这种野兽有着极强的领地意识，还有极强的攻击性。这三个月里，所有的闯入者都会被这片海域的霸主撕碎——不管是探测船，还是直升机，而且因为频繁地闯入，深海屠夫已经逐渐失去了耐心。

精神力暴动让人鱼时刻感受到针扎一般的疼痛，这让深海屠夫一日日变得十分躁郁。

舒棠出现的时候，几乎是一秒，深海屠夫就判断出来她比从前的所有闯入者都要弱小。

如果说几十吨的探测船相当于海里一撕就碎的鲨鱼，那么今日的那些 alpha，就是螃蟹，而舒棠的威胁性相当于海里的浮游生物。

舒棠正在试探着接近人鱼。

她是个实习治疗师，当然知道精神力受损的 omega 很容易应激，于是很小心。

人鱼的手苍白、修长，上面的血管是蓝色的，和普通的人类完全不同，而且没有温度。

舒棠抓住他的手，人鱼没反应；舒棠又抓住了他的胳膊，人鱼仍然没有反应。人鱼就安静地看着她动作。

是的，舒棠想要把搁浅的人鱼扛上岸。舒棠虽然没有受过严格训练，但到底是个 alpha，别的不说，抢饭的牛劲还是有的。但她拽了半天，发现这个 omega 不仅看起来个子很大，还是实心的，特别沉，她拽了半天，他纹丝不动。

她没有注意到人鱼的眼神像是在看小孩子在地上玩沙子，又像是看着海里那种小鱼在自己的尾巴边嬉闹。因为没有什么威胁性，所以只是看着，没有做出任何反应。

舒棠：真沉啊，他是石头做的吗？

最后，舒棠气喘吁吁地一屁股坐在了地上。

她看着那条人鱼，擦了一把汗，想着怎么把他弄上岸：要不求助吧，找个铲车把他身边的石头打碎，再把他拖出来，或者回废墟里找工具，用杠杆原理撬撬看。

她绞尽脑汁地想着。

人鱼突然站了起来，鱼尾变成了人腿，施施然从礁石边走过。

舒棠：不是，他不是搁浅了吗？不是卡住了吗？

舒棠想起了一个科普，就是有一些海洋生物，比方说虎鲸，就特别喜欢把自己搁浅在沙滩上玩耍，还经常玩着玩着就把自己给真搁浅了。没想到人鱼也有这种爱好。

她看着人鱼的背影，追了上去。

“等等我！”舒棠急匆匆地追了上去，想给这个奇特的 omega 打伞，但是他真的好高啊。

人鱼停了下来，低下头看着舒棠的伞，长长的睫毛有种惊心动魄的美丽，上面还有细碎的水珠。人鱼的动作还有点僵硬，然后视线移到了舒棠的身上。他伸手抓住了舒棠的后衣领，继续朝着前方走去。

监控室内的气氛仍然十分凝重，然而凝重中还带着一点不解。

因为舒棠没有立马就死掉，他们很想知道舒棠做了什么，但是舒棠的个子有点小，人鱼的背影一遮，就什么都看不见了。

只是最后，人鱼停下抓住舒棠的动作大家都看见了。

监控室里的所有人，立马想起了那个恐怖的视频。视频里模糊的人影，也是用这个动作拖行着巨大、重达几十吨的装甲船！毫无疑问，她会被撕碎，会被拉进深海里溺死！

人鱼对自己肢体的熟悉度不高，动作如同十年没用了一样僵硬、迟缓，自然也掌控不好力度。

本来，深海屠夫在拖行鲨鱼等巨型猎物的时候，就是以这种姿势，但是舒棠的体重很正常，是以千克为单位，不是以吨为单位。

他用同样的力度一抓舒棠的后衣领，下一秒，舒棠就飞起来了。她双脚离地，被整个儿提了起来。

舒棠：初次见面，他提溜她做什么？

人鱼低头的动作有点僵硬，脸上也没有什么表情，毕竟“情绪”这种精细的表达，对于精神力暴动的人鱼而言是很困难的。

但是舒棠能读懂人鱼的肢体语言：人鱼安静地盯了她一会儿后，顺手晃了晃舒棠，轻松得就像是晃一只会“哗哗”响的塑料袋。

舒棠：嗯？

要是个普通 alpha，被一个 omega 随手拎起来了，可能就要大受刺激，自寻短见了。但是还好，舒棠没什么身为 alpha 的自尊心，她只是挣扎了一下，发现挣脱不了之后就安静了。

舒棠很想知道人鱼要干什么，但是人鱼除了把她像塑料袋似的晃了晃并没有做什么，只是拎着她朝那座“巴士底狱”走去，也没有做出什么伤害舒棠肉体的动作。

刚刚打伞的时候，舒棠就发现人鱼非常高了，被提起来之后，这种感觉就更加强烈了。

她目测这条人鱼的身高在一米九以上，甚至更高，至少比舒棠见过的所有 alpha 都高一点。如此高大的体型在水里的时候看着不明显，在陆地上，却有着很强的压迫感。

——相亲前怎么没听说他有这么高啊！

舒棠试图和这条人鱼进行沟通，但是人鱼没有看舒棠，也没有给出任何反应，只是在雨夜里，沉默地提溜着她朝堡垒走去，所到之处，留下一串水渍。

走着走着，人鱼突然间停了下来，看向了一个方向。然后，伴随着“嗞嗞”声，监控室内“啪”的一声，信号断了。

屏幕彻底黑了下来，禁地里发生的一切不再转播。至少在信号恢复前，没人会知道禁地里发生了什么。

但是被可怕的深海屠夫拖进巢穴，只有被撕碎一个下场。也不会有人去救舒棠，并不是在场的 alpha 漠视人命，而是因为他们很清楚那是无济于事的。早在人鱼刚刚苏醒时，他们就发现，“他”的精神力发生了一些异变，甚至可以形成一种古怪的磁场，切断信号这种事已经发生了无数次。这也意味着，许多的现代化武器，对“他”是失效的。

陈生沉默了一会儿，说：“让燕市来的那几个专家，全都撤回吧。”

他看向了外面的大雨——至少，今天禁地的危机解除了。

舒棠被一路拎进了堡垒里面。

人鱼一路上都没有给舒棠任何反应，就像是一个冷漠且话不多的杀人犯，沉默地拎着她往前走。他的动作有点迟缓，正常人是不会这么走路的，显得很诡异，但是每当舒棠想要思考哪里不对劲，就会被对方身上好闻的味道分心。次数一多，舒棠就放弃了思考，干脆脑袋空空地在他手里晃。

要命，真的好香啊。

很快，他们到了。

这座“巴士底狱”里面一片漆黑，狭小的窗户透出一点光。这里仍然没有电，也没有任何装饰，冰冷而黑暗。石头大门在他们的身后轰然关上，周围就更加黑了。

人鱼把舒棠带进了他的“巢穴”后，就把她放在了自己的旁边。她打量了一下这里，发现沙发和茶几全都是石头做的，而且门也是铁门，就是铁窗泪的那种铁门，建筑风格还挺特别的。

不过，虽然历尽艰辛，但流程终于回归到了相亲上。

舒棠坐在了人鱼对面，和那条人鱼面面相觑。

相亲前，她就知道他精神力受损，但没听说眼睛都黑了。而且，她知道他是个柔弱不能自理的 omega，但没听说他比她高那么多，还力大无穷啊。不过，舒棠一想也是，她的资料上也是华大高才生，精神力 sss 的绝世巨 a。

可见在相亲这件事上，互相欺骗是基本操作。

舒棠很快就释然了。

舒棠：“你还记得我吗？

“我叫舒棠，就是和你匹配的那个 alpha。

“我们约好了今天早上相亲的来着。”

堡垒在暴雨中显得十分阴森，只有靠近窗户的地方有着微光。

人鱼黑幽幽的眸子盯着舒棠，仿佛一只回到巢穴栖息的野兽。他将舒棠放在距离自己不到半臂的地方，就缓缓地闭上了眼睛。堡垒里没有电，透过狭窄窗户投进来的光打在人鱼沉默苍白的面颊上，让他看起来像是一座雨夜里诡谲美丽的雕像。

——不是，他怎么就开始睡觉了！

舒棠试图和他沟通，人鱼却一动不动。

他一睡觉，舒棠也想睡觉了，毕竟她昨晚上了一整晚夜班，严重睡眠不足。

她叹了一口气，打起了精神，开始环顾四周。

舒棠是个治疗师，很快就意识到了这条鱼很可能不是简单的精神力受损，她决定将解除匹配的事放在一边，先看看他的身体现在是个什么情况。

按理说，海角疗养院里的病人都有护士看护，舒棠问护士就行了。但是舒棠可以确定，这座空空荡荡的“巴士底狱”里只有她和这条鱼，安静得像是个真正的监狱。

01区的清洁工、护士竟然都旷工了，舒棠有点羡慕。不过她也有办法：一般来说，海角疗养院的所有病房里，都会在墙上挂上病历本，就算是独立病房也一样，方便治疗师查房。

舒棠伸长了脖子，很快就扫到了石墙上挂着的病历本，她起身朝着病历的方向走去。

然而，她才走出去两步——

下一秒，舒棠就被拎住了后脖颈，抓了回去。

刚刚还在睡觉的人鱼不知道什么时候已经睁开了眼睛，漆黑的眸子在黑暗中盯着她，他低下了头，缓缓地逼近了舒棠。

这只凶兽漆黑的眸子危险又冰冷地注视着她，仿佛是黑暗海洋深处残忍的深海屠夫锁定了猎物，露出了獠牙。

舒棠下意识地后退，但是她就在他的手里，退无可退。

深海屠夫靠近了她最为脆弱的脖颈，在她的耳边，发出了一声充满威胁性的“嘶”声。

类似于野兽警告猎物时，喉咙里发出的嘶声。

瞬间，一种对于未知危险感到恐惧的生物本能让舒棠的头发都快炸开了。但是僵持了一会儿，这可怕的深海屠夫却没有另外的动作，只是在黑暗里，冰冷地审视着她。

三分钟过去了，人鱼慢慢地放开了舒棠，把她放回了原来的位置。

舒棠回头看了看身边的大型凶兽，发现他重新闭上了眼睛。

按理说，舒棠现在应该认识到了自己是恐怖片女主角的身份，老老实实地趴在原地不要动，但是舒棠心中有了一个猜测。

舒棠安静了一会儿，实在是忍不住了。

都说好奇心害死猫，但是猫真的很好奇啊！

舒棠开始像恐怖片里出场三分钟就死掉的炮灰一样，非但没有被震慑到安静，反而又试探着走远了好几次，终于摸索出了规律：

一、她的活动范围是以人鱼为圆心的两米范围内；

二、人鱼会“嘶”她，但是不会做别的事。

而病历本在靠墙的位置，十几米远的地方，远远超出两米。

人区别于动物，在于他们会变通。

舒棠凑过去抓住了人鱼的手。

那只凶兽果然只是把视线移到她的手上，并没有做出什么别的反应。

舒棠把人鱼朝着病历的方向拖。

人鱼安静地看着她，这回倒是没有“嘶”她，而是歪了歪头。

只是舒棠的力气对于人鱼而言太小了，她一边拖一边擦汗：“你倒是动一动啊！”

她根本没抱希望他会配合，但是她的话音落下，一直盯着她看的人鱼突然间大发慈悲地动了。

舒棠大喜。

她往前拖一步，人鱼就跟着她走一步。

只是一旦舒棠不拖了，他就不动了。

舒棠：不是，你就不会举一反三吗？

但是至少，舒棠确定他是听得懂她的话的。

于是她指了指墙壁：“我要去拿那个病历本，你在这里等我一下好不好？”

人鱼很安静地看着她，歪了歪头。

舒棠自认为这次他听懂了，走出了两米——

人鱼伸手，“嗖”地又把她拎了回去。

还威胁性地逼近了舒棠，继续“嘶”她。

舒棠：不是，他到底是听得懂还是听不懂啊？

最后，舒棠只好用愚公移山的办法拖着这条鱼走了十几米，终于拿到了那本病历。

舒棠擦了一把汗，一屁股坐在了地上歇息。

她第一次发现和人交流，比跑马拉松还费体力。

舒棠借着从狭小的窗户透进来的一点光，打开了病历本。她已经发现人鱼不是精神力受损那么简单了，所以急需看看他的病历了解是什么情况。

舒棠虽然是急诊科的实习生，但到底经过系统学习，看病历很轻松。但是舒棠翻开一看：空白。

她又往后翻了翻，还是什么都没有。

舒棠刚刚累出的一点火气一下子就散了，心一沉：这种情况只有一个可能，那就是从被送进疗养院开始，就未进行过任何治疗，所以才没留下治疗记录。

舒棠脑海里浮现出了一个猜测：因为污染区的降临，人类陷入了很长一段时间的生存危机，以至于弱小的、没有价值的人类，都会被家庭、团体放弃，将更多的资源用在更加强大的人类身上，以确保人类的生存率。

虽然距离那段时间过去很久了，但这个习惯却保留了下来。

一个家庭如果有多个孩子的话，只会选择最有前途的一个来培养。而一个精神力受损的omega，已经失去了联姻的价值，被家人放弃也不是多么奇怪的一件事。

舒棠叹了一口气。她回头一看，这条鱼已经安静地坐在了她旁边黑暗的角落里，双腿不知道什么时候又变回了鱼尾，把她圈在了里面，还时不时甩一下。

她的视线被甩动的鱼尾吸引，看了好一会儿，刚刚被他折腾出来的火气也慢慢地全散了。

——哎，还傻乎乎地甩尾巴呢。

她问人鱼："你上次注射药物是什么时候？"

舒棠又问："来海角疗养院之前，医生有按时开药吗？"

舒棠一想，算了，问了也白问。

她怀疑他的嗓子是不是出了什么问题，于是凑过去，想要看看他的喉咙。

舒棠："啊——我给你检查一下喉咙。"

在舒棠的手碰到人鱼的喉结之前，人鱼睁开了眼睛。

一瞬间，有种恐怖的压迫感袭来。

舒棠立马缩手。她在墙上摸索了一下，找到了一支笔，打开了那本空白的病历本。

写第一行的时候，舒棠决定给他取个代号。

她悄悄地看了人鱼一眼，他高大的身影藏在黑暗里，长长的睫毛在苍白的面容上扫下一片阴影。

见到他的第一眼，舒棠就觉得他很像01区长得茂盛的蓝色小玫瑰，就连银白色的长发尾端，都有着淡淡的蓝色。

舒棠在"柠檬炸鱼"和"蓝色小玫瑰"之间犹豫了一下，在病历本上写下了一行字：《蓝色小玫瑰观察记录》。

——主要是柠檬炸鱼像食谱。

舒棠发现人鱼嗓子嘶哑，不说话，只能从喉咙里发出类似于凶兽一般嘶哑的威胁声，应该不是声带有问题。

舒棠记录：性格文静，不爱说话。

想到高大的人鱼喜欢待在阴暗的角落，黑漆漆的双眼空洞地盯着她。

舒棠记录：比较内向。

想到他非要把她提溜到两米内看着。

舒棠记录：强迫症。

简单描述了这条鱼的性格后，她写下了初步诊断的结论：

疑似精神力暴动。

是的，虽然 omega 很少会“精神力暴动”，但是眼前这条人鱼的情况，已经超过了“精神力受损”的范畴，出现了兽类化、难以沟通的情况。

舒棠“唰唰唰”地写着，不知不觉过去了许久。

人鱼似乎只是把她圈起来就好了，很安静地看着她在纸上写写画画，慢慢地闭上了眼睛。

直到听见了一声“咕咕”。

高大的人鱼在黑暗里睁开了眼睛。

“咕咕咕。”

舒棠捂住了肚子：要命，她本不应该饿得这么快的。

但是他实在是太香了！

舒棠有点不好意思地动了动耳朵，转了过去。她以为雨声那么大，人鱼应该没有听见。

但，人鱼低下头，那双黑黝黝的眸子盯着舒棠看了一会儿，突然间把她拎了起来。但是才走出去两步，人鱼像是意识到了什么，低头看了舒棠一眼。

舒棠是一种弱小的生物，轻得像是不存在，力气小得像蚂蚁，带去海里，可能会死。

高大的深海屠夫安静地看了看她，把舒棠放下了，独自朝外面走去。

舒棠很惊讶，因为人鱼刚刚还不愿意她离开两米范围内，为什么现在又主动离开，难道不担心她溜走吗？

人鱼黑漆漆的眼睛看了看她。

一般来说，被那双空洞漆黑的眼神注视，应该是很诡异、很恐怖的，但是不知道为什么，舒棠从他黑漆漆的眼睛里看出来——

这条鱼很放心。

下一秒，舒棠知道了答案。

因为人鱼推开门的时候，借着外面的光，舒棠看清了那扇门的真面目——

一扇目测两吨重的大石门。

舒棠有些绝望。

离开堡垒唯一的路被封锁了。

真正的插翅难逃。

舒棠一个人被关在了“巴士底狱”里。

整个黑暗的堡垒里，只剩下舒棠，以及一条外出不知道做什么去了、随时会回来的诡异人鱼。这种时候，愚蠢的人会选择惊恐地哭泣，聪明的人会选择寻找逃生通道，趁机快速逃走。而连上了好几个夜班的舒棠在“巴士底狱”里转了转，找了个避风的角落，把自己的白大褂脱了往身上一盖，躺下了。

好困啊。

为什么已经3036年了，还有上夜班这种事？实习生就不是人吗？她连续上了一周的夜班，连相亲都只能抽出睡眠时间来相，实习工资还只有两千块！

舒棠决定争分夺秒，抓紧时间在人鱼回来前补个觉。

周围弥漫着香香的烤鱼味儿，黑黝黝的没有光，外面还有雨声，挺好睡的。

她眼皮一合，直接睡迷糊了过去。

舒棠这一觉睡得特别香，要不是因为肚子“咕咕”叫，把她饿醒了，她还能大睡三天三夜。

她揉了揉胀痛的脑袋，发现人鱼还没有回来。

他干吗去了呀？

说实话，舒棠隐隐约约感觉人鱼应该是出去给她拿吃的了。

但是舒棠不能确定。

雨声那么大，他也许没有听见她的肚子“咕咕”叫。

她觉得他给她拿吃的去了，有点自作多情。

舒棠有点后悔，早知道她就不躲了，让他听清楚她有多饿就好了。

唉，舒棠心想：要是他给我带吃的，我就既往不咎，认为他是一条好鱼。

舒棠穿上了白大褂，实在是饿得不行了，在“巴士底狱”里到处乱逛，寻找厨房。

厨房就在一楼的角落，但是她发现这里不仅没电，还一点吃的都没有。

她饿得头昏眼花，一看通信器才发现已经是下午了，难怪她饿成这个样子。

突然间，舒棠听见了脚步声。

舒棠探头，就看见走廊的尽头，出现了一个黑影。

昏暗的光线下，高大的黑影，以之前提舒棠的姿势，提着一个重物。长长的重物拖在地上，还在“滴滴答答”地往下滴着不知道是血还是海水的不明液体。

黑暗中，高大的黑影一步步朝着她走了过来，动作僵硬迟缓。

舒棠闻到了浓重的血腥味。

人鱼低下头，一双黑漆漆的诡异眸子安静地看着她。

“咚”的一声，重物落地。

舒棠低头一看：

一条鲨鱼。

人鱼漆黑的眸子沉默地看着舒棠，面上没有任何表情。

但是舒棠已经脑补了他的话——

人鱼：吃。

舒棠：话说回来，鲨鱼好吃吗？她听说鲨鱼的肉是酸的呀，口感貌似有点差劲。

舒棠站着一动不动，看上去很像是被人鱼拖着一条鲨鱼的行为给吓傻了。

毕竟，一般人能徒手撕鲨鱼吗？怎么看怎么不合常理，而且鲨鱼还在滴血，就更加为此时的人鱼增加了一丝残忍又血腥的气质。

其实人鱼苏醒后，大部分人遇见他都是这个反应，应该习惯了才是，可是这条人鱼却因为她的反应，浑身上下散发出冰冷的气息。

人鱼沉默地看了她一会儿，虽然面无表情，但是黑沉沉的眼神很偏执地看着她。

舒棠继续脑补——

人鱼：不吃，你就和这条鲨鱼一个下场。

舒棠的妈妈在每次舒棠挑食不肯吃她精心烹饪的美食的时候就是这个表情。

于是舒棠走过去拉了拉人鱼，问他：“你会做饭吗？”

十分钟后，厨房。

早在之前来厨房翻东西吃的时候，舒棠就发现这里面没有任何食材、调味料。因为断电了，这里的灶也没法用。不过，橱柜里的厨具倒是很精美，舒棠翻到了一把水果刀，递给了旁边高大的黑影。

舒棠提要求：“要切成小块，外面的皮和肉太硬了就不要了，留里面的嫩肉。

“里面的内脏要处理干净哦，不过肝要留下来，那个很好吃。”

高大的黑影沉默地看着揣着手手使唤他的舒棠。

舒棠迟迟不肯把自己的手拿出来，还用眼神催促他：快点呀，你不饿吗？

终于，黑影动了。

人鱼缓慢地转身，手伸进水池里，几下就把鲨鱼切成了小块。作为食物链顶端的霸主，深海屠夫处理食材很有一手。

黑暗里，人鱼手里的刀具被透过窗户的微光映得雪亮。他的血管是蓝色的，动起来的时候，青筋微微凸起，有种力量感十足的美感。

本来这个画面应该很恐怖，但是他的动作很好看，甚至有些优雅。

十年过去了，人鱼连自己的名字都不记得了，但是某些刻在骨子里的教养还像是残留的影子。

然而，人鱼突然停了下来。

——黑暗里，有什么东西在发光。

精神体会对本人产生一些影响，舒棠的身体就发生了很多的变化，比方说她变得非常喜欢吃鱼；也比方说，她的眼睛在黑暗里偶尔会发出绿光。

她住宿的时候，室友曾强烈要求舒棠晚上戴上眼罩，因为经常在下床上厕所的时候，看见黑暗中飘浮着一双发光的圆眼睛。而现在，厨房里高大的黑影一动，那双发光的眼睛就跟着动。

他往左，她就往左；他往右，她就往右。

最后，高大的黑影缓慢地转过身。

发光的圆眼睛递过来一个碗。

一般来说，恐怖怪谈里面，都会有一个诡异又古怪的怪物，还会有一个不明真相的炮灰。

而现在，阴暗的监狱里——

恐怖怪谈的主角：切鲨鱼。

恐怖片里的炮灰：呆萌地看着。

因为条件有限，他们吃的是生鱼片。

如今的联邦并不禁止捕食深海鱼类，因为在污染区占据了地球 70% 的面积后，人类的生存空间压缩到了极致，食物也一度匮乏，和平时期的规则早就发生了变化。

只要你敢吃，基本上什么都能吃。但是，就算是这样，食物仍然很匮乏，大部分人只能喝营养液。

食堂的大鸡腿算是疗养院的员工福利，就这还要早上六点起床排队抢。就算是抢饭小能手舒棠，也只能在值夜班的早上排到双份。所以只要是吃的，舒棠都很馋。

舒棠吃到嘴里才发现，这条鱼并不是鲨鱼。虽然外表很像，但是鱼肉细腻鲜甜，一口咬下去，滋滋的鲜甜。

炮灰突然间发现对面的怪谈主角更加眉清目秀了，还有点心灵手巧、宜其家室。

她问：“这鱼叫什么名字？”

对面高冷且沉默的怪谈主角自然不会回答她。

舒棠很草率地给它赐名：“就叫大甜鱼吧。”

舒棠吃了个半饱才恢复了一点元气。

这时候炮灰才终于发现了不对劲，因为对面的怪谈主角并不吃东西，只是安静地看着她的一举一动。

在怪谈里，一般这种情况应该是，等着炮灰吃饱了，再把炮灰给吃掉。但是舒棠很快就发现，人鱼紧接着几乎是一比一地复刻了她的用餐动作。

炮灰：嚼。

怪谈主角：嚼。

炮灰：嚼嚼嚼。

怪谈主角：嚼嚼嚼。

炮灰：你怎么还学人精呢！

但是舒棠很快就意识到了一件事：他在学习。

虽然暂时还不明白为什么，但是舒棠还是放慢了速度，让他看得更加清楚一点。

炮灰“吨吨吨”地喝水，怪谈主角也跟着“吨吨吨”地喝水。

炮灰不小心被水呛到，紧接着就看见怪谈主角漆黑的眼睛转向了她，仿佛在解读她这个动作，舒棠立马拉住了人鱼：“这个不用学！”

用餐结束。

都说饭桌上最容易拉近关系。

舒棠和对面沉默的人鱼吃了一顿饭，自认为他们两个的关系已经有了质的飞跃，已经从“不熟”变成了“有点熟”。

此时，窗外，天完全黑了下来。雨却没有停，反而有越来越大的趋势。

舒棠明天早上要去查房，必须早起打卡，她在窗户边犹豫了一会儿，现在回去一定会被淋湿，而且回宿舍也太晚了。既然他们两个已经是“有点熟”的关系了，舒棠就想问问人鱼她能不能在他这里睡一个晚上。这里房间好像还挺多的，也没有 ao 授受不亲的担心。

她正准备开口，突然人鱼已经把舒棠提溜了起来，朝着楼上走去。

人鱼拎着她走到了二楼尽头的房间。

很有特色的是，这里还有一个大铁笼子。

人鱼把舒棠往铁笼子里一放。

还没有等到炮灰舒棠惊慌，很快，人鱼也进来了。

他的长腿变成了鱼尾，把舒棠圈在了中间，安静地闭上了眼睛。

舒棠看了看没有关门的笼子：这竟然是他的“床”吗？

舒棠有点震惊。

但是她环顾四周，想了想就躺下了。

因为比起下面硬邦邦的石头地，笼子的底部有着厚厚的黑色垫子，不知道是用什么做的，比席梦思还软。而且，笼子是唯一避风的地方。

舒棠：唉，好困，下午才睡了两个小时呢！

因为笼子里还有一只猛兽，这猛兽又特大一只，有点挤。

舒棠推推他：“你能往边上挪挪吗？”

猛兽没动静，似乎是睡着了。

舒棠羡慕地想：没有工作压力，睡眠质量果然会更好啊。

于是，炮灰舒棠安心地睡着了。

像她这样的，一般活不过一天。

果然，等到炮灰舒棠睡着后，黑暗里，高大的人鱼睁开了那双十分诡异的眼睛。

舒棠本来睡得离人鱼有点远，但是人鱼在她睡着后，用鱼尾把她圈得近了一些。

人鱼漆黑的眼睛盯着她，凑近了她。他修长的手指可以随意地撕碎她柔软的身体，她的呼吸微弱，头发柔软，在黑暗里的人鱼面前，没有任何的自保之力。

动物是依靠嗅觉来分辨事物的，比起视力，深海屠夫在陆地上的嗅觉更加清晰、灵敏。

舒棠身上散发的信息素，不是花香也不是草香，闻起来有点像是烤面包的香味，像是太阳底下晒得香喷喷的小猫身上，干燥温暖的气味，和这座常年阴雨连绵的南岛市格格不入，也和阴森的禁地截然不同。

这种信息素不强势，也没有什么掠夺性，就是闻上去懒洋洋的，让人容易入眠。

自从醒过来后，尖锐的神经痛让这只凶兽非常躁郁，他无数次回到自己的巢穴里，然而没有办法闭上眼睛，无数的信号、电波，混乱地在禁地的上空乱窜，过于发达的听觉让他能够听到很多声音，很吵很吵。

舒棠浑然没有感觉到危险的逼近，显然，白天的两个小时，对于舒棠而言完全不够睡。此时，她睡得不省人事，呼吸绵长又有规律，很像是一种助眠的白噪音。

神奇地，人鱼躁动的气息就被安抚了下来，那种一抽一抽的神经痛似乎也慢慢得到了缓解。高大的黑影慢慢地收起了尖牙，保持着靠近她的姿势，安静地闭上了眼睛。

虽然身边睡着一只猛兽，舒棠睡得仍然很熟。

六点，舒棠就醒过来了。她很想继续睡下去，但是，他们科室有个变态的要求，上班必须打卡，尤其是实习生，迟到一次扣二百块。

舒棠很不想上班。她坐起来，抱着侥幸心理看向了人鱼，希望她走出两米，对方就立马把她抓回来。

这样，不就可以不上班，躺回去美美地睡个回笼觉了吗？

舒棠离开了笼子。

舒棠走出了三米。

舒棠转头一看，人鱼闭着眼睛，丝毫没有清醒的迹象。

怪谈的规则不是离开他两米远就会被抓回去吗？

舒棠不死心，试探着走了好几个来回。

但是人鱼似乎睡得很沉。

舒棠大失所望，悻悻离开。

“巴士底狱”的确没有出口，舒棠也推不开石门。

但是舒棠可以爬窗户啊。这里的窗户对于体型比较大的alpha而言很狭小，但是舒棠完全可以挤出去。

舒棠先去了一趟厨房把早餐给端来了，给人鱼摆了一份，又从堡垒里的滤水机里面接了一杯水。

不过，说起来，人鱼到底是喝淡水还是海水呀？

不管人鱼看不看得懂，舒棠都在桌子上留了一张字条。

末了，她还回去看了一眼人鱼。高大的人鱼保持着沉睡的姿势，熹微的晨光照进来，仍然照不到他所在的阴暗角落。那么凶残高大的一条人鱼，睡着了竟然很文静，睫毛长长的，颜色和他的长发一样都是银白色的，舒棠忍不住伸手摸了一下。

好长，手心痒痒的。

她把外套脱了给他盖上，然后翻窗走了。侥幸存活下来的炮灰很失落：唉，好想被抓走就不用上班了。

第二章 //
社畜猫猫

禁地里，注定有人一夜无眠。

01 区的大厅里，挂着一个数字显示屏。

上面显示的不是时间，而是 001 号的精神力阈值。

一旦数值超过了 100，就代表着 001 号的状态极不稳定，就会瞬间响起防空警报，提醒众人快速警戒、疏散。

大厅里，严阵以待的军部众人，还有昨夜从禁地里逃出来的治疗师专家们，都盯着显示屏：终于，经过一整夜的时间，此时上面的数值渐渐恢复了正常，变回了绿色。

所有人都松了一口气。

至于那个误闯入禁地的炮灰——

陈生轻轻一叹：“去查查她的身份。”

人死如灯灭，说再多都没用，只能申请一笔丰厚的抚恤金，给一些物质补偿了。

陈生摘下了自己的帽子，其他的 alpha 也纷纷摘下自己的军帽，对着电梯的方向默哀了三分钟，为这位倒霉蛋行了一个庄重的军礼。

真不幸啊！

众 a 如是想。

但是也不知道是不是昨夜集体熬夜没睡觉的缘故，下一秒，众人突然间发现，电梯门打开了。

已经被安排了领取抚恤金的舒棠走了出来。

路过这群工作人员的时候，她还揣着手手很热情地和他们打招呼：“早啊！”

众 a：嗯？

她为什么出来了？

她竟然没死？

她怎么做到的！

有个震惊到结巴的 alpha 忍不住出声问：“你是怎么出来的？”

还有人指着她发抖：“昨天夜里……昨天夜里，你、你你……”

舒棠很耐心地一一回答：“坐电梯出来的啊。”

这里就一个出口。

“昨夜啊，睡得挺好的。”舒棠抱怨，“就是电力部门很久没去检修了，空调都开不了，冷死我了。”

话音落下，舒棠发现在场的所有 alpha 都在看着她，而且眼神震惊又不解。

舒棠有点委屈：怎么，实习生连电力都不能抱怨了吗？

说完，舒棠看了一下通信器：“下次再聊，我上班去了啊。”

唉，食物链底层在职场真难混啊！

她就像是每一个上班要迟到而怕扣钱的倒霉蛋一样，匆匆地打了个招呼就走了。

因为太震惊，在场众多 alpha 甚至还没来得及拦住舒棠，她就没影了。

最终，舒棠以百米冲刺的速度，卡着点踏进了急诊科的大门，保住了自己的二百块钱。

舒棠：好险好险！

舒棠并不知道，在她离开之后，很快就发生了一场以她为中心的谈话。

昨天进入禁区未果的专家们十分激动，立马就要把舒棠给抓回来好好问清楚具体的细节，尤其是她到底是怎么活下来的，这对于他们而言非常重要——

这很可能是接近 001、控制 001 的精神力暴动的关键！

但是很快，这几位专家就被陈生给拦下了。

陈生深谋远虑，当机立断：“不，先不要去找她，从现在开始，所有人都不许将这件事泄露出去！”

他使了一个眼色，他的副官就立马带着人把那几个专家给控制起来了。

陈生：“先查清楚她的底细，再派人看好她，千万不要走漏消息。”

就在不久之前，他们还陷在困局之中，拿禁地根本没有办法。但舒棠的出现，竟误打误撞成了唯一的转机。

也许是她的运气好，也许仅仅是因为暴动的元勋当时有片刻清醒，但她是唯一一个接近过元勋还没有死掉的人，这是一个破局的机会。

副官犹豫了一会儿问："那要不要告诉邱院长？"

陈生沉吟片刻，果断道："先瞒住！疗养院里鱼龙混杂，不仅有军部的人，还混进来了其他势力。就算是在联邦内部，也不是所有人都希望元勋清醒过来。"

一个强大到无法想象的武力威慑，既是联邦多年来的定海神针，也是无数人的眼中钉、肉中刺。更不用说人走茶凉，十年过去了，局势早就发生了变化。

想到这里，那点激动立马就像是被泼了一盆冷水，他彻底冷静了下来。

陈生不敢冒险。

而且，陈生也隐隐意识到了：十年后再次醒过来的元勋，身上发生了太多不可控的变化，几乎超过了人类能够理解的范畴。

他抬头看着外面阴沉的天空，心上像是压了一块沉甸甸的石头。

而此时，被寄予厚望的舒棠，正在开早会。

急诊科的主任姓周，是个非常喜欢训人的中年男 alpha，每天早上都要把所有的实习生骂一遍。但是每次，周主任一骂舒棠，她就揣着手手开始神游天外。次数一多，周主任发现她油盐不进，于是就不骂她了，只是每天早上开会的时候会阴阳怪气。

今天早上，舒棠果然听见了自己的代称："个别实习生""极个别""更有甚者"。

舒棠左耳朵进右耳朵出：唉，不知道今天能不能按时下班，下班晚了就不能去找人鱼了。

周主任在上面骂："有的 alpha，上班都踩点，还有没有医德了！"

舒棠心想：我路遇一条无人在意的人鱼都打算给治了，多有医德啊！

是的，不管是作为对方匹配的 alpha，还是作为一个治疗师，舒棠都不打算对他置之不理。

昨天她看了病历就发现了，根本没有人管这条人鱼的病情，而精神力暴动得不到及时的医治，很容易情况恶化，甚至出现生命危险。

舒棠决定下次一定要给他做一个全面的检查，顺便给他捎点药。

——顺便还要投诉 01 区的治疗师不作为。

“有的实习生啊，我是说有的猫科 alpha 啊！”

舒棠想到人鱼现在是被院方和家属双双抛弃、没人管的状态，于是做出决定——不行，下次去之前，她还得先去一趟超市。

“巴士底狱”虽然看着很豪华，但是里面别说吃的了，连个毯子、枕头都没有。舒棠昨天太困了睡着了不觉得，现在脖子开始疼了。

那条鱼昨天好像是坐着睡觉的，舒棠一想就觉得脖子和腰都一起疼了起来。

——看来枕头和被子也得买啊。

年纪轻轻的一条鱼，可别脊柱侧弯了啊。

舒棠又想：干脆列个清单吧。

此时，在场所有的 alpha 齐刷刷地转头看向了舒棠。

“有的实习生啊，别以为自己匹配到了 omega，就有恃无恐、肆意妄为，omega 是那么好娶的吗？还天天卡点上班，这个工作态度，迟早要被人家家里嫌弃！”周主任意有所指，阴阳怪气。

舒棠茫然：他刚刚说了啥？

底下众 a 纷纷窃笑。周主任立马瞪了舒棠一眼，愤愤地转移了目标。散会后，舒棠开始了作为实习生忙碌的一天。

说实话，舒棠本以为世界如此奇妙，不仅人人都有精神体，还有广袤的污染区，生活应该上天入地、惊险刺激和污染物搏斗才对。但实际上，该上班上班，该上学上学。

这个世界的所有人生存压力都特别大，alpha 的确有去前线污染区的，但是要求极高，大部分的 alpha 还是会留在安全区，从事后勤、医疗等一系列比较危险的行业；omega 则大部分都扎根在文娱行业；而 beta 因为人口比例比较大，什么都干，堪称万能打工人。

实习生作为职场的最底层，压力就更大了。而且舒棠今年还要备考治疗师资格证，真的是忙得昏头转向。像是舒棠这样还没有拿到治疗师资格证的实习生，只能负责打杂，帮助上级治疗师查房、照看病人，都是舒棠的日常工作。

精神力暴动是一种并不罕见的疾病，往往在患上这种疾病后，就有很大一部分人，会在十几年内死于某一次暴动。海角疗养院又是专科医院，舒棠必须每天一间间病房问过去，并且要写下所有的诊疗记录以便存档。等到她匆匆整理完所有的文件，终于，忙碌的一天结束了。

舒棠一看时间，已经晚上九点了。

写档案的时候，舒棠就想起来了那条在疗养院角落里的人鱼，但是这个时间太晚了，只能等明天下班了。

舒棠叹了一口气，缓慢而疲惫地往宿舍移动。她身边的 alpha 同事们上了一天的班还很有精神地说说笑笑，混在他们中间的舒棠，像是一具格格不入、被抽干了精气的丧尸。

舒棠一直觉得自己更像个 beta，因为 alpha 们的精力都旺盛得可怕，看见他们，舒棠时常怀疑老天在进化的时候没带上她。

同事们还热情满满地邀请舒棠："小棠，一起去酒吧吗？"

迈着如同丧尸一般沉重脚步的舒棠说："不了不了。"

走进海角疗养院的员工楼的时候，舒棠的室友苏茵已经回来了，正在挂着自己的外套，见舒棠进来，她立马凑了过去。

苏茵和舒棠都是华大的实习生，还恰巧被分到了一个宿舍，三个月的时间里两人已经混出了深厚的友谊。

苏茵："今天早上周主任又阴阳怪气啦？哎呀，你别往心里去。昨天相亲怎么样？"

躺在床上的舒棠复盘了一下昨天的流程：

进 01 区相亲，找到鱼，友好会面，相谈甚欢，共进晚餐。

"吃了顿饭，又聊了一会儿天，还挺愉快的。"

听到如此平平无奇的相亲经历，苏茵也躺了回去："生活，真是一潭死水、波澜不惊啊。"

舒棠又和苏茵说了两句，掏出了通信器和父母交代了一下今天相亲的后续，就听见苏茵突然对着通信器哀叫了一声："周主任又给我们俩调班了，明后天都得加班。"

舒棠垂死病中惊坐起。她想着今天没来得及去找人鱼，明天去也来得及。但是一听，算了算，岂不是要等到三天后？

舒棠带着悔恨交加的情绪躺了回去：神啊，早知道昨天就把人鱼摇醒了！

午夜十二点，海角疗养院的核心区域，01 区如同一个黑色影子，沉默而寂静地屹立在夜幕中，只能偶尔听见巡夜警卫低低的交谈声。

大厅里，那平静了整整一天的巨大显示屏突然动了。

数字跳跃着，从绿色的 88、90，快速地跳到了红色的 100、120、130……

很快，显示屏上出现了一个巨大的红色感叹号"！"。

紧接着，一声刺耳的防空警报划破了夜空。

舒棠消失了。她的气息从人鱼的巢穴、从整个禁区消失了。

高大的黑影迟缓地走遍了整个禁区的废墟，找遍了每一个角落，但是陈旧、破败的废墟里空空荡荡。人鱼从破旧的碎玻璃中，对上了自己漆黑的双眼，如同黑暗里一只诡异的怪物。

许久，人鱼才十分迟缓地转头，看向了禁地外的警戒线。

地上留下了一串“滴滴答答”的水迹，朝着黑暗幽深处蔓延——他要找到她。

整个禁区都被警报惊醒，然而，还没等陈生匆匆将疏散的任务分配下去，脚步就突然间停了下来。只见不远处，数字屏幕上的数值快速地直线下跌，归零了。

只有一种可能：监测对象不在监测范围内。

“怎么回事，快去翻监控？”

所有人都意识到了不对劲。然而，就算是不断切机位，无数小分屏中也没有在禁地找到人鱼的身影。

监控室内一片死寂，所有人后背都蹿起了一股寒意。

陈生面色发白：“他是怎么出来的？”

有人颤抖道：“电梯。”

监控里，电梯前有一摊很明显的水渍，朝着外面蔓延。

禁区没有别的出入口，但是，人鱼竟然学会了坐电梯。

比起人，现在的“他”，不管是思维方式还是行为方式，都更像是兽类。可是现在，“兽类”却表现出了惊人的学习能力！

要知道电梯藏在十分隐蔽的地下，使用方式也非常复杂，还有复杂的密码。电梯只被启动过一次，更加不可能有人告诉“他”密码——那“他”是怎么学会的？

困惑、恐惧。

但是唯一可以确定的是——黑暗里的困兽，学会了打开笼子。

监控室内的声音消失了，安静得像是一座坟墓。

陈生深吸了一口气：“通知邱院长，快点。让他配合疏散，能疏散的全都疏散！”

现在他也不能顾及那么多了。

然而事与愿违——

下一秒，灯光闪烁了一下，整个 01 区陷入了一片漆黑。

信号也瞬间被切断了。监控室内，空气变得异常凝滞。

邱院长曾经在 001 号苏醒后，提出过一种假说：001 号的精神力异变成了一种强大的磁场，所以才能切断信号、排除电波的干扰。

然而，这种异变已经超过了人类的认知范围。

这也是为什么，一开始 01 区的部分治疗师坚持认为“他”已经不算是人类了。

此时，有人颤抖着开口：“可是从前，他的精神力磁场影响范围没有那么大。”

切断信号，也仅仅是局限在禁地的范围内而已。

“‘他’是不是……还在进化？”

一片死寂。

现在，这个超越人类认知范围的怪物被放出来了，而没人知道他要做什么。

半夜又下起了雨，一个高大的黑影行走在雨夜里，长发“滴滴答答”地滴着水。

周围的电线噼里啪啦地炸开，信号无故消失，仿佛在“他”的周身，一种古怪的磁场在不停地扩大范围。终于，整个疗养院里，最后一点光线，“嗞嗞”两声，也消失了。

也不知道过了多久，终于，“他”停了下来。高大的黑影迟缓地转头，看向了雨幕中的一座楼。“他”闻到了熟悉的信息素。

宿舍楼的监控里，出现了一个高大的黑影，紧接着，屏幕“啪”的一声黑了，整个宿舍楼里连细微的电流声都消失了。

灯火通明的疗养院仿佛瞬间从人类文明的产物，变成了一片黑暗而原始的丛林。

黑暗里，大型凶兽正在缓慢前行。

宿舍楼里静悄悄的，只能听见脚步声和“滴答、滴答”声。

有个 alpha 打着哈欠朝楼下走去，然而一转身，就撞见了楼梯口昏暗光线下模模糊糊的高大黑影。对上那双诡异又漆黑的眼睛，仿佛一瞬间被某种可怕而庞大的存在凝视的惊恐，让他立马僵直在了原地。

幸好，“他”对其他人没有任何兴趣，只是将漆黑的眼睛迟缓地移开，所到之处，留下了一串水痕。

三个月前苏醒的人鱼，从未踏足过禁地以外的地方。禁地外的一切，对人鱼而言陌生至极，更加不理解这是个什么地方，但是“他”却顺着气味，在这个全然陌生的世界里，找到了她。

此时，舒棠睡得很沉，呼吸均匀，丝毫没有意识到危险的靠近。

人鱼耳后淡蓝色的鳍翕张，漆黑的眼睛盯着她，他缓慢地靠近了她。被激怒的不悦和浓重的失落，让“他”在靠近她的时候，发出了十分愤怒的、危险的“嘶”声。

一般来说，人鱼会毫不犹豫地撕碎惹怒他的存在，但是舒棠显然和海底霸主见过的所有生物都不一样，她轻得像是一片海藻，柔软得像是飞鸟的绒毛。

海底霸主被她的离开激怒。

人鱼将她带回巢穴，为她捕猎，她的离开让“他”愤怒至极。

还有浓重的失落和不解。

当“他”在空空荡荡的禁地寻找了她许久仍然找不到的时候，这种情绪达到了巅峰。

“他”现在的样子非常可怕，漆黑的眼睛，因为愤怒翕张的耳后鱼鳍，甚至朝着她“嘶”的时候，样子显得有点狰狞。但是在朝着她“嘶”了一会儿之后，“他”只是保持着这个动作，并没有立马杀死舒棠。甚至，苏醒不久的人鱼因控制不好自己的力度，不敢去碰这种脆弱的生物。

人鱼愤怒地朝着她“嘶”了一会儿。但也许是今天见到太多尖叫、惊恐的人类，终于让“他”意识到了答案所在，是因为同样的、对于他的畏惧，她才选择逃走的。

人鱼那漆黑空洞的双眸里，第一次涌上了强烈的落寞，混着愤怒和失落，苏醒三个月以来，“他”第一次有了十分明显、强烈的情绪。

“他”想要继续“嘶”她，想要立马把她抓走，但是“他”却渐渐地安静了下来，漂亮的脸上恢复了面无表情，耳后的鱼鳍也慢慢地恢复了正常，看上去样子终于没有那么吓人了。

人鱼没有惊醒她，而是慢慢地退后，靠在了她的小床边。

高大的黑影落寞地藏在黑暗中，长腿变成了鱼尾，安静地蜷在了她的旁边。

对于舒棠刚刚好的空间，对于高大的人鱼而言逼仄至极，鱼尾都伸展不开，只能有点委屈地蜷在她的床边。这样很不舒服，但这里全都是她身上好闻的气味，甚至空气里、地毯上都是。人鱼不再靠近，而是听着她均匀的呼吸声，慢慢闭上了那对空洞漆黑的眸子。

天边微微发亮的时候，人鱼睁开了眼睛。

聪明的人鱼有着强大的学习能力，“他”已经慢慢地意识到，自己在“人类”眼中是大型捕猎者，“他”一靠近，他们会僵硬、恐惧、想要逃走。所以，人鱼会在她醒过来之前，离开这里。

黑暗里，在狭窄的角落里待了一整夜的人鱼安静地盯着舒棠看了许久，然后缓慢地起身，朝着禁区内的巢穴走去。

临走前，留下了一条鱼。

不过，“他”已经记住了她的“巢穴”。并且，经过这一整夜，人鱼的精神力磁场覆盖的范围扩大，“他”能够感知到的区域变得更大了，足够将她的“巢穴”包括在内。

早上，舒棠是闻着鱼香味被饿醒的，她一睁眼，就看见桌上有一条金枪鱼。

舒棠十分惊喜：“茵茵，你买鱼啦？”

那条金枪鱼有舒棠手臂那么长，看上去就非常好吃。

苏茵揉着眼睛迷迷糊糊地醒过来，她昨夜半梦半醒间听见了一些动静，睡得并不是很安稳，闻言迷糊道：“没啊，我的精神体是狼，我又不爱吃鱼！”

怎么看，她们两个人中间买鱼的那个也应该是舒棠才对啊。

苏茵摸到了通信器，习惯性地打开了通信器刷论坛。

这一看，她的困劲儿全没了。

——疗养院的论坛里，昨夜的停电怪事顶上了热帖。

昨夜，疗养院突然大面积停电，十分离奇。

但如果仅仅是这样的话，还不至于让这个帖子在凌晨六点就被回复了上百次。

因为怪事还在后面：

据说，宿舍大门离奇被毁，有 alpha 发觉不对，起来调监控，却发现监控也炸了；

据说，有个 alpha 早起被室友发现吓晕在了楼梯间；

据说，有人半夜听见了诡异的水滴声；

…………

苏茵看得津津有味，刚想叫舒棠，却顿住了。她僵硬地低下头，突然间发现，宿舍的地上莫名其妙出现了一条长长的水痕，一直延伸到了屋外。

瞬间，苏茵想起了今天早上莫名其妙出现的金枪鱼，还有昨夜隐约听见的动静，联想到帖子，苏茵背后的冷汗都冒出来了。

苏茵情绪十分激动，一边尖叫，一边让舒棠快点看论坛。

舒棠掏出通信器，一目十行："天哪，太可怕了！"

苏茵转头一看，大惊失色："你怎么把鱼给烤了？"

是的，舒棠已经架好了便携式小烤炉，鱼也已经烤上了。

苏茵惊恐："小棠，你就不害怕吗？"她压低了声音，脸有点白。

舒棠左顾右盼，也压低了声音："害怕啊，那你要吃一半吗？"

苏茵很害怕，弱弱地道："吃、吃吧。"

天降横鱼，怎么会有猫不吃呢！对今天的宿舍怪谈，舒棠只有一句话要说：阿门，感谢上天的恩赐！

烤鱼并不需要什么手艺，舒棠的柜子里还剩半瓶蜂蜜，直接往金枪鱼上一刷，烤得两面金黄，"嗞嗞"冒油，一口下去灵魂都得到了升华。

前十五分钟苏茵还在瑟瑟发抖，和舒棠讲自己昨天听见的动静，后面就只顾着吃了。

舒棠吃完就忘记了今天早上的灵异事件，溜溜达达出去上班了。

但显然，其他人并没有舒棠的好心态。开早会前，急诊科的众 alpha 齐聚茶水间聊八卦，个个都面色发白，很是不安。

舒棠一边给自己的咖啡加糖，一边竖起耳朵听。

有 alpha 信誓旦旦："这一定是闹鬼了！我们疗养院可是死过不少人的。"

舒棠评价：赛博唯心主义。

有 alpha 激动道："一定是污染区的怪物。"

还有 alpha 认为，这一切不过是房顶漏水；至于大门坏了，一定是半夜八级台风；有 alpha 吓晕，一定是突发恶疾。

对于这一群 alpha，舒棠评价：坚定不移的唯物主义者。

苏茵则混在众 alpha 中描述自己宿舍的怪事，并且信誓旦旦地表示：大家都会在不久后离奇地被污染或暴毙。

舒棠评价：这是恐怖主义。

最后，大家都齐刷刷地看向了舒棠。

毕竟舒棠是和苏茵一个宿舍的，也算是灵异事件当事人。

舒棠有点犹豫。她本来应该随大流表示一下自己的惊恐，但是她摸了摸良心，发现自己并不是很怕，而且她吃人嘴软，金枪鱼头七都没过去，她怎么好端起碗吃饭、放下碗骂娘？她敷衍了过去，端着咖啡溜之大吉。

舒棠本来以为这件事讨论一阵也就过去了，毕竟怪事年年有，并不会对生活产生什么影响。

谁知道，今天开早会的时候，周主任却宣布了一件事：“我刚刚接到院长那边的通知，疗养院现在进入警戒状态了。从现在开始大家都不要乱走，不能随便离开 11 区，到时候出事了可别怪我没提醒啊。”

此话一出，下面的 alpha 立马交头接耳了起来，一片“嗡嗡”之声。

周主任正色警告道：“对了，大家夜里早点回去，锁好门窗，不管外面有什么动静，都要保持冷静，不能随意外出！保险起见，夜里睡前，大家最好都穿上防护服！”

海角疗养院的所有 alpha 治疗师都算是军医，闻言虽然面面相觑，但是也都快速接受了现实。即使大部分人的脸都有点白，也并没有普通人那么惊慌。

一群实习生中，资历比较老的治疗师们本应该更加镇定，此时听到通知，面色却突然间变得十分凝重。

疗养院里有个禁区，只有少数中高层治疗师知道。而禁区的存在，一直是笼罩在海角疗养院上方的一团不散的阴云，时时刻刻给这里的人带来巨大的压力。

不少人都隐约猜到：禁区出事了。

“闹鬼”并不可怕，但禁区出事，才是真的鬼故事。

散会后，舒棠毫无心理压力地查房去了。

她丝毫没有意识到自己这只西伯利亚的小蝴蝶，扇扇翅膀，引起了怎样可怕的海啸。

舒棠：唉，11 区不让进出，探望人鱼的计划又要推迟了。

因为疗养院进入紧急状态这件事，急诊科兵荒马乱了一整天。一直到下班前，舒棠还听见同事们议论：“今天夜里，他肯定还会来的！”

同事们惴惴不安，讨论着夜里有什么应对之策。

舒棠竖起耳朵，若有所思。

下班后大家纷纷去了保卫科买防护服，有的 alpha 还要了一些防身的武器。而舒棠随大流买了防护服后，又绕道去了超市。于是苏茵惊讶地发现，自己的室友买了一个碗。

入夜后，舒棠在昨晚天降横鱼的地方，摆了个碗，又把自己所有的零食都堆在了桌子上，然后双手合十。

穿着防护服的苏茵突然发现自己竟然懂了她的脑回路。

在遭遇了这么可怕的事之后——

猫：天降横鱼！天降横鱼！

苏茵一脸不可思议地躺下了。

入夜后，整个宿舍楼门窗紧闭，陷入了一片死寂，就连楼里面众人的呼吸声都消失了一般。终于，“滴答、滴答”的水滴声，在大部分人陷入睡眠的时候，再次响了起来。此时，仍然有人醒着，可是一种莫名的恐惧袭上了心头，让他们保持着安静，躲在被子里不敢发出声音。

果然，高大的黑影再次出现在了楼梯口。“他”来了。

人鱼这次仍然站在舒棠的床边，看了她好一会儿。她睡得很香，似乎逃走以后，已经彻底忘记了人鱼的存在，这一点让人鱼感觉到了熟悉的焦躁不安。但是这一次，“他”没有“嘶”她，甚至没有发出任何声音。

——“他”不能吵醒她。

安静地看了她一会儿后，人鱼就迟缓地退后，像昨天那样缩在了黑暗的角落里，蜷着鱼尾，只是唯一不同的是：人鱼漆黑的双眼，突然注意到了舒棠身上的防护服。

对人鱼而言，探测船都可以随意撕碎。这种据说是研究院研究出来的运用了前沿技术的护甲，在“他”面前仍然和纸片一样脆弱，根本没有任何防护作用。

可舒棠发现了那条金枪鱼后，却因为害怕，穿上了这样一个东西。

明明“他”没有伤害她。人鱼愤怒又不解，鱼尾僵硬地蜷在了角落里，漆黑的双眼死死地盯着她。对于这种凶兽而言，凶残和杀戮才是“他”的天性，好意是稀缺且珍贵的，一而再、再而三的拒绝，只会彻底激怒“他”。

人鱼愤怒又焦躁地甩了甩鱼尾，整整一夜，都没再靠近过她。只是在角落里，一直用愤怒又冰冷的目光注视着熟睡的舒棠。

终于，天亮了。

人鱼这才缓慢地移开了视线，困在狭小的角落里整整一夜，让人鱼起身的动作变得非常迟缓。

在离开之前，“他”的脚步却突然一顿。因为昨天“他”放鱼的地方，摆了一个碗。高大的黑影缓缓低下头，就看见碗边放了一张纸，上面画了个箭头。

“鱼放这里↑”。

人鱼僵硬了一会儿，歪了歪头。

人鱼的脸上一直是没有什么表情的，很难从“他”的脸上看出什么情绪来。但是他耳后的漂亮鱼鳍动了动。许久之后，“他”转头看向了旁边的舒棠，持续了一整晚的愤怒与焦躁的情绪渐渐消退。只是，在墙角自闭了一整夜的深海屠夫，并不是什么好说话的善类。

人鱼靠近舒棠，盯着舒棠身上的防护服，终于，修长苍白的手指靠近了防护服，“刺啦”一声，碍眼的防护服就被十分恶劣地撕成了渣渣。

这是一种来自凶兽的威慑、警告。

不过，人鱼仍然把鱼给了舒棠，端端正正地摆在了她的碗上。

一觉醒来后，舒棠看了看金枪鱼，又看了看被撕碎的防护服。她摸了摸自己还很完好的脖子，终于有点紧张了。

天哪，防护服都被撕碎了！

她一边害怕一边把金枪鱼给清蒸了，还加了海盐、酱汁。

但是这紧张并没有维持到鱼熟，舒棠就想通了。她分析了一下：既然“他”可以撕碎高密度的防护服，说明要了她的小命是很简单的；但是“他”却什么也没做，这两天，只给她留下了两条鱼就消失了。

要知道，大部分海洋成为污染区后，联邦市场上的鱼是非常稀少的。

似乎对方来一趟宿舍楼，吓坏路人，弄坏大门，就只是为了给她送金枪鱼吃。

舒棠双手合十：这是什么好心的金枪鱼之神！

舒棠放松了下来，给鱼翻了个面。但是也不知道是不是舒棠的错觉，她总闻到一股若有似无、十分诱人的柠檬海盐烤鱼味。

其实她昨天也闻到了，但是昨天的金枪鱼是烤着吃的，所以舒棠当时并没有细想。

可问题来了：今天她的鱼是清蒸的啊！

这熟悉的气味舒棠闻一次就不会忘记，因为世界上没有别的气味会让她控制不住大脑发昏，心跳加速。

舒棠的心中突然有了一个猜测。她拍了拍自己的脸蛋，呆呆地低头看着手里的金枪鱼。

此时，对面的苏茵才刚刚醒，她一骨碌爬起来：“怎么又有鱼？”

苏茵有点害怕地问道：“小棠，不会又是那个……”

舒棠呆呆地道：“什么？”

苏茵爬起来坐到了舒棠的身边：“我昨天夜里听他们说，那个被吓晕的 alpha 醒过来了。

“他说看见了一个黑色的影子，大家都说，可能真的是闹鬼了。”

因为这个证词，急诊科赛博唯心主义派一时间占据了舆论的焦点。苏茵看着舒棠手里的鱼，很想问她要不要一起去求个符。

舒棠回过神来，斩钉截铁地纠正：“不是鬼。”

苏茵：嗯？

舒棠犹豫了一下：“其实也没有那么可怕。”

但是她到底什么都没有说。

等到收拾好了，舒棠却没有和苏茵一起去急诊科，而是道：“茵茵，我早上有点事，你先去开早会吧。”送走了苏茵，宿舍里就剩下舒棠一个人。

她绕着自己的床转了一圈，很快就找到了地上留下的痕迹：床底下有什么东西拍打过的痕迹，在地上留下了深深的印记，仿佛是一只大型凶兽在这里甩过尾巴；角落的窗帘上，还有被靠过的折痕；舒棠还发现自己的铁架床上，有一角甚至被深深地压出了一个手印，仿佛是什么人不小心捏出来的。

其实这个场景已经足够惊悚了，但是舒棠似乎并不怎么害怕。

虽然不太确定，但是她好像知道那个好心的“金枪鱼之神”是谁了。

这一天，舒棠匆匆赶去上班，果然又因为卡点遭到了周主任的痛批。但是舒棠心中有事，浑不在意周主任的阴阳怪气，自己找了个角落去抄诊疗报告了。

抄着抄着，她抄到了一句话：“失忆是严重精神力暴动的常见后遗症，伴随着心智的消退、常识的遗忘。”

舒棠愣了一下，有点出神。

其实在人鱼学她吃饭的时候，舒棠就猜到他应该是失忆了，不然这么简单的用餐方式，不至于一个成年人还需要学习。这也是为什么舒棠心心念念老是惦记着去看他一眼的原因。

可是舒棠一直以为他会好好地待在01区，从未想过人鱼来找她这个可能。

要知道疗养院特别大，01区离11区很远，看不懂指示牌要迷路半天。

那，人鱼是怎么找到她的？

失忆的人鱼就像是一张白纸，不会说话，自然也不会找人问路。

前两天夜里雨还特别大，人鱼还不会打伞，只知道在大雨里沉默地走。

估计连在屋檐下躲雨都不知道，舒棠脑子里乱七八糟地想着。

等到下班后，她犹豫了一下：话说，人鱼淋雨，会感冒吗？

舒棠感觉自己在杞人忧天，但还是跑去药房找同事开了一点感冒药。虽然海角疗养院不治感冒，常备药却都是有的。等到离开药房后，舒棠想了想，又快步去了一趟超市。

舒棠买了一张尺寸最大的毯子，特意挑了防水的；她还给他买了个保温杯，吃感冒药用的；又挑了一把伞、一条超大尺寸的毛巾。

买完这些，舒棠路过了食材区。

阿姨热情道：“要来点苹果吗？基地培育的新品，个大还特甜！”

根据舒棠的观察，人鱼的主食大概也是鱼类，但是超市没有卖。

舒棠心想，那就买点海里没有的吧。

她提着大包小包出了超市。回去的路上，苏茵看了她好几眼，忍不住问：“你买苹果干吗？这东西老贵了，果味营养液不香吗？”

舒棠：“苏茵，你听过《诗经》里的一句话吗？”

苏茵：嗯？

舒棠：“大意是投我以 fish（鱼），报之以 apple（苹果）。”

是夜，舒棠躺在床上，闭上了眼睛，等待着人鱼的到来。她一直在装睡，但也许等得时间太长了，舒棠迷迷糊糊快要睡着。

突然间，她听见了“滴滴答答”的声音。是在雨夜里淋了很久的人，长发上不停滴水的声音。

舒棠立马精神了起来。紧接着，她听见了脚步声靠近，下意识地屏住了呼吸。她感觉到有人在黑暗中注视着她，但是神奇的是这种注视并不会让她觉得害怕。

她调整着呼吸，不让他发现自己还醒着。

舒棠悄悄听着“他”的动静，有点好奇“他”想要做什么。

很快，舒棠感觉到了外面雨夜微凉的寒气，小床晃了一下，仿佛有什么大型凶兽，用尾巴将她和小床一起圈在了里面。就算是对方什么都不做，都有一种强大的压迫感。狭小的空间一瞬间变得更加逼仄，仿佛就连空气都变得稀薄了起来。

这个距离，近得舒棠几乎能够听见对方的呼吸声。

冰冷，均匀，平稳。

然而接下来却什么都没发生，一切再次恢复了寂静，似乎这只凶兽淋着大雨，在这个黑暗的雨夜找到她，仅仅只是为了靠近她，将她圈在中间。

事实上也正是这样。如同过去的两天一样，人鱼只是将舒棠和小床圈起来而已。

人鱼的破坏力是非常大的，一不小心就会捏碎她的床或者别的家具。“他”上次在舒棠的床架上弄出了一个深深的手印，这一次“他”小心了许多，连偶尔甩动鱼尾的动作都变得很轻。

因为她没有拒绝“他”的好意，凶兽就慢慢地收敛了自己的暴躁，学会收起爪牙，安静地靠在她的身边入眠。

今夜，本来也是如此。然而舒棠伪装的呼吸声，在善于捕猎的凶兽面前实在算不上太高明，刚刚闭上眼睛的人鱼立马睁开了漆黑的双眼，盯住了舒棠。

过去的每一次，“他”都会在她醒来之前离开，这还是第一次舒棠中途醒来。

人鱼可以轻易地戳穿她的伪装，然后将她抓走。然而，这只凶兽却沉默了一会儿：如同一切弱小的生物一样，她害怕人鱼的靠近，不然也不会在昨天穿上防护服。

虽然昨天不解又失落的人鱼愤怒地警告了她，但“他”不想吓跑她。

凶兽盯着她看了许久。

“他”站了起来，没有发出任何声音，悄无声息地将自己藏进了黑暗里。

装睡的舒棠，此时心中正在天人交战，她不知道自己要不要现在就醒过来。

舒棠总算是知道地上、窗帘上的痕迹是怎么弄出来的了。

她只知道“他”给她送鱼，却不知道“他”会在她的床边待上一夜。

舒棠并不害怕，其实想想也很简单：对于失忆的人鱼而言，外面的世界是全然陌生的，“他”并不能理解现代文明，找到唯一认识的人，靠在她的身边入睡，并不难理解。

舒棠：“他”那么大一只，自己的宿舍又小，难道“他”是坐着睡的？地上还特别凉。

舒棠也不知道人鱼为什么不叫醒她。按理说，今天的这个发现应该把她给吓晕，但是实际上，舒棠的心情很复杂。

她并不觉得人鱼多么可怕，反而像是发现了一只在下雨天，偷偷蜷在人类身边睡觉的大号猫咪。想到过去两天的夜里，“他”都是在地上睡的，舒棠叹息了一声。

舒棠想了想，她有一把专属值班室的钥匙，最近电力维修，值班室就空了出来，被褥床单都有，比睡在她旁边冻一夜要强。于是，舒棠睁开了眼睛，打算把人鱼给叫起来，带人鱼去值班室睡。

然而舒棠坐起来之后发现，她的床边空空荡荡的。

舒棠：我鱼呢？

她起身打开了灯，宿舍的地面上有潮湿的痕迹，但是她没有看见人影。

舒棠对着空气问：“你在吗？”

没有任何回应。

舒棠想了想，穿上外套朝着门外走去，果然看见地上留下了一条长长的水痕。

她沿着水痕找了过去，在一个拐角处停下了脚步。

她知道人鱼躲在那里。

舒棠突然间意识到，人鱼大概不想让她知道。

虽然不知道为什么，但是舒棠想了想，还是决定贴心地不戳穿“小猫咪”偷偷来她旁边睡觉的事。毕竟，如果她上前揭穿了这件事，人鱼估计就会离开，再也不来了。

舒棠并不是想要赶走“他”，毕竟外面雨下得那么大，气温也很低，淋着雨在这种天气里走回 1 区也太糟糕了。

她转身，回了宿舍。

一墙之隔的拐角处，高大的人鱼抿着苍白的唇，面无表情地藏在了黑暗里。

舒棠的脚步声渐渐地靠近，但是不知道为什么没有再继续前进，而是过了一会儿后，脚步声又渐渐远去了。

人鱼全程都没有发出任何的声音，如同被人遗弃在黑暗角落里面的一座石像。

一直到不远处走廊的灯熄灭了，又过去了许久之后，人鱼才僵硬地动了动。

舒棠回去后，把伞找了出来，放在了门口。想了想，她翻了翻柜子，找出自己从前盖过的被子放在了地毯上。

舒棠转头看了看还睡得不省人事的苏茵，原来她不知道这件事还好说，但是知道人鱼会在夜里出现在她床边后，为了不吓到室友，她还是想个办法搬出去吧。

毕竟，蓝色小玫瑰真的很大一只。

她这么想着，熄了灯，重新躺了回去。

果然，许久之后，舒棠才听见床边重新响起了动静。

舒棠迷迷糊糊地想：这才是小猫咪吧！

舒棠本来打算等到人鱼睡着了自己再起来看看，但是她困得眼皮打架，闻着人鱼身上好闻的气味，听着窗外的雨声，迷迷糊糊地就睡着了。

高大的人鱼沉默地将她的小床圈住，面无表情地注视着舒棠的睡颜。

——除了藏起来，天性凶残的人鱼并不知道要怎么接近她，让她不再害怕。

就像是拿脆弱易碎的宝贝毫无办法的巨龙。

但也许是因为鱼尾放下时接触的再也不是冰冷的地面，人鱼这才迟缓地注意到，“他”所在的角落里，那块小小的脚垫被换成了一块尺寸刚刚好的大地毯，还铺上了被子，看上去像是一个“小窝”。

人鱼迟缓地歪了歪头，闻到上面有她的气味：温暖干燥，十分好闻。

人鱼不知道被子是用来盖的，只是发现把鱼尾放上去刚刚好。

“他”用鱼尾试了试触感，有点软，很像舒棠那天夜里在人鱼的“巢穴”里，靠着“他”睡觉时的触感。

“他”甩了甩鱼尾，很喜欢这个“新巢穴”。

黑暗里的凶兽突然间僵硬地转过头，后知后觉地意识到：这是她的回馈。

人鱼缓慢地凑近了舒棠，朝着她发出了愉悦的声音，想要用鱼尾蹭蹭她，但是人鱼控制不好力度，犹豫了片刻，改成蹭了蹭她的被子。

其实人鱼也注意到了舒棠放在桌子上的苹果和药片，但是人鱼并不能理解这是什么东西，自动地将这些东西和舒棠的床、舒棠的桌子一类的家具，通通无视了。

夜雨淅淅沥沥，人鱼闭上了眼睛。

早晨，离开前，人鱼照例留下一条新的金枪鱼，但是“他”没有在桌子上发现碗。

舒棠把碗摆在了门边的角落里。

碗边还是一张字条，画了一个小小的箭头，指着一把和人鱼鱼尾颜色很搭的蓝伞。

人鱼缓慢地歪了歪头。

大概是怕“他”不会用伞，舒棠画了一个简单的示意图。

柔软银白的长发垂下，修长的手指有点不太熟练地抓住了这把蓝色的伞。

尽管人鱼的动作十分小心，但还是在伞柄上留下了一个手印，不过好歹没有捏碎伞骨，这把伞被小心翼翼地撑开了。

显然，刚刚苏醒的人鱼并不能理解这个东西是人类制造出来挡雨的，但是人鱼知道，这是“礼物”。

——她送给了黑暗里的怪物一份礼物。

——她接受了怪物的好意，并且回应了“他”，就不能后悔了。

这天早上，01 区的人们和过去的两天一样紧张。

这两天里，陈生和邱院长紧急商议的结果是：暂时封锁海角疗养院。

他们不知道 001 号想要做什么，如果贸然做出什么激怒“他”的事，“他”离开海角疗养院了怎么办？要知道外面是整个南岛市，一旦 001 号离开，一切不堪设想。

没有人比从前在元勋身边当了许多年秘书的陈生更加清楚，“他”的杀伤力到底有多强。

然而提心吊胆了两天，他们却发现事情并没有想象中的糟糕：人鱼每天会在半夜离开，但仍然会在天亮时分归来，并没有要离开海角疗养院的意思。

尽管如此，陈生和邱院长仍然每天早晨都精神紧张，必须要等到 001 号回到禁地才能稍微松一口气。

幸好，紧张的人们终于在监控里面看见了一个高大的身影，出现在了 01 区。

人鱼和往常一样按时回来了。

但是所有人都发现——

人鱼的手里多了一把蓝色的伞。

人鱼进大厅的时候撑着伞，坐电梯的时候也撑着伞。

其实这个造型比起平时更加惊悚了，尤其是室内撑伞，实在是古怪至极，更像是什么雨夜屠夫了。

人鱼一直撑着伞回到了自己的“巢穴”里，然后将她送给“他”的礼物撑在了自己笼子的上方。

——舒棠只教了“他”撑伞，没有教“他”收伞。

人鱼见过舒棠用这个东西，因为第一次见舒棠，她就把伞放在了“他”的头顶。但是人鱼不知道这个东西到底有什么用：刚刚回来的路上，大雨如注，人鱼往前举着伞，于是外面“滴滴答答”的雨水顺着伞沿，全淋到了他头上。

舒棠一觉起来，发现苹果没有被动过。

舒棠：好贵呢，要八十块钱一个！

她掀开窗帘一看，早晨雨停了，竟然还难得地放晴了。

舒棠把被子都抱出去晒了，包括人鱼的那床。忙完之后，她溜达着揣着新鲜的鱼去了食堂，找食堂阿姨帮忙处理一下当午饭吃。

至于昨夜人鱼为什么在雨夜出现，又要藏在黑暗里，不愿意让她发现是“他”。

舒棠猜想：大概是性格敏感内向，自尊心强。

舒棠从小到大认识不少 omega，包括她上高中时的同桌，就是个对月伤心、迎风落泪的典型 omega，他们的泪腺发达，敏感至极，还特别容易应激。于是舒棠决定暂时不戳破这件事，等到去 01 区探望人鱼的时候再说。

她揣着手手上班打卡，在茶水间找人打听了一下单人宿舍的事。

前辈 alpha：“这个要打报告申请，很慢的。”

舒棠想了想，决定下午写个申请书。

但是舒棠万万没想到，很快，她就得到了一个噩耗：因为电力恢复正常了，实习生们又要回去上夜班了。

这就意味着她晚上不能回宿舍，只能在值班室里待一整夜了。

舒棠在早会上神游天外：那今天夜里，小玫瑰怎么办？

吃完晚饭后，舒棠在员工休息间里补觉，一直到夜里十点的时候才醒过来。其他的实习生也陆续醒了，打着哈欠，抱怨着周主任不做人，前辈们全是甩锅侠。

舒棠脑袋发昏，还没睡醒，直到听见医院广播传来了天气预报：“今夜寒潮来袭，夜里有大到暴雨，温度将降至一两度，请各位注意添衣，谨防感冒。”

这下子舒棠倒是醒了，来到窗边就被冷空气冻了一个哆嗦。

苏茵站到她的身边，忍不住叹气：“污染区降临之后，这天气是越来越怪了。”

舒棠心想，她值夜班不在宿舍，人鱼却不知道，他要是夜里来，那不就找不到她了吗？这天还怪冷的。

舒棠看了看时间，说：“茵茵，你一会儿帮我请一个小时的假吧。我要推迟一点过去。”

苏茵低声说：“你干吗去？要知道疗养院现在戒严了，不让我们乱走。你就不怕出去遇上……”

舒棠转过头：“下雨了，我被子没收。”

苏茵：好吧，没收被子，的确挺严重的。

话音落下，舒棠就跑了，还仗着自己长得不高，身子一矮，从周主任的眼皮子底下溜走了。

因为最近夜里的怪事，所有人都牢牢遵守上级的指示，门窗紧闭。整个疗养院一到夜里就变得和一座杳无人烟的鬼城似的，寂静得可怕。

人鱼和往常一样，在午夜时分来到宿舍楼下。

只是这一次人鱼手里多了一把伞。但是当高大的黑影缓慢地朝着宿舍大门走近的时候，人鱼突然间停下了，“他”迟缓地转头。

舒棠正撑着伞，站在唯一的路灯下面朝着远处看。

她在等人。

人鱼高大的身影慢慢地退后，迟缓地再次步入了雨夜，藏进了黑暗里。

舒棠本来没有看见人鱼，但是她闻到了空气里让她心跳加速的味道，立马就注意到了不远处即将消失的一片影子。

舒棠马上探头，黑影瞬间消失得干干净净。

——像是刚刚被路灯的光给吃掉了。

舒棠发现了踪迹，犹豫了一下，却并没有像昨天那样止步不前，而是追了上去。最后，一直追到了宿舍一楼尽头的一间杂物间前，舒棠才停了下来。

藏在黑暗里的高大黑影，正沉默地注视着舒棠。因为不会撑伞，人鱼的身上全是雨水，银白色长发上的雨水一滴滴地落下，滑过了苍白紧抿的唇。

舒棠能够模模糊糊地感觉到黑暗里有人正在看着她，就在不远处的杂物间里面。

此时此刻，舒棠已经意识到自己的做法有点冒险了。虽然因为气味，舒棠有八成的把握对方是小玫瑰，但是还有两成可能，对方真的是个什么不可名状的危险存在。

意识到这一点之后，迟来的危机感，让她忍不住有点害怕，在对方冰冷的视线中，有种掉头就跑的冲动。这和她本人的想法无关，就像是刻在生物身体里的本能。这让舒棠忍不住浑身紧绷，有种毛都炸开的感觉。

但是舒棠还是忍住了。她不再犹豫，直接推门走了进去。

舒棠以为自己可以在杂物间里顺利地找到人鱼，然后安抚一番，将小玫瑰带走。

但是就在她踏入杂物间之后，身后的大门，“吱”的一声关上了。舒棠立马有种踏入了什么危险领域的错觉。

黑暗里的人鱼身形高大，野兽一般危险的双眼审视着她，强大的精神力从四面八方包围着这间狭小的杂物间，将此处变成了一个危险的捕猎场。

“他”因为不想吓到她，所以才选择藏起来，可是她锲而不舍、孜孜不倦地追着“他”跑，一定要让“他”现身。于是，这只恐怖的凶兽决定恐吓一下这只小猫，告诉她：不要探究、好奇“他”是谁，也不要试图改变现状。

舒棠此时能够明显地感觉到，那个高大的身影就在她的身后，仿佛可以听见“他”沉重而均匀的呼吸声。

她转过身想要看清楚他的样子，然而，下一秒——

一只冰冷的大手捂住了她的眼睛，温度很低，还带着外面雨夜的凉意。

她的眼睛被遮住，什么都看不见了。视线被遮蔽之后，其他感官就变得非常清晰。

她感觉到他的手非常冷，仿佛在雨里淋了许久。“他”触碰她的动作很轻，僵硬又虚虚地捂住了她的眼睛，不让她看见“他”的模样。

尽管如此，因为极大的体型差距，在人鱼缓慢地靠近舒棠的时候，仍然有种绝对的压制感，仿佛只是捂住她眼睛这样的动作，就可以让她无路可逃。

人鱼保持着这个捂住她眼睛的姿势，威胁似的虚抬起了她的下巴，慢慢地靠近了她，冰冷的呼吸瞬间就在她脖颈间激起了一片战栗。

脖子是命门，而这只深海里的捕食者，可以轻而易举地咬断她的脖子。

果然，那只小猫立马浑身僵硬，连呼吸都似乎慢了半拍。

过了约莫两三分钟的样子，或许是觉得威胁够了，人鱼才慢慢地松开了她。“他”在无言地表达自己的意思：到此为止，不要再一直追着“他”，探究她会害怕的真相了。

人鱼准备松开她，再次退回黑暗中。

然而在将捂在她眼前的手撤走的那一刻，舒棠突然间抬手飞快地抓住了人鱼的手。

对人鱼而言，这点力度根本不可能起到任何阻拦的作用，但是黑暗里，高大的人鱼垂下了眸子，停下了退后的动作，漆黑的双眼注视着她的动作。

舒棠什么都看不见，只能顺着人鱼捂她眼睛的手，慢慢地往后上方摸索。舒棠摸到了人鱼还在滴水的长发，接着是形状优美至极、摸上去却十分冰凉的唇。

温热的手指在人鱼的唇上停留了片刻，这个动作就像是深海里的小鱼，轻轻地碰了“他”一下。

黑暗里的凶兽迟缓地歪了歪头，冰冷的唇留恋她指腹的温度一般，轻轻擦过。

舒棠立马缩了缩手。

舒棠已经发现这条鱼浑身湿透了，发梢还在滴水，在这个气温即将接近零度的夜晚，冷得像是一块冰。

她在心中无声地叹了一口气。

她找错了位置，继续往下，终于找到了人鱼的另外一只手。

舒棠松了一口气，把手里价值八十块钱的红苹果塞进了人鱼的手里。

面色苍白的人鱼迟缓地低头，看着手里红彤彤的苹果。

她没有回头，只是对身后黑暗中的那个高大的怪物说：“今天晚上雨这么大，跟我走，好不好？”

许久之后，久到舒棠几乎都要以为对方不会有任何回应了。

身后，人鱼慢慢地退后，松开了她，藏进了一片黑暗中，没有发出任何声音。

舒棠试探着往前走了两步，推开了杂物间的大门，走入了大雨中。很快，淅淅沥沥的雨声里，她的身后传来了脚步声。

舒棠走，“他”也走。

舒棠停下，“他”也停下。

仿佛在无声地回答她的那个问题。

跟我走，好不好？

好。

第三章 //
人鱼找猫

雨夜里，他们一前一后地朝着急诊科走去。但是不知道为什么，舒棠总感觉雨似乎越下越大了。

舒棠一开始没有意识到哪里不对，直到舒棠抬头发现她的周围似乎在下“中雨”，而她的头顶则在下“暴雨”。

舒棠：咦？

她疑惑地抬头左顾右盼，又想要转头偷看一眼到底是什么情况。

但是舒棠才鬼鬼祟祟地转过来一点，就被身后高大的黑影发现，直接被连人带雨伞给拎起来了。“他”低下头，沉默地把舒棠转了个方向，重新放回地面。

舒棠什么都没偷看到，悻悻地往前走，心想：我什么没见过，就连他拖着大鲨鱼走的大场面都看过了，怎么现在看一眼就这么难呢。唉，早知道当时就抓紧机会多看几眼了。

舒棠觉得他俩现在的关系非常复杂：人鱼不让她知道自己是谁，而她知道人鱼不让她知道且在装作不知道。都有点像是：你猜，你猜我猜不猜，你猜我猜你猜不猜的翻版。

舒棠正在胡思乱想着，很快，她脑袋上离奇的大雨就破案了。因为舒棠从地上的影子发现，她的头顶正在进行一场“人工降雨”。

——她身后高大的黑影，伞是往前撑的。

舒棠终于明白了为什么明明打了伞，人鱼还是浑身又湿又冷了。

舒棠于是放慢了脚步，举起伞给人鱼示范，要用伞遮住自己的头顶才对。

人鱼只是不理解、没见过，其实很聪明，“他”安静地注视着舒棠比画了半天，很快，舒棠头顶的“人工降雨”就停了，人鱼学会了正确的打伞姿势。

终于，急诊科到了。

关于这段时间层出不穷的怪事和疗养院的封禁，疗养院里“赛博唯心主义派”只剩下寥寥几人，大部分人都成为“小道消息派”。

不少治疗师都通过内部消息得知了部分真相：禁地里的001号苏醒了，而且禁地似乎再也没法限制“他”，“他”会在半夜时分，出现在疗养院的任何一个角落。

海角疗养院的编号非常有学问，一般来说保密级别越高，危险性越大，编号就越小。而001号的恐怖程度，许多人猜测，大概可以媲美某些可以摧毁一座城市的强大污染物。

如果事情一开始仅仅只是闹鬼，大家还可以轻松地互相开玩笑，现在却完全不同了。

就像是那个经典笑话：

如果你有十亿，你愿意捐出去吗？愿意。

如果你有一头牛，你愿意捐出去吗？不愿意，因为我真的有一头牛。

疗养院里的所有知情者都闭口不谈，气氛变得十分压抑。

但是舒棠什么都不知道。她和苏茵都是“实习生不算人派”，而在“实习生不算人派”里面，舒棠又是神游天外的个中翘楚，基本上不管发生了什么都在状况外。可能哪一天疗养院被污染物入侵，全医院的人都死光了，舒棠早起上班时才会大为震撼：我同事呢？

在如此巨大的信息差之下，一直在状况外的舒棠悄悄带着人鱼从后门进了急诊科大楼。

此时实习生们已经进了各自的值班室，舒棠负责的是一楼，值班室就在门口。

舒棠打开值班室的门后，非常自觉地转过去，对着墙壁开始面壁：“你进来吧，我不看你。”

她罚站了好一会儿，终于，身后传来了动静，地上留下了一串湿漉漉的痕迹。

舒棠的值班室放她一人还是挺宽敞的，但在高大的人鱼进来后，就像是一下子被填满，变得逼仄狭小起来。空气都好像稀薄了起来。

值班室里有一张床、一张桌子，中间用蓝色的帘子隔开，高大的黑影就在帘子的后面。

虽然人鱼看上去像是“藏”，但是实际上，一下子整个值班室都被“他”的气息所笼罩了。

然而，深海里的凶兽，此时却对周围的一切都十分陌生，还有一些莫名的焦躁。如同原本在深山老林里的猛虎，有朝一日出现在了车水马龙的大街上，僵硬又焦躁。

深海里的霸主，对现代文明的一切陌生而不解，但是舒棠柔软温暖的气味很好闻，慢慢地安抚了躁动的凶兽，让“他”渐渐地平静了下来。

本来，如果完全忽略周围的一切，只专注唯一熟悉的舒棠，会让这只凶兽平静下来。

然而，外面突然传来了护士小田的声音：“小舒治疗师，你快来看看仪器是不是坏了？”

舒棠不得不离开了，她对人鱼说：“我出去一会儿，马上就回来。”

人鱼沉默着。

舒棠有点不放心人鱼一个人待在这里，她离开前还小心地把门给锁了，值班室的窗户也被带上了，她告诉人鱼，自己只需要十分钟就会回来。

人鱼听着舒棠的脚步声渐渐远去。但是实际上，人鱼并没有看上去那么平静。

此前，人鱼虽然每天半夜都会找到舒棠，坐在她的旁边度过一整夜，但那时候“他”的出现，让这片现代文明的世界变回了原始丛林的猎场——所有人都遵循着原始丛林里弱肉强食的生存法则。

而现在不一样了，舒棠带着“他”第一次踏入了现代文明的世界。这里有无数混乱的气味，各种乱七八糟的声音。

人鱼不能理解头顶正在“呼呼”吹热风的是什么东西，只知道“嗡嗡”的噪声不停地在“他”的耳膜里放大。

人鱼也不能理解从外面不停经过，偶尔朝着里面好奇地看一眼的人类。一切都让刚刚踏入人类世界的凶兽感觉到焦躁和不安，几乎立马想要找到舒棠，把她带回自己的“巢穴”里去。

然而等了好一会儿，舒棠仍然没有回来。

慢慢地，一直保持安静的凶兽的耐心开始告罄了。

“他”朝着上面“嗡嗡”发出声音的空调发出了威胁的“嘶”声，但是空调显然不会受到威胁——仍然孜孜不倦地朝着人鱼吐出热气，发出噪声。

深海里的凶兽会撕碎一切激怒“他”的存在，但这里是舒棠的另外一个“巢穴”，人鱼不想破坏她的“巢穴”。

领地意识极强的人鱼焦躁至极，漆黑的双眼扫视着这间狭小的房间，那种想要毁掉一切的躁郁感越来越强烈。

突然，人鱼听见门口传来了声音。

“舒棠”这两个字的发音引起了人鱼的注意，这只凶兽安静了下来，漆黑的双眼盯着门外，听着外面那些人的动静。

护士们正在聊天：“小舒医生上次不是去见她的匹配对象了吗？难怪周主任这么酸呢，给她排的夜班是最多的，我听说小舒医生的匹配对象姓祝！”

“我们疗养院最近警戒，负责押送物资过来的就是南岛基地的祝中校，舒棠的匹配对象就是他的儿子。”

“哪个祝？是我们元勋那个祝吗？”

一时间，小护士们惊呼连连。

有个护士压低了声音：“什么呀，我们元勋是孤儿，又没有后代。这个祝家其实和元勋一毛钱关系都没有。”

“南岛基地的祝中校一家，原来根本不姓祝，而是祝中校在登记的时候钻空子把自己的姓改了，用这种浑水摸鱼的方式混进了南岛基地高层，成了后勤官。”

因为祝姓比较少见，很容易令人联想到前任大首领，所以这个浑水还真的给他们家混成了。

“当然了，这已经是陈芝麻烂谷子的事了，元勋都隐退十年了，也管不了这些鸡毛蒜皮的事了。”

大家纷纷点头。

“毕竟，对于咱们而言，这个捡了漏的祝家人也算是大人物了。”

“难怪周主任老是说小舒，要进祝家门估计很不容易。”

黑暗里，人鱼安静地听着。

一直到听到“元勋”两个字的时候，人鱼才迟缓地歪了歪头。这两个字的发音，让“他”觉得有点熟悉。但是人鱼连自己是谁都记不得了，又怎么会记得一个代称呢？

于是，人鱼的注意力很快转移了。

“他”在试图理解他们的对话。

每一个字的发音都陌生又遥远，连在一起模糊而颠倒。

"舒棠"这个发音频繁地出现在别人的嘴里，和一些陌生又晦涩的词联系在一起。这让人鱼产生了一种错觉：仿佛舒棠是另外一个世界的人。

人鱼缓慢地抬起眸子，看向了门外——那是一个区别于人鱼的"巢穴"和大海的世界。

一个"他"完全不能理解、光怪陆离的世界。

舒棠刚刚被叫过去，是因为整个大楼里的精神力检测仪器都坏了：不知道为什么每一台仪器上的数值都开始狂飙，把小护士给吓坏了。

舒棠匆匆赶过去的时候，仪器就安静了下来，因为检测仪的数值达到了巅峰，升不上去了。

当时在场的不少人想起了一些传闻，立马面无人色。毕竟，和疗养院戒严联系起来，很难不想到禁地里的某个可怕存在。

只有舒棠立马发表了高见，她单知道疗养院的实习生不发加班费，没想到连检测仪都要挑便宜的批次买。

发现和实习生没有什么关系后，舒棠就在众人的注目礼中溜了。

之所以耽误了一会儿工夫，完全是因为舒棠去仓库拿了两块干净的大毛巾。

她回到了值班室，发现人鱼还在，松了一口气。舒棠问："你会擦头发吗？"

帘子后的黑影沉默地盯着舒棠，长发还在滴水，影子里还有一对显得有点诡异的耳鳍，像是一只应该存在于某种古老传说里的生物，和整个灯火通明的急诊科、和这间温馨的值班室格格不入。

舒棠想了想："那，我闭着眼睛不看你好不好？"

舒棠闭上了眼睛，掀开了帘子，摸到了人鱼的位置。

舒棠摸到了"他"的长发，触感凉凉的，像是上好的绸缎。

人鱼没有拒绝。

舒棠没有给人擦过头发，倒是高中的时候去宠物店打过暑假工，擦过一段时间的狗。舒棠心想，自己这也算是熟练工，人鱼和萨摩耶是差不多的。

但是当她靠近人鱼时，她突然间意识到这两者之间天差地别——舒棠听得见"他"沉重的呼吸声，明显异于寻常人；就算是看不见，那种野兽一般扫视的侵略性视线也非常有存在感，几乎不可能和那些温驯的宠物混为一谈。

尽管此时，人鱼坐着，她站着。

舒棠手指停了一下，总有一种在凶兽的头顶拔毛的错觉。

人鱼抬头，安静地看着她，银白色的长发自然垂落，面无表情的样子看不出任何情绪。

但是，在舒棠低头开始给他擦头发的时候，突然，人鱼修长有力的大手很轻地撑住了她的腰，往前推了一下。她像是一下子被拉进了“他”的世界里。

这下，舒棠几乎整个人被笼罩在了高大的黑影中。

舒棠愣了一下，下意识地想要睁开眼，但是人鱼立马遮住了她的眼睛。

明明温度是冷的，空气却仿佛慢慢地升温。

舒棠有点热，摸索着找到了遥控器，将空调给关了。最后的一点“嗡嗡”声也消失了，值班室里一下子变得很安静。

接下来两个人都没有说话，舒棠仔仔细细地帮“他”擦干了头发，只觉得“他”的长发触感极好，她忍不住借着毛巾的掩饰，多摸了两下。

舒棠感觉到人鱼有点紧绷，于是她顺势揉了揉“他”的长发。感觉到“他”慢慢地放松了下来，舒棠心想，其实和萨摩耶还是有点像的——只要揉揉毛，就会安静下来。虽然大只了一点，外形吓人了一点，但是很乖巧。

人鱼任由她动作，慢慢地闭上了双眼，如同黑暗里一座漂亮的神像。嗅着她的气息，那种强烈的躁意就慢慢地平息了下来，刚刚对这个世界强烈的抵触，也因为舒棠的气味慢慢地消退了下去。

舒棠慢慢地碰到了人鱼长发的边缘，靠近耳朵的位置。

舒棠一直很好奇这个部位。她见过人鱼耳鳍的两种形态：一种是柔软的，像是淡蓝色的半透明的飘带；一种则是“嘶”她的时候，耳后的鳍会变得尖锐锋利。

舒棠心中一动，很想去摸一下。但人鱼耳后的鳍非常敏感，几乎是舒棠温热的手指一碰到边缘，尖锐的鳍就竖了起来，柔软美丽的蓝色，立马变成了一种美丽而诡谲的凶器。

这个位置极其敏感，因为贴近头部，对于兽类而言，是非常致命的部位。深海里的凶兽立马睁开了双眼，躲开了舒棠的触碰。

人鱼的耳鳍完全可以媲美鱼尾，杀伤力极强，舒棠差一点就被条件反射竖起的鳍割断手指！

人鱼非常生气，几乎是立马就从喉咙里发出了危险的“嘶”声，漆黑的眸子危险又冰冷地注视着她。

舒棠的大脑立马发出了警报，意识到了危险的靠近，刚刚那种融洽的氛围一扫而空，身上的毛都要炸开了。

她僵直在原地，眼睛也不敢睁开。

人鱼把她提溜了起来，抵在了墙上，靠近她，发出了嘶哑的威胁声。竖起的耳鳍还泛着尖锐的冷光，看上去就像是暴虐的兽类。

舒棠应该害怕的，但是她立马机灵地领悟到了人鱼的意思——耳鳍不能摸。

她想到“他”的耳鳍竖起的时候有和匕首似的光，也意识到了自己鲁莽。

这事算是她理亏，毕竟是她先摸“他”的耳鳍的。

舒棠闭着眼睛说：“我不知道不能摸，对不起。”

人鱼又朝着她“嘶”了一声。

舒棠立马发誓：“以后都不会偷偷摸了！”

终于，在确认了她不会再次这么做后，舒棠被放了下来，不过被放到了帘子的外面。

舒棠坐在了地毯上，浑身炸开的毛好一会儿才安抚了下来。等了一会儿，听到里面没有任何动静，舒棠才试探道：“你还生气吗？”

此时，一切都像是回到了初见时的“巴士底狱”里。

凶兽还是凶兽，伪装得再怎么安静，在被人触及雷区后，也会立马暴露出自己的爪牙。

这种时候，一般人都应该开始搜索自己的墓地朝向了。但是舒棠，一回生、二回熟，她渐渐地熟悉了踩到雷区后的流程：雷区蹦跶，被抓起来“嘶”，保证不再碰雷区，无事发生。

舒棠见迟迟没有动静，认为目前已经进行到“无事发生”的阶段了。

于是，舒棠决定回去上班。

她很自来熟地告诉里面还在生气的凶兽：“我还要上班，你困了就先睡吧。”然后舒棠就低下头开始写病历报告了。

其实，舒棠一边抄一边竖起耳朵关注着后面的动静。

舒棠：怎么还没动静？今天温度不是接近零度吗，怎么突然间这么热？

不知道从什么时候开始，值班室的温度开始变化，舒棠热得脑门冒汗。

她一边纳闷，一边悄悄回头看人鱼——

帘子后高大的身影，像是待在了和世界隔离的角落里。

人鱼冰冷审视的视线仍然停留在舒棠的身上。

舒棠突然间意识到，这一次踩雷区似乎和前面几次不太一样。

人鱼是真的生气了，而且决心让她记住这个教训，“他”那双漆黑的双眼想在人身上施加压力，是非常轻易的。

如同被什么庞然大物盯上，舒棠背后发毛，这还是舒棠第一次这么清晰地意识到身后人鱼的危险性。

舒棠后背僵直了片刻。

但是很快，这种感觉消失了，因为舒棠突然间看见：人鱼手里拿着空调遥控器。

舒棠：她就说怎么这么热！

因为见舒棠用过一次，聪明的人鱼就已经学会了如何使用，此时正拿着它调高空调的温度，空调风对着舒棠“呼呼”地吹。

舒棠心想她不和一条鱼计较。

但是她忍了一会儿，越想越生气，刚刚那种恐惧感瞬间消失了：天哪，还有没有天理了，他又凶她，还想要开空调热死她！

舒棠气不打一处来，转头“啪”关掉空调。

人鱼慢条斯理地转头，又缓慢地把空调打开。

舒棠关、人鱼开，来来回回好几次。

最后，舒棠一把抓住了遥控器要开空调，下一秒，“刺”的一声，空调的电线炸了。

帘子后面的黑影若无其事地移开了视线，甩了甩鱼尾。

舒棠：好卑鄙！竟然作弊！

此时，舒棠已经完全不记得自己一开始就是想要关空调了。

舒棠一边生气一边抄报告，一整晚都没有搭理后面的人鱼。而且不知道是不是她的错觉，舒棠总觉得人鱼是在逗她。

今天夜里所有的病人都特别安静，没有和平时一样隔三岔五就叫她，于是舒棠不知不觉地趴在桌子上睡着了。

舒棠睡着后，“他”来到了她的身后，安静地盯着她的睡颜。

人鱼每天夜里都能看见睡着的舒棠。人鱼体温低，并不怕冷，也不需要维持身体的温度，在海里的时候只需要在礁石边就能闭着眼睛小憩。但是舒棠睡觉一定要有床，还一定要盖东西。

舒棠甚至以己度人，给强大的深海霸主安排了一个小小的窝。

虽然没必要，但人鱼很喜欢。

舒棠身后的黑影安静了片刻，修长的手指靠近了她的睡颜，将她椅子上的白大褂捡了起来。“他”动作迟缓，歪了歪头，按照舒棠平日里盖被子那样，把舒棠给盖了个严严实实，包括脸。

舒棠一整夜都睡得十分安详，就是有点呼吸不畅。

等到第二天醒过来，舒棠眼前一片白茫茫。

睡蒙了的舒棠：我仙逝了？

好一会儿，舒棠才把脸上的衣服摘了下来，怒火重燃，环顾四周，寻找人鱼。

人鱼果然不在了，但留下了一条新的金枪鱼。

舒棠切了生鱼片当早餐吃。

舒棠吃着吃着发现自己的心情竟然还不错。她还有了一个新的目标：有朝一日，摸到人鱼的耳鳍。

她哼着小曲，刚想要关上值班室的门，突然间发现，门锁被弄坏了。弄坏的人似乎想要把它恢复原样，又太笨拙，只将门锁歪歪扭扭地安回了门框里。

最后，锁安回去了，但墙上留下了一道夸张的裂缝。

在失去一切记忆之后，从前在人类世界里，习以为常的一切，对于人鱼而言都变得无比陌生。

其实这个画面看上去有点可笑，但是不知道为什么，舒棠脚步一顿，心脏突然间像是被蚂蚁咬了一口。

她重新回到了值班室，抬头看了看头顶被炸掉的空调，突然间意识到，人鱼大概是很讨厌这个东西。甚至，“他”也不喜欢这里的一切。

舒棠突然间明白了，为什么昨夜人鱼表现得那么警惕。她只是一碰“他”的耳朵，“他”耳后的鳍就立马以一种可怕的速度竖起来了。

就像是山里的老虎被丢进了车水马龙里，一点喇叭声都会让它暴躁、警惕。

舒棠的心情突然间就像是一片吸满水的海绵，变得沉甸甸的。

舒棠想着，不会用伞没有关系，不认识门锁也没有关系，甚至不会说话问题也不大，她可以重新教“他”、慢慢地唤醒“他”的记忆，迟早有一天“他”可以重新回到人类社会。

不过，想到那本空白的病历，舒棠隐约感觉到了一丝不安：如果“他”从未得到过治疗，那“他”现在就是一颗极为不稳定的炸弹。

就像是舒棠负责查房的那几个病人，隔三岔五精神力就紊乱、爆发。精神力暴动的症状也千奇百怪，还有一个精神体是犬科的 alpha，天天半夜对着月亮发出狼嚎。

但正因为频繁爆发，他们才在急诊科，而非更加严重的科室。

舒棠从认识人鱼到现在，从未见到过“他”真正完全精神力紊乱、爆发的一面。但这并不是一个好现象。

意识到这一点后，舒棠再也坐不住了。原本计划中的体检、开药，必须提上日程，不能再拖下去了。

主要是人鱼夜里来的时候，看都不让她看，自然就没有办法做任何检查。

那只能白天去 01 区试试看了。

舒棠想着虽然最近疗养院戒严，但是请个事假应该不难。

就在舒棠离开值班室的时候，通信器响了起来。来电显示：妈妈。

就在不久之前，在舒棠说完相亲一切顺利后，舒妈妈和舒爸爸就兴冲冲地上门去拜访了祝家。

舒家虽然小门小户，但是小康之家，在南岛市也算是过得还可以的了，只是对比南岛基地的祝家要显得不起眼了一点。谁知道，祝中校对舒爸爸准备的礼物看都没有看一眼，祝夫人还挑三拣四，说舒棠的精神体比较鸡肋，以后晋升的机会少，前途比较有限。

舒妈妈一听，一气之下就跑了。

等到回到家，舒妈妈觉得这事儿八成要凉，于是找了舒棠姨妈的关系打听了一番，得知祝家在和海角疗养院副院长的女儿接触的事，顿时知道，舒棠八成是没戏了。

舒妈妈犹豫了好几天，和舒爸爸商量了一下，还是打来了电话询问舒棠。同时，也是想要委婉地提醒一下舒棠尽早打消这个念头。

舒妈妈小心地试探："小棠啊，你最近和那个相亲对象处得怎么样呀？"

舒棠一听立马兴致勃勃地讲起了自己和蓝色小玫瑰的事，什么小玫瑰长得好看，还给她送鱼。

舒妈妈心中一酸，这个柔弱的 omega 几乎要立马掉下眼泪来，最后还是忍住了，哽咽道："小棠啊，你要知道，知人知面不知心啊。"

舒妈妈搜肠刮肚："你看，他身体不好老是住院，听说脾气也不太好啊。你以后要天天哄着，多累是不是？"

舒棠一听："脾气是有点坏，但他还是有很多优点的。"

比方说会抓大甜鱼，还很文静，虽然不会说话，但是会给她送鱼。

而且——

也没有那么难哄啊！

舒妈妈噎住了，干脆单刀直入："你不是说你想去找他解除匹配吗？现在呢？"

舒棠被问住了。

解除匹配？

舒棠的确把这件事给忘了。她犹豫了一下，含糊道："再等等吧，至少要等到他身体好起来。"

舒妈妈心中"咯噔"一声，和舒爸爸对视一眼：完了。

舒棠："我打算明天请个假去看看他，你们不用担心，我会看着他的，不会让他的情况恶化的。至于别的，等到他好了再说也不迟。"

一瞬间，书上那些无数攀高枝的凤凰 alpha 惨遭抛弃的故事，还有无数痴心错付的 alpha 被 omega 欺骗的社会新闻齐齐浮现在了舒棠父母的脑海中。

舒妈妈忧心忡忡地挂了电话，对舒爸爸说："那我们还要去祝家吗？"

想到祝家的态度，舒爸爸迟疑了："如果放着不管的话，她顶多被骗骗钱。"

想到被丢出来的礼物，舒妈妈又坐了回来："但话说回来，她又有几个钱呢？"

舒棠是个穷鬼。

上一次急诊科集体遭遇网络诈骗，舒棠也中招了——卡里的八毛钱余额惨遭洗劫。

疗养院的实习生工资只有两千块，迟到扣钱、偷懒扣钱、拿错药也扣钱。经常有急诊科的实习生发工资的时候发现自己竟然还欠急诊科几百块。倒贴上班的事时有发生，舒棠引以为戒，但是经常工资到手就只有一千多块！

因为污染区的降临，食物匮乏，竞争加大。

天天喝营养液，那种糊糊的口感太过糟糕，舒棠吃着吃着就经常思考一个问题：人为什么要活着？

她也没有别的奢侈的爱好，有点钱就全都买吃的了，隔三岔五尝尝水果，偶尔还要买点虾、鸡肉回来打牙祭。于是每到月底，舒棠就会陷入财政危机，只能去吃食堂。

苏茵是个标准的 alpha，和她的精神体小狼一样，野心强烈，欲望很低，是个"卷王"。她的工资全部攒起来，准备以后拿着这笔钱去疏通关系，转入南岛基地的医院工作。

升职加薪，成为院长！

每天野心勃勃的小狼，完全不能理解对床的那只橘猫，因为她既不卷，也不奋斗，有钱就拿去买吃的，问她有什么人生目标——

猫：食堂抢鸡腿第一名！

舒棠小时候第一次听说这个世界有污染区的时候，小小年纪的她以为自己要过上绝地求生的生活，就把买冰棒的钱全都攒起来给爸爸囤积物资。

但随着她逐渐长大，她渐渐知道了更多的事情。比方说联邦由八大基地组成，基地又不断扩大，形成了八个大城市，作为强有力的人类联盟，普通人的生活也能够得到保证。比方说因为精神力的发现，大部分研究都转向了精神力领域，大部分高新技术的发展也集中到了对污染区的探索。

虽然生活质量一般，但是世界仍然在稳定地运行着。

舒棠一觉醒来看着窗外落雨的世界，听着室友抱怨的声音，叹息一声，突然想起了一件事——等等，她小时候上交的零花钱，是不是全都被猫爸拿去当私房钱了？

一看通信器里的余额，舒棠立马就从半梦半醒中挣脱出来。

舒棠掏出了前几天开早会摸鱼时列出来的清单。

人鱼居住的01区什么都没有，她准备去超市把清单上的物资买回来，明天请假去看他的时候顺便捎过去。

舒棠把清单上的日用品买了，还顺手买了一些调味料，挑了一些速食。结账的时候，舒棠想起人鱼似乎听觉很敏锐，于是又给他买了一副耳塞。

出了超市，已经晚上十一点了。

舒棠哼着小曲儿揣着手手回了急诊科上夜班，就连门口的大黄狗都意识到了舒棠的心情很好，凑过去朝着她摇尾巴。她在茶水间泡了一杯咖啡，听着苏茵和小田护士聊天，眼神开始时不时地朝着玻璃窗外瞄。

枯燥乏味的实习生活，动不动扣钱的日常，还有加不完的班，让舒棠像是一具灵魂出窍的丧尸，她天天盼着两件事：大鸡腿、放假。

只有在提到这两件事的时候，行尸走肉的猫猫alpha才会眼中发出绿光。

现在好像多了一件——

然而，直到十二点的指针对上，实习生们都进了各自的值班室，人鱼都没有出现。

舒棠又等了半个小时，窗外和从前一样空空如也。她和小田护士说了一声，撑着伞出了急诊科的大门。

夜里总是下雨，舒棠知道“他”喜欢藏在黑暗里，于是打开了手电筒在附近看了看。但是黑暗里，没有人鱼的身影。

舒棠想了想，抬步朝宿舍楼走去。

舒棠想，万一人鱼不认识路，去宿舍楼附近等她也正常。

深夜的宿舍楼一片寂静，只有几盏路灯发出暖黄色的光。

舒棠的宿舍大门紧锁，没有人进来过的痕迹。她又上上下下找了三四层，仍然没有。

——难道真的因为昨天和“他”抢空调遥控器生气了？

——可明明“他”离开的时候还给她送了鱼。

下一秒，舒棠听见昨天的杂物间传来了细微的动静。她的耳朵动了动，推门进去，结果在角落里发现一只淋了雨的小野猫。

她把小猫抱去了隔壁宿舍，离开了宿舍楼。

夜里的风很冷，淅淅沥沥的雨水溅到舒棠的小腿上，把裤腿打湿了她都没有察觉。舒棠突然间意识到，“他”其实并没有必要天天夜里风雨无阻地来找她。

也许是今天的雨太大，也许是不想出门。

他们并没有约定每天夜里见面，连失约都算不上。

就在不久之前，舒棠还想要和人鱼好好谈一谈，让“他”不要再在夜里冒雨来找她了，毕竟南岛市的天气糟糕至极，夜里还不安全。人鱼不来了反倒是一件好事。

可是舒棠还是不可避免地开始心情低落，脚步沉重，又恢复了往日里被上班压垮了一切的丧尸样，慢腾腾地朝着急诊科走去。

然而舒棠走到半路，突然间，一声极为刺耳的防空警报划破了安静的夜空，响彻了整个疗养院。

舒棠的通信器响了起来，苏茵给她发了消息：速回！

本来安静的夜晚，因为这一阵持续了十五分钟的防空警报变得混乱了起来，整个疗养院都仿佛被唤醒，一下子变得灯火通明、人来人往。

急诊科所有值夜班的、睡觉的员工全都回到了大楼里，匆匆地收拾东西。地上文件、纸片散落一地都没人收拾，还有治疗师急匆匆地抬着担架将病人们朝外面送。

苏茵在门口一看见舒棠，就拉着她朝值班室走去：“快点收拾东西，我们要离开这里了！”

舒棠快速地收拾好东西，跟着苏茵一起混在了周主任带领的实习生后面，匆匆朝着外面走去。

舒棠问：“到底怎么回事？”

苏茵压低声音说：“是禁区出事了。”

作为职场食物链底层的实习生，舒棠根本没听过这个词：什么禁区？禁区是什么？

同为“实习生不算人派”，苏茵也是才知道不久。

两个人走在队伍的最后，悄悄咬耳朵：“我们疗养院本来是一座监狱，原来叫作海角监狱。后来监狱外面慢慢建起了疗养院，监狱就改成了禁区。这附近的海域禁渔，就是因为禁区的范围包括了附近的一整片海域。而且这么大的禁区里，只关了一个人。”

舒棠：怎么听起来有点耳熟？

周主任在前面大喊：“你们俩！都撤离了还不赶紧跟上来！磨叽啥呢？”

她俩立马噤声，爬上了卡车，挤在一群 alpha 中间。

苏茵压低声音：“我听说进出禁区的人都要穿防护服，还要签生死状。前段时间南岛基地报废了一艘军用探测船，就是去了一趟禁区！

“这种等级的精神力暴动，我都不敢想象。”

苏茵心有余悸：“难怪一出事，就要我们整个疗养院都撤离！”

舒棠震惊：“天哪，太可怕了！”

这大概是一无所知的炮灰舒棠最接近真相的一次了，毕竟如此熟悉的剧情，仿佛亲身经历过一般的场景，很容易就让人联想到那天的经历。但是炮灰之所以是炮灰，就是因为粗心大意、神经大条，炮灰舒棠只是对这熟悉的剧情惊讶了一下，在她的心里，这可怕的一切和那天气氛十分“融洽”的相亲又有什么关系呢？和她就更加没关系了，她就是个路人甲！

听着禁地的种种恐怖传说，舒棠一边说好可怕好可怕，一边趴在车窗上朝外面看。

一片灯火通明、混乱撤离中，舒棠始终没有找到那个高大的身影。

雨声渐渐大了，周围嘈杂的声音乱成一片。

舒棠低头一看，发现自己手里还抓着准备明天带去 01 区的购物袋。

但她不知道大家要撤到哪里去，也不知道撤离后还找不找得到小玫瑰。

疗养院的所有工作人员都是经过训练的 alpha，甚至连实习生入职的时候都进行过训练，撤退的时候自然有条不紊。

病人们则由各自的治疗师负责，此时前辈们正在清点自己的病人。无所事事的实习生们正凑在一起聊禁地的传说，混在其中发呆的舒棠突然间想起来一件事：蓝色小玫瑰那本病历里是空的，这也就意味着“他”没有负责的治疗师。

那有人会去 01 区接“他”撤离吗？

整个 01 区只有小玫瑰一个，万一大家撤走的时候，将 01 区遗忘了怎么办？毕竟里面连电都没有。

身边的实习生们还在说禁地里的存在有多吓人，什么“人形核武”，什么比高级污染物还要强的破坏力，舒棠顿时坐不住了。她一边想，天哪，这也太可怕了，一边转过头小声对苏茵说：“你还记得我的匹配对象吗？他性格很内向，又不爱说话，胆子还小，万一躲起来被落下了怎么办？我去看看他，确认他上车了就马上回来。”

苏茵知道舒棠的匹配对象就在10区，两个区就差两辆车，于是也没有拦着她，只是让她速去速回。

舒棠从卡车上下来，举着小红伞，匆匆踏进了纷纷的细雨里。

今夜的变数，源于不久之前，邱院长出示了一份数据报告：001号离开禁地的短短几天时间内，精神力磁场范围就扩大到了普通人的七十倍。

这种堪称恐怖的“进化”速度，让一干研究员、专家们震惊不已。几次探讨会议后，邱院长作为研究院的前任高级研究员，给出了一个十分精准的判断：在001号精神力如此可怕的扩张速度下，半个月后，001号身上一定会发生一次严重的精神力暴动。

这份报告一出，南岛基地立马派出了指挥官来到了海角疗养院。

南岛基地的指挥官认为必须要立马再次接近001号，进行控制和转移。而陈生作为禁地的原负责人，疾言厉色地拒绝了。他认为疏散附近的人群，按兵不动才是最好的办法。

他反复警告他们不要激怒001号，不要冒进。但是南岛基地派来的指挥官的权限更大，还得到了联邦的授权。陈生迫于联邦方面给出的压力，不得不妥协，指挥权被迫交给了南岛基地的指挥官。然而，陈生从头到尾都眉头紧锁，心中不祥的预感越来越强烈。

果然，在今天夜里零点行动开始不到半个小时，南岛基地指挥官的计划就彻底失败了，他不仅因为自己的冒进和自大玩脱了，还彻底激怒了001号。

于是，零点四十五分防空警报长鸣，零点五十五分整院大疏散、大转移。

他们想得太简单了。

监控里，那座据说是用从污染物中提取的稀有金属打造的、足足有几十吨重的巨大笼子被一只苍白而青筋暴起的手抓住，紧接着，让人牙酸的恐怖声音传来——笼子竟然直接被撕裂出一个巨大的裂口！最后一个画面，停留在了包围圈中那漆黑而暴虐的双眸上，紧接着以“他”为圆心，电线“刺啦啦”地爆开，就连监控室的屏幕都报废。

世界仿佛被按下了开关键。

在一片夹杂着尖叫的混乱声音中，不知道哪里的水管发生了爆裂，伴随着天空的暴雨如注，很快，整个 01 区的水就漫到了膝盖的位置。噼里啪啦的雨声中，窗外整个世界颠倒，陷入了一片死沉沉的黑暗，宛如一场别开生面的世界末日。

此时的 01 区会议室内，南岛基地的指挥官额头上大颗大颗的汗珠往下掉，面色苍白得可怕。

会议室内，只有陈生一个人的声音："邱院长，我不确定联邦到底怎么想的，在座的人又是怀揣着怎样的心思。但就算十年过去了，很多人都已经忘记了，我们也不能抹去元勋曾经的贡献，把他当作敌人！

"甚至于，像今天这样，完全不把他当人看。虽然我不知道他现在还算不算人，但是如果你们先预设他已经没有人性了，那你们所做的一切，就是一步步将他推到人类的对立面。你们会为联邦制造一个空前可怕的敌人。"

话音落下，整个会议室陷入了一片死寂。因为所有人都知道，陈生说的是对的。

一个高级污染物的入侵，可以摧毁一座小型城市。这也是为什么百分之七十的地区都沦为污染区的缘故。

那在十年前就远远超过高级污染物的元勋呢？

从前的元勋作为整个联邦战斗力最强的指挥官，外号就是"人形核武"。如今十年过去了，精神力暴动的元勋身上发生了未知的变异，还在进行着可怕的"进化"。

没人知道"进化"的终点是什么。

如果将"他"推到人类的对立面，那将会是一次空前的浩劫。

陈生希望经过今天的事可以将联邦高层暧昧不清的态度转变过来：放弃幻想，认清现实。

一片寂静中，头发花白的邱院长首先开口："陈上校，从今以后，疗养院将会全力配合你的指挥。"

坐在角落里的南岛基地指挥官沉默了片刻，说："南岛基地不再插手指挥，全力配合。"

这代表着指挥权的交接。

陈生重新回到了禁地总负责人的位置上，也接管了这次的危机。然而，情况的紧急程度，并没有给他们太多商量下一步计划的时间。

一直在密切监视着001号精神力波动的专家气喘吁吁地推门而入:“不好了，精神力数值飙升到了150以上！精神力暴动提前了！”这也代表着，接下来001号会发生真正意义上的精神力暴动，残存的一点理智也会丧失，事情会变得无比糟糕！

邱院长预测半个月后会发生一次，却因为今天的刺激，提前了！

陈生想杀人的心都有了，他直接上前一步，抢走了南岛基地指挥官的对讲机，快速地下达命令。

邱院长也立马带着一干治疗师专家匆匆地朝外面跑：“快！放出精神体！燕市来的专家呢，快一点把他们叫出来！”大厅里一片混乱。

人类的肉眼是看不见精神体的，只有释放出自己的精神体，通过精神体虚影的“眼睛”，才能看见另外一个世界。但是接下来，所有人都通过自己的精神体看见了十分震撼的一幕。

这还是人类的精神体吗?

画面显得非常震撼——

深蓝色透明的精神体笼罩住了整片漆黑的天空，如同无尽的深海里，缓慢、无声地飘过一条巨大、半透明的漂亮鱼尾，深邃美丽。

可是在看见这样庞大的精神体后，谁也说不出任何话来。那种感觉，就像是有深海恐惧症的人，坠入了万丈深海，四面八方的海水涌了过来，窒息感挤压着胸腔，仅仅是远远凝视一眼，就让人喘不过气来。

仿佛是另外一个维度的生物。

宏大、静谧。

倾泻的暴雨中，整个大厅一片寂静，所有人都被震撼得久久不能回神。这要怎么应对?

比起窗外的庞然大物，最精锐的alpha的精神体，都渺小得几乎像是一粒沙子、一只蚂蚁，谈何去制伏、去治疗。所有人都在此刻清晰地意识到，什么叫超越人类的想象。

陈生站在大厅门口沉默了许久，才收回了视线，匆匆地投身进了茫茫的雨夜中。

陈生想要去找一个人。

这段时间，陈生已经查清楚了舒棠的身份背景，但是迟迟没有动作。

外号“人形核武”的元勋，从前就是联邦威慑其他人类联盟的重大筹码，在八大基地的威望都是非常可怕的。但是十年过去了，不想要元勋清醒过来的大有人在。

今天的闹剧就证明了陈生的忌惮并非空穴来风。陈生不敢暴露舒棠的特殊之处，因为很可能变数一出现就会被扼杀。

但是如今，走投无路了，他只能去赌一个渺茫的希望。

大雨中，一个高大的黑影迟缓而僵硬地行走在一片黑暗的世界里。

长发“滴滴答答”地滴着水，如同雨夜里行走的怪物。

所到之处都是“怪物！怪物！”的尖叫声，还有恐惧的眼神、混乱奔逃的人群。

人鱼听不懂晦涩的词汇，不明白他们发音的含义，混乱的电波声、嘈杂的脚步声、惊恐的尖叫声一起疯狂地涌入“他”的耳膜，嘈杂成一片。

失去一切记忆的人鱼不理解他们嘴里的每一句话，“他”分不清敌友，分不清好坏，外面世界的一切都显得陌生而充满敌意。

尖锐的疼痛、混乱陌生的一切都让处于精神力暴动边缘的凶兽控制不住暴躁的毁灭欲。剧烈的神经痛刺激得人鱼浑身蓝色的青筋暴起，耳后的鱼鳍竖成了恐怖的凶器，双眼如同一片深渊一般黑洞洞。

尖锐的刺痛和嘈杂，让人鱼变得焦躁无比。但是“他”还有一丝清醒，记得“他”要去找舒棠。

黑暗里的怪物所到之处都是溃逃和尖叫，在防空警报和漫天的暴雨中，“他”死死地抓着那把蓝色的雨伞，死死地记着自己的目标。

然而“他”找了很久，来到了舒棠的宿舍，来到了急诊科。这两个地方都空空如也，楼下的人群四散溃逃——

她也被吓跑了吗？

神经突突地痛，在各种“怪物”“怪物”的尖叫声和惊恐的视线里，人鱼愤怒又不解，漆黑的双眼在人群中寻找着，翕张的耳鳍如同尖锐的蓝色刀刃。

然而，没有，哪里都没有。

一直到防空警报停了下来，所有人撤离完毕，整个疗养院陷入了空旷的死寂中。

淅淅沥沥的雨声里，“他”像是一座被遗弃的石像，浑身的水往下滴。

终于，也不知道过去了多久，人鱼漆黑的双眼动了动。

“他”迟缓地低下头，突然间，视线停滞了。

那把蓝色的、和“他”的体型并不匹配的小雨伞，一直被人鱼死死地抓在手中。

现在，上面多出了一个弹孔。

她送的“礼物”，坏掉了。

第四章 //
猫猫出击！

正在01区焦急地低声交谈着的众人，都如有所感，抬头看向了天空。只见那庞大的精神体，突然间变得极为不稳定起来，空气中仿佛震荡起了细小的粒子波纹。

紧接着邱院长脸色大变：“快！趴下！”训练有素的众人同样色变，立马寻找掩体！

漆黑的天空和纷纷的雨丝都仿佛被震荡、扭曲，三秒钟后，“砰、砰”的炸响声爆裂开来——01区的所有玻璃被同时震碎！墙体都仿佛开始摇动。

这是精神力暴动开始的征兆！

“快！撤离！”众人不再犹豫，迅速朝着停落直升机的方向撤退。

舒棠逆着人群朝01区走去，所有人都脚步匆匆，大量的人流蜂拥着朝外面跑去。

舒棠也知道今天情况比较危险，心中也着急，抓住了一个alpha治疗师问有没有近路。大概是看舒棠比较着急，那个alpha给舒棠指了一条路。

舒棠走得越远，身边路过的人就越少。等到了03区的时候，舒棠几乎要以为这附近一个人都没有了。

雨声嘈杂，天空黑成一片，周围都陷入一片寂静。地上全是水，淹到舒棠的膝盖以下。周围一片漆黑，她喘了一口气，几乎能够听见自己呼吸声的回音。

舒棠虽然有点害怕，但是她一看这架势就知道，03 区都这样了，01 区的人大概已经跑光了。这里不知道发生了什么，她甚至隐约听见不远处有什么东西爆开的声音。

舒棠心中着急，尤其是害怕找到人鱼后，如果赶不上最后一班卡车，两个人都要完蛋。她干脆卷起了裤腿，蹚着水从走廊穿行，摸着黑匆匆地朝着前方跑去。

舒棠像是“家里养的小猫丢了用剪刀大法都没用怎么办？”那般绝望着急。

舒棠的高中同桌养过猫，有一次丢了，拉着她哭得上气不接下气，发挥强大的想象力脑补了一出悲惨世界。当时舒棠没有办法感同身受，现在，舒棠有了同样的心情。她的脑子里一片混乱，一会儿想着这里似乎发生了小型爆炸，人鱼躲在角落里会不会出事；一会儿想着小玫瑰会不会被水淹。

不过“他”好像是一条鱼——但是水里万一漏电了怎么办？

此时，另外一批人也很着急。

正是带着自己的一干心腹 alpha 匆匆寻找舒棠的陈生上校。这群 alpha 是真的天都要塌下来的那种绝望、着急。因为用对讲机联系了 11 区的负责人没有找到人，最后一丝希望也濒临破灭。

陈生的副官着急地劝着匆匆冲回疗养院的陈生，身后的 alpha 精锐们也神色紧张，但是他们不能眼睁睁地看着元勋走到人类的对立面，成为一个真正的怪物。于是，怀揣着同样天塌了的心情，双方命运般地相遇了。

舒棠第一眼就认出了那天相亲时给她指路的热心人，她朝着那群行色匆匆的 alpha 叫了一声。陈生带领着自己的心腹们正匆匆地搜寻着，突然间听见了舒棠的声音，这一声简直如同天籁。

双方匆匆地会合了，神色都非常之激动。尤其是陈生这边的 alpha，看舒棠的眼神就像是看希望之星。但是此时此刻，这群见识过无数大风大浪、经验丰富的 alpha 战士并没有意识到，接下来发生的对话会让见过不少世面的他们感觉到前所未有的震撼。

首先是那一声石破天惊的“小陈”，紧接着，舒棠着急地问：“小陈，01 区的人都撤走了吗？蓝色小玫瑰呢？”

被“小陈”小小震撼了一下的陈上校脚步一顿，茫然：谁？

什么蓝色小玫瑰？显然，众 alpha 都很茫然，但是情况紧急，没有时间追问。

陈上校语速很快地切入正题：“舒治疗师，你还记得那天去 01 区见过的那个病人吗？他今天精神力暴动，情况十分危险，我们需要你的帮助！”

从某种意义上说，让人在现在这个情况下接近元勋，几乎就是让人去送死。

陈生早就做好了准备，就算是付出极大的代价，只要——

舒棠：“好啊！”

舒棠很担心，小玫瑰不仅遭受了惊吓，还精神力暴动了，她想想就觉得心中焦急：“小陈，你快带我去找他吧。”

一干 alpha 震惊又茫然，但是被舒棠悍不畏死的语气震撼到，此时只当这是一个具有牺牲精神的勇敢猛 a，肃然起敬：真 alpha 不可貌相。

然后，他们匆匆带着舒棠朝 01 区走去。

越接近 01 区，那股隐约的压迫感就越强，空气都在微微扭曲着，仿佛昭示着某种危险就在不远处。

就在刚刚，他们已经发现 001 号回到了禁区。但是显然这并没有任何作用，因为 001 号暴动的精神力可以轻松摧毁整个疗养院。

陈生看了看旁边那勇气可嘉的 alpha，还是忍不住提醒道：“他的情况比较特殊，精神体也非常强，你这次进去，很可能有生命危险。”

舒棠闻言，立马道：“没事，他脾气虽然不太好，但还是很好说话的。”

陈生：嗯？

众 alpha：嗯？

要不是现在情况危急，他们几乎要以为是在做梦。

谁好说话？

但是很快，大家就清醒了。

因为舒棠紧接着抛出了一个更加炸裂的问题：“那小陈，我把他带出来后，你们 01 区撤离的卡车可以等一等我们吗？”

这个问题，直接把众人吓出了一身冷汗。

其他人：不是，你以为我们为什么要撤离啊？

有个 alpha 终于忍不住了：“小舒治疗师，真要等到那个时候，你就不用逃了。”

另一个 alpha 说：“是啊是啊，只要能活着度过今晚，就安全了。”

一无所知的炮灰舒棠心想：也是，疗养院现在这个灾难现场的画面，可见已经被禁地里那个可怕的存在给摧毁过一遍了，自然危险也就解除了。

她瞬间就放松了下来。

终于，到达 01 区了。

众 alpha 不再往前走，因为已经到达危险的核心地带了。

陈生带着舒棠进了电梯，沉默了一会儿，把自己手里的防护服递给了舒棠。

舒棠感动："小陈，你人真好啊。"

陈生心情复杂，本来想让舒棠不要叫他小陈的，但是一想，要是今天不顺利，她就出不来了，他就静默了，不仅认领了小陈这个称呼，还在电梯里脱了帽子，给舒棠行了一个军礼。

舒棠疑惑：帮他按个电梯键，为何要行如此大礼？

舒棠犹犹豫豫："不客气。"

但是舒棠突然间非常不安起来，看着陈生欲言又止。

陈生以为她终于要交代遗言了，于是很善解人意地问道："舒小姐，不知道你家里有没有什么急需解决的困难？或者别的什么要求，只要你提……"

舒棠："小陈啊，你能不能帮我和急诊科的周主任说一句，别扣我工资？"

这是一个实习生最后的倔强。

目送着舒棠踏进禁区，陈生心情有些复杂。

电梯启动之前，他最后叮嘱了舒棠一句："不要贸然接近，试试看放出精神体。如果实在不行，就回电梯，我在01区外面，会等你三十分钟。"

陈生还是很有良心的，他甚至给了舒棠后悔的时间，要知道这短短的三十分钟，是他冒死争取到的最多的时间了。

他希望舒棠利用好。

如果可以，为了元勋，放手一搏；如果不行，他也希望这三十分钟可以给舒棠留一条生路。

这是舒棠第二次踏入禁区。

第一次她是来相亲的，第二次她是来找"猫"的。

如果舒棠是什么大女主，她会在这三十分钟里迅速意识到自己不妙的处境，然后生死时速，利用自己的聪明才智，绝处逢生。但是显然，舒棠是个炮灰，她把这关乎生死存亡的三十分钟浪费得彻彻底底。

前二十分钟，舒棠一直在角落里、各个黑暗的房间里翻找，寻找人鱼。

还伴随着各种亲切的呼唤，什么小玫瑰、小鱼。

很正常，丢了猫的人一般都是这么找猫的。

虽然对方是条鱼，舒棠才是只猫，但是不妨碍舒棠觉得，喜欢藏在黑暗的杂物间、半夜偷偷蜷在她旁边睡觉的人鱼才是一只小猫咪。

一回生二回熟，舒棠已经认路了，借着通信器的光，在黑漆漆的废弃疗养院内找了一圈，但是这里空空荡荡，除了她脚步的回音，什么都没有。

此时，神一般的队友陈上校为她争取的三十分钟已经过去了二十分钟，舒棠终于想起了小陈的叮嘱。

对啊，她可以放出精神体去找啊。

舒棠的精神体是一只橘猫。

舒棠大一的时候，第一次成功释放出自己的精神体。

当时全班猛兽林立，虎啸狼嚎中，有个 alpha 十分惊讶地道："为什么我们教室里面有一只大鸡腿？"

猫猫 a 回头：谁是大鸡腿？

是的，舒棠的精神体，是一只橘得很正宗的橘猫，背影似一只圆润的鸡腿，蜷起来就像是一张橘色的毛茸茸的坐垫。

舒棠很满意自己的毛色，就算是像鸡腿也不错，至少不会像某些犬科精神体，因为毛太长，走在角落里就像是一只行走的拖把。

虽然因为体型太小，这种小型猫科的杀伤力非常有限，基本上去不了前线污染区，但是舒棠还是很满意，至少四条腿跑得飞快，逃跑的时候一般的 alpha 都跑不过她。

她舒展了一下精神体的四肢，开始到处寻找人鱼。

精神体其实就是一团能量体，看上去是微微发光的透明虚影。平日里除非治疗或者战斗，大家都不会把精神体放出来乱逛。

自从精神体被发现后，人类基地的各个场所都采取了防止精神体窥探的措施，一来是防止精神体偷袭、窃走机密；二来也是防止有变态用精神体偷看别人洗澡。甚至还为此制定了严格的法律。

疗养院自然也有这种限制，但是因为停电了，舒棠的精神体就可以到处乱跑了。于是黑暗的疗养院里，一只橘色"大鸡腿"正在灵活地移动。

"大鸡腿"：我鱼呢？我鱼呢？

下雨的深夜里，高大的黑影仿佛真的变成了什么雨夜屠夫。

一路上，"他"濒临失控的精神力已经陷入了极为不稳定的状态，漆黑的双眼里满是阴郁，克制不住的暴躁和巨大的毁灭欲，让"他"所到之处都成为一片废墟。

此时的人鱼已经和舒棠见过的那个有了极大的区别，行走在黑暗里的人鱼，已经彻底变成了一只暴躁的凶兽。凭借着本能，凶兽回到了自己的巢穴，然而在靠近巢穴之前，精神力暴动就开始了。

阴暗的禁区地下室，几乎变成了一片废墟。尖锐的神经痛让怪物发出了非人的嘶叫声，尖锐的耳鳍竖起，浑身的青筋突起。最后一丝神志也消失了，深海里的凶兽脑海中只剩下了恐怖的摧毁欲，尖锐的神经痛逼迫得"他"去寻找一个发泄的出口。

相应的，人鱼那庞大的、几乎要遮蔽整个疗养院上方的精神体，再也不复静谧与美丽，变得扭曲而混乱。精神体笼罩范围内的磁场变得混乱而暴烈，越靠近那庞大的精神体，就越能感觉到可怕的气息。精神体笼罩的范围仿佛变成了一个极为危险的屠杀场——只要有什么东西踏入，就会立马被绞杀得粉碎。

事实上也正是如此，许多仪器被碾压得粉碎，电线发出不堪重负的爆裂声，有些不太稳固的墙体都不堪重负地开始摇晃。

这一幕让人很难想象，几乎以为这不是"精神体"，而是某种从怪谈中走出来的邪神。"他"在半空中的精神体正疯狂地吞噬着周围的一切，此时变得扭曲而邪恶，像是什么可怕的怪物正在狰狞地注视着整片天地。

黑暗中，一只"大鸡腿"跳上了窗户。

很快，细小的动静引起了庞然大物的注意，狰狞庞大的精神体猛地朝着舒棠的方向看去，一股前所未有的压力如同泰山一般袭来。

精神体的视角下，压迫感是翻倍的，弱肉强食的丛林法则在这一形态下彰显得淋漓尽致。

橘色"大鸡腿"立马僵直在了原地，耳朵变成了飞机耳。但是，非常庆幸的是，如果说其他 alpha 的精神体是只蚂蚁，那么舒棠的"大鸡腿"就是一只小小号的蚂蚁。

因此，空中的巨兽般的精神体很难看清太过渺小的舒棠，于是，压迫感极强的可怕视线移开了，舒棠才感觉到精神体可以动了。

她悄悄地探头往外看，但是立马如同生活在海滩上，第一次见到庞大鲸鱼的小螃蟹，屏住了呼吸。

这场景太震撼了。

舒棠从未见过这样大的精神体，遮天蔽日，看一眼就让人感觉到自身的渺小。然而，明明知道这庞然大物危险至极，甚至是混乱的、暴烈的，仍然让人为它的宏大而屏息。

此时，外面庞然大物般的精神体，似乎陷入了休眠。

周围的空气都安静了下来。但这种安静并不能给人带来安全感，反而像是平静、幽深的漆黑海面下，正在酝酿着一次灾难般的海啸，给人带来一种风雨欲来的不祥预感。

舒棠的精神体不安地原地动了动，她应该趁着对方不注意立马掉头就跑，然而不知道为什么，舒棠并没有走。

那庞大的精神体，对她而言，有种强大的吸引力，让她在原地转了转，仍然恋恋不舍。

明明精神体是没有嗅觉的，但是舒棠却仿佛闻到了那股熟悉的味道，精神体开始飘飘然，像是踩在了云端一般。心底似乎有个声音在催促着她前进，靠近那个大家伙。

等到舒棠反应过来的时候，她的精神体已经不受控制地往前跑了两步。

在这一刻，冥冥中，舒棠突然间意识到了一件事：那是人鱼的精神体。

因为，这世界上再也没有另外一种气味能够这样击中她，让她不受控制地想要接近。

“大鸡腿”转了转圈，犹豫了片刻。

舒棠突然间想起了陈生的话，意识到陈生他们嘴里危险的情况到底是什么意思。她以为人鱼是普通的精神力暴动，但是显然事情超过了她的想象。

光是人鱼的精神体比一百个她还要大这件事就让舒棠震惊了。

就像是从河里叼住一条鱼尾往外拖，结果震惊地发现，自己从河里叼出了一条重达一百八十吨的蓝鲸。

好大、好大的一条鱼！

“大鸡腿”原地转圈，最后犹豫了一会儿，还是四条腿灵活地伸展，发挥着猫科动物的敏捷度，贴着墙根鬼鬼祟祟地潜伏着靠近了那个大家伙。

其实在发现这个大家伙是自己认识的蓝色小玫瑰后，舒棠的害怕就莫名其妙地消失了。舒棠的紧张和害怕都是有选择性的，如果她不认识对方，她现在一定吓得掉头就跑；但是在发现是熟人（鱼）后，她就自在多了。

现在整个疗养院都跑空了，只剩下舒棠一个治疗师。而人鱼现在明显正在发生一场严重的精神力暴动，情况十分紧急，就算舒棠只是一个实习生，也只能硬着头皮上了。

舒棠决定试试看自己能不能安抚一下人鱼的精神体。她小心翼翼地靠近对方的精神体，因为她很小只，没有被大家伙注意到。

但是舒棠仍然非常紧张。不过倒不是害怕，而是舒棠第一次给人治疗精神体，很紧张。

在学校，大三生只能站在边上听导师讲解，看别人操作；进了疗养院后，实习生只能站在自己的主任身后围观。

舒棠现在的情况，相当于上了三年网课的实习生要给人开刀，心情可想而知。

她非常害怕因自己操作不当把人鱼的精神体给毁了。

不过舒棠立马想道：大家伙那么大一只，她就算是努力，也很难对对方造成什么伤害吧？

舒棠彻底放松了下来，一整只“大鸡腿”坐在了庞然大物的旁边，爪子贴上了人鱼的精神体，开始试着以固定的频率散发着精神力波动。

一开始舒棠的动作很磕磕绊绊，毕竟不能指望上了三年网课的实习生能有多专业。

但是舒棠的实习经历还是有用的，她慢慢地找到了感觉。然而伴随着舒棠的工作渐入佳境，新的困难出现了——既不是空气中飘浮的、躁动的粒子，也不是接近庞大精神体带来的可怕压力。

而是对方太香了。

她一边干活，一边要以强大的意志力抵抗自己时不时冒出来的邪恶贪欲。

在如此可怕、狂躁、即将爆发的庞然大物面前，舒棠忍不住走神。

“大鸡腿”：好香！吸一口！

“大鸡腿”：好香！好想吃一口！

精神体和人类本身还是有区别的，精神体受到本能的影响会更大一些。

比方说舒棠放出自己的“大鸡腿”后，时常忍不住半夜跑酷，看见纸箱子就想扑进去钻一钻。往往是她自己还没有意识到，精神体已经不受控制地做出了某种行动。

这一次也一样。

于是，等到舒棠反应过来的时候，她的“大鸡腿”精神体已经控制不住邪恶的欲念，偷吃了一口对方的精神体。

精神体是没有味觉的，但是舒棠感觉吃完之后浑身暖洋洋的，像是浸泡在了温暖的海水中。就像是在三亚的海边，躺在了暖洋洋的浅水滩里。

这种感觉让人非常上瘾。

于是，反应过来自己做出了何等败坏医德的邪恶行为后，偷偷去蹭大家伙的“大鸡腿”僵住了。此时此刻，舒棠对危险存在的本能恐惧都消失了，一股悔恨涌上了她的心头。

她怎么能偷吃患者呢？

不过，幸好这件事没有被发现。

她小心翼翼地抬头看着那只大家伙，它散发着焦躁又狂暴的气息，并没有注意到一只“大鸡腿”不小心偷吃了它一口。

舒棠松了一口气，因为有点心虚和愧疚，工作的时候更加认真了。然而，舒棠很快就发现，刚刚被她的精神体吸了一口而出现一个小小缺口的地方，正在快速地生长，很快体积就翻了一倍。

众所周知，精神体的大小在成年后就固定了，可能一生都不会有任何的增长。然而人鱼的精神体却在以肉眼可见的速度飞速地增长着。

面对这种不符合常识的现象，邱院长这样的学者会狂热地研究探索；而普通人，则会感觉到未知的恐惧，意识到这是一只前所未见的怪物。

而舒棠则陷入了沉思，一种邪恶的念头蠢蠢欲动。

那岂不是偷偷吃一小口，不会被发现？于是，事情就慢慢地演变成了，不停工作的舒棠，一边在内心谴责自己，一边被“大鸡腿”的本能支配，偷吃患者。

舒棠并不知道，人鱼那正在暴动的精神体是非常可怕的。普通的alpha根本不敢接近这样的庞然大物，因为，精神体是可以互相吞噬的。

像是这样庞大的精神体，几乎就是这个世界上制霸的存在。

所有的alpha在看见这样让人窒息的恐怖存在后，脑海里只会有一个念头：逃跑！

一旦靠近这精神体，很容易被疯狂地吸食、吞噬。

但是舒棠，甚至无意识地“吃”了两口。

她的精神体一点也没有害怕这近乎凶残的精神体，甚至很喜欢它的气味，更加喜欢靠近它、蹭蹭它。

只要靠近这可怕的庞然大物，“大鸡腿”就仿佛浸泡在了一片暖洋洋的海洋里。

于是，她不知不觉地靠在了这极为不稳定、极为躁动的精神体上，非常安心地陷入了梦乡。

这场暴雨渐渐地停了下来。

小小的橘色精神体蜷缩在庞然大物的边上，散发着温暖而柔和的波动，并没有意识到危险的靠近。

自从三个月前苏醒后，人鱼的精神体一直在以可怕的速度膨胀、扩大着，就算是现在精神力暴动，精神体扭曲而不稳定，仍然在以一种恐怖的速度“生长”。这也意味着，就算是庞大的精神体没有注意到她的存在，只要不停地生长，就会很自然地将靠近的一切“吞吃”下去。

睡梦中，人鱼庞大的精神体慢慢靠近了那小小的橘猫。其实现在非常危险，如果舒棠选择反抗，就会立马被狂躁的庞然大物给吞噬。就像是溺水的人，越挣扎死得越快。

然而此时，舒棠正在做梦。她梦见了自己在海边度假，睡在海边柔软的沙滩上，晒着太阳。突然间，海水好像漫了上来，涨潮了。刻在生物脑海中的警铃大作：快起来！快起来！

舒棠在梦里以为是周主任打电话叫她回去上班。

自从开始实习，舒棠隔三岔五要上夜班，不上夜班的话，早上七点也会被一个电话召唤回急诊科，干得比牛多，睡得比狗晚。

正在度假的舒棠翻了个身又睡了过去：上班上班，上什么班！她要摆烂！

于是误打误撞地，一个精神体焦躁而充满攻击性，一点点风吹草动都会被刺激得发狂，本能地吞噬一切；一个精神体动若咸鱼，静若挺尸。

在寂静的雨夜里，怪物一般的庞大精神体将附近的一切碾压、吞噬，如同鲸鱼吞吃小鱼。毫无反抗的舒棠靠着标准的摊平姿势，因为没有挣扎，就这么被忽略过去。

此时，黑暗的地下室已经成为一片废墟。

角落里，靠在废墟上的人鱼浑身紧绷，紧紧闭着双眼。和疗养院上空躁动的精神体如出一辙，人鱼苍白的手指上青筋暴起，尖锐的嗡鸣声带来了强烈的耳鸣，浑身躁动的气息让“他”看上去几乎像是一个濒临爆发、随时会暴起伤人的大型凶兽。

如果一开始舒棠就选择来到地下室、直接接触这样的人鱼，恐怕早就已经丧失了一切神志的凶兽很难控制住自己的毁灭欲。“他”神志模糊，像是行走在无边的漆黑旷野里，正在进行一场痛苦漫长的跋涉，随时会在恐怖的精神力暴动中吞噬自我。

然而，不知从什么时候开始，凶兽在狂躁的情绪和叫嚣的毁灭欲外，突然间感觉到一团小小的东西蹭了蹭“他”。

很轻、很小。

那时，黑夜里焦躁的凶兽并没有意识到这一点轻微的变化。

于是小小的一团得寸进尺，贴得更近了一些。因为太过于小只，凶兽并没有意识到这只小猫的靠近。于是小猫的胆子越来越大、越来越放肆，一团小小的橘色精神体一直散发着温暖柔和的波动，不知疲倦又偷偷摸摸地接近着“他”。

渐渐地，那一抽一抽的神经痛被缓解，尖锐的嗡鸣声似乎也变小了一些。

黑暗的地下室里，慢慢地，浑身紧绷的人鱼放松了下来，暴起的青筋不再那么吓人，像是一只慢慢被安抚下来的凶兽。

那只在黑暗中不停跋涉，焦躁地撞击着无形屏障的凶兽终于抑制了强烈的、自我毁灭的冲动。凶兽无意识地靠近了小小的一团，将她包裹起来。

舒棠这一觉并没有睡很久，她心中依稀记得自己还有事要做，于是三点不到就醒了过来。舒棠一醒来就吓了一跳，她发现自己的精神体不知道什么时候已经进到了人鱼的精神体里面。

舒棠一开始的确十分害怕、紧张，但是精神体又不用呼吸，只是不同颜色的光团，她既没有感觉到窒息，也没有任何不适。被“吃掉”的舒棠，仔细感受了一下，发现还挺舒服的，有点像是被托起、漂浮在一团海水中一般。

舒棠转头去看，那狂躁的大家伙似乎睡着了，非常安静。

舒棠是个相当于上了三年网课的实习生，此时也不确定人鱼的精神力暴动结束了没有。

于是，舒棠试探着伸出爪子戳了戳“他”庞大的精神体，大家伙没有任何反应；舒棠又在“他”的精神体里开始狗刨式“游泳”，大家伙仍然没有反应；于是，“大鸡腿”开始在人鱼的精神体里面打滚、伸懒腰，追着尾巴转圈圈。等到玩够了，她挪了挪，艰难地从对方的精神体中爬了出去。

“大鸡腿”甩了甩自己的脑袋，四肢一舒展，就以和圆润外表不符的灵活动作跳了下去。借由精神体，她能大概判断出人鱼的位置，于是她决定用精神体去找找看人鱼的本体在哪里。

然而，舒棠一回到这座建筑里，就被吓了一跳。

刚刚她来的时候，废弃的禁区大楼内，虽然破旧了一些，却还是完整的。然而此时却像是经历了一次大型的地震，到处东倒西歪，窗户全都脱落歪斜了下来。

“大鸡腿”立马“嗖嗖”地往里面找，在确定人鱼大概就在地下室的位置后，舒棠就收回了精神体。

舒棠睁开了眼睛。幸好她所在的大厅还算是坚固，放出精神体后，舒棠靠在墙角，并没有受伤。于是她拍了拍身上的灰，借着通信器的光，爬起来朝着地下室走去。

废弃禁区大楼，因为经历了一次严重的精神力暴动，原本完好的地下室天花板塌陷，开始往下渗雨水。一片黑暗中，只能听见“滴答、滴答”

的雨声。

舒棠踏进了地下室，就算是有通信器的光，能见范围也很小。

地下室里，靠在废墟上的人鱼缓缓睁开了漆黑的双眼。尖锐的神经痛舒缓，令大脑充血的嗡鸣声减弱，这只暴虐的凶兽勉强恢复了一点点的神志。

然而，下一秒，凭借着敏锐至极的五感，人鱼立即注意到了有人接近，猛地回头。黑暗里，传来了很轻的脚步声，伴随着一道呼吸声。藏在黑暗中的凶兽凭借着极为强大的夜视能力，看见了不远处的舒棠。

舒棠浑身湿漉漉的，正在艰难地摸索着朝地下室的深处走去。

人鱼在黑暗里看见她的那一刻，眼神变得愤怒至极，耳后的鳍立马就竖起了尖锐的弧度，凶狠的眼神死死地盯着那个身影。“他”尖锐而警惕的态度仿佛在问：她不是被吓跑了吗？为什么还要回来？

舒棠显然也立马感觉到了那存在感极强的视线，地下室内，另外一道沉重的呼吸声非常清晰，她立马抬步朝着那个方向走去。

然而才朝着人鱼走了两步——

黑暗里，忍受着剧烈神经痛的人鱼，立马从喉咙里发出了一声“嘶”声！

比起从前那几次不痛不痒的威胁，这次的嘶声才是凶兽的震慑，几乎是听到的一瞬间，舒棠的大脑就立马发出了强烈的警报，生物的本能让她立马僵在了原地。

人鱼耳后的鳍竖起，强烈的敌意毫不掩饰，仿佛只要她靠近一步，就会立马被撕碎。

黑暗里，那漆黑的双眼死死地盯着她，透出冷冰冰的审视。

精神力暴动前的记忆回到了脑海里，一股前所未有的强烈愤怒和失落席卷了这只凶兽。“他”记得惊恐四散的人群，记得舒棠的消失。

如果她已经被吓跑了一次，又为什么要再回来？

黑暗里，人鱼凶狠而阴冷的视线死死地盯着她，再次从喉咙里发出了威胁的嘶声。

舒棠不得不后退。一直到舒棠退到了足够远的距离时，嘶声才停下来。

可以说，前段时间融洽相处的一切，都似乎在人鱼尖锐的攻击性面前碎成泡影。

舒棠应该在这只本性凶残的怪物暴露出敌意之时，和那些尖叫着“怪物”的人群一样逃开、逃离。

他们属于两个泾渭分明的世界。

误闯者最好不要进入怪物荒芜而黑暗的世界，退回属于自己的文明世界才是安全的选择。

然而，舒棠其实并没有想要逃跑。舒棠的确在后退，她发现精神力暴动的人鱼根本无法接近，为了降低“他”的警惕心，她一直乖乖地后退。

等到一直退到了门边后，舒棠发挥了猫科动物的灵活性，在人鱼慢慢放松下来的一瞬间，猫猫出其不意，快步靠近了那个黑暗的角落。

《孙子兵法》：攻其无备，出其不意！

舒棠的速度太快了，而人鱼此刻耳内一片嗡鸣，几乎无法思考，只以为她被恐吓得离开了，根本没有防备舒棠会突然间过来。

人鱼立马想要往后缩。

但是舒棠已经看见了“他”此时的样子。

人鱼耳后的鳍翕张着，手臂上、额头上的青筋都突起，尖锐的神经痛让“他”死死地抓住旁边的铁架，铁架开始发出脆弱的“吱呀”声，发生了可怕的扭曲。

这让藏在黑暗角落里的“他”，看上去已经完全不像是个人了，尤其是阴郁的漆黑双眼猛地看向舒棠的时候，简直就是个彻彻底底的怪物。

舒棠立马意识到了“他”现在的状态不对，似乎精神力暴动并没有结束。

舒棠有点着急，但是她一靠近，人鱼立马愤怒地发出了更大的嘶声。

人鱼猛地往后躲开。

舒棠却安抚道：“没事没事，给我看一下好不好？”

处于精神力极为不稳定状态的人鱼一退再退，“他”本来只想安静地在角落里度过这段时间。偏偏舒棠得寸进尺，她甚至还伸出了手，想要去触碰一下人鱼。

在她柔软的手指触碰到之前，黑暗里的怪物猛地抬起了头。

电光石火之间，舒棠还没有意识到发生了什么，就感觉到自己被死死地抵在了废墟上。后背贴着墙，前面就是人鱼沉重的呼吸声。

“他”的气息铺天盖地地笼罩住她，冰冷的呼吸就在她的面颊上，冷得像是一块冰。“他”轻而易举地把她拎起来抵在了墙上，而舒棠毫无招架之力，大脑一片空白。

凶兽逼近了她的面颊，漆黑的双眼和她对视，喉咙里发出了含糊嘶哑的威胁声，仿佛是一场无声的对峙。

以人鱼的身高，舒棠的腿甚至碰不到地面。保持着这么一个任人宰割、非常没有安全感的姿势，她忍不住往后缩了缩，可是背后就是墙壁，她根本退无可退。

人鱼要极为克制，才能不去撕碎她的身体。如果这漆黑的双眼还是原本美丽的灰蓝色，那么此时一定能够看见里面的血丝。

舒棠感觉到空气都变得逼仄、紧缩，两个人的呼吸交织，一个冰冷而有些非人的沉重，一个温热而急促。

许久后，人鱼苍白的喉结滚动了一下，低低地发出了一声“嘶”。紧接着，舒棠还没意识到发生了什么，就大脑一片空白地被人鱼关进了旁边废弃的注射室里。巨大的关门声响起后，世界再次恢复了寂静。

注射室是这间地下室里，唯一有掩体的地方。高大的铁门和坚硬的墙壁，就算是人鱼控制不住极不稳定的精神力，舒棠也可以藏在里面，躲避起来。

人鱼将她关进去后，站在原地沉默了一会儿，转头步入了地下室远处无尽的黑暗里。

也许是关门声唤醒了舒棠，她像是液体一样从墙边滑了下来，随即意识到，自己的腿有点软。舒棠呆呆地靠着墙壁坐了一会儿后，就听见外面隐约有动静传来。但是也不知道是不是因为人鱼离得有点远了，模模糊糊地听得并不真切，只是偶尔能够听见坍塌的声音和某些金属不堪重负发出的尖锐“吱呀”声……

舒棠的心脏在狂跳，她背靠着墙壁，竖着耳朵听着外面的动静。终于慢慢地，可怕的动静消失了。

她的心脏终于慢慢地恢复了正常的律动，刚刚舒棠的确被吓傻了，她的身体自动打开了防御模式，大脑一瞬间清空，她完全不记得被关进这间注射室之前发生的事了。

舒棠自然是害怕的，但就像是面对外面的那个庞大的精神体一样，这种害怕持续的时间往往并不会太长。她揉了揉发软的腿，环顾四周，已经隐约意识到人鱼为什么会把她关在这里面了。地下室是一个巨大的大厅，里面堆叠了乱七八糟的杂物，只有注射室一个房间。如果“他”的精神力还没有完全平复下来，这是唯一可以躲的地方了。

舒棠靠在了墙角，陷入了沉思。

舒棠今天见到的人鱼暴动的一面，其实已经超过了这个世界上许多人的想象，也远远超出了大家对于这个世界的认知，不然也不能给联邦造成这么大的压力。

目睹这一切，不被吓疯已经很好了。

但是，舒棠是个随遇而安，拥有超绝钝感力的人。毕竟要不是随和、迟钝，在分化成 alpha 后遭到种种排挤和歧视，很可能心理不健康，但舒棠好好地活到了二十几岁，还觉得周围的 alpha 挺好相处的。可见世界上已经没有什么让她接受不了的东西了。就算是路上走过来一条狗对她说hello（你好），舒棠也会点点头：啊，魔法生物。

舒棠想了想，其实对比一下超市一盒猪肉标价两千元，外面的人鱼就显得好接受多了。

舒棠一边想着事，一边等着人鱼的精神力彻底平复下来，慢慢地，周围安静了下来。

这个时候，已经到了凌晨四点。寂静的深夜里，听不见任何的动静，只剩下了“滴答、滴答”的水声，但是舒棠知道，人鱼还在地下室里。

舒棠掀开注射室的帘子看了一眼。地下室此时看上去更加破败了，天花板塌了一块，一楼的电线都垂了下来，本就坏掉的灯泡，此时因为精神力磁场，偶尔不稳定地闪出冷白的光，显得更加阴森、诡异。但是借着这点光，舒棠看清楚了地下室另外一头的人鱼。

人鱼背对着她坐在地上，“他”闭着眼睛，仿佛在忍受着巨大的痛苦。漏水的地下室，人鱼美丽的鱼尾上遍布划痕，就连人鱼冷白的面容上，都有着一两处瘀青。

此时，躁动的精神力已经慢慢地安静了下来。然而残存的、强烈的神经痛仍然让人鱼几乎无法思考。所以当舒棠伸手把门锁打开的时候，人鱼仅仅只是安静地抬眸看了她一眼。

“他”像是和这座地下废墟融为一体的雕像。

疲惫，自厌。

舒棠没有像上一次那样毛躁冲动、贸然靠近，她挪动到了人鱼的不远处。人鱼漆黑的眸子动了动，以为她终于要逃走了，只是疲惫地闭上了双眼，安静地靠在了废墟上。

然而脚步声没有响起。

舒棠学着他的样子，靠在了他不远处的废墟上。她坐在了地上，背对着他，一边拧着自己湿答答的裤腿，一边开始说话：“我今天夜里等了你好久，你都没有来。

“我本来想要再等，就被人拉走了。”

人鱼突然间睁开了眼睛。

舒棠开始事无巨细地描述自己这一路的心路历程、种种艰辛。舒棠的话是很多的，所以人鱼就算是不发出声音，整个地下室都因为她的碎碎念热闹了起来。

她并没有注意到人鱼死死盯着她的背影，其实她也不知道人鱼听不听得懂，但是经历了如此混乱又神奇的一天，她有着很强的表达欲。最后舒棠总结道："唉，你不知道一路过来找你，我有多着急。"

她伸手拧了拧裤腿上的水："你看，我新买的裤子，都成这个样子了。"

她没有得到回应。

但是黑暗里，沉默的、几乎像是静止的人鱼那双漆黑的眼睛看着她，苍白的唇动了动，似乎想要回应，但是终究没有发出任何声音。

突然间，舒棠看见了不远处有一把小蓝伞。被子弹打穿的小蓝伞，此时已经散架了，安安静静地躺在地上，在一摊积水中显得有点孤零零的。

舒棠不说话了。虽然她并不知道，这份她无意中送出的"礼物"被毁掉的时候，人鱼可怕的眼神、濒临疯狂的状态，但是她还是朝着小蓝伞挪过去，把伞给扒拉了过来。

舒棠想要试试看能不能修。伞骨有两根被直接打断了，但是伞柄还算完好，伞布穿了一个洞，问题也不大。

舒棠歪七扭八地把伞给拼好了。

她背对着人鱼，黑暗里，人鱼看不见她的动作。

只是她一停下说话，这里就只剩下了雨滴声和人鱼沉重的呼吸声，安静得像是回到了人鱼刚刚苏醒的时候。

终于，舒棠站了起来。

人鱼漆黑的双眼死死地盯住了她——她要离开了吗？

怪物充满猜忌和警惕的一颗心，如同找不到出口的笼中野兽，愤怒而失落，然而最终，"他"却没有任何动作，只是靠在废墟中，注视着她。

地下室塌陷的天花板，漏下来的雨水还在"滴滴答答"，在人鱼的周围积蓄了一汪水潭。

舒棠叹了一口气。她快步走到了人鱼的面前，一伸手，那把拼得歪歪扭扭的蓝色小雨伞就替高大的人鱼遮住了头顶漏下来的雨水。

靠在墙角的人鱼抬头，看着她。

在这个混乱的、危机四伏的雨夜里，到处漏水，人群奔逃，世界一片寂静。

蓝色小雨伞坏了。

但送伞的人还在。

舒棠发现人鱼的视线转向了那把伞，她的修伞技术实在是稀烂，她举着那把破伞，悻悻地道："这把伞坏了还可以买一把新的嘛，先将就着用，我回去就给你买一把新的。"

舒棠并不知道这把伞对人鱼的意义：这是"她"第一次送"他"的

礼物。

她再次伸手去碰人鱼，以为“他”这次还会躲开，或者继续把她提溜起来，但是人鱼并没有任何动作。

在确定了舒棠没有露出惊恐的表情和想要逃跑的意思以后，人鱼刚刚表现出来的强烈的抵触、敌意都在此刻像冰雪消融。

舒棠顺利地触碰到了人鱼的面颊，冷冰冰的，没有丝毫的温度。她触碰了一下“他”脸上那一块非常明显的瘀青，怕弄疼“他”，立马把手缩了回去。

人鱼只是缓慢地歪了歪头，比起尖锐的神经痛，磕碰的伤口传来的疼痛，简直不值一提。

舒棠当然知道精神力暴动给人带来的折磨，她叹了一口气，摸了摸人鱼的长发，有点笨拙地用手指在人鱼的太阳穴打圈，用书上学过的手法帮“他”缓解神经痛。她的手无意中碰到了人鱼的耳鳍，但是这一次耳鳍并没有尖锐地立起来。

她身上好闻的味道舒缓至极，手指上传来的温度让人鱼浑身紧绷的肌肉慢慢地放松了下来。

经历过今天这么严重的精神力暴动，人鱼在她好闻的气息里慢慢地闭上了眼睛，像是经历了一场漫长的跋涉，终于到达了终点。

紧接着，人鱼的鱼尾把舒棠圈在了中间。这条鱼尾完全可以凭借着蛮力将一艘几十吨的探测船拦腰斩断，此时却只是轻轻碰了碰舒棠，像是羽毛一样蹭了蹭她的小腿。

舒棠低头一看，人鱼的鱼尾遍布划痕，还被折腾掉了几片鳞片，在地下室里，散发着幽蓝色的光芒，像是碎了一地的蓝色钻石。

这种冰冷生物的鳞片给人带来一种毛骨悚然的感觉，但人鱼这个神秘的物种，却像是神造之物，每一片鳞片都像是艺术品一般美丽，让鱼尾看上去是一种非常神秘美丽的幽蓝色。

舒棠问人鱼：“鱼尾是不是受伤了？”

人鱼似乎听懂了，又像是注意到了她的视线，甩了甩鱼尾，然后把鱼尾搁在了她的手边。舒棠就顺势停下来检查了一下“他”的鱼尾。

鱼尾上有淡蓝色的血迹，但是已经不流血了，问题并不大，只是被自己折腾掉了一些鳞片。

舒棠顺手把地上的蓝色“碎钻”捡起来收好，突然间觉得自己的行为像是收集家里的宠物掉的毛。然而等到舒棠转头，却发现人鱼不知道什么时候已经靠在废墟边，双眼紧闭，不动了。

舒棠吓了一跳，要不是能够感受到人鱼沉重的呼吸，她几乎要以为这条鱼死掉了。

舒棠急得团团转，“他”刚刚不是还凶她、嘶她，把她关起来吗？而且还一副要摧毁世界的样子，好像可以随手捏死十个她，凶得吓人，怎么“啪”的一声就娇弱地晕倒了。

猫猫下了结论：不过是在强撑罢了！

她爬过去摸了摸人鱼的脸，人鱼的面色极白，就连唇都是苍白的。

精神力暴动之所以危险，不仅是因为病人会发狂，给周围造成极大的破坏；也因为这种暴动对身体的伤害非常大，很多人就是在一次次的精神力暴动中渐渐虚弱下去，英年早逝的。

而且就算精神力暴动结束，也还有严重的后遗症，如果高热那就完蛋了，因为很可能被烧得精神域出问题，那就很可能有生命危险。

还好，人鱼没有烧起来，但这并不意味着接下来的一整夜都不会发烧。

舒棠环顾四周，这里又湿又冷，天花板还在漏水。

舒棠托起了人鱼的胳膊，想要把人鱼拖去“巴士底狱”的那个“窝”里面。

上一次从礁石里面拔了半天没有拔出人鱼，舒棠一直耿耿于怀，心想不是她拔不动，肯定是人鱼卑鄙地在暗中用力。但是这一次人鱼睡着了，她才发现人鱼是真的沉，毕竟那么大一只。

舒棠累得头上冒汗，气喘吁吁，最后也只是把人鱼从漏水的天花板下面拖远了一点。

陷入昏迷的人鱼隐约能够对外界有些感知，似乎自己正被一个人抓住胳膊使劲拽，拽不动就去拖“他”的鱼尾。人鱼非常讨厌任何生物碰“他”的鱼尾，要是哪只不长眼的东西碰到人鱼的尾巴，就会立马被鱼尾一尾巴抽飞几百米。但大概是舒棠的味道安抚了“他”，暴躁的人鱼并没有做出任何反击。

最后，舒棠一屁股坐在了人鱼的旁边，立马很有自知之明地打消把“他”拖去“巴士底狱”的念头，心想：好歹不漏水了，先凑合吧。

舒棠记得自己的超市购物袋还在电梯边，里面有吃的，还有她捎来的一只药箱，于是爬起来借着通信器的光回去找袋子。

一路上，舒棠的通信器一点信号也没有，她也听不见外面的一点声音，整个疗养院好像变成了一座空城，外面黑黝黝的，似乎路灯都没有了。

舒棠忧心忡忡：如果大家都走了，那他们两个怎么办？

人鱼还晕了，她又不能拖着“他”飞奔去追车！

但是那个小陈挺靠谱的，就算是走了应该也还记得这里有两个人吧？

回来路上，舒棠很担心自己和人鱼被遗忘在了这里，那岂不是要开启荒野求生的剧本？而且人鱼现在昏迷了，要是明天状况恶化，这里没电没仪器，她一个人也没有办法把人鱼抢救回来啊！

不过，等回到地下室，看见角落里的人鱼后，舒棠就慢慢地镇定了下来。树是死的，人是活的。就算被丢下了，她也可以等信号恢复后，打听一下大部队转移到哪里去了，然后带着小玫瑰打车去追。

舒棠盘算了一下这个“拖着‘人形核武’去追逃跑大部队”计划的可行性后，心中一松。她翻了翻药箱，从里面找出缓解神经痛、稳定精神域的冲剂，给人鱼喂了药。

陈生离开前给了舒棠一件防护服，本是想要给舒棠保命的，但是舒棠完全忘了这一回事，此时翻出来一看：很大、很厚，保不保命不知道，但是一定挺保暖的。

她往人鱼的旁边一坐，抖抖防护服一盖，盖在了两个人的身上。本来今天很累的，但是舒棠翻来覆去没有睡着觉，时不时就要去试一下人鱼的体温。

现在已经五点了，春天天亮得很迟，整个疗养院黑乎乎的。舒棠一躺下就能听见雨滴声，刚刚心情紧张不觉得，现在一放松就意识到这里实在不是个睡觉的好地方。

这种废弃的医疗场所，简直是鬼片高发地段，舒棠瞬间就想起了一个长头发喜欢从电视机里爬出来的姐姐，瞬间一股凉气从背后直冲脑袋瓜。

舒棠越脑补就越害怕，坐起来往人鱼旁边靠了靠，一直到贴上人鱼的胳膊。沉眠的人鱼鱼尾下意识地将舒棠圈住。

舒棠瞬间安心地躺了回去：找到安全感了！

距离联邦前任首领祝延踏入这座为自己打造的监狱，已经过去十年了。

人鱼只有苏醒后这三个月以来的清晰记忆。过去十年的记忆则因为精神力暴动变得混乱至极，就像大海涨潮冲垮了岸边的记忆堡垒，退潮后只留下了模糊、七零八落的遗迹，变成了人鱼混乱而痛苦的梦境。

那十年里到底发生了什么呢？

禁地外的人都以为祝延的身体发生了异变，陷入了沉眠。但其实最开始那几年，祝延有着清晰的自我认识。而记忆最深刻的，并不是一次次精神力暴动带来的痛苦，而是死一般窒息的寂静。

毕竟，禁地十年无人踏足，附近的海域禁渔，拉了高高的防护网，连海鸟都极少造访。

人鱼混乱的记忆里，出现得最多的画面就是，在无数个雨夜，“他”在空空荡荡的“巴士底狱”里面游荡，像是一个早已死去的亡魂。

甚至每一次海鸟飞过，都像是这个被遗忘的角落里的一件盛事。那个孤零零的亡魂都会安静地注视许久，然后在墙上郑重其事地刻下每一只鸟飞过的记录。

“他”话不多，也不喜欢自言自语，于是慢慢地，“他”就遗忘了怎么发音、怎么开口。虽然这些片段很快就会被新的混沌取代，但是时常会在混乱的梦境里出现。

强大的精神力暴动结束后的副作用，让人鱼陷入了短暂的昏迷，几乎分不清梦境和现实。

也不知道过去了多久，人鱼才依稀有了意识。

“他”感觉到有人在触碰“他”的唇，有温热的液体灌进来；有人靠近了“他”，蜷缩在“他”的身边。

一整晚窸窸窣窣的动静都没有停下来，像是一只担忧着人类会不会死掉的小猫，时不时凑过来试探一下对方的鼻息。

其实有点吵，但是“他”很喜欢这种细细碎碎的吵闹声。十年前和十年后的记忆也交替出现，记忆光怪陆离又混乱至极，无数声音在脑海里盘旋，一会儿是奔逃的人群，一会儿又是“巴士底狱”里游荡的幽灵。

人鱼醒了过来，却并没有立马睁开眼。

“他”以为昨天昏迷前的一切都只是一场泡沫般的梦境：舒棠离开了，或者从未出现过，昨天夜里嘈杂的、不停试探“他”体温的动静也只是记忆混乱的产物。

然而人鱼一睁开眼，就发现舒棠盘腿坐在“他”的尾巴边上。

打着哈欠的舒棠正在煮自热泡面，拆开塑料袋往里面加各种调料包。她大概是发现包装袋有点难撕，左顾右盼一会儿，偷偷把包装袋凑到了人鱼的鱼尾边，果然一割就开了。

但是舒棠立马就注意到了人鱼的鱼尾动了一下。看见“他”醒了，舒棠立马心虚地缩手。

舒棠回头：“下午好啊，小玫瑰！”

那一瞬间，人鱼从十年前混乱不清的梦里回到了现实。这里还是空空荡荡的禁地，但是游荡的魂灵好像重新活了过来。

人鱼盯着舒棠，虽然面无表情，很难让人读懂，但是不妨碍此刻舒棠意识到他看她的眼神有点古怪。

舒棠被盯得莫名其妙，但是人鱼歪歪头的意思还是很明显。

如果人鱼会说话，此刻应该是在问她："你为什么不跑？"

舒棠会错了意，以为人鱼是好奇她手里的泡面，于是解释："这是一种垃圾食品，很好吃的。"

人鱼缓缓地坐了起来，凑到了舒棠的面前，没有瞳孔的眸子盯着她，离她很近，鱼尾充满占有欲地圈住了她，像是巨龙搂住了最喜爱的珍宝。

精神力暴动的时候，是人鱼最暴躁的时期，也是情绪、意志力最薄弱的时候。昨天夜里人鱼经历了最脆弱的一夜，那个时候，如果舒棠想要跑，人鱼不会阻拦。

但是今天已经休养好了的凶兽，是绝无可能松口放她走了。

人鱼大概是想表达类似于"你逃不掉了"这种意思，就像是一只恶鬼在说，天涯海角也不会放过对她的审判。毕竟，对天使的善意会换来同样的善意；而对恶鬼的善意则会换来不休的纠缠。

结果舒棠以为人鱼是想要尝尝泡面，她犹豫了一下：哎呀，人鱼可以吃盐吗？

于是，在人鱼盯着她的时候，她伸手递了一筷子。

人鱼："嗯……"

两个人暂时还没有修炼出脑电波交流的技能。

人鱼竟然真的尝了一口泡面。昨天精神力暴动的时候都没有露出扭曲表情的人鱼面色变了，"他"立马把舒棠提溜了起来远离了那一锅泡面，随即朝着舒棠发出了"嘶"声。

苏醒过来的人鱼从未吃过这么难吃的东西，"他"不知道这是什么，但是人鱼见过塑料袋——一种海洋垃圾，小鱼吃了翻白眼的那种。

舒棠吃的东西有塑料袋，等于舒棠在吃垃圾。

舒棠蒙了，她也不知道为什么刚刚还一脸阴郁的人鱼，吃了泡面之后就开始暴躁了，还露出了舒棠看不懂的表情，朝着她"嘶"了一会儿，就把她提溜了起来朝着外面走去。

舒棠一边在人鱼手上晃，一边觉得她和人鱼的交流出现了巨大的隔阂。

人鱼没有带着她回"巴士底狱"，而是提溜着她去了海边。

把舒棠放在了一块四面环海的礁石上后，人鱼就消失在了海里。

舒棠：这到底是为何啊？

舒棠心虚地想，自己是买了临期的泡面没错，但是为什么人鱼吃了一口就要跳海啊？

舒棠不知道人鱼到底干吗去了，不过人鱼去海里好像和回家似的，看他似乎已经恢复了，应该是渡过了危险期，舒棠也不担心他会发烧了，也就松了一口气。

显然，舒棠应该担心的是她自己，毕竟她现在的处境还挺危险的，礁石四面环海，人鱼要是不回来提溜她，她简直是孤立无援。

舒棠左右看看，其实她会游泳，但是她不是很想沾水。猫不喜欢沾水，这是很正常的事嘛。

也许是暴雨过后，乌云散去，海边出了太阳，春日暖风和煦，舒棠被太阳一晒就变得懒洋洋的，干脆躺在了礁石上晒太阳，等着人鱼回来。

但是晒着晒着，舒棠突然间想起一个很严重的问题：周主任十分龟毛，她作为实习生不听指挥擅自行动，实习期的考核就岌岌可危了。

在联邦，工作是很难找的，别看舒棠工资不高，但也是别人眼中的“铁饭碗”。

舒棠倒是不后悔来找人鱼，毕竟人鱼精神力暴动无人疏导，很可能会出意外。

尽管如此，显然，舒棠的职业生涯即将遇到一次巨大的危机。她回去之后要如何找周主任道歉，如何巧妙地保住实习工作？

舒棠已经开始焦虑了，但是她有一个人生信条：遇到困难，睡大觉。

于是，她焦虑地翻了个身晒太阳，焦虑地闭上了眼睛：唉，好困呢，昨天守着人鱼都没睡呢。

不过瞧着人鱼都能跳海了，舒棠就放心地陷入了梦乡。

舒棠再次醒过来的时候，是感觉到有海水溅到了她的身上。

舒棠：谁这么没道德泼她？

舒棠梦游一般醒过来，刚刚坐起来，就看见了一条银色的小鱼朝着她飞扑而来，然后“啪”地摔死在了她的旁边。

那一瞬间，舒棠以为自己还没睡醒。但是接下来，更多的银色小鱼像是细雨一样朝着舒棠扑过来。

舒棠浑身一震，灵活地后退。

天哪，飞鱼打人了！

她“噌噌噌”地后退，银色小鱼“啪啪啪”地拍死在舒棠的面前。好一会儿，诡异的飞鱼打人事件才停了下来。

舒棠戳了戳地上的鱼，突然间听见了一声很大的水声。

礁石边，人鱼出水，湿答答地上了岸。人鱼把舒棠提溜了起来，朝着舒棠“嘶嘶”了两声。

这一回他们的脑电波终于对上了。

鱼：不要吃垃圾。

猫：懂了，这是今日份天降横鱼！

舒棠用外套把鱼装起来，人鱼用手把舒棠提溜起来，重新回到了海边。

沙滩边，迟到的午饭开始了。这种小小的银色鱼类生活的地方非常难找，但是味道很甜，口感多汁，根本不需要任何烹饪和调料就香甜可口。

人鱼本来捕猎完了，就想要继续刚刚的恐吓和威胁。但是舒棠忙着吃东西，人鱼一凑近，她就以为人鱼要吃，主动塞到人鱼的嘴边。

几次三番后，人鱼就不再试图威胁她，而是用鱼尾圈着她，安静地盯着她吃东西。

舒棠吃饱喝足，补充了能量后想起了正事。

她打算回去拿自己的袋子，将里面的各种药物、便携式检测仪拿出来，给人鱼做一个全面的检查。然而，舒棠才走出去了一步，就立马被人鱼给提溜了回来。

舒棠想起上次来这里，人鱼也不让她离开两米远，但是这一次好像直接从两米缩短到了鱼尾的范围，只要舒棠出去，就会被人鱼抓回来。

这个时候，舒棠才意识到事情开始不对了。

人鱼盯着她，歪了歪头，靠近了舒棠，开始继续刚刚的威胁。

炮灰舒棠终于意识到自己惹上了大麻烦——人鱼不让她走了。按理说，接下来应该上演一场虐恋情深。人鱼现在听不懂她的话，还特别偏执，一不小心她就要面临被怪谈主角缠上逃无可逃的处境。

但是他们两个的交流问题还没有解决。

舒棠没有听懂人鱼在说什么，她猜，大概是要她别走，留下来陪他在沙滩上晒太阳的意思。她想了想，说：“可是我要回去拿东西啊！”

人鱼也没有听懂她在说什么，朝着她嘶了嘶，显得有点暴躁地甩了甩鱼尾。

眼见就要谈崩。

舒棠心想：唉，真像小学生，走到哪里都要跟着。

跨频道沟通，不好和“他”讲道理。于是舒棠想了想，抓起了人鱼的手，放在了自己的后衣领上，还拎起了自己的衣领给他比比画画。

人鱼：咦？

人鱼停了下来。

迟疑了一会儿，人鱼把她提溜了起来。

舒棠赞赏地拍拍人鱼，指了指那栋大楼：“出发！”

人鱼沉默了，看了舒棠好几眼。虽然交流的过程很曲折，还差点吵架，但是最终，人鱼还是顺着她的意思出发了。

舒棠乘坐着人鱼牌代步机，在他的手里晃着想，她怎么没有早点认识“他”，天知道每天上班走那么远有多累！

人鱼大概是苏醒后慢慢地习惯了现在的状态，不管是走路还是行动，都不像一开始见到舒棠时那样带着奇怪的滞涩感了。

然而，正是因为“他”的行动正常了不少，那没有瞳仁的漆黑双眼就显得更加诡异了。

一路上，人鱼都非常安静，把舒棠提溜到了地下室后，就沉默地看着舒棠收拾东西。

这种安静的注视本来会给人一种毛骨悚然的感觉，而且“他”还不发出任何声音，站在角落里实在是有些吓人。

直到舒棠趁着人鱼不注意开始偷偷收泡面，沉默高大的黑影立马回头，把她提溜了起来朝着她“嘶”，恐怖的场景也立马恢复了正常。

舒棠悻悻地撒手，只把那个可重复使用的自热锅收了起来——她准备夜里吃海鲜锅来着。

其实舒棠的思路还是挺清晰的。

今天最重要的任务就是帮人鱼做检查，虽然人鱼现在看起来已经恢复正常了，但是精神域受损是无法用肉眼看出来，舒棠一直没来得及给他做个正式的检查。紧接着，是等待信号恢复，联系大部队来接他们。

下午的时候，舒棠就坐在了沙滩上，翻出了带过来的药箱给人鱼做检查。

其实人鱼的威胁舒棠一句都没听懂，她甚至觉得人鱼还挺配合的，至少她做各项检查的时候，人鱼都沉默着任由她折腾。

舒棠心想：真乖巧啊。

舒棠花了两个小时，做了精神域的各项基础检查。她还老老实实地把检测出来的精神力波动的图谱画在了病历本上，准备到时候去问前辈——这段波动的图谱，舒棠从未在教科书上见过。

而且人鱼的精神力数值太高，舒棠以为便携式检测仪坏掉了。但，就算是如此，结果也可以很容易地判断出来：高危型精神力暴动。

虽然早有预料，但是舒棠还是瞬间心情降到了谷底。

因为这是死亡率最高的类型。

不过，舒棠听老师说过不少高危型痊愈的例子，想到这儿，她的心情稍微好了一点。

她看了一眼人鱼的侧脸，“唰唰”地在那本病历上写下了一大串的诊断报告。

舒棠并不知道，其实人鱼的情况比她想象中要复杂许多。而她手里的图谱、数据，价值可能远远超过她的想象。

人鱼的精神体比普通人大了无数倍，如果不是“他”的身体已经发生了变异，可能早在十年前就悄无声息地死于精神力暴动了。

联邦派来的研究员们也不是吃素的，邱院长甚至只凭借着在外围的监测就能判断出人鱼的下一次精神力暴动是什么时候。但是无奈，他们检测到的数据太少了。

邱院长带着人千方百计地想要对人鱼进行检测，然而光是接近都太难了，更不用说收集数据了。没有数据，也就无从制定治疗方案，更不用说挽救了。

所以在舒棠来之前，不管是陈生还是邱院长，都认为这是个死局。

但是不管是谁，都没有选择放弃。

一来，元勋的身份特殊，对联邦的贡献非常大、威望极高；

二来，早在十年前，元勋强大的精神力就已经突破了已知人类的极限，不管是对污染区的高级污染物，还是对其他的人类联盟都有很强的震慑性。

在这个精神力至上、污染物横行的时代，堪比一种核震慑。这也是为什么，只要是一心为了联邦的人，都会不计一切代价想要将元勋救回来。

但，舒棠救他，仅因为一个理由：她想要把身边美丽而即将凋零的蓝玫瑰留下来。

舒棠看了一眼在旁边懒洋洋晒太阳的人鱼，郑重其事地在病历本的治疗师那一栏，写下了“舒棠”两个字。

这种签名当然不能乱签，因为这代表着舒棠成了人鱼的治疗师，她是要对人鱼的生命安全负责任的。

疗养院的实习生只能跟着主任打杂，要至少围观两年才能接手病人。舒棠并不是胆大包天的人，她知道签下这个字代表着什么含义。但是她想起了这一次全体大撤退，只有人鱼没有对应的治疗师负责，只能一个人被滞留下来。

至少以后，如果出了什么事，看到病历本上的治疗师签名，会来找舒棠。

这也是舒棠作为治疗师，第一次拥有了属于自己的病人。

虽然是自封的。

但是舒棠的心态也立马发生了变化。

不过，还是有很多问题接踵而来，比方说要请教前辈们解读自己看不懂的数据，比方说要怎么骗人鱼吃药……

还有一个一直压在舒棠心上的、很沉重的问题：社会化。

想到这里，舒棠决定给人鱼做最后一项测试：智力测试。

精神力暴动带来的失忆，很可能会造成心智的倒退，所以这也是一项必要的检查。

作为新鲜上任的治疗师，舒棠非常专业地从袋子里掏出了检测心智的七巧板、拼图，分别摆在了人鱼的面前。

舒棠指着七巧板，耐心地和人鱼解说怎么用。

人鱼一直安静地看着她。

舒棠说得口干舌燥的时候，人鱼终于伸出了手。

舒棠眼前一亮。

然后人鱼一把抓住她的衣角，把她抓得近了一些。

舒棠心想，他大概是对七巧板不感兴趣，于是她就换了拼图。

她把那幅彩色拼图在他面前拼了一遍，一边说一边演示给他看，然后再把拼图打乱，示意人鱼："就像我这样重新拼好就行了。"她转过头，发现人鱼已经闭上了眼睛，开始了假寐。

舒棠：不是，"他"刚刚不是还挺聪明的吗！

人鱼其实没睡着，"他"一直在试探着观察舒棠的态度，一直到发现舒棠东摸摸西摸摸，虽然不知道她到底在干什么，但是她一直在"他"身上折腾来折腾去，像是一只精力过剩的小猫在追着自己的尾巴玩。

人鱼放心了：她暂时不会想着离开了。

于是他就纵容了舒棠在他的身边折腾。

今天天气的确挺好的，沙滩被晒得很暖和，海水一浪一浪地朝着沙滩打过来。不远处的蓝色玫瑰被昨夜的雨水打落，地上全是蓝色的花瓣。

舒棠心想，人鱼大概是困了，于是也懒洋洋了起来，等着人鱼醒过来。她闲着也没事干，自己抓起了一只魔方来玩。

这是进阶的智力测试玩具，舒棠本来打算在人鱼拼完七巧板、拼图后再掏出这个，一般来说是用不到的。

舒棠自信满满地打乱，又自信满满地试图拼回来。但是她发现这么个小东西被弄乱之后，想要拼回来有点难度。

舒棠试了十分钟，越拼越乱，越拼头越大，刚要自暴自弃地放下魔方，突然间，一条鱼尾碰了碰她，还鼓励地拍了拍。

舒棠转头一看，对上了人鱼的视线，就是那种看一条智商不高的小鱼撞上了礁石的眼神。

舒棠：不是，这条鱼为什么用这种眼神看着她？

下一秒，人鱼又看了她一眼，舒棠怀疑自己从人鱼的眼神中看出了无奈，但是她没有证据。

修长的手指接过了那个魔方。十秒钟后，伴随着一声“咔嗒”，魔方归位了。虽然魔方不小心裂开了一道缝，但是颜色确实都对上了。

舒棠终于明白人鱼那是个什么眼神了。

关爱包容笨蛋的眼神。

舒棠默默地在病历本上写下：智商，正常。

然后躺在了沙滩上，不动弹了。

人鱼凑过来看她，迟缓地歪了歪头，还把魔方推了过来，仿佛在问：不是帮你拼好了吗，怎么不玩了？

舒棠忍不住猜测自己在人鱼心中到底是个什么样的形象，但是人鱼又不会说话，舒棠就又躺了回去。

两个人就这么在沙滩边躺了一下午，舒棠期间时不时看一眼通信器，但是一直没有信号。

她有点着急了：难道大部队真的不回来了吗？这都停雨了，按理说应该恢复信号了呀。

她站起来到处寻找信号，然而通信器始终没有反应，舒棠就干脆放弃了。本来被大部队遗忘，是一件可怕的事情，毕竟万一拿到荒野求生副本了怎么办？

但是舒棠一扭头看到“金枪鱼之神”，就立马躺了回去。何必呢，其实她也不是很想回去上班啊！

自从开始实习后，舒棠上了夜班上早班，累得团团转，休假日还经常被抓回去，别说出去度假了，她平日里连出去逛街的时间都没有。现在好不容易可以浪费时间了，不如抓紧时间浪费一下。

她浑然没有注意到，在她站起来找信号的时候，人鱼的视线一直停在她的通信器上。一直到她躺了回去，人鱼才若无其事地转过了视线，甩了甩鱼尾。

如果舒棠不是个正在实习的大三学生，而是个研究生，阅读过邱院长关于精神力磁场的论文，也许她能发现一些隐藏在平静表象下的事实。但是舒棠显然大学功课还没学明白，她浑然没联想到人鱼的精神力会干扰信号，只以为是外面的信号塔出了问题。

然而，收回了视线的人鱼并不知道，舒棠看似很是焦虑地躺下了，实际上，听着海浪声，晒着暖洋洋的阳光，舒棠的心理活动如下：这是被大部队遗忘吗？这是到了马尔代夫啊；这是没有信号吗？这是睡觉可以睡到自然醒的号角啊。

转眼又到了晚上。

浪费了一天时间的舒棠十分幸福，她在海边捡到了一些扇贝。她之前去超市的时候还买了一点点杂粮来着，夜里准备做个扇贝粥。

舒棠盘着腿靠在人鱼的旁边开扇贝，但是手边没有工具，有点麻烦。

舒棠正发愁，突然间看见了人鱼正在一甩一甩的鱼尾。

舒棠悄悄地把一只扇贝放在了鱼尾下面。人鱼的鱼尾一甩，“啪”，扇贝就碎了。

舒棠立马再塞一只。人鱼终于发现了声音不太对，低下头和舒棠对视。

舒棠：把手边的扇贝全塞在了人鱼的鱼尾下面。

鱼尾：“啪”。

于是，舒棠心满意足地吃上了扇贝粥。

荒野求生的第一天。

夜里，当然还是睡在“巴士底狱”里那座巨大的笼子内。

舒棠掏出了压缩的充气枕头和小毯子，简单地布置了一下，这笼子才勉勉强强有点“床”的样子了。她把毯子给了人鱼，自己盖那件防护服，迷迷糊糊地就睡着了。

但是舒棠不知道，在她睡着后，银白色长发的人鱼睁开了双眼，凑近了她。鱼尾把舒棠身上的防护服挪开，把舒棠一圈，就圈进了自己的鱼尾里面。

其实舒棠的气息很好闻，只要靠近她，那种信息素很容易让暴躁的人鱼找到平静、安宁的感觉。但是整整一夜，人鱼都没有睡熟，而是时不时睁开眼，确认一遍舒棠还在后，才会重新闭上眼睛。

人鱼醒得很早，“他”一直盯着舒棠，观察舒棠的反应，等待舒棠今天意识到自己的处境后的反应。

被困禁地的第一天，很久没有睡到自然醒的舒棠大睡十几个小时，昏迷不醒。

人鱼从早上等到了中午，又从中午等到了下午。

人鱼以为舒棠昏迷了，凑过去把她拎起来晃了晃。

舒棠迷迷糊糊：“别闹，今天不上班。”她还想要继续睡，但是人鱼已经把她提溜了起来。

是的，舒棠十几个小时没吃东西了，人鱼认为再睡下去，她会饿死，于是不顾舒棠想要在楼上赖到天荒地老的意愿，强制性地把她拎下了楼。

天公作美，也许是同情舒棠这个“社畜”太久没有休息，这两天都是大晴天。阳光照进“巴士底狱”里面，阴森感少了不少，舒棠被太阳一晒就彻底清醒了过来。

舒棠一下楼，就在这座堡垒里面简单地转了转。“巴士底狱”里面的自动过滤水装置不需要用电，运行良好；一楼厕所和洗漱间一应俱全，除了大门都很监狱风，生活日常都可以供应。这给了舒棠极大的安全感。

高大的黑影就跟在舒棠的身后，看着她好奇地左边翻翻、右边翻翻，除了在舒棠走出了安全距离的时候把她提溜回来，其他时候只是安静地看着她。

舒棠洗漱的时候，人鱼歪了歪头。

但是在看见舒棠不停地往外吐白沫后，人鱼的困惑达到了巅峰。

“他”突然间凑了过来。人鱼漆黑的眸子看着舒棠鼓起的腮帮子，戳了戳。

其实舒棠也给他买了洗漱用品来着。她掏出了一把蓝色的牙刷，挤好了牙膏，开始比比画画地告诉人鱼要怎么刷牙，人鱼歪头看着她。

舒棠信心满满：“跟我学，很简单的！”

人鱼的学习能力很强，迅速地掌握了要领。

除了牙刷太脆太小，人鱼捏住的时候有点小心。

舒棠教到了最后一步，准备教人鱼吐掉泡沫。但是她还没来得及说，只听“咕咚”一声，身边漂亮的人鱼歪头看着她，银白色的长发如流水般垂下，鱼尾还甩了甩。

舒棠连上了人鱼的脑回路，脑补了“他”的台词：凉飕飕的，好吃。

舒棠心想：能不好吃吗，最贵的薄荷味呢。

她忧心忡忡：鱼吃了牙膏会死吗？

观察了一会儿人鱼，发现对方没有中毒倒地的迹象，还悠闲地甩着鱼尾后，舒棠松了一口气，只是突然间觉得自己任重道远。

她心情沉重地收拾东西的时候，突然间发现牙刷已经被捏弯了。

舒棠一脸怀疑人生地离开了。

舒棠并不知道，其实人鱼的心理活动是这样的——海里也有可以清洁牙齿的海草，但是舒棠非要拿着小棍子清洁自己脆弱的牙齿。

要知道，因为考虑到了舒棠的牙齿咬合力差，从来只捕猎大型鲨鱼的深海霸主，特意去捕猎了最柔软的小鱼来照顾她脆弱的牙齿。

不过，尽管如此，人鱼也纵容了舒棠这种小小的怪癖，甚至还为了不打击她，把一股怪味的牙膏给咽了下去。

然而，当心情十分愉悦的人鱼跟着舒棠来到了厨房后，“他”突然间注意到了舒棠正偷偷摸摸地往“他”的碗里放了好几片圆形的药片。

那一瞬间，人鱼甩动的鱼尾停了下来。

是的，横在舒棠面前的还有一个问题：如何给人鱼喂药？

舒棠决定采用给猫咪喂化毛片的方法，于是往人鱼的碗里面加入了今日份的缓解神经痛、稳定精神力的药物。

大概是上一次跟着舒棠学习过人类进食的方法，人鱼完全复刻舒棠的姿势，很平静地吃完了今天的午饭。

吞下药片的时候，人鱼的表情也没有发生变化。

人鱼的身体早就发生了常人难以理解的变异，不然鱼尾也不会有那么强大的力量，别说一两片剂量不大的“毒药”了，就算是吃几瓶下去都不会有问题。人鱼吃东西的时候一直盯着她看，舒棠习惯了被“他”盯着，也没有察觉到任何异常。

下午，舒棠拉着人鱼在沙滩上到处找信号，但很显然，这种尝试是徒劳的。

舒棠注意到自己通信器的电量所剩无几，终于下定了决心。

虽然舒棠很想多放几天假，但是通信器没电了还是很麻烦的，到时候还怎么追上大部队，怎么打车？

舒棠在沙滩上恋恋不舍地看了看这片天地的碧海蓝天，转头对人鱼说：“我们离开吧。”

那一瞬间，人鱼尖锐的耳鳍都竖起来了。

直到舒棠起身的时候，拉住了人鱼，示意“他”一起走。

人鱼看着舒棠的手，沉默地跟在了她的身后。

——她不是要逃跑吗？为什么还要带着他一起？

他们回到了那栋大楼里，路上舒棠垂头丧气，像极了每一个周一结束快乐假期的“社畜”。舒棠唉声叹气：“我下次放假还要等半个月。回去后我还要补好多的材料，也不知道下次睡到自然醒是什么时候了。”

舒棠扭头看了看外面的碧海蓝天，表情十分灰暗。

人鱼听不懂舒棠嘴里的很多词，比方说“材料”“放假”，这些对人鱼而言非常含混，但是舒棠的表情太好懂了——

她看起来和今天早上赖床不肯下床的时候几乎一模一样。

“他”古怪地看着她。

“他”突然间意识到，舒棠似乎并不讨厌、害怕自己的“巢穴”。人鱼歪了歪头，有点高兴。

舒棠怀着沉重的心情，来到了电梯前。像是这种特别高级的电梯都有备用电源，尤其是，这部电梯是01区通往外界的唯一通道。

但是舒棠按了半天，电梯始终都没有亮起来。

舒棠心中“咯噔”了一声，开始在原地转圈圈，她问人鱼：“这里还有别的出口吗？”

高大的人鱼没有回答她，只是把停留在电梯上的视线收回来，看向了舒棠。

舒棠拉着人鱼开始在01区到处乱转。但是这里之所以被设置为禁区，就是因为与世隔绝，除了高大的、被蓝色小玫瑰覆盖的警戒线外，只剩下了无尽的大海。

最后，舒棠想出了三个逃生方案：

一、打开电梯，通过地下通道极限攀岩逃生，缺点是容易和人鱼双双坠亡；

二、乘坐人鱼游二百海里，游到隔壁市。如果运气好，也许能够在路上搭上船，缺点是比较费鱼；

三、等待救援人员，缺点是需要赌大部队的良心。

舒棠权衡了一下，问人鱼：“小玫瑰，你能把电梯门给打开吗？”

其实舒棠有点忐忑，很担心人鱼真的可以。

毕竟，人鱼如果可以，那她岂不是要硬着头皮徒手攀岩，还要冒着生命危险爬行电梯井。

为了上个班，倒也不至于。

她也不是什么天选打工人、超级上班侠。

人鱼的鱼尾连探测船都能拦腰斩断，区区电梯，当然不在话下。

但是人鱼移开了视线，装作听不懂，还甩了甩鱼尾。其实“他”看着舒棠不停地想办法离开这里，感觉到了一种无言的焦躁，这种焦躁让人鱼频频看向舒棠。但是人鱼不会说话，“他”甚至无法表达不想要她离开的意思。

两个人就这么沉默了下来，周围只剩下了海浪声。

突然间，舒棠的通信器响了起来。人鱼立马转过了视线，漆黑的双眼死死地盯住了通信器。

舒棠摸出来一看，是定时闹钟，提醒这个月底要交过去三个月实习的病历汇总报告。这种工作乏味至极，但是又非常繁重，拖延症晚期的舒棠总是堆到最后几天做。

舒棠一看日历，今天已经是交报告的截止日期了。她心中“咯噔”了一声。这种报告要写至少二十页，还必须手写，一个字还没动的舒棠，就算是今天不睡觉也写不完。

DDL（最后期限）立马给了舒棠巨大的精神压力，那一刻，她的焦虑情绪达到了顶峰。她神色十分紧张，抓紧通信器，生怕立马恢复信号，半个小时后得救，回去就要交报告。

但，好心的神眷顾了她。

舒棠充满希望地盯着通信器。下一秒，通信器屏幕一黑，没电了。终于，逃离这里的最后一丝希望也破灭了。

从始至终，人鱼一直盯着舒棠，不放过她脸上的任何表情。然后，人鱼就听见舒棠发出了一声：“哈。”

人鱼：嗯？

这种感觉，像极了暑假作业还没写，但作业突然掉进了河里。

人鱼甩甩尾巴，困惑地朝着她“嘶嘶”了两声，仿佛在问她为什么笑。

舒棠努力做出一个悲伤的表情，但是嘴角还是忍不住开始疯狂上扬，嘴上叹气：“怎么办呀，我们逃不走了，只能等人来救了。”然后，人鱼就听见舒棠哼起了小曲儿，开始盘腿坐在沙滩上堆沙子。

人鱼沉默了一会儿，伸手摸了摸舒棠的额头。

舒棠：嗯？

在确认 DDL 远离她后，舒棠彻底放松了下来，觉得天都更加蓝了。

本来，荒岛求生的第一天，应该以舒棠吃完饭就美美入睡结束的。但是吃完晚饭后，舒棠突然间发现人鱼消失了。

舒棠以为人鱼去捕猎了，并没有太过担心，毕竟第一次来这座堡垒时，人鱼就中间离开去抓鲨鱼了。

然而，舒棠猜错了。人鱼并没有离开，而是在黑暗中观察她。

一开始，舒棠第一次离开禁地，人鱼以为她是被吓跑了，焦躁的“他”不知道要如何和舒棠相处，只能半夜去她的床边睡觉，企图用不让她发现的方式，和她待在一起；而这一次严重的精神力暴动后，他们的关系空前地拉近了。

她甚至把小雨伞重新修好还给“他”，现在那把破旧的伞还在人鱼的笼子边，被人鱼好好地捡回来收好。但是人鱼仍然有疑虑，怪物的内心敏感又警惕，“他”希望舒棠一直留下来陪着“他”。

哪怕是给“他”吃那种圆圆的药片也无所谓。

然而，人鱼并不能很好地判断舒棠的态度，“他”仍然在小心翼翼地试探着她。

比方说，这天夜里，人鱼就决定消失一段时间。其实这只怪物就藏在黑暗里，用冷冰冰的、尖锐的审视目光注视着舒棠，看似凶残而冷酷，但是一旦她要是往外跑，这种尖锐的审视，就会立马变得愤怒又受伤。像是一只非常别扭的刺猬，或者某种浑身长满尖刺的仙人掌。

而舒棠，显然没有领悟到如此深厚的含义。她这两天寸步不离地被人鱼跟着，独自行动还是第一次。

舒棠先是兴致勃勃地在“巴士底狱”里面探索，然后开始到处翻翻，好奇地乱转。等到满足了自己的好奇心后，她警惕地回头，确定了人鱼不在后，抓住了这个千载难逢的机会，鬼鬼祟祟地去摸塑料袋里仅剩的一包方便面。

在黑暗里盯着舒棠的高大黑影有些无语。

舒棠：唉，终于找到机会了，再不吃就过期了呢。

小鱼虽美味，但是垃圾食品也有独特的风味呢。

舒棠准备趁着人鱼不在，抓紧时间偷吃一口垃圾食品。但是她一转身，就立马对上了高大的黑影。人鱼不知道什么时候出现在了她的身后，银白色的长发在月光下显得很是皎洁，漆黑的眸子正幽幽地盯着她——手里的泡面。

舒棠低头看了看泡面，心想：这是什么人鱼召唤器。

这种时候，他们的沟通，突然顺畅无阻了。人鱼歪歪头，示意她把藏在后面的泡面交出来。但是舒棠不是很想交出泡面。人鱼朝着她“嘶嘶”两声，态度非常不容拒绝。

舒棠想要故技重施，但是左顾右盼，根本没有别的东西可以塞进人鱼手里，而且她的手藏在后面，拿出来就露馅了。

两个人对峙了片刻，气氛十分紧张。终于，人鱼伸出手。

舒棠把自己的脑袋往人鱼手心一搁。

低头的人鱼顿住了。

看着她搁在“他”手心的脸蛋，面无表情的人鱼，嘴角突然很轻微地勾了一下。

在黑暗里，她听见了一声从喉咙里发出来的，含混、沙哑的笑声。

第五章 //
蓝色眼泪海

因为太久没有调动面部神经，这个笑很轻微，但还是被舒棠捕捉到了。

如果说人鱼大部分时候，像是一座诡谲而美丽的苍白神像的话，那么这一个轻微的弧度，就好像神像活了过来，突然间有了人性。

这个“人”也瞬间鲜活生动了起来。而且那沙哑含糊的笑声，竟然有种别样的意味。

她脑袋空空地看着漂亮的人鱼，不知道为什么，突然间觉得有点不好意思，窘迫地想要把脑袋缩回来。但是，人鱼冰冷的手指却轻轻地托住了她的下巴，一个轻轻的动作，就阻止了她的后退。

舒棠屏住了呼吸。人鱼修长的手指，轻轻地、试探地触碰她，人鱼专注地盯着她，长长的睫毛垂下，仿佛在用自己的冰冷手心，感受她温暖的体温。

安静的堡垒里面，似乎只剩下他们两个的呼吸声。最后，人鱼若无其事地松开了舒棠，拿走了她的泡面。

最后舒棠也没有吃上泡面，因为她直接把泡面这回事给忘了。

她梦游一般地回到了笼子里的床上，一直到人鱼用鱼尾将她圈住。她睡前看了看人鱼漂亮的侧脸，心想：哎呀，笑得怪好看的。

她把小毯子盖上，心想：声音也怪好听的。

荒野求生，第二天。

早上起床，今天刷牙的人变成了两个，一左一右，一大一小。

舒棠很惊奇地转头看人鱼，人鱼也低头看她。然后他们用同样的频率、同样的姿势一比一刷牙。

洗脸的时候，舒棠够不着，于是下意识地道：“小玫瑰，帮我递一下毛巾！”

拿着毛巾覆在脸上，好一会儿，舒棠突然间“咦”了一声。她后知后觉地意识到：“他”听懂了。

因为意识到自己和人鱼可能短时间内没法出去，舒棠开始对这座堡垒进行探索。

昨天，她已经确认了饮用水、生活用水的供应设备没有问题，但是南岛市的天气变化比较大，在五月份前，温度仍然可能会降到零度左右，那个时候舒棠带来的防护服和一床小毯子就明显不够用了。所以，舒棠决定去翻翻看这里有没有什么物资。

一楼被她转得差不多了，于是舒棠就开始探索二楼。除了他们住的那个房间，这里还有非常多房间，但是全都是上锁的。

舒棠让人鱼帮她打开了门锁，竟然找到了一间仓库！里面的灰尘非常多，仿佛十年没有人打开过了。

舒棠打开门窗通风后，借着透进来的阳光，开始翻找。她找到了几床被子，还有一个很舒服的大床垫，都是全新的真空包装。她甚至还找到了一箱米黄色的窗帘，也没有拆塑封。

这个仓库里的东西，很像是刚刚搬到新家准备布置购入的物品，但是被主人遗忘在了这里十年。毕竟，十年前的祝延踏入禁区后，清醒的时间就很少了，而这里没有别的主人，自然也不会有人记得把东西拿出来，把这个空荡荡的地方布置得像是一个家。

舒棠十分惊喜，因为这些东西都保存得很好，就算是年代久远，拆了用也还是干净的。这样子，如果降温了，也完全不用担心在这里的生活了。

舒棠指着东西，一样样地告诉旁边的人鱼：这是个床垫，那个是被子。她从洗漱的时候就隐约发现，只要她告诉了人鱼是什么后，下一次她让“他”帮她拿东西的时候，“他”就可以准确地拿到她要的东西。

舒棠记在了心上，为了确认这一点，她整整一个早上都在不停地使唤人鱼。什么搬垫子、晒被子，全都交给了人鱼，舒棠则揣着手手跟在高大的人鱼身后偷懒，在使唤人鱼的时候，还把他的反应都记了下来。

舒棠的测试很快就得到了结果——

比方说盘子、杯子、毯子，这些东西，人鱼都能很准确地帮她拿到；

但如果是舒棠没有在他面前提到过的窗帘、碟子，人鱼就很难明白她的意思;而且舒棠要是说得太快,又说了很多名词的话,人鱼就会停下来看着她。

坐在沙滩上晒被子的时候，舒棠看向了旁边把她圈住闭着眼睛晒太阳的人鱼，掏出了那本《蓝色小玫瑰观察记录》，开始写写画画。这短短的时间里，他的身上发生了很大的变化。

认识人鱼的第一天，舒棠想要去拿病历本都费了九牛二虎之力，那时候人鱼听不懂她的话，也很难理解她的意思。那时候，“他”身上的非人感是非常重的。“他”能够表达的情绪非常少，和舒棠沟通交流的方式几乎没有，像是一只藏在黑暗里的怪物。

舒棠突然间意识到，这些变化发生的原因是沟通和交流。

人鱼的学习能力非常强，看一遍、听一遍就能记住；但是人鱼一直在01区，从未和其他人相处过，自然也没有学习的对象。而这短短两天的相处里，舒棠能够明显感觉到“他”的情绪更加丰富了，和她的沟通也更加顺畅了。

比方说从前，人鱼是很难表达清楚自己的意思的，只会抓住她朝着她“嘶”；但是现在，“他”已经可以用眼神、动作，准确传达“交出泡面”的意思了。

甚至还会笑了。

她转头看向了晒着太阳的人鱼，突然间觉得这条鱼现在显得有点“懒洋洋”的。这种悠闲的感觉，是初见时那个只会躲在黑暗里的人鱼身上绝对不会出现的。

而一切的变化，是因为舒棠这两天都在他的身边。人鱼在和她的相处过程中，学习怎么去当一个“人”。

舒棠立马感觉自己责任重大。

人鱼能够理解很大一部分的动词，比方说舒棠说“拿”，人鱼就会给她递东西；舒棠说“拎”，人鱼就会顺手把舒棠给拎起来。但是，除了舒棠教过的，大部分名词人鱼都听不懂。

于是，接下来，舒棠不再坐在沙滩上玩沙子，而是兴致勃勃地开始和人鱼聊天，教“他”一些很简单的名词。

舒棠和人鱼解释什么是“工作”。

人鱼很快就理解了：工作就是捕猎。

而人鱼经常听舒棠抱怨时说这个词，显然是不喜欢的。

于是，人鱼推断，舒棠不喜欢工作，也就是舒棠不喜欢捕猎，所以经常饿肚子，饿到吃垃圾。

人鱼甩了甩鱼尾：而“他”，非常擅长捕猎，也喜欢捕猎。

人鱼先是不赞同地看了看舒棠，紧接着甩了甩鱼尾，朝着她嘶了嘶。

舒棠没懂“他”的意思，继续和人鱼解释什么是“实习生”。

人鱼理解了：一种数量巨大，捕猎不到食物，食物链最底端的存在。

人鱼：浮游生物。

舒棠又兴致勃勃地和人鱼解释什么是她最爱的“摸鱼”。

这个不用解释。

人鱼歪头，鱼尾就放到了舒棠的手边。

舒棠伸手摸了一下：很丝滑，有点凉凉的，很好摸。

于是她开始了快乐地摸鱼。

下午，他们又去大楼的电梯处转了一圈，果然没电，舒棠唉声叹气一番，被人鱼抓走吃晚饭去了。

另外，舒棠发现方便面在今天不幸过期。

还有，人鱼为了不让她吃垃圾，抓了十分新鲜的三文鱼作为补偿。

夜里，他们终于铺上了床垫，盖上了有着太阳香气的被子。舒棠在床上打滚，被人鱼抓回来，幸福地入睡。

荒野求生，第三天。

睡到中午。

玩沙子。

见到一只路过的螃蟹。

被夹。

大声呼唤人鱼。

抓走煲汤。

再次昏睡，醒过来，深感自己堕落、浪费时间。

人鱼甩着鱼尾歪头：什么是“堕落”？什么是浪费时间？

很快，人鱼就知道了。因为舒棠又开始快乐地堆沙子了。

舒棠有点担心，但不多。而且担心的念头经常一冒出来，就被突然间飞来的海鸥或是一个突如其来的海浪分散了注意力。

她上一次这么放松，还是高三毕业那年的暑假，因为考上了华大，在家躺着看电视，幻想着大学的生活，那是一个舒棠时时怀念的，悠闲、快乐、充满期待的夏天。而现在，她无所事事，没人救也就没压力，只能躺在沙滩上感受着海水的潮汐。

聊天对象是一条鱼，因为对方不会说话，社交压力等于无；还是个很好的倾诉对象，毕竟，说什么都不会被反驳。舒棠心想：这不就是自己梦寐以求的咸鱼生活吗？

但，人一放松，就容易降低警惕。

这几天，舒棠按照每天的剂量，往人鱼的碗里下药。她白天的时候给人鱼做了一次复查，发现各项数值都渐渐地稳定了下来，可见上一次精神力暴动带来的影响在慢慢地消退。

精神力暴动的治疗方式一般就两种：药物控制和精神力疏导。

第一种方式，药物缓解神经痛，减轻病人的痛苦，治标；第二种方式精神力疏导，治本。

精神力暴动带来的强烈神经痛，像是尖锐的针在脑子里钻，这也是为什么大部分人精神力暴动的时候会丧失神志、无法思考。

舒棠感觉到人鱼能够越来越多地理解她的话，大概是神经痛也在缓解的缘故。舒棠受到了很大的鼓舞。

然而，意外发生了。

今天，舒棠潜入厨房，偷偷给人鱼下药的时候，动作太大，不小心撞到了故意扭头看向窗外给她作案机会的人鱼。这一撞，人鱼下意识地低头，就撞上了舒棠鬼鬼祟祟的下药现场。

舒棠非常尴尬，解释说："这是我给你开的药，对身体很好的。"

高大的人鱼盯着舒棠看了一会儿。

舒棠很是心虚，而且第一次感觉到人鱼漆黑的眸子会给人一种很大的压力，尤其是很难从这双眼睛里看出到底是什么情绪的时候。

舒棠心中越发惴惴不安起来："他"不会以为她给"他"下药吧？

事实上，也正是如此。

如果不是这个误会，人鱼不会一直试探舒棠的态度。不过，说实话，人鱼并不在乎下药这件事，"他"更在乎这件事背后代表的含义。如果舒棠愿意留下来，吃一些药片对人鱼而言也无所谓。

本来，人鱼只会装作不知道，但是谁能想到会发生这种乌龙？

人鱼转过了视线，本来想要装作无事发生，但是舒棠一直频频看着"他"，一副欲言又止的样子。

人鱼终于低下了头，看向了舒棠。神奇地，舒棠竟然从人鱼的脸上看出了"似笑非笑"这种复杂的神情。

突然间，人鱼动了。"他"从厨房的柜子里，拿出了一把雪亮的匕首，是那天燕市来的专家们身上掉下来的，舒棠和人鱼去看电梯的时候在路上捡回来用来切鱼的。

人鱼看了看舒棠，把匕首递给了她。舒棠惴惴不安，不敢接。

见舒棠不拿，人鱼沉默了一会儿，然后将匕首转了个方向，朝着自己的腹部扎进去。

舒棠还没来得及大惊失色，就看见匕首，它弯了。

物理意义上的那种弯了。

舒棠震惊不已。

人鱼抬眸看着她，然后伸出手，将那把弯掉的匕首，慢吞吞地抓在了手中。随着一阵让人毛骨悚然的声音，在“他”修长苍白的大手中，匕首像是纸片一样，被揉成了一个铁团。然后，人鱼十分随意地松开了这个铁团，视线转向了舒棠。

舒棠下意识地后退。人鱼一步步逼近她，凑近了她。

舒棠有点腿软。她正绞尽脑汁想着怎么解释的时候，人鱼已经把她逼到了桌角。人鱼漆黑的眸子盯着她，一只手搭在了她的旁边。仅仅是逼近，整个人的阴影就笼罩住了舒棠。

她很紧张地看了“他”一眼。人鱼垂下了眸子，一伸手，将舒棠放在桌子上的药片拿了过来。

舒棠不明所以，却见人鱼当着她的面，主动把药给吃了。

而且人鱼吃下药片的时候、咀嚼的时候，是垂着眸子死死盯着她的。

舒棠咽了一口口水，感觉毛都要炸开了。

然而，吃完后，人鱼若无其事地起身，移开了视线，转过去，把团成一团的刀重新拆开，开始切三文鱼——仿佛根本没把这件事当回事。

舒棠呆呆地站在原地，好一会儿才回过神来。这种行为，很像是恐怖片中，拿着一张符作为救命稻草的小炮灰，信心满满地以为自己可以封印厉鬼，结果厉鬼不仅接过她的符，还当场给她折了个纸飞机。

炮灰舒棠应该被吓疯的，但是回过神来后——等等，误以为她要下毒谋害“他”后，“他”为什么是这个态度?

舒棠：他是不是瞧不起我?

要知道猫科动物速度快、爪子尖利，冷不丁偷袭一下，还是很凶猛的；而且她是个治疗师，随便搞点药，完全可以毒傻十条他这样的鱼!

炮灰没有被吓疯，她甚至还钻过去，想要和那只厉鬼理论一番。但是正在切三文鱼的人鱼看了她一眼，单手就把碍事的小猫提溜了起来，往旁边一放。

本来，这个误会十分严重，一不小心就会酿成血案。但是万幸，矛盾没有激化，甚至在“误以为她要谋害他”的前提下，这条凶残的人鱼仍然没有改变对舒棠的态度。

晚饭，舒棠甚至还吃到了人鱼切的三文鱼。

多以德报怨的一条好鱼啊。

但是舒棠越想越不对劲。本来事情应该就这么过去了，但是莫名其妙地就变成了——舒棠夜里开始在饭桌上和人鱼聊起一些急诊科流传的恐怖医疗事故。她讲的那起医疗事故，很像是她听过的一则恐怖故事：猫脸老太太。

据说那个病人吃错药后就发生了污染物一般的变异。

舒棠提溜起自己的耳朵，模仿变异者诡异的尖耳朵，还龇出了两颗虎牙，表现对方的利齿，十分惟妙惟肖。

人鱼没听懂那一大串的陌生名词，但是听懂了舒棠在威胁“他”。人鱼安静地注视着她，灯光晦暗，她也就没有看见人鱼常年面无表情的脸上，嘴角那一点点弧度。

在舒棠终于停下要喝水的时候，人鱼还体贴地给她递上了水。费力表演了半天的舒棠有些无语。

炮灰企图威胁恐吓，未果。

她吃完晚饭就跑了出去，越想越气，在沙滩上捡贝壳不肯回去，决定今天夜里再也不搭理那条鱼了。

夜风中，海水还有残留的余温。

人鱼一贯是不说话的，在舒棠的身后慢悠悠地跟着她。

舒棠忍住了开口的欲望。两个人安静地走着，气氛僵硬。

直到——

路过一只螃蟹。

舒棠被夹。

“小玫瑰！救命！”

荒野求生的第四天。

虽然吵了架，但是生活还要继续。尤其是海滩上有着数量巨大的梭子蟹大军，投鼠忌器，不得不和人鱼握手言和。

早上，舒棠刚刚准备下药，想起来昨天的事。于是她拍了拍人鱼，把药片递了过去。人鱼低头，很自然地接过了药片。

喝水，“咕咚”。

减少了一个鬼鬼祟祟下药的流程后，喂药效率大幅度提升。然而，不幸的是，自热碗在使用了三天后，今天早上报废了。

舒棠加水煮了半天的粥，揭开盖子，米还是生的，水也只有一点点的余温。这意味着很长一段时间舒棠没有办法喝粥、吃熟食了。舒棠遗憾道：“还有好多海鲜呢，不能煲汤了。”

在长时间没有得到物资补给的情况下，这也是意料中的事。不过，虽然情绪有点低落，但是新鲜的三文鱼也很好吃，舒棠很快就忘记了这回事。

但是在离开厨房前，人鱼盯着舒棠的自热锅看了一会儿，伸手摸了摸自热锅的余温。不过，舒棠并没有注意到这个小细节。

进食后，他们照例去大楼里转了一圈。舒棠检查电梯供电，果然还是没有恢复。

舒棠怀疑那个小陈彻底把她给忘在了这里，她当时见他浓眉大眼，是个好人，还带着一堆人，看上去像个保安队长，怎么说丢下就把他们给丢下了？

大概是自热锅没法用了，舒棠终于开始有点担心了。不过，想到再拖两天报告就不用交了，舒棠心情好转。然而，和人鱼准备离开的时候，她一抬头，就看见了一个摄像头。

摄像头在大楼里不少见，但这个摄像头——它在动。

舒棠身后的人鱼脚步也停了下来，“他”缓慢地盯住了那个摄像头。摄像头亮起了红光，是工作中的状态。

在被大部队抛下后的第四天，这个无人问津的世界，终于和外界恢复了联系，虽然只是一个摄像头。

然而对于舒棠而言，这应该是经历了四天后，重新燃起的希望。

人鱼看了一会儿，低下头注视着舒棠。

舒棠果然站住了脚。求救是要求救的，但求救是一门学问：虽然沦落荒岛，舒棠这四天和度假似的，但她绝对不能表现出自己很享受的样子。

不然回去之后，周主任一定会——

“你闲着四天都没事做，为什么不写报告？”

“什么？你说你被困了？这是不交报告的理由？办法总比困难多！你怎么不克服一下？”

人鱼死死盯着舒棠，就见舒棠沉思了一会儿，然后伸手把自己的头发抓乱了，往脸上抹了一把灰。她转头看了一眼人鱼，见人鱼干干净净的，立马示意人鱼也低头。

人鱼：嗯？

虽然不知道她要干吗，但人鱼还是低下了头。

舒棠立马往“他”的脸上也抹了一把灰。人鱼猝不及防，愣在了原地。“他”古怪地看着她，然后任由着舒棠把“他”拉到了摄像头下面。人鱼的眸子对上了摄像头的红点，没有瞳孔的漆黑双眼十分诡异。

而旁边，硬拽着人鱼过来的舒棠已经开始了表演。虽然不太清楚这个摄像头对面有没有人看，但舒棠还是立马露出了绝望的表情：“有没有人啊？我们被困在这里四天了，电梯没法走，已经断粮三天快饿死了，你们快来救命啊！有没有人来救救我们啊！救命啊！救命啊！”

表演了一番后，一脸绝望的舒棠心满意足地拉着不明所以的人鱼走了。

舒棠：“快快快，我们中午吃大甜鱼！”

人鱼其实听不懂舒棠刚刚那一大段的话到底在说什么，但是人鱼听懂了“饿死了”和“救命”，因为每次被螃蟹夹住，她就会大叫“救命”；而把螃蟹煲汤后，她又会叫“饿死了”。

可是她每天吃四五只螃蟹，吃完了便开始敲扇贝，中午还进食几块三文鱼，吃饱了就在沙滩上躺着，舒棠说：“这是思考人生。”

人鱼却认为是吃太饱，撑得不想动。

那她为什么要对那个东西撒谎呢？像是她明明是自己先去摸螃蟹的，却每次都要诬陷是螃蟹先夹她；又像是她明明不想自己动手晒被子，却每次都美其名曰是为了教“他”认东西；也像是她明明嘴上说着喜欢“他”的世界，却仍然想着要离开。

人鱼归结于：她是个喜欢撒谎的小骗子。

舒棠发现回来后，人鱼变得很沉默。

其实人鱼除了偶尔会“嘶”一声，或者从喉咙里发出含混的声音，一直都很安静。但是这几天相处下来，舒棠已经能够隐约察觉到“他”情绪的变化了。

“他”沉默地把她提溜到了那块海中的礁石上，然后转过身，鱼尾一甩，矫健的身影就如同离弦的箭一般，消失在了大海里。

这几天，人鱼捕猎的时候就时常把舒棠带到这块礁石上。有时候捕猎结束懒得回去，他们就会直接在礁石上吃完。今天也是如此。

但是捕猎后，人鱼并没有上岸。

人鱼的鱼尾非常漂亮，甩动的时候偶尔会甩起水花，阳光下水滴就像是珍珠一样——舒棠看人鱼甩鱼尾都能看一个下午。

但是今天，鱼尾只是在海水中舒展开美丽的“飘带”，显得很安静。

“他”则一直沉默着，面无表情的时候就显得有点阴郁。

舒棠这几天除了堆沙子就是捡贝壳，虽然她感觉很放松，但是已经觉得有点无聊了。她最大的乐趣便是去骚扰人鱼，偶尔抓他的鱼尾或者偷偷用螃蟹夹他的手指。而人鱼基本上不和她计较，每次都只会露出看小鱼玩耍的眼神，或是把螃蟹拎开。

今天也一样，她一整个下午，直到天黑了都坐在礁石上看海，看腻了就转头看闭着眼睛的人鱼，撩起海水往人鱼的鱼尾上泼。

人鱼睁开了双眼，看了一眼舒棠。

那时候舒棠还不知道接下来会发生什么事。

人鱼出水。

舒棠以为他要把她拎走，结果，突然间，她感觉到自己的脚踝被抓住。

下一秒，舒棠就被人鱼拽进了海水里。

“救命啊！救命啊！”舒棠以为人鱼要谋害她。

她在水里挣扎，以为自己要被人鱼谋杀了。舒棠大叫：“不就是泼了一点点水吗？好小心眼的一条鱼！”

人鱼伸手把她一拎。舒棠被拎起来站稳了，才发现这片看着很深的海域，下面还有一块很厚的礁石，海水才到她的小腿。

人鱼扎入水中，如同箭矢一般滑出去老远，再次回头看着她，朝着她“嘶”了一声。

舒棠明白了他的意思：“他”要带她去一个地方。

她本来不太喜欢沾水，但是一直在海边玩，堆沙子已经让她失去兴趣了，见人鱼要带她出去，她也很是好奇。

舒棠也是会游泳的，虽然是标准的狗刨式，于是她试探着往深处走，朝着人鱼游了过去。但是人鱼等了她半天，舒棠还在狗刨式原地游泳。

终于，耐心告罄，于是人鱼鱼尾一甩，扎进水里，几秒钟就来到了舒棠这边。

舒棠还没有反应过来，已经被人鱼抓住了。

人鱼出水，圈住了她的腰。鱼尾一动，就朝着海里滑出去了老远。舒棠只能够听见破水声，还有人鱼沉重的呼吸和心跳声。

也许是在温暖的海水里，人鱼的体温也似乎和海水一样不那么冰冷了。

人鱼的鱼尾在海水中像是蓝色的轻纱一样散开，迅速地划开了蓝色的海水。

这场景美丽而梦幻。

人鱼的速度在海里和在陆地上，不可同日而语。在水下的人鱼如同迅捷的猎豹，速度快得惊人。舒棠几乎只能听见快速滑过的水声，她死死闭着眼睛，抓住人鱼不敢松手。

也不知道过去了多长时间，人鱼停了下来。舒棠被送上了水面，水下的人鱼又把她推上了礁石。舒棠爬了上去，趴在上面大口大口地呼吸。人鱼施施然地上了岸，把舒棠像是乌龟一样翻了个面。

黑暗里，她感觉到人鱼应该是在笑。

舒棠发誓，自己坐过的最快的船都没有人鱼快，如果水下有交警开罚单，人鱼这一路一定被罚到破产。

她好一会儿才平稳了呼吸，爬起来拧干自己的衣服，才发现天已经渐渐地黑了下来，而这里是一个海湾。她以为人鱼是带她来这里兜风的，毕竟这里风特别大，他们一直在“巴士底狱”附近待着，还没有去过别的地方。

舒棠心想：要是有烧烤架，倒是可以在这里烤个串什么的。

人鱼甩了甩鱼尾，朝着她嘶了嘶。

一般天黑后整个01区都是一片漆黑的，这时候他们就会回到堡垒里面睡觉。

然而，舒棠突然间看见不远处，亮起了蓝色的星河。有一种名叫“海萤”的浮游生物，在夜晚的时候发光腺受到刺激，就会发出浅蓝色的光。它还有个很好听的名字，叫作“蓝眼泪”。

舒棠愣在了原地，连拧衣服的动作都停了下来。她坐在了人鱼的旁边，和他一起看着一浪浪拍打过来的发光海水。

舒棠以为，在四天与世隔绝的生活中，她会感觉到孤独和无趣——因为人鱼不会说话，而她唯一可以和外界联系的通信器也没电了，生活一下子只剩下了无尽的大海。但是此刻，舒棠突然间发现，其实并没有。

舒棠对身边的人鱼说：“小玫瑰，你听过一个故事吗？有个叫鲁滨逊的人流落荒岛，遇见了自己不会说话的朋友星期五。”

舒棠转头看他，突然间发现，人鱼那双漆黑没有瞳孔的眸子，在“蓝眼泪”的映照下，变成了一片蓝色的星河。她下意识地屏住了呼吸。

鲁滨逊遇见了自己不会说话的好朋友星期五，而橘色“大鸡腿”，遇见了自己不会说话的蓝色小玫瑰。所以这与世隔绝的时间里，她并不寂寞。

蓝色的眼泪海一浪一浪地朝着岸边推进，如同星河揉碎坠入大海。

天地之间，只剩下了他们两个。

人鱼听不懂她的比喻，只是安静地看着舒棠说话的样子。

许久后，人鱼转头看向了蓝色的眼泪海。

“他”的世界有广阔的大海、无垠的蓝色星河、海里的静谧世界。和外面那个光怪陆离的世界相比，也很有趣。人鱼听见她说："小玫瑰，我很喜欢这里。"

那，能不能留下来？

留在"他"的世界里呢？

回去的路上，月亮已经升起来了。

舒棠问人鱼那个地方叫什么名字，高大的人鱼沉默地跟在她后面。禁地被尘封太久了，其实也许一开始就没有名字。于是舒棠决定给它取名，叫作：眼泪湾。

回到堡垒后，舒棠没有着急睡觉，开始张罗着今天没有做完的事：她准备把窗帘挂上去。

阴天的时候不觉得，天晴时没有窗帘的"巴士底狱"，设计就显得非常不合理：舒棠总是在早上的时候被阳光刺醒。

这个时候她就要拱进被子里躲阳光。昨天她干脆让人鱼睡外面，她躲在人鱼高大的阴影下才没有被晒醒。

人鱼听着她说这些话，大概明白了她的意思。人鱼沉默地看着她，有点困惑，她不是想要离开吗？为什么还要布置这里？

舒棠清点了一下窗帘和挂钩的数量，看了看高高的窗顶。

人鱼个子高，但是因为力气太大，很容易把挂钩捏碎；而舒棠又太矮，这里还没有凳子可以踩。于是舒棠灵机一动，她转过头，示意人鱼把她举起来挂窗帘。

人鱼沉默了一会儿，低头看了看个子对于"他"而言很小只的舒棠。

在人鱼的眼里，舒棠是一个脆弱的物种：吃东西必须剔掉表皮和骨头才能进食；睡觉必须躲在被子里，否则太阳都会把她晒醒；被螃蟹夹一下，竟然手指头会肿起来。

人鱼不能把握自己的力道，举起来万一不小心捏死了怎么办呢？

于是，人鱼突然间把舒棠提溜了起来。

舒棠心想：这也不够高啊！

然后人鱼伸出一只手轻轻托住了她的大腿，把她举起来往肩膀上一放。

舒棠蒙了，但是等到她回过神来，已经稳稳坐在了人鱼结实的肩膀上。深海里的凶兽肩宽腿长，力量也十分可怕，这点体重对人鱼而言不费什么力气。

人鱼的身高一米九几，如果耳鳍的高度也算上，逼近两米。

高度够了。

人鱼抬头示意她可以挂窗帘了。

大概是以为小猫一动不动，是害怕掉下来，人鱼安静了一会儿，抬起了一只手，轻轻地扶住了她的腰。

他修长苍白的手很大，一掌就可以稳稳托住她的腰，如同磐石一样坚固。明明坐得很稳了，但是小猫还是愣了好一会儿才开始挂窗帘。

她突然间有点不太敢看他。

夜里很安静，于是人鱼沉重的呼吸声被她听得很清楚；甚至连对方胸膛的起伏，都能够清晰地感觉到。她够着挂杆的时候，感觉到人鱼大手的承托，掌心温度很低，但有种令人安心的感觉。人鱼的肩膀也很宽，完全可以让她坐得稳，非常有安全感。她偶尔低头，就能够看见人鱼抬着头，注视着她。

在眼泪湾说起的那个话题没有继续下去。

鲁滨逊和好朋友星期五的比喻似乎也不是那么恰如其分。

今晚的月色很美。

一面面窗帘装上后，往边上一拉，睡眠就变得惬意而深沉。

荒野求生，第五天。

也许是因为没有被太阳晒醒，舒棠起来得有些迟了。但是她睁开眼睛，却没有和往日里一样看见旁边圈住她的人鱼。

她穿好鞋下楼，想要看看人鱼到哪里去了。但是她转了一圈，整个堡垒里面都没有人鱼的影子。舒棠洗漱完了，穿着从仓库里翻出来的大了好几号的拖鞋，朝着海滩走去。

人鱼起得很早，其实除了第一天时不时就要醒过来确认一眼她还在不在，人鱼的睡眠都非常好。舒棠的信息素很好闻，睡觉的时候呼吸声绵长，像是一只蜷起来安睡的小猫，看着看着就会觉得很困，闻着她的信息素入眠，耳边的噪声会消失，睡眠会变得非常深沉。

她说她想要喝粥、吃烧烤，虽然人鱼不知道烧烤是什么意思，但是人鱼知道自热锅就是靠着热度将食物煮熟的。

深海里的凶兽自然不需要经过复杂的烹饪或者精细的处理，就可以进食。“他”只需要将猎物绞杀。而且舒棠告诉他，她要是吃太多生食的话，容易感染寄生虫。

人鱼依旧听不懂这么复杂的词，但是人鱼听明白了：吃太多生食，会死。

舒棠属于很容易被养死的物种。

于是这天早上，人鱼醒得很早。

虽然“巴士底狱”附近的沙滩上，除了十年前被人重金空运种下的蓝玫瑰，没有什么可以烧的植被，但是走远一点，还是能找到一些树的，虽然有些潮湿。

生火就更加简单了。人鱼听舒棠说过：将两块石头摩擦一下就可以轻松地点燃。

等到舒棠穿着大一号的拖鞋走到沙滩上，就看见了一个火堆，上面架着她的自热锅，里面正在“咕咚咕咚”地煮着粥。

舒棠突然间想起来，自己昨天在人鱼面前抱怨过自热锅已经不能用了的事。她跑过去蹲在粥前面闻了闻，一抬头，就看见高大的人鱼抱着一根拦腰折断的树干走了过来，然后把树干放下，把舒棠从火堆边拎远了一点。

舒棠惊喜道：“小玫瑰，你真好。”

人鱼听不懂，但是知道这是夸奖。“他”不会修自热锅，但总能够找到替代品。

然而一转头，人鱼却又听见她说：“小玫瑰，我们去看看那个摄像头吧。”

人鱼苍白的唇，微微抿了起来。

舒棠一直以为陈生把她给忘了，但这当然是不可能的事。

因为人鱼精神力太强，没有人可以估计“他”精神力暴动后会造成多大范围的影响，所以整个海角疗养院以及周边地区全都清空了，撤去了南岛基地。

而前面三天，他们一点信号都不能从这片区域接收到。一直到不久前，研究院的技术员到达，利用埋在地下的信号管，勉强唤醒了一台摄像头，他们才有机会窥探一下禁地里到底怎么样了。

舒棠并不知道，其实她失踪的四天，大家都默认她牺牲了。毕竟这个时候的禁地和地狱也没有什么区别了。

当初陈上校拖延时间，半个小时内她没有出现，大家就已经有了心理预期——估计是没逃出来。

唉，多好的一个 alpha 啊，在那种时候还能毅然选择进入禁区，简直是“我不入地狱谁入地狱”！舒棠这个平平无奇不明真相的路人甲，在这四天里被反复提起，几乎要成为壮烈牺牲的代表。

但是谁想到，摄像头开启的第一天，技术员便激动道：“陈上校，有求救声，有求救声！”

众 alpha 纷纷上前查看。摄像头的画面不断放大、放大，紧接着，众人看见了一双漆黑的眼睛。人鱼抬眸死死盯着摄像头，虽然隔着很远的距离，但那种仿佛被什么庞然大物注视的压迫感仍然非常强烈。

一股寒意瞬间涌上了众人的脊背。

然而，就在这个时候，人鱼下方突然间冒出了一个毛茸茸的脑袋。灰头土脸的舒棠神色紧张，十分慌张地大喊："救命啊！救命啊！"

说实话，舒棠的演技是还不错。至少，她脸上的惊慌，让大家都以为她被身后的人鱼抓住了。谁知道舒棠求救的内容却是："断粮了，我们三天没吃饭了！有没有人来救救我们啊！"

众 alpha：不是，为什么要加个"们"，你和谁是"我们"啊？

这件事的离谱程度就相当于——舒棠这个炮灰被恶鬼拖进地狱三天，所有人都以为她死得不能再死了，但是三天后，她不仅没事，还拉着恶鬼一起对外求救：外面的人有没有良心啊，地狱为什么没人送饭吃啊！我们要饿死了！

表演完了惊慌失措后，摄像头前的两个人消失了。

技术员们和以陈生为首的军部众 alpha 面面相觑。

"她被软禁了？"

"活得好好的，只是没饭吃？"

不确定，再看看。

果然，第二天，二人又出现了。

舒棠先活动了一下四肢，想要好好表演一番。谁知道舒棠刚刚伸出手，下一秒，她就被提溜了起来。昨天舒棠挂窗帘的时候就是这个姿势，人鱼便认为这个姿势代表着"举高高"。于是，活动筋骨的舒棠莫名其妙地出现在了人鱼的肩膀上。

舒棠：嗯？

以为舒棠可能是被绑架了一直没有吃东西的众 alpha：嗯？

本来通过摄像头只能看见远处的虚影，但随着他们走近，看到的东西变多了。

摄像头前，先是出现了人鱼那张毫无表情却十分诡谲苍白的脸，紧接着，一个鼻子上抹了灰的脑袋凑了过来，扯开了嗓子喊："救命啊！救命啊！我们四天没吃饭了！有没有人来救命啊！"

众人：今日求救打卡任务完成。

中午，舒棠打算吃烤鱼。而早上的柴有些潮，数量也不够多，于是他们决定先去囤一点柴来。

但是一路上，人鱼都走在前面。虽然人鱼总是面无表情，但是舒棠已经能够从“他”的一些反应判断“他”的心情好不好。

比方说现在，人鱼既没有提溜她，也没有跟在她后面，而是沉默地往前走，舒棠就能够明显地从这条鱼身上感觉到“他”生气了。

是因为昨天她抢了“他”的被子？还是因为今天早上不小心踩到了“他”的鱼尾？

然而舒棠走着走着，突然间意识到——好像是从她对着摄像头求救开始。

对她而言，他们被大部队遗忘在了疗养院，物资匮乏，很可能面临孤立无援的处境，所以无论如何她都必须求救；而对于人鱼而言，这个地方是“他”很长一段时间的“家”。

舒棠看着人鱼沉默的背影，突然间有点不知所措。她小心翼翼地走过去，但是人鱼并没有看她，继续往前走。本来就面无表情的脸，看上去更加冷了。

舒棠跟在“他”后面，突然说：“小玫瑰，我教你一些形容词吧？”

她教人鱼什么是“好”。

舒棠举例子：“小玫瑰是世界上最好的鱼。”

人鱼的眸子动了动。

说到“漂亮”的时候，舒棠指着那边开得烂漫的蓝玫瑰说：“小玫瑰长得和玫瑰花一样漂亮。”

人鱼一声不吭，只是往前走，但是一直沉默地听着。

舒棠解释“聪明”“勇敢”“勤快”。

她举例子：“就是像我一样。”

人鱼悟性很高，明白了：这几个词的意思就是有点笨、胆子很小，还特别懒。

舒棠继续赞美他：“小玫瑰你特别聪明、勇敢、勤快。”

人鱼脚步一顿，突然停了下来，把她抓过来朝着她“嘶”。

舒棠：嗯？

虽然不知道发生了什么事，但是人鱼好像更生气了。

砍树的时候，舒棠本来是揣着手手坐在一边的。但是看着人鱼高大的背影，她突然间觉得自己有点过分。毕竟她一直躺着不动，捕猎技能为零，要是没有这条鱼她就饿死了。

现在还把所有的体力活全都推给他干，舒棠感觉到了良心不安，她也坐不住了，干脆跑过去给人鱼帮忙。

舒棠的爸妈就经常说她，干啥啥不行，碍事第一名。她在家里最讨嫌的时候就是搞大扫除的时候：拖地时，她是移动障碍物；洗碗时，她是全自动粉碎机。

人鱼本来只需要把树折成几段拖走就行了，全程只需要五分钟，毕竟那树干在深海里的凶兽手中，和小木棍差不多。但是因为舒棠的积极帮忙，五分钟变成了十五分钟。

人鱼伸手把她提溜了起来，决定找个地方把她安置一下——

放海滩上，容易被螃蟹夹；放礁石上，太远了看不着，一眨眼就淹死了；最后，人鱼顺手把她挂在了一根树杈上。

舒棠："小玫瑰，你怎么可以这么对我！

"救命啊，我要掉下去了！"

人鱼很淡定，果然没有了舒棠的帮倒忙，五分钟就整理完了。"他"抬起手，把寄存在树上的舒棠摘了下来，一手提溜着柴，一手提溜着她回去了。

舒棠一路上一直在谴责这条鱼。

人鱼似有若无地瞥了她一眼。舒棠立马噤声了，因为人鱼又看向了旁边的一棵大树，仿佛在评估这棵树好不好挂她，甚至还停了下来。

舒棠开始胡乱挣扎起来："太高了，你换个矮一点的挂！"

救命啊，有鱼要"杀"猫了！

人鱼若无其事地路过了那棵树。

舒棠听见了一声含混又嘶哑的笑声。

舒棠发现，自己对人鱼的了解还是不够。

每当舒棠觉得人鱼是个小可怜的时候，对方就会立马展现出可怕的武力值；每当舒棠觉得他单纯的时候，人鱼又会展现出惊人的智商，而且经常会用一种看低智商小动物的、包容的眼神看她；而每次舒棠觉得这是一条脾气很好的鱼的时候，她就会发现，人鱼偶尔会露出暴躁的一面。

比方说舒棠游不快，人鱼等了一会儿就会耐心告罄，直接抓着她往海里游；又比方说今天去眼泪湾的路上，舒棠勉强在水下睁开了眼睛，看见了一条路过的不知名大鱼被人鱼一尾巴抽飞。

舒棠心想：真是一条复杂的鱼。

更加复杂的事发生了——在从眼泪湾回来的路上，舒棠找不到人鱼了。

当时，他们正在沙滩上走着。天边还残留着一丝橙黄，照得沙滩也有一点昏黄的光晕。人鱼的精神力磁场覆盖范围非常大，所以在舒棠还没有察觉的时候，人鱼已经听见了很远的地方，直升机传来了微弱的信号和电流声。

人鱼漆黑的眸子抬起，看向了远处橙黄色的天空。其实，在人鱼强大的精神力磁场笼罩的范围里，只要“他”想，飞机的定位系统就会失效，根本没有办法降落。

但是，人鱼只是看了一会儿，就收回了视线。“他”低头看着舒棠。

就像是人鱼修不好那个小小方方的自热锅，不知道舒棠嘴里最喜欢的“烧烤”是什么东西。“他”的世界贫瘠而荒芜，除了那片眼泪海，似乎只剩下了寂寞、安静。

她玩腻了沙子，也迟早有看腻眼泪海的一天。

就像大海和陆地。

人鱼和舒棠，也属于两个完全不同的世界。

舒棠正在说着明天要继续翻仓库的事，却没有听到任何回应，连一直如影随形的脚步声都消失了。

“小玫瑰？”她转过身，却发现身后空空如也。

黑暗的角落里，人鱼注视着她的背影。

一开始，舒棠以为人鱼捕猎去了，并不着急，只是左顾右盼了一会儿，就回到了沙滩上等着“他”回来。

然而舒棠等了许久，海面都没有任何动静。

舒棠开始担心人鱼是不是在海里遇到了什么事：虽然人鱼的鱼尾很厉害，可是这片海域那么大，还多年无人涉足，是一片危险的未知之地。

舒棠坐不住了，她沿着海岸朝着大海张望，从这一头转到那一头，还跑去了礁石上，仔细寻找每块礁石的缝隙。

——万一卡进去搁浅了呢？

她越找越着急，开始大声地呼唤：“小玫瑰！”

而远处的黑暗里，人鱼苍白的唇紧抿，几乎就要立马出现。可是，最后人鱼还是没有现身，因为远处的天空，传来了清晰的飞机声。

人鱼抬起了漆黑的眸子，看见了天边的黑影。

凶兽有自己的尊严，“他”无法眼睁睁地看着舒棠走向另外一个世界。

于是人鱼停下了脚步。他耳后尖锐的鱼鳍竖起，重新退回了黑暗里。

正在礁石上的舒棠自然也听见了天边的嗡鸣声，她一抬头，就看见了一架直升机的黑影。但是舒棠只是看了一眼飞机，她没有立马转身朝着飞机的方向跑，而是在海边的礁石上继续往前走。

她大喊：“小玫瑰！

“小玫瑰你在哪里？”

黑暗里，人鱼看着她的背影，迟缓地歪了歪头，眸子里有些困惑。

人鱼知道，“小玫瑰”是在叫他。

第一次听舒棠叫小玫瑰的时候，人鱼并不知道是在叫他，但是次数多了，人鱼就知道了这是她对他的称呼。人鱼不记得自己的名字了，自然也没有新的名字，她说他是小玫瑰，于是，小玫瑰就变成了人鱼的新名字。

在下一次她叫着“小玫瑰”的时候，人鱼苍白的唇动了动。

舒棠没有找到人鱼，她第一反应就是：回去找人求救，现在就调船只过来打捞，也许还有救。

但是在舒棠转过身，朝着大楼跑过去的时候，下一秒，舒棠的脚边，就“啪”地飞过来了一条鱼，紧接着是第二条、第三条……许多的鱼飞扑到了她的脚边，在浅海边活蹦乱跳。

舒棠愣住了，她突然间意识到了什么。她转过身，看见了海浪中的高大身影。

潮水无声地将月光推近，远处高大的人鱼沉默地看着她，没有发出任何声音。世界只剩下了潮水声，一浪一浪地拍打在脚边。

舒棠低头看着脚边活蹦乱跳的鱼，突然间明白了“他”的意思。

——我有，很多很多的鱼。

——别离开我。

月光下，他们隔着浅海对视。

她低头看看地上的鱼，心脏有点饱胀的酸涩，明白了人鱼为什么突然间消失，为什么一直这么沉默。

舒棠本来应该立马拉着人鱼去找飞机求救的，但是她有点不忍心这样做了。她甚至有点不忍心拆穿“他”口不对心的挽留。

她抬头看了看飞机的方向。直升机并没有直接降落在禁区内，而是不知道出于什么考虑，在疗养院内其他的地方降落。

电梯电力恢复也不会那么快，就算现在冲过去，也没有办法离开。

舒棠猜测大概是对着摄像头求救起了作用：既然大部队想起了他们，那么就不用担心被落在这里了，只需要等待他们恢复电力就好了。

于是，舒棠成功地说服了自己。她没有朝着飞机的方向跑，而是往前走，踩着潮水来到了人鱼的面前。

人鱼低下头，盯着舒棠。她装作没有看懂人鱼的眼神，若无其事道：“小玫瑰，你跑哪里去了？我找了你好久，还以为你在海里出事了。”

人鱼知道她懂了，但是这个小骗子装作不懂的样子。

可是小骗子回来了，她回答了那个问题。至少今天，她不走了。她甚至还装作若无其事地说：“小玫瑰，你怎么抓了那么多鱼，我们肯定吃不完……”

人鱼沉默了一会儿，跟在了她的身后。

这天夜里，舒棠没有像往常一样和人鱼一人睡一边，而是主动来到了人鱼的鱼尾中间，靠近了人鱼。

舒棠在被子里好几次都想要和人鱼谈谈，可是人鱼已经闭上了眼睛，似乎睡着了。窗帘把月色遮住，她叹了一口气，也陷入了睡眠。然而在她闭眼后，人鱼睁开了眼睛。

第六天的早晨。

他们和过去的几天一样，睡到自然醒，然后一起刷牙、洗漱，在海边生火准备早餐。

直到天边传来了动静，许多架直升机掠过上空，像是大部队回来了。

其实人鱼能够听见的动静比舒棠要更多，“他”很平静地听着无数直升机降落的声音、人们交谈的声音，仿佛这座死寂的疗养院又活了过来。“他”垂下眸子，沉默地往火堆里添柴。

那时候舒棠正在翻着购物袋。她带过来的药片已经见底了，毕竟是临时带进来的，每种都只拿了一盒。

但是缓解神经痛的药是不能断的，她必须回去拿新的药。

舒棠抬头看着天边的飞机，心中也知道自己无论如何都必须离开一趟了。她要回去和家人报平安、给他带药回来，还有很多事需要她去处理。

于是她挪了过去，蹭到了人鱼的旁边。

人鱼添柴的手一顿，薄唇紧抿。

舒棠掰着手指：“小玫瑰，我一周有一天半的假，平时一半白班一半夜班，如果不加班的话，一周可以抽出……”

舒棠噤声了。因为她突然间发现了一个悲惨的现实：实习生好像没有不加班的时候。

于是舒棠换了个说法：“那，要是以后上夜班，白天我就不回宿舍了，一有空就会来找你。”

人鱼捏着柴的手迟迟没有动静，苍白的唇有些干涩。

她说：她需要回去拿药、上班，还要向父母报平安。

她说：她一定会回来找他的。

人鱼其实听不懂很多的词，也很难理解全部的意思，但是“他”听明白了这个保证，却是在种种不得已之后。

人鱼垂下了眸子，想：小骗子。

等到他们吃完早饭回去，走进“巴士底狱”后，舒棠再次发现人鱼不见了。不像是昨天夜里只消失了半个小时，而是整整一个上午没有出现。

她知道人鱼就在这座堡垒里，只是不愿意现身而已。而这座“巴士底狱”占地很广，房间又特别多。只要人鱼不发出声音，不主动出现，舒棠很难找到“他”在哪里。

她坐在“巴士底狱”的石头楼梯上，捧着脸盯着楼下发呆。虽然这里装上了窗帘，看上去稍微没有那么空荡荡了，却也非常不像个住人的地方；如果没有阳光，实在是像极了一座冰冷的监狱。

舒棠突然间意识到，人鱼大概以为，这次离开后，她就不回来了。所以当“他”听到她的种种为难、种种不得不离开的理由后，大概真的以为她不会回来了。

她突然感觉到一点不安。如果小玫瑰以为她再也不回来了，那“他”消失也可以理解了。

其实他们两位之间，看似是舒棠懂得更多，舒棠一直在教人鱼很多东西，然而实际上，舒棠能够感觉到人鱼的包容，甚至于纵容。可是想到这么包容她的小玫瑰因为以为她再也不回来了而不安、低落，舒棠也有点闷闷地难受。

她坐在楼梯上，开始想补救的方法：“小玫瑰，等过几天，我去找电工帮忙、恢复信号，到时候我搬个电视机过来，等下次来的时候要是下雨，我们就可以窝在客厅里面看电视了。

“我还可以躲过保安，从外面带好吃的进来。小玫瑰，你吃过爆米花吗？”

然而，空气中没有任何回应，只有她的声音在回荡。

但舒棠知道，“他”一定听得到。她开始讲着自己准备以后想要和“他”一起做的事情，像是要用这种方式安抚那头凶兽的不安。

这有用吗？舒棠也不知道。

冰冷的“巴士底狱”里，她的声音渐渐变得十分惆怅：“小玫瑰，你知道吗？在遇见你之前，我好多年没有吃鱼了。”她开始搜肠刮肚，描绘自己的悲惨贫穷人生，“你记得那个塑料袋吗？我每天只能吃那个东西，连口肉都吃不上。”

其实也差不多，因为大部分时间他们都是吃营养剂，营养剂连泡面都不如。

黑暗的阁楼里，人鱼沉默着，苍白的唇却动了动。

因为在人鱼的眼里，舒棠的形象确实是如此的。

“因为鱼肉太贵了，我买不起。

“我的工资只有两千块，大概只够买得起半条鱼。”

所以你看，小玫瑰，没有你，她这个月又要饿肚子了。

她怎么会一走了之呢？

你可是有很多、很多的鱼。

对于这只又馋又懒惰的小猫而言，你可是很富有的一条鱼。

黑暗的阁楼里，一片寂静。

这只随时会撕碎别人、弄伤自己的怪物，冰冷的心脏充满了猜忌和不安，布满了尖锐冰冷的刺。直到她说：她需要“他”。

黑暗里，飞出了一条鱼，“啪”地摔在了舒棠的面前。

人鱼的态度有所软化。至少，不停卖惨说自己多久吃不上饭，饿得啃塑料袋过活的猫猫的努力没有白费。

那条金枪鱼就是证明，但是人鱼仍然没有现身。

因为两人吵架了，舒棠的午饭自然没人做了，而外面的海风太大了，早上的火已经灭了，她就盘着腿坐在火堆边，开始烧火。

舒棠这几天都是只要坐在人鱼的旁边等着吃就行了，根本没有自己动手过，所以就算是被大部队遗忘，荒野求生也过得非常惬意。然而真的等到她自己动手了，舒棠才发现要是没有人鱼，在这个地方生存是一件多么困难的事情。

不过，她还算聪明，找了干燥的木柴钻木取火，虽然搞得灰头土脸的，但至少真的生起火来了。然而，意外很快就发生了。这一次倒不是舒棠故意的，因为她正在费力地切那条金枪鱼，根本没有注意到火。

消防宣传无数次警告大家：户外生火，乱飞的火星容易出事，尤其是风大的地方，很容易造成山火。

于是，灰头土脸的舒棠突然感觉腿上有点热。

舒棠心想：今天没太阳啊，怎么这么热？

她低头一看，就发现自己的裤腿被海风吹过来的火星烧着了。

舒棠：“小玫瑰！小玫瑰！

"救命！救命啊！"

最后，人鱼还是现身了，不过是把她拎到海里灭火。

就算救援及时，舒棠的腿还是被火星烫红了一大片，万幸没有破皮。

人鱼拎着她灭了火，一边灭火一边朝着她"嘶"。本来人鱼很生气的，但是舒棠看上去像极了掉进火堆里被烧焦了毛的小猫。

人鱼把她放在了礁石上，转身去了海里找到了一种海草。回来的时候，舒棠正在卷自己的裤腿，想要将小腿上的布料卷上去，不碰到烫伤的地方。她疼得倒吸气。

人鱼面无表情，脸色冷得吓人，沉默地一把抓住了她的腿。没用什么力气，舒棠就动弹不了了。

舒棠不知道为什么，突然间觉得现在的人鱼有点"凶"。

人鱼的手很修长宽大，几乎可以将她的小腿包住，上面有着青蓝色的血管，肤色白得透明。人鱼垂眸盯着她小腿上的一片红肿，一声不吭。

舒棠被"他"的视线看得有点窘迫："没事，不疼，只是烫红了没起水泡，一会儿就好了。"

人鱼没说话。然后，舒棠卷了半天的裤腿，"刺啦"一声，小腿处的一截布料直接被撕碎了。她下意识地想要缩腿，人鱼沉默着抬眸看了她一眼，漆黑的眸子没有什么感情。

只是一个眼神，一瞬间，她就不敢动了。她悄悄看了一眼人鱼冷冰冰的样子，心里有点惴惴的，只好老老实实地保持这个伸腿的姿势，被人鱼握着小腿涂药。

很快，火辣辣的痛感慢慢地消失了，人鱼的体温很低，握着她腿的时候，甚至有种冷敷般的效果，舒棠也就慢慢地放松了下来。

她看着"他"苍白紧抿的唇："小玫瑰，我真的会回来的。"

人鱼没有回答她，敷完药后，松开了她的腿，消失了。

只是舒棠回去的时候，发现火已经灭了，火堆的余温正在烤着一条金枪鱼。

这天黄昏的时候，舒棠听见了一声"嘀——"。

是电梯重新通电了。

舒棠就要走了。然而，她却没有在这座"巴士底狱"里再见到人鱼。

舒棠并没有收拾东西。因为收拾东西的话，那条鱼可能会更加生气。她穿上了来时的那件防护服，鞋子早在第一天的时候就被水泡坏了，她就干脆穿着那双大一号的拖鞋。

准备离开的时候，气温已经慢慢降了下来，她在“巴士底狱”里面转了几圈，踌躇了两下，对着空气问道：“小玫瑰，你要不要跟我一起走？”

她没有得到任何回应。

因为人鱼已经不在这座堡垒里了。人鱼正在舒棠下午坐过的那块礁石上，在黑暗里看向堡垒的方向，身影仿佛和大海融为一体。等到看着舒棠离开了那座堡垒，朝着大楼走去后，那个身影才缓缓地上了岸。

舒棠以为人鱼会跟上来，但是并没有。她走得一步三回头，想要看见那个身影出现。

她问空气：“小玫瑰，你没来送送我吗？”

舒棠以为“他”真的没有来，叹了一口气。

信任的建立是非常困难的。

她穿着来时的那件防护服，朝着前面走去，不知道为什么，心里有点闷闷地难受。不过，她想，不管怎么样，她明天就会回来看小玫瑰，只要她回来了，“他”就知道她不是在欺骗“他”了。

这样，次数多了，“他”就知道她每次都会回来，并不是抛弃“他”。

她以为人鱼大概是真的不愿意再来送她了，于是加快了脚步，朝着电梯走去。然而一直到舒棠无意中看了一眼破败的玻璃窗，突然注意到玻璃上的影子——远处一个高大的身影，正在沉默地注视着她。

因为藏在不起眼的角落里，所以她走过去的时候，甚至没有发现“他”的存在。

那个高大的、藏在黑暗里的身影，长发上还滴着水，就像是舒棠把“他”带去值班室的那一夜一样，不发出任何声音，只是安安静静地跟在她的后面，不远不近。

她的心一下子就像是个酸酸的橙子。

骤降的气温让海风有点冰冷。

人鱼看见舒棠朝着电梯走去，也听见了她对着空气说的话，但是“他”并没有现身，只是在黑暗里，目送着她远去的背影。

“他”没有发出任何的声音，甚至没有像昨天那样挽留。

“他”看见电梯亮起，也看见她加快了脚步，朝着电梯跑去。

人鱼漠然地垂下了眸子，转过身，安静地准备步入无边的夜色里，回到这个属于自己的世界。

“他”的身后突然传来了急促的脚步声。

人鱼微微一顿，下意识地想要退回黑暗中，但是还没有来得及动作——

下一秒，高大的人鱼就被人抱住了。

她冲过来，飞快地抱了他一下。

人鱼浑身一僵。在海水里泡过的身体很冷、温度很低，浑身的肌肉绷紧，就像是一块大冰块，所以舒棠的体温也就更加明显了。

他坚硬而冰冷。

她柔软又温暖。

这个拥抱持续的时间其实并不长，大概是两秒、三秒。

人鱼却僵直在了原地，愣怔地低下头。

舒棠慢慢地松开了手，转身朝着电梯走去，仿佛跑回来就为了这么简单的拥抱。她知道人鱼不会说话，也很难全部理解她的意思，其实人鱼很聪明，但是四五天的相处时间还是太短了，不足以让他们心意相通、化解一切误会。

但没关系，“他”听不懂，却能感受到她的体温。

第六章 //
猫猫转正

自从苏醒过来后，人鱼从未感受过“拥抱”，这是前所未有的体验。对人鱼而言，“他”甚至不知道拥抱的含义。但是肢体上的接触是非常原始、直接的，人鱼也确实感觉到了她的体温。于是僵硬的、仿佛被海水泡成了冰块的冰冷身体，似乎也慢慢地软化了。

拥抱的时间不过两三秒，却好像过去了很久。一直到舒棠走后许久，人鱼才迟缓地动了动。“他”感觉到了她的体温，并且被持续地融化着。

晴朗了好几天的南岛市，开始了大降温。

舒棠披着大外套，手里端着一杯暖暖的茶，脚上还穿着从“巴士底狱”出来时的那双拖鞋，正在温暖的大厅里坐着。

她一出来就被拉去做了全套体检，然后很尴尬地发现——除了胖了一点，她非常健康。

紧接着，舒棠就被轮番盘问。她先是见了一个长着大胡子的冷脸alpha（南岛基地指挥官），对方上来就严厉地盘问她的来历。

舒棠莫名其妙，但还是回答了自己是华大大三学生，结果对方不满意。

于是舒棠开始搜肠刮肚：南岛市一中三好学生、实验小学卫生委员、先锋幼儿园小猫班班长。

大胡子愤然离去。

紧接着，舒棠见到了一个白头发的老爷爷。这个人舒棠认识，他们的邱院长。对方问了她很多奇怪的问题，但是因为太专业，舒棠一句话也没有听懂。

作为一个职场菜鸟，她也知道不能在大领导面前露怯：很容易被认为是工作能力太差而被开除。

已经有了三个月实习经验的舒棠立马想到了高情商的应对方式：不管对方问什么她都笑而不语，露出高深莫测的表情。

邱院长对此毫无办法。

最后，舒棠终于见到了熟人——小陈。

结果对方并没有上来就问她问题，而是盯着她使劲看。

一开始陈生是非常担心的，毕竟大胡子代表着军方的其他势力；邱院长代表着研究院，双方都想要从她的身上套出一些消息，或者干脆收拢舒棠为其所用。

经过几天对着视频翻来覆去地研究，陈生确认了一件事，这姑娘可能不是勇敢无畏、有勇有谋，因为再勇敢的人都不可能在001号面前表现得那么自然，那就只有一个可能了——这姑娘有点儿缺心眼儿。

虽然很不可思议，但陈生还是觉得，这大概就是事情的真相。然而此刻，舒棠又推翻了陈生的判断。舒棠竟然周旋于两位大佬之间丝毫不露怯，尤其是笑而不语的表情，看起来很像是心机深沉的样子。

陈生眼神十分复杂地坐在了她的对面，递给了她一杯刚刚满上的热茶。

舒棠穿着大外套，正在看向窗外。她的脸蛋这段时间被喂得圆润了不少，还因为冷，红扑扑的很好看，侧脸像是一朵沾着露水的海棠花，但她脸上的表情却很是高深莫测。

舒棠揣着手手，一脸高深莫测地想：这小陈怎么老盯着我看呀？

这种眼神舒棠非常熟悉——自从她出来之后，每一个人都用这种敬畏而莫名的眼神盯着她看。舒棠不明所以，但是她不想暴露自己一头雾水，于是也顺势换上了高深莫测的表情。

其实，坐在这里的时间里，舒棠已经隐约意识到了事情不太对劲。因为出来后事情的走向完全和她的想象不符，周主任没有出现把她大骂一顿，救援人员的态度也好得有点过分。走到哪里都被忽视的实习生，突然间得到了万众瞩目的待遇。她隐约意识到自己的一些认知和现实有了一些偏差，却来不及仔细思考。

舒棠发现，似乎只离开了不过几个小时，她就开始怀念和人鱼一起被困在01区的时候了。

陈生："舒小姐，你有没有想过换一份工作？"

舒棠回过神来。啊，这熟悉的开除实习生的前奏，实习工作没了可以再找，事情已经发生了，也没有什么好后悔的。毕竟就算是再来一次，舒棠也还是会跑回去找小玫瑰。只是她答应了小玫瑰明天去看他，还答应了以后常常去找他……

陈生："有没有想过从急诊科调到01区工作？"

舒棠一愣，眼睛立马亮了起来。

陈生微笑道："我们需要一个进入01区工作的治疗师，福利待遇都很好的。"

不过，她还是犹豫了一下："周主任那边会同意吗？"

陈生继续微笑："没事，我是01区的负责人，和你们院长关系很好的，说话算数。"

舒棠看陈生的目光马上变得不一样了。

说实话，她一直以为他是个保安队长来着，没想到和周主任一样是个小头目。但是也许是因为谈到了工作，舒棠一下子就像是从空中落回了地面，刚刚的悬浮感瞬间消失了。

她立马放松了下来，开始和陈生谈工资待遇。

她首先发问："陈哥，01区加班吗？"

陈生委婉道："我们是二十四小时值班制。"

一般禁区出事了，不管是刮风下雨他们都得在。

舒棠火热的心被浇灭了一半。

陈生说："不过来我们这里可以转正。"

舒棠捧着热茶一直在等陈生说工资待遇，但是对方愣是半天没说工资。

陈生露出神秘的微笑："在01区工作，前途不可限量。"

落在舒棠的耳朵里便是：工资很低，没有"钱途"，只有前景。

火热的心被彻底浇熄了。她放下了茶杯，立马改回了称呼："小陈啊，你把糖递我一下。"

陈生还是把糖递了过去，等待舒棠的回复。

首先，出于私人原因，舒棠肯定是愿意帮小玫瑰的，而且01区只有一个病人，工作量小；其次，转正的工资肯定多少比实习时高。综合考虑了一会儿后，舒棠同意了。

本来，舒棠在01区面对这么大的阵仗很紧张，尤其是被轮番审问。但是和陈生谈完后，舒棠立马就放松了下来。她觉得这里和急诊科也差不多，压榨新人，没有"钱途"。在哪里打工都是打工，这里还可以借机摸鱼。

陈生倒是很想问问舒棠到底是怎么接近元勋的，越细节越好，但是这里人多眼杂，于是他也就没有开口了，只是告诉舒棠："以后有什么问题都可以来找我，随时欢迎。”

舒棠想了想，看了一眼陈生。她也算是和小陈打过几次交道了，这个人浓眉大眼的，看起来人品不错，而且她注意到他看起来挺关心小玫瑰的。至少那天出事的时候，他还会找人去救小玫瑰，并不像是不负责任的样子。

于是，她想了想，从塑料袋里掏出了一本有点皱巴巴的病历。

她说：“我给他做了全套的检查，这里是一些我拿到的数据，但是我看不太懂，如果01区还有其他治疗师前辈的话……”

舒棠对自己有几斤几两还是很清楚的，所以她也没想着成为01区的治疗师，就真的一个人全权负责。

陈生的脚步猛地一顿。

舒棠也不知道他为什么突然间盯着病历本回不过神来。

陈生神色十分激动，直到看见病历本上的“蓝色小玫瑰观察记录”。

舒棠：“陈哥？”

他心情复杂：“不，你还是叫我小陈吧。”

等到茶喝完了，天也快亮了。

陈生临走前还给舒棠安排了一个助理。说是“助理”，其实是祝延从前的部下之一，有着丰富的污染区作战经验，被陈生一个电话叫了过来，只有一个任务：保护舒棠。

毕竟，要是她出事，转机也就消失了，那是陈生无法忍受的事。

舒棠的助理吴越是个精神体是黑熊的alpha。

舒棠本来想，既然是自己的助手就叫他“小吴”好了。谁知道一抬头，发现小吴年纪有点大，估计快四十了，块头也很大，是个非常严肃稳重的alpha，浑身上下一股杀伐之气。舒棠一句“小吴”叫不出口，只好硬生生变成了“老吴”。

明眼人一眼就能看出来这位仁兄来头不简单。而舒棠看见他第一眼，心想：三十五岁被裁员的悲惨“社畜”。

感受到她同情视线的老吴有些莫名。

舒棠之前是个实习生，十分钟前才转正，突然间有了助理还挺不适应的。不过老吴人挺好的，也没有瞧不起她刚刚转正，还主动带着舒棠朝宿舍走去。

今天这么晚了，而且急诊科那边的电力也没有恢复，舒棠就被安排进了新的宿舍。

老吴就住在舒棠的隔壁，告诉她：“如果有任何动静或者需求都可以叫我。”

01 区的新宿舍不仅是单间，还有厨卫和阳台。就连家具都是现成的，铺盖什么的也不需要舒棠准备，直接拎包入住。

舒棠转了转新宿舍，先去洗了个澡。等到出来后，通信器的电也充得差不多了。

她给父母打电话说了今天的事，报了个平安。舒妈妈十分担心，絮絮叨叨地和她说了半个小时。她听着妈妈的碎碎念，把换了新工作和转正的好消息都告诉了家人。挂了电话，整个房间就彻底安静了下来。

如果是前几天，洗漱完准备睡觉之前，她都会盖着毯子絮絮叨叨地和人鱼聊天。虽然人鱼很少回应她，大部分时间都只是安静地听着，但是舒棠却很喜欢和他说话。说着明天准备吃什么，就慢慢睡着了。远处有海风吹起窗帘，两个人窝在一起就很容易入眠。

她偶尔会和人鱼说自己担心回去挨周主任的骂，说自己担心赶 DDL 赶不上。

现在，舒棠最近一直惴惴不安的担忧都放下了。但是不知道为什么，躺在洁白的床单上，她却睡不着了。

她发现，才离开了“巴士底狱”，她就有点想念那个简陋的小床了。而且，今天回来后发生的事情，让舒棠感觉到了一些不安。

比方说 01 区似乎并不是像她想象中的被人遗弃，甚至陈生还挺负责的；比方说邱院长这样的大人物为什么要见她，还要问那些奇怪的问题；还比方说隔壁安排的老吴，一个刚刚转正的实习生，为什么要安排那么大一个助理？这些变化，甚至于这里那些陌生人奇怪的眼神，都让她本能地觉得不安。

说起来也奇怪，她被大部队遗忘在“巴士底狱”，和小玫瑰荒野求生的时候，她只觉得平静而悠闲；可是回到了人类社会，得到了救援，不用再担心生存问题、物资补给，那种安全感却消失了。也许是换了新的工作环境，也许是 01 区本就是她不熟悉的地方。

她躺在舒适的大床上，翻来覆去许久都没能睡着。她坐了起来，拉开了窗帘。

南岛市又开始下起了细细的小雨。

她看着窗外，突然间有种想要拔腿就跑、回到那座“巴士底狱”里的冲动。但是她知道这里是 01 区，和守卫十分松散的急诊科有着天壤之别，她想要偷偷溜进去找人鱼，几乎是不可能的事。

她披着外套走出了房间，隔壁的老吴听见了她的脚步声，问道：“舒小姐，你要做什么去？”

舒棠脚步一顿：“有一只小野猫，从前每天夜里都来找我睡觉，我出来看看‘他’有没有来找我。”

——当然是没有的了。

舒棠在附近转了转，果然没有看见人鱼的影子。

舒棠失落地回到了房间里。然而，舒棠突然想起人鱼那庞大的精神体，于是她在房间里面释放出了自己的精神体。

橘色“大鸡腿”一出来，她就毫不费力地看见了窗外的庞然大物，像是半透明的、美丽的蓝色鱼尾缓慢地滑过深邃的海洋。

静谧而宏大，高大的建筑物都似乎缩小了一般。

如果有巨物恐惧症的人，看见这样的一幕，恐怕会感觉到窒息。可是看见那蓝色巨物的一瞬间，焦虑紧张地转着圈圈的橘色“大鸡腿”就放松了下来。她迈着轻盈的步伐来到窗边，纵身一跃，四肢舒展。

因为身体很小，01 区的电力还没有完全恢复，舒棠躲过了查探，神不知鬼不觉地跳到了那庞然大物的旁边。她艰难地挪动了一会儿，爬进了那蓝色的庞然大物身体里。

她丝毫没有意识到，自己的行为非常像是半夜去找她的人鱼，像是不安的流浪猫悄悄地蜷缩在熟悉的、温暖的人身边，蹭在对方的身边，才能够找到安心的感觉。

感受着暖洋洋的精神体的包裹，橘色“大鸡腿”瞬间放松了下来，刚刚的低落一扫而空。

“大鸡腿”左勾拳、右勾拳，在蓝色透明的精神体里游来游去。甚至于，“大鸡腿”发现人鱼的精神体上可以留下猫爪印。“大鸡腿”走来走去，在蓝色的庞然大物身上留下了一串爪印。

禁地里，人鱼没有回去，而是一直待在那座破败的大楼里，等待着电梯再次亮起来。其实对于人鱼而言，死寂才是常态，这座禁地毕竟十年没人来过了。所以“他”可以长时间维持着一动不动的状态。

一直到感觉到脚边有什么暖烘烘、毛茸茸的东西出现，人鱼才迟缓地动了动，将注意力放在了自己的精神体上面。

大部分人的精神体都必须要有一个“释放”的过程，释放出精神体就很难再感受到身体的存在，有点像是灵魂出窍。但是人鱼显然违背了这个定律，“他”不需要释放，甚至对精神体和肉体的感知是同时存在的。

比方说现在，“他”能够清晰地感觉到自己庞大的精神体旁，出现了一团橘色的圆球，毛茸茸，圆滚滚。因为信息素，人鱼几乎第一时间就认出了那是舒棠的精神体。

人鱼僵住了。于是那空中的庞然大物也跟着安静了下来，大概是知道自己太吓人，所以并没有做出任何的反应，僵硬地任由小猫动作。

“他”注视着小猫在自己的精神体里走来走去，兴致勃勃地留下了一串梅花脚印，然后伸了个懒腰，蹭了蹭人鱼庞大的精神体，找了个舒服的位置（指头顶），趴下睡觉了。

本来，天空中的蓝色庞然大物一直是以一种“游弋”的姿态，缓慢地、以固定的频率掠过天际，就像是正在“呼吸”一般。这美丽而庞大的蓝色巨物缓慢地从大楼上方掠过去的时候，城市都显得非常渺小。

但是庞然大物现在已经停了下来，小心翼翼不敢动弹。

因为头顶趴着一只橘色“大鸡腿”。

小小一只，泰山压顶。

许久之后，也许是精神体传来的触感唤醒了人鱼，“他”睁开了眼睛，才意识到自己保持着一个姿势太久，四肢已经有些僵硬了。

人鱼想起她说过：不能在地上坐着睡，要回到床上才能睡，不然会“腰椎间盘突出”。

她的道理总是很多。

人鱼不知道那个词是什么意思，但人鱼记得她的每一句话。于是“他”移动了一下僵硬的身体，缓慢地站起来，朝着自己的巢穴走去。

“他”要回去，等着她醒过来。

因为凌晨才睡下，舒棠迷迷糊糊醒过来的时候，已经是下午三四点了。她爬起来下意识地想要出去找人鱼，穿着拖鞋走了两步才想起来，她已经住进了新宿舍。

南岛市又下起了连绵不绝的细雨，天色也永远是灰色的，仿佛前几天的明艳阳光是一场错觉。

入职第一天，本来要去急诊科交接、收拾东西，但是老吴说急诊科的人还没回来，要过两天才行。于是，舒棠就先被叫过去做了一番入职前的培训，了解一下 01 区的人员结构、注意事项等。给她讲这些事情的人，正是老吴。

舒棠拿着个小本子听得一脸认真，其实正在睁着眼睛和周公对抗睡意。

老吴首先介绍了一下禁地的危险，进去前后的准备过程，各种注意事项；然后讲了讲要是不小心“嗝屁”后的抚恤政策；最后是报销之类的福利。

老吴将危险性说得清楚明白，连要签生死状的事都说了。

然而，落在舒棠耳朵里：……报销……。

舒棠精神一振。

其实老吴并不是第一次被叫过来保护治疗师了。从元勋十几年前精神力暴动开始，老吴就自愿成了为元勋的治疗师保驾护航的人。然而不管是十年前，还是十年后，所有的治疗师在知道自己要面对这种等级的精神力暴动后，都会面无人色。

然而，作为价格敏感型消费者、兜里只有五十块的穷鬼猫，只听见了：报销，通通报销！

舒棠腾地站了起来："老吴老吴，我们去超市！"

老吴：嗯？

一路上，舒棠打听了一下报销流程，毕竟一般的公司报销都很抠搜的。

"小舒治疗师，我们01区的所有正式员工的消费都是可以报销的。如果你是想给元……给001号买东西的话，报销额度很大的。"

01区和其他的地方不一样，元勋的几位治疗师都是单独从元勋的账户里走账的，日常开销之类的都可以报销，算是一种员工福利。

毕竟是个高危职业。

舒棠听完后，突然间发现老吴看上去慈眉善目，分外顺眼了。

舒棠的购物热情空前高涨。一开始，舒棠以为01区是因为没有人管，所以才那么破败的，但是听到老吴的话，舒棠才知道，如果往里面添东西之类的，全都可以报销。舒棠忍不住说："老吴，01区里面什么都没有，要不是我把被子给翻出来了，恐怕我和小玫瑰要冻死了。"

老吴闻言，脚步一顿。那张有点凶悍的脸上，第一次露出了有点伤感的表情。

但是很快，老吴的表情就维持不住了。老吴以为她是要买防具、匕首之类的，或者藏匿在01区的角落躲避精神力暴动的元勋时的应急物资。

但是舒棠首先逛的是厨具类，电饭煲、电磁炉，还有一个火锅炉，还是鸳鸯锅的。这怎么看怎么像是要在里面吃香的喝辣的啊。

这种既视感，在舒棠买了油盐酱醋、火锅底料若干后，达到了巅峰。

老吴心想：也许是买回来平时用呢。

然而，舒棠脚步一拐，去了男士用品区，买了几件最大码的衬衣和T恤。

老吴开始犹豫了：她给谁买的啊？

舒棠拿不准人鱼的尺码，就拿老吴比画，但是老吴一米八，比人鱼矮了不少。

舒棠：“老吴，你说小玫瑰穿上能合身吗？”

老吴诡异地看了舒棠好几眼。

“巴士底狱”里没有灯，两盏台灯，买；淋浴器的花洒也陈年未修，坏掉了，买。

老吴梦游一般地跟在舒棠身后提东西。还好，后面舒棠买的东西都很正常：零食、洗发水、柠檬味的沐浴露，还有护发用的橄榄油，都挺正常的。

直到舒棠买了个超大的软毛刷，老吴终于忍不住发问：“这个有什么用啊？”

舒棠：“刷鱼尾啊。”

老吴：你是说那条把探测船拦腰斩断的鱼尾？那是可以刷的吗？

老吴：“那条鱼尾的杀伤力很大，力量可能达到几百吨。”他暗示她不要靠近那条恐怖的鱼尾，因为像舒棠这样的alpha，很容易被一尾巴拍死。

但是老吴没有得到回复。

舒棠只是在众多毛刷中选择了一把蓝色猫爪刷，放进了购物车里——她什么都没说，但又像是什么都说了。

猫：杀伤力大，和要刷鱼尾有什么关系？

老吴觉得这只猫有点油盐不进，但是一看推车里的诸多油盐酱醋。

离开前，老吴问舒棠对人鱼是什么看法。

因为看着一车子的东西，总有一种舒棠是去禁区吃吃喝喝度假的错觉。

舒棠正在打包，闻言停了下来，看着外面的雨，想了想：“你不觉得他很像一个故事里的主角吗？”

老吴以为她要说：雨夜屠夫、半夜惊魂、水域怪物。

揣着手的舒棠：“海的女儿。”

老吴：嗯？

证据如下：

不会说话。出海后，鱼尾可以变成双腿。一开始见面的时候走路很慢，很像是刚刚用嗓子和女巫交换了双腿。

这不是性转版的人鱼公主是什么？

舒棠推着从超市借来的小推车，溜溜达达地走了。

舒棠一路推着东西回了01区。她找到了陈生，问他要了一些缓解神经痛的药。

陈生愣了一会儿，主要是大家的进度还停留在为病历本上的数据欣喜若狂，还没有快进到开始治疗。

大家本来准备开几个会，研究一下这份珍贵的数据，再制定治疗方针，最后派敢死队进去执行。谁知道舒棠直接一键快进。陈生心情十分复杂，但他还是反应很快地找人拿了药过来。

舒棠问他：“小陈，我平时可以随时去找小玫瑰吗？”

陈生：“……可以。”

敢情您想随时去串门是吗？

舒棠继续问：“那我可以带东西进去吗？”

陈生刚想问带什么东西，就看见了舒棠身后的一座小山。

锅碗瓢盆，一应俱全。

陈生一脸震惊。

舒棠才发现，原来带进01区里面的东西，正常情况下是都要过安检的。她这一小推车的东西过安检要不少时间，等待期间，陈生实在是按捺不住好奇心了，一向稳重的他都忍不住问道：“你到底是怎么给他喂药的？”

舒棠一脸高深莫测：“我跟他说，这是一种剧毒。”

陈生一直在等着舒棠继续传授秘籍：是要用精神体吸引对方的注意力，声东击西，还是什么别的高难度操作？

但是舒棠迟迟没有说下文。因为那天误解了是剧毒后，人鱼就当着她的面把药吃了啊，所以没然后了。

陈生目送舒棠推着“小山”进了电梯。一直到电梯门关上，舒棠都没再开口。所以后续呢？她怎么话说一半就跑了？等等，她都告诉了元勋那是剧毒，为什么还活得好好的？

舒棠像是一个移动货架一样，推着一车大包小包往“巴士底狱”前进。

其实再次踏入禁区，舒棠心情有点忐忑。因为离开之前，舒棠和人鱼僵持了一段时间，要不是她在玻璃窗前看见了反光，估计要以为人鱼真的不愿意来送她了。

她艰难地把小推车推进堡垒里，就开始呼唤“小玫瑰”，然而她在这座偌大的堡垒里转了好几圈，仍然没有看见人鱼的影子。

窗外又下起了雨，在石窗上溅起的水珠，打湿了新挂上去的窗帘。

虽然知道建立信任需要一个过程，可是再次回来没有看见人鱼，舒棠还是有点失落的。她想，人鱼大概又去捕猎了。

于是她干脆坐在了地上，一边拆各种包装袋，一边等，只是忍不住频频往窗外看。

人鱼等了她很长的时间，一开始是在堡垒里，后来就干脆在礁石上注视着大楼的方向，漆黑的眸子一动不动地盯着那里。这只凶兽的内心有着强烈的不安，毕竟舒棠第一次离开禁地后，就再也没有回来，就算这次她信誓旦旦地说一定会回来，还给了人鱼一个拥抱。

可是当天渐渐黑下去的时候，等待着她的怪物仍然感受到了前所未有的愤怒与失落。人鱼垂下了眸子，冷冷地想：小骗子。

人鱼表现得越平静，那种表象下冰冷的愤怒和被欺骗的痛苦就越如同海底的岩浆一般翻滚、搅动。这种凶兽自然不是什么善类，几乎是那种愤怒的情绪一出来，人鱼周围的精神力磁场就膨胀了一圈，开始变得暴躁而不稳定。

往日里这个时候，人鱼都会去捕猎、喂饱那只小骗子。于是礁石上的人鱼，就和往常一样，潜入了深海里，为她捕猎。然而，仿佛感受到了深海霸主可怕的躁郁，周围的鱼类都离得远远的。于是这一次的捕猎就花了比平日里更长的时间。等到人鱼捕猎回来，又下起了大雨。

废弃的大楼里，出现了一个高大的黑色身影，漆黑的眸子盯着那部电梯。然而，电梯再也没有亮起过。也许是盯的时间太长，人鱼那极为不稳定的精神力磁场尖锐而充满攻击性，那部电梯发出了“刺”的一声，冒起了白烟。

电梯就这么报废了。

黑暗里的怪物愣了一下。

许久之后，那个高大的身影才仿佛慢慢地意识到了什么，僵硬地转过了身。长发上的水“滴答滴答”地往下落，浑身湿答答地朝着自己的巢穴走去。

也许是太过失魂落魄，敏锐的凶兽没有第一时间注意到自己巢穴里的动静。直到看见了一团暖黄色的光晕——堡垒大开的门里面，舒棠打开了新买的台灯，正在一样样地拆包装。

高大的黑影站在了原地，愣愣地看着里面的画面。

舒棠感觉到了人鱼的注视，一转头，就看见了一个浑身湿透的黑影。

在渐渐黑下来的天，还有些冷的大雨里，舒棠突然间就想起了那只躲在杂物间、被大雨淋湿的小猫。于是，她站了起来，朝着人鱼走了过去。

“他”沉默着，低头注视着她。

舒棠以为他还在生闷气。可是人鱼并没有躲开她，她就试探着伸出手，拽了拽人鱼。“他”就跟着舒棠回了屋里。

明明人鱼很高大、很凶残，可舒棠却总是莫名觉得他像是她在下雨天捡回来的小可怜。

舒棠翻出了大毛巾，本来想要抱怨这条鱼的，毕竟外面那么冷，还去海里捕猎，还站在门外不进来，难道不知道冷吗？可是想到他们之前好像还在闹脾气，她就把到嘴边的话给咽了回去。她开始忙忙碌碌地围着“他”转，一会儿拿毛巾，一会儿给人鱼擦头发。

而人鱼全程都很安静，只是漆黑的眸子贪婪地注视着她，视线从未从她柔软的面颊上移开过。

其实人鱼根本不怕冷，这种顶尖猎食者的血液都是冷的，在极寒的冰面下都能畅通无阻，不受低温的影响。凶残至此的物种，不需要和舒棠一样保持体温，也不会和舒棠一样因为淋雨而着凉，更不需要把头发上的水擦干净。

只是因为皮肤苍白没有血色，看起来就真的像是被冻坏了。可是人鱼从未告诉过舒棠这件事，甚至在每次舒棠给他擦头发的时候都会配合她的身高低下头。

而且，人鱼准备一辈子都不告诉她这个真相。

人鱼漫无目的地想着，就听见她开口：“小玫瑰，我换了一份工作。我以后就留在 01 区上班，每天都可以来看你了。”

舒棠一边帮他擦着头发上的水，一边开始和人鱼讲自己出去这段时间的经历。从大胡子聊到了自己那奇怪的、寸步不离的新助理，还有自己的新工作。

之所以说这么多，其实舒棠是在哄这条鱼。她想告诉他，她真的不会走。

她很忐忑，因为她觉得今天人鱼把自己弄成这个糟糕的模样，大概也是以为她不会回来了。

她不知道人鱼听懂了没有，直到看见那条鱼尾轻轻地甩了甩。

“他”在听，而且都听明白了。

于是她安静了下来，慢慢地擦着那绸缎一般的发丝。

屋里只剩下了雨声。

舒棠感觉到人鱼注视的目光，一直没有从她的身上移开过。除了甩了一下尾巴，人鱼今天夜里就像是一座石雕，一直盯着她，一动不动，没有任何反应。

舒棠有点惴惴不安，摸了摸人鱼的额头，又是凉的。于是擦完头发后，她坐在人鱼的旁边，翻出了一只橡皮鸭，就是那种捏一下就会发出叫声的小玩具。她兴致勃勃地示范了一下怎么捏小黄鸭玩，想要吸引人鱼的注意力。

人鱼安静地注视着她的侧脸。

舒棠并不知道，在人鱼眼里，她是一只笨手笨脚、不太聪明的小猫。但是人鱼也能够明显感觉到，她一直认为自己懂得比较多，所以其实也在主动地包容“他”，在不停地教“他”。

人鱼不知道“哄”这个词，但是人鱼从她今天的表现里，感受到了类似的含义。

虽然方式很笨拙，比方说拿着那只一捏就会叫的东西。

想要用这个东西哄一只凶兽开心，实在是笨得厉害。

但是人鱼还是给出了今天晚上的第一个反应——“他”伸手，学着舒棠那样收敛着力度，捏了捏那小黄鸭。

在舒棠以为他很感兴趣的时候，人鱼突然掐住了她红扑扑的脸，像是捏小黄鸭一样捏了捏。

捏着小黄鸭做示范的舒棠愣住了，她抬头呆呆地看着人鱼。

外面的雨声淅淅沥沥。

看小黄鸭的时候，他的眼神波澜不惊，在捏住她、低下头看着她的时候，却变得十分专注。

“他”对小黄鸭没有兴趣。

“他”对外面的世界也没有兴趣。

“他”只对她有兴趣。

舒棠呆了好久。

“他”的眼睛像是一汪无边无际的黑色大海，不会让她恐惧，却会让她有种会溺进这片大海里，渐渐沉沦下去的错觉。

她一时失神，反应过来后，却不知道“他”为什么突然间捏她，示意人鱼放开她。但是人鱼却垂眸看向了小黄鸭。

她一紧张，下意识地捏了小黄鸭一下。

小黄鸭：“嘎——”

“他”捏了捏小猫。

小猫：“啊——”

今天夜里南岛市的雨很大，门外的雨声一直没有断。一直到吃饭前，那种弥漫难言的气氛都没有消散。

幸好，舒棠和人鱼上次从外面弄回来的柴火都堆放在了客厅的角落里，在暂时还没通电的“巴士底狱”里，这些柴火可以保证他们能吃上热乎乎的晚饭。

舒棠买来的锅起到了作用，顺理成章地代替了那个用坏的自热锅。

人鱼生火、添柴，舒棠在那边试图用木架子捣鼓锅架，两个人合作，没一会儿就煮上了“咕咚咕咚”的鱼片汤。

舒棠一边吃，一边告诉小玫瑰什么叫“报销”，什么叫工资福利。然而，一说到这个，舒棠就想起来一件事：她本来是打算今天来看看小玫瑰，把东西送到就离开的。

今天只能算是岗前培训，明天才算是正式上班第一天。

舒棠很珍惜这个转正的机会。尤其是这份工作可以带薪摸鱼，还可以报销，比起舒棠在急诊科的实习生活，待遇高出了不止一点。舒棠对这份工作还是很有热情的。

所以正式上班第一天，必须要给新单位、新同事们留个好印象。

舒棠的脸突然被捏了一下，她下意识地“啊”了一声，这才回过神来。

她发现，人鱼的视线如影随形，一直盯着她转。如果说人鱼从前也爱盯着她看，那现在简直是目不转睛，仿佛一眨眼，她就会不见似的。

舒棠承认，自己被这种眼神看得有点心软。她看了看外面的大雨，对自己说：反正那么近，留下来睡一夜，早上也能赶得及。

于是吃饱喝足后，舒棠没有提出要离开，而是像往常一样，和人鱼一起上楼睡觉。

这个风雨交加的夜晚，舒棠在床头开了一盏台灯，于是整个卧室都仿佛被暖烘烘的光笼罩，也变得温暖温馨了起来。一直到此刻，人鱼那紧绷的神经才慢慢地松懈了下来，“他”凑近了舒棠，用鱼尾将她占有欲极强地圈住。

舒棠早就发现了人鱼睡觉的时候是坐着的，平日里还好，今天夜里开了灯，舒棠觉得人鱼这个姿势看起来非常不舒服。她想了想，转过去说：“小玫瑰，你这样睡觉是会腰椎间盘突出的。”

人鱼凑近她，朝着她“嘶”了一声，发出了困惑的疑问。

于是，这次舒棠解释了什么叫作腰椎间盘突出。

人鱼作为深海中的霸主，腰腹力量很可怕，骨头也和普通人不一样，完全不可能有这种毛病。只有像舒棠这种，脆弱的，踢到石头都会惨叫的生物才会。

人鱼朝着她嘶了嘶表示反驳。但舒棠立马表示：她懂得比他多，所以他都要听她的。

舒棠的此番发言很有暴君的专制气质。其实这是不符合人鱼的认知的，而且是很没有道理的，毕竟“他”一个指头就可以把这只猫按住动不了。

但，这只小猫回来了，就躺在身边。

其他的就不是很重要了。

于是，枕头上终于躺上了两个人，睡姿也从“LI”变成了“II”。

舒棠先给自己盖好被子，然后再把被子给人鱼严严实实地捂好。

她心满意足地翻身，闭眼。然而，舒棠睡着后，人鱼鱼尾把被子一扫，把舒棠一圈，重新变成了：“LI”。

不过，鉴于舒棠每天早上都有起床拖延症，这件事大概和“人鱼不怕冷”这个秘密一样，不会被发现。

窗外雨声淅沥，屋内睡意深沉。

下雨天暖烘烘的被窝太好睡了。

昨天在宿舍的新床上翻来覆去睡不着的舒棠，被人鱼圈在了尾巴中间，一下子就闭上眼睛睡着了。

所以不出意外，舒棠迟到了。

舒棠虽然是个踩点狂魔，但是因为扣钱的达摩克利斯之剑悬在头顶，一直以来兢兢业业，每次都是踩点进门。然而昨天舒棠一整天都被审问、抓去做体检，早上才睡觉，昼夜颠倒，作息混乱，所以定了闹钟还是起晚了。

她匆匆地爬起来，一看时间已经八点了，脑瓜子都“嗡”了一声。

舒棠很担心自己明天就因为左脚踏入 01 区而被开除，所以她匆匆洗漱完，对人鱼说：“小玫瑰，我要迟到了，我先走了！”

闻言，人鱼的脚步一顿。

今天早上，人鱼特意早起，去给舒棠准备了那种很美味的小银鱼。但是人鱼此时的停滞并不是因为舒棠没有吃“他”准备的早餐，而是因为电梯已经被“他”一不小心弄坏了。

舒棠并没有注意到人鱼跟在了她的身后，只是跑得飞快。然而看到电梯的惨状后，舒棠呆住了，如同晴天霹雳。

高大的黑影在舒棠的后面，见她呆呆地看着电梯，苍白的唇紧抿，有些不知所措。然而，舒棠呆呆地在原地站了一会儿后，并没有生气，反而快速地转过身，看上去心情竟然很不错。

舒棠：“咦，小玫瑰你也跟过来了，我们去吃早饭吧。”

回去的路上，舒棠心情很好地告诉人鱼，什么叫作“不可抗力”。如果舒棠上班第一天就迟到，绝对会被大批特批；但是现在电梯坏了，这就是不可抗力。

这样睡过头的事情就会被掩盖，舒棠还会立马变成受害者，占据道德的制高点。

这段时间里，人鱼已经对舒棠的本性有了更深的了解：

捕猎能力低下，懒惰（所有的活都指使人鱼干），招猫逗狗（比方说屡次摸螃蟹被夹还屡教不改），最喜欢摸鱼和晒太阳，最爱干的事情就是嘴上嚷嚷。

比方说现在，懒惰的小猫明明在庆幸自己可以继续偷懒，道理却是一套一套的。

不过，人鱼举一反三：如果舒棠要出去，“他”强行留下她，就会被她批评；但是如果电梯坏了，她走不了了，这就是“不可抗力”。

舒棠发现人鱼听得非常认真，还时不时表示赞同，顿时骄傲了起来。舒棠心想，“他”一定很崇拜她。

因为电梯事件，舒棠新工作遇到的第一个大考验有惊无险地度过了。

舒棠和人鱼吃完了早饭，这才打开了通信器和陈生报备。

禁地里的信号已经恢复了，虽然01区的工作人员根本没有办法掌控，只能每次断了后再连，能连上多久就看人鱼了。

人鱼这一次并没有切断信号，所以舒棠顺利地拨通了。

说实话，昨天夜里发现禁地又出事后，陈生第一反应就是舒棠不小心死掉了。所以今天早上接到舒棠的求救电话，被告知只是电梯坏了的时候，陈生心想：果然猫有九条命啊。

但是陈生万万没有想到，舒棠上来第一件事就是问迟到的事。

舒棠很紧张地道：“陈哥，那我今天不能上班了，不会扣钱吧？”

陈生：“……不扣钱，你等着电梯修好再来上班吧。”

舒棠：“陈哥，那今天的早会……”

陈生：“……我一会儿拉你进工作群吧。”

舒棠打电话的时候，没有避开人鱼。

一开始舒棠摆弄那个通信器的时候，人鱼并没有放在心上。其实因为精神力磁场，人鱼可以捕捉到很多的信号和电流的声音，操控和改造它们似乎是一种与生俱来的天赋。而禁地里，一开始也出现过很多这种设备。

直到通信器里传来了人声。

舒棠的注意力开始集中到那个声音上面。人鱼转过头，漆黑的眸子看向了那个黑色的小方盒。不管是在禁地里，还是深夜的宿舍里，他们相处的时候从未出现过“外人”。

在被大部队遗忘的那几天里，舒棠虽然有通信器，但是没有信号。所以不管是玩沙子还是捉螃蟹，甚至是吃东西，注意力都会分散一部分在人鱼身上。

然而，现在不一样了。

人鱼听到舒棠开始和那个陌生的声音，说话、聊天。她把全部的注意力都转移到了那个声音上面，甚至吝啬分给盘子里的小银鱼一点。

他们说话的时候，不像是人鱼和舒棠那样：一个人说，一个人听，而是流利的对话。

人鱼并不能完全听懂他们的对话。一种古怪的情绪笼罩了人鱼，让“他”甩尾巴的动作变得非常缓慢，耳鳍瞬间竖起尖锐的弧度，眼神也变得有些可怕。

基督教的教义里说人有七宗罪：傲慢、嫉妒、暴怒、懒惰、贪婪、暴食及色欲。

然而，人鱼并不知道，那种古怪的情绪，是名为嫉妒的七宗罪之一。“他”并不明白，自己正在嫉妒抢走她注意力的那个声音，嫉妒他们流利的对话，并且因此产生了强烈的排斥感和敌意。

尽管如此，人鱼并没有立马做出什么动作，只是用冰冷、戒备又充满敌意的目光盯着那个小黑盒子。但是，幸好，通话的时间不长。

舒棠很快就挂断了通信器，兴冲冲道：“小玫瑰，我有两天的假了！”

那只凶兽的视线很快就从那个小方盒子上移开了，因为舒棠翻出了自己新买的刷子和沐浴露，兴致勃勃地想要刷人鱼的尾巴。

她的注意力重新回到了人鱼的身上，于是人鱼暂时放下了那个小方盒，那种焦灼又古怪的情绪也慢慢地消失了。

海边的礁石上。

舒棠摆好了一大桶清水、一瓶柠檬味的沐浴露，还有一把大刷子。

人鱼不知道她要做什么，也看不懂她捣鼓泡泡的用意，于是懒洋洋地靠在了礁石上，甩着鱼尾任由她折腾。只是偶尔在舒棠快从礁石上掉下去的时候，用鱼尾拦一下。

舒棠兴致勃勃地挤出沐浴露，在手上揉出了丰富的泡沫，然后像是抹蛋糕一样全抹在了蓝色的鱼尾上。等到全部覆盖完后，舒棠撸起了袖子，开始用刷子慢慢地清洁鱼尾。

在人鱼眼中，舒棠的行为，就像是小猫好奇主人的手，翻来覆去地探爪，甚至好奇地用牙咬似的。人鱼不但没有生气或者感觉被冒犯，还很纵容地任由小猫上蹿下跳地折腾。

舒棠发现人鱼的鱼尾挺干净的，毕竟经常在海里泡着，并不会脏，但是毕竟比较大、拖尾很长，还是有清理的必要的。

她坐在鱼尾边洗刷刷——

舒棠洗出了一些沙子、小贝壳。

舒棠洗出了自己前几天莫名其妙找不到的发卡。

舒棠洗出了几根头发。

春天是个掉毛的季节。如果舒棠的精神体“大鸡腿”不是透明的，肯定会像个移动的蒲公英，猫毛满天飞；但是显然，即使精神体不会制造大量的猫毛，本体也是会掉头发的。

舒棠心虚地把明显属于自己的黑棕色头发摘掉。最后，舒棠洗出了自己出去后怎么找也找不到的发圈。

——人鱼的鱼尾，“大鸡腿”的失物招领处。

舒棠是个很懒的人，她休闲的时候一般只想躺着。但是刷鱼尾不一样，这不是干活，而是养鱼的乐趣之一。

给宠物猫猫狗狗洗澡、剪指甲这些行为，能让铲屎官们感受到一种强烈的满足感。舒棠也是如此，她非常乐在其中，兢兢业业地把鱼尾的每个地方都刷得亮晶晶的。

人鱼的鱼尾摸上去很有韧性，但是尾鳍上却有着大大的、飘逸的“拖尾”，看上去像是纱一样，摸上去非常柔软。

舒棠忍不住摸了又摸。这个时候，人鱼的鱼尾就会轻轻地拍一下她的手。类似的地方还有腰腹以下的部分，人鱼会直接把舒棠提溜起来，放到远一点的地方去。

舒棠这个时候就会知道不可以刷，于是就会换一个地方继续兴致勃勃地玩鱼尾。

大部分时候人鱼都很配合，舒棠要刷哪里抬哪里，要抬多久就抬多久，长久保持一个姿势也毫不费力。

舒棠很有成就感地开始“收尾工作”的时候，雨后，阴云中透出了一点光线。

舒棠突然间愣住了。她呆呆地看着人鱼的尾巴，好一会儿才转过头：“小玫瑰，你看彩虹！”彩虹不在天上，而在人鱼的鱼尾上。

蓝色的鱼尾被洗刷得波光粼粼，漂亮的、纱状飘逸的鱼鳍如同蓝色的拖尾，阳光照在上面，出现了五颜六色让人目眩神迷的彩虹。

人鱼的鱼尾从未这么闪亮耀眼过。

人鱼偶尔轻轻甩动鱼尾的时候，那亮晶晶的彩虹就随着动作移动。

舒棠停下了动作，蹭到了人鱼的旁边。人鱼也从未见过这么闪亮的尾巴。他们两个安静地欣赏起“彩虹”。

舒棠：“以后每个月我都来帮你刷鱼尾！”

人鱼甩了甩鱼尾，表示赞同。

舒棠决定把刷鱼尾列为自己最喜欢的娱乐项目之首——很巧，人鱼也是这样想的。

晚饭是在礁石上吃的。

舒棠还是喜欢在外面露天吃，有种郊游般的快乐。于是她让“他”把锅和架子都给搬了过来。

他们两个还是一个添柴，一个揣着手手等着吃。

只是，舒棠在晚上的时候被拉进了新的工作群，她的通信器一直不停地响，时不时就要进去看一眼，回复一句“收到”。

她的动作，人鱼自然也注意到了，添柴的手微微一顿。

加入新的公司、单位，总是很麻烦的，舒棠不仅有好几个工作群要加，还要配合登记。很快，舒棠收到了老吴的消息。毕竟是入职成为元勋身边的治疗师，证件手续还是很复杂的，还要查各种档案。

老吴说她的入职手续出了一点问题，要补交一些证件，因为太复杂，干脆给舒棠打了个电话，告诉舒棠怎么个流程。

一个头两个大的舒棠，甚至还拿出了小本本开始记录，并没有注意到人鱼一直盯着她手里的通信器看。

这次通话的时间特别长，舒棠足足和老吴聊了四十分钟。

人鱼仍然安静地添着柴，但是眼神发生了细微的变化，那股前所未有的、古怪又翻涌的情绪再次涌上心头。仿佛是意识到自己忽略了“他”，舒棠回头想说一声的时候，人鱼却若无其事地移开了视线，盯着火堆，仿佛浑不在意。

“他”大部分时候都是面无表情，很难看出任何情绪。于是舒棠也就没有注意到气氛细微的变化。她又说了一会儿，最后对老吴说：“等过两天电梯修好了，我出去就补……”

然而，舒棠突然间感觉到，背后传来了微凉的温度。通信器里的声音仿佛一下子变得很遥远，她听见了另外一道沉稳的呼吸声从身后传来。这个姿势，如同人鱼从背后将她虚虚地拥进怀里。

海浪声、柴火声、对话声都消失了。

仿佛是很好奇舒棠的通信器一般，人鱼靠近了她。人鱼微凉的长发垂下，下巴就轻轻搁在了她的肩膀上。

然后示意她继续打电话。

人鱼的长发蹭得她的面颊痒痒的，明明是微凉的，碰到皮肤上，触感却有点发烫。她的脊背能够清晰地感觉到人鱼的呼吸。

这个电话，显然是打不下去了。

对面的老吴好半天都没有听见任何回复，却似乎多了一个呼吸声。

好一会儿舒棠结结巴巴的声音才传了过来："老吴，小玫瑰找我，我先挂了。"

老吴莫名其妙地挂了电话，好一会儿才反应过来。老吴问陈生：小舒治疗师不在你那里吗？

陈生：她在禁地，电梯坏了。

在禁地里的话，哪里来的第二个呼吸声？

所以刚刚那个声音，是元勋的。

老吴心脏骤停。

舒棠以为人鱼是对通信器感兴趣，她挂了电话，从人鱼的怀里钻出来，把通信器递给了人鱼，告诉人鱼怎么玩。

但是人鱼显然对通信器毫无兴趣，大部分时间只是看着舒棠甩鱼尾。

舒棠百思不得其解。但是好一会儿后，她突然理解了人鱼刚刚的行为：就像是你上班时，莫名其妙躺在你键盘上的猫。

等到你的注意力回到了猫的身上，试图陪猫玩逗猫棒的时候，猫又会立马懒洋洋地躺平，用那种漫不经心的眼神有一搭没一搭地回应你。

人鱼只是想吸引她的注意力。

舒棠心想：到底谁才是小猫咪啊！

但是她转过头，就捕捉到了人鱼看向通信器时，眼里那抹一闪而过的敌意。

舒棠隐约感觉到了人鱼不仅不喜欢通信器，还对它有种强烈的抵触情绪，特别像是想要一尾巴把这东西抽扁的样子。

舒棠并不知道，这种敌意是因为它吸引了她的注意力，而只能归结于，人鱼可能有点抵触外界的东西。

其实当初带着人鱼去她的值班室，舒棠就意识到了人鱼对于外界的抵触。她试探了一下："小玫瑰，你想和我一起出去玩吗？"

人鱼果然朝着她嘶了嘶。

舒棠其实很不明白，为什么从前人鱼还会偷偷跟着她出去，在她的床边睡觉，现在却不愿意了呢？舒棠怀疑，是不是因为上一次大部队撤离的时候场面太大，刺激到了小玫瑰？

但是她并不知道，这只怪物尖锐又敏感，内心充满了不安。

一开始，怪物只想偷偷跟在她的身后，只要能够嗅到她的气味；后来，怪物想，只要她回来，怎么样都可以。

但是舒棠没有欺骗“他”，她回到了怪物的身边。

然而得到了她慷慨馈赠的怪物，却变得贪婪了起来。人鱼仍然担心她会离开，只有在反复确认自己不会被这只小猫抛弃、遗忘后，那种不安才会消退。

在这个确认的过程中，出于食物链顶端猎食者的自尊和傲慢，“他”绝对不会主动出去把她抓回来，或者再像从前那样出去找她。

这只凶兽贪心地渴望她一次次回到“他”的身边。

这只凶兽甚至渴望着她选择“他”的世界。

这样，焦灼尖锐的不安才会慢慢地平息下来。

舒棠却把人鱼的行为，归结于对外界的抵触——这显然是不行的，舒棠想要重新教会“他”融入人类社会。

于是，接下来，舒棠增加了一个睡前故事的环节，想要慢慢地化解人鱼对外界的抵触。

她想到的办法，就是打开疗养院的论坛，挑最近大家聊的话题和人鱼说。

然而舒棠才点开，就看见了一个大热帖子：《深情缅怀我们的同事》。

点进去一看，一张模糊的黑白照。

发帖人 @ 苏茵是只小狼。

下面许多人纷纷献花，举行赛博葬礼。

舒棠很好奇地回复：谁死了？谁死了？

事情是这样的——因为舒棠同志那天下车后一去不复返，一点音信都没有，急诊科的同事们都以为她嗝屁了。尤其是后来大家听说了很多内情，还听说院内封锁消息了，一传十十传百，急诊科的小舒治疗师就直接“永垂不朽”了。

今天头七，由舍友苏茵主持隆重的线上缅怀仪式。

舒棠浑然不知道自己已经死了，她留言后，就开始看苏茵的帖子。

但是看着看着，舒棠觉得有点不对劲，她又翻上去看了一眼那张遗照——一张“大鸡腿”猫的黑白照。

紧接着，舒棠就看见了一个曲折离奇的恐怖故事。

苏茵在帖子里描绘了她的同事“大鸡腿”在雨夜失踪后，如何在禁区里面离奇去世的过程，语气十分沉痛。

说实话，没死的时候看见自己的悼词还挺有趣的。

舒棠一边看，一边兴致勃勃地给人鱼朗诵。

——多新鲜啊！

人鱼一开始还甩着鱼尾听着，但是越听鱼尾甩动的幅度就越小。

尤其是舒棠朗诵到关于禁区里面的怪物的描写的时候，禁区里的怪物，面色苍白。

人鱼看了看自己过于苍白的手臂，鱼尾甩动的幅度慢慢变小。

舒棠注意到了人鱼的视线，评价：“小玫瑰，你那不一样，你那是低血糖。”

人鱼听不懂，但是舒棠说的都对，于是鱼尾又甩了起来。

舒棠想了想，又转头看了看身后的人鱼。猫中医深思：“还可能有点气血两亏，不行，我下次回来给你买点红枣补补。”红枣炖鸡，大补大补。

据说怪物身形十分高大，直逼两米。

鱼尾甩了甩，若有所思。

舒棠评价：“哎呀，这年头长得高的一抓一大把。”

据说怪物只在雨夜出现。

舒棠直接忽视了这一条。

这和她在下雨天捡到小可怜有什么关系?

据说怪物嗓音嘶哑，只能发出沙哑的声音。

她身后高大的黑影迟疑地凑过去，这好像在说“他”。

谁知道舒棠让他别闹。

故事的主人公只好缩了回去。

朗诵完这则睡前鬼故事，舒棠在下面留言：想象力还挺丰富的。

就是不知道为什么，这个鬼故事讲完后，身后的人鱼就一声不吭了。

夜里“巴士底狱”里面静悄悄的，舒棠还有点害怕。她放下了通信器，抱住鱼尾摸了摸，压压惊：“小玫瑰，你说你和禁地里的那个家伙打一架，谁能赢？”

黑暗里的高大身影更沉默了。

一夜无话，很好眠。

舒棠反应很迟钝，很容易慢半拍。所以第二天早上起床，舒棠迷迷糊糊地睁开了眼睛，看了一眼身后的人鱼，突然就想起了昨天的那个睡前鬼故事。

好像有哪里不对劲。

吃早饭的时候，舒棠一个劲儿地盯着对面高大的人鱼看，还凑到人鱼面前看。看完后，她就把人鱼拉到太阳底下晒。

舒棠想要把人鱼的肤色晒出一点血色来。但是地上的柴都晒干了，人鱼的脸还是白得透明。舒棠又拿出了一把尺子，踩在凳子上量人鱼的身高。

不加耳鳍身高196cm。

加耳鳍身高201cm。

166cm的舒棠很羡慕。她怎么不长个耳鳍呢，体测时量身高多占便宜，高5厘米她就171cm了呢。

舒棠量完身高，狐疑地看了看人鱼。她回忆了一下他们的过去：温馨的相亲、雨夜捡到小可怜、鲁滨逊和星期五。

联系一下这段时间发生的事，她隐约有了一种可以将线索串连起来的感觉。就像是抓住了毛线团的线头，一拉就可以把整个真相拉出来。

人鱼看上去很淡定，甚至还将凳子上的舒棠提溜了下来。“他”沉默着，其实眼神若有似无地打量着舒棠，漆黑的眸子时不时扫她一眼，苍白没有丝毫血色的唇紧紧抿着。

但是很快，陈生就给舒棠发来了消息，打断了这种古怪的气氛。

因为电梯大概明天修好，他来问舒棠能不能参加一下明天下午的病情研讨会，和其他的治疗师讨论一下。毕竟舒棠正式成为人鱼的治疗师，这种会议肯定是要出席的。

陈生发了一大段过来。

舒棠的大脑自动提取关键词：开会、报告。

提取DDL：明天下午。

在发现自己卷入恐怖怪谈事件后，大女主选择探究真相，努力求生；恋爱脑选择忽视真相，在假象里沉沦。

而社畜只会在怪谈主角的旁边，疯狂赶DDL。

就连怪谈主角示意她可以吃午饭了。

社畜猫猫：等等，写不完了！

怪谈主角朝着她“嘶”，表示她必须吃饭。

社畜猫猫：啊，要不你喂我吧！

社畜猫猫：啊——

怪谈主角：递小银鱼。

猫猫继续：啊——

怪谈主角继续喂猫。

于是那种古怪的气氛一扫而空。阴森的“巴士底狱”，空气里都飘浮着加班的气息。

舒棠其实挺重视这次的研讨会的，因为她自己看不懂人鱼的精神力图谱，又不敢托大随便下结论，所以只是给了很基础的药物。连精神力疏导都没有继续，因为舒棠认为自己的精神体太小了，可能起到的作用不大，不如找前辈们试试。但是显然，舒棠不知道，前辈们可能试试就逝世了。

总之，舒棠拥有谨慎和胆小的美好品格。这次研讨会，舒棠有机会找前辈们询问，因为关乎小玫瑰的小命，咸鱼猫都难得勤奋了起来。

她“唰唰”地写了正反三大页，写完天都快黑了。

舒棠并没有注意到，一整天人鱼都没有像昨天她打电话时那样打扰她，显得很安静，只是一直似有若无地看向她。

舒棠这个时候，正在交报告。被拉进了讨论组后，舒棠发现，事情真的和她想象的很不一样。

讨论组里的治疗师们足足有十几位。

她随便点开一位治疗师的报告：三百页。

再点开一位：二百七十页。

一路点下来，最少的：一百〇七页。

正反加起来写了六页的舒棠费尽心思改写了一些废话，勉勉强强凑到了八页。

社畜猫猫的心情开始低落了。尤其是舒棠发现，这十几个治疗师一看就不是临时调过来开个组会就走的，不然肯定不会有这么长的研究报告。那也就意味着，舒棠可能不是小玫瑰唯一的治疗师。

舒棠写报告的时候，人鱼就一直在她的身边。

舒棠一开始认为，人鱼是被家人放弃，才被遗弃在了01区没人管。可是自从被调到了01区工作后，舒棠就隐隐约约意识到——“他”可能并不是她想象中的小可怜。

这种感觉在今天再次被强化，而且她的脑海里还有很多的疑问像是泡泡一样冒了出来。

舒棠盯着自己的八页纸发呆，发现自己再怎么写，也不可能把八页变成八十页。

她转头看着小玫瑰，突然问：“小玫瑰，你说，要是有更加厉害的治疗师，你还会选我吗？”

人鱼正在帮舒棠开扇贝。

听见她开口的时候，人鱼还僵硬了一会儿。

但是在发现她的问题是这个后，人鱼就恢复了正常。“他”看着她，歪了歪头。

舒棠就摸出了扇贝，摆了十几个大大的扇贝代表其他治疗师，又摆了个小小的扇贝代表自己。

舒棠指着贝壳一个一个地说过去：

扇贝 1 号：“这个是个拿过好多奖的研究员，理论经验很丰富。”

扇贝 2 号：“这个有前线经验，临床实践经验很丰富。”

…………

扇贝 18 号：实习菜鸟一只，报告只能写八页，还是无证上岗。

人鱼其实听不太懂一些陌生的词，但是听懂了这个问题。

在舒棠还要继续说的时候，人鱼把扇贝 18 号留了下来，把其他的扇贝都“唰”地下了锅，然后安静地看着她，甩了甩鱼尾。

在“咕咚咕咚”声中，舒棠安静了下来。她看了看扇贝 18 号，又看了看人鱼，心情终于好了起来。她把报告放下，凑过去吃饭了。

就是，舒棠突然间觉得拿扇贝比喻自己同事很不合适。比方说现在，这一锅同事，她到底吃还是不吃？

最后，舒棠为了礼貌，把扇贝 18 号也放进去炖了。

这天夜里，舒棠没有和人鱼讲睡前故事。

也许是睡得太早的缘故，舒棠做了一个光怪陆离的梦。梦里是苏茵在论坛里写的那个鬼故事。

她醒来的时候还很早，于是趴在枕头上发了一会儿呆。她没有因为那个梦害怕，却也后知后觉地有了某种预感。

早起，刷牙。

舒棠的脚步在监狱一般的铁门前停顿了片刻。

吃饭。

舒棠的视线在人鱼那力量十分强悍却显得十分优雅美丽的手指上停留了一会儿。

她若无其事地开始吃小银鱼，但是第一次没有在早餐桌上叽叽喳喳。对面高大的人鱼注意到了，但是谁也没有开口说话。

舒棠本来打算早起把自己的报告水到二十页，但是这天她并没有这样做，而是开始翻出自己买回来的东西，和人鱼一起把东西归置好。

锅碗瓢盆放在厨房，台灯客厅放一盏，卧室放一盏，浴室里挂上一蓝

蓝色小玫瑰观察记录
1 性格文静，不爱说话
2. 比较内向
3. 强迫症
4. 疑似精神力暴动

小玫瑰
是世界上最好的鱼
鱼爱上猫
就是新的『万有引力』
我们占山为王
孤立全世界

一粉的两条毛巾，换淋浴器喷头的时候，舒棠不够高，就企图口头传授人鱼安装大法。

人鱼歪着头听着舒棠的指挥，伸手一捏，淋浴器的喷头裂开了，水花四溅。

最后，依靠着大力出奇迹，淋浴器还是安好了。

舒棠发现，今天的人鱼很好说话，她添乱的时候都一声不吭；她瞎指挥的时候，明知道她在瞎说，也没有表示任何反驳。

气氛其实有点微妙。

仿佛彼此都在装作相安无事，可是一些小小的细节，让某些真相欲盖弥彰。像是小猫藏尾巴，总是冒出毛茸茸的尾巴尖尖。

舒棠继续归置东西。

在拆衣服的时候，舒棠发现卧室里没有衣柜，但是她记得仓库里有一个闲置的大柜子。于是舒棠就指使人鱼去搬柜子。

人鱼在柜子前一动不动，抬眸看着舒棠。

舒棠拍拍身下的人鱼："快搬呀。"

人鱼沉默了一会儿，把坐在自己肩膀上指手画脚的舒棠摘了下来。

舒棠：哎呀，忘记了，还以为自己就长那么高呢。

她屁颠屁颠地跟在人鱼的身后，看着高大的人鱼轻而易举地把大柜子拖进了房间。

舒棠的视线在人鱼的手臂上停留了一会儿。要几个成年人合力抬起的大柜子，对于人鱼而言，却像是没有重量一般，甚至肌肉都没有绷紧，显得很轻松。

她好一会儿才收回视线，又追了上去。

"巴士底狱"里面是没有玻璃窗的，只有铁栏杆和空空的石窗框。舒棠让人鱼把衣柜挡在了窗户前，这样夜里就不会有风进来了。

猫中医曰："脑袋吹风容易中风。"

人鱼顺手把猫中医从衣柜上提溜了下来。舒棠若无其事地说："小玫瑰，我下午要去开个会。"

人鱼安静地注视着她，一言不发。只是不知道出于什么原因，人鱼没有把新修好的电梯毁掉。

舒棠带着自己的报告离开这里的时候，回头看了一眼。

蓝色玫瑰包围着的美丽堡垒，不一定是童话的居所，也可能是可怕怪物的"巴士底狱"。

舒棠感觉自己脑子里乱糟糟的，来见人鱼时的快乐都好像在她离开的时候悄悄溜走了，只剩下满心的茫然。

然而，舒棠踏进大楼里的时候，听见了身后的脚步声。沉默，如影随形，和那一次大雨天一样。

她在前面走，“他”就在后面跟着。

她转过身，那个高大的黑影正注视着她——

“他”身形很高大。

“他”有着尖锐可怕的耳鳍。

“他”的声音嘶哑。

可是看她的眼神很专注。

她的心脏，突然因为这种注视，变得柔软了起来。

她停住脚步说：“小玫瑰，我会回来的。”可是那个高大的黑影一动不动，只是执拗地看着她。

舒棠说：“小玫瑰，不要在这里等我，先回去吧。”

高大的人鱼安静地注视着她，如同下雨天等待她的每一个夜晚。

舒棠走了两步，回头，人鱼果然还在。

“小玫瑰，一会儿下雨了……”

沉默的人鱼只是看着她。

潜意识里，她隐隐猜到了一些真相。她有点困惑、有点怀疑，还有点不知所措。所以在最后一层窗户纸前，她停下了脚步。

她不知如何是好的时候——

黑暗里，高大的人鱼，突然间朝她张开了手臂。人鱼不知道上次那个拥抱是什么，但是人鱼很喜欢。

舒棠突然就明白了“他”的意思。很难形容这一瞬间的感觉，像是被一种暖洋洋的、巨大的幸福击中，于是，彷徨和不安都退避三舍。

她停了下来。

她放下了袋子。

她朝着“他”飞奔了过去，扑进了那个高大的怪物宽大又冰冷的怀抱里，给了“他”一个超大的拥抱。

第七章 //

心有猛虎

舒棠的身上，一直有一种奇特的炮灰气质，很容易让身边人联想到恐怖故事里第一集就死掉的炮灰。

别人告诉她凶宅很危险不要去，炮灰：什么？降价二十块，速速拎包入住！

大家告诉她那是鬼快点往外跑，炮灰：什么？千万不要跑？躺下美美入睡。

这种把其他人的告诫都当成耳旁风的炮灰，一般第一集就会挂掉，俗称气氛组。

但是现在，蒙在鼓里，一直在状况外的气氛组终于要面对现实了。

“扇贝”研讨大会开启。

舒棠认认真真地听完了十七个“扇贝”的报告：

其中五个“扇贝”是重型武器专家，什么潜水艇、战斗机、装甲车说得头头是道；

还有五个“扇贝”是新型材料专家，什么高密度防御材料，打造全方位乌龟壳；

剩下的七个“扇贝”则更加天才，什么在空气中投射药物，在海洋生物的饲料中投药，主打的就是一个生态链循环。

三百页的报告，二百八十页都是讲如何接近001号，剩下的二十页才是讨论病情的。

舒棠这个气氛组，后知后觉地意识到：自己的认知似乎出现了一些偏差。

在舒棠眼里，小玫瑰虽然力气大了一点，但是性格十分内向，而且长得好看，就像人鱼公主，怎么看都和“禁地里的怪物”八竿子打不着。

所以她虽然有所猜测，却并不怎么相信。

直到舒棠看见了小玫瑰徒手撕探测船的录像。她开始不安，忍不住左顾右盼。

她惴惴地问旁边的“扇贝”17号：“这是剪辑的吧？”

17号看了她一眼，大概是很意外都进入核心组了，怎么还有个状况外的？

17号让她少说话多做事，不要大惊小怪。

舒棠继续谨慎地听着大家的讨论，伴随着“禁地”“001”等词汇涌入耳中，最后一丝怀疑也被证实。

舒棠胆子并不大，她只是拥有一种炮灰的独特气质，这种气质让她大部分时间活在自己的世界里，自成一套逻辑。

可是归根结底，她是个普通人。她出生在安全区，成长过程中也没有什么特殊经历，突然间发现自己竟然和这么可怕的存在朝夕相处了这么长的时间——

打个比方。

丧尸病毒爆发，每天行尸走肉般的舒棠回去的路上遭遇一群丧尸同事。

舒棠心想，啊，又是一群被榨干的社畜。

然后美美混入丧尸群中浑水摸鱼。直到有一天，她发现大家不是丧，是真丧尸，就她一个活人。作为世界上最后一个知道真相的人，舒棠左顾右盼，十分害怕。

别人可能会寻找逃生办法，立马爬走。但是舒棠会一边害怕一边摸鱼，然后渐渐地觉得混在丧尸群里也挺好的，不用上班打卡，同事不说话还避免了无效社交，关系也融洽了不少，遂决定躺平。以上，就是舒棠知道真相后的整个心路历程。

舒棠应该立马找到陈生辞职，速速逃命。

但是她害怕了一会儿后，迅速建立了一个等式：

怪物 = 小玫瑰 = 金枪鱼之神 = 扇贝开壳器 = 自动走路机 = 鱼尾好摸。

这只猫立马放松了下来。

她的态度也不是完全没有变化的，至少此刻，她正惴惴地想，以后小玫瑰烤的鱼半生不熟，她还是忍忍吧，不要指指点点了。

还有那条鱼尾，那么凶残的话，软毛刷是不是不太合适，要不要换把不锈钢刷？

舒棠复杂的心理活动没人知道，十八个“扇贝”的研讨会还在继续。

等到舒棠终于接受了现实后，她回过神来，一抬头就看见了那天人鱼精神力暴动时的录像带。舒棠看见了惊慌逃跑的人群，看见了撕裂的大笼子，看见了无数枪支，看见了那个“巴士底狱”里的怪物抬眸时那双漆黑的眸子。

狰狞可怕，非常有冲击力的画面。

如果说在看见这一幕前，舒棠还无法将人鱼和各种禁地传说联系起来的话，那么人群四散逃开的尖叫声，彻底把她拉回了现实。

可是当舒棠接触到了冷冰冰的真相，她第一反应不是感觉到真切的害怕，她心里躲在黑暗角落里的小可怜，真的是名副其实的禁地里的“怪物”。

她盯着屏幕上，怪物手中一直没有松开的小蓝伞。她知道了小蓝伞是怎么坏掉的。

治疗师们对着屏幕分析着怪物当时的精神力状态，用冷酷而严肃的语气宣判着：

“001 的攻击性很强，还有主动攻击的倾向，从精神力暴动的波段来看……”

“M12 开头的武器对 001 已经没有任何作用了，如果下次……”

“他已经将自己和人类这个族群对立起来了，在治疗的基础上，我们不能忘记防范是第一要务……”

她的耳朵里充斥着这些乱七八糟的声音。

她想说那天小玫瑰是去找她的，只是拿着小雨伞去等她而已，并不是想去攻击大家；她想说小玫瑰听不懂很多词，性格又很敏感，如果大家先用武器对准他、展现出敌意，他不可能不反抗的；她想说视频里的小玫瑰除了往前走，没有伤害任何一个人。

但是舒棠张了张嘴，发现自己发出的声音很小，偌大的会议室里讨论声“嗡嗡”不断，她一开口声音就被淹没了。

在他们眼里，那是个发生了可怕变异、生性古怪的恐怖怪物。

“他”生活在废弃的禁地里，对外界抱着冰冷的排斥，却有着强大的力量，威胁着所有人的生存。如同黑暗里阴森森的“怪物”。人们迫于无奈去拯救“他”，却怀着根深蒂固的偏见。

舒棠坐在会议室的角落里，不合时宜地想起了早上的那个拥抱。她抱住“他”的时候，明明对方的体温那么冰冷，可是她当时只觉得很踏实、很安稳，让她一整天的心情都好像飞扬了起来。

而现在，大家用恐惧的语气提起“他”的存在，分析的时候，像是在分析一只性情古怪的兽类、一种随时会擦枪走火的危险武器；还会发挥丰富的想象力，对“他”的动机进行揣测。

在这个会议上，舒棠听见了一个用心险恶、对人类抱有敌意，还在不停进化的可怕怪物。

舒棠有一肚子的话要说。可是当她鼓起勇气想要站起来反驳的时候，会议结束了。她连发言的机会都没有得到。

十七个治疗师成群结队地离开了会议室。

“咚”的一声，大门关上了。

她坐在会议室里发了很久的呆。就在昨天，舒棠还有点小小的焦虑。她意识到小玫瑰不再是需要她帮助的小可怜，她也不再是小玫瑰唯一的治疗师。

她捡到了一只小可怜，想要偷偷据为己有，却突然间发现，有很多人管“他”、关心“他”，而且数量庞大。

舒棠不再是小玫瑰唯一可以依靠的人。这让小猫望而却步，踌躇又不安。她下意识地想要融入那十七个“扇贝”中，想要证明自己还是很可靠的。

于是从被拉入工作群开始，她就焕发了全新的热情，去和同事们交流，去认真写报告，想要在报告会上好好表现、听取经验。可是当会议结束后，她突然间意识到，事情和她想象中的并不一样。

禁地里的怪物的确备受瞩目，可那好像并不是关心。大家把她的小可怜描述成一个三头六臂的怪物。

她茫然又下意识地想要反驳，可是她就像是在对着深渊大喊的人，想要告诉全世界，那个“怪物”其实没有那么坏，“他”开扇贝超级快，还会抓鱼，带她去看蓝色的眼泪海，是世界上最好的鱼。可是声音还没发出来，就消失在了黑黝黝的洞里面。

她站了起来，收拾好了东西，朝着外面走去。

这个时候，天色已经很晚了。

舒棠本来应该和老吴一起回宿舍的。陈上校给她安排的宿舍就在治疗师们中间，如果舒棠回去住，肯定更加方便融入大家。

然而，大概是因为会议上的分歧，舒棠突然间对融入新的集体失去了兴趣。

舒棠在门口站了一会儿，然后让老吴送她去附近的菜市场。

当老吴开出一辆车的时候，舒棠都有种并不意外的感觉。现在舒棠也已经知道了，老吴可能不是什么“助理”。

这一切对于舒棠而言，有点颠覆世界观。

一天的时间，01区变成了禁区，小玫瑰变成了怪物，助理也似乎并不简单，就连天降的转正机会，似乎也并不是因为好运气。

对于一个普通人而言，冲击性的确是很大。但是舒棠有着一套坚不可摧的逻辑，可以将一切同化进自己的逻辑里，她仅仅是在车上茫然了一会儿，很快就消化了一切。

众所周知，猫，一种猛虎。

而小玫瑰，再强也是蔷薇科嘛。

舒棠仍然很坚定地准备去禁区看小玫瑰，按照计划去菜市场买了冰糖和红枣，还和老吴精挑细选了一只一看就特别滋补的老母鸡。

猫中医的逻辑是：“怪物”又如何，脸白就是气血不足，需要补补。

蓝色玫瑰包围着的“巴士底狱”里。

怪物以为舒棠今天不会出现了。

也许是一天，也许是两天，也许是几个月、几年。

但是禁地里的怪物显得很平静。在天黑之后，怪物回到了自己的巢穴中。

准备闭上眼睛入睡之时，“他”听见了敲门声。

怪物安静了一会儿。“他”听见了舒棠的声音：“小玫瑰，开门哪，外面下雨了！”

人鱼苍白的唇微张，愣了好一会儿。

打开门的时候，看见了一只落汤猫。她提着大包小包，怀里还抱着一只活蹦乱跳的鸡。伞早就在和鸡的搏斗中歪到了一边。雨水把全身都打湿了，她看上去有点滑稽。

人鱼把这只落汤猫提溜了进来。

大部分时间里，这只凶兽都很好说话，但是也有例外：比方说舒棠要是把自己弄伤，或者做一些比较危险的事，凶兽就会把她提溜回来，这个时候就会显得很凶、很严肃。

凶兽从未养过这么轻、这么脆弱的生物，“他”很担心舒棠一不小心就会死掉。尤其是在舒棠告诉人鱼什么是感冒和生病后，在人鱼的眼里，一场大风、一次大雨，都可能轻易要了舒棠的小命。

于是，人鱼看到落汤猫后，漆黑的眸子注意到她浑身湿透，眼神立马就变得非常可怕。就连气场都变了，像是平静的海面下掩藏着暴风雨。

舒棠立马想起了上次忽悠人鱼的时候的措辞：她为了让人鱼不去淋雨，骗他淋雨会感冒、会死掉，结果自己倒是淋着雨回来了，她立马惴惴不安起来。

但不知道为什么，人鱼并没有把她提溜起来“嘶”她，甚至没有凶她。

大概是担心舒棠害怕他，人鱼仅仅只是把舒棠提溜到了凳子上，就沉默着转身离开了。背影看上去有点压抑着怒气。

“他”在角落里生火，然后把她提溜到火堆边烤干。

舒棠不敢告诉人鱼她上次是骗“他”的，又有点怵“他”，很是担心了一会儿。

结果全程人鱼都很沉默，只是用漆黑的眸子盯着她，苍白的唇紧抿，下颌线紧绷。人鱼看上去很是生气，但是不知道为什么，并没有和平日里一样“嘶”她。甚至用眼神凌迟了她一会儿后，竟然什么表示都没有，就一言不发地转过去添柴火了。

这只深海里的凶兽，此刻看上去竟然有点无可奈何。

舒棠突然觉得很新奇。她盯着人鱼看了又看。

其实离开禁地前，舒棠就感觉到了这种奇怪的气氛。

一种无可奈何的纵容。

大概是从舒棠念完那个睡前故事，有所察觉开始。

这只凶兽不想表现出自己的凶性，让她害怕和抵触，于是选择了无底线地包容，不再反驳她，甚至对她的一些坏毛病视而不见，对她的话言听计从。

重新回到这座“巴士底狱”，舒棠本来还有点忐忑。但是现在，这种忐忑全部消失了。她感受到了对方的无底线纵容，立马就把那一点点的害怕和忐忑都忘记了。

猫是一种好奇心极强的动物，特别喜欢在危险的边缘蹦跶，退让一步，就会让猫猫黑暗中的眼睛亮起来，然后“噌噌噌”地“猫突猛进”十几米。

于是，这只猫不仅没有在对方的退让中收敛，反而决定做更加危险的事。她靠近了人鱼。“他”沉默着，没有躲开，只是低头看了她一眼。

舒棠伸出手，碰到了人鱼的面颊。

人鱼仍然沉默地看着她。

紧接着，舒棠伸手慢慢地摸到了自己盯了很久，但是因为怕被人鱼“嘶”而一直没有碰过的耳鳍。

这只深海里的凶兽浑身一僵。耳后的鳍下意识地想要翕张，竖起尖锐的弧度。但是人鱼以强大的意志力，生生地忍住了这种冲动。

显然，这种克制本能的行为，让人鱼浑身肌肉紧绷，眼神也变得非常危险。“他”僵硬地垂下了眸子，漆黑的眼睛死死地盯着她。

可是人鱼没有反抗，也没有做出任何举动，甚至任由她摸那耳鳍。

她好奇地摸了又摸，感觉触感和尾鳍有点相似，摸起来凉凉的，非常舒服。

得寸进尺的小猫，摸了好长时间。

她浑然没有察觉到对方紧绷的肌肉，还有压抑着翕张冲动的鳍下面，突出的青筋。她恋恋不舍地松开了手，想要退开一步的时候，今天晚上一直很沉默、很好欺负的凶兽动了。

她就像是一只被抓住了后脖颈的小猫，直接毫无反抗之力地被人鱼抓进了怀里。

舒棠想要挣一下，就被一只手给按住了动弹不得。

偏偏对方不说话，只是沉默着。

靠近这种深海凶兽是非常危险的，因为不管是对方的体型还是强大的爆发力，都会带来天然的压迫感。

她后知后觉，有点害怕，于是小声说：“小玫瑰，你干吗？”

人鱼没有给她任何回答，只是低头，缓慢地审视着今天夜里显得格外得寸进尺的小猫。

舒棠被“他”看得背后发毛。尤其是她整个人被人鱼按在怀里，身后就是“他”沉重的呼吸，还有宽厚的胸膛。

也许是信息素的缘故，她的心跳变得特别快，她不太敢看“他”的眼睛。

一直到舒棠乖乖地坐在原地不敢动了，仿佛是终于用眼神将她凌迟够了，“他”这才慢吞吞地移开了视线。

舒棠这才松了一口气。

然后，一块毛巾罩住了她。人鱼低下头，按住她，略显笨拙地擦拭她的头发。为了触碰她，人鱼练习了很长一段时间。一开始是石头，紧接着是贝壳，最后是小黄鸭，在确定了不会捏碎小黄鸭后，人鱼渐渐学会了用多大的力量去触碰她。

小猫被“他”按在了怀里擦拭头发，她一开始有点紧张，毕竟人鱼的力量有多可怕，她已经有所了解了。而且他们之间的距离这样近，让她有点不自在，总是忍不住想要往外瞅，只是每次蠢蠢欲动想要溜走，都会被“他”一只手按住动弹不了。

但是很快，就没有什么可抱怨了。虽然刚开始会被笨手笨脚的凶兽不小心扯到头发，但是人鱼很快掌握了技巧，再也没有扯到她的长发。

于是她渐渐地放松了下来，仰着头任由这只凶兽帮她擦干头发。

她突然叫了一声“小玫瑰”，于是高大的人鱼就停了下来，低头看着她，似乎微微皱了皱眉，仿佛在问：弄疼你了吗？

但是并没有。小猫只是叫了“他”一声，又重新恢复了安静，接下来的时间都很安静，一直仰头看着“他”流畅的下颌线和喉结出神。

你那么好。

可是全世界，只有我知道。

这天夜里，舒棠不再像前两天那样时不时看一眼通信器，而是直接设置了静音，把签名改成了“加班中”。

她能够理解同事们对于小玫瑰的忌惮和戒备，这也是人之常情。

但理解归理解，当听见那些话的时候，她还是感觉到了低落。只是刚刚在人鱼缓慢认真地擦拭着她的长发的时候，这种低落的心情渐渐地平息了下来。

他们坐在火堆前，谁也没有说话，很安静地享受着这静谧的氛围。

过了一会儿，舒棠突然问：“小玫瑰，你吃晚饭了没有？”

当然是没有的。

就在不久之前，人鱼以为舒棠不会回来了，根本不记得要吃东西。

听见她的问题后，饥饿的感觉才缓慢地传递到了神经末梢。人鱼垂眸，朝着舒棠嘶了嘶。

明明是所有人眼中凶残的怪物，但是她不在的时候却连晚饭都不记得吃。

她从人鱼的怀里挣扎了出来，忍不住开始抱怨人鱼。她这次不敢瞎说不吃晚饭会死掉了，而是告诉人鱼不吃晚饭会得胃病。这一次人鱼没有反驳她，而是听着她的声音，跟在了她的身后。

舒棠撸起袖子准备抓鸡，然而人鱼仅仅是来到了那只鸡的面前，一伸手，那只原本在舒棠怀里活蹦乱跳的老母鸡就吓晕了。

舒棠：这年头，怎么连鸡都欺软怕硬？

人鱼歪了歪头。

舒棠揣着手手指挥着人鱼把鸡给处理了。

两个人在厨房折腾了半天，终于炖上了红枣炖鸡。

但是很快，舒棠就意识到了一个很严重的问题：这只鸡至少要炖一个多小时。

当时人鱼一直在看她，似乎很想出去捕猎，但是舒棠每一次在人鱼看向外面的时候都会说“快了快了”。

为了安抚人鱼，她开始给人鱼投喂零食。

她投喂了巧克力，这种又甜又苦的口感，让人鱼很难接受。最后，这只鸡炖了一个多小时才好。

吃饭的时候，舒棠第一次见人鱼吃得有些狼吞虎咽，虽然“他”面无表情，动作也很优雅，但是吃得非常迅速。

舒棠心想下次还是不要炖鸡了，但是好一会儿，舒棠突然发现：人鱼怎么吃鸡肉不吐骨头？

她急了，然后想起来深海鱼类是没有刺的，人鱼可能不知道要吐骨头。

很快，舒棠见人鱼停了下来。

她着急了，不会是被噎住了吧？

她心想：要是禁地里的“怪物”，因为自己被鸡骨头给噎死了怎么办？

紧接着，舒棠就听见了骨头碎裂的声音。漂亮的喉结一滚，鸡肉被咽下去了。

舒棠乖乖地坐回了原地。

舒棠决定以后把不能去骨头的肉类都踢出食谱。

第二天早上，舒棠开始在“巴士底狱”附近乱转，以一种全新的目光打量着这里。

她终于后知后觉地发现，他们两个夜里当床睡，还贴心地设计了护栏的大家伙是一个货真价实的牢笼。而采光极差的“巴士底狱”，就和外形一样，真是一座巨大的监狱。

好奇心极强的小猫开始上蹿下跳地进行着自己的探险，人鱼从角落里把她提溜出来的时候，她已经蹭了一脑袋的灰了。

人鱼把她像个塑料袋一样提溜起来，去海边洗干净。

舒棠坐在了礁石上，突然间觉得禁地虽然让人闻风丧胆，但还是很好的。

“巴士底狱”里的房间数不胜数，面积又特别大，简直是豪宅大别墅；还有广阔的私人海滩和周围大大小小的海岛；就连绿化都是外面卖得超贵的蓝玫瑰。

因为没人敢进来，所有的海洋产品都可以随便吃，吃个几十年一百年都不要钱。

而且，舒棠发现禁地有个好处：因为大家都不敢进来，所以她在里面做什么都没人知道。她想在这里待多久就待多久，大睡三天三夜都没事。

问就是加班。

问就是为公司呕心沥血，三过家门而不入。

这里就像是只属于她和小玫瑰的乌托邦，一个完全独立的国度。

舒棠突发奇想：“小玫瑰，我们建国吧。

“就叫猫鱼共和国。”

外面的人一国，她和小玫瑰一国。

国旗是块床单，领土是整个禁地。

猫猫是国王，小玫瑰是总统。

一整个早上，他们都在一块高大的礁石上吹风。

舒棠用一种全新的目光巡视完了领土后，又忍不住盯着人鱼。舒棠觉得自己很难将人鱼和大家说的那个禁地里的怪物联系起来，很大一部分原因是人鱼长得太漂亮了。

然而，也许是舒棠的视线看过来太多次，人鱼误以为她想要摸“他”的耳鳍又不好意思说，于是突然低下头，凑近了她。

舒棠：嗯？

人鱼朝着她嘶了嘶。

然而，在意识到是怎么回事后，舒棠愣了一会儿，却没有像昨天那样去摸人鱼的耳鳍。因为她突然意识到，人鱼并不喜欢别人碰这个位置，同意她这样做，其实是一种不太明显的“示弱”行为。

她转头摸了摸人鱼的鱼尾。

虽然不太明白她的意思，但人鱼还是甩了甩鱼尾。

简单吃了午饭后，人鱼把舒棠提溜了出去。

舒棠已经习惯了人鱼在下午的时候带她去捕猎，于是离开堡垒之前，舒棠就带上了通信器和本子，还有一床小毯子，用防水袋装着。

人鱼把她放在了海上的礁石中间，鱼尾一甩就直接消失在了海里。

舒棠就坐在礁石上，铺开了毯子，抱着通信器和本子开始干活。

舒棠第一件事，就是给陈生打了一通电话。她能够明显感觉到陈生、老吴的态度和其他人不一样。前者在危机关头，还记得找人去缓解小玫瑰的精神力暴动；后者在听说舒棠想给 001 号做红枣炖鸡时，主动掏钱帮她买了一斤冰糖。

这就是舒棠的是非观，她觉得这两个人可以信任。

陈生接到舒棠的电话的时候毫不意外，其实他早就等着舒棠来和他辞职了。毕竟再缺心眼的人，在了解了001号是怎么样的一个存在后，也会感觉到害怕和恐惧。

但是接下来的这通电话，却让他非常意外，因为舒棠丝毫没有退出的意思，还很积极地想从他这里打听01区的状况。

陈生斟酌了一下，把能说的都说了。

于是，舒棠得知了一件事。

虽然舒棠在身份上和其他的十七个“扇贝”没有什么不同，但她是目前唯一的执行者，也就是说，不管他们讨论的方案是什么，最终做还是不做，选择权都在她的手中。

一直隐约感觉到自己被排挤了的舒棠立马就支棱了起来。她说：“那我岂不是可以一个人孤立他们十七个？”

陈生：不是，她到底是怎么得出这个结论的呢？

在大致了解了是什么情况后，舒棠心满意足地挂断了电话。

她坐在礁石上，时不时看一眼海面。

不知道为什么，人鱼今天的速度似乎很慢。

因为陈生的话，舒棠突然焕发了工作热情，她并没有和往日一样摸鱼，而是打开了通信器，把昨天的会议记录翻了出来，戴上了耳机，打开了本子开始做记录。她不断按快进，只停在他们聊人鱼病情的部分，然后开始写记录。

舒棠发现，大部分治疗师的思路都很保守，因为精神力发生了变异，没有可以借鉴的经验。诚如陈生刚刚告诉她的，治疗师们的作用仅仅是维持精神力状态的稳定，而更加深入的研究则需要研究院出马，所以舒棠并不用很紧张。

为此，陈生还特意将邱院长的联系方式给了她。于是舒棠将大家提到的药物一一记下来，准备回头去问问邱院长。

本来，今天应该是很平静的一天。

虽然舒棠和人鱼都心知肚明对方发现了真相，但是仍保持着一种诡异的默契，继续相处下去。不管出于什么样的理由，只要舒棠愿意回来，那只怪物都不愿意再深究了。

“他”纵容了她许多的得寸进尺，甚至连耳后的鳍都给她摸了，这是一种示弱，仿佛只要看上去没有那么凶残、表现得温良一点，她就永远不会离开“他”。

昨天夜里，她问人鱼炖出来的鸡汤味道怎么样，人鱼面不改色地甩了甩鱼尾。

可是连骨头一起吃下去的鸡肉，怎么会好吃呢？舒棠能够明显感觉到人鱼对她的纵容。但是在想明白了是为什么后，她就再也没有那样做了。

舒棠甚至觉得：她在这个时候得寸进尺，是在欺负“他”。

于是，这种恃宠而骄的行为停止了。

本来，也许这种古怪的气氛会维持很长一段时间的。

但是，问题就出在舒棠的耳机上。

人鱼的听力非常好，好到细微的电流声都能够清晰地听见。就算是舒棠戴上了耳机，音量开得很小，但只要在百米内，人鱼也能听见。

所以，当人鱼从海里朝着那块礁石游近的时候，“他”的动作停了下来。

这只深海里的凶兽在礁石边猛地抬起了眸子。

人鱼听见了视频里的尖叫声，听见了许多的声音正在混乱地议论着。这些声音如同洪流，一下子将人鱼拉到了那个雨夜里。

人鱼耳后尖锐的鳍竖起，第一反应就是毁掉，毁掉那个发出声音的小盒子，不要让她听到。

舒棠正准备按快进，但是下一秒，通信器的信号断了。

她听见了水声，转身一看，就看见了礁石边的人鱼。“他”浑身的水珠“滴滴答答”地往下落，漆黑的眸子死死地盯着那只通信器。

舒棠突然间意识到了什么，下意识地想要把通信器往后面藏。但是这个动作彻底激怒了这只凶兽。仿佛这段时间的表现都只是怪物的伪装，终于露出了暴虐而冰冷的兽性。

舒棠还没有反应过来，就已经轻而易举地被抵在了礁石上。凶兽逼近了她的面颊，朝着她发出了尖锐的嘶声。漆黑的双眼里燃烧着冰冷的愤怒，还有一丝不易察觉的无措。

“他”沉重的呼吸响在了她的耳侧，如同野兽一般危险而冰冷。

“他”想要毁掉那只通信器，想要威胁她把这个东西交出来，但是表现出来的行为太过于吓人。

以至于舒棠大脑一片空白，下意识地往后退了一点。

但这个动作仿佛又刺激了人鱼一下。他苍白的唇紧抿，浑身冰冷，长发垂下来，还在滴着水。人鱼松开了她，一言不发地转过身，鱼尾消失在了海面上。

事情发生得太快。

舒棠在地上坐了一会儿，直到腿不软了，才爬了起来。她在礁石上只能看见四周茫茫的大海。她喊着“小玫瑰”，可是周围只有海浪声，没有任何的回应。

如果你不了解这条人鱼，一定会认为这是一只彻彻底底的喜怒无常的怪物。

但是舒棠却只是发了一会儿呆，就很快想明白了是怎么回事。

她看了看惹祸的耳机线，叹了一口气，然后干脆地脱下鞋，离开了礁石。

这里距离眼泪湾不远。

舒棠猜人鱼大概是去那边了。

舒棠是会游泳的，只是游得比较慢。她想了想人鱼上次带她游过去的方向，朝着那个方向游了过去。当时舒棠觉得不过游了一分钟左右的时间，而现在觉得无比漫长。

游到一半的时候，她感觉体力有点消耗过度，于是立马朝着附近的礁石群游了过去。

因为体力跟不上，她的速度越来越慢。下一秒，一只冰冷的手臂就直接圈住了她的腰部。舒棠落进了一个宽大的怀抱。

人鱼有力的手臂托住她，鱼尾如同离弦的箭一般，朝着礁石群游去。

舒棠被人鱼托上礁石的时候，体力已经快消耗殆尽了。她趴在礁石上好一会儿才缓过气来，周围没有任何人影，仿佛刚刚人鱼的出现只是一个错觉。

她朝着海面叫了一声“小玫瑰”，回应她的只有海风。

然而，在舒棠再次想要下水的时候，不远处的礁石后面，传来了威胁的“嘶”声。

于是舒棠立马缩回了腿。她朝着那块礁石走了过去，在那块巨大的礁石后面坐了下来。

“对不起，小玫瑰，我不知道你能听见。”虽然她不是有意的，但是客观上仍然让小玫瑰听见了那些充满偏见的话。其实舒棠有些不安，毕竟她自己听见那些话都觉得难受，何况是当事人呢？

她有些后悔。

礁石后面没有任何回应。

一路上舒棠都在想要不要和小玫瑰开诚布公地谈一谈。

她坐在礁石上吹着海风，突然意识到这是一个很好的机会。于是，好一会儿后——

“小玫瑰，其实我都知道了。”舒棠没有企图用花言巧语哄骗这只尖锐又敏感的怪物，也没有表现出任何的惊恐情绪，她不管人鱼听得懂还是听不懂，直接将她知道的事都告诉了“他”。

她知道了禁地，知道了人鱼的破坏性，知道了一切的一切。

人鱼沉默地注视着海面，无声地等待着最后的审判。

然而，那只小猫却说——“小玫瑰，好可怜呢。”

像是人鱼这样凶残的存在，天生就在食物链顶端，就算是失去了记忆，仍然有着凌驾于大部分人的力量。这种高傲的生物，都非常讨厌被同情。尤其是被弱者同情，那是一种近乎羞辱的感觉。

礁石后面的凶兽下意识地想要拒绝她的任何同情和怜悯，却因为她的语气愣住了。

她的语气已经不是同情，而是近乎“怜惜”。

真奇怪，她在怜惜一只令所有人都闻风丧胆的怪物；但更加奇怪的是，这只怪物并没有觉得被冒犯，甚至有种很奇异的感觉，就像是这只庞大而凶残的怪物变得很小很小，小得像是一尾鱼缸里面的小鱼，被一只小猫碰着鼻尖说：小玫瑰，好可怜呢。

一种前所未有的情绪席卷了这只凶兽。

僵硬而困惑。

舒棠慢慢地靠近了礁石，果然在黑暗里，看见了一个苍白的影子。那只高大的怪物发梢滴着水，苍白的双唇紧抿，沉默地看着海面。

她坐了过去，挪到了人鱼的旁边。她试着伸手去碰人鱼的手，企图展开那死死攥着的大手。但是人鱼没有任何的反应。

于是她沉默了下来。好一会儿，她突然说：“小玫瑰，我以后搬过来和你一起住好不好？”

空气都安静了下来，仿佛只剩下了海风声。

她决定留下来了，虽然是因为奇怪的“怜惜”。

但是怪物贫瘠而开裂的世界里，在雨水的浇灌下，倏而开出了一朵蓝色小玫瑰。

许久之后，黑暗里。

这只怪物凑了过去，冰冷的下巴放在了她的肩膀上，圈住了她。

她顺利地掰开了怪物苍白攥紧的大手，看见了准备送给她的珍珠。

他们两个保持着这个姿势，在礁石上吹了很久的海风。

气氛十分静谧。

直到舒棠非常破坏气氛地“阿嚏阿嚏”打了两个喷嚏，身后浑身冰凉、像是一座雕像一样的人鱼才动了动。

人鱼从未见过人打喷嚏，于是抬起了冰冷的手指，捏住了舒棠的鼻子。

“阿嚏！”

舒棠感觉到身后的胸膛震动，人鱼发出了很好听的、沙哑的笑声。

她恼羞成怒，刚刚满心的怜惜全都化成了泡泡，转头怒视那条鱼。人鱼却已经直接站了起来，提溜起舒棠，带着她朝大海走去。

舒棠还记得自己把东西放在了礁石上，回家前让人鱼绕绕路。然而，她爬上礁石收拾东西的时候，看见了石头缝里的通信器。她手一顿，想起了之前的事，看向了人鱼。

因为有点怕刺激到“他”，舒棠并没有马上捡起来。

在舒棠说那番话之前，“他”一定会毫不犹豫地毁掉这个东西。

但是现在，人鱼只是看了那个通信器一眼，就移开了视线。

于是，舒棠把通信器和本子、毯子都收回了防水袋里面，心情都仿佛晴朗了起来，甚至还哼起了小调。

人鱼垂下了眸子，将她的表情收入眼底，脚步一顿，仿佛浑身尖锐的刺都被慢慢抚平，显得异常柔软、轻快。带她回家的路上，人鱼不易察觉地将她往怀里搂了搂。

路上她不停地“阿嚏阿嚏”，引得人鱼频频低头看她。舒棠以为人鱼是没见过人打喷嚏，其实人鱼是意识到她着凉了。

脆弱的舒棠是一种需要保持体表温度的生物，于是回去之后，人鱼第一件事就是重新生起了火，将她提溜到了火堆边烘干。

因为解开了长久以来的误会，他们两个之间那种古怪的气氛也消失了。两个人都重新变得惬意起来，懒洋洋地待在火堆边，一个炖鱼汤，一个看珍珠。

舒棠借着火光端详：人鱼送她的这个，比平常见到的珍珠都要大，是很标准的圆形，粉粉的很好看。

睡觉前，舒棠给人鱼讲了几个成语故事，突然想起了某个传说。她问人鱼：“小玫瑰，珍珠不会是你哭出来的吧？”

人鱼低头看了看舒棠，只是用鱼尾将她捞进了被子里，没有反驳。

舒棠觉得人鱼是一条孤陋寡闻的鱼，连人打喷嚏都要看半天。但是她不知道，在这只人鱼眼里，她也很无知。

和好的第一天。

这座堡垒的主人没有和平时一样去捕猎，而是准备带孤陋寡闻的舒棠去见见世面。

早上，赖在床上不想起的舒棠就被人鱼一路扛着下了楼。舒棠在“他”的肩膀上胡乱挣扎，大喊救命，结果被人鱼扛到了海滩上。

人鱼本来想要带她去潜水的，但是舒棠很容易死，于是还是把她放在了岸上。

舒棠却以为人鱼是要去抓鱼，她心想，和好了就是不一样，抓个鱼还非要她看着。

舒棠在海边等了一会儿，突然有东西飞到了她的脚边。她“噌噌噌”地跑过去，结果发现那不是吃的，而是一个大大的海蚌。

海蚌一只只飞过来，很快就在舒棠的脚边堆成了小山。

舒棠从厨房找来了匕首，开始开蚌壳。

舒棠发现了比拇指还大的珍珠，发出了一声“哇！”。

舒棠发现了紫色的珍珠，又发出了一声“哇！”。

舒棠发现了黑色的珍珠，发出了一声更大的“哇！”。

舒棠开了一大兜的大珍珠，一转头，就发现人鱼正靠在礁石上看着她，银白色的长发在阳光下闪闪发光，懒洋洋地甩着鱼尾。她跑到了人鱼旁边，一边给人鱼看珍珠，一边吹“彩虹屁”。

人鱼很矜持地偶尔才甩一下鱼尾，想起了舒棠昨天给“他”讲的两个成语：孤陋寡闻、大惊小怪。

一贯没什么表情的脸上，唇角勾起了不易察觉的弧度。

下午，舒棠开始拆自己出去采购带来的东西。

好不容易离开疗养院一次，菜市场旁边就是商业街，舒棠本来是想要和老吴去看看电视机的，但是电力是个问题，所以她退而求其次，买了一台收音机。

那天的会议让舒棠很是难受，她不喜欢大家讨论人鱼时的语气，却无力反驳，只能闷闷地听着。

她不想小玫瑰被大家当成一个异类、一个彻彻底底的怪物。她很想有一天，“他”出现在人群中，不再会被尖叫和恐惧的眼神包围。这个单纯的愿望，仅仅靠着每天讲讲睡前故事教“他”一些词语吗？舒棠觉得还不够。

于是舒棠去买了这台收音机。她知道人鱼很聪明，仅仅是靠着这些天和她的相处，就能够听懂绝大多数日常用词。那如果多接触一点外面的世界，是不是会更快地融入外面的世界呢？

想到通信器的事，舒棠安好电池后，打开了收音机，将音量调到了最小，放在了沙滩上。她装作回头玩沙子，实际上一直偷偷瞄人鱼。

果然，人鱼一听见声音就回头了，漆黑的眸子死死地盯着那个收音机。但过了一会儿，发现舒棠除了时不时扫“他”一眼，并不会和收音机对话后，敌意消失了，人鱼很快就移开了视线。

舒棠心想：计划通！

但是舒棠很快就发现，人鱼对收音机的兴趣还不如玩她的头发。

她不停地调频道，试图引起人鱼的注意。

她换了十几个频道，一直到——“今天是 4 月 13 日，南岛市晴转多云，未来三天……”

人鱼转过头来。

舒棠观察了一会儿，发现人鱼真的在听。她就和人鱼解释了一下南岛市、阴天、晴天分别是什么意思。

人鱼听得很认真，还时不时歪头表示疑问。

舒棠看看收音机，又看看人鱼，突然间有点欣慰。她并不知道，人鱼不太喜欢收音机“嗞嗞”的电流声，但就像是舒棠带回来的那只鸡一样，深海里的顶尖猎食者不可能喜欢吃这种很柴、骨头还多的猎物，只因为是她送的礼物，于是人鱼就像是对待那把小蓝伞、苹果一样珍惜，还装作很好吃的样子咽下去了。

收音机也是如此。

本来只是为了让眼巴巴的小猫开心。

但是这只凶兽认真听了一会儿后，发现还挺好听的。

人鱼听收音机的时候，舒棠转头打开了通信器，开始请教邱院长问题。

上次被审问的时候，这位院长给她的印象十分严肃。但是加上好友后，舒棠试着问了两个问题，发现邱院长有问必答，还挺好说话的。于是舒棠的紧张也渐渐消失了，开始认认真真地请教对方。

她也就没有注意到人鱼在做什么。

晚上吃饭，舒棠发现人鱼在厨房听天气预报；舒棠洗完澡回来，发现人鱼还在听天气预报。舒棠顺手调了一个频道，关机。

结果第二天早上，她一起来就又听见了天气预报。

“今天是 4 月 14 日，南岛市多云转雨……”

原来是人鱼看她用过一次后，为了听天气预报，无师自通地学会了开机和调频道。

因为知道了明天后天都下雨，人鱼早上很有先见之明地储存了一些柴，避免舒棠被打湿后柴火不够烤衣服。

舒棠盯着人鱼看了又看，还是接受了“他”的这个新爱好。于是，他们在海滩上的娱乐就多了一项：听收音机。

舒棠有时候也会想听音乐台，为了避免两个人因为收音机发生矛盾，舒棠和人鱼约定：上午听天气预报，下午听音乐台。

人鱼甩了甩鱼尾，表示了赞同。

舒棠很喜欢唱歌，但五音不全。在家里，每次她一唱歌，柔弱的omega妈妈就会说头好痛；在宿舍，舒棠也不好意思扰民。她一直没有放飞自我的机会。

但是现在不一样了，这里只有大海和一条鱼。

于是下午雨停后，她打开了音乐台，用矿泉水瓶做话筒，在礁石上引吭高歌。

人鱼听了一会儿。这只凶兽决定暂时去海里待着。

——海水隔音比较好。

人鱼在海里捕猎，漫无目的地游荡消磨时间，给这一片海域的生物造成了巨大的恐慌，感觉差不多了，就抓了两条鱼上岸。

结果刚靠近舒棠待的那块礁石，人鱼就听到她还在跟着收音机吟唱：“狼爱上羊啊——爱得疯狂——”

因为舒棠的教导，人鱼已经认识不少动物了。

而这里既没有狼，也没有羊。

于是人鱼听了一会儿后，出水上岸，朝着舒棠嘶了嘶，纠正她的错误。

舒棠神奇地和人鱼对上了如此复杂的脑回路，于是改口：“猫爱上鱼啊——爱得疯狂——”

咦？好像有哪里不对。

但是人鱼已经拖着两条大甜鱼离开了。

天气预报说明天下雨，于是储备了两倍的粮食。

4月15日，果然下雨。

懒惰的舒棠大睡不醒，勤劳的人鱼已经听了三十遍天气预报了。

因为下雨，吃完饭后，两个人都回到了床上窝着。人鱼听收音机，舒棠继续写报告。

舒棠询问邱院长：院长，我的精神体非常小，如果进行精神力疏导的话，对他的精神体有没有用？

其实，人鱼精神力暴动的那一天，舒棠并不知道自己的疏导有没有起到作用，毕竟对比人鱼庞然大物般的精神体，她实在是太小了。

她将那天的事情简单地说了一遍。

邱院长那边半个小时后才回复，却回答得斩钉截铁：

——我怀疑你的精神体和001号的匹配度极高。

——就算你的精神体比较小，效果可能也远大于其他人。

舒棠突然间愣住了。匹配度？

她转头看了看正在听天气预报的人鱼。

因为没有想出什么头绪来，她暂时把这个问题搁置了，继续陪人鱼听了一上午的天气预报。

大概是匹配度极高这句话提醒了舒棠，她在午饭前突然想起了一件很重要的事。

下午，她给妈妈打了个电话。

舒棠有点支支吾吾。

舒妈妈单刀直入：“你没钱花了？”

舒棠和妈妈说了想要解除基因匹配的事，有点忐忑：“如果取消匹配的话，是怎么个流程啊？麻不麻烦？”

她很怕提出来会被打，但是谁知道妈妈一听，立马就同意了。

舒棠：嗯？

舒棠并不知道，妈妈这段时间其实过得很煎熬。舒妈妈和舒爸爸虽然没有再去祝家，但是依稀听见了不少传闻，有种基因匹配很快就会被祝家取消的预感。

正犹豫不知道该怎么和舒棠说，谁知道老天开眼，这倒霉孩子竟然自己想通了。

舒妈妈很痛快地答应了，就是不免念叨了舒棠一通：“一开始不是拖拖拉拉，不肯取消匹配吗？

“怎么现在就肯了？

“你要是早点说，我和你爸爸至于去……唉，算了算了。”

舒棠想要解释一下，但是张了张嘴，竟不知道要怎么回答。

为什么之前拖拖拉拉不肯？现在就肯了？她挂了电话，有点走神。

音乐台开始唱歌。

人鱼等了一会儿，发现今天的舒棠没有引吭高歌。

人鱼看了看外面的大雨，觉得今天是个好天气。

4月16日，继续下雨。

舒棠试图诱骗人鱼换台听肥皂剧，未果。

九点钟的时候收到了苏茵的消息。

急诊科的大部队是最后回疗养院的。大概是因为上次人鱼精神力暴动带来的效果太过震撼，疗养院不得不进行了整改，改成了只接待高危病人，就连急诊科都被砍了一半，现在业务大减，一跃从最忙的部门，变成了一个养老单位。

苏茵给舒棠发了一大堆消息，显然很高兴，然后问舒棠什么时候回来收拾东西、办交接手续。舒棠回了苏茵，抬头看了看对面的人鱼。

很快，通信器又“嘀嘀嘀”了起来：工作群又开始艾特全员，准备开第二次研讨会。

因为上次会议的糟糕经历，她有点幼稚地躲回了这座与世隔绝的乌托邦里，甚至只想待在禁地里陪着小玫瑰。但是舒棠不可能真的一辈子躲在禁地里面不出去了。

研讨会不能推，收拾东西搬家、办手续也很要紧。但上次的误会在前，舒棠有些不知道要怎么和小玫瑰开口。她这副欲言又止的样子，落在人鱼眼里，还以为她纠结了一个早上就是为了听那个很吵的频道。

于是人鱼看了看她，伸手把天气预报调成了肥皂剧。

顺利听上肥皂剧的舒棠，这下子更加不好开口了。

她沉思了许久，做了一个决定，她想要试着带人鱼一起出去。

要是可以带着“他”一起开会就更好了。

于是，这天夜里，舒棠没有和人鱼讲睡前故事，而是拉着人鱼准备洗澡、换衣服。

堡垒里的过滤水系统是可以用的，但是这个天气洗淋浴非常冷。

于是她按照自己洗澡的规格，指挥着人鱼准备了一大桶热水。

舒棠给人鱼刷过鱼尾，但是洗澡却完全不一样了。她对着人鱼开始比比画画，这样那样了一番。

人鱼耳朵里：……！洗鱼尾……

舒棠感觉自己教得很好，教完后，问学生：“学会了吗？”

人鱼沉默了一会儿，刚想要摇头，但是身前的舒棠已经把“他”推进了淋浴间。高大的人鱼看了看那个桶，又看了看沐浴露。

舒棠：……！洗鱼尾……

人鱼迟疑了一会儿，抓起了桶，一倒。

“哗——”

把人鱼推进去后，舒棠从衣柜里面翻出了上次去超市买来的那整套衣服。舒棠当时买的时候拿老吴当参照物，并不觉得小，现在拿出来一看。

舒棠在自己的脑袋前比画了一下，发现可能买小了，但是目前没有别的衣服了，就将就一下吧。

等到下楼的时候，人鱼已经洗完澡了。

舒棠心想：怎么这么快？

舒棠又开始比比画画地教人鱼怎么穿衣服、怎么扣扣子。她让人鱼把鱼尾变成腿试试那条裤子，然后再次把人鱼推进了浴室。

她在外面指挥："先套上去，再扣扣子，很简单的。

"扣子要对上孔……"

但是好一会儿，浴室里面仍然没有动静。她以为人鱼还没学会，于是敲了敲门。

下一秒，淋浴间的门打开了。舒棠看见了一个冷漠而英俊的青年。

人鱼的头发很长，平日里从腰腹以下就是一条鱼尾，身上的那种非人感是很重的。尤其是那对耳后的鳍，就算只看上半身，也和人类有本质上的区别。

但是现在"他"却是衣冠楚楚的，身上那种自带的侵略性彰显无遗。兽类的野性被掩藏了起来，却给人一种禁欲而压抑的错觉。

人鱼正在低头看着她。空气都显得逼仄了起来。

她愣住了，呆呆地和"他"对视。明明对方沉重的、兽类的呼吸是冰冷的，但是对视的时候，如同升温了一般，变得灼热、滚烫。如同冰水里灌入了几毫升猛烈的伏特加，迅速带来目眩神迷的醺醉感。夜晚很寂静，仿佛只能够听见彼此急促的心跳声。

她突然无比清晰地意识到：在 abo 的世界里，他们也是绝对的异性，有着天然的吸引力。

因为这个前所未有的认知，她看着人鱼没有回过神来。

但是很快，人鱼身上的那种非人感再次回来了。"他"收回了那种侵略性极强的视线，仿佛是因为难以忍受这种紧绷的束缚感，蹙了蹙眉，略显暴躁地伸手想要扯开扣子。

但是动作又有点笨拙，看上去很像是那种戴上了伊丽莎白圈的猫。解到一半，人鱼停住了。扣子实在是太小了，控制不好力道这件衣服就毁了。于是人鱼很自然地低下头，凑近了她，像往常一样朝着她嘶了嘶，示意她帮忙。

但是不知道为什么，在人鱼凑近后，她回过神来，像是被热气熏得有点不自在地移开了视线，下意识地试图往后躲。

人鱼以为是舒棠的身高不够，于是低头看了看她，伸手一提溜，就把她放在了洗漱台上。

舒棠的呼吸都慢了半拍，不知道为什么，下意识地有种想要跳下去拔腿就跑的冲动。

但是已经晚了。此时人鱼已经俯下身，逼近了她。

她被圈在了人鱼和洗漱台之间的狭小空间里。她都快忘了呼吸，只好手足无措地仰头看着“他”。

微微蹙起的眉让这只深海霸主看上去有些暴躁，仿佛是被困在了和体型极不符合的狭小笼子里。人鱼抓住了她的手，放在了衣领口，从喉咙里发出了含混沙哑的声音，示意她帮忙解开束缚。

舒棠不明白自己此刻奇怪的感受。冰水里加入的伏特加仿佛有着强力的后劲。

但是人鱼看上去非常难受，于是她的手指动了动，解开了那两颗扣子。她装作镇定地嘀咕：“明明是最大码，怎么还这么紧？”在不停说话中，她稍稍缓解了脸上的火烧感。

幸好，解开了扣子后，衬衣稍微宽松了一些，虽然对于人鱼而言仍然是束手束脚的，但至少没有先前那么难受了。

舒棠帮他整理了一下衣服，告诉了人鱼要怎么脱掉，然后就跳下了洗漱台，着急忙慌地跑上了楼。

人鱼还维持着那个姿势，困惑地歪头，想了想，不紧不慢地跟在了她的身后。

舒棠躲在了被子里，等听见身后传来动静后，她立马伸手把台灯关了。

周围黑了下来，她小小地松了一口气。

她用被子将自己裹得严严实实的，像是一个蚕蛹，于是鱼尾无处可捞，只好连着被子将她卷到了怀中。

她许久之后才露出头看着天花板，听着那熟悉的沉重呼吸声，不知道为什么脸上的热度许久都没有消散。

她迷迷糊糊地睡着了。也许是因为心中惦记着事，第二天她六点就起来了。

厨房里，她穿着拖鞋绕着人鱼转，一边听天气预报，一边试探人鱼。

“小玫瑰，你能不能陪我出去一趟？”

人鱼的脚步一顿。在此之前，人鱼对于她愿不愿意留下来这件事充满了不确定和不安，于是一直固执地待在自己的世界里，希望舒棠能够留下来。

这种近似于二选一的偏执，来源于强烈的不安。

然而，那天在礁石上谈过一次后，怪物警惕而冰冷的审视慢慢地消失了。在每天吃饭喝水、窝在一起听收音机的平淡生活中，找到了一种久违的平静和愉悦。

舒棠将自己准备把东西搬回来，还要开会的行程一股脑地告诉了人鱼，然后悄悄注意着人鱼的动静。她以为说服他是这个计划中最困难的部分，但是没有想到的是，人鱼竟然轻易地同意了。

关掉了收音机，因为天气预报说今天有雨，于是人鱼带上了那把破雨伞。最后提溜起舒棠，两个人朝着外面走去。

早上七点半，01 区的巡逻人员和治疗师们已经到岗了，正在休息大厅三三两两地聊着天，话题的中心就是最近新加入的那个急诊科调过来的实习生。

但是还没等到闲话环节开始，惊悚的一幕出现了。因为那个精神力监测的屏幕上的数值一下子就降到了零，这代表 001 号离开了禁地。

这熟悉的场景半个月前也发生过。

一下子，松散的气氛变得紧张起来。

陈生匆匆赶到，还没有来得及下命令，就收到了舒棠的短信。

神色焦急的陈生冷静了一下，然后叫住了所有人："都散了吧，没事。"

休息大厅里的众人面面相觑。

但是陈生只是点了几个心腹去监控室，就匆匆走掉了。主要是，总不能坦白说，舒棠带元勋出去遛弯了吧？

陈生在路上试图冷静，但还是冷静不了。

一干人挤在了监控室里，看完监控后，发现他们两个真的是去遛弯的。

证据就是他们先是在花坛边绕着花花草草散步，然后拐去了超市。

大家面面相觑，所以这到底管还是不管？

管了好像有点多管闲事，管天管地还管人遛弯？

下雨的天气，天色阴沉。

海角疗养院的超市很大，因为现在已经到了上班时间了，超市里只有寥寥几个行色匆匆的治疗师。

伴随着一道惊雷闪过，天降暴雨。

收银员和顾客们抱怨着南岛市的天气，突然瞥见了暴雨中，一个撑着一把蓝色破雨伞的高大身影。收银员僵硬地回过头，顾客们也都僵硬在了原地。

半个月前，人鱼精神力暴动，离开禁地的那一次，虽然当时所有的视频都被删光了，但是被无数人目击。外面的消息虽然封锁了，但是院内的人却一直在私底下议论着。

于是，海角疗养院里关于“雨夜屠夫”的恐怖传闻越传越广，细节也越来越真实。

包括那把蓝色的伞。

整个超市仿佛陷入了一片死寂，所有人都以为他们要见到自己的先祖了。

直到怪物鼓鼓囊囊的外套下面，拱出了一个舒棠。她抱怨着“这伞怎么这么小？”，然后拉着人鱼朝超市走去，“噌噌噌”地路过了僵直在原地的人群，直奔打折区。

人鱼缓慢地收了伞，慢吞吞地跟在了舒棠的后面。

舒棠脚步一顿，转头告诉那个怪物要把伞挂在外面。她对那个恐怖的怪物说：“素质，我们要有素质。”

收银员吓蒙了：天哪，她竟然和雨夜屠夫讲素质。

结果怪物停顿了片刻，真的就很有素质地把伞放回了门口。

舒棠拉着“他”来到了打折区，其实她也发现了大家的眼神，但是舒棠很着急，没顾得上：八点结束打折，还差十分钟啊！

幸好，紧赶慢赶的，舒棠还是在八点前把打折的蔬菜放进了购物车。

于是，大家就听见了舒棠开始和那个传说中的雨夜屠夫讲荤素搭配、营养均衡。

其他人浑身发冷：怎么，吃人还要配点小白菜、小青菜下锅涮涮啊？

舒棠让人鱼帮她推着购物车，又和人鱼来到了雨伞区，重新买了两把雨伞，一蓝一红。

于是收银员突然发现，传说中的雨夜屠夫的那把夺命雨伞，和他家卖的一模一样。

舒棠发现人鱼一直盯着塑料袋看，于是解释：“塑料袋是装东西的，不是拿来吃的。”

舒棠一边走，一边给人鱼解释什么是包装。

聪明的人鱼悟性极高，若有所思地看了看自己身上的衣服。

——这就是舒棠给“他”裹上的包装袋。

注意到人鱼眼神的舒棠停了下来。

人鱼今天穿的仍然是那套不太合身的衬衣,舒棠帮他解开了两粒扣子,稍微不那么紧绷了，但是舒棠仍然注意到人鱼会时不时地蹙眉、低头，试图松松衣服。

于是今天最要紧的就是买几套合身的衣服。

人鱼任由她给“他”套上全新的包装袋——虽然不是很明白自己为什么一定要有个包装袋。

但是舒棠说包装袋的作用是方便带走，所以这是舒棠将“他”打包带走的流程之一。

于是接下来人鱼就显得很配合，既没有试图挣一下，也没有露出蹙眉的表情，甚至会迁就她的身高，低下头主动凑过去。

舒棠比来比去，终于买到了合适的衣服，考虑到人鱼根本没有几身可以换洗的，于是同样大小的买了三套，放进了购物车里面。

紧接着是食品区。

舒棠看中了最上方的那个菌菇汤包，是加热就可以吃的半成品。她眼前一亮，但是伸手就发现自己的身高不够，于是她拉了拉身边高大人鱼的衣摆，示意“他”帮她拿一下。

但人鱼误以为是和挂窗帘一样。

于是把她轻轻松松一提，放在了肩膀上。一下子一览众山小的舒棠和底下悄悄往这边看的顾客们面面相觑，大眼瞪小眼。

如果是在禁地里也就无所谓了，舒棠都习惯了坐在人鱼肩膀上，但周围都是人，就颇有种游街示众的羞耻感。

舒棠虽然有点社牛，但还没有进化到社交恐怖分子的地步。她立马弯下腰，鬼鬼祟祟地让人鱼快点把她扛走，逃离现场。等到了拐角处，她“嗖嗖嗖”地往下爬。

舒棠并不知道，其实她不被举起来也很夺目、很耀眼，尤其是那个变异奇行种一般的亮相。

大家就看着她拉着那个高大的雨夜屠夫不停地穿行在货架中，伴随着凑在一起的嘀嘀咕咕，然后买了一大堆的零食。最后，她甚至还拉着雨夜屠夫在雪糕柜前停了下来。

舒棠很久没吃雪糕了，因为这种零食在联邦是绝对的奢侈品。她翻了翻，那个牌子的雪糕不是她喜欢的口味，她又看了一眼价格，还是恋恋不舍地放下了。

雨夜屠夫停住了脚步，看了看舒棠放下的雪糕。

大采购终于结束了。

超市生存副本全员成功存活一小时。

两人来到了收银台前结账。收银员是个小年轻，心理素质比较差，那一瞬间都以为自己要去见自己太奶了。

舒棠和那个高大的黑影解释："买东西要给钱的。"

雨夜屠夫抬起了漆黑的眸子，将视线缓慢地移到收银员的身上。收银员颤颤巍巍地伸手，"哗哗哗"地把所有的钱都放在了桌上，举起双手："别杀我！别杀我！钱都给你！"

人鱼低头看了看舒棠。

刚刚说完买东西要给钱的舒棠掏出了钱包，发现收银员小年轻已经吓傻了没反应，只好自己扫了码，付了钱。

"下次我买个美瞳吧。

"再买个耳朵。

"逢人就说咱俩 cosplay（角色扮演）。"

她和人鱼嘀嘀咕咕地离开了。

早上九点钟，因为职工砍掉了大部分，所以晚班也取消了，此时的急诊科宿舍里空无一人。舒棠感叹自己当初怎么就没有赶上好时候呢，然后带着人鱼来到了自己的宿舍。

人鱼脚步一顿。"他"来过舒棠的宿舍好几次，但都是在黑夜里，蜷在舒棠的床边，这还是第一次"被邀请"。而且这一次，"他"也不用待在黑暗的角落里了，而是被舒棠按在了她的小床上，看着她在宿舍里忙来忙去。"他"歪了歪头，有种迟来的愉悦感，目不转睛地盯着她的背影看，仿佛怎么也看不够似的。

舒棠打开了行李箱收拾衣服。她只来疗养院实习了三个月，东西还不多，于是零零碎碎收拾了一个大行李箱就足够了。

但是舒棠接下来还要去急诊科办手续，比较麻烦，要跑很多个部门，于是她就对人鱼说："小玫瑰，我去急诊科一会儿，马上回来，你就在这里等着我好不好？"

人鱼朝着她嘶了嘶，舒棠想，大概是"快点回来"之类的意思。于是她又交代了两句，就把宿舍门一关，举着自己的小雨伞朝着急诊科匆匆赶去了。

舒棠心中惦记人鱼，所以速度格外快。

过了半个月的时间，她再次踏入急诊科，突然间有种恍如隔世的感觉。半个月前舒棠还在想着怎么申请单人宿舍、怎么应付没完没了的夜班；半个月后，她就离开了急诊科，还成了小玫瑰的治疗师，正准备搬过去和他一起住。

这种不真实感，在舒棠发现大家看她的眼神充满了好奇，周主任对她的态度都客气不少后，变得更加强烈了。

直到苏茵帮她盖章的时候，两个人碰了个头。

苏茵很想问舒棠这段时间到底发生了什么事，但是大家回来前都签了保密协议，苏茵感觉舒棠可能这回真的去了什么不得了的部门，她不太敢在遍布监控的地方问，只好硬生生憋住了，改口问舒棠什么时候回华大，要不要拼个车。

一看舒棠的表情，苏茵愣了一下："你不会忘了治疗师资格证考试了吧？"

舒棠揣着手手，一脸茫然。

什么考试？她不是昨天还在和院长交流研究院的大难题，混入十八个治疗师中开大会，前几天才知道自己的小玫瑰其实是个大魔王。

接收了如此庞大的信息量后，舒棠的世界观都颠覆了，堪比进入霍格沃茨的哈利·波特同学。

而她如此奇幻且波澜壮阔的人生，又和考试有什么关系？

苏茵同情道："小棠，要是拿不到资格证，你会被延毕。

"你会成为华大三十年历史里第一个拿不到治疗师资格证的学生。

"你不是转正了吗？没有资格证第一轮审查就会被刷下来。"

苏茵摇头：好惨哪，忘记复习的猫。

苏茵说："我这里有《治疗师资格证真题集》和《通用语六级》的卷子，要不要给你拿一份？"

舒棠抱着题，像是梦游一样地离开了。她遭受重大打击，重新迈出了行尸走肉的步伐。然而这种情绪在回到宿舍后达到了巅峰，因为她一推开门，就发现宿舍里面空空如也。

舒棠脑子里浮现出了那天视频里的一幕幕，尖叫逃窜的人群，死死抓着雨伞到处找她的身影。她立马转身，拎着雨伞匆匆地下楼。

人鱼在舒棠的宿舍里面待了一会儿，等了许久都没有等到舒棠回来，有些焦躁地不停看向门外。但是，突然，"他"顿了顿，似乎是想起了一件事。

于是人鱼轻松地推开了门，举着雨伞按照记忆中的方向，缓慢地朝着超市走去。

收银员死里逃生了一回，此时正在和新来的顾客分享自己惊心动魄的经历。

然而，只听见外面又响起了一道惊雷，收银员如有所感，僵硬地回过了头。

没有了舒棠的存在，打着伞的雨夜屠夫，那对空洞漆黑的眸子变得漠然至极，仅仅是和那双眸子对视，强烈的压迫感就如同山呼海啸般袭来。

收银员屏住了呼吸，所有人都因为本能的恐惧僵直在了原地，不敢动弹。

刚刚还人来人往的超市，仿佛瞬间变成了一片黑暗而原始的丛林。

空气变得死寂，仿佛只能听见那催命般的脚步声，还有野兽一般沉重的呼吸声。

但如果有人抬头，就会发现——

怪物很有素质地把雨伞放在了外面，怪物来到了冰柜前，怪物拿了一支雪糕。

也不知道过了多久。

收银员颤巍巍地发现雨夜屠夫停在了自己的面前，冷漠而空洞的双眸注视着他，沉默地递来了一颗珍珠。

但是收银员已经吓傻了。

想起舒棠说这个要很多的钱，人鱼又加了一颗，加到第三颗时，认为这是舒棠说的“抢钱”。

于是，人鱼用眼神进行“讨价还价”。

对方吓晕。

成功，遂收回两颗。

收伞，走人。

舒棠撑着伞走了两三百米，就在不远处看见了一把蓝色的伞。她急匆匆地跑了过去：“小玫瑰，你跑到哪里去了？”

人鱼低头看着她，然后慢吞吞地举起了手里的一支雪糕。因为人鱼的体温很低，所以雪糕被捏了很久都没有化。

刚刚回来找不到人鱼而着急的舒棠，愣住了——是那支她觉得太贵，所以没有花钱买的雪糕。

那只禁地里孤僻而尖锐的怪物，学会了买东西。而第一次买东西，是为了讨她欢心。大雨还在下，她却觉得心情都晴朗了起来。

他们俩在干燥的台阶上坐下，看着外面的大雨噼里啪啦地下。

她把巧克力味的雪糕递给人鱼，让人鱼咬一口。

人鱼咬了一口，蹙眉，面色有点扭曲——甜不甜苦不苦的。

但是舒棠似乎很喜欢。其实因为工作的福利，她已经买得起这种奢侈的雪糕了，可是消费观念并不会马上转变，她仍然觉得雪糕很贵，不会选择这种商品。但是吃到“他”买回来的雪糕的时候，她还是忍不住眯起了眼睛。

有什么东西生根发芽，在她还没有察觉的时候，已经破土而出。

舒棠问人鱼是怎么付的钱，“他”掏出了一颗珍珠。

那天在火堆边，舒棠告诉人鱼珍珠很值钱，所以当时人鱼就把大部分的珍珠都送给了她，只将几颗粗糙的、奇形怪状的珍珠收了起来。

在得知“他”拿一颗珍珠买了一支雪糕后，舒棠开始嘀嘀咕咕，说“他”是冤大头，谁见了都要宰“他”。

人鱼注视着她，听着她抱怨，歪了歪头。

她是个口是心非的小骗子，说着抱怨的话，好像很不喜欢似的，那为什么嘴角会上扬，眼睛会发光呢？

等到雨小了一些后，舒棠上楼拿了行李箱，就和人鱼朝着01区走去。

也许是因为折腾了一个上午，快到饭点了，人开始多了起来。人鱼的出现，仍然引发了小小的骚动。在那个全院大撤退的雨夜里，许多来不及第一时间撤退的人，见过那个传闻中禁地里的怪物。

有人发出了尖叫，有人开始后退。

但是因为这个“雨夜屠夫”看上去没有那天那么可怕，骚动并没有继续扩大。人群只是迅速地将蓝色的雨伞孤立了起来。

行走在人群中，却像是一座孤岛。但是那个高大的身影目光并没有停留在那些人身上，对于那些声音也漠然至极，甚至还会偶尔伸手，将身前的小红伞扶正。

舒棠却突然间停了下来。

人鱼垂眸看着她，仿佛因为她停下脚步的动作，此刻才注意到周围的声音。

人鱼缓慢地抬眸，注视着周围的人群。漆黑而空洞的眸子里，有着不易察觉的焦躁。“他”想要伸手捂住舒棠的耳朵，不让那些声音钻进她的耳朵里；也想要立马把她抢回巢穴里，快点离开这个世界。

然而，不知道出于什么理由，“他”什么都没有做，只是苍白的唇紧抿，一动不动地死死盯着她。仿佛人群里众多尖锐的视线不值一提，而她的一举一动却能轻易摧毁这只高大的怪物。

但是，舒棠却没有看那些人，她收起了自己的小红伞，来到了人鱼的大伞下，将行李箱递给了“他”，然后坐在了行李箱上，转头对人鱼说：“出发！”

即使这个世界光怪陆离。

所有人都当你是个怪物。

当你是彻头彻尾的大坏蛋。

我也会站在你的身边，做你坚定不移的最佳拍档。

那只高大的可怕怪物安静了一会儿，苍白冰冷的唇竟然勾起了一丝不易察觉的弧度。

他们撑着一把伞，在大雨里朝着前方走去。

走到每一处，人群都会四散开。她却坐在行李箱上宣布：“你是狼，我就是狈！”

我们狼狈为奸、自成一国。

“你是山大王，我就是你的狗头军师。”

我们占山为王，孤立全世界。

人鱼嘴角的弧度越来越大。大雨里，传出了怪物反驳的、沙哑的“嘶”声。

她被说服，在行李箱上改了口。

——不是狗头军师。

——是猫猫头军师。

有人的地方就有江湖，就算禁地也不例外，这里的人大体上分为两个派系：

一派是治疗师，他们知道的内情不多，主要负责按照邱院长的指示进行治疗和吵架，很警惕 001 号的威胁；一派是以陈生为代表的 alpha，很大一部分是祝延原来的部下，主动申请调过来的，守口如瓶，非常维护 001 号。

双方时常在食堂、茶水间、厕所等地发生肢体以及口头上的冲突。但在对方负责的领域，还算是井水不犯河水。

这种微妙的平衡，在舒棠出现后被打破了。因为她是被陈生调进禁地治疗师队伍中的，相当于插手了治疗师们的事，于是孤立也就自然而然地发生了。

尤其是舒棠还是个实习生，大家都认为她可能是陈生的亲戚，而她能够拿到数据，完全是因为陈上校拿到了什么秘密武器接近了 001 号，把功劳给她为她铺路。

然而，当第二次大会开始，十七个“扇贝”酝酿了无数高超的职场

PUA（职场中上级对下级的精神控制）技巧，摩拳擦掌等着那个小实习生出现，会议室里充满了欢声笑语。

大门打开，出现了一个熟悉的高大身影。之所以熟悉是因为经常造访这些治疗师的噩梦。

现场一片死寂。紧接着舒棠探头问：“大家为什么不笑了，是生性不爱笑吗？”

众人沉默。

舒棠顺利地得到了发言的机会。而且她在今天，已经用行为反驳了他们那天的论点。

他们不是在会议上说“他”是个三头六臂、毫无人性的怪物吗？那她就和怪物一起出现，告诉他们，“他”没有长三头六臂，没有想象中的野蛮，甚至可以和衣冠楚楚的治疗师一样坐在会议室里安静地开会。

那天低落的、无法反驳的失落彻底从她的身上消失了。

他们两个在角落里坐着，于是所有人都不敢往人鱼的方向看。

舒棠就悄悄告诉人鱼，这叫仗势欺人、狐假虎威。

可是人鱼只觉得，她笑起来的时候眼睛亮晶晶的。

这只趾高气昂的小猫眉飞色舞的时候很神气、很可爱。

两个人心满意足地离去了。

却不知道，人一走，十七个“扇贝”就瘫软在了凳子上面面相觑。

因为沟通十分之“顺利”，这天夜里舒棠拿到了新的治疗方案和特效药。邱院长说，如果可以将现在的稳定状态保持两个月，不再出现精神力暴动的情况，研究院就可以进入下一步治疗阶段。

那一句“有痊愈的希望”，让舒棠的心情更加好了。

这天夜里，舒棠试着偷偷放出了自己的“大鸡腿”精神体，爬到了外面那个庞然大物身上，开始进行精神力疏导。

邱院长说她和人鱼的契合度高，如果精神力疏导由她来做，效果是远超过其他人的。于是舒棠决定按照新的治疗方案，每天夜里都放出精神体去找人鱼的精神体。

人鱼第一天夜里就发现了有只鬼鬼祟祟的“大鸡腿”正在靠近自己的精神体，但是没有轻举妄动。

那庞大的精神体，开始饶有兴致地观察。

发现那只小猫每天夜里都会爬到自己的身上，释放出柔和的波动。那种波动很奇妙，就像是在给怪物唱安眠曲，于是庞大而狰狞的精神体就会下意识地变得宁静而祥和。

这时候，人鱼就会很自然地让自己庞大的精神体释放出蓝色的波动包裹住它。但是因为自己的精神体十分狰狞，而且大得过分，于是只有等到那只小猫睡着后，那只大家伙才会兴致勃勃地凑近它。

蓝色的精神体碰碰小猫的鼻尖，摸摸小猫一抖一抖的胡须。

它往往会一爪子拍开，在睡梦中想：这是谁啊？真没边界感。

但是更加没有边界感的事情发生了。

大概是因为太过于爱不释手，而且小猫身上散发的气息太舒服，蓝色的大家伙偶尔会将这只猫全部“吞”进自己庞大而透明的身体里。

梦里的猫开始挣扎：是不是有狗！

一连好几天都梦见了有狗把她的脑壳一口吞下后，舒棠醒过来的时候经常会下意识地摸摸自己的脑袋，发现自己的脑袋还在，才松一口气。

舒棠倒是怀疑过是不是旁边的人鱼，但是那只庞然大物在她每次靠近的时候都一动不动，似乎根本没注意到她的样子。

而且她每次用探究的眼神去看那条鱼的时候，人鱼面无表情的脸上啥也看不出来，看上去十分高冷矜贵。

舒棠只好将这一切归结于是噩梦。

其实外面的庞然大物一直装作不知道的样子，白天也从不提，主要是觉得自己的精神体比较吓人。而舒棠也没有主动提，是因为也害怕自己经常偷偷啃大家伙一口的事情被发现。

于是白天的时候，两个人都默契地没有提起这一茬，只是在互道晚安后，齐齐切换精神体视角。

一个鬼鬼祟祟，偷偷咬两口；一个装作浑不在意，然后在对方睡着后，一口吞下。

在治疗走上正轨后，除了每天醒过来都有种脑壳被吞掉的错觉，舒棠感觉一切良好。

于是，她必须要面对另外一件人生大事了。

舒棠还有一个月的时间准备考试，如果临时抱抱佛脚，还是能过的。

尤其是在急诊科的大群里听说急诊科的实习生们组成了刷题小分队后，被卷到的咸鱼也要支棱起来了。

人鱼对于“考试”并没有什么概念。

但是舒棠变了。她不再睡到日上三竿才起，而是人鱼一放天气预报就立马爬起来；她开始抱着书反复念叨一段话，有时候一段话甚至要重复半个小时；她还喜欢拿着一根小木棍在纸上划拉，有时候对着一行字，还要蹙眉思索；偶尔出去玩沙子，玩到一半就露出愧疚自省的表情，说自己不能堕落要回去刷题。

人鱼知道刷鱼尾，却不理解刷题是什么，但还是递过去一把刷子。

舒棠十分无语。

这样持续了两天后，人鱼认为“考试”约等于“中邪”。

也许是因为经常刷题到晚上，舒棠夜里变得很容易饿，于是总是睡到一半就爬起来吃点夜宵垫垫肚子再睡。

但是这天夜里，一包小饼干都不剩了。

她在厨房里到处翻，叹息了一声，决定喝点水算了。结果一转头，就看见人鱼正在看着她。

舒棠沉迷于复习，在题海里醉生梦死，一抬头看见人鱼都有种“好久不见”的感觉。她恍惚地打了个招呼，肚子就发出了一声“咕”。

“他”移开了视线，慢吞吞地把她提溜起来，一言不发地带着她去觅食。

脚步沉稳。

舒棠才发现凌晨的海边很空旷，且非常寂静。

人鱼朝着礁石走去，听见她嘀嘀咕咕说好黑，都没有带手电筒。于是人鱼又折返回去让她拿东西，最后把她带到了蓝色眼泪海。

舒棠坐在礁石上，看着人鱼的鱼尾一甩就消失在了海边。突然，心底冒出了一串串的、喜悦的小泡泡，这让她忍不住嘴角上扬。

等到人鱼回来后，她已经摆上了毯子、台灯、刀叉和盘子。

“小玫瑰，你会不会觉得我复习的时候忽略了你？”

其实好几次她都感觉到鱼尾若有似无地轻轻碰了她一下，还感觉到了夜里人鱼的欲言又止。可是人鱼只是沉默地注视了她一会儿，就安静地坐到她的旁边。

她开始叹气。

人鱼却歪了歪头，把中邪的小猫提溜到了金枪鱼前，垂眸开始慢条斯理地帮她切鱼肉。

其实是有一点的，只是没有告诉她而已。

她一边吃鱼，一边托腮看大海。明明大海美丽，海浪翻涌着蓝色的眼泪，可是她的视线却忍不住被大海的神明吸引，偷偷看人鱼分明的下颌线、半眯起的眸子，还有转过头看她时，漆黑的眸子里映出的蓝色星辰。

看着看着，她忍不住靠近，将脑袋靠在了人鱼的肩上。

大海的神明愣了一下，转头看着她，决定原谅她这段时间小小的走神。

听着彼此的心跳，看蓝色的眼泪漫到满是星星的天空。

那时候她不知道那是什么，误以为是一场天长地久的友谊。

那天之后，舒棠终于从疯狂刷题中抽出了一些心神。

她开始在刷题的时候，主动坐到人鱼的鱼尾边；在人鱼狩猎的时候，抱着书坐在礁石上等着人鱼回来。偶尔累了，她就看看大海，还会盯着大海里人鱼矫健的身影出神。

舒棠早就发现了，一进入大海，人鱼身上那种凶兽的野性就再也不加掩饰，但是偏偏又很美丽，有一种矛盾的张力。

直到这天下午，舒棠在礁石上刷题。她昨天才背过的“马冬梅”，今天就变成了“马什么梅”，她正在选项 a 和 c 之间犹豫。

突然间，一条鱼尾指了指 d。

舒棠安抚地摸了摸人鱼的鱼尾,猜测自己一定是半个小时没摸鱼尾了。

她还是选了 a。

下一题。

舒棠选 c，鱼尾又戳了戳 b。

舒棠立马反驳：“怎么可能，我昨天才背过！”

结果舒棠翻了一下答案。

舒棠回过头，发现人鱼正在懒洋洋地看着她，示意她快点选 b。

她不信，心想：这一定是巧合。

结果，舒棠又试了几道题，她震惊地发现，人鱼竟然认识一些字了。

因为她经常对着一段字反复念，人鱼坐在她旁边，耳朵都要被念出茧子了。而且她看哪里，人鱼也看哪里，这样舒棠念个十几遍，人鱼每一个字的发音都记住了。

而且舒棠要背不少名词解释，于是人鱼连陌生词是什么意思都懂了。所以，在舒棠复习了一个星期后，人鱼能做简单的选择题了。

舒棠倍受打击。

他们两个中间，舒棠一直认为自己是比较聪明的那一个，所以自封军师。她认为人鱼是禁地团伙里的武力担当，而自己是禁地团伙里的智囊角色。

现在，智囊遭到了很大的打击。

因为这件事，舒棠每天夜里给人鱼讲《宝宝巴士》《儿童成语小故事》就显得不合时宜了。

舒棠一直以为自己每天夜里都在给人鱼开启智慧的大门，时常认为人鱼时不时看过来的眼神充满了崇拜和信任。

直到今天夜里，舒棠准备讲故事的时候，撞上了人鱼那充满鼓励的眼神。怎么说呢，很像是舒棠鼓励自己三岁的侄子自己用筷子吃饭时的眼神。

对方还朝着她甩了甩鱼尾，装出了一副很感兴趣的样子。

猫头军师狂怒，开始头脑风暴。她在脑海里挑来选去，最后挑了一本《水浒传》。

这只猫阴险地选择了年代久远的故事。果然，这一次，她看见人鱼的脸上再次露出了困惑的表情。

直到第二天早上，他们两个去囤积柴火。

人鱼不知道为什么，停下了脚步，突然把一棵树拔了出来。

舒棠：你干吗?

人鱼歪头看了看舒棠。

舒棠突然想起来，她昨天讲的是鲁智深倒拔垂杨柳。

本来接下来想要讲武松打虎的，但是舒棠想起了人鱼拖回来的若干鲨鱼，悻悻地放弃了。

舒棠坐在树干上，被人鱼连树带人拖走。她觉得，可能是这本《水浒传》太适合这个奇妙的世界。

但也有例外——

这天下午。

舒棠在楼下喊："小玫瑰，你帮我把试卷丢下来！"

二楼的石窗边，出现了一个身影。

阳光下，蓝色小玫瑰远远看去就像是有着美丽长发的海上神明。

舒棠看得愣住了。

人鱼转过头来，就连发丝都被阳光眷顾，显得面无表情的五官有种近乎神性的美。

神明慢悠悠地翻着，终于找到了试卷，给她丢了下来。

舒棠突然觉得这个画面有点眼熟，有点像是鱼金莲和西门猫。

西门猫坐在沙滩上，思索了良久，总觉得这个比喻有点不太恰当，于是决定换一个比喻。

那还有没有阳台前的一对男女呢?

当然有。

罗密欧和朱丽叶嘛。

那小猫你是罗密欧，还是朱丽叶呢?她莫名其妙地回头瞪了楼上的那条鱼一眼。

人鱼莫名其妙地低下头看着她。

两个人更加莫名其妙地对视了一会儿。

阳光像是耀眼的苹果花。

突然间，谁也没有舍得先移开视线。

爱情的发生需要一些催化剂。就像罗密欧和朱丽叶，因为重重阻碍而情火燃烧。

但是罗密欧和朱丽叶要是天天窝在一起听收音机，讨论天气和音乐台的新歌，朱丽叶天天看着罗密欧刷《真题一百套》的话，爱情的燃烧，就会像是鱼朱丽叶拖回来的那捆湿答答的柴火，一边冒着烟，一边迟缓地冒出一点点的火星，也不知何年何月才能燃烧起来。

也可能像是猫罗密欧煮不熟的粥，“咕咚咕咚”缓慢地冒着泡泡，然后在猝不及防的时候突然间满溢出来。快的话，是几年后的某一天；慢的话，也许是两个人都入土为安前。

猫罗密欧：咦？我怎么就这么和他过了一辈子？

猫罗密欧入土之前恍然大悟：哦，原来这就是爱情啊。

在一起手拉手躺在棺材里的时候，猫罗密欧突然仰卧起坐，告诉鱼朱丽叶：那是爱情。

鱼朱丽叶：甩鱼尾，赞同。

然后两个人约定下辈子再续良缘。

卒。

合葬的墓志铭还没有来得及改掉：友谊天长地久。

幸好，天有不测风云，不至于发生这样的惨剧。

猫罗密欧煮不熟的粥一下子“咕嘟咕嘟”冒了泡。

第八章 //
小猫的偏爱

在复习了半个月后，收音机的电池耗尽，超强充电宝和通信器一起步入半格电模式，台灯也在光荣地闪烁了两下后失去了最后的微光。

舒棠不得不给陈生打电话，询问维修电力的事，却得知了一个坏消息：禁地的供电系统在一座海上供电站里，十年前就被废弃了。所以，如果想要恢复电力，就必须去那座废弃供电站启动电源。

舒棠本来想着等考试完再去，但是一想，她这半个月里被人鱼刺激到，背书背得超积极，效率空前提高，现在只剩下半本资料要背，就想和人鱼出去走走，缓解一下考试带来的高压。

舒棠翻出通信器里陈生发过来的地图，凑过去问人鱼："小玫瑰，你知道这个供电站吗？"

她比画了半天。严格来说，这附近的海域对人鱼而言如同巨大的猎食场，所以自然是知道那个地方的。

人鱼朝着她嘶了嘶。

这么远的距离，对人鱼而言无所谓，可是舒棠就很容易死掉了。

想到最开始在海面上见过的载人探测船，人鱼直接把舒棠提溜去了地下仓库，在仓库里翻出了一条落满灰的救生艇。

因为路程比较远，舒棠想着要是人鱼游累了还可以上来歇一会儿。

就是这救生艇也不小，她找了根麻绳系在了船上，在地上铺上轨道。

人鱼看了半天，一开始以为舒棠在玩耍，紧接着听见舒棠说这是什么"省力装置"。

终于意识到舒棠要做什么，于是人鱼一伸手，左手提溜舒棠，右手拉着船头，走了。

一直到人鱼单手将救生艇拖进海里后，舒棠都还是蒙着的。

舒棠钻进去看了看，船身完好。

她按了一下自动驾驶系统，以为这家伙肯定没用了，结果发现竟然可以启动。她不知道，这个型号的救生艇是联邦军用的，虽然是十年前的产物，却是当年最新的自动控制系统。

污染区的情况千变万化，对救生艇的要求非常之高，别说是十年了，就是过了二十年也照样能启动。

于是舒棠囤积了一些零食和足够三天用的淡水，和人鱼踏上了前往供电站的路途。

舒棠在船上大喊："小玫瑰，你快上船，我查过了，这种救生艇速度很快的，你游得慢了，一会儿就走散了！"

结果人鱼在海里看了看她。

舒棠：这什么眼神！

然后人鱼的鱼尾一甩，矫健的身影就消失在了大海里。

于是舒棠发现救生艇的速度，对于人鱼而言，相当于老爷车。

一路上风平浪静。舒棠开始继续背书，偶尔累了就喝口水。休息的时候就换上泳衣躺在甲板上晒日光浴，她还准备了一副墨镜。

人鱼抓住了栏杆，仰头看着她，朝着她嘶了嘶，示意那只懒猫下来活动一下。

舒棠戴着墨镜，摆摆手："你自己游去吧。"

她喝了一口汽水，心想：学习都已经把我给榨干了，你一条不用考试的小鱼，哪里懂这种身心俱疲啊，我要好好享受一下日光。

人鱼歪了歪头。舒棠此时还不知道对方的险恶用心，直到人鱼突然抓住了舒棠的脚，把她往自己前面一拽。舒棠立马开始挣扎，大叫"救命！"，然后被人鱼一把抓进怀里，拖进了大海里。

人鱼的笑声从胸膛发出来，沙哑好听。"他"拖着她在大海里快速下潜、浮起，鱼尾一甩就快速游到了数百米外。

舒棠一开始是尖叫，但很快就感觉到了乐趣，尤其是人鱼加速的时候，整个海洋都仿佛在他们的身下退远。巨大的阻力都被人鱼承受了，于是舒棠只感觉到如同在天空中飞翔一般的自由。

人鱼停了下来，让她缓冲一下。舒棠在海里狗刨式游动了一下，在人鱼的胸前冒头，拍拍他示意他快点。人鱼歪歪头，凑过来盯着她，发出了嘶哑的笑声，然后鱼尾一潜，就将她带到了更远的海域。

舒棠探出头来，就看见了不远处海面上出现了一个庞然大物——一条巨大的抹香鲸浮出了水面换气。

巨大的鲸鸣声响彻天际，空灵、旷远，给人一种很震撼的感觉。

舒棠欣赏了好一会儿。看见鲸鱼要走了，舒棠很着急：“鲸啊鲸啊，小玫瑰，快追！”

人鱼看了看她，慢悠悠地追在了那条鲸的后面。他们在后面游，那条抹香鲸就在前面像是被鬼追一样跑。

舒棠着急凑过去看看，那条“鲸兄”就游得更快了。

舒棠狐疑地回头看了看人鱼。

偶尔，人鱼也会放开手，让舒棠自己游一下。但是会不紧不慢地跟在她的后面，在她靠近危险的时候伸手把她捞回来；要是发现她手脚发软，就会过去把她拽进怀里。

就这样玩了一路，人鱼才把她送回了那条救生艇上。她趴在救生艇上，对人鱼说：“刚刚那两海里白游了呀！”

人鱼直接把救生艇一拽，整条鱼就像是箭矢一样朝着大海游去。不过三四分钟，就到了两海里之外。

舒棠不说话了，敢情为了迁就她，还降速了啊。

舒棠懒洋洋地在座椅上用大毛巾把自己擦干。偶尔人鱼的鱼尾会把水甩到她身上来，舒棠就大声说：“小玫瑰，你的素质呢！”然后她就撩水去泼那条鱼，展开打击报复。

下一秒，一个浪打了过来。素质？素质是一点也没有的。

舒棠发现自从和好后，人鱼和她的相处就自然多了，自然到两个人互相泼水都能泼一个早上。

舒棠发现，自己的游泳技术在人鱼的培训下突飞猛进。她沉思，认为自己也发生了变异，从一只地地道道的陆地猫，变成了水陆两栖猫。

根据天气预报，他们选择了个不错的天气出海。一整个早上都风平浪静，只是快到中午的时候，阳光消失了，乌云聚集。

舒棠一看：“我就说天气预报不准嘛。”然后抱着书躲进了船舱里面。

然而，舒棠才回去写了半张卷子，就感觉到了船体微微一震。她立马在窗口探头，想要问问怎么了。

人鱼却停了下来，在一下子阴沉下来的天气中，侧影显得有些阴鸷。

“他”死死盯着海面。

那一瞬间，舒棠发现人鱼身上的气势发生了变化。

“他”耳后的鳍锐利地竖起、翕张，沉重的呼吸如同野兽一般，好像一只巨大的凶兽被唤醒，即将进入战斗状态。

人鱼回头，漆黑的双眼看了她一眼，一种近乎命令式的眼神。

这一眼让舒棠觉得很陌生。舒棠瞬间感觉到人鱼身上有种凛然的威严，一种和平时完全不同的气场，但是她神奇地立马明白了“他”的意思。

她立即钻进了船舱里，死死地关上了船舱的门。紧接着，她发现救生艇开始“加速”了。

如果说刚刚的速度还维持着平稳，那么现在的速度就让舒棠感觉到了一点眩晕。但是她没有出声抱怨，而是马上扶住了桌子。

出于某种本能，她感觉有什么事情正在发生。因为这种关于危险的预感，她的心脏“咚咚咚”地狂跳了起来。

等了一会儿后，舒棠靠近了窗户，悄悄掀开窗帘看了一眼，却看见了毕生难忘的一幕。

因为精神体不适合战斗，她这一辈子都应该老老实实地待在安全区，像所有普通人一样平淡地度过一生。然而，这个世界并不是大体上和平的，这里人类的生存受到了很大的影响，污染区占领了地球 70% 的地区，海洋更加是重灾区。

舒棠只在电视机上看见过各种播报，却从未见过真正的污染物。污染物大部分都是寄生的怪物。它们可以寄生在海洋生物、一只兔子、一条小狗的身上，甚至还可以寄生在人类的身上。它们没有固定的形态，只有拥有强悍精神体的 alpha 战士们才可以杀掉它们。

可是她看见了拍过来的大浪，海上漂浮的鱼类尸体，还有黑色的海水。那是因为污染物聚集得太过于密密麻麻，造成了海水是黑色的假象。

她立马坐了回去，手指有些发抖。舒棠着急地想要叫外面的小玫瑰回来，但是她很快就意识到，这艘救生艇上的所有防护措施都已经报废了。于是，她立马爬到了角落里翻自己的包，手抖着翻通信器准备求救。

突然间，舒棠感觉到船体发出了剧烈的震荡，紧接着船舱的底部出现了可怕的撞击声！她快速拨出了陈生的电话，但是通信器屏幕上一格信号都没有。

然而，就在船舱底部那数量庞大的污染物即将撞碎船体的时候。舒棠听见了一声，兽类的嘶声。不，比起兽类，更像是远古的庞大邪神。

人鱼从不唱歌，也很少大声说话，到目前为止，认识了一些字，可以听懂舒棠大部分的话，但是“他”从未试着开口说话。舒棠隐约意识到人鱼身上的变异可能还发生在声带，让“他”的发声系统变得和普通人不一样，所以无法用普通人的方式发声。

但是此时，她突然意识到：人鱼的声音，变成了一种武器。

在听到的一瞬间，她感觉到了一种强烈的震荡感。任何人在听到那种如同邪神一般的充满威严的嘶声后，根本不会再错把“他”当作人类。

船舱底部的撞击声消失了，船体恢复了平静，但是这场海上风暴还在继续。天空中开始下雨，雨点噼里啪啦地砸在了窗户上。舒棠飞快地用防水袋装好了自己的通信器，死死地抓在了胸前。

很快，他们就到达了那座海上供电站。然而，这座废弃了十年的供电站底下，变成了污染物聚集的巢穴。这一片的海水除了黑就是黑，几乎蔓延到了天际。

海面上盘踞着一条黑色的大王乌贼。这种十腕总目、乌贼目的动物，最大可以长到八十几米，唯一的天敌就是抹香鲸。然而此时这只大王乌贼已经被污染物寄生，体积膨胀到了原本的两倍。巨大的触须上，正死死缠着那条舒棠白天才见过的抹香鲸。

巨大的恐惧让她脑子暂时一片空白。接下来发生的事，记忆也变得很模糊，她只知道人鱼放弃了那条救生艇，抓住了她的腰，死死地把她护在了胸前。她浑身冰冷，勉强在人鱼高大的躯体上，汲取到了一丝安全感。

人鱼将她送上了那座供电站，舒棠虽然腿软，但是拼命保持冷静，死死地抓住了吊下来的楼梯往上爬。然而在舒棠爬上去后，想要伸手去拉人鱼的时候，人鱼却将扶梯给捏碎了，示意她快躲好。

她愣住了。人鱼漆黑的眸子盯着她，他们对视了一会儿。

舒棠被海风吹得一个激灵。她看见暴雨中，“他”转过身，眼神变得非常可怕，耳后的鳍翕张开来尖锐的弧度。明明长长的头发垂下，发梢还滴着水，但是此时，“他”的身上没有丝毫的脆弱感。“他”像是一位海上的神明，一位真正的斗士。

“他”进入了海水中，紧接着如同一道蓝色的流光一样朝着大海游去！

她听见了无数污染物发出的尖啸，还听见了一声响彻海域的嘶声，远远比那鲸鱼的鸣叫更加震撼人心。

电井底下，再也不是人类的文明世界，而是残暴血腥的原始丛林，正在发生着一场无比冷酷的厮杀。一切发生得太快。

舒棠在地上坐了一会儿，黏腻的海水被风吹干，发丝贴在了脸上。一直到雨滴落下，打湿了她的肩膀，她才从巨大的冲击中回过神来，死死地抓着自己的防水袋，抖着手拿着通信器，朝着大门冲了进去。

供电站是一座建立在海上的电井。这里面除了各种复杂的仪器和电缆，每一层都有若干的房间供原本的员工们使用。但是十年过去了，这里已经被海水冲刷得锈迹斑斑。

她找到了楼梯，朝着最高处爬，每跑一步都有巨大的回声。舒棠知道海洋上信号非常差，但是周围不远处就是南岛基地，那是联邦八大基地之一，这一片海域经常有飞机巡逻，也许站得高一些就可以接收信号！

她没有拨陈生的通信器，而是直接拨通了紧急求助电话，但是才接通了一下，信号又断了。舒棠反复地拨打着电话，手指开始发抖。她又拨打陈生的、老吴的、邱院长的，甚至还有苏茵，但是一个都没有拨出去。

舒棠意识到了一个可怕的事实。她突然想起来，被污染物寄生，有一个可怕的标志——双目漆黑。

被寄生后的人类，很快就会发狂，然后在一两个月里被污染物掏空、死去。但也有例外，如果意志力足够强大、精神力也极强，那战胜污染物也不是没有可能。

舒棠听老师说过，这种现象只在理想状态下才有实现的可能。

但舒棠非常确定，她知道的人鱼，绝对不是被污染物操控的傀儡。她不知道人鱼从前是什么身份，却隐约猜到了一部分的事实：也许在很多年前，小玫瑰曾经被污染物寄生，但是凭借着强大的意志力战胜了污染物。紧接着身上出现了一些变异，在精神力暴动发生后，“他”的状态变得非常高危。

她手指一抖，突然在这一刻明白了所有的忌惮、戒备。即使她现在发出了求救信号，南岛基地、海角疗养院，真的会派人来救他们吗？

她呆呆地站了一会儿，然后不死心地继续打电话。她一边焦急地求救，一边趴在窗边的栏杆前，拼命想要看清楚下面的情况。

她的这种担心，如果落在一些知情人的眼中，无疑是可笑的。就像是一只小蚂蚁担心天会塌下来——那可是联邦第一军团指挥官，堪比“核武”级的大型杀伤性武器。

就好像舒棠能够知道一千万是什么概念，一个亿也可以理解，但是当金钱的数量达到了千亿、万亿后，她就很难想象这是一个怎样的概念了。所以她对于人鱼的战斗力仅仅有一个模糊的认知。

当发现完全看不到海面上的那个身影后，她突然感觉到了一种强烈的心悸，她趴在窗户上到处张望，一直到冰冷的海风吹过来，她才感觉到自己的脸上不知不觉落满了眼泪。

她不知道人鱼是别人眼中刀枪不入、水火不侵的怪物，只知道那是自己玻璃鱼缸里的一条小鱼。每天清晨和她在厨房里面用收音机听着天气预报，每天晚上和她互道晚安，然后他们拥在一起入睡，也许是有那么一点厉害，可是能够厉害到哪里去呢？

当海面上那蓝色的流光消失后，无尽的黑暗带给了她极大的恐慌。她试着释放出自己的精神体。其实现在出去很危险，而且她的精神体根本就不是战斗系，可是她非常想要确认“他”的安全。

但是当她的精神体轻盈地跳上了供电站的顶部后，却看见了数量超乎想象的污染物前赴后继，像是闻到了血腥味的秃鹫。

她一直很喜欢自己的橘猫精神体，花色漂亮，身手矫健，逃跑超快。可是她第一次觉得：为什么她是一只猫，而不是一只真正的东北虎呢？

就在半个小时前，一则预报插进了南岛市的午间新闻。

播报员的声音快速而冷静：“南岛中心海区检测到了甲级高危型污染物，请进入第15、16海区的探测船、渔船快速撤离！

“请踏入第……

“海啸预警，海啸预警……”

街上的行人纷纷抬头看着大屏幕上的新闻；公交车上的人们听着广播，交头接耳地感叹南岛市许久没有出现过这么高级别的污染物。

人们在暴雨中匆匆地行走、离去。

海上的情况却不容乐观。海啸来临的时候，这座供电站展现出了人类文明的坚不可摧，十年无人问津并没有让这座钢铁哨岗被腐蚀得摇摇欲坠，始终在滔天的海浪中屹立。

整个世界一片漆黑，仿佛只剩下这场滔天的海啸。

当风雨渐渐变小的时候，供电站的下方，出现了一个苍白高大的人影。“他”的身上全是黑色的雨水，腰腹部有一道巨大的撕裂伤，正在不停地渗着蓝色的血液。

但是人鱼苍白的脸上毫无表情，“他”浑然不顾伤口，抓住了电井里巨大的铁柱，很快地朝着上面走去。

蓝色的血液滴在地面上，发出“滴滴答答”的声音。

突然间，一段十分混乱的记忆出现在了脑海中，人鱼停了下来。

记忆里，也是一个这样的暴雨天，有人叫着一个陌生的名字“祝延”。他在黑暗的角落里，苍白的手指捂着渗血的伤口，撕扯下雪白军装里衬部分的时候，他听见了外面的声音。

“医生！我们总指挥官的自愈能力很强，三个小时内就可以愈合了。

“污染区物资紧缺，我们伤员太多了，如果没有药物，他们撑不到全员撤离的时候，先把紧缺的伤药和纱布送去给其他的伤员！”

于是，那个角落里的高大男人顿了顿，继续快速地用撕扯下来的布条裹住腹部的伤口，似乎有些止不住血，于是皱皱眉，抬手就看见了旁边的大胶带。“刺啦”一声，胶带绕了几圈缠绕住布条，终于不流血了。那个男人，疲惫地闭上了眼睛。

这样的画面还有好几幕，陌生而突兀地出现。

“他”歪了歪头，从一摊水渍里看见了一个可怕的怪物，因为刚刚结束一场战斗而显得非常狰狞。尤其是那腰腹处的一道撕裂伤，为这只凶兽增加了一种强烈的攻击性。

本来准备上去找舒棠的动作一顿，人鱼不想吓到她。“他”低头看了看自己的腰腹部，原来三个小时就会愈合。

在遇到舒棠前，人鱼的自我意识浑浑噩噩，并不记得自己受过伤，因为尖锐的神经痛，也从未观察过伤口愈合的情况，也就没有发现这件事。

于是，人鱼在一楼找了个角落，本来打算按照那段突然浮现的奇怪记忆包扎一下的，但是周围的布条都落满了灰，想到了舒棠说过什么是“感染”，于是就很听话地坐在了原地，安静地等待着那个狰狞的伤口不再流血，愈合。

直到人鱼听见了细小的啜泣声。

很轻，很小。

却一瞬间就触动了这只怪物冷硬的心脏。“他”的鱼鳍立马翕张了起来。

人鱼以为有污染物爬上来了，面色一下子变得十分阴沉。可是当人鱼顺着声音来到角落的时候，发现周围并没有污染物出现的痕迹。

她身上没有伤口，却不知道为什么背对着“他”，在角落里小声地哭。

在黑暗里，人鱼脚步一顿，迟疑了一会儿。这只凶悍的怪物，第一次感觉到了不知所措。“他”甚至想不到她是因为“他”而哭的，更加理解不了“担心”这种情绪。

也许能够模糊地认识到，却也从不会把这个词和自己联系在一起。这好像是根深蒂固的，长久存在于这条人鱼潜意识里的一种认知。

毕竟，如此强大的怪物，怎么会有人对“他”感到担心呢。就像是纱布和药物不需要供给一个自愈能力可怕的怪物，不需要供给一个强悍的人形武器一般，担心也是一件很多余的事情。

怪物抿紧了苍白的唇，不知所措地看着她的背影。

外面发生海啸的时候，舒棠找到了一间密闭性很好的房间，躲了一个下午。她是个普通人，一直被保护得很好，没有见过这样多的污染物。甚至她只见过刮台风，连海啸都只在电视里看见过。

在她的世界里，单单海啸就能要了无数人的性命；一只普通的污染物，就能毁掉一座街区；两者加在一起，简直就是一场世界末日。

她甚至想象不出底下会发生什么事情，是人鱼被无数污染物一起群攻，还是被污染物拖进深海撞上暗礁？她躲在房间里，一直到外面巨大的风浪平息下来，才敢打开一条门缝。

那时，周围的海面已经恢复了平静，海里似乎什么都没有。她不明白这是结束了，还是代表着某个噩耗。

她担心海啸让人鱼找不到回来的路。于是，她抖着手打开防水袋，掏出了手电筒，在大风里站出去，把手电筒打开，照向海面。但是那明亮的光柱，打在黑暗的海面上却像是被深渊吞噬，立马就消失了。

海上电井这种地方，周围除了海就是海，给人一种自己即将消失在汪洋大海里、彻底被黑暗吞噬的感觉。可是她盯着那光柱照出来的一点雨丝看了一会儿后，仍然很固执地决定做一个海上的临时指向灯。

她在角落里找到了铁丝，缠住了手电筒，将手电筒挂在了窗户底下的避风处。风一下子将手电筒吹得摇摇欲坠，她却固执地认为这一点光可以帮助人鱼在暴风雨中找到方向。

做完一切后，她就坐在角落里抱着通信器，躲在一个大木箱的后面，看着铁窗外飘进来的雨水。她坐了很久，脸上什么时候掉了眼泪也不知道，只是被海风吹干后，皮肤有点疼。

在天天窝在一起听天气预报的日子里，迟钝的人很难察觉自己的心意，她只是本能地喜欢待在人鱼的身边，日复一日地和他一起晒太阳、看下雨。

如果这样的生活一成不变，她也许要很久很久以后才会发现，其实她很在乎那条鱼。那种朦胧的好感，就像是一盒被遗忘的糖果，放了好久，等到嘴里尝到了苦味才发现早就已经变质。

她在黑暗里绝望地幻想着自己一个人听天气预报、一个人坐在禁地里看眼泪海的画面。她绝望地幻想着自己在“巴士底狱”里面烧纸的画面——海风大还点不着，一沓面值一亿的纸钱烧了一夜都没烧完；想钓鱼当祭品，结果一条都没钓上来，只好可怜巴巴地摆几只塞牙缝都不够的扇贝。

她觉得很伤心，伤心得像是一只失去了全部罐头的小猫。

突然，眼前出现了一只苍白的手，笨拙又迟疑地递过来一片亮晶晶、会发光的鳞片。

舒棠一开始以为是自己的幻觉。因为整整一个下午她都在幻想着人鱼从海面上冒出来，完好无缺地出现在她的面前。可是等了太长的时间，这种幻想一直没有实现。

但是很快，又有一片亮晶晶的鳞片递到了她的面前。人鱼没法说话，也不知道要怎么哄她。如果是平时，人鱼可以送给她漂亮的珍珠、肉质鲜美的猎物，作为取悦她的礼物。可是现在“他”身上什么都没有，于是只好从鱼尾上取下最漂亮的鳞片送给她。

舒棠愣住了，抬起头就看见了低头看着她的人鱼。人鱼困惑地发现，看见“他”以后，舒棠似乎哭得更加厉害了。

人鱼以为她是被他现在的样子吓到了，毕竟“他”现在狼狈不堪，身上还有狰狞的伤口。但，就在“他”想要往后退藏进黑暗里的时候，她却扑过来抱住了“他”的脖子。

人鱼愣住了。她的呼吸落在“他”冰冷的颈侧，伴随着细小的呜咽声，还有温热的液体，打湿了人鱼的长发。

舒棠抱着“他”说了很多话，断断续续、胡言乱语。

一会儿说：“小玫瑰，我烧纸钱点不着。”

一会儿说：“我手电筒没电了，呜呜，怕你找不到回来的路。”

那些她一边哽咽一边流下的温热液体，流淌进了人鱼冰冷的脖颈间。怪物那颗冰冷又尖锐的心脏都被烫得颤了颤。

人鱼僵硬了一会儿，垂下眸子安静地听着，然后迟钝又笨拙地抬手，轻轻地搂住了她。

他们在海风和大雨声中，拥抱了许久。“他”轻轻拍着她的背，像是安抚一只小猫、一个小孩子。

突然间，人鱼就感觉脖颈和肩窝处被小猫蹭了蹭。

从前他们虽然亲昵，但也仅限于互相靠在一起，偶尔人鱼会搂住她，把下巴靠在小猫的肩膀上，那是一种独占欲极强的动作。但是小猫从来只会在人鱼的肩膀上趾高气昂地揣着手手，从未做出过这种亲昵的、甚至有些依赖感的举动。

人鱼却很喜欢这种感觉。感受着温暖的触感，人鱼发现自己很喜欢这个动作，于是下意识地也想要低下头，蹭蹭她的面颊。

但是很快，搂住人鱼脖子的舒棠情绪渐渐平复下来，正准备松开“他”的时候，突然感觉到了什么潮湿的东西。她伸手一摸，摸到了黏腻的液体。

是血，是蓝色的血。

舒棠呆呆地看着那么大的一个口子，不敢置信。人鱼刚刚被她抱着，竟然一声不吭，就这么任由她哭了那么久。

那条裂口太过狰狞，就像是被什么东西生生撕裂开了一道血口子。舒棠以为人鱼受这么严重的伤，可能会死掉，毕竟海水污染过伤口，加上他们根本没带止血的药。

她直接发抖地放开了人鱼，回头去翻包，但是发现自己来的时候连绷带都没有带上一卷。

她的身后，人鱼在注意到她颤抖的手指，还有越来越多的惊慌的眼泪时，苍白的唇紧抿，有些做了错事般的不知所措。“他”一开始以为舒棠是害怕才哭，紧接着又以为她是因为被伤口吓到才哭，现在人鱼才后知后觉地发现，好像都不是。

她是因为“他”受伤了才哭的，她在害怕“他”会死掉。

然而这个认知对人鱼而言是非常陌生的。人鱼的潜意识里从未把受伤当一回事，似乎这就像是吃饭喝水一样简单的事情。因为强大的自愈能力，就连人鱼自己都开始认为，仅仅是忍受三个小时疼痛的话，受伤就变得十分不值一提。

但是当看到她这副样子，人鱼才意识到自己似乎做错了事。可是人鱼可以在海上的风暴中厮杀，可以徒手撕碎污染物，在某种意义上几乎是无所不能的人形武器，却在此刻面对她的时候不知所措、笨手笨脚。

舒棠正在下意识地重复着翻找的动作。但是下一秒，她的手就被人鱼的大手抓住了。

人鱼低下头朝着她嘶了嘶，然后伸手把她冰冷的手放在了自己的面颊上。

舒棠呆呆地想：这是要交代遗言了吗?

但是人鱼只是用坚硬的鳞片，在自己的面颊上划了一道口子。这个出人意料的动作，还有飞速溢出来的蓝色血液让舒棠立马就回过神来，她马上抓住了人鱼的手，阻止人鱼的自残行为。

人鱼凑近了她，朝着她再次嘶了嘶。

于是舒棠终于注意到：人鱼的面颊上那道细小的血口子，正在以肉眼可见的速度愈合，不一会儿血液凝固，已经止血了。

这是完全不符合常理的愈合速度，舒棠呆呆地看了一会儿，突然明白了人鱼的意思：“你是说，可以很快愈合？”

人鱼抓住她的手，探向了自己身上那道更大的伤口，示意舒棠去看。

果然，血液不再往下流淌，快速地凝固了起来。

她有些愣怔地看着。她就像是发现家里的宠物尾巴断了、快凉了的时候的主人，脑子一片空白，只想着快点找兽医救命。

然后发现宠物好像是只壁虎。

她慢慢地手脚不再冰冷，整个人跌坐在了地上。其实有很多的疑惑，比方说虽然发生了变异，但是从未听说过这种强大的自愈能力；比方说这种自愈能力，有多少人知道，会不会怀璧其罪？

但是这些问题她都已经没有办法思考了。舒棠坐了起来，因为没有纱布和绷带，她就摸了摸自己的衣服。防水外套的里衬是纯棉的，质量很好，所以棉布还有一圈是干燥的。

舒棠于是把衣服脱了下来，让人鱼撕成了一条条长布条，然后动作迅速地开始包扎。

人鱼本以为在知道自愈能力后，她就会放下心来，明白对于强悍的怪物而言，这不到两三个小时就会愈合的伤口是不值一提的小事。然而，人鱼发现她知道后，看上去并没有好多少。于是人鱼按住了她的手，朝着舒棠嘶了嘶，小心翼翼地表示，她不用担心，一会儿就好了。

可是她却推开了人鱼的手，用发着抖的手去给“他”包扎。

“他”知道自己流了多少血吗？就算是快速愈合，已经流失的血液也不会回来，普通人流了这么多的血，早就昏迷了，可是人鱼回来后却一声不吭。如果不是她发现，人鱼可能会任由她抱一个晚上。

舒棠感觉到一种闷闷的难受——也许是伤口愈合得快的缘故，“他”根本不在意受伤这件事。

舒棠闷闷地问：“愈合得快就可以不包扎了，难道吃了早饭就不吃午饭、晚饭了吗？

“要是伤口感染了怎么办？你不会疼吗？”

人鱼没有回答。

舒棠低头继续说，他要是不小心死掉了，她烧纸都只给他烧一毛！

人鱼想说自己不会很容易就死，但是她看上去很生气，于是人鱼就没有反驳她，而是乖乖地任由她包扎。甚至还小心翼翼地观察着她的神色，生怕这只小猫再次露出伤心的表情。

她闷闷地说：“你要是死了，我就养一条别的鱼。”

人鱼想起了上周，这只猫说要把一条小金枪鱼养起来，找了个大玻璃缸，结果养到第二天，猫就趴在缸子上问人鱼：“清蒸还是做刺身？”

于是此刻，人鱼对她的威胁保持沉默。

舒棠继续说，他要是死掉了，她就坐在他的坟墓前吃烤鸡、吃泡面，一个扇贝都不会给他留。

人鱼安静了一会儿。

这时才意识到了问题的严重性：在这个假设里，他死后，小猫只能吃那种骨头很多肉很柴的猎物，或者吃垃圾。

舒棠没有告诉人鱼，在“他”消失的那段时间里，她悲观地想象过很多画面。她只是在人鱼的腹部小心翼翼地打了个结，然后抬头，用一种很认真的眼神看着这条仿佛根本没有意识到自己受了多么严重的伤的人鱼。

“就算有自愈能力，也不要随便受伤，好不好？”

没有你陪我听天气预报，我会很难过。

这一刻，风声都仿佛消失了。

在她的声音里，“他”对于生和死的理解有了全新的概念：生，就是和她一起听天气预报，给她捕鱼，他们在海滩上看海浪；死，就是留下孤零零的一只小猫，让她吃塑料袋，吃最便宜低劣的猫粮。

一些模糊的概念建立在了这只曾经的人形武器脑海中：

——不能随便受伤。

——要活下去。

因为“他”现在养了一只很爱抱怨的猫，特别容易死，还喜欢哭，哭完了还要骂“他”。

但是她也那样担心着“他”。

于是，“他”近乎本能地喜欢自己的猫。

于是，这只猫成功战胜了这只刚刚还在海上称霸的凶兽。

“他”只好对她俯首称臣。人鱼低下了头，凑过去轻轻地蹭了蹭这只小猫的面颊。

她呼吸一滞，听着对方的呼吸，积攒了很久的心慌、害怕都渐渐地平息了下来。

窗外的雨滴拍打着金属的窗框，夜晚降临，屋内变得静谧。

然而，在人鱼想要再次过来蹭蹭她的面颊时，舒棠突然回过神来说：“你不许动！”

人鱼于是就定住了。舒棠拿不准人鱼的愈合速度到底有多强，甚至有点将信将疑。此时，在她的眼里人鱼就是个重伤患，要不是海面上的污染物才散开没多长时间，现在贸然出去显然不是明智的选择，她一定立马叫搜救艇把这条鱼给抬走，照一照X光，输一输液。

舒棠爬了起来，从旁边拖出了一个大木箱，让人鱼靠上去，然后小心翼翼地把“他”摆成了一个绝对不会拉动伤口的姿势。

人鱼困惑地看着她，因为从未被当作病号看待过。她不准“他”动，这只凶兽就真的乖乖靠好了一动不动。

舒棠把病号放好后，开始在这间密闭的房间里翻找没有被打湿的木箱子，然后拖了过来准备生火。

她盘腿坐在人鱼旁边，和大木箱、打火机作战。

人鱼歪了歪头。在那段记忆里，每一次受伤之后都是独自等待着愈合，这个过程很漫长，大部分时候“他”似乎都会选择闭上眼睛，用睡眠的方式度过这段忍耐疼痛的时光；如果临时有情况，草草包扎简单休息后，仍然要站在所有人的最前面，表现得无懈可击，像是一座永远不倒的铁塔。

然而，此刻，却和那段记忆截然不同。有个人像是一只着急的小蚂蚁一样到处张罗，绕着“他”打转，甚至还时不时投来担心和焦急的目光。

不知道为什么，沐浴在这种目光中，人鱼忍不住小幅度地甩了甩鱼尾，感觉到了一种前所未有的愉悦。其实扯到了伤口有点疼，但是人鱼那张苍白而毫无表情的脸上，却露出了一个弧度很小的笑容。

恰好就被回头的舒棠捕捉到了。她忍不住回头瞪了那条鱼一眼，不许“他”笑：“你都要疼死了，还笑。”

人鱼继续盯着她笑，漆黑的眸子满含笑意。

舒棠被他笑得，本来试着用打火机点燃湿木箱的动作就更加笨拙了。她认为是人鱼一直盯着她看，让她发挥失常。

在她回头继续瞪那条人鱼之前，人鱼伸出手，接过了打火机和木箱，手指很轻松地将木箱折散，终于点燃了火。

火燃烧起来，驱散了寒冷。

但是很快，舒棠的肚子就开始“咕咕”叫了。此时已经是夜里了，两个人白天体力消耗非常大，都有些饿了。于是人鱼很自然地站起来，准备朝着门口走去。

毕竟过去的每一天，都是人鱼负责捕猎的，就算今天受了一些伤，但人鱼只是皱皱眉，不觉得有任何问题地朝着大海走去。人鱼已经感觉到腰腹部的伤口好了许多，并没有再传出尖锐的疼痛，但是下一秒，“他”就被舒棠给抓了回去。

舒棠把人鱼按了回去，检查了一下临时包扎的伤口没有渗血后，非常警惕地道：“你不许动，我去找吃的。”

在舒棠眼里，“他”是个不能沾水、不能挪动的重病号，怎么可能让“他”去海里抓鱼？

于是舒棠把这个病号重新摆好姿势，然后自信满满地保证自己一定能满载而归。她从角落里找到了一个大铁筐，抱着铁筐下了楼。

舒棠并不准备下海抓鱼，因为风险太大了。她沿着楼梯爬到了一楼。这座废弃供电站一楼只有一个平台和一圈栏杆，地面还有些凹凸不平。

舒棠打算在这里转一转。她猜测今天夜里的海啸也许会带来一些海产品，如果遗留在了那些小水洼里，晚饭就不成问题了。

舒棠借着通信器的一点微光，在这里搜寻着。她惊喜地发现还真的有。她卷起了裤腿，抱着铁筐，开始寻找。

被卷上来的大部分是一些贝类，如果她一个人吃就够了，但是人鱼的食量很大，吃点扇贝估计塞牙缝都不够。

幸运的是，在一个更深的水洼里，她看见了一条搁浅的、有一条手臂那么长的大鱼。她把那个筐放在了一边，卷起了袖子，和那条鱼搏斗。海鱼虽然搁浅了，但仍然很有活力，被舒棠抓住之后立马挣扎了起来。

因为担心遗留的污染物，在她走后不久，人鱼跟了下来。黑暗中，人鱼正在远处注视着她。这只怪物困惑地歪了歪头。因为今天夜里那段突然间浮现的记忆，人鱼隐约多出了一些新的认知，比方说强者庇护弱者天经地义。

尤其是当一个人强大到了一个可怕的地步后，这更加成为一种理所当然的认知。就算是受伤了，这个深海里的霸主，仍然是最强的战斗力。

舒棠却把这么强悍的“他”当作了弱者，好像一阵风、一场雨就会把“他”摧毁。甚至还在努力想办法，笨拙地捕猎，试图叼回来一条大鱼给这只凶兽吃。

可这种行为，却让躲在黑暗里的怪物，感觉到心尖滚烫，好像某个坚硬的角落被融化成了一摊。于是就连怪物的眼神也失去了平日里的冷漠，变得柔和得出奇。

“他”注视着她和那条鱼搏斗，却没有上去帮忙——那是小猫光荣的战利品。

“他”只是在看了一会儿后，回到了那间小屋子里。

舒棠将那个铁筐搬上来，花了不少时间。她推开门，就见人鱼保持着她摆好的姿势，很乖的样子。

小猫得意扬扬地凑过去炫耀，于是人鱼歪头看着她，轻轻甩动鱼尾表示赞同。

然后，舒棠再次给“他”检查了绷带，询问“他”现在还疼不疼。要是那段记忆里那个“人形武器”，也许会眉头都不皱一下地说“没事”。

可是，这只怪物此刻却将那一点微不足道的疼痛放大，露出了皱眉的表情，甚至还低下头凑近了小猫，主动蹭了蹭她，无声地说：疼。

大概是被偏爱的缘故，曾经如同钢铁般强悍的人形武器，知道了“疼”为何物，并且打算以此为借口，希望得到更多的偏爱。

因为条件限制，这顿晚饭没有调味料。但鱼肉表面被烤得焦黄，“嗞嗞”地冒出了油，吃起来有种焦香的口感。

这段时间舒棠每天都忙着复习，夜里都是匆匆吃了就跑去刷题。但是今天他们两个被困在了废弃的供电站内，暂时无法离开这里。于是就有了迫不得已的闲暇时光，多出了一整夜的时间凑在一起发呆。

舒棠一边撕烤鱼，一边试着教人鱼发音。

舒棠：“啊。”

人鱼：“嘶——”

舒棠：“喔。”

人鱼突然想起了那只藏身猫腹的鸡。虽然不明白她为什么要自己学那只鸡的叫声，但还是试了一下，结果发出了一声更加古怪的“嘶”。很像是深渊里的恶龙喷火时发出的声音，沙哑、低沉，还有点邪恶和浑厚。

舒棠：“你咧嘴试试，额——”

人鱼发出了一个介于“嗞”和“嘶”之间的音。

舒棠不信邪：“你仔细看我的口型，先做出这个口型再发音……”

跳跃的暖黄色火光里，人鱼的视线停在她的唇上。因为被火光映照着，看上去像花瓣一样柔软。

她做出了一个“e”的嘴型。

人鱼就像是想看清楚一些，低下了头。

她刚好抬起头。

两个人的鼻尖就撞在了一起，鼻尖对着鼻尖，呼吸都仿佛交织在了一起。

一个冰冷，一个温热。

也不知道是谁的心跳开始失去秩序。突然间，两人四目相对，发出了笑声。

她将额头磕在了人鱼的额头上，用柔软的鼻尖顶了一下人鱼的鼻尖。人鱼就半圈住她，顺从地往后靠了靠，从喉咙里发出了那种含混好听的沙哑笑声。

舒棠好奇地伸出手摸了摸人鱼的喉结。她说：“小玫瑰，你的发声系统，是不是和我的不太一样？”

她摸到了那突出的喉结，还摸到了皮肤底下和人类不太一样的器官构造，她想着这应该就是发音不同的原因。想要继续触碰的时候，她手指下冰冷的喉结，很轻微、缓慢地滚动了一下。

她身上只有一件薄薄的外套，人鱼上半身除了包扎的布条外，别无他物，体温十分清晰直接地传递给了彼此。半坐在人鱼怀抱里的小猫，突然像是被烫到了一般缩了缩手。

氛围变得十分古怪，空气里只剩下了彼此的呼吸声。

人鱼不知道为什么，也没有发出声音打破这古怪的气氛，只是慢吞吞地收回了那显得有些侵略性的视线。

她转头看着火光，庆幸被火光照着的时候，火光可以模糊晕红的面颊。

晚饭吃了两三个小时。

舒棠一直在教人鱼发音，但是一整夜下来，发出的声音除了越来越古怪，没有什么进展。

但尽管如此，两个人对于对口型这件事仍然乐此不疲。人鱼发不出音，却学会了“舒棠”两个字的口型。

也许是温暖的火光很容易让人犯困，舒棠觉得有点昏昏沉沉。她准备早早睡觉，养养精神。

在睡前，舒棠有点不太放心，于是让人鱼坐好，将临时包扎好的绷带掀开了一个角观察情况。

这么短的时间里，撕裂的口子已经彻底结痂，完全看不出那是两三个小时前的伤口。等到明天早上起来，这个痂也会掉落，连疤痕都会消失，一点痕迹都不会看到。

舒棠心中其实有很多的困惑，但是她并没有询问失忆的人鱼，而是将绷带重新包好。比起去探究那些疑问，舒棠更愿意庆幸人鱼不会在今夜因为伤口感染而出事。

他们商量了一下，决定先休整一晚上，明天早上起来后再去寻找那条救生艇，然后直接坐船回去。舒棠想要直接绕过这片海域，躲开污染物出没的地区，或者朝着下一个海区前进，到了有信号的地方再寻求救援。

她将电量告急的通信器关了机，准备如果运气不好再遇见污染物的时候再开机。

也不知道是不是因为白天太紧张，她这一夜睡得极其不安稳，梦里都是海面上的暴风雨和扑过来的海啸，还有不停敲打着窗户的污染物，她在这座空旷的供电站里一边跑一边寻找小玫瑰，每一步都能够听见外面的尖啸声。

她感觉到不安，还有点浑身发冷，于是她在睡梦中下意识地靠近了火堆。

在这种陌生的环境里，这只警惕心很强的凶兽几乎不可能睡着。“他”一直保持着清醒，所以在察觉舒棠动作的时候，下意识地睁开了眼睛。

很快，人鱼就发现了舒棠的异常。她的脸上有着不正常的红晕，唇却是发白的；她的额头上有汗珠不停地冒出来，嘴里含含糊糊地说着什么。她在靠近火堆后，不一会儿就开始小声念叨着“热”。

她喊热的时候，人鱼苍白的唇紧抿，漆黑的眸子里满是担忧，将冰凉的大手覆盖在她的面颊上降温，但是又不敢冻着她，并没有将她从火堆边挪开。然而，这样做，并没有使她好起来。舒棠开始低低地说：“好渴，水……”

在那个漫长的梦里，她一个人在火堆边坐着，渴得厉害，但是不能喝海水，只能等待着人鱼的到来。

舒棠发烧了。

人鱼将她放在了火堆边，离开了这间屋子，去海里寻找那条救生艇。救生艇并没有破损，而是搁浅在了附近的一片礁石中。那上面有舒棠带来的矿泉水和小毯子、食物等东西。然而，在人鱼的手指碰到救生艇的那一刻，残留的污染物从海面上冒了出来。

深海霸主猛地回头，翕张的鳍张开尖锐的弧度，眼神凶煞至极。半空中那个庞然大物一般的精神体也忽地睁开了双眼，漆黑的眸子如同邪神降临，将整片海域笼罩住，美丽的蓝色精神体一下子就如同暴虐而凶煞的巨人。

伴随着人鱼如同一道银芒消失在大海中，精神体也开始了屠杀，粗暴地撕扯、碾碎。瞬间，大海里洇开一团又一团黑色的血液。血液渐渐散开，洇染了整片海域。

漫长的时间里，这片海域无人问津，渐渐成了污染物的聚集地，衍生出了许多强大的污染物。而这十年里构筑的污染物巢穴，在今天彻底被激怒的深海霸主摧毁。

人鱼喜欢的战术就是速战速决，没有防御，只有攻击，甚至为了快速解决麻烦，偶尔会受一些伤，但那只是一些无伤大雅的小事，毕竟人鱼强悍的身躯对于疼痛的感知没有普通人那么敏锐。

但是这一次，大概是记住了舒棠的话，人鱼确保自己完好无损地回来了。

舒棠感觉自己快被渴死了，脑袋都在冒烟。

突然，唇边递过来了一瓶水，她喝了两口水，那种干涸的感觉才好了一些。她从那个梦境里面脱离，感觉到自己被抱了起来，于是，她近乎本能地抱住了那个冰冷的身体，以为是在梦里小玫瑰回来了。平日里对于舒棠而言有点低的体温，现在却刚刚好，非常舒服。

苍白冰冷的怪物浑身一僵，但意识到舒棠还有意识的那一刻，紧紧地搂住了怀里的人。

黑暗中，人鱼有力的臂膀将她单手抱住，另一只手攀住了供电站的栏杆，将她抱上了那艘救生艇。幸好，救生艇的玻璃是防弹的，舱门也没有破损，里面的毯子也是干燥的。

这一路上，人鱼时不时会停下来，上船检查她的情况，喂两口水。

然而舒棠的情况却没有任何好转。如果换个普通人，一定知道这不过是普普通通的感冒发烧，只要给她降温，好好睡上一觉，问题并不大；如果烧得不厉害，甚至连退烧药都不用吃。

可是人鱼根本不知道这些普通人眼中的常识，也不知道她明天就会好起来。

一种巨大的惶恐出现在了这只怪物身上。可是“他”很难理解、表达这种无力又陌生的情绪，于是最后全都转化成了愤怒，让“他”恨不得将这片海域里剩下的所有污染物全都摧毁。

这条人鱼浑身的鳍都竖起了，残暴地将所有靠近这条小船的零碎污染物全都撕碎。暴虐表象下掩盖的，是深深的惶恐和不知所措，怪物很害怕自己的小猫会死掉。

仿佛是感觉到了这只怪物身上浓重的不安，在下一次人鱼上船查看她情况的时候，舒棠迷迷糊糊地感觉到了什么，睁开了眼睛。

“他”苍白的唇紧抿，浑身的鳍都竖起尖锐的弧度，漆黑的眸子里全是担心和焦急。

舒棠想说自己只是有点发烧，只要降降温，很快就会退烧，没事了。可是她的脑袋昏昏沉沉的，张了张嘴只发出了很小的声音，只是下意识地抓住了人鱼的手。

下午的时候，南岛基地检测到了甲级污染物。

甲乙丙丁四个等级的污染物中，甲级是目前已知的最高级污染物，也是唯一一种可以寄生、污染人类的污染物。在污染区降临初期，甲级污染物甚至可以摧毁一座小型城市。就算是在几百年后的现代，甲级污染物仍然具有很强的威胁性。

这是南岛基地建立以来，第一次遭遇七八只甲级污染物这么严重的事件。

安全区迅速进入戒备状态。南岛基地出动若干战斗机和潜艇，准备进入新的污染区进行剿灭。然而行动尚未开始，卫星就检测到那几只甲级污染物消失了。

陈生接到消息时，想起了之前舒棠说要去那座供电站，而供电站正好在危险爆发的中心地带。他一下子就明白了是怎么回事。

于是 01 区再次开了一次秘密会议。会议上，邱院长开始分析这一次污染物巢穴的情况，以此作为样本，反推 001 号的战斗力。

之前，虽然大部分的研究员都支持邱院长的“进化论”，但没有数据和实验的支持，就连邱院长的推断，也仅仅只是一种“猜想”。然而今天，这个猜想得到了证实。

“某种意义上，001 号的战斗力需要重新评估。”

001 号这次摧毁了八只，并不代表着极限，而是因为这座巢穴里仅有八只。

而作为曾经的元勋秘书团成员，陈生是最清楚这里面的变化的。在十年前，元勋最高纪录是独自摧毁三只甲级污染物。这在当时，已经是人类顶尖的战斗力。被称之为“人形核武”，并不是一种溢美之词，而是一种写实的描写。可十年后，这进化似乎变得更加迅速，更加超乎想象。

会议结束后，一种空前的激动溢满了胸腔，陈生一边走，一边和副官低声说：“这件事将成为我们为元勋争取支持的筹码。”

在元勋清醒后的几个月里，联邦内部小动作不断，上一次南岛基地的指挥官插手，就是联邦内部纷争的一个小小的投影。

副官赞同：“无论如何，联邦都要记一功。如果能够得到研究院的全部支持，元勋一定可以得到更多的治疗资源和机会。”

陈生沉默了一会儿：“如果元勋有清醒过来的一天，我们无论如何，都不能让他陷入被动。”

凌晨，暴雨再次降临南岛市，整个城市笼罩在一片雨幕之中。

01 区的值班室内，陈生刚结束和南岛基地指挥官的通话。突然间，一种绝对的危机感，让这个久经沙场的 alpha 立马转过身，警觉地看向了窗外。

看见那张熟悉的面容的那一刻，陈生愣住了。

陈生并不是第一次见到元勋离开禁地。可是过去的几次里，“他”那双漆黑的眸子扫过所有人，仿佛和看窗户、石头没有任何区别，然后撑着那把蓝色的雨伞，沉默而迟缓地朝着禁地外走去。

之所以不进行攻击，很可能只是没有放在眼里。

虽然走出去了，但人鱼身上仍然对外界充满了排斥、抵触。就算是上次舒棠说的“遛弯”也是如此。

在陈生的认知里，“他”从来不和除舒棠以外的任何人交流，甚至连那种眼神的交流、肢体的语言都没有。这也是联邦、研究院，甚至这里的每一个人畏惧的原因之一。

如果那是一只贪婪的恶龙，人们只需要献上珍宝；如果那是一只暴虐的杀人魔，人们只需要不择手段地毁灭他；可是那是个无法沟通、无法交流，对外界充满了敌意的怪物。而且正在“进化”着，人们仰望那个庞然大物的时候，几乎有种看见邪神的错觉。“他”并没有做什么，却让人们深深地恐惧着，那巨大的未知。

而现在，雨幕中，大门被推开，那个孤僻的怪物死死地抱着怀里的女孩子。怪物的身上全是雨水，可是怀里的人却被雨伞遮得严严实实。

这是第一次，怪物主动踏出了自己孤僻封闭的世界，向着那个出现在那段陌生记忆里，有些熟悉的面孔，发出了沙哑的嘶声。尽管是一种凶狠的威胁，但是这种威胁的表象下，是一种“交换”或者“求助”。

十年前沉默寡言的首领，和现在雨中的怪物几乎重合。

当微凉的雨丝扑到面颊上的时候，陈生才回过神来。

在这种情况下，陈生几乎要以为元勋认出了自己，眼眶有些发热。他竭力冷静下来，立马打电话联系医生过来。在等待的过程中，陈生忍不住试探着叫了一声：“大首领？”

那个怪物没有任何反应，只是死死地抓着怀里女孩子的手，眼睛一眨不眨地盯着她。

她的大脑仍然昏昏沉沉，但其实一直隐隐约约有些感知，她知道人鱼带着她回到了堡垒里，知道人鱼在发现把她裹在被子里也没有用的时候，那种紧张和焦急。

她很想抱住“他”，告诉“他”自己没事，可是醒不过来，只能下意识地抓住人鱼的手。

也许是她还有动静这一点安抚了那只凶兽，“他”很快就抱着她离开了，舒棠也不知道人鱼把她带去了哪里，只是一直靠在人鱼的怀里。

舒棠迷迷糊糊地醒过来，感觉到自己躺在了一张病床上，干燥而温暖，周围有空调和消毒水的味道。她能够隐约听见人鱼沉重的呼吸声和偶尔发出的嘶声。

人鱼非常讨厌外面的世界，就算已经习惯了收音机的电流声，但是空调的气流、空气中飘浮的混乱气味，仍然不会让这只深海里的凶兽感觉到舒适。陌生的环境、发着高烧的舒棠，都让这只怪物的警惕性到达了巅峰。

在那段突然冒出来的记忆里，人鱼见过陈生的样子。因为十分熟悉的脸，在发现舒棠高烧不退后，怪物选择了找到陈生。但是仍然抱着极大的警惕心，就像是守着仅有的一颗宝石的巨龙，对着每个接近自己珍宝的人，展现出强烈的攻击性。“他”不信任外面的一切，害怕一点风吹草动，怀里的小猫就会死掉。

这只深海里的凶兽死死地盯着每一个试图靠近她的人，仅仅是那黑沉沉的眼神，就彻底震慑住了那些陌生人。直到有个医务人员哆哆嗦嗦地开口，告诉那只怪物：“这……这是必要的检查流程，我们要量体温，不然降、降不下来……发烧，会烧傻的……”

所有人都以为这是徒劳的，就连陈生也要以为这第一次的“主动交流”要失败了。

可是一秒、两秒、三秒过去了。

那只可怕的怪物却像是听懂了一般。“他”看了看怀里的小猫，苍白的唇紧抿，翕张的鳍也开始慢慢地收拢。这是一种“和谈”的表现。

怪物仍然寸步不离地死死守在她的旁边，却强忍住了本能，在医生靠近的时候没有发起攻击。

舒棠的确发烧了，而且烧到了 39℃，可以打退烧针。

可是当医生消毒的时候，那只怪物看见了医生手中尖锐的金属。一瞬间，强烈的不信任和危机感，让这只怪物竖起了耳后的鳍。

但在这个时候，舒棠睁开了眼睛，她伸手抓住了人鱼冷得像是块冰的大手。

因为她醒过来了，人鱼身上那种强烈的攻击性立马消失了。于是人鱼低下了头，凑过去，朝着她发出了有些沙哑的嘶声。

舒棠知道人鱼很讨厌外面的世界。因为敏锐的嗅觉，讨厌陌生的气味；因为极佳的听觉，嘈杂的说话声，甚至频繁的空调换气声都会刺激到这只凶兽的神经。外面的世界对于“他”而言，光怪陆离。

她听着外面的雨声，偏过头，因为发烧而潮红的眼睛，呆呆地看着头发还滴着水的人鱼。

就像是从前每一次他看她时那样目不转睛，就像是磁铁一般移不开视线。心里的某个角落，不受控制地开始坍塌。

她不清楚是何时开始，又是如何愈演愈烈的。

也许是吃了他太多鱼的缘故。

好感与日俱增。

舒棠上一次感冒发烧，还是三年前。

当时舒妈妈哭得泪眼汪汪，安慰了一番病重的舒棠后，给她塞了一盒感冒药，就和舒爸爸一起下楼搓麻将去了。有点亲情，但不多。于是舒棠也就没有当一回事，在家睡了一天一夜醒过来就全好了。

如果不是因为在海啸中躲了一个下午，舒棠也许发烧都不会有。但是这一次似乎比从前的小感冒要来势汹汹一点，高烧伴随着嗓子痛、头脑昏沉齐齐上阵。

他们是凌晨的时候打上退烧针的。

人鱼的精神十分紧绷，因为担心舒棠会死掉，一直没有松开舒棠的手。

其实有点疼，但是舒棠并没有抽回手。她一直安抚着人鱼，等到人鱼确认她的体温慢慢降下来后，那种草木皆兵的感觉才消失。

这条鱼放松了下来，等到医生都离开了，这一层楼只剩下了他们两个时，人鱼将她圈住了，舒棠也就伴随着雨声再次陷入了睡眠。也许是这一次是靠在人鱼的怀里入睡的，她没有再做噩梦，因为药效的发作，睡得十分昏沉。

舒棠却不知道，在她睡着后，人鱼的庞大精神体就锁定了这一整栋大楼。这种领地意识极强的生物，必须要确保周围的安全。

人鱼通过精神体，听见了深夜这栋楼里面人们的对话。在意识到这是专门治病的地方后，凶兽那种敌意渐渐消失了。

这只怪物就像是一块海绵，通过别人的只言片语，学习着这些词语的含义。

一个词频繁出现，让怪物认识到了一个概念：体温。

很快，人鱼意识到了一件事："他"的体温一直很低。

人鱼将注意力从精神体上收回，低头看了看自己苍白冰冷的手。尤其是在这种下雨的天气里，人鱼的体温可能比外面的冷空气还要低一些。

在舒棠今天发烧之前，人鱼从未意识到自己的体温对她的影响，甚至在每天夜里都会用鱼尾圈住她睡觉。人鱼低头看着睡着的舒棠，想起了她高烧不退时自己将她紧紧抱着的样子，意识到自己可能做错了一些事。

人鱼苍白的唇紧抿，有些无措地、下意识地凑过去想要蹭蹭她，朝着她嘶一嘶表示抱歉。然而，在凑近她的那一刻，就立马僵在了原地。

“他”并没有继续和舒棠睡在一起，而是在角落里的沙发上闭上了眼睛。怪物动作迟缓地甩了甩自己冰冷的鱼尾，“他”非常喜欢圈住她睡觉。

但是她好像不能承受这种低温。这只冷血的动物，感觉到了一种浓重的失落。

舒棠退烧后睡了一会儿就醒过来了，她下意识地去摸人鱼的手，没有摸到，然后就彻底清醒了。

舒棠发现自己可能有一点小小的 PTSD（创伤后应激障碍），看不见人鱼的时候，下意识地就会有点紧张。但是很快，在舒棠从床上坐起来后，她找到了人鱼的所在。

“他”就在不远处。床边的沙发对于体型很大的人鱼而言有些狭小。

舒棠不明白她睡着前人鱼还在床上，为什么一觉醒来“他”就在沙发上了。

当舒棠穿着鞋子，刚准备下床的时候，人鱼睁开了眼睛，正好对上了她的眼睛。

然后舒棠就被按回了床上，塞进了被窝里。舒棠有点不明所以：“小玫瑰，你怎么不睡在床上？”

人鱼想起了她高烧不退的时候，自己还用体温让她“着凉”的事情，微微一顿。

于是舒棠就发现，人鱼看了看她，伸出那只苍白的大手，在空调的暖风前吹了一会儿。

舒棠有点不明所以，因为据她所知，人鱼是很讨厌空调的。

感觉到自己的手不再冷得像块冰了之后，“他”将手放在了她的额头上。舒棠感受着人鱼和平常不一样的有点温热的体温，愣了一会儿。她抬头看着人鱼看上去面无表情的脸，突然间明白了为什么。

舒棠能够很明显地感觉到，自己正被小心翼翼地对待着。

甚至是宠爱着。

这种感觉让她控制不住地盯着人鱼看。

人鱼朝她嘶了嘶，大概是说自己体温低，所以不和她一起睡。

舒棠却伸手抓住了那只因为血液重新冷却而即将撤离的大手，她把大手按在了额头上。

“小玫瑰，其实发烧的时候，体温太高了是需要降温的。

“你见过降温贴吗？你看，要不是你的体温像是降温贴一样，我退烧没有那么快的。”

人鱼安静了一会儿，仿佛在确认舒棠是不是在说假话。

舒棠干脆裹着被子，挪到那个本来就有点狭小的沙发上。舒棠说：“你看，只要我好好裹着被子，不会着凉的。”她试图将人鱼的鱼尾抱起来，圈住自己。

但是鱼尾一甩，就在她碰到之前将她圈住了，然后把被子压得严严实实的。

“其实我挺喜欢这个温度的，虽然冬天有点冷，但是夏天的时候很凉快啊。”她开始抱怨夏天的时候联邦的电费有多贵。是的，联邦因为资源紧缺，供电都非常节约，电费十分昂贵，舒棠晚上都不敢开一整夜的空调。而抱着“他”的鱼尾，一整个夏天能省下两千块的电费。

在她的声音里，那刚刚因为体温而冒出来的失落渐渐地消失了。

狭小的沙发到底是挤不下两个人，于是人鱼将她连人带被子一起，抱回了那张大床上。

这间病房其实已经是最高规格了，病床并不是标准的床，有足足两米长，但还是小了，至少人鱼的鱼尾都放不下。于是他们两个就盖着被子，听着窗外的雨声再次进入了睡眠。

海角疗养院只接待与精神力相关的病人，但是院内有几千人，又相对封闭，所以疗养院单独开辟了急诊科附近的一栋楼，偶尔处理一些小病小痛也比较方便。

舒棠住院的地方就是这里。这场小感冒虽然来势汹汹，但是好起来似乎也快。在回到了温暖的环境里休整一夜后，舒棠的体温已经恢复了正常。

他们是凌晨赶到的，舒棠本来打算听从医生的建议多住两天观察一下情况，但是她只住了一夜就改变了主意。

第一天晚上，仍然是大雨。

因为白天睡得比较多，舒棠夜里没有睡着。她越睡越精神，想起了自己没写完的试卷，开始陷入了凌晨的 emo（伤感情绪）中。因为供电站之行，她的复习计划推迟了两天。

她开始焦虑，甚至想要半夜去旁边的急诊科侦探一下敌情，看看苏茵他们复习得怎么样了。

正当舒棠进行复杂的心理斗争之时，她突然感觉到一只冰凉的大手碰了一下她的额头。

现在大概是凌晨三点的样子，她以为人鱼是睡梦中不小心碰到的，直到人鱼试探她温度的动作重复了好几次。

仿佛是确定她夜里没有再发烧后，人鱼安静了下来。

她悄悄睁开了眼睛，以为人鱼终于睡着了。然而她仔细观察了一下，发现人鱼耳后的鳍仍然保持着翕张的姿态；黑暗里，偶尔“他”还会像是被什么动静吵到一般，微微蹙眉。

舒棠突然间想起来，这里上下三层楼都是人，脚步声、谈话声不绝于耳，对于人鱼而言，恐怕很难入睡；而且“他”还要时不时探探她的体温，岂不是一整个晚上几乎都没有睡觉？

她盯着人鱼的侧脸看了一会儿。黑暗里，她悄悄伸出了手，捂住了人鱼的耳朵。

这只警觉的凶兽立马睁开了眼睛，感觉到是她后，又慢慢地放松了下来，甚至还低下头来蹭了蹭她。

舒棠就一直保持着这个姿势，没有松开手。

也许是被她捂住耳朵起了效果，人鱼看上去放松了一些，慢慢地睡着了。

早上醒来后，舒棠决定出院了。她的小感冒并不严重，如果不是陈生叮嘱过医生的话，甚至连住院都不需要，估计开几盒药就打发回家了。

而他们两个中间，显然人鱼受的伤比较严重一些，偏偏人鱼从抱着她去找陈生到现在，三十几个小时里，只睡了一小会儿。

她有些不忍心。于是一大早，舒棠就和守在外面的老吴说了一声，在人鱼醒来前去了楼下。

如果是在发现人鱼的愈合能力之前，舒棠一定会趁着这个机会，拉着人鱼去做个全身体检；但是现在舒棠有种直觉，也许这个秘密还是少一些人知道比较好。

所以她并没有声张这件事，而是在从自己的主治医师那里拿到药单后，在药房等待小护士拿感冒药的时候，又问小护士：“有没有外伤药？”

其实没有处方不能拿药，但是陈生对医院上下都嘱咐过了。

于是小护士询问了一下后，将止痛药、消炎药、绷带、纱布还有消毒的药水都给她拿了一盒。

舒棠收拾了很大一袋子的药，揣着病历上了楼，果然看见了人鱼。

其实人鱼在舒棠下床的时候就醒过来了。毕竟这只很警觉的凶兽，是绝对不可能放心她一个人出去的，于是人鱼一直跟在她的后面。直到舒棠办好了“出院手续”，人鱼才回到了病房里。

果然，舒棠一推门，就说：“小玫瑰，我们回家吧。”

人鱼已经知道了出院手续是什么意思。“他”漆黑的眸子盯着她，虽然一句话都没有说，但是舒棠立马就感觉到了不同寻常。“他”看上去有些严肃，垂眸盯着她的眼神充满了审视，有点凶，仿佛在问她：为什么要出院？

舒棠有点心虚，因为她的确是打着先斩后奏的主意。

但是舒棠心里清楚，如果她不出院，可能接下来三天里人鱼都不会好好休息的。

偏偏，这一点她并不能直接和人鱼解释。于是她顶着人鱼那极具压迫性的视线，硬生生地装作若无其事的样子进去收拾东西。

舒棠先是和人鱼科普：“感冒三四天就会自己好了。”

紧接着，她开始举例小时候若干次发烧的经历，最后举起了病历：“小玫瑰，你看，主治医师都说没问题。”

她开始感觉到后背被盯得发毛。

人鱼面无表情地盯着她，她一定是觉得“他”很好骗才这么说的。

那个医生明明让她住两天院再离开。

因为一直用精神体听着他们的对话，人鱼已经完全能够听懂很多的诊断了，医生明明说舒棠还有点“扁桃体发炎”。

所以此刻，人鱼知道，舒棠在撒谎。

她一定是因为别的理由才想要回去的，可是她不肯说。

“小玫瑰，真的是小毛病，我回去吃两天药就好了。”

人鱼却觉得她是个小骗子。

因为当她躺在“他”怀里浑身发热的时候，人鱼觉得她都要消失了。那种惶恐和紧张，人鱼至今记得清清楚楚。“他”很怕她会不小心死掉。

两人僵持了一会儿。

人鱼伸手，把她给提溜了过来。

然而，想要凶她，她还在感冒，是个病人；想要训她，自己又除了嘶发不出别的音。于是人鱼低头看了她好一会儿，最后只能无可奈何地抿唇，生闷气。

舒棠最后还是出院了，因为来的时候什么都没有带，所以回去的时候也仅仅是收拾了这两天的所有药。

舒棠以为人鱼是妥协了。但是舒棠并不知道，人鱼学会了“迂回作战”。

人鱼已经记住了这条路，也记住了陈生这个人。只要舒棠再发烧，人鱼就会把她半夜提溜进这里打针。只是到了那个时候，人鱼就没有那么好说话了。

回去的路上，舒棠能够感觉到“他”还在生气。高大的怪物面无表情地走在她的前面，手里提着满满一大袋的药，虽然仍然是面无表情，但是每一个靠近“他”的人都能够感觉到那种暴躁的气息。证据就是一路上早早就感觉到危险，立马逃得远远的路人。

而且因为沟通不畅，舒棠不知道，这只怪物还有一个生气的点：“他”认为舒棠在糊弄自己。

就像是舒棠曾经骗“他”说，别人看见“他”就跑是因为肯德基疯狂星期四。

“他”低头看着那个小骗子。要是在一个月前，舒棠的胡言乱语还能轻松忽悠住人鱼，基本上是她说什么，人鱼就认什么。她说太阳是扁的，人鱼也只会赞同地甩甩鱼尾。可是随着时间的推移，人鱼能够听懂的话越来越多。

舒棠从前对人鱼说，她有一种很严重的疾病，叫作人床分离焦虑症，所以她必须每天在床上躺满十二个小时。人鱼一开始被糊弄，将信将疑地将舒棠放回床上，后来才发现她就是单纯的懒。

还有舒棠背不出书，一定是今天的天气、鱼肉、水温不合适，指挥得人鱼团团转。人鱼盯着舒棠玩一会儿沙子、看一会儿书的背影，还是没有拆穿这个小骗子。

诸如此类的糊弄，还有很多很多，人鱼并不觉得生气。但是今天，人鱼突然意识到，在这个小骗子的眼里，“他”大概是很笨拙、很好糊弄的。

人鱼想到这里，不知道为什么，抿紧了唇——似乎，在某种潜意识里，这只怪物希望自己在她的眼中，是可靠的、是强大的。

小骗子心虚地走在后面，揣着手手，一直在偷偷瞟着“他”。

这是一个天大的误会。

人鱼并不知道她隐瞒“他”，是因为担心“他”睡不好觉。

舒棠也不知道人鱼是因为什么而生气。

两个人中间，还只有一个人长了嘴。

走到一半的时候，舒棠不走了。她左顾右盼，找了个花坛坐下。没有听见脚步声，走在前面的高大背影脚步一顿。沉默了一会儿，最后人鱼还是折返了回来。人鱼低头盯着那只坐在花坛边的猫，看上去更加生气了。

结果就听见了她说：“小玫瑰，你看要下雨了，我们俩只有一把伞，我走不动了，你背我回去好不好？”

她说这话的时候一直在偷偷观察人鱼的表情。

人鱼安静了一会儿，什么都没有说，只是将塑料袋放在了地上。

舒棠顺利地趴在了人鱼的肩膀上，她一只手在他们的头顶撑起了伞。在对方准备站起来的时候，她抱住了“他”的脖子，示意这样不容易掉下去。

人鱼沉默了一会儿，大手托住了她的双腿——这样就不会掉下去了。

舒棠愣了一下。对方的体温冰冷，像是冰块一般，但是她觉得前所未有地安心。她把脑袋搁在了人鱼的肩颈侧，忍不住笑了起来。

呼吸有些痒，人鱼脚步一顿。

在大雨里，她小声说：“小玫瑰，我好喜欢今天。”

这一句说得好小声，被淹没在了雨幕中。

人鱼似乎听见了，又似乎没有听见，只是脚步一顿，然后继续背着她朝着禁地走去，嘴角似乎勾起了一丝不易察觉的弧度。

她安静地趴在高大人鱼的背上，摇摇晃晃地撑着伞，嘴角控制不住地上扬。

她借口雨大无伞，路远难走。

然而两个人都心知肚明。

伞有两把。

路也不长。

第九章 //
小猫的索取

舒棠的这场小感冒，在回到禁地第二天后就好得差不多了。

起床后，窗外的天色格外阴沉，大概是因为食物储备不够了，人鱼一大早就去了海中捕猎。

舒棠在厨房冲了一杯感冒冲剂，突然想起来了一件事——那天他们去供电站是去启动电源的，但是她并不能确定当时自己有没有成功。

于是，舒棠找到了手电筒，揣着手手来到了地下室检查电闸。

黑暗里，舒棠摸到了一个开关，往下一拉。也许是很多年没有开启了，舒棠足足等了半分钟，眼前才亮了起来。

因为“巴士底狱”的窗户比较狭窄，下雨天的时候，整座堡垒都会显得十分阴沉。然而此刻，整座堡垒像是被唤醒了一般，灯光次第亮起。

舒棠一直以为这里是没有灯管的，结果一通电，石头吊顶上面就有明亮的灯光洒了下来。瞬间，这座石头建筑的阴森感大大减退，还有种低调的奢华感。

她一边欣赏着，一边上楼检查其他电器。

浴室里的淋浴可以放热水了；冰箱竟然还能用，不过需要做一些简单的清洁；厨房里的插座也都通上电了，于是舒棠把电饭煲、电磁炉都放置好了。

等到人鱼带着今天的猎物和柴火回来的时候，这座“巴士底狱”已经大变样了。

人鱼站在门口，看着舒棠在灯光下转来转去，熟练地放置好电器，依次打开，于是这里就变得陌生又明亮，几乎不像是怪物那个阴暗的巢穴。

这只怪物后知后觉地意识到，其实比起原来的生活方式，舒棠应该更加习惯这些现代文明的产物。

人鱼在大雨里带回来的柴被放在了一边，因为里面已经传来了粥的香味，这捆柴火可能派不上什么用场了。

人鱼沉默了一会儿，苍白的唇紧抿，有点生闷气，但这次生闷气的对象是自己。

这一次舒棠发烧的经历，让人鱼意识到自己可能做错了一件事。“他”在这片原始丛林里可以生存得很好，强悍的体魄让人鱼不会感冒、生病；强大的猎食能力让人鱼完全可以自给自足。甚至因为太过强大，怪物的存在只会威胁到外面的人们，人们却完全不能够威胁到怪物。但是舒棠不行。她发烧了没有医生治疗她会死掉，如果不是陈生的帮助，也许这只怪物连去哪里找医生、去哪里买药都不知道。人鱼将情绪掩饰得很好，于是就连舒棠都没有发现任何的异样。

她观察了一下，人鱼似乎对这些电器并没有表现出任何抵触。于是她开始试着告诉人鱼怎么用这些电器：“小玫瑰，这个冰箱下面是冷冻，上面是冷藏，你把抽屉拉出来就可以把鱼肉放进去了。”

人鱼按照舒棠的指示拉开了抽屉：结果因为第一次碰这种塑料板，“咔嚓”一声就捏碎了。

人鱼愣了一下。

其实莫名其妙地，舒棠觉得高大的人鱼愣住的时候有点可爱，但她还是立马说：“我第一次用的时候也捏碎了！”她将抽屉推了进去，若无其事地继续教人鱼用电饭煲。

人鱼低头看了看自己的大手，沉默地继续听。

舒棠有点担心人鱼会对这些有着各种按键、还会动不动被弄坏的电器产生抵触心理，于是只教了一个电饭煲就停了下来。她想，反正她在家的时候，她一个人会用就好了。

毕竟根据舒棠这些日子的观察，除了那个收音机，人鱼对外界所有的新物件都不是很感兴趣。

然而，这天中午，人鱼却做了一件十分出人意料的事情。在吃午饭的时候，人鱼第一次换掉了天气预报。

舒棠在明亮的灯光下写试卷，感觉到背景音乐被换掉，变成了新闻台声音的时候，她愣了一下。舒棠：震惊，这条鱼竟然不听天气预报了！

也许是她的眼神太意外，人鱼安静了一会儿，又若无其事地回去切鱼了，但一直在听着她的动静。

舒棠等了一会儿，发现人鱼没有换回来。她先是愣了一会儿，紧接着开始感觉到惊喜。一直以来，舒棠试图用收音机、用不断谈起外界的方式去勾起人鱼对于人类世界的好奇心和探索欲。但成效并不大，人鱼对于外面的世界并没有什么兴趣。这导致舒棠一直认为这条鱼有点自闭。可是她无法告诉别人自己的担忧，甚至连陈生她都不敢说。因为告诉别人，禁地和外界的对立会变得更加严重。

所以当舒棠发现人鱼开始主动了解外面的世界时，就好像一直在浇水等花开的人，终于看见了一个小小的花苞。这种喜悦，让她的眼睛都亮了起来。

舒棠跑进了厨房里，绕着人鱼打转："小玫瑰，你怎么突然间想听新闻啦？"

人鱼安静了一会儿，没有回答她这个问题，而是把她提溜到了柜子上面。

舒棠感觉到人鱼对于外界态度的动摇，于是决定趁热打铁，她给陈生打了个申请，想要一台电视机。

陈生那边的速度非常快，第二天早上就将电视机放进电梯送了进来。

当舒棠安装好并打开电视机的时候，人鱼没有表现出任何的排斥。甚至当舒棠告诉人鱼，电视机要怎么用的时候，人鱼都听得非常认真。当放到了一部充满生活气息的电视剧的时候，人鱼歪了歪头，示意她停下来。

从天气预报到情景喜剧，舒棠觉得人鱼的爱好实在是让人有点捉摸不透。

人鱼这次看得非常认真。但是舒棠并不知道，与其说是看，不如说是观察。人鱼正在观察电视剧里的人们是如何生活的。

怪物想要学会更多电器的用法，这样就不会在她面前显得笨手笨脚；还想要学会怎么挂号看医生，这样就可以在她生病的时候不用求助别人；还想要听懂她的每一句话。

这只凶残的怪物，在小心翼翼地学习着如何照顾一只小猫；想要在她的面前，看上去更好、更加可靠一些。

从医院回来后，这只怪物一直在生自己的闷气，本来就面无表情的样子，看上去就更加阴鸷了。

直到正在看着电视剧的人鱼，突然注意到舒棠的视线。

人鱼以为舒棠喜欢听收音机，自然也会更加喜欢看电视剧。

但是并没有。

她正在盯着人鱼的侧脸看。从前，舒棠就发现，自己本能地喜欢和人鱼待在一起。舒棠喜欢漂亮的鱼尾、喜欢海滩和海风，还有不上班可以偷懒的日子。

但是喜欢好像是有传染性的，像是磁铁的两极，她发现自己开始控制不住地偷偷看人鱼。从紧绷的下颌线看到垂下来就显得有点阴鸷的长长睫毛。好一会儿，舒棠才被外面的雨声唤回神。人鱼看着电视机，她就坐在沙发上背书。

因为考试进入了倒计时，她不得不打起精神来，集中注意力。舒棠制定了严格的计划，争取一次过。她能够感觉到溢出来的喜悦和欢喜，填充着他们日常生活的每个角落。

她想自己大概是有点喜欢人鱼的，但是“有点”是多少呢?

她忙着考试，暂时没有时间审视自己的内心。然而，在休息时，她仍然会忍不住撑着下巴看着人鱼的侧脸，像是欣赏一朵蓝色的小玫瑰。

她的这种眼神和往常不太一样，像是一片柔软的羽毛。被这样注视着的时候，让人鱼有种泡在温暖的糖水里的错觉。这只怪物冰冷尖锐的心脏慢慢地软化，感觉到了一种很陌生的情愫。

而在人鱼低下头的时候，她就会若无其事地转过头，哼着小曲儿，低头继续画重点。怪物困惑地看了看小猫，很难搞懂这只小猫得意扬扬、心情变得很好的原因。

这种古怪的事情，还不止一件。

晚上，他们两个在海滩上散步。突然，舒棠走慢了一拍，若无其事地变成了和人鱼并排，然后偷偷牵住了人鱼的手。她像是一个贼，或者一个偷偷摸摸躲过教导主任的高中生，借着夜色的遮挡，才敢壮着胆子做一点坏事。

舒棠感觉手心有点冒汗，但是还好，人鱼似乎没有发现异常，好像背着她和提溜着她没有什么区别；牵手和拥抱也没有什么区别。

舒棠专门挑黑的、有礁石的地方走。这样她就可以告诉人鱼：“哎呀快点抓紧，不然会摔倒的。”高大的怪物低头看着她，困惑地歪了歪头。

但是白天的时候，这个借口就不好使了。

天气好的时候，舒棠喜欢和人鱼在礁石上，不管是吃东西还是写试卷，吹着海风晒太阳非常舒服。可是这个时候，她又忍不住把视线看向旁边的人鱼。

舒棠一度怀疑附近是不是出现了猫薄荷，染到了人鱼的发丝上。于是散步的时候，她严格地审查了周围，但并没有找到这种违禁物品。

于是她偷偷凑过去，朝着人鱼的大手靠近。人鱼微微一顿，低头看了看她的手。

在对方平静而审视的目光下，舒棠有种被抓包的感觉。可是现在太阳正好，摔跤的借口用不了。于是舒棠很严肃地说："小玫瑰，你听说过光合作用吗？"

她抬头看了看太阳，一本正经："有太阳的时候，手拉手就可以进行光合作用。

"对身体很好的。"

小骗子在胡说八道。因为她骗人的时候就会左顾右盼、躲避眼神。人鱼懒洋洋地眯眼看了她一会儿，甩了甩鱼尾。

舒棠被看得越来越心虚，心想：要不还是晚上再牵手吧。

她的许多不同寻常的表现，都被人鱼看在了眼中。这只怪物敏锐地意识到：她想要从自己身上索取一些什么。

如果是别人想要从这只孤僻而凶残的人鱼身上索取什么，这只深海里的霸主，一定会毫不犹豫地将贪婪的人类撕碎；可是现在试图索取的人，变成了那只小猫。

在日复一日的相处中，深海里的凶兽对她的耐心越来越好。

在舒棠缩手之前，一只冰冷的大手反手将她抓住。

人鱼收回了视线，甩了甩鱼尾，转头和她并肩一起晒太阳。

她嘴角上扬，当真像是一株晒到了太阳的向日葵一般，在牵着手的时候，因为某种神奇的光合作用，春暖花开。

接下来一整天的时间里，这只怪物第一次有了强烈的求知欲。在意识到小猫开始想要索取一些东西的时候，这只怪物并没有感觉到怒气，甚至并不感觉意外。不管是十年前的"人形核武"，还是十年后的这只孤僻的怪物，都深刻地明白一个道理——得到一些什么，就必须相应地付出一些什么。

甚至从舒棠愿意留下来的那一天开始，人鱼就在等待着舒棠索取的一天。因为，这只怪物其实并不相信，仅仅靠着"怜惜"，她就愿意一直留在自己的世界里吗？

从前，舒棠告诉这个怪物，她很喜欢"他"贫瘠的世界。可是在通电后，怪物才发现，这是小骗子的一个谎言。

她说："小玫瑰，我喜欢和你在火堆边看书。"人鱼当时很愉悦，出门为她准备更多的柴；然而，其实舒棠更加喜欢在明亮的灯光下看书，因为看得更加清楚。

她说："小玫瑰，我喜欢和你一起看眼泪海、一起玩沙子。"

直到有了电视机，她再也没有出去玩过沙子。

原来只是因为怪物的世界很贫瘠，所以她的娱乐只剩下了玩沙子、看眼泪海。可是她却骗怪物说，她喜欢"他"的世界。

如果她并不是那么喜欢这贫瘠的土壤，为什么留下来呢？在发现了舒棠的"索取"后，这几天积攒的困惑终于找到了出口。

怪物开始不动声色地等待着舒棠提出要求。她想要索取什么呢？

因为这种疑惑，人鱼在看电视的时候，视线总是投向舒棠。

舒棠却并不知道人鱼在想什么。

两个人的脑电波有的时候诡异的相似，然而在某些时候却又显得南辕北辙。

舒棠感受着人鱼经常投过来的、沉默而审视的目光。舒棠：他是不是已经知道人不能进行光合作用了？

舒棠被人鱼看得有点紧张。她开始很紧张地想着别的借口进行糊弄，光合作用不行的话，那就"量子力学"吧。

她觉得以人鱼现在的学习速度，再快暂时也进入不了量子力学的领域。这个新名词可以糊弄一阵子。

但是很快，那种审视消失了。在一边假装看书的舒棠，立马就发现了人鱼闭上了眼睛，鱼尾也不甩动了。于是她松了一口气。

人鱼的侧脸，长长的睫毛在灯光下有种荫翳的弧度。

她屏住了呼吸，悄悄靠近了他，试探地戳了戳人鱼。

人鱼保持着安静。是的，这条人鱼正在给舒棠制造一个机会。

然而在这段等待的时间里，怪物却开始感觉到不安："他"的世界贫瘠而乏味，也许她上下打量之后，发现并没有什么价值。

而怪物本身，除了强大的战斗力，一无所有。就像是十年前的某个称呼："人形核武"，一种冷锐、杀伤力巨大的兵器。除了杀戮，和一些鱼，人鱼似乎什么也给不了她。

就在这只怪物审视着自己，冷酷地拷问着自己的内心，试图用贬低自己的方式宣泄那种一直以来的不安之时，一阵风拂过。

这只小猫靠近了沉睡的人鱼。

她轻轻地、小心翼翼地吻了一下怪物的面颊。

舒棠鬼鬼祟祟地亲了一口后，很谨慎地观察着人鱼的反应。发现人鱼似乎没有醒过来的迹象后，她立马逃离犯罪现场，装作什么事都没有发生。就像是一只打碎了水杯的小猫，若无其事地路过。

她哼着小曲儿，回到了卧室里，把窗帘拉上、把被子拍开，睡觉去了。

而黑暗里，那只企图用睡眠麻痹小猫、卑劣地进行试探的怪物，缓慢地睁开了眼睛，但是并没有动弹，仿佛变成了一座雕像，一动不动。

一直到窗外的细雨飘进来，怪物才迟疑地伸手碰了碰被亲过的地方。那是什么呢？

这天夜里，怪物没有回到卧室里和往常一样圈住她入睡。

猫的喜欢就像是漫天纷飞的猫毛，给你带来一系列连锁反应之后，理直气壮地路过。

而这座“巴士底狱”里的主人，正在备受猫毛的困扰。徘徊在深夜里的怪物，不明白那个吻的含义是什么。于是这天夜里，01 区的工作人员发现，稳定了很久的精神力数值开始产生了变化。

其实自从舒棠成为 001 号的治疗师后，那个屏幕上的数据就一直非常稳定，稳定到所有人都开始私下讨论——舒棠是不是从哪里学了什么神奇的治疗术？

然而谁也没有想到，舒棠除了正常的治疗，每天只是在禁地里面和 001 号吹风晒太阳而已。仅仅只是因为她的陪伴，这只从苏醒以来就显得很狂躁的凶兽，陷入了很长一段时间的平静中。这种平静让凶兽找回了理智，甚至还苏醒了一部分的记忆。

就在众人齐齐担心精神力暴动时隔两个月再次出现的时候，那数值慢慢地又像是过山车一样渐渐地平稳了下去。

一直在门口徘徊的怪物，终于决定走进去。“他”靠近了舒棠，漆黑的眸子盯着她，困惑地看着她的唇，然后伸出了冰冷的手指，碰了碰她的唇。

柔软、温暖。

但是怪物慢慢地收回了手，低声朝着她嘶了嘶，仿佛在发出疑问：那是什么呢？

虽然试探有了结果，可是如今还并不算是很了解人类社会的怪物，还不能理解这个吻的含义。

——她是想要吃掉自己吗？

于是第二天早上，舒棠起来吃饭的时候，发现人鱼一直盯着她的牙看。

怪物心想：她就想要用这么薄弱的咬合力来吃掉自己吗？

舒棠：他这么看着她干吗，难道她牙上有菜？

她很紧张，立马跑去刷了一遍牙。

终于，人鱼收回了盯着她牙看的视线。半个小时后，人鱼的手指又受伤了。在切三文鱼的时候，冷白的手指不小心一滑，指腹上就冒出了血点，划出了一道很长的伤口。

当时两个人都在厨房里，准备将弄好的三文鱼放进冰箱储存。因为南岛市的天气转暖，新捕捉到的猎物不及时处理，非常容易腐坏。

人鱼举着手指，垂下眸，仔细观察着舒棠的表情。其实人鱼的血非常香甜，对许多的污染物都有种强烈的吸引力，如果在大海中滴入一滴血，那海底的许多鲨鱼就会蜂拥而至。所以当人鱼需要诱敌的时候，自己的血无疑是最美味的。

结果舒棠先是惊慌，拉住人鱼的手放在水龙头底下，用冷水冲了一会儿。

紧接着是狐疑。

她找出从医院带回来的创可贴和消毒水简单地处理了一下伤口，然后很犹豫地看了一会儿这条鱼，有点欲言又止。舒棠：他是不是故意的？

因为她已经对人鱼的战斗力有了一定的了解。舒棠内心激烈地斗争：这到底是不是在撒娇？

人鱼看她盯着自己的手指出神，漆黑的眸子里闪过了一丝了然。其实这只凶兽并没有感到生气，甚至觉得有点新奇。

舒棠迟疑了一会儿，然后把“他”的手指举起来吹了吹。

人鱼：“嗯……”

舒棠：唉，真是要命。

人鱼迟疑了一会儿，终于确定：她不是想要吃掉“他”。

舒棠并不知道，这条凶兽的想法非常之凶残。如果她是想要吃“他”，其实人鱼并不介意偶尔投喂她。反倒是舒棠表现出不想要吃掉“他”的时候，这只深海里的凶兽，感觉到了一丝困惑。

饭后，人鱼去海中巡视自己的领地，巡查污染物。一般等到一个小时后，舒棠就会在海面上呼唤人鱼，一起去海滩上散步，手拉手进行“光合作用”。

于是，快到时间的时候，舒棠在海面上呼唤着：“小玫瑰，散步去啦！”

平日里，听见她的声音后，人鱼很快就会出水。但是今天这只凶兽的内心充满了困惑，因此听见她的声音后，并没有立马回应舒棠。

她的眼神、她的动作、她偷偷牵手时的雀跃，都像是一种信号，这只小猫在朝着怪物索要些什么。然而，人鱼不能确定她在索取什么，自然也无法给予。还有一种更深层次的担忧——如果连那是什么都不知道，那“他”也就更加无法知道，她想要的东西，“他”真的有吗？

因为人鱼迟了半个小时出水，已经到了舒棠刷题的时间了，所以他们两个错过了一次“光合作用”。她有点失落，看了看外面的太阳，嘀咕了一句：“明天再去吧。”

舒棠一开始没有把这件事和昨天夜里偷亲的事联系在一起，直到她和往常一样，在休息的时候偷偷去看人鱼。她发现人鱼垂下了眸子，并没有和她对视，而是直接闭上了眼睛，回避了她的视线，鱼尾也没有和往日里一样甩动。

舒棠愣了一下，有点忐忑。她扫了人鱼一眼，又一眼。最终，她决定去试探一下人鱼。她脑海里出现了很多种方案。最后，舒棠决定采用最直接的方法。她凑到了人鱼的面前，装作要亲吻对方面颊的样子——她感觉到这只凶兽身体一瞬间的紧绷。

人鱼的紧绷非常不明显，但还是被她捕捉到了。

“他”知道了。

她立马若无其事地从“他”的旁边绕过，将水杯拿起喝了一口水。

舒棠呆了一会儿。她转过去又开始刷题，一直到写到第二页的时候，她才感觉到了一种闷闷的情绪在胸腔里面发酵。

人鱼知道了她偷亲的事，并且开始回避她的牵手、回避她的眼神。

她见窗外的天开始阴沉，“唰”一下把窗帘给拉了起来。她嘀咕道：“今天天气真坏，怎么又要下雨了？”

她感觉到身后高大的身影想要说些什么，但是没能发出任何声音。

此时的人鱼，就像是一个口袋里只有三个硬币的贫穷大人，在面对小朋友想要买一种听都没有听过的昂贵蛋糕时，看着生闷气的她，掏出了自己仅有的三个硬币数了又数，却仍然不知道够不够给她买小蛋糕。于是感觉到了前所未有的窘迫。偏偏，这种窘迫是无法诉说的。因为一开口，就会暴露自己的一贫如洗。

两个人就这样陷入了一场前所未有的冷战中。

舒棠坐在客厅里，只留了一盏小灯，窝在了窗帘旁边的角落里。她心里乱糟糟的，像是被外面的大雨泡得潮乎乎的。

午饭，她没有吃人鱼准备的三文鱼，而是自己卷起了裤腿，去沙滩上捡螃蟹。

人鱼就一直在不远不近的地方跟着她。

她看着夹住自己的螃蟹，开始狂甩那只不识相的螃蟹，结果手指都被夹肿了。

这时候，她被人鱼提溜了起来。螃蟹被抓走了。

舒棠从人鱼的手中挣扎下来，继续闷头提着桶去捡螃蟹。

其实她的力气对于人鱼而言很小，可是看见她生气的样子，人鱼还是松手了。

这一次，她花了一个多小时才捡到了足够一餐的螃蟹，又花了一个小时才处理干净。等到吃上螃蟹的时候，她已经饿得饥肠辘辘。

人鱼将一碟切好的小银鱼放在了她的旁边。

舒棠很饿，但是她一口都没有动那一盘小银鱼。

晚饭的时候，舒棠想要煮粥，结果大米和绿豆都见了底。她从冰箱的角落里翻出了一块硬面包，吃完面包，继续写试卷。最后一套模拟题，舒棠刷到了八十五分。这个分数完全足够她通过资格证考试，但是她好像并没有很高兴。

等到要收拾收拾上床睡觉的时候，舒棠抱着自己的被褥，收拾了东西，搬去了离那间卧室最远的房间。其实这样做，只是因为她觉得，如果再和“他”睡在一起，那一整晚她都会睡不着觉。

她将自己房间的大门用大柜子堵了起来，这才在地上铺开了临时的垫子。这房间没有睡过人，有点阴冷潮湿。她闭上眼睛就想起了那个暴雨的晚上，那座废弃的供电站也是这样潮湿。她以为自己会睡不着觉的，但是其实很快就睡着了。

门外，人鱼沉默地站在门口。一直等到听见她绵长的呼吸声，人鱼才推了推门。“他”感觉到了阻力，但还是轻轻松松地把柜子推开了。“他”知道如果她发现自己被抱回去了，一定会更加生气。但是这里太冷太潮湿，在这里睡一夜也许会感冒。于是，高大的身影出现了，将她连人带被子抱了起来，放回了卧室里。

人鱼打开了冰箱，注视着舒棠空空荡荡的零食区，然后抬脚离开了禁地。

大雨中，陈生的值班室传来了敲门声。

陈生一打开门，就看见了一个高大的身影。高大的身影手中还提着一条被污染物入侵的、约有成年男子手臂长的大鱼，大鱼正往下滴着黑色的血液。

因为这次污染物的出现，这只深海里的霸主，为了确认自己巢穴里小猫的安全，每天都会去巡视一遍自己领地里的污染物。于是也偶尔会遇见在自己领地外徘徊的巡查舰队。因为没有踏入自己的领地，这只凶兽仅仅是冷眼观察了几日，紧接着发现他们也在搜寻污染物，只是没有什么成效。于是今天，深海里的霸主，选择了一只污染物作为交换品。

陈生愣了一会儿。因为上次的经验，他强自按捺下激动的心情："元勋，您……"

但是话音落下，那个高大的黑影已经将那条大鱼放在了他的面前，然后径直绕过了陈生，面无表情地朝着01区的休息大厅走去。

其实从某种意义上来说，这只怪物的情感是非常匮乏的。"他"对于外面的世界没有好奇心，甚至对于外面的人类也不具有认同感。

此时，大厅里还有三三两两吃着夜宵点心的值夜班的警卫、治疗师们，因为"他"的突然出现，一瞬间变得十分安静。

人鱼平静地扫过他们，"他"看一草一木和看人的眼神是一样的，都没有什么感情，也没有什么情绪波动。

在遇见舒棠之前，人鱼的身上除了被激怒时展现出来的强烈攻击性，情绪非常少。

舒棠以为人鱼变好了，但是从某种意义上来说，其实并没有。那种漠然的视线扫过所有人，一种毛骨悚然的感觉直蹿后背，大厅里一片死寂。

——"他"只是一直很听她的话而已。

人鱼径直路过他们，面无表情地来到了茶水间，将舒棠喜欢的零食点心全都打包带走了。

陈生送"他"出去，追在人鱼后面说："元勋，您以后要什么东西直接来拿，不用拿污染物换。"

人鱼的脚步一顿，消失在了雨幕中。

舒棠早上起床后，发现自己出现在了卧室的床上。她下意识地穿鞋，准备和往日一样去寻找人鱼。结果下楼下到一半，突然想起了昨天的事情，那种雀跃的心情瞬间被浇灭。

"巴士底狱"里，舒棠没有看见人鱼的身影。她拉开窗帘，看着外面的大雨——这种天气，"他"又去海里了。

她下意识地想要抱怨两句，可是突然想到：也许一直以来都是她以己度彼。

就像是一条鱼不可能怕淋雨，怕淋雨的其实是猫罢了。她总是自以为是地把自己的担忧强加在“他”的身上，其实只是一种杞人忧天。

在这个沉闷的雨天，她的心情闷得像是可以拧出水来。

她去了厨房，准备继续吃剩下的半块面包。结果她一打开冰箱，掉出了一堆零食，“哗啦啦”地全掉在了她的脚边。有盒装的提拉米苏，还有各种饼干，甚至还有奶粉和速溶咖啡。

她愣了好一会儿。其实她很饿了，胃部甚至有点饿得隐隐作痛。她冲了一杯热牛奶，吃掉了那盒提拉米苏。胃痛渐渐地平复了下来。

她看了看大门的方向，人鱼还没有回来。于是和昨天一样，她继续窝在角落里写题——其实就这样也很好。禁地的工作很轻松，她还有时间做题、写试卷，不用和从前一样早八、上夜班，没有什么不满意的。

而且“他”真的很好很好。

就这样，不改变现状也挺好的。

这样想着，她慢慢地舒了一口气。她想，等到下午，等到夜里，她就可以调整好，重新和“他”和好如初。

一直等到十点多的时候，舒棠听见了大门打开的声音。

因为没有电视、收音机的声音，“巴士底狱”里安静至极。外面风大雨大，她听见人鱼走过来的时候，身上的水“滴答滴答”地往下落。

人鱼今天并没有带回来新鲜的猎物，而是提着一个很大的金属箱子。

如果是平时，舒棠一定会很好奇，但是这一次她忍住了，并没有往那边瞟。一直到那个高大的身影来到了舒棠的面前，将那个大箱子放在了她的脚边。

舒棠能够感觉到“他”身上扑面而来的潮湿水汽。

人鱼再次离开了。不过这一次是消失在了走廊尽头。

舒棠打定了主意不去看。但是余光偶尔扫到，突然间觉得箱子的形状有点像是保险箱。

她有点好奇，还有点疑虑，迟疑了一会儿还是打开了那个大箱子。结果里面“哗啦啦”地掉出了许多的联邦钞票。可以说，舒棠从出生到现在就没见过这么多钱。

他抢银行去了？

她很紧张，第一反应是带着小玫瑰逃到污染区去，看能不能躲开联邦的追杀。

她为自己下意识的想法而气闷。但是她很快就发现，保险箱上面有水浸泡过和海藻的痕迹——海上的污染物非常多，沉船事件经常发生，打捞成本太大，所以几百年里大海中不知道沉了多少船。

所以，并不是抢银行去了，而是在海里发现的。

舒棠看着里面的联邦钞票，仔细看了一下年代，发现这可能是一箱古董钞票。

人鱼当然分不清楚每一版的联邦钞票有什么不同。这么数量巨大的古董钞票，虽然很值钱，但拍卖起来非常麻烦，像是舒棠这样的普通人拿去拍卖，还需要承担被追查来源的风险。

可是，“他”将这一箱东西送给她，只是想要哄她。

舒棠把钱收回保险箱里，找到那个大衣柜，把这个大大的保险箱藏在了衣柜后面。

说不清楚是什么感觉。她迟疑了一会儿，拿出了一条大毛巾。

她来到了厨房，看着那个高大的背影——他们已经一整天都没有说过话了。

听见她的脚步声，那个背影停了下来，发梢上还滴着水。

她把毛巾放在了桌子上，关上了门。

——她仍然没有高兴起来。

高大的人鱼安静了一会儿，低下头，看着她送过来的那块大毛巾。许久之后，“他”拿起了那块毛巾，擦干了身上的水。

等到雨停后，舒棠觉得“巴士底狱”里面太闷，就去了海边散步。雨后的沙滩是潮湿的，海风难得吹散了闷热。

可是她很难缓解自己的低落情绪。她以为人鱼会和昨天一样，不远不近地跟在她的后面，可是等了许久都没有听见动静。

就在她郁闷地把贝壳像易拉罐似的踢来踢去时，海面上传来了一声鲸鸣。她愣了一下，发现声音传来的地方在不远处的海面上。

于是，舒棠爬到了礁石上朝着海面眺望。她看见海和地平线交接的地方，鲸鱼跃出海面，溅起了巨大的水花。

——是舒棠和人鱼去供电站的时候看见的那条抹香鲸。

因为人鱼当时速度非常快，那条抹香鲸在污染物的口中逃生。而且也不知道是不是运气好，它甚至没有被污染物寄生，还在几天后出现在了这片海域。

她站在礁石上眺望着这一幕，久久都没有说话。也许是这种生物的鸣叫会让人想起浩瀚的深海、原始的远古，她平静了下来。

对于她的需求，怪物并不知道要回馈些什么。“他”掏出了仅有的三个硬币，想要试试看能不能买回来她想要的小蛋糕。可是怪物发现：她不会因为财富而高兴起来，对吃掉自己也没有兴趣，看见了鲸鱼后，也似乎并没有开心起来。

怪物重新审视了自己贫瘠的世界，没有找到她想要的东西。于是“他”对于那只低落的小猫，望而却步。

当她如有所感地转过头，果然看见那个高大的身影消失在了黑暗中。

舒棠一开始准备夜里和好，但是不知道为什么，她这一整天都没有冷静下来。反而，在夜晚的时候，那种强烈的情绪被放大了。

就像是山洞里住着的小恶龙发现了一个大大的、只有它知道的宝藏，它想要抱走宝藏，藏进自己的大口袋里，却发现自己体型太小，根本拖不动宝藏。于是，越觉得宝藏好，小恶龙就越难过。

这天晚上搬到了客厅睡的舒棠，翻来覆去地睡不着。而且那种闷闷的难受，正在渐渐演变成一种生气。就像是小恶龙知道那宝藏抱不走，准备放弃的时候，宝藏却开始掉漆，露出里面更为珍贵的宝石。

她越想越生气，从沙发上爬了起来。那一瞬间，什么握手言和的想法都消失了。她决定展开一场险恶的报复，她穿上了拖鞋，朝着二楼走去。

果然，人鱼就在卧室里。

黑暗里，“他”并没有睁开眼睛。在发现她气冲冲地上来后，“他”在黑暗里能够清晰地感觉到她的一举一动，却没有发出任何声音。

她没有开灯，而是脱了鞋爬上了床。她非常愤怒地凑过去盯着“他”。

这条凶悍的人鱼显得很安静，靠在墙角闭着眸子，脸上和往常一样没有什么表情，苍白的唇看上去有点干涩，未干的长发却显得潮湿。看上去像是窗外被大雨淋湿的蓝玫瑰。

她盯着这条人鱼看了一会儿。

猫的报复心是非常强的。

所以明知道对方很可能还醒着。

她还是愤怒地凑了过去，在蓝玫瑰冰冷的面颊上：

啾。

啾啾。

啾啾啾啾啾啾啾啾啾啾啾啾啾。

藏在黑暗里的怪物，一颗滚烫的心脏，因为一贫如洗的窘迫而快速冷却，往下沉。“他”认为，她是因为一直得不到自己想要的东西才生气的，本以为她在翻开了他的口袋，发现什么都没有后，就会离开。怪物沉默地隐忍着，等待着她的审判。

可是她愤怒地靠近了“他”，用眼神凌迟“他”，在人鱼的心飞快地沉入无边黑暗里的时候，又凑过来，用“啾啾啾”的吻，让这只怪物像是重新活了过来。

一种困惑和无措涌上了心头，因为怪物不明白，有什么是自己可以给她的，而她为什么在发现自己一无所有后，还愿意回馈那些柔软、轻盈的吻呢？

黑暗里，“他”一直没有睁开眼，呼吸如平日睡眠时一般平稳。但是她知道，“他”一定是醒着的，并且清晰地感觉到了她“狂风暴雨”一般的吻。

猫猫有种报复后的得意。她本来打算在报复结束后就回去睡觉的，但是此时，她突然反应过来，不对，凭什么她要睡客厅？

她犹豫了一会儿，随即理直气壮地躺了下来。她把被子一把卷走，还抽出了角落里唯一的枕头，然后把被子枕头全都占满，以一种胜利者的霸道，心满意足地闭上了眼睛。

黑暗里的人鱼，睁开了漆黑的眸子，困惑至极地看着她重新回到了自己的身边。过了好一会儿，她的呼吸渐渐平稳下来，“他”才小心地把她圈回了自己的怀里。

虽然仍然没有想明白为什么，但冥冥中，一种贪心的猜测开始生长，怪物的心脏死灰复燃。

“巴士底狱”里两个正在冷战的人，虽然夜里同床共枕，清晨一起对着镜子刷牙，厨房里一个泡牛奶、一个切鱼。但是，两个人仍然没有说话，而且都非常默契地装作昨天夜里的啾啾啾不存在。

这天早上，舒棠接到了苏茵的电话：“小棠，急诊科有人搞到了押题卷，你来不来和我们一起？”

每到职业考试的前几天，网上各种押题卷就层出不穷，如果有人搞到了押题卷就鬼鬼祟祟、呼朋唤友。

如果是前几天，舒棠一定会让苏茵直接发过来。

但是今天，舒棠看了看那个高大而沉默的背影，故意提高了一点音量：“好，你等我，我马上就来。”

她挂了电话，对人鱼说：“今天下午我要去一趟急诊科。”

“巴士底狱”里，不太明亮的光线下，怪物的手一顿，然后装作若无其事地转过身，躲开了她偷偷看过来的视线。

虽然还在冷战状态，但出门前，舒棠在门口犹豫了一会儿，还是解释了一下：“急诊科就是之前我值夜班的地方，离这里不远的。

“我下午天黑之前就会回家的。”

你不要在电梯口等我。

但是后面这句叮嘱，被她咽了回去。

她离开了“巴士底狱”，走进了废弃大楼，装作等电梯的样子，偷看玻璃窗。结果发现人鱼真的没有跟过来。她进了电梯，感觉到电梯下沉时，一股失落涌上心头。她好像有点习惯了人鱼跟在身后的感觉。

一直到电梯门关上，怪物都没有离开那座废弃的大楼，而是和从前每一次一样，在黑暗的角落里等待着她回来。这一次，怪物并没有因为她的离去而失落，而是放任着一种贪婪的念头生长。

怪物有了一个不太确定的猜测。

黑暗里，怪物来到了一扇破败的玻璃窗前，注视着里面的影子。

这片废弃的、被世界遗忘的贫瘠土壤上，除了怪物的三个硬币，只剩下一贫如洗的怪物本身。

“他”伸出手，苍白的手指就碰到了镜子里的自己。仿佛在进行一场冷酷而严苛的审视，看着那双漆黑的眼睛，看着那对翕张的尖锐鱼鳍，这是一副完全非人的长相。

眼睛还和污染物有着类似的颜色，看上去诡谲又吓人。人们见了只会尖叫着逃离，露出恐惧的眼神。

冷酷的视线转移到了这具躯体上，冰冷至极的体温，难以控制的力度，苍白的手指一不小心就会捏碎她的手腕。虽然没有太多的疤痕，但是仍然有曾经战斗过的痕迹，并不完美，反而有种冷兵器的冰冷质感。

怪物缓慢地收回了手，困惑而迟疑。

舒棠并不知道，其实一路上，半空中的庞然大物都在注视着小小的她，反复拷问着自己一个问题：她真的想要，这个可怕的怪物吗？

可如果她不要怪物的三个硬币，这个贫瘠的世界里，除了怪物本身和一片死寂，还剩下什么可以献给她呢？

急诊科的实习生们，基本上都要参加这场考试，所以茶水间都被征用了，一群实习生凑在里面看押题卷。

舒棠从后门进来，找到最后一排，和苏茵凑在了一起。苏茵悄悄和她咬耳朵，问她在 01 区过得怎么样，舒棠也就拣着能说的和苏茵说了。

聊着聊着，舒棠装作若无其事地问道：“小茵，你知道信息素和香水有什么区别吗？”

苏茵奇怪道：“你高中老师没讲吗？”

舒棠想：这不是那时候闻不到嘛。

苏茵怀疑这只猫可能生理健康课不及格，但还是好心告诉了她：“其实同性之间，就像我闻你，只能感应到你的信息素，闻不到味道。只有当 alpha 和 omega 契合度极高的时候，才会闻到彼此的气味。那一定是你最喜欢的味道。”

苏茵说完之后，纳闷地想，01 区不是只有一个病人吗？她刚刚才和基因匹配对象解除匹配，这里又没……

突然，苏茵想到了一个可能。联想到一些传闻，她见鬼似的看了看那只猫，好像看见了一只准备拖着鲸鱼上岸的胖橘。

舒棠安静了下来，已经开始低头写题了。

来急诊科的路上，舒棠就在想，如果“他”不是喜欢她，又为什么要对她这么好？因为邱院长说过“匹配度高”这句话，于是她隐约想到了信息素这个可能。

小时候的舒棠就是一只馋猫，但是联邦的鱼肉很贵，舒爸爸就经常带着她去钓鱼。她总是在回家的路上思考这条珍贵的鱼到底是糖醋了还是烤了。最后不想只吃一种口味的，于是一半糖醋、一半烤。

当大雨落下的时候，那是舒棠第一次闻到信息素的气味。

原来她在糖醋鱼和烤鱼之间，冥冥中做出了选择。所以在各种味道中，人鱼变成了她最喜欢的烤鱼的味道。可是，那么香的一条鱼，她却吃不到了。

舒棠低头看着试卷，一股沮丧无声无息地淹没了她。她打起了精神，努力地专心分辨那些 ABCD 选项。

舒棠大概花了一个多小时写完了押题卷，她和苏茵对了答案，两个人都考得不错，舒棠估分在八十七分左右。

苏茵说：“这张卷子含金量很高的，和考题的难度差不多，咱们俩应该稳过了。”

她们俩都放松了下来。

苏茵问：“周末我们一起回学校，你和 01 区请假了没有？”

舒棠愣了一下。

请假的事很简单，毕竟是要拿资格证的大考。但是要考三天，这就意味着，她最少要离开“巴士底狱”，在学校里待上三天的时间。她又想起了禁地里的那条鱼——自从他们认识以来，还没有分开过这么长时间。

舒棠准备离开的时候，已经是下午五点多了。她刚刚推开急诊科的后门，噼里啪啦的大雨就落了下来。因为吵架没有听天气预报，舒棠今天没有带伞。

苏茵和其他急诊科的同事都回去值班室开会了。

舒棠就干脆在门口等雨停。结果等了半个小时，大雨还在下，但是天色已经渐渐地黑了下来。

舒棠想起自己答应了人鱼要在天黑之前回家，有点着急。

“他”肯定以为她不要“他”了，说不定又会在电梯门口等一个下午。

她准备给老吴打个电话，结果天空一道惊雷，舒棠立马想到了某个被雷劈死的仁兄，赶紧把通信器的信号给关了。

又等了等，等到雨稍微小一点后，天色已经快黑了下来。舒棠干脆把衣服的帽子戴上，把书抱在了怀里，冲进了雨里。其实她很讨厌被雨水淋湿的感觉，很像是毛粘成了一团又一团。这种感觉让她变得更加沮丧了。沮丧到，从一只猫，变成了一只落水的小狗。

但是她走着走着，慢慢地，感觉到头顶的雨丝消失了。此时天色已经彻底黑了下来，路边的路灯依次亮起。她脚步一顿，看见了地上的一个高大的影子。她继续抱着书闷头往前走。

人鱼似乎停顿了片刻，但还是跟了上去。

她听见了身后沉稳的脚步声。

舒棠也想和“他”握手言和的，但是她发现这是一件很难的事——每当她想要放下的时候，“他”就会对她更好一点。

她想把一切归结于信息素的悸动，可在“他”无微不至地靠近她，无条件地宠爱她的时候，心脏就开始以不受控制的速度跳动。

就像是头顶的蓝色雨伞，把外面的风雨遮得严严实实。

她越觉得踏实和安全，就越觉得生气。因为如果“他”并不喜欢她，就不应该对她这样好。

夜色中，人鱼低下头，似乎朝着她嘶了嘶。但是她越走越快，装作自己没有听见“他”的声音。

高大的怪物低头看着她的背影。雨水顺着伞沿落下，人鱼苍白的唇紧抿。那个隐隐的猜测再次浮现在这只怪物的心头，可是怪物犹豫了。

她真的，想要这只恐怖的怪物吗？

也是真的在为此而生气吗？

可是她为什么连回头看一眼都不愿意呢？她是不是发现了“他”的笨拙，所以改变了主意，又不想要了。

怪物苍白的唇紧抿，眼神逐渐发生了变化。

在舒棠的印象里，这只怪物，在她面前一直很听话、很隐忍，甚至一直在宽容、退让。经常是她一靠近，这只怪物就会退后，或者躲回黑暗中，沉默地注视着她。

因为担心她害怕或者伤害到她，怪物收起了自己的爪牙，藏起了自己侵略性极强甚至有些凶残的本性。就像是一个沉默的影子，永远忠诚地跟在她的身后。在她面前，“他”甚至是有点“好欺负”的。

就像以前的每一次，她生着闷气往前走，“他”像是不知道哪里做错了，只能跟在她的后面，沉默地看着她的背影。这么高大的一只怪物，时常让她觉得有种自己在欺负“他”的错觉。

也许是大雨降下了温度，她被夜风一吹，渐渐地平静了下来。她突然想起来：一把伞只有那么大，如果她走得太快，人鱼就会被淋湿。

她慢慢地停了下来，转过身，看着高大的人鱼。“他”银白色的长发早就被淋湿了，正在“滴滴答答”地滴着水。伞在她的头顶，“他”根本就没有给自己打伞的意思。

她觉得眼睛酸酸的，又有点生气。她和黑暗中的那个怪物对视了一会儿，想说他们不吵架了，就当这几天的事情不存在。但是一张嘴，却发不出声音来，只能愣愣地看着他。

那个高大的怪物安静了一会儿，低下头注视着她。漆黑的眸子变得如同一汪看不见底的深潭，就连周身的气场都发生了变化，像是被抛弃的孤狼。

但是舒棠并没有注意到这一点，她转身闷头想要继续往前走，想着干脆一口气冲回去，不要“他”撑伞了，这样人鱼总不会再这样把伞给她一个人。

她知道人鱼会继续跟在她的后面，默默地跟着她。就像是昨天、前天，过去的每一次那样。

然而，就在她转过身的时候，沉默的怪物动了。突然间，她被人鱼单手拦腰抱了起来。

人鱼的体温是冰冷的，高大的身躯却是强悍的，单手抱起她的时候十分轻松，几乎没用什么力气就将她的挣扎给控制住了。

舒棠第一反应是呆住了。然而不管她怎么叫人鱼放开，“他”都没有像从前一样听话地松手，只是一直沉默地抱着她往前走，仿佛根本听不见她的声音。

人鱼一言不发地抱着她朝拐角处打开门的杂物间走去。

舒棠开始叫“救命”的时候，高大的人鱼已经将她抱了进去。“他”把她放在了杂物间的大柜子上，将大门关上。

天黑后，这里空无一人，黑暗里只能听见外面的大雨声。

她不知道人鱼想要做什么，这只高大的怪物冷下脸一言不发的时候，她总是不由自主地有点怵“他”。于是此刻她有些惴惴地看了看周围，对上了怪物漆黑的眸子，忍不住有点发虚。

她往后躲了躲，想要避开此刻“他”侵略性太强的视线，然后跳下去立马离开这个地方。但是她才躲开一点，就被按回了原地。

怪物低下头，弯下腰，靠近了她。

这间小小的房间里，高大的人鱼存在感实在是太强了，仿佛铺天盖地都是“他”的气息。野兽一般沉重的呼吸是冰冷的，眼神是专注而执拗的。怪物近乎固执地看着她。

她的呼吸一滞，下意识闭上眼睛往边上躲的时候——

脸却被捧住了。

冰冷的吻，先是有点生疏地、不太确定地落在她的鼻尖，紧接着缓慢地往下滑，坚定地落在了她的唇角、下巴、面颊、耳朵上……

雨声淅沥中，呼吸都变得潮湿。

黑暗的狭小房间里，铺天盖地都是怪物冰冷的气息。

“他”并不知道这是什么。

但是凭借着极好的记忆。

她给“他”的十七个吻。

“他”回的每一个吻都精准地落在了同样的位置。

气氛一片潮湿，大雨好像也将这间小小的房间淋湿。

她反应过来后想要躲开，但是人鱼并没有松开她，而是把她按在原地，确保每个吻都落在了同样的地方。于是最后一个吻，落在了她的耳垂上。

她亲“他”的时候，像是小鸡啄米一般，还有点带着怒气的愤愤，有一种不管不顾的冲动。可是“他”的回吻，却是截然不同的沉稳、坚定，甚至缓慢而细致。

她能够感受到对方的克制和忍耐，仿佛她是什么易碎品。

黑暗里，只剩下两个人急促的呼吸声。

舒棠有种溺水般的感觉，仿佛被蓝色的海水包围、浸泡，跌进了无尽的大海里。

雨季的亲吻是潮湿的，呼吸也是急促的。

她无意识地抓住了“他”的手，然后人鱼停顿了片刻，将她往上抱了抱，抵在了墙上。“他”甚至最后还吻了吻她的耳垂。

她捂住了自己的耳垂，听见了自己的心跳声变得好大。她不得不承认，这几天的低落和郁闷，都在这些吻里面消失殆尽了。她好像从落水的小狗，变回了被宠爱的猫咪。

最后，人鱼停了下来，低头朝着她发出了沙哑的嘶声。这样看着她的时候，却像是一只被人遗弃的大狗狗。人鱼在问：你，还要我吗？

怪物的心犹疑不定，甚至连试探都有些底气不足。

她的眼睛是红的，脸也是红的，被怪物困在了角落的柜子上，连躲避都不能，可是罪魁祸首却像一只被抛弃的大狗狗一样看着她。

看上去很凶，但是又很可怜。舒棠突然间就不生气了。

这段时间里，他们两个冷战，其实就是因为她认为自己被人鱼拒绝了，悲惨地遭遇了失恋。可是此刻她才意识到——

就像是用冰箱，她教了“他”才会；就像是接吻，她要教过小玫瑰，“他”才会；在“他”还不知道爱情是什么的时候，她因为“他”的不回应而低落，其实是很笨的行为。

他们对视了一会儿。

冷战的这段时间，舒棠看着人鱼的背影，最想要做的事情就是抱住“他”。

于是此刻，她按照自己的想法，抱住了人鱼。她感觉到人鱼的身上冰冷而僵硬，在碰到她的时候，才放松了下来。

那一瞬间，舒棠想，她再也不要和“他”吵架了。

她趴在高大人鱼的肩膀上，好一会儿，然后闷闷地转头说：“我以后都不和你吵架了。”她很小声地说，“你又不懂，我和你生什么气。”

人鱼闻言，想要反驳，可最后只发出了沙哑的嘶声。

怪物看上去有些生气，“他”想表达自己懂。

她感觉到了怪物的怒气，可是她并不想要继续和“他”谈论这件事了。

她知道人鱼亲她，是想要给她回应。可如果“他”连接吻是什么都不知道，那也许现在并不是一个可以谈论这件事的好时机。

她害怕“他”的依赖和喜欢，只是因为一种雏鸟情结。于是她就像是个喜欢逃避的胆小鬼一样，趴在“他”的肩膀上说：“小玫瑰，我好饿，我们吃饭去吧。”

无法辩驳的怪物，在原地停滞了片刻，沉默地松开了她。

他们走出了那间房间。

那种气氛却仿佛没有被外面的夜风吹散。

她想要和人鱼说些什么，但是又有点茫然。这时她看见了那把伞，顺利地找到了话题。她撑开伞，然后教人鱼：“小玫瑰，我们两个站近一点就都不会淋湿了，你不要只给我撑伞。

“喏，你看这把伞这么大，雨是从前面来的，要倾斜一点……”

她身后的怪物一直很沉默。怪物心想，她一定是觉得“他”很笨。

她并没有注意到，人鱼此时面无表情，根本没有把她的话听进去。

她没有听到回应，转身向人鱼示范：“你看……”然而，她话音才刚刚落下，就被人鱼打横抱了起来。“他”将伞柄塞进了她的手里，沉默地踏入了大雨中。

舒棠下意识地搂住了“他”的脖子，一抬头就看见了“他”紧绷的下颌线。

她愣了一下。人鱼身上的气味特别好闻，下颌线清晰又好看。但是舒棠总感觉人鱼还在生气，看上去有点凶。

舒棠于是老老实实地抱着人鱼的脖子不动了，好一会儿才说：“这么晚了回家做饭不方便，食堂现在都关门了，我们去超市吃炒面吧。”

“他”脚步一顿，沉默地抱着她朝着超市走去。

怪物的这种气闷并没有很快消失。尤其是在进入超市后，人鱼安静地坐在休息区等待，看见她和收银员聊天的时候，变得更加严重了。“他”沉默地看向玻璃窗上的影子，浑身的冷气，就连面无表情的样子都显得硬邦邦的。

整个超市都仿佛被消音了一样，变得静悄悄的，只剩下了舒棠和收银员的对话声。

超市里的收银员小哥还是上一次那个。舒棠买了两盒炒面，请小哥用微波炉帮她加热的时候，和他聊了两句。本来小哥是很怵角落里的那个煞神的，但是舒棠表现得非常自然，于是他慢慢地放松了下来。两个人相谈甚欢。

舒棠要离开禁地几天，担心冰箱里的东西不够吃，于是她把钱先付给了小哥，想要请小哥中间送一趟东西去 01 区。

那只怪物坐在角落里，尖锐而刻薄地想，她一定是觉得“他”连买东西都不懂。

于是，舒棠的话音才刚刚落下，身边就路过了一条高大的人鱼。“他”非常平静地来到了自动售货机面前，投入了两个硬币，掉出了一罐可乐。

“不太会买东西”的人鱼拿走了可乐，面无表情地路过了舒棠和小哥。

舒棠还想和小哥说两句话的时候，人鱼折返了回来，仿佛忘了拿东西似的，把她和那个易拉罐一起面无表情地提溜走了。舒棠嘀咕：“我和别人说两句话你都要生气。”

人鱼平静地看着她，然后脚步一顿，转身朝着收银台走去。人鱼把她放到了收银桌前，放回了她刚刚说话的地方。

甚至连脚印都对整齐了。

然后平静地低下头，示意她可以说了。

舒棠看了一眼旁边吓得不轻的收银员小哥，抓住了高大人鱼的胳膊，试图把“他”给拖回去。

人鱼低头看着她的手，半晌没动弹。

眼看着超市里的人都偷偷看向这边，小哥也从被吓晕的状态慢慢地变成趴在了收银台上露出了八卦的眼神。

舒棠左看看右看看，感觉现在的人鱼就像是一座沉默的火山。她只好说：“我们继续谈那件事，我和你谈。”

人鱼这才收回了视线，把她给提溜走了。他们俩坐在了休息区的角落里，被一个自动售货机挡着，将外面人的视线给隔绝开了。

舒棠把炒面拆开，和人鱼一人一碗。

舒棠觉得人鱼喝可乐的时候表情很像是这罐可乐里加了毒药，吃炒面的时候看上去也非常严肃。

她通过玻璃窗上的影子偷看人鱼吃面时皱眉的样子，心想，难道人鱼是完全不吃素的吗？她好奇地观察了一会儿，发现人鱼也在通过看玻璃窗上的影子，很平静地注视着她。

舒棠并不是真的不懂人鱼在气些什么。于是，她想了想，在玻璃窗上写下了两个名字：祝延、舒棠。

她说：“我的名字是这样写的，棠就是海棠花，你见过吗？

“有垂丝海棠、西府海棠，都很漂亮。”

只可惜现在海棠盛开的地方，全都已经变成了污染区，很多人都没有见过真正的海棠花，只能从过去的影视作品里面窥见海棠夜未眠的景象。

她又开始写祝延这两个字："这是你的名字。"

其实所有的人都用001来代指人鱼，舒棠一开始没有从病历本上找到名字，还是后来在陈生发给她的一份资料里，偶然翻到，她才知道原来小玫瑰的名字叫作"祝延"。

舒棠说："延就是绵延不绝的意思，这是个很有生命力的名字。"

舒棠突然觉得这两个名字很搭：海棠灼灼，绵延不绝。

舒棠一笔一画地写下祝延两个字的时候在想：在"他"并不知道喜欢是什么，爱情又是什么，甚至连自己是谁都不知道的时候，开始一段感情，也许不是一个很好的时机。

人鱼看着她认认真真写字的侧脸，不知道为何，感觉她写字的时候，有点难过。

其实"他"比舒棠想象中要敏锐、聪明得多。冥冥之中，怪物明白了她的意思。

她写完了那两个字，就开始教"他"发音："祝、延。

"祝——延——"

人鱼于是看向了玻璃窗，努力地想要发出音节，无声地重复着两个字。然而舒棠并不知道，这只怪物不断重复的，是"舒棠"两个字。但是最后，只是徒劳地发出了轻微的气流声，嘶哑的嗓音仍然发不出其他声音来。

两个人都安静了下来，周围只剩下了雨声。

——小玫瑰，你对我的感情，到底是一种雏鸟情结，还是一种爱慕呢？在你朦朦胧胧对这个世界一无所知的时候，我不能确定这份感情到底是不是爱情。至少，要等到你可以叫出自己名字的那一天，我们才能公平地谈论爱情这件事。

玻璃窗上，"祝延"和"舒棠"两个名字很快就被雨水给打湿，重新蒙上了一层薄雾。

怪物苍白的唇紧抿，看着旁边的小猫。

怪物想说：虽然"他"还不懂那个吻是什么含义，接下来又要怎么做，但是她可以教"他"，"他"一定学得非常快、非常好。

就像是学习用冰箱、电视机那样快。

可是那么多想说的话，偏偏最后说出口，全都变成了"嘶"。

怪物于是近乎固执地看着上面留下来的水痕，想要发出"舒棠"的音，告诉她，"他"并不是一无所知的。拥有冰冷体温的怪物，心脏也是滚烫炽热的，在面对她的时候，也会用尽全力地想要回应她。但是无数次尝试后，世界仍然是寂静无声的，怪物发不出任何的声音。

舒棠回过神来，安慰身边的人鱼："慢慢来，小玫瑰，我们还有很长的时间。"

但是她身边的怪物沉默了一会儿，突然间低下头，靠近了舒棠。

雨滴拍在玻璃窗上，氤氲的水汽模糊了玻璃上的字迹。

这里是个狭窄的角落，舒棠背后就是自动售货机，她下意识地后退，脑袋就碰到了售货机。

既然无法发声，这只怪物就想要用那些个吻、用自己冰凉的体温来回应她。

舒棠已经想到了在杂物间里面的事情，她左顾右盼了一会儿，伸出手捂住了脸，只剩下了两只眼睛，很谨慎地道："你想干吗？小玫瑰，你不准乱亲。"

她发现人鱼的模仿能力堪称恐怖，她不是很想明天出现在疗养院的论坛里，标题就是《小情侣超市角落狂亲》。

人鱼盯着她看了一会儿。

春夏之交的微微闷热，让他们之间每时每刻都似乎被潮湿的、氤氲的水汽缠绕着。

好一会儿，怪物直起身来，但是看上去，非但没有因为这次的谈话被哄好，反而更加生气了。人鱼生气的时候也是无声的，生气的时候就显得很凶。

舒棠有点惴惴地凑了过去，想要看看"他"。

突然间，怪物低下头，伸手揉了揉她的脑袋。

掌心宽大。

她好像一下子变成了一只小猫，一整天的低落都被安抚得消失不见。紧接着，舒棠就看见了玻璃上映出来的鸡窝头。舒棠转头："不许揉我的头发。"

人鱼面无表情地想：这也不许，那也不许。

"他"垂下了眸子，干脆把小猫提溜了起来，站起身离开了超市，大步朝着禁地走去。

接下来的一路上，人鱼都没再和她说话，一直到两个人回到了"巴士底狱"，进了电梯。

舒棠有点惴惴地看着面无表情的人鱼，小声问："小玫瑰，你还在生气吗？"

都说风水轮流转，前两天她生气，把人鱼甩后面不搭理，今天就轮到人鱼生气了。舒棠以为人鱼会冷冷地盯着她，或者干脆把门关上把她一个人关在外面吹冷风，甚至突然间消失。

然而就在舒棠忐忑之时，人鱼突然在角落停下了，低下了头。漂亮的脸蛋凑近了她，停在了她鼻尖前，没有再靠近。呼吸是冰冷的。

周围的声音都仿佛消失了。她闻到了好闻的信息素的味道，让她怦然心动、大脑眩晕，仿佛又回到了那个狭小的房间里，被潮湿的水汽萦绕。她鬼使神差地被蛊惑，下意识地靠近了一些，亲了人鱼一口。

等到她反应过来自己做了什么之后，已经晚了。

因为人鱼已经直起身，发出了一声冷笑，不是说，这不许，那也不许的吗？

从前大概是精神力暴动的缘故，人鱼的表现是非常贴近兽类的，表达生气的方式就是发出嘶声、耳鳍翕张，非常简单好懂。但是自从人鱼情况好转、懂得越来越多后，这种行为就变少了。人鱼很少再发出嘶声，似乎能够更好地控制、表达自己的情绪了，甚至连“冷笑”这种高级的表达都无师自通了。

就算是舒棠经常振振有词、道理一箩筐，今天也感觉到了久违的心虚。

晚上睡觉的时候，舒棠想起自己的被褥还在客厅。她非常尴尬：因为她当时搬走的时候理直气壮，现在却要灰溜溜地搬回去。

因为心虚，舒棠在客厅等了一会儿，特意等到人鱼去洗澡、浴室里传出了水声后，才鬼鬼祟祟地抱着被子上楼。结果走到一半，听见了一声十分熟悉的冷笑。

紧接着路过了一条人鱼，把鬼鬼祟祟的舒棠和被褥一起提溜了起来，顺路回到了房间里，塞进了床上。

舒棠有点尴尬，于是把灯关了，躺在人鱼的旁边。舒棠想起了电视里的夫妻闹离婚，什么“七年之痒”，都是这样同床异梦、貌合神离。但是他们俩还没有进行到这个阶段，已经体会到了七年之痒的滋味。

她发出了一声叹息，翻个身又发出了一声叹息。

因为某种气闷，怪物本来打定主意今天夜里不搭理这只小猫。结果她以每分钟十次的频率在床上翻滚，并且看“他”一眼就发出一声叹息。终于，人鱼忍无可忍，睁开了眼睛，把她一把拽进了怀里，并且用鱼尾压住。这下她终于翻不了身了。

人鱼看了她一会儿，垂下了眸子。

其实人鱼很清楚：她在哄“他”。

每一次她怜惜、心疼这只怪物的时候，这只庞然大物就变得很小很小，小得像是她鱼缸里的小鱼，怪物很喜欢她对自己的这种“怜惜”。

可是偏偏，这种怜惜又让怪物的内心变得十分煎熬。

怪物想在她面前展现出可靠的、强大的一面，想要告诉她，自己其实没有那么笨拙、那么迟钝。至少，怪物知道自己在做什么、想要什么。

于是在舒棠睡着后，怪物睁开了眼睛，离开了这间卧室。

洗漱间的灯打开，怪物审视着镜子里面苍白的自己。在夜色中，迟钝又努力地一遍遍发出嘶声。那些嘶声非常古怪，音调总是不在调上，气流声听起来让人毛骨悚然。可是这个可怕的怪物，就这样在开着灯的镜子前，一遍遍地对着口型，重复着“舒棠”这两个字的发音。

因为已经复习得差不多了，舒棠在周四早上并没有和往常一样爬起来看书，而是进了厨房开始煮海鲜粥。

人鱼捕猎回来准备走进厨房的时候，就看见舒棠正在里面忙活。

人鱼站在门口看了一会儿，垂下了眸子。

舒棠这样懒惰的一只小猫，正在试图勤快起来哄“他”。

舒棠本以为人鱼生闷气至少要生好几天，结果这天吃完早饭后，人鱼就恢复了正常，甚至两个人出去散步的时候，人鱼都表现得很自然。舒棠心想，这件事大概就这么过去了。

他们两个和好了，也绝口不提接吻、表白的事情，就和从前一样一起听天气预报、一起吃海鲜，其实也很好。

她这样想着的时候，两个人正在礁石上晒太阳。人鱼懒洋洋地甩着鱼尾，然后非常自然地拉住了她的手，十指紧扣。

舒棠立马就想说：这个也不行的。

但是人鱼没有松手，在她想要抽出手的时候，歪了歪头，朝着她嘶了嘶，仿佛在说：不是要光合作用吗？

舒棠看了那条鱼一眼，又一眼。她怀疑人鱼可能早就发现了，但是她没有证据。

于是，因为接下来的一整天都是晴天，人鱼就一直牵着她的手，进行有益身心健康的光合作用。一旦舒棠想要找借口松开手，人鱼的嘴角就会露出一抹熟悉的冷笑，把她重新提溜回来。

下午的时候，舒棠只能一只手牵着人鱼，一只手用通信器。

她给陈生发了消息请假。

资格证考试的事陈生早就知道了，很快就批准了假期。如果是之前，陈生还会对这件事有点犹豫。但是在舒棠发烧那次后，陈生很惊讶地发现，元勋已经恢复了一部分的神志，甚至还隐约认出了他。元勋不再排斥和外界沟通，而且最近精神力数值都很稳定。于是陈生认为舒棠暂时离开问题并不大。但是陈生准假后，想了想，还是给老吴发了个消息。

舒棠本来和苏茵商量好了一起包车回去，但是这天下午就收到了消息：疗养院派了一辆大巴，这次参加考试的实习生全都统一接送。

舒棠其实有点纳闷，直到她发现名单上司机一栏后写着的是老吴后，她就明白了为什么。自从发现了大家对待人鱼那种畏惧又慎重的态度后，她对于这种似有若无的保护，已经有了一定的心理预期。

这样，周五下午离开的事情就这么定下来了。

舒棠看了看人鱼的侧脸，犹豫了一会儿还是说道："小玫瑰，明天我要暂时离开，考试要三天。考场在华大，我要回学校，可能有点远。"

其实在听到舒棠说要去很远的地方三天的时候，人鱼耳后的鳍立马竖了起来。因为上一次舒棠发烧的事情，人鱼并不想要她离开自己的视线。那天她发烧时昏睡不醒的样子，让人鱼产生了一种强烈的不安。

人鱼想要时时刻刻守在自己的小猫身边，就像是现在这样。但是人鱼已经懂得了考试是什么意思，也知道舒棠为了这场考试付出了很多。

人鱼停顿了片刻，许久之后才低头看向了她。苍白的唇无声地动了动，似乎想要说什么。

人鱼想和她一起去。然而，嘶哑的声音还没发出来，人鱼就停了下来。

她说"他"不懂。

如果"他"在她办正事的时候跟着她，也许这只小猫又要以为，因为"他"什么都不懂，才会这样依赖、不舍。

人鱼苍白的唇紧抿，强行克制住了那种担心和不安，到底是没有发出任何声音来。

果然，舒棠有点担心地开口道："小玫瑰，你一个人待在禁地可以吗？"

安静了好一会儿后，人鱼转头看她，发出了一声"嘶"。这是表示赞同的意思。

舒棠也愣了一下。她以为说服人鱼是一个大工程，准备了很多话来哄"他"，结果人鱼只是朝着她"嘶"了一声后就接受了这件事。

舒棠发现不需要哄之后，竟然有点怅然若失。

她心想：再等等。

她想等到人鱼表现出不舍，或者不愿意的时候，她再动之以情、晓之以理，把"他"给哄好。

但是人鱼并没有和从前一样，而是已经淡定地回去准备晚饭了。

一开始，舒棠还以为人鱼这是在口是心非。于是在吃饭的时候，她还悄悄观察了一下“他”的耳鳍，结果就连那可以显示情绪的鱼鳍都很平静。

整条鱼看上去非常冷静、镇定。

对比一下从前人鱼在每一次她离开时都一副舍不得、担心被她抛弃的样子，简直冷静了一百倍。

舒棠有一种很大的落差感，就好像是家里的猫天天压在你胸口上睡觉，你虽然嘴上抱怨这猫压得人做噩梦，但是很享受这种黏人；结果有一天它不压着你睡了，你躺在床上看着那只猫，那种怅然若失。

舒棠曾经就无数次抱怨过：哎呀，怎么这么黏人呢？

但是现在，她感受到了一种怅然若失。她于是装作若无其事地强调了一遍：“我明天下午就要走了。

“考试要考三天，可能还要在宿舍里休息一天。”

人鱼微微一顿。

让小猫离开自己三天时间，对于这只不安的怪物而言，是一件非常难以忍受的事情。

其实此刻怪物已经开始后悔了，耳后的鳍下意识地想要竖起，但是感觉到她的视线，立马强行放松了下来。

舒棠：真的不黏了吗？

她一边不可思议，一边怅然若失。

一直到周五的早上，舒棠都陷在这种情绪里难以自拔。尤其是想到要离开人鱼三天，她开始感觉到了一点焦虑，还有点不太放心。

舒棠想，“他”离开她一定很不习惯，说不定日子都没法过下去了。

舒棠开始叮嘱道：“小玫瑰，你下雨天就提前把鱼肉冻好，不要去海里。最近海里好像有不少污染物，不要受伤了。如果不小心遇上了，厨房的柜子里有伤药。”

人鱼听着她絮絮叨叨，看着她检查冰箱的食物是否充足，检查一些容易漏电的开关，然后将它们一一关好。

就好像她不是要离开三天，而是离开一年似的。

她说：“小玫瑰，现在天气很闷热，你记得冷冻鱼肉的时候……”

人鱼已经低下头，垂下眸子，将冰箱调整到了三档。

强力冷冻，人鱼已经学会了。

舒棠继续：“小玫瑰，你洗澡的时候，这个花洒要调节水温——”

她的话音落下，人鱼已经调节好了淋浴器，水温正好合适。

她说："那电视机，你每次用完要记得……"

人鱼按下了遥控器，电视机就黑屏了。

舒棠愣了一下。她讪讪道："原来都会了呀。"

舒棠想要找点其他的事情叮嘱人鱼：三餐要记得吃，超市小哥会把零食送到电梯里，如果不够就直接去电梯里拿。

但是她话还没有说出口，就突然想起来，其实人鱼捕猎技能强得过分，根本不需要她准备一箱子的面包、零食。舒棠愣了好一会儿，才想起什么似的说："对了，还要按时吃药。"

其实自从那次舒棠发热后，人鱼就知道了药片不是下毒。

当她准备将药片按照每一天的剂量分装好时，舒棠发现，自己好像只剩下了喂药这一件事。她有点失落地发现：也许"他"并没有她想象中那么需要她。

她最后转了一圈又一圈，发现自己实在是没有什么好叮嘱的了，找不到借口再磨蹭下去了，于是只好收拾了行李箱，带上自己的复习资料和准考证，准备出门了。

她离开前，回头说："小玫瑰，我真的走了。"

但是她并不知道，人鱼一直保持沉默，甚至从今天早上开始，连眼神都很少和她对视，其实仅仅是因为——怪物担心自己多看一眼，就会控制不住将小猫强行留在自己的巢穴里。

舒棠以为人鱼大概是不会来送她了，于是在说了一声后，就提着行李箱，有点闷闷地往前走。

直到，她听见了沉稳的脚步声。紧接着手里的大箱子被高大的怪物沉默地接了过去。

那个高大的身影就走在了她的前面，舒棠愣了一下，随即想要追上去。人鱼停了下来，伸出手，把她给提溜了起来。

舒棠说："小玫瑰，你把我送到01区门口就行，一会儿车就来接我了。"人鱼于是真的就把她放在了01区的大门口。

当看见那辆大巴开过来的时候，人鱼下意识地竖起了尖锐的耳鳍，漆黑的眸子看向了那辆车，绷紧了浑身的肌肉。

其实这段时间看电视，人鱼已经知道了这些东西是什么，可是当看着舒棠提着行李箱，上了那大巴的时候，这只怪物还是控制不住地，眼神展现出了尖锐的警觉和敌意。

然而人鱼并没有和从前一样发出嘶声，或者直接用自己的精神力磁场做一些破坏性很强的事情。

这只怪物从她说他“不懂”开始，就在极力地想要表现得像是一个“人”。

黑暗中的怪物强行移开了视线，控制住了躁动的精神力，放走了那辆大巴。

当看着小猫消失的那一刻，怪物的内心煎熬着，就像是被抛弃了一般失魂落魄，也像是失去了心脏一样空洞。可是不能跟上去，因为她又会认为“他不懂”；更加不能展现出太强的攻击性，因为，这同样也是“他不懂”的佐证。

于是，怪物只能用自己庞大的精神体，在空中失魂落魄地注视着那辆载着舒棠的大巴渐渐地朝着自己精神力笼罩的范围外驶去。

天空下起了小雨。怪物一动不动地站在雨中，然而就在失神间，半空中的庞然大物，视线突然停在了车窗上。因为“他”看见了大巴的小窗户上，一笔一画地写着两个字：祝延。

舒棠上了大巴后，没有和其他的实习生闲聊，而是坐在了最后一排靠窗的位置，有些失落地看着窗外。

人鱼的身影早就看不见了。她感觉到了一种不舍、一种怅然若失。这让她趴在了窗户上，用手指沾着未干的雨水，怔怔地在窗户上写了两个字：祝延。

空中的庞然大物沉默了片刻。其实这时候，保持缄默才是正确的。

然而，就在舒棠准备擦掉那两个字的时候，玻璃上，突兀地开始浮现字迹。一笔一画地写下了两个字：舒棠。

端端正正地写在了祝延的旁边。

舒棠立马知道了是谁。

“他”一直在注视着她。

这个发现让她雀跃了起来。

她伸出手，画了一只猫。

对面停顿了片刻，画了一条鱼。

然而在对方落下最后一笔的时候，舒棠伸手按住了那个水痕。于是空气停滞了片刻，换了一个位置继续写字。

怪物想写一个“喜欢”，但是刚刚写到“吉”的时候，有人叫了一声“舒棠！”。

她下意识地转头。

“大家签下到，检查一下准考证带了没有……”

舒棠匆匆地转过头翻包。

于是怪物在半空中写下的那个喜欢，也被雨淋湿，变得潮湿而泥泞，缓慢地滑了下去，拖出了长长的、湿答答的印子。在她回头的时候，模糊在了这个潮湿的雨季里。

第十章 // 热恋冰激凌

大巴上的空气很闷。

舒棠和苏茵时不时聊两句。其实舒棠趴在车窗上，眼睛一直看着渐渐远去的疗养院。一直到彻底看不见了，她才叹了一口气，收回了视线。

回到华大后，舒棠和苏茵一起去看了考场，两个人约好了明天早上一起去吃早饭。等到忙完了乱七八糟的琐事后，回到宿舍已经是晚上八点了。

舒棠的舍友和她并不是同个专业的，因为不需要参加治疗师资格证考试，其他三个人都还在其他的单位里实习，所以宿舍里只有她一个人。

舒棠坐在宿舍的床上，久违地感觉到周围有点空旷，还有点安静。往日里这个时候，她都是和人鱼在一起看电视、听天气预报。她把宿舍的灯关了，想了想还是发了个消息过去问陈生禁地里的情况。

陈生回复得很快：一切正常。

舒棠想起来，好几次她没有回去，人鱼都会守在电梯口一直等着她，于是她又让陈生去监控那边看看，看电梯门口有没有“人”。

约莫隔了二十分钟，陈生回复她一切正常，让她放心考试。

她把通信器关掉了。她低落地想，终于不用担心人鱼会着凉，或者因为坐在角落等她而导致腰椎间盘突出了。

“巴士底狱”此时也变得一片漆黑，只有洗漱间的灯还亮着。

怪物在洗漱间里，对着镜子练习了整整一夜。

本就可怕的嘶声，因为过度练习变得更加沙哑，于是听上去更加古怪、可怕了。他反复重复着一个词，认真而专注。

一直等到清晨的阳光射进来，怪物才仿佛意识到时间的流转。“他”动了动，感觉到四肢因为长期保持一个姿势而僵滞。

想到了舒棠的叮嘱，怪物离开了洗漱间。

按时吃早饭、吃药。

舒棠说：人一天要喝八杯水。

所以人鱼养成了每天早饭后喝八杯水的习惯。

接下来，人鱼就应该和往常一样去海里捕猎，巡视自己的领域，吃午饭、晚饭，睡觉；然后重复以上流程，这样过上三天，直到舒棠回来。但是此刻，这只怪物只是坐在晨曦里，并没有出去。

实际上，昨天看着舒棠离开的时候，一种无法言喻的情绪就控制住了这条人鱼。

当那个“喜欢”被雨水冲散，失落的情绪就如同潮水一般袭来，还有一种即将被她抛下、丢掉的不安和惶恐。最后只能靠着重复练习说话，才能冲淡这种感觉，忍住立马去找她的欲望。然而一旦空闲下来，思念就会不停地疯长，疯狂地叫嚣着想要见到她。

此时，怪物远远地看着晨光，只能贪婪地感受着这座堡垒里她残留的气息，才能得到一些平静。

但只可惜，这座空空荡荡的堡垒里，她的气味在慢慢地散去，就像是晨曦渐渐地消退。最后一点安慰剂也消失了。

怪物平静的表象也在慢慢地破碎。他抬起了漆黑的眸子，看向了她离开时走的方向。

怪物近乎妥协地、冷静地接受了一个事实：

“他”无法忍受离开她整整三天这件事。

“他”就是这样渴求、依赖着她，一刻的分离都无法忍受。

于是这天上午，陈生的值班室门口，就出现了一个高大的身影。

和上次一样，人鱼带来了一条被污染物寄生的大鱼。陈生以为元勋是来换东西的，于是匆匆让人去拿，打开了门出来询问他：“元勋，您有什么需求都……”

但是人鱼只是看了一眼陈生，就将大鱼放下了。他并没有拿任何东西，而是平静地朝着外面走去。

虽然人鱼看上去很冷静，但是当“他”朝着外面走去的时候，大厅里那个写着精神力数值的屏幕上，数值却开始不停地跳动。

一开始，陈生并没有意识到有什么问题。直到陈生发现人鱼这一次并不是在疗养院内活动，也不是去超市，而是朝着疗养院外走去的时候，他才慌了。他立马拨打了电话，01 区戒备了起来，接到通知后，疗养院的大门也第一时间关上了。

人鱼面无表情地往前走的时候，身后传来了急匆匆的脚步声。

人鱼停了下来。“他”很平静地转过头去，漆黑的眸子准确地看向了人群中的陈生。

很平静的眼神，那一瞬间，陈生几乎要以为站在不远处的是他们的大首领。但是很快，陈生就清醒了过来，这绝对不是大首领的眼神。因为“他”紧接着就看向了周围的人，眼神阴鸷而漠然。这是一种平静的威胁。

这只怪物甚至在心平气和地告诉他们：不要阻拦“他”，没用的。

其实比起从前，这一次，人鱼的精神力磁场波动更加大，但没有炸毁任何设备，甚至连信号都没有切断，看上去情绪很稳定，杀伤性也降低了不少。

可陈生却有一种对于危险的预感，这种预感驱使着他拦住了其他想要追上去的人，让人打开门，目送着那个高大而沉默的身影远去。

一种强大的震慑感笼罩了所有人。

一直到“他”的背影消失了，陈生的心脏还在狂跳，他低声道：“大家放出精神体来看看。”

众人闻言，纷纷释放出了自己的精神体。紧接着，在场的众人就看见了熟悉的庞然大物——此刻，人鱼的精神体正在不断地扩大！

蓝色的庞大精神体缓慢地从城市的上空拂过，几乎要遮蔽半个城市。

落在众人的眼中，就是一种遮天蔽日、被海水彻底淹没头顶的窒息感。而更加令人窒息的是，那蓝色的精神体还在不断扩大，而且是以一种肉眼可见的可怕速度。

许久之后，人们才从震撼中回过神来，不安道：“天哪，怎么扩大的速度变快了！”

“上一次扩大是覆盖整个疗养院，这一次还能扩大到什么地步？”

“你们说，这还能叫作精神体吗？”

陈生转头准备去打电话的时候，突然想起了舒棠。他想，也许舒棠的态度才是最正确的，不要贸然打扰这只巨兽，正常一点对待“他”，才是最好的做法。

其实，一直以来，不是疗养院真的把这只可怕的怪物关起来了，而是“他”认为禁地是自己的巢穴，所以不想走而已。而实际上，只要这只怪物想，谁都不能阻拦“他”。

南岛市闷热的雨季，怪物撑着一把蓝色的雨伞，行走在街道上。在众人看不见的身后，蓝色的精神体淹没了整个天际。

怪物换上了舒棠新买的那套衣服，还带上了一些钱。因为下雨，人人都撑着伞，人鱼的耳鳍被雨伞遮住，于是谁也没有注意到那个高大的怪物迟缓地穿行在人群中间。

舒棠说：地铁要五块钱，公交车要一块钱。

于是南岛市地铁售票处的人，在夜里点钱的时候，发现了五张古董钞票。

“他”走过的地方，通信器都黑屏，摄像头出现了雪花，安检也立马发出了因为故障而“嘀嘀嘀”的声响——没有任何一个仪器和设备可以记录“他”的踪迹。

但是怪物的出现，却让人群陷入了惶恐。

怪物在其他人惊讶的视线中，沉默地上了地铁，然后死死地盯着那个“华大”的地址。

整个地铁都被某种诡异的气场所笼罩。身高逼近两米的高大怪物，虽然站在角落里，却有着强大的存在感。出于某种对于危险的本能直觉，人们保持了安静，只是忍不住向那个角落投去畏惧、害怕的视线。通信器都失去了信号，只有地铁穿行发出的声音。

其实只有舒棠会把“他”当作一只小可怜，其他人，不管认识还是不认识的，在见过这个怪物之后，都会有种毛骨悚然的感觉。

尤其是当这个庞然大物漠然地扫过他们的时候，人们能够清晰地感觉到那种仿佛在丛林里，被什么大型猛兽扫视而过的战栗感。

这只怪物，也只是在舒棠面前显得笨拙而已。

地铁上的人们，听见了怪谈的主角发出了一些嘶哑的、诡异的嘶声。仿佛什么神秘的低语，听得人一阵头皮发麻，脊背发寒。

然而，谁也不知道，那个怪谈里的主角，正在重复着的，是一个人的名字。

他笨拙而认真地，进行第三千六百次的练习。

晚上十一点的华大，教学楼、图书馆都已经关了灯，路上只剩下了稀稀拉拉的几个学生。

对于人鱼而言，所有的电子产品都会在“他”面前失效，于是门禁自然也是没有阻拦作用的。

因为考试，宿舍区的灯已经熄灭了，只剩下了几个窗户的灯还亮着。

怪物在舒棠的宿舍窗下停了下来。怪物并没有上楼，或者和从前一样出现在舒棠的宿舍里，而是仅仅站在了楼下漆黑的角落里，望着舒棠的小窗户。

当灯光亮起来的时候，怪物黑白的世界也亮了起来。这只面无表情、平静得像是没有任何情绪的怪物，终于露出了今天以来第一个表情，一个很细微的笑。

今天是考试的第一天。舒棠运气很好，她看到附加题的时候愣了一下，那是一道材料分析题，刚好是讲精神力暴动后的失忆症。

舒棠和01区的治疗师们开组会的时候读了很多的资料，误打误撞竟然押中了题目。她下笔如有神，写最后一行的时候，总结道：只要治疗师保持足够的耐心、进行恰当的引导，失忆症是可以被治愈……

舒棠停了一下。

精神力暴动引发的失忆症，是可以慢慢被治好的，记忆就像是拼图，只要“他”懂得越来越多，拼图也就会慢慢地拼凑出来。假以时日，也许就会想起过去的事情，彻底恢复正常。就像是人鱼渐渐稳定下来的精神力数值，失忆症也在慢慢地变好。

病会慢慢地治好。那一个人，会一直依赖另外一个人吗？

舒棠回到宿舍的时候已经很晚了。她路过隔壁，听见有人在听天气预报，她下意识地转过头，才想起来原来不是人鱼。

舒棠晚上在宿舍里对完答案后，确定这场考试应该十拿九稳了。

舒棠平时很少想很多事，但是好像遇见人鱼之后，她变得深沉了许多，连睡眠质量都开始变差了。往日里她看见床就想睡，现在她竟然还能牺牲宝贵的睡眠时间，抽出空来叹口气。

她在下雨天捡到一个小可怜，自认为是小可怜的领路人。

昂首挺胸的小猫挡在了小可怜的前面，挥斥方遒地告诉“他”世界是如何如何。可是小可怜慢慢地好起来了，“他”学会了用电器，学会了写字，也许不用多久，甚至不需要她陪着“他”出门，也可以像是一个正常人一样地生活了。

小玫瑰不需要“大鸡腿”了。

舒棠在草稿纸上有点失落地写道：你还需要我吗？

关了灯，她爬上了床，开始睡大觉。

许久之后，黑暗里，有人在那一行字下面端端正正地反驳她：需要。

这只怪物的确是有点笨拙，也不太明白她没头没尾的问题，但是怪物想：大概是在问他吧？

怪物看着她的睡颜，歪了歪头。真奇怪，明明担心她觉得他笨，担心她不要他的是他才对。她为什么也会有同样的疑问呢？

舒棠早起的时候什么异常都没有发现，反而因为睡过头迟了一些，匆匆忙忙地抓着包就去了食堂。她以为自己今天睡过头就是倒霉的预兆，但是似乎，她今天的运气好得出奇。

她吃早饭的时候匆匆忙忙，汤没有拿稳就被人推了一下，可是汤碗稳稳的，一点也没洒；她写试卷写到一半发现笔没墨了，刚想要举手的时候，发现桌洞里面恰好出现了一支水性笔；下雨的时候，她的位置就在靠窗的地方，等到她想要匆忙地挡住试卷的时候，窗户被风吹得正好关上了。

舒棠看了看那个诡异关上的窗户，陷入了沉思。她想起了自己刚回学校那天放在华大素有“考神”美名的雕像前的两瓶旺仔牛奶。

考试结束后，她在路上和苏茵说那座考神雕像很灵验。

苏茵十分羡慕：“早知道我就学你了，我也去拜拜。”

因为考试的时候要关机，所以舒棠一整个早上都没有看通信器。于是，晚了半天才收到了人鱼失踪的消息。

苏茵在前面问她要不要去食堂的麻辣烫窗口排队。

平日里舒棠总是吃饭最积极的那一个，谁知道她突然停下来了，匆匆道：“我的涂卡笔坏了，要去学校外面重新买一支，小茵你先回去吧。”话音落下，舒棠拿起了雨伞，就朝着外面跑去。

苏茵愣了一下，看着她的背影，心想这也不是去校外的路啊！

舒棠有点着急。当听到人鱼失踪的消息，她的第一反应就是小玫瑰来找她了。

舒棠的确告诉了人鱼她要回“华大”，可是当时她仅仅说了一个地名，也没有告诉人鱼要怎么走。

小玫瑰又不会坐车，如果自己走过来，也许要走一天一夜也说不定；而且人鱼还不会说话，连问路都不会，迷路的可能性也很大。万一丢在了路上可怎么办？

她就像是一只没头的苍蝇，在学校里转了一圈后，才想起来给陈生打电话。得知他们也没有什么线索后，舒棠直接挂了电话，朝着学校外的公交车站台走去。

人鱼听舒棠说过，华大的包子很好吃，他虽然没有来过这里，但是牢牢记住了这句话，于是特意去买了好吃的，放在了她的宿舍。

小猫很馋，这只怪物认为食物会让她开心起来。然而做完这一切，再次找到舒棠的时候，她已经在纷纷的细雨里找了“他”很长一段时间了。

她一边呼唤着“小玫瑰”，一边不停地往前走。

人鱼的脚步一顿，有点僵硬。

其实既然答应了小猫等她，人鱼就不应该出尔反尔，才等了不到十几个小时就来找她。可人鱼根本做不到和她分开三天。于是，“他”并没有选择出现在她的面前。这样，她也就不会发现，这是一只多么不安、多么不想要离开她的怪物。

可是现在，她发现“他”跟过来了，她会生气吗？

舒棠走累了，就在街边的椅子上歇了一会儿。她想起昨天一整夜的雨，担心人鱼要是在外面找她找了一整夜找不到，夜里要在哪里住？她想起了不少夜宿街头的新闻，还有“他”从前就喜欢坐在黑暗的角落里等她出现在电梯口，现在又在哪个角落里等着她呢？

她开始抬头张望，担心哪个角落里多出了一只小可怜。

舒棠打开通信器，想要告诉陈生华大周围没有的时候，一看群消息，才知道原来华大附近都已经被找过了。

舒棠愣了一下。“他”现在并不是没有人管的小可怜了。一失踪，无数的人都会出来找他、关心他，并不是只有她一个人牵挂“他”了。

而且人鱼都已经学会了用自动售货机，会写一点简单的字了，也许那些凄惨的想象，只存在于她的脑海中。

其实人鱼很强大、很厉害。

她抬头看着十字路口，有点迷茫。就像是她不知道，如果“他”慢慢好起来，不再需要她，习惯了这种依赖和亲密的她要怎么办一样。

但是她也仅仅是低落一会儿，就站了起来继续漫无目的地往前找，还是坚定地跑去查看每一个看上去可能会藏人的黑暗角落。

在她又一次想要失落地叹气之时，突然，她听见了有些嘶哑的声音。她一抬头，就从玻璃映出的影子里，看见了一把蓝色的雨伞。她转过身，人鱼就像是每一次那样跟在她的身后。

其实在现身的那一刻，怪物就知道，小猫也许会生气。可是怪物无法为自己辩解。因为他就是这样，无可救药地想要时时刻刻见到她，守在她的身边。

原地等待的怪物，被不安淹没，害怕像那个被大雨淋湿的“喜欢”，她一转身，就会消失在自己的世界里。“他”苍白的唇有点干涩，张了张嘴。

舒棠努力地想要控制住那种想哭的冲动，想要叫一声“小玫瑰”，然后把刚刚的低落、难过都忘掉，把小玫瑰带回家。

可是，就在这个时候，她听见那只怪物低头看着她，很生疏、很笨拙地发出了一个音：“棠。”

——这是第三千七百次。

舒棠幻想过很多种人鱼开口的画面。

可能是某一天的清晨，人鱼很自然地对她说了一声“早上好”；也可能像是某些电视剧演的那样，遭遇了危险后，她濒死时抓住了人鱼的手。

但是当她听到那个声音的那一刻，这些稀奇古怪的想象烟消云散。就应该是这样，一切刚刚好。

人鱼第一次成功地发出了声音，不太确定自己的发音是否准确，又或者声音是否大到足够让她听见。

他们两个对视了一会儿，就在人鱼迟疑了片刻，想要再叫一遍的时候——“他”被扑过来的舒棠抱住了腰。

相爱是一个磨合的过程。陆地上生活的猫，和海里的鱼有着不同的生活习性。

猫有尖锐的爪子，偶尔会生气，也会不那么勇敢地想要逃避、躲进阴暗的纸箱角落里啃塑料袋；深海里的凶兽也有尖锐的铠甲，有着强烈的不安，时常产生怀疑，用审视的目光注视着一切。但是幸好，每一次有人后退的时候，总有人会前进。

听着他用沙哑的嗓音叫着她棠的时候，舒棠承认，自己的心变得很柔软，好像被什么酸酸胀胀的情绪所笼罩着。一切不安和彷徨都消失了。

她抬头，眼睛亮晶晶地说：“小玫瑰，你再叫一声好不好？”

于是人鱼先是微微弯下了身，配合她的身高任由她抱着，紧接着再次准确地、清晰无比地发出了那个音：“棠。”

“我还想听一遍。”

“棠。”

人鱼的声音其实听起来有点古怪，虽然很低沉、磁性，但是因为发音方式不太一样，听上去并不像是人类的声音。如果在黑夜里偶然听见，胆小的人都要胆战心惊一番。可是舒棠却觉得很好听，她听了一遍又一遍。一直到她意识到人鱼的声音是不太正常的沙哑时，她停止了这种复读机式的行为。

舒棠问：“你是不是练习了很多遍？”

怪物只是再次回应了一个“棠”。

千千万万遍，这只怪物终于可以发出声音，回应她的声音。

她感觉到心脏密密麻麻地酸胀，于是把这只高大的怪物抱得更紧了。她控制不住那种情绪，脑袋在他的肩膀上蹭了蹭，又蹭了蹭，就像是一只在人类手心里拱来拱去的小猫。

于是怪物也就安静了下来，抬起了手，回抱住了她。怪物内心的躁动和不安都彻底平复了下来。就像是两个经历了长途跋涉，终于回到家的人，感觉到了一种温暖和放松。

他们牵着手朝着药店走去。

舒棠说：“你这几天不要说话，会扁桃体发炎。”话音落下，舒棠就想起来人鱼身上的变异，也不知道还有没有扁桃体这种东西。

但是猫中医还是和人鱼在药店拿了两盒润喉糖：“不知道有没有用……”

她拆开了一颗糖喂给人鱼。

果然，人鱼露出了蹙眉的表情，像是很难接受这种清清凉凉的甜味。

“不要吞下去，润喉糖要含着慢慢吃。”

人鱼低头看着手里的东西，突然停下脚步，歪了歪头，看向她：“棠。”

——她也是一种糖。

舒棠：“我是海棠的棠，不是这个糖。”

她在人鱼手心写了这两个字。

但是再次拆开一颗递给人鱼的时候，她的手停住了。

吃的是这颗糖，还是那颗“棠”。

人鱼低下头，目不转睛地盯住了她，苍白的唇含住了那颗糖。薄唇冰冷的触感在她的指尖停留了片刻，人鱼才直起身。

舒棠立马收回手，感觉到被人鱼冰冷的薄唇碰到的手指都开始发烫。感觉到人鱼的视线，她的耳朵也开始发烫，心中后悔自己不应该解释什么“棠”不“糖”的。

她装作若无其事地躲开了人鱼的视线，又问：“你昨天晚上睡在哪里的？”

这下子人鱼就不说话了。怪物垂眸。

舒棠隐约猜到了。

“我不会因为你来找我生气。

"我只是怕你走丢了，到时候我找不到你了，要怎么办？"

两个人都安静了下来。

舒棠本来还想要说些别的，比方说问他到底是怎么找来华大的，路上有没有迷路；又或者明明想要来找她，为什么她离开的时候不说呢？

可是最终，她发现自己可能需要诚实一点。于是她坦白了："其实，这两天，我也有一点想你。"

润喉糖慢慢地融化在唇齿间，怪物尝到了一点甜味。

她强调只有一点，并且在矿泉水瓶上比了半瓶的量，告诉人鱼：一点是这么多。

人鱼安静了一会儿。

人鱼现在才学会说一个字，没有办法回应她的话。于是，怪物伸出手，沉默地往购物篮里放矿泉水。

一瓶、两瓶、三瓶……八瓶——人一天要喝八杯水。

"他"的想念刚刚好八瓶。

舒棠愣住了，她看了看那八瓶水，又看了看人鱼面无表情的侧脸。

在他平静地抬头看着她的时候，这一刻，她的心跳好大声。

来到食堂的时候，饭点已经过去了，食堂里已经没有几个人了。舒棠单独要了两份炒饭，但是想到了什么，还是点了三份。果然，人鱼吃晚饭的时候，虽然动作很优雅，但是速度非常快。

舒棠甚至都没有问人鱼昨天有没有好好吃饭，心中就已经有了答案。

舒棠想起了一件事。她曾经也想过人鱼的前身是一个什么样的人，但是陈生嘴巴很严，只是告诉她要保密就没有下文了；而其他的人知道得更加少，就好像人鱼是凭空出现的一般。

于是那天在去买老母鸡炖汤的路上，舒棠又试着问了老吴。

老吴说："元……他从前，很受人尊敬爱戴，言行举止，都无可挑剔，是一个很好的人。"

老吴惋惜地叹气："可是现在，唉。"

舒棠下意识地反驳，说："其实现在他也很好啊。"她当时掰着手指头数，虽然不太喜欢外面的世界，可是人鱼捕猎很厉害，野外生存能力很强，其实脾气也很好，还会开扇贝……她本能地有点排斥那种惋惜的语气。

可是当看着对面灯光下，高大的人鱼吃饭时狼吞虎咽的样子，舒棠突然感觉到自己可能犯了一个和其他人一样的错误。

她认为现在的人鱼分不清自己的感情。可是，真的是这样的吗？明明那八瓶的想念，就在他们两个的塑料袋里面。

舒棠并不是那种自制力很强的人类。她想攒钱，结果每次路过超市，都忍不住带走一盒鱼肉。

她感觉自己的原则岌岌可危，底线开始灵活地后退。小猫叹了一口气，感觉到自己要被八瓶水给彻底打败了。

舒棠听见了“吨吨吨”的喝水声。

一开始并没有引起重视，直到她发现人鱼喝完了四瓶水，并且把剩下的四瓶放在了她的面前。人鱼低下头，很平静地示意她喝水。

于是，舒棠发现了一件自己忽视了很长时间的事：她告诉人鱼一天要喝八杯水后，人鱼每次都是一口气喝完的。但是在“巴士底狱”两个人是用杯子喝水的，舒棠当时没有注意到人鱼每次都会在饮水机前喝很长时间。

舒棠告诉人鱼可以分开，一天之中慢慢喝。

舒棠嘀咕，这条鱼要是没她，可怎么办啊，喝水都要撑死啦。

人鱼闻言，下意识想要反驳。可是突然，人鱼发现了一个奇怪的现象，在感叹完“要是没有我可怎么办”后，猫猫揣着手手开始哼起了小曲。

人鱼歪了歪头，困惑了片刻，突然想起了小猫的一些本性。

比方说她经常打电话时说自己在禁地一天工作十三个小时，其实一挂掉电话就躺回去大睡十三个小时；比方说她明明天天说自己要早起锻炼，结果每天人鱼都能看见沙滩上躺得很平的一摊猫饼。

人鱼也终于后知后觉地发现：她嘴上抱怨“他”离不开她，其实很享受这种依赖。

这让这只怪物感觉到了一种很奇妙的受宠若惊。为了印证这一点，人鱼突然凑过去，轻轻地蹭了蹭小猫的面颊。

果然，小猫立马左看看、右看看，把他推开了一点，说：“哎呀，大庭广众的。”

人鱼慢吞吞地直起了身，盯着她看了一会儿，突然嘴角微微勾起了一个弧度，很轻地笑了一下。“他”今天学会了一个成语：口是心非。

吃完饭后，舒棠去摸通信器，这才想起来还没有联系疗养院，告知人鱼的事情。于是她立马给陈生打了一个电话。

舒棠本以为陈生会立马带人过来。谁知道陈生松了一口气的同时，只是叮嘱道：“手机不要关机，保持定位，我们会派人跟着的。”

然后舒棠等了等，发现陈生没有下文了。就算是陈生，对待人鱼的时候，也有点严防死守的味道。但是今天却意外地显得很“放心”。

舒棠有点纳闷。

等到她挂了电话，人鱼才收回了看向她通信器的视线。

——“他”知道是谁通风报信的了。

舒棠并不知道，这种态度的变化，其实是因为人鱼的精神体，进行了又一次“进化”。

此时，只要有任何一个人释放出精神体，就会看见，在这个沉默高大的男人身后，天幕上缓慢拂过的蓝色巨物。然而，在地上看见的部分还是太少了，如果在直升机上往下看，就会看见南岛市的上空，笼罩着一个无比庞大的蓝色精神体。半座城市都被深蓝色的海水吞没。

当“他”只有一个禁地那么大的时候，人们畏惧、抱有敌意，有的人甚至想要摧毁这个怪物；当“他”只有一个疗养院那么大的时候，人们开始感觉到了绝望和无力；但是当“他”笼罩了半座城市，还在不停地扩张之时，不管是处于什么立场上，所有知情者都无一例外地选择了妥协，并且开始祈祷这个怪物一直保持稳定。

然而，舒棠并不知道人鱼身上发生的变化，她打算带着这只堪比天灾一般的怪物，逃避宿管的追杀。

华大 alpha 宿舍的管理十分严格，每次舒棠想带外卖进去的时候，都要藏在背包里面，揣着手手装作若无其事地溜进去。

要是平时，舒棠带个人进去也不难，但是今天是考试周，那个很凶的宿管就守在大门口。

舒棠躲在了大树后面，鬼鬼祟祟地和人鱼商量战术：“我去引开宿管，你趁机上楼。”

人鱼听明白了她想要干什么后，抬头看了看舒棠位于五楼宿舍的窗户，又看了看那个看上去杀伤力很弱的宿管。

舒棠从树后面探头，突然就被提溜了起来。

黑暗中，人鱼的身形如同矫健的猎豹，单手搂住了她的腰，微微屈膝，另一只手攀住了墙壁，速度快得惊人。在舒棠还没有反应过来的时候，他们两个已经在五楼的阳台上稳稳落地。

舒棠探头看了一下五楼的高度，扶住了墙壁，有点腿软。但是还没有等到她冷静下来，人鱼已经把她提溜进了宿舍。

舒棠平日里觉得自己的宿舍还挺宽敞的，但是人鱼一进来后，这里一下子连转身的地方都没有了。

人鱼一共去过舒棠的两个巢穴，都有一个共同特点：狭小。

舒棠和人鱼说了一声，找出了一点小零食放在了桌子边，然后进了浴室简单地洗了个澡。她今天淋了雨，于是顺便把头发也一起洗了。舒棠的睡衣有两个垂下来的猫耳朵，走起来一晃一晃的。

她就站在人鱼的不远处吹头发："小玫瑰，你一会儿也去洗个澡，衣服先不换，我帮你吹干。"

话音落下，舒棠突然间觉得这对话特别像是她妈和她爸。他们俩就是这样老是念叨着这种琐事，一个嫌另外一个啰唆。

舒棠想起了人鱼大概会很讨厌吹风机的声音，于是把门关上了一点。但是这个动作做完后，舒棠停顿了一下，觉得自己像极了爸爸。

舒棠吹了一会儿头发，有点郁闷。她和这条鱼已经快进到了中老年爱情故事，尤其是他们俩还经常在夕阳下散步，可能已经快进到了夕阳红阶段了。

但是还没吹两分钟，门打开了。高大的人鱼走了进来，很自然地接过了她手里的吹风机。

镜子里，舒棠的身高刚刚好到人鱼的胸口。

"他"往后面一站，就像是整个把她罩住了——这下子，就不太像是中年爱情故事了。

高大的人鱼垂下了眸子，学着她的样子，有点生疏地帮她吹头发。

舒棠看见自己的发丝在人鱼苍白的大手间，黑白分明；感觉到头顶被轻揉，就像是一只被顺毛的猫咪，舒服得想要发出"呼噜呼噜"的声音。

舒棠安静了下来，她抬头看着人鱼漂亮的下颌线，心里像是冒出了一个个"呼噜呼噜"的小泡泡。泡泡满溢出来，几乎可以装满八个矿泉水瓶。

"他"低头认真做事的时候看上去甚至有点严肃，若是不发出声音，配上这个体型和一身的煞气，看着有点凶。可是她看着人鱼因为喝完水有点湿润的唇，在朦胧的水汽间，突然间有种想要踮起脚亲吻"他"的冲动。

然而，就在这个时候，隔壁宿舍的人大喊了一声："宿管来了！"

舒棠立马回过神来。她开始紧张起来，想要找个地方把人鱼藏起来。但是人鱼太大只了，放在哪里都很显眼，衣柜还塞不下。

伴随着脚步声渐近，舒棠当机立断，把人鱼匆匆拉过来，藏进了自己的小床上，然后"唰"地把床帘给拉上了。长一米九的小床，睡舒棠绰绰有余，塞一只人鱼就显得非常狭窄。

舒棠清晰地听见小床发出了不堪重负的声音。她的心脏"咚咚"直跳。舒棠对人鱼说："躲好一点，不要出声。"

这只深海里的凶兽，自然不会觉得那个胖宿管具有什么威胁性，但是人鱼发现舒棠露出惊慌的表情，左顾右盼找地方藏他的样子，很可爱。

于是这只凶兽就懒洋洋地盯着她，就连被她塞到床上也很配合。

人鱼被她按在了墙角，没有出声。

本就狭小的空间，如今更是被挤压到了逼仄的程度，可以清晰地听见彼此的呼吸声。

舒棠闻到了让她有点发晕的信息素的味道，也不知道是惊慌还是其他的原因，她感觉到心跳声好大。

未干的长发潮湿的水汽氤氲着。

高大的人鱼安静地低下头，明明很好欺负、很乖的样子，但是属于这种大型凶兽的侵略性却无处不在，如同水汽一般将她包围。

这只怪物不由自主地盯着她的唇。她的唇和人鱼不太一样，人鱼的唇是冰冷的，她的唇却是柔软的。而且看上去柔软得像是舒棠很喜欢吃的一种甜品：糯米糍。

先前，舒棠坐在电视机前和“他”形容糯米糍的口感的时候，人鱼就盯着她的唇看了很长的时间。

想到这里，怪物那冰冷的喉结，不着痕迹地滚动了一下。

宿管问：“501 有人吗？”

舒棠从那种微妙的气氛中回过神来，想要开口回答的时候——

人鱼想起了她说“不要出声”的命令，于是很自然地低下了头，吻住了她，将她即将出口的声音堵在了唇齿间。

她被按在了人鱼的怀中，被迫仰着头，然后被含住了唇瓣。

怪物野兽般沉重的呼吸如此清晰。冰冷的体温，仿佛可以将人融化。

宿管在门外似乎说了什么，但是她已经听不见了。唇接触的那一刻，她就像是变成了一颗软糖，被含在了冰凉的唇齿间。氧气开始稀缺，空气中潮湿的水汽在发酵。

她就像是一颗被低温融化的糖果。信息素开始发挥作用，十几个“啾”加起来都没有这一个亲吻的影响力大，让她大脑一片空白，心跳声好大。

和糯米糍一样柔软，比润喉糖还要甜蜜。

怪物仅仅只是浅尝辄止，却仿佛控制不住食欲一般，喉结仍然在缓慢滚动着，像是想要把她吞咽下去，却不得不克制，于是呼吸越发沉重。

也不知道过去了多长时间，一直到感觉到舒棠的呼吸变得有点困难，怪物才慢吞吞地松开了她。

舒棠一睁开眼睛，就对上了人鱼的视线。

狭小的空间里，这只凶兽身上那种强烈的侵略性无处不在，仅仅是对上那种眼神，她就感觉到自己有种被锁定、无处可逃的错觉。这只凶兽的眼神仿佛要将她拆吃入腹，看得舒棠有点头皮发麻、心慌意乱。于是左顾右盼一会儿后，她一把将被子蒙在了自己的脑袋上。

她听见了被子外，一声非常低沉好听的闷笑声。她捂住了耳朵，往被子里面钻得更深了。舒棠在被子里大声抱怨："我刚刚没有回答，肯定要被扣分了。

"你知道查寝被扣分有多严重吗？"舒棠感觉心跳的速度太快了，是要吃速效救心丸的程度。她心慌意乱地打开通信器，看见群里说楼下有人吵架，宿管被叫下去了，查寝中断，这才松了一口气。

她从被子里面拱出来，只露出了一只眼睛，瞪了人鱼一眼。却发现那只凶兽目不转睛地盯着她，眼神逐渐变得更加晦暗、深沉。那种强烈的压迫感，让空气变得逼仄。

这是一只占有欲极强、嫉妒心也非常重的怪物，因为自己的荒芜和一无所有，内心永远充斥着强烈的不安。

怪物一直在她面前隐藏得很好，将丑陋的欲望埋藏在阴暗的角落。但是此刻，怪物发现，随着时间的推移，如同烈火一般灼烧的独占欲非但没有平息，还滋生出了更加可怕的欲望。

尤其是发现她并不排斥自己这种古怪而狂热的依赖后，这只黑暗中的怪物一边感觉到受宠若惊，一边变本加厉，越来越贪婪。这种欲望具象化，就成了那种让小猫心慌的侵略性。

她立马又缩了回去。她被闷得有点热，刚想要钻出去又有点心慌，那种莫名其妙的气氛让舒棠有点㞞。但是很快，她听见了开空调的声音。

那只凶兽把被子裹住的猫猫给抓了过来，用鱼尾圈住，这才闭上了眼睛，没有再慢吞吞地用眼神给她施加压力。

舒棠好一会儿才冒出了头，观察了一会儿，发现人鱼似乎真的睡着了，这才松了一口气，脸和脖子都烧了起来。

她设置了一个闹钟，爬起来关了灯。但是爬回去的时候，她借着路灯的光，看见人鱼那张漂亮冷漠的脸上，似乎显得有些疲惫。舒棠想，昨天人鱼大概是在外面守着她，也不知道夜里睡没睡觉。

她很难形容此刻的感觉，大概那一点原则都在岌岌可危的边缘。

她伸出手摸了摸人鱼长长的睫毛，然后凑过去，忍不住亲了一下人鱼的面颊。

这只凶兽立马睁开了眼睛。

舒棠"嗖"地用被子捂住了自己的脑袋。

舒棠一直没敢从被子里面冒头。

也许是空调的温度很合适，她迷迷糊糊地睡着了。

其实宿舍很吵，时不时有走动和半夜打游戏的声音，听觉很好的人鱼应该很难睡着才是。但是舒棠的身上有一种安眠药的气息，她闭上眼睛呼呼大睡的时候，总给人一种睡眠是件很美好的事情的感觉。

人鱼从前很少睡觉，躁动的精神力和尖锐的神经痛，让这只凶兽闭上眼睛就像是在黑暗里进行一场漫长的跋涉。但是遇见舒棠后，这只暴躁的凶兽，睡眠时间从每天一小时变成了标准的八小时。偶尔下雨天，舒棠不想起床，抱住人鱼的鱼尾赖床，甚至会变成十个小时。

但是舒棠从来不觉得自己带坏了这只凶兽。反而，舒棠振振有词："你以前那么凶，肯定是因为睡得太少了。现在睡得多了，脾气也变好了，可见从前多少是因为失眠闹的。"

人鱼认为舒棠说得对，因为只要在她的身边，这只怪物总能够安眠，一切尖锐的、焦躁的都会在相拥而眠中化解。人鱼睡了这几天来，最长的一觉。

第二天早上。

舒棠收拾东西的时候，看见了本子上的字迹。是她那天心情低落时提出的那个问题，下面端端正正地回复了两个字：需要。

舒棠愣了一下，转头看了一眼人鱼。她装作若无其事，收起了本子。

他们两个和平日里一样一起进了洗漱间。洗脸的时候，舒棠正在揉脸上的泡泡，人鱼突然低下头。她以为人鱼要亲她，立马往后躲，并且大喊："你还没有刷牙！"

结果人鱼慢吞吞地蹭了一点洁面慕斯，就转过头去若无其事地开始刷牙了。

舒棠心想，有必要吗，那么大一瓶不用，非要蹭她脸上的。

但是她看了看镜子里拿着新牙刷面无表情的凶兽，脸上沾了一点泡泡看上去就没有那么凶了，而且还有点呆。

舒棠叫了一声"小玫瑰"，然后在对方低下头的时候，把泡泡抹在了人鱼的鼻尖上。她哼着小曲儿转过头的时候，停顿了一下，心想，完了，她可能坠入爱河了。

她可以打 119 救命吗？

考试只考一个早上，舒棠本来想要让人鱼留在宿舍里等她考完试，但是舒棠又有点不太放心，因为她总觉得人鱼会去找她。于是她想了想，考场在三楼，她就在对面的一楼找了个教室，这样“他”一抬头就可以看见她在那里。

等到舒棠回到考场，已经开始检查准考证了，苏茵正在考场里朝着她招手。舒棠匆匆坐到了自己的位置上。

今天还剩两门考试，一门理论、一门实操。

舒棠还是在靠窗的位置。

天气预报说今天会下雨，果然，舒棠写到一半，窗外又飘起了小雨。她刚刚转头，窗户就缓慢地关上了。

舒棠准备低下头继续写，突然愣了一下，她明白了那个带给她幸运的考神是谁。她的心尖开始发烫，嘴角控制不住地上扬。

这最后一场考试很难，所有人都愁眉苦脸，角落里的舒棠就很显眼。

考官路过，以为这是个深藏不露的学霸，结果低头一看，发现她因为写不出题，正在抄材料，打算赚个卷面分。考官看着她，心想：这孩子不是考傻了吧？

舒棠却浑然不觉，嘴角越扬越高。

她写完了试卷，开始检查题目。这张试卷很难，舒棠检查了一遍发现自己会的都差不多是正确的。

她刚刚准备放下试卷，突然间，桌子上的笔动了——缓慢地在一道选择题旁边打了个叉。

人鱼开始识字是因为舒棠在复习治疗师的教材，所以，人鱼的字库就变得很奇怪：“他”认识了很多的治疗师专业术语，但是不认识牙刷、杯子这些日常用字；还会做治疗系专业的选择题，但是看不懂电饭锅的使用说明书。等到舒棠复习得差不多了，她在礁石上犹豫选项的时候，人鱼的鱼尾总能戳中正确答案。

舒棠看了看那支笔，小声说：“这是在作弊，你不能这样。”她义正词严地拒绝了。

于是那支笔安静了下来，因为空气中的怪物看见了黑板上的考试守则。

过了一会儿，很有原则的舒棠鬼鬼祟祟，小声发问：“所以，到底选A还是选B？”

那支笔安静了片刻。

她鬼鬼祟祟、满怀期待，然后被空气敲了一下脑袋。

最后，在违法边缘大鹏展翅的小猫，被敲回了遵纪守法的大道。

第一场考试结束，苏茵问：“你考得怎么样？”

“唉，题目好难，我只能低空飘过了。”

她们俩对了一下答案，发现两人半斤八两，不过幸好前两天两个人都发挥得很好，总分能过就行。结果苏茵一转头，发现这只猫不知道想到了什么，露出了微笑，笑得像一只招财猫。

苏茵试探了一下：“小棠，你选择题错了六道。”

猫：嘿嘿。

苏茵：有点害怕。

第二场，是实操考试，需要大家释放出自己的精神体，用仪器进行精神力疏导的模拟。

因为每天夜里都去啃人鱼的精神体，这是舒棠把握最大的一门。

考试时风平浪静，所有人都释放出了自己的精神体进行测试，一时间教室里多出了很多的豺狼虎豹，看上去十分拥挤。直到考试结束，大家准备收回精神体的时候，突然，第一排有个 alpha 抬头看了一眼窗外，紧接着发出了一声惊呼。

本着看热闹的心情，半透明的精神体们纷纷从窗户探出头朝天上看，然后就看见了十分震撼人心的一幕。

在漫天的暴雨中，整个世界仿佛被大海吞没。

考场立马“嗡嗡”了起来。

人鱼庞大的精神体变成了半座城市那么大。就算是疗养院、南岛基地想要隐藏 001 号的存在，如今也不可能了。之所以没有引起骚动，不过是因为南岛市作为安全区太长时间，普通人根本不需要释放出精神体和污染物战斗，所以才一直没有动静。这段空出来的时间，足够南岛基地想出如何解释了。

而这群参加治疗师资格证考试的 alpha，就成为第一批见到外面庞然大物的人，骚动很快扩散开来。

“那是什么，那是精神体吗？”

“不，那是污染物吧？”

在黑沉的天空和雨幕中，整座城市都仿佛被海水淹没。

苏茵的小狼精神体，也开始有点不安地原地转圈了。她隐约猜到了是怎么回事，于是下意识地看向了舒棠。

结果，那只猫好奇地在窗边看了一眼，就很淡定地转回了头。

——说实话，舒棠没有认出来。

她对人鱼的精神体很熟悉。因为经常在人鱼的精神体里游泳、打滚，所以连大小都摸清楚了。在她的心里，人鱼的大小是大致固定的。虽然会长大，就像养的宠物会慢慢长胖一样，但是不可能从一只猫变成一头大象。

所以“大鸡腿”只是探头看了看，发现和外面的大家伙不熟，就立马转头去找人鱼的精神体，左顾右盼一番发现没有后，她就收回了视线。

在一群豺狼虎豹的精神体中间，一只猫淡定地迈着猫步离开了看热闹的前线，因为太过镇定，就显得有点格格不入。

如果是平时，舒棠还会和苏茵他们一起凑在窗前看一会儿热闹，但是今天，舒棠有点心不在焉。在完成了考试内容后，她就一直在看时间，等待考试结束的铃声。像是怀揣了一只期待的兔子，想要立马见到人鱼。

大概是发现考神是小玫瑰后，她发现，自己已经动摇得很彻底了。

如果她的原则是一艘船，那现在已经满是洞眼，在不停地漏水了。

她是一个典型的胆小鬼，晚上睡觉会怕鬼抓自己的脚，把全身盖得严严实实；她走夜路会不停地回头看，就连报志愿都不敢报燕大。舒棠的人生准则就是谨慎、中庸，翻译一下就是咸鱼。

她对人鱼的过去一无所知，面对失忆的人鱼，也害怕“他”的好仅仅是因为雏鸟情结。于是，这只胆小鬼立马缩了回去。可是现在，她突然非常迫切地想要见到这个人，她也不明白这种迫切的心情从何而来，可是她有很多的话想要告诉“他”。

那些顾虑并没有消失，人鱼可能有恢复的一天，也许那一天他们会遇见新的变数。但是舒棠在今天突然积蓄起了很大的勇气。

舒棠想，如果她一直胆小下去，迈出脚步又缩回去，那他们的故事，也许根本不用翻开篇章，就会结束在这个雨季。

舒棠发现，她已经习惯了背后有这个人的存在。如果她哪一天回头，发现人鱼不在，她就会失落得像是丢了很多的罐头。

于是，舒棠把看热闹的事情放在了一边，她收拾好了东西，和苏茵说了一声，就兴冲冲地朝着楼下跑去了。

舒棠下楼后先去小卖部买了两盒牛奶，准备给自己的“考神”还愿。她还有很多很多的话，想要对“他”说。

舒棠并不知道，那只怪物，其实也有很多的话想要对她说。在一次次试探和逐渐壮大的贪婪中，怪物决定袒露自己的内心。

她第一次觉得雨天是个好天气。路上大雨滂沱、乌云密布，她也觉得雨声像是轻快的鸣奏曲。

她感觉到一种轻快和幸福降临在自己的身上。她哼着小曲，朝着人鱼所在的一楼走去。

这栋空空荡荡的教学楼，在暴雨天气里显得很是安静。然而，在舒棠路过每一扇玻璃窗的时候，窗户上都会浮现出水迹。水迹端端正正地组合成了“喜欢”。小猫路过的每一扇窗户上，都是铺天盖地的“喜欢”。

怪物的第一次表白被大雨淋湿。这一次，“他”选择了另外一种，绝对不会被她忽视的方式。

于是当她怀揣着前所未有的勇气往前走的时候，一抬头，就发现了玻璃窗上的秘密。

她的脚步停住了。世界变得很安静。

当漫天的大雨落下，每一滴雨点都写满了喜欢。

舒棠继续往前走。她来到了走廊的尽头，就在拐角处，看见了那个高大的怪物。

晦暗的天色里，“他”低头看着她，叫她：“棠。”仿佛正在等待着她的一个答案。

她的嘴角开始疯狂地上扬。

“好啊。”

于是谁也没有问那个没头没脑的“好啊”是什么意思，只是非常自然地，一个弯下腰、一个踮起脚，抱在了一起。被大雨淋湿的喜欢在他们的身后逐渐模糊，但是彼此的心跳慢慢地变得清晰。

其实，此时的画面是有点诡异的，毕竟灰色窗户上的字迹慢慢滑下来的时候有一种充满怨气的感觉。配上没有开灯、空无一人的教学楼，简直是鬼片现场。

但是舒棠浑然不觉，她跑过去在玻璃窗上写了一个“舒棠”，又写了一个“祝延”，然后在人鱼的注视下，画了一个大大的爱心，把两个名字都圈住了。

人鱼停了下来，低头叫了她一声棠，询问她这是什么意思。

舒棠说：“这是喜欢的意思。”

于是，在舒棠往前走的时候，窗户上慢慢地出现一个又一个的爱心。

舒棠：怪幼稚的。

舒棠：好像小学生。

但是她控制不住嘴角上扬的弧度。

他们在空教室里肩并肩坐着喝牛奶，互诉衷肠。舒棠建议：“下次不要用雨水，因为窗户上没有灰的话字看不清楚。可以用红墨水、蓝墨水什么的。”她想了想又提醒，“要讲公德心，结束后要把墨水擦干净。”

人鱼朝着她嘶了嘶，表示赞同。

舒棠喝牛奶喝到一半，突然说："我们这是要开始谈恋爱了。"

怪物安静了一会儿，想要问她，谈恋爱是什么意思？

人鱼仍然不太清楚"谈恋爱"是怎么回事，这只怪物仅仅是凭借着本能，产生了喜欢，滋生了嫉妒和占有欲。但是幸好，这只深海里的凶兽，不再像从前那样暴躁，而是有了足够的理智和耐心。于是，怪物想，只要她教，"他"都可以学。

就在他们两个准备离开的时候，不远处传来了一声尖叫。阴雨天，有个不幸的男同学误入空旷的教学楼，看见了窗户上的字迹。

男同学吓晕前，听见了一个声音："他怎么了？"

紧接着，又是一个十分古怪、低哑的"嘶嘶"声。

另外一个声音回答："肯定是和你一样低血糖。"

男同学彻底被吓晕了。

两人围观了一阵，舒棠掏出了通信器拨打急救电话。等车来后，她就和人鱼一起手拉手离开了。

舒棠并不知道，很快，一则怪谈就出现在了华大的论坛上，大概就是下雨的阴森下午，玻璃窗上莫名其妙地出现了充满怨念的"喜欢"。

他们简单吃完了午饭后，回到了宿舍。

舒棠正在打包东西。

在资格证考试结束后，舒棠的大三也就结束了。大四收拾一下东西，上交实习单位的证明，捣鼓出来一篇论文就可以顺利毕业了，接下来的整个大四都不需要回学校上课了。其他室友都已经开始收拾东西带走了，舒棠却因为一直没有回学校，还没开始打包。

她坐在床上收拾零碎，指挥着人鱼帮她收拾行李箱。舒棠说："小玫瑰，我要去取外面的衣服。"

人鱼看了看外面晾衣绳上的衣服，于是很自然地把舒棠举起来了。

舒棠嘀咕了一句，但还是坐在他的肩膀上去取东西。

她此刻正沉浸在一种莫名其妙的喜悦中。舒棠平日里就觉得人鱼长得很好看，但是今天看上去更加好看了，仿佛全身上下都打上了"猫猫专属"的戳，就连薄唇看上去都非常好亲的样子。

人鱼感觉到了她的视线，于是很自然地任由她打量，还歪了歪头，仿佛在询问她在看什么。

舒棠就低下头，凑过去，亲了人鱼一口。于是人鱼也就很自然地扶住了她的腰。

舒棠嘴角上扬，继续收衣服。但是当舒棠从五楼的阳台上往下看，她看见了一辆有点眼熟的车子。她再仔细看了看，发现车旁边站着正在和别人交谈的人，正是老吴。

其实舒棠并不意外看见他们。

很快，他们就把行李箱收拾好了。

本来，舒棠在结束了今天的考试后就要收拾收拾回疗养院了，但在拉上行李箱的拉链后，舒棠犹豫了——其实疗养院所有参加考试的实习生都有一周的假期，因为要等资格证的成绩出来，然后在学校认证，再正式拿到证书。

因为舒棠之前的情况特殊，于是打算一结束就速速回疗养院的。可是现在人鱼已经在她的身边，舒棠突然间就没有那么想要立刻回去了。

舒棠知道人鱼可能在禁地里关了四五年，甚至更长的时间。

发现这件事，其实是因为上一次舒棠在仓库里翻找家具，找到了一台咖啡机，但是有些部件已经坏了。舒棠当时就想着要去网上搜一下配件，结果一搜品牌，发现这些型号的家电已经在六年前停产了。

那一天，舒棠看着停产的页面愣了好一会儿。有些秘密她无从得知，失忆的人鱼自然也无法告诉她。可是无处不在的细节都告诉舒棠，“巴士底狱”是一座尘封了很多年的监狱。

舒棠想过，如果把她关在“巴士底狱”里，没有通信器和网络，也没有人说话，也许一天两天还好，但是最多半年，她就会疯掉，逮住每一只路过的螃蟹说话。

可是小玫瑰在禁地已经五六年了。那一天，舒棠抓着人鱼说了一整天的话。最后人鱼把她挂在了树杈子上，她才结束了这种行为。

但是今天，舒棠想起了这件事，不免就有点怜爱这条没有出来过几次的鱼。

至于陈生那边怎么交代，舒棠非常无赖地打算：只要他们不问她，她就不主动说。

舒棠于是看着对面的人鱼：“小玫瑰，我们过一周再回去好不好？”

舒棠以为是四五年，其实祝延在禁地里，度过了独自一人的十年。

这个自我囚禁的囚徒，在漫长的时间里遗忘了自己的姓名，遗忘了说话，又在不断的精神力暴动中，最后彻底失去了记忆。

如今，这只孤僻、古怪的怪物，对外面的世界没有任何的兴趣，用一种漠然而冷淡的态度审视着外面光怪陆离的世界。

就像是人鱼学会写字这件事一样：“他”的字迹很独特，是印刷体；也像是人鱼学会发声一样，“他”用的是类似于动物的拟声方式；这只怪物，其实已经完完全全不是人类了。

然而，这些细思极恐的细节，全都被舒棠忽视掉了。

怪物低下头，看着床上的小猫，逼近了她。

人鱼离开了禁地，穿过半个城市找到自己的小猫，是想要和她一起回到自己的巢穴里的。

如果是从前，这只怪物一定会表现出尖锐的一面，审视着她，认为小猫又要抛弃自己。但也许是她给予的喜爱磨平了一些这只怪物的锐角，怪物仅仅只是叫了一声“棠”，询问她理由。

这种近乎平和的态度，就连怪物自己都觉得惊讶。但是很快，小猫又给予了很多的喜爱，再次把这只怪物的锐角磨平了一点。

因为舒棠凑了过去，眼睛亮晶晶地和这只怪物悄悄耳语：“我们两个偷偷约会吧？”

——就像是一场私奔。

人鱼并不知道“约会”是什么意思，但是路上舒棠说：“我们最开始约会的地方是那片眼泪海。”于是，人鱼就明白了：约会就是她也想要带着“他”去看自己的世界。

虽然这只怪物并不那么喜欢外面光怪陆离的一切，但是仍然喜欢和她约会。

他们第一次尝试着主动约会的地点是学校附近的夜市。

舒棠并不希望走在路上人鱼被各种眼神注视着，于是她和人鱼去的第一个地方，是一家饰品店。她找到了一个会发光的、大大的猫耳朵，戴在了脑袋上。这样，镜子里，就出现一对鱼耳朵、一对猫耳朵。

在人鱼的耳鳍动一动的时候，舒棠的猫耳朵也同步动了动。

人鱼耳后的鱼鳍是一种锋利的武器，但是舒棠却很喜欢，甚至总爱摸，人鱼并不能理解舒棠的这种爱好。

直到此刻，人鱼看见了镜子里舒棠毛茸茸的发光猫耳朵。面无表情的高大人鱼盯着看了一会儿，突然伸出了手，捏了捏。

舒棠愣了一下。明明猫耳朵是没有触觉的，但是舒棠却仿佛能够感受到人鱼手指传来的那种冰凉的触觉，好像自己脑袋上真的长出了一对毛茸茸的耳朵，在人鱼的手指中被揉捏、把玩。

她被那种古怪的感觉弄得有点耳朵发红，嘀咕了两句，从人鱼的手臂下钻了出去。

舒棠以为人鱼会很不习惯这种热闹的环境，所以她是准备如果人鱼表现出抵触，就立马打道回府的。

其实从始至终，这只怪物对外界表现出尖锐的抵触，仅仅是因为担心小猫被抢走，或者受到伤害；但是当小猫安全，并且一直在人鱼的身边，那种不安和抵触也就烟消云散了。于是，一路上，人鱼都表现得很平静，舒棠也就放下了心。

他们肩并肩走在了路上。

舒棠告诉人鱼什么是“谈恋爱”。舒棠说：“谈恋爱就是一起吃饭、一起睡觉，还有接吻。”

人鱼认为这和他们过去的生活没有什么区别。

于是，人鱼低下头，朝着她嘶了嘶：那我们已经谈了很久的恋爱了。

舒棠神奇地懂了人鱼的意思。

她想了想，告诉人鱼：“还是有很大区别的。谈恋爱就是，我属于你，你也属于我。”

怪物停了下来，低头看着自己的小猫。一种更大的受宠若惊，充斥了这只认为自己一无所有的怪物的心灵。“他”突然把她抱了起来，放在了自己的肩膀上。怪物想，“他”很喜欢这个“谈恋爱”。

华大外围，一辆辆黑色的皮卡中间，穿着黑衣的alpha们正在不停地关注着那个庞然大物的动静。不管是疗养院还是基地，都不可能完全放着那么一个巨大的威胁不管。只是不敢上前，一直不远不近地跟着罢了。甚至，某种意义上，这算是一种监视。

他们交头接耳，小心观察，小声地说着话。

“坐标出现在了华大西门口。”

“坐标出现在了……”

“等等！”

紧接着，他们的身边走过了一个长了两个头的奇行种——

舒棠脑袋上戴着一个巨大的发光猫耳朵，坐在人鱼的肩膀上招摇过市。

舒棠顶着发光猫耳，好奇地看了一眼那边全副武装的alpha，心想：这群人干吗呢？

人鱼也如有所感地看了一眼，眼神很平静，就像是看几块石头一样移开了视线。

两个人就这么在这群全副武装的alpha面前路过。

紧接着舒棠就看见了前面卖棉花糖的摊子，她立马说："小玫瑰，快快快，等会儿排不上队伍了！"然后两个人很快就融入了人群，消失了。

众 alpha 目瞪口呆。

车里面发信号的陈生也十分震惊。

基地那边派来的负责人震惊了一会儿："不追吗？"

陈生："……老吴带人去吧。

"只要不引起骚动，就远远地跟着吧。"

华大，夜市一条街。

喧闹沸腾的人群突然如有所感，人们慢慢地停下了脚步，声音渐渐地消失了。有种诡异的气场笼罩了他们，仿佛背后有什么恐怖的巨兽出现，让人们下意识地回头看。

人鱼高大的体型远远超过普通人，漆黑的眸子配上面无表情的样子，就算是遮住了耳朵，也很少有人把"他"当作正常人，而是下意识地想到什么雨夜屠夫的恐怖怪谈主角。

那种阴沉而诡谲的气场，简直让人毛骨悚然。

本来是这样的。

但是现在，人鱼的肩膀上多出了一个戴着发光猫耳朵的舒棠，气质就变了。变成了臭情侣招摇过市，大庭广众公然秀恩爱。路人们、摊贩们回头一看，纷纷露出了那种诡异的眼神。但是没有尖叫，没有恐惧，而是那种"哟哟哟，现在的年轻人"的眼神，伴随着"啧啧啧"的声音。

坐在人鱼的肩膀上，舒棠本来有点不好意思的。但是她发现这个视角非常好，一览众山小。猫天生就喜欢爬高，比方说衣柜、空调，尤其是喜欢那种俯视别人发旋的感觉。于是在这个高度待得很爽的舒棠，干脆忽视了那些眼神。

人鱼也很喜欢这个姿势，理由很简单：周围的人很多，人鱼身高很高，可以把小猫举起来不被其他人碰到。

舒棠发现人鱼身上那种诡异的气质还是很好用的。至少他们俩排队的时候，只要高大沉默的人鱼走进队伍中，人群就会如同摩西分红海一样退到两边。

——自带 VIP 通道。

两个人都不觉得这个姿势有多么引人注目，多么吸睛，反而一边说话一边招摇过市。

他们继续着关于谈恋爱的话题。舒棠说："谈恋爱就是第二杯半价。"

人鱼停顿了一下，看着舒棠手里的两杯奶茶。

所以谈恋爱就是：猫猫可以享受折扣价独吞两杯奶茶。

离开了奶茶店，他们俩在冰激凌店买了两个甜筒。

舒棠又说："谈恋爱就是有人陪你吃冰激凌。"

人鱼沉默了片刻，舒棠"嗖"地一口把人鱼手里的冰激凌叼走。

等到下一次，两个人坐在桌子边吃章鱼小丸子的时候。

舒棠满怀期待地要去咬，人鱼低下头，凑了过去，吃掉了她的小丸子。

人鱼举一反三：谈恋爱就是有人吃光你的章鱼小丸子。

舒棠扑过去想要抢回自己的小丸子，人鱼顺势把她给提溜了起来。

舒棠认为，以人鱼平日里对她的纵容，肯定会给她留一口的，结果人鱼慢条斯理地把她的小丸子全都吃光了。

舒棠凑过去的时候，人鱼低下头，吻住了她的唇。就像是路过的每一对手拉手的小情侣一样，这只可怕的、有着半座城市那么大精神体的雨夜怪物，和自己的小猫，在路灯下很自然地交换了一个带着小丸子味道的吻。于是路人们也只把他们当作一对普普通通的小情侣，仅仅是匆匆看一眼就离开了。

细雨中，爱情的开始像是一首曲子的序章。等到这个吻结束后，他们沿着街道往前走。只是姿势换成了牵着手，十指相扣。

路上，舒棠开始教人鱼说别的词。

人鱼只会说一个"棠"字，但是已经学会了拟声的方式，于是学起其他的词就比刚刚开口要容易很多。

舒棠今天开始教人鱼说"好"。

在试了很多遍后，人鱼顺利地学会了"好"的发音。

舒棠："你以后只能喜欢我一个。"

人鱼："好。"

舒棠："鱼尾只能给我刷。"

人鱼："好。"

舒棠："家务都给你做。"

人鱼停顿了片刻："好。"

舒棠："但是我会唱歌给你听。"

人鱼立马想要拒绝，但是人鱼很快就发现了问题——她只教了他说"好"，没有教他说"不好"。

看见人鱼停住，狡猾的小猫立马喜笑颜开。

怪物知道她在欺负自己。

但是人鱼喜欢她欺负“他”时，亮晶晶的眼神。

于是这个高大的怪物停了下来，看着她。他们的眼神在空气中交织。渐渐地，她感觉到自己好像变成了一颗很小的糖，在这种注视下慢慢地融化了。

怪物注视着她，目不转睛，声音低沉好听：“好。”

献给
猫猫的
蓝玫瑰

Rose

献给猫猫的蓝玫瑰

下册

吞鱼 著

江苏凤凰文艺出版社
JIANGSU PHOENIX LITERATURE AND ART PUBLISHING

有爱的青春陪伴者

第十一章 //
亲爱的棠

散步结束时，舒棠发现有车一直不远不近地跟在他们的后面。

一开始舒棠有点警惕，结果很快就在反光镜里看见了一张熟悉的脸。

舒棠发现是老吴，于是走了过去，拍了拍车窗。

老吴有点紧张，刚降下车窗想要解释，就听见舒棠凑过来鬼鬼祟祟地说：“老吴，你身份证借我用一下。”

老吴：嗯？

老吴掏出了身份证，然后眼睁睁地看着舒棠走到对面一直看着这边的元勋面前，两个人说了些什么后，就一起走进了一家酒店。

舒棠觉得宿舍太小，实在是睡不下两个人，于是当发现老吴的时候，她就决定和人鱼去酒店睡。

借身份证，当然是开房了。

老吴手抖：我是不是知道得太多了？

老吴掏出了烟，想要抽一口冷静一下，结果发现手抖得更加厉害了。突然间明白了为什么陈生不亲自来，非要让他来了，原来最简单的尾随任务竟然要承受这么大的心理压力。

第二次约会的地点，当然是电影院。

他们看的是一部叫作《雨夜惊魂》的恐怖片。舒棠很喜欢这种刺激的感觉，只是从来不敢一个人在电影院看。但因为人鱼在旁边，舒棠很有安全感，于是她非常放心地买了一大桶爆米花、两瓶可乐，进去看恐怖片了。

《雨夜惊魂》讲的是某个邪神降临都市，在雨夜出现在街头，随机吞噬路人的精神体。

舒棠很害怕，但是也很兴奋，一边吃爆米花一边和电影院里其他人一起发出惊呼。人鱼则显得格格不入。“他”面无表情地看着银幕上的画面，主要是“他”在海底厮杀时，任何一个场面都比这个要血腥。

人鱼看了兴奋的舒棠一眼。但是看着看着，人鱼突然觉得电影中的画面很眼熟。邪神有着高大的体型，发出的声音嘶哑诡异，走路的时候身上还在滴水。

此时，舒棠正抱紧身边的人鱼寻求安全感，只觉得背后丝丝凉气直冒。但是抱着抱着，舒棠突然如有所感，抬头看了看人鱼，又看了看屏幕。

人鱼显然也意识到了这一点。他们俩面面相觑。

舒棠再看恐怖片的时候，突然一点紧张刺激的感觉都没有了。她再次感受了一下背后发凉的感觉，发现是因为人鱼看电影太无聊，正在蹭她。

舒棠抱怨：“下次再也不和你一起看恐怖片了。”

人鱼朝着她嘶了嘶，大意就是：她要是喜欢，下次捕猎的时候，“他”可以给她演。

幸好，他们两个的语言沟通系统还没有完全畅通，舒棠没听懂如此“贴心”的建议。

因为恐怖片的主角看上去太眼熟了，舒棠没有得到满足，十分扫兴。散场后，舒棠又和人鱼一起去买了一部爱情片的电影票。

这部爱情片有点像是《泰坦尼克号》的 abo 版本，讲的是一对 ao 恋人在船上相遇，然后遇上了海上污染物的故事。

舒棠说这部电影是讲谈恋爱的。于是，对“看电影”兴趣不大的人鱼，态度变得很认真，面无表情的侧脸，看上去非常严肃。

电影中，那个柔弱的 omega 依偎在 alpha 的身上一起看海。

于是人鱼很自然地低下头，把舒棠的脑袋往自己的肩上靠。

舒棠也很自然地靠了一会儿，心想，“他”是 Jack，她是 Rose。

然后她突然意识到：不对，我才是 alpha 啊。

于是舒棠坐了起来，告诉人鱼，“他”是 omega，她才是 alpha。

所以“他”要靠在她的肩膀上，小鱼依人才对。

人鱼认为舒棠说错了，因为电影里的alpha显然比omega大一号，所以，舒棠才是omega。

舒棠和人鱼吵了半天。

一个：“我才是alpha。”

一个：“嘶嘶嘶。”

两个都很坚持自己的意见。

眼见着自己就要吵不赢一条哑巴鱼，舒棠立马放出大招：电影里的alpha会主动亲omega。

人鱼沉默了一会儿。舒棠表示：“如果我是alpha，电影结束我就会主动亲你。”

人鱼觉得可以暂时当一下omega。

舒棠找到了alpha的尊严，躺了回去。她还示意人鱼可以把脑袋靠在她的肩膀上，小鱼依人一下。

人鱼沉默了一会儿，低头看了看她。倒也不是不愿意，只是舒棠有点矮。

于是人鱼直接把她抱了起来，下巴搁在了她的肩膀上。

一分钟后，舒棠：有点沉。

五分钟后，舒棠：“你脑袋能抬起来一点吗？”

她感觉到身后的人鱼发出了一声低笑，但是没有改变“大鱼依人”的姿势，只是微微抬起了下巴，轻轻蹭了蹭她。

十分钟后，他们两个变成了舒棠躺在人鱼身上看电影的姿势。

舒棠心想：这沙发真舒服。

她已经彻底忘记了刚刚事关尊严的ao之争。

电影院是个很暧昧的地方，黑灯瞎火的，总有一些小情侣，在黑暗中干坏事。

舒棠和人鱼坐在倒数第二排，看到一半的时候，舒棠发现认真学习教材的人鱼突然把视线从银幕上移开了。舒棠顺着人鱼的视线看过去——前排有一对小情侣在法式热吻。

接吻这件事是舒棠教的，她一般只和人鱼贴贴。

人鱼发现，原来小骗子教的接吻和别人的不一样。

人鱼的眼神逐渐变得古怪起来。

舒棠立马捂住了人鱼的眼睛：“不要看，好可怕。那是在吃人。”

但是人鱼的身高比较高，舒棠没有捂严实。紧接着，他们就看见那对小情侣的手渐渐伸进了对方的衣服里，即将在大庭广众之下做不可描述之事。

——原来这也是谈恋爱要做的事。

怪物低头询问：“棠？”

舒棠转头，很严肃地道：“这是吃人前的按摩，可以让肉质新鲜，很可怕的。”

怪物歪了歪头，不置可否。

大概是被围观了，那对小情侣停了下来，没有继续。

舒棠松了一口气。

紧接着，电影里的一对 alpha 和 omega 也开始在床上滚来滚去。舒棠解说：“他们在进行自由搏击。”

人鱼沉默了一会儿。

银幕上的主角滚过之后，伸手把灯给关了。舒棠继续解说：“你看，灯黑了，他们要开始吃人了，所以不能播，太血腥了。”

舒棠没有听见人鱼的声音，以为自己成功忽悠住了这条鱼。直到她听见人鱼发出了一声很性感好听的，冷笑。

她感觉到自己的后脑勺快要被盯出一个洞来了，忽悠小能手开始坐立不安，但是她是坐在人鱼的怀里的，所以她就更加坐立不安了。一直到人鱼缓慢地移开了视线，她才感觉到自己身上的压力消失了，顿时松了一口气。

这种古怪的氛围一直持续到电影结束，开灯。

电影是译制片，腔调有点怪怪的，就连称呼也很古怪。

男主角：达令！

女主角：哦，亲爱的！

一场电影结束，他们俩听了二百四十分钟的“亲爱的”。

等到电影结束后，舒棠叫“小玫瑰”，人鱼看看她，动了动耳后的鳍，歪了歪头。

突然，舒棠明白了“他”的意思。于是她试探了一下：“亲爱的？”

“棠。”

小玫瑰就升级成了亲爱的。

他们午饭是在一家情侣餐厅吃的。

恰逢“520”搞活动：只要 alpha 把 omega 抱起来就可以打八折。

舒棠野心勃勃地看了身边的人鱼一眼。她摩拳擦掌，小声说：“一会儿我抱你的时候，你就用精神体飞起来。”

人鱼明白了：这只小猫又想作弊。

舒棠正想抱起人鱼，下一秒，她起飞了。因为人鱼已经伸出手，单手把她扛了起来。

顺利地打了八折，舒棠以被扛着的姿势进入餐厅。

接下来全场都对那个超级巨 a 行注目礼。

只有舒棠在鬼鬼祟祟地对超级巨 a 叮嘱，让“他”低调一点，千万不要被人发现他们俩 alpha 装 omega、omega 装 alpha。

超级巨 a 低头看着她。

显然，全世界只有舒棠会觉得她的 alpha 之气太浓会被拆穿。

其实，元勋的确是个 omega，这并不是什么机密。但是基本上没有人关心他到底是不是 omega 这件事，因为不管是十年前，还是十年后，人们都在关心他是不是个人。

比方说一路尾随的众人。老吴开车跟在最前面，其他人紧随其后，生怕那个“人形核武”一不小心就擦枪走火。

现在用“人形核武”来形容已经非常客观了。

此时人鱼的精神体已经覆盖了半座城市，就算没有任何动静，“他”的存在也是一个巨大的威胁。当这只庞然大物在城市上空睁开漆黑的眼睛俯瞰的时候，偌大的城市都仿佛变得非常渺小。

没人知道这只巨物现在到底算什么——究竟是降临这座城市的“邪神”，还是另外一种更为可怕的污染物？

巨大的恐惧笼罩了许多人。南岛基地派了很多人跟踪定位，却并不敢惹怒空中的怪物。会议开了一次又一次，陈生的电话乃至邱院长的电话都快要被打爆了。然而，没人知道这个恐怖的存在想要做什么，又试图去哪里。这怪物的一举一动都牵动着所有人的敏感的心。

但是此刻，老吴却看着前面的摩天轮，和其他人一起陷入了沉默。

所以到底要怎么写报告啊！

老吴是元勋的人，就算元勋现在的情况和从前不一样了，他仍然和从前一样忠诚、可靠。他很自然地隐藏了一部分的事实，将大部分的细节都省略掉了，比如借身份证开房之类的“小事”，只将定位的变化发了过去。

于是，很快，南岛基地就收到了跟踪在最前线的 alpha 们发来的最新消息——

那个让人窒息的庞然大物，今天的行程如下：酒店、电影院、情侣餐厅、游乐园。

中间省略了爆米花店、奶茶店、小丸子店若干。

约会的第三个地点是游乐园。

和人鱼在一起之后，舒棠时常忽略自己是个 alpha 的事。

不过这并不怪舒棠，大部分人在“人形核武”面前都会觉得自己弱小无助又可怜，简直太 omega 了。

但是一旦想起来，alpha 的尊严就回到了小猫的身上。她低头看了看自己的 omega，告诉他：“亲爱的，要是一会儿很拥挤的话，你就往我怀里靠。”

人鱼安静了一会儿，抬头看着趴在自己头顶的舒棠。因为天气有点闷热，舒棠就喜欢往凉的东西上趴，在“巴士底狱”就趴在人鱼的鱼尾上，在外面就趴在人鱼的肩膀或者头顶上。

他们俩玩碰碰车。碰碰车太小了，人鱼坐上去就已经满了，舒棠本来想换一辆新的车和他比赛，结果直接被人鱼拉进了怀里。

于是她就坐在了人鱼的怀中。人鱼的大手握着方向盘，下巴就搁在了舒棠的脑袋上。猫猫头顶遭受泰山压顶，海拔下降 3cm。

她感觉到人鱼的长发垂在她的耳边，整个人都彻底镶嵌进了人鱼的身体里，被那种无处不在的气息所笼罩。她有点不自在地嘀咕了一声，想要往外爬，结果被人鱼的大手握住了腰。

五月的衣服穿得很轻薄，于是短上衣往上跑，皮肤就直接接触到了人鱼的大手，她被那种冰凉、粗糙的触感给激得一个激灵。舒棠有点头皮发麻，被那种古怪的暧昧氛围搞得有点不知所措。

然而，就在这个时候——“砰！”

他们俩的碰碰车被撞得飞出去老远，人鱼和舒棠叠在一起的脑袋齐齐转过去。

猫猫震怒，和人鱼坐着碰碰车杀了个片甲不留。

他们俩玩过山车。

舒棠："啊啊啊啊啊——"

人鱼默不作声。

舒棠："啊呀呀呀呀呀——"

坐在车头面无表情的人鱼，在众人的尖叫声中，有种格格不入的困惑。

等到滑下来的时候，舒棠转头问人鱼："刺不刺激？"舒棠想，这条鱼一直在海里游，还没有在天上飞过，一定是前所未有的体验。

人鱼面无表情地点头，表示：刺激。

等到工作人员来解安全扣的时候，舒棠和工作人员低头一看，发现人鱼没有系座椅的安全扣。

刚刚在天上飞的时候，人鱼就靠着单手抓住了扶手，从百米高空面无表情地坠落。

舒棠有些震惊。

工作人员吓疯："啊啊啊啊！"

结束后，人鱼问她刺不刺激，想不想再玩一次。

舒棠十分无语。

因为过山车惊魂事件，舒棠放弃了跳楼机、海盗船等项目。于是，最后只能去玩抓娃娃机。

舒棠从未抓到过娃娃，可以说是战绩零的菜鸡。但是她会在人鱼的旁边指指点点。

人鱼一开始也抓不到娃娃，因为按钮很难操控。舒棠还在旁边一会儿"左一点"一会儿"右一点"地指手画脚。很快，人鱼的视线就停在了隔壁的人身上。

在观察了对方是怎么抓到娃娃的后，人鱼停顿了片刻，转过头，就开始抓娃娃。那双曾经开过战斗机、指挥过无数次对污染区的战役的修长手指，十分灵活。

舒棠看得入神，尤其是对方那青蓝色的血管。她不知为何想起了这只大手在腰上停留的触感。小猫立马移开了视线。

一只、两只……最后，整个娃娃机都被抓空了。

人鱼将旁边震惊的小猫抓起来放在了肩膀上，提着十几只玩偶继续往前走。

舒棠很喜欢路边的纪念品，比方说会发光的耳朵、会飞的竹蜻蜓……

于是，人鱼身上的东西越来越多。渐渐地，恐怖的雨夜屠夫，变成了一个沉默的移动货架，最上方还趴着一只猫猫头。

520 这天有烟花表演，舒棠指挥着人鱼去前排。但是人一多，恐怖片主角的阴森 Buff（增益效果）也大幅度下降。人人都往前挤，舒棠坐在人鱼的肩膀上也看不见。

突然，人鱼看向那个摩天轮。游乐园的摩天轮出了故障没有办法用，这个最佳观景点荒废一两年了，但他们还是出现在了摩天轮的最高点。

舒棠曾想过他们会在拥挤的人群中看烟花，肩并肩地拍照留念，然后在摩肩接踵的人群中结束今天的约会。

但她没有想到的是，大概是因为对象比较特殊，于是她想象中普通的约会也变得很奇幻。

舒棠那个特殊的对象就坐在她的身边，正面无表情地吹着风，肩宽腿长，十分养眼。

如果刚刚“他”没有扛着她徒手爬上了摩天轮，舒棠会觉得更加养眼的。

舒棠感觉自己的脑干可能在被人鱼扛上来的时候，掉在了摩天轮下面，她脑袋空空地吹了一会儿风。

不过，舒棠很快就消化了这件事，她开始和人鱼一起欣赏风景。就像当初这只怪物带着自己的小猫去看眼泪海一样，舒棠也试图告诉这只孤僻的怪物，外面的世界有多美好。

他们不约而同地做了同样的事情，并且在此刻心有灵犀地意识到了这一点。

人鱼靠在玻璃窗上，低下头注视着她。

夜风很温柔，他低头和她对视的时候，身后的心形烟花绽放。

“砰”的一声，粉红色的光束铺满了整个夜空。

她问：“亲爱的，你看，是不是很美？”她抬头看粉色的烟花，眼睛里面映着星光。

亲爱的棠。

我仍不喜欢外面光怪陆离的世界。

只是开始喜欢上，你眼睛里，世界的影子。

回去的路上，舒棠盘算着明天要和人鱼去吃麻辣烫和火锅。她问人鱼能不能吃辣的，人鱼脚步一顿。

舒棠以为人鱼不能吃辣，于是开始搜索哪一家火锅店的清汤锅比较好吃。

但人鱼显然不是因为辣不辣的问题停下脚步，而是因为感受到了污染物的气息。半空中的庞然大物睁开了眼睛，看见了很多的污染物出现在了城市的角落里。

人鱼只是停了一会儿，就很自然地将小猫提溜了起来，放在了肩膀上。

但是，很显然，舒棠第二天火锅店约会的计划泡汤了。

大概每隔几年，安全区就会出现一次污染物入侵。污染物会寄生在一些动物身上，如同下水道里的老鼠一样出现在安全区的角落里，而随着污染物的数量缓慢累积，就会爆发一次大范围的入侵。

南岛市上一次出现污染物入侵，还是在舒棠上初中的时候。那一次全校放假，家长和老师都语焉不详，只是说外面刮台风不许出去，然后门窗紧闭。

舒棠班上的同学商量着偷偷跑出去放风筝，被家长发现后一顿暴打。而初中生舒棠因为在家里大睡三天三夜，完全不知道外面发生了什么。长大后舒棠才知道，原来“刮台风放假”就是污染物入侵。

舒棠一觉醒过来的时候，没有看见人鱼。

一般来说，舒棠要睡到中午才会醒过来，所以人鱼确定了酒店附近的安全后，将这座酒店用自己的精神力磁场包围了起来。因为担心她出事，人鱼的精神体没有离开，而是一直关注着舒棠。

舒棠的确是睡得不省人事，但是酒店早上六点就开始吵，她便被吵醒了。她坐在床上呆滞了一会儿，看了看时间，然后又左顾右盼了一会儿发现人鱼不在。舒棠以为他去买早餐了，于是坐在床上一边梳头，一边打开了电视机听今天的天气预报。

电视里传来了播报声：

“台风鸢尾号即将到来，请大家紧闭门窗，不要出行。地铁公交暂时停运二十四小时，请大家就近躲避……”

台风等于污染物入侵。

舒棠拉开窗帘一看，外面天色阴沉，街上行人消失，店铺门窗紧闭。

当有点冰凉的细雨飘进来的时候，她被凉得回过神来，立马戴上了猫猫睡衣的帽子，把半开的窗户关严实了。

因为之前在海上供电站的经历，舒棠有点心慌，于是她开始四处寻找人鱼。但是还没有等到她叫“小玫瑰”，空气中就飘浮起了蓝色的光点，围绕在了她的身边。于是舒棠一下子就被安抚了下来，她意识到人鱼的精神体就在她的附近。

她简单地洗漱过后，穿上了外套。舒棠打算出去看看酒店里的情况。

污染物入侵被电视台播报成“台风”已经是大家默认的惯例了。

酒店的落地玻璃窗内，客人们都坐在大厅里低声交谈。酒店的门窗紧锁，服务生们正在安抚客人。

舒棠打了个电话给爸爸妈妈，得知他们都已经回家后，又给苏茵发了消息。确定大家都安全后，她就稍微放下了心来。

她在用餐区端了一盘点心，想找个位置吃早饭的时候，就看见了角落里的老吴。舒棠并不意外，甚至还端着早餐去了角落里，坐在了老吴面前。

老吴毕竟是来“跟踪保护”的，下意识想要解释的时候，舒棠已经很自来熟地递给了他一个大包子。

老吴：行吧。

老吴本以为舒棠一定会问他为什么要尾随之类的问题，结果舒棠一开口：“小陈让你跟着我俩，给不给加班费？”

老吴：“……没说。”

舒棠又问：“住宿费和餐补呢？”

老吴：“没说。”

舒棠假惺惺地感叹了几句“没想到小陈浓眉大眼的竟然也这么抠门”后，老吴被她带进了沟里，也开始大吐苦水。

这时，小猫非常自然地问：“老吴，你是不是知道小玫瑰以前是做什么的？”

老吴差点就脱口而出了，反应过来才意识到，她竟然在套话。

老吴很震惊。等仔细地回味了一下刚刚的对话，发现这只猫先套近乎，接着就开始套话后，老吴立马警惕地看着她，闭口不言了。

他发现自己小看她了，因为老吴一直认为她有点缺心眼。

今天才发现她竟然有点心眼在身上。

舒棠有点惆怅地啃了一口包子。要说舒棠不想知道人鱼失忆前是个什么样的人，那是假的，但是她一直没打听出来，01 区的人嘴比蚌壳还要硬。

她突然想起了什么，打开了通信器，搜索“祝延”这两个字，但是搜索结果是：404 网页故障。

舒棠看了看窗外的雨，心想大概是信号不好，于是把通信器给关了。

她不死心，又换了个问法：“我听你说过小玫瑰，那你以前和他一定关系很好吧？”

老吴本来想咬死不说的，但是舒棠来了一招忆往昔。

老吴：“……是他从污染区把我救回来的。”

污染区前线其实有很多的侦察兵，一旦通信设备失灵，他们就会直接死在污染区。当时还是小吴的老吴就是这种倒霉蛋，他当时奄奄一息，被路过污染区的元勋捎带了一程，小吴没想到这样的大人物竟然会把自己的药物留给他。于是小吴同志就不肯走了，一方面是因为真的想要报答；另一方面是“人形核武”太有安全感，跟着存活率大幅度提升。就这样，稀里糊涂地跟了十几年。

舒棠一边啃包子，一边看着对面的老吴激动得手舞足蹈。舒棠心想，怎么和她室友说自己偶像似的。

啃到第三个包子的时候，老吴终于意识到自己说得太多了，立马打住。

舒棠好奇：“那陈生呢？也曾被小玫瑰救过吗？”

老吴说：“那倒不是。”

老吴想了想：“陈秘书大概是报知遇之恩吧。”

舒棠注意到了，老吴说的是“秘书”。她想：原来那个浓眉大眼的小陈还当过秘书，那张扑克脸真看不出来是个文职人员。

两个人就这样有一搭没一搭地聊了起来。

“他喜欢甜豆花还是咸豆花？”

“咸的……吧？”

等陈生带着支援部队赶到的时候，高危区的危机已经解除了。

说来也巧，正因为基地调了很多的士兵前去跟踪，而且密切注视着人鱼的动静，所以他们第一时间发现了污染物入侵，很快就疏散了人群，将高危区封锁。

于是这一次污染物入侵，竟是第一次没有人员伤亡。

陈生听到消息后，第一反应就是："是元勋对吗？"

他情绪十分激动，和副官对视了一眼。

然而，当支援部队朝着高危区走去的时候，却看见了十分骇人的一幕。

污染物凄厉的嘶叫消失在了空气中。地面上全是黏腻的污染物的血液，像是黑色的雨水一样遍布整个街区，正在"滴滴答答"地朝着下水道流去。几乎就像是被空气里什么看不见的存在，直接活生生碾碎了一般。大雨如注，不停地冲刷着地面，仍然冲不走那浓郁的黑血。

大雨中，撑着蓝色雨伞的怪物出现，如同邪神降临。

当那把蓝色的雨伞往前行进的时候，明明都知道，其实人鱼这次算是帮了他们，如若不然，死伤是必然的，可是某种刻在骨子里的恐惧还是浮现在了所有人的心中。

人们下意识地后退，有的人甚至开始往后跑，就连陈生都下意识地后退了两步。

邪神停了下来，仿佛是因为这个场景有点熟悉。

在大雨中行走的人鱼，突然停顿了片刻，有一段陌生的记忆浮现在了"他"的脑海中——仍然只是一个片段。

某个和今天一样的阴雨天，那个名叫祝延的男人在废墟上行走。雨水打湿了军装，和从前的每一次一样，他是最后一个离开污染区的人。

大概是出于那个"人形核武"的外号，男人习惯了独来独往。他面无表情地解决了污染物，将最后一个掉队的 alpha 士兵带了回来。

一路上，大雨如注，将男人冷白的面容映照得模糊。他看见了临时驻扎点的灯光，守门的士兵也看见了他们的指挥官，高呼着："大首领回来了！"

当那个男人踏入临时搭建的帐篷，接过小兵手中的毛巾时，突然间，那个小兵的目光顿住了。

当祝延抬起头的时候，大帐篷里休息的士兵们，都下意识地后退了一步。空气变得很寂静，仿佛只剩下了大雨声。

男人似乎有点疲倦，于是并没有注意到周围人的表现，他声音像是没有任何波动地下达命令："休整六个小时，天亮就进入下一个区。"但是这一次，命令没有得到回复，帐篷里仍然一片死寂。

最后，还是跟了祝延最长时间的那个秘书反应最快。年轻的秘书回应了一声后，就跟在了祝延的身后。

男人回到了自己的临时休息间，开始低声和自己的秘书交代接下来的行程。他低头，面无表情地冲洗自己的手套。手套上污染物残留的黏腻血液慢慢地被冲走了。

秘书却很冷静地说："大首领，我会立马封锁消息，您一会儿去车上，不会有太多人看见的。"只是这声音里有些细微的颤抖。

这种超乎寻常的态度，终于让那个男人意识到了什么。

于是，男人抬起了头。镜子里，长年灰蓝色的眸子，此时像是被墨水污染，正在缓慢地变成黑色。

他垂下了眸子，缓慢地摘下手套，看见了手指上一个细小的、暴露的伤口。那里被污染物的血液污染，黑色的血液像是张牙舞爪的怪物，缓慢地渗透进了男人的身体里。

人鱼听见那个男人在心里很冷静地想：这么小的创面应该不至于被污染，也许是三个月前的那一次，又或者上个月。

他很平静，对着镜子说："看来要放一个长假了。"

他开了一个玩笑。

秘书的声音有点哽咽，但是说了什么，已经听不见了。

一段久远的记忆，很快就被打落在了大雨里。

年轻秘书的脸和对面陈生的脸重叠，旁边人的面容模糊。但是不管是换了多少张陌生的面孔，画面仍然如同十一二年前一样。

人们下意识地后退、逃跑。也和那时一样，陈生立马意识到了这样做很不妥。

陈生心中"咯噔"了一声，如果这是元勋主动帮助他们，那大家表现出来的畏惧和后退的动作，简直是一种无声的拒绝和激怒。

这个身经百战的前任秘书于是极力地想要忽视地上黏腻的液体，想要忽视人鱼身上的那种气场，还有雨伞上的黑血上前。

但是人鱼已经停了下来，转身离开了这里。

大雨声中，有人问他：

"您是不是已经想起来了什么？

"您是不是因为想起来了，才想要帮忙？"

怪物撑着伞，行走在雨幕中。

记忆里的那个男人大概会帮助他们，但是人鱼并不会。这只冰冷的怪物，仅仅是出于某种领地意识。

当怪物的体形膨胀到了半座城市那么大，怪物也就很自然地将这半座城市划分到了自己的领域内。这种凶残的兽类，是无法忍受污染物踏入自己的领域内的。更何况，怪物的小猫就在这里。

于是，大雨中的怪物很冷漠地看了一眼那些恐惧、后退的人，然后撑着伞，朝着酒店走去。

很快，怪物结束了对这段突然间冒出来的回忆的探究。怪物心想，那个叫作祝延的人为什么不打伞呢？小猫说，如果不打伞走在雨里，很容易感冒。

只是在回去的路上，这只怪物觉得手上有种十分黏腻的感觉，好像十几年前残留在手上的东西，被雨水冲了很多年都没有冲走。

怪物在酒店门口停了下来，在大雨中站了一会儿，因为怪物想要借雨水将蓝色雨伞上的污染物的血液冲刷干净。

然而就这样站了几分钟后，怪物听见了一声“小玫瑰”，紧接着酒店的大门打开，怪物就被人给抱住了。那个荒诞、古怪的梦境结束了，怪物回到了现实中。

不知道出于什么原因，怪物并没有用手触碰自己的小猫。“他”安静地听着她的声音，就像是她的声音变成了一种美食，被饥饿的怪物贪婪地听着。

舒棠并没有注意到人鱼的异常。

直到回去后，怪物开始在水龙头下冲洗自己的手，就像是手上有什么洗不干净的脏东西一样，面无表情地低着头反复清洗。这个动作和十几年前祝延在水龙头下面冲洗着双手的动作重合在了一起。

十几年前，人人敬仰的大首领，发现自己成为“污染物”中的一员后，是怎么样的心情呢？

舒棠告诉过人鱼，“他”现在的状态叫作“失忆”。于是人鱼便知道了，“他”偶尔想起来的片段，其实就是过去生活的一些细节碎片。

其实人鱼并不认为记忆中的“祝延”就是自己，因为这个冰冷的怪物显然比那个活生生的祝延要冷血、漠然得多，而且显然已经不属于人类的范畴了。

过去的一切不过是被抛弃的幽灵。

可是此时，那个幽灵身上浓重的自厌就好像是穿越了时空，降临在了这个怪物身上。“他”仔仔细细地冲刷着自己的双手，企图将那种黏腻的感觉洗刷掉。

舒棠以为人鱼是认为自己的手上有污染物的气味，于是她看了一会儿，伸出手挤了一团洗手液，然后抓住了人鱼的手，开始仔仔细细地揉泡泡。等到那双冷白的大手上散发着洗手液的香味时，舒棠说：“你看，是不是这样就干净了？”

于是，这只怪物明显愣怔了一下。“他”低下头，发现自己手上那种无形的黏腻感，真的洗掉了。

舒棠得意地给人鱼展示着洗手液上的标识，告诉人鱼以后要买这个品牌。但是她丝毫没有注意到，人鱼一句话都没有听进去。这只怪物目不转睛地注视着小猫。

舒棠许久没有听到回答，才意识到今天的人鱼看上去有点不太对劲。“他”看上去比平时要更加面无表情，更加沉默。

怪物曾经冰冷地审视过自己的内心，“他”以为自己的不安和尖锐的惶恐，是来自现在的一无所有；可是在今天想起了一些片段后，怪物才意识到，原来这种不安是来自过去的那个幽灵。原来，过去的那个幽灵也是个荒芜至极的怪物。

被溺水的人当作一根浮木紧紧抓住是一件很可怕的事情。

小猫显然没有意识到这一点，当她抓住这只怪物的手，帮这只怪物洗干净的时候，怪物的眼神变得空前的可怕。

她有点紧张地问：“干吗呀？”

怪物低下头，抬起了她的下巴，一言不发地吻了上去。

怪物冰冷的唇触碰到了她，于是她就如同被冰冷的伏特加点燃，变成了一种燃点极低的易燃品。

极佳的学习能力，让这只凶兽清晰地记得每一个步骤。

于是人鱼毫不费力地撬开了她的唇。这是一个有点急切，甚至近乎粗鲁的吻。

她的呼吸被吞了下去，连细微的声音都被粗暴地堵住。

在唇齿交接开始的那一刻，这只怪物展现出了前所未有的侵略性，就像是恨不得将她拆吃入腹一般。

她的腰肢被握在了人鱼冰冷、有点粗糙的大手中，双腿被迫分开，夹住了人鱼爆发力极强的腰，以这种挂在人鱼身上的姿势，完全被动地承受着这个吻。

她呼吸逐渐急促，在这野兽的沉重的呼吸中被融化，在这急切的吻中渐渐地感觉自己要被吞噬殆尽。

幸好，在她快要窒息前，这只凶兽松开了她。

她大口大口地呼吸，然而她刚叫了一声“小玫瑰”，下一秒，又被人鱼轻易地托起，抱在了腰上。怪物保持着倚靠在墙壁上的姿势，继续低头凶猛地吻她。

她想说些什么，只可惜那些话都被堵了回去。

交错的呼吸中，只能够听见心跳声逐渐变大。

这只凶兽一直隐藏着自己尖锐的爪牙，从不在她面前展现出粗暴、凶残的一面，甚至在她面前表现得很好欺负、很听话，其实只是因为这只凶兽将那种病态的偏执、狂热的喜爱藏了起来，不想让小猫发现这是多么贪婪、虚伪的一只怪物。

冷血凶残的怪物在她面前伪装成一个人。然而这种克制就像是平静海面下掩藏的惊涛骇浪，根本经不起推敲。就在今天，当她牵住这只怪物的手清洗的那一刻，怪物再也无法控制住自己的渴望和狂热。像是溺水的人，将浮木一起扯进深渊中沉沦。

等这只凶残无比的怪物意识到自己做了什么的时候，“他”愣住了。

怪物停了下来。虽然很尽力地避免弄伤她，但是小猫的腰上仍然出现了一个手印，就连唇都被咬得红肿，看上去十分可怜。

她呆呆地看着“他”，仿佛有点不敢置信这只怪物竟然如此伤害她。

怪物浑身僵住了。怪物看着那只小猫呆呆的样子，为自己的不知轻重而感到惶恐和不安，几乎认为自己今天展现出来的粗鲁、凶残的本性一定会吓坏这只小猫。

怪物下意识地收敛了自己的爪牙，刚刚的凶残消失不见，立马变成了一种小心翼翼。

力量太过悬殊的结果就是，怪物很难确定自己是否伤害到了她。“他”张了张苍白的唇，想要低下头来安抚这只小猫，想说自己并不是故意的，却没能发出声音。

怪物不得不承认，那时自己真的想要将她拆吃入腹。

直到那只小猫呆愣了很久后，转头看了他一眼。

小猫咂咂嘴。

小猫若无其事地从这只可怕的怪物身上爬了下来。她进去洗了个澡出来，发现怪物还保持着那个姿势在原地。

小猫一边扎头发一边夸“他”：“还挺狂野的。

“真带劲。”

人鱼的肺活量大得可怕。这种深海里的凶兽，身体更加适应海里的环境，所以刚刚被亲的时候，舒棠觉得有点窒息。但是生活就是要偶尔来点刺激的，才有意思嘛，于是舒棠接受得很良好。

不过，也不是没有不满意的地方——比方说现在，舒棠对着镜子抱怨人鱼把她的唇亲破皮了。

“晚上都不能吃麻辣烫了。”她话音落下，就被人鱼捞了起来。

人鱼有点古怪地盯着她看了一会儿，大概是想要看她有没有一点勉强的意思，确定舒棠心情很愉快后，“他”有点愣怔。

不过，虽然如此，但人鱼还是仔细地盯着她的唇检查了一下。想到她腰上刺眼的指痕，人鱼一言不发地将她放下，然后提溜着她去药店。

现在，人鱼已经认识了大部分的店铺，于是顺利地敲开了药店的门。舒棠觉得有点小题大做，但是人鱼很坚持，于是还是买了一盒消肿化瘀的药膏回来。

回来后，外面还在下雨。

雨声中，人鱼冰冷修长的手指将药膏在她的嘴角上抹开，苍白的唇有点紧抿。她感觉到唇上有点酥麻的痒意，不过很快就被药膏的清凉所覆盖。

舒棠仰着头任由怪物触碰，看着人鱼的下颌线出神。她感觉自己变成了一块易碎的珍宝，正被严肃认真地擦拭着。等到抹完了之后，舒棠嘀咕了两句，准备往被子里面一钻，结果一转身，就被人鱼的大手给按住了。

舒棠还没有意识到哪里不对，直到身上一凉，衣物被撩开。人鱼将她按在了床上，掀开了她的上衣查看她腰上的情况。

舒棠愣了一下。

人鱼盯着她的皮肤，上面的指痕慢慢地变深，看上去有点吓人。

舒棠说：“没事啦，明天就好了。”

但是人鱼苍白的唇紧抿，有点愧疚。

在人鱼专注仔细的目光中，她下意识地想要将衣服拉下去遮住露出来的皮肤，可是下一秒，就感觉到急促冰冷的呼吸打在了自己露在空气中的皮肤上。

她脑子“嗡”的一声，因为那个高大可怕的人鱼直接低下头，亲了上去。她下意识地往后缩，但是冰冷的吻已经烙在了皮肤上。因为被人鱼一只手掌控住没法动弹，她只能僵直着脊背，任由这只凶兽虔诚地吻了吻。但是幸好，人鱼没有继续下去，而是开始认认真真地给她涂药膏。

舒棠将头埋在了被子里，抱怨道：“哎呀，本来就没事，你不要小题大做、大惊小怪。”

这只凶兽的手指可以生生将几十吨的大船撕碎，对于怪物而言，普通人都非常孱弱，更何况是在“他”眼中很容易死掉的小猫。

因为力量悬殊，人鱼不确定自己有没有伤害到她，于是变得小心翼翼，甚至还仔细摸了一下她的骨头，想要看看有没有受伤。

人鱼的唇紧抿，眼神十分自责。然而舒棠却开始乱动，她不太愿意让人鱼继续检查。尤其是触碰到腹部的时候，她立马开始挣扎，嘴上不停地抱怨着，还转过身推人鱼的大手。

人鱼有点紧张地看着自己的小猫，按住了她，抬头很严肃地“嘶”了一声。正在乱动的舒棠愣了一下，还想要挣扎：“你放我下来，我自己可以。”

人鱼停了下来，淡淡地看了她一眼。瞬间，乱动的小猫就被这个眼神给吓住了。

甚至第一次被人鱼嘶的时候，她都没有这样被震慑到。那是一种让人生不出任何反抗念头的、上位者的眼神，很平静，但是没人会想要反驳“他”。

于是被凶了的小猫终于安静了下来，乖乖地趴着不动了。人鱼就顺利固定好了小猫，检查完骨头没有问题后，把药膏涂了上去。

其实今天的人鱼显得格外沉默，甚至偶尔看过来的时候有种不容侵犯的威严。

舒棠趴在枕头上，看着今天有点凶的人鱼，突然有种陌生感。眼前沉默的人鱼身上有种不怒自威的气质，紧绷的下颌线都有种严肃板正的味道。

大概是受到了那段记忆的影响，今天夜里的人鱼看上去像极了十年前的大首领。本来人鱼身上就有一种凶兽的压迫感，当这种感觉和大首领的威严结合的时候，某种特质就被放大到了一定程度。

但是俗话说，十斤的猫，九斤的反骨。

舒棠老老实实地趴回去不敢动，但是趴了一会儿，越想越生气。她腰上的痕迹不也是“他”捏出来的吗，为什么还反过来凶她，还有没有天理了？

她看了看人鱼的侧脸。于是在人鱼将药膏涂好起身的那一刻，小猫开始了反击。

听见风声的时候，人鱼立马竖起了耳后的鳍，下意识地绷紧了肌肉准备反击，但是意识到是她后，立马就收敛起了攻击的动势。

于是，小猫就顺利地把这只体型高大的怪物扑倒在了床上。她压在了这只凶兽的身上，按住了“他”，不准“他”起来。人鱼也任由她欺负，两个人还在床单上滚了一圈。小猫开始乱咬，甚至还在“他”的鼻尖上咬了一个牙印。

“你还瞪我！”

直到“大首领”被她折腾得乱七八糟，冷淡端正的上位者气场被破坏，她才感觉到满意。

大概是今天做错了事情，人鱼抱有愧疚之心，还有一种自责感，于是被她欺负也不反抗，任由小猫乱抓乱咬，还伸出手来护住她，避免她滚到床底下去。

一直到她开始咬自己的耳鳍，那尖锐的耳鳍好几次下意识地翕张，变得尖锐，但是又被人鱼强行克制住了。

人鱼忍了忍，最后忍不住了，直接将她按在了怀里。

小猫立马说：“没天理了，怎么只许你咬，不许我咬？”

人鱼一声不吭地把她掀翻在了床上，把她丢在了柔软的床垫上，在她想要爬起来就跑的时候，抓住了她的一条腿。

她立马开始蹬他，在原地挣扎，直到被无情地拖到这只怪物的怀抱中。她大喊“救命”“要吃人了”，但是在人鱼抬眸的那一瞬间，她不敢动了。

人鱼一声不吭地掀开了她的上衣。舒棠一瞬间感觉到大事不妙，她甚至感觉到了那只凶兽的尖齿咬在皮肤上的触感，她大惊失色，㞞得不敢说话了。

她有种自己变成了一块小甜点，要被这只凶兽直接囫囵吃掉的错觉。最后，人鱼在她的腰上留下了一个很明显的齿痕，刚刚舒棠咬“他”左边的鳍，人鱼就在她的右边腰上也留下一个对称的痕迹。

在舒棠寒毛直竖，以为人鱼真的要一口咬下去的时候，人鱼看着她老老实实的样子，发出了一声嗤笑，然后缓慢地放开了她。

人鱼低声朝着她嘶了嘶，很低沉地叫了她一声“棠”。

这回叫她“棠”是纯粹的警告了，听上去还有点凶，大概是问她还闹不闹了。

今天晚上戏精附体的舒棠立马把衣服拉了下来，惊魂未定地拱进了被子里。她不太敢惹人鱼了，老老实实的，偶尔还会偷偷看人鱼。“他”就会偶尔面无表情地扫过来一眼，舒棠立马就会往被子里钻。

睡觉前，他们两个坐在床上看了一会儿今晚的《天气预报》。

舒棠抱怨：“接下来三天都是暴雨，不能出去玩了。”

人鱼看了她一眼，把她抓进了怀里，将电视关了。

舒棠在淅淅沥沥的雨声中，迷迷糊糊地想着事，但是没一会儿就因为空调的温度太适宜，睡着了。

人鱼闭上眼睛，感觉到了熟悉的尖锐神经痛。

其实有舒棠盯着人鱼吃药，这种神经痛已经很久没有出现了。人鱼渐渐地意识到，这种疼痛是来自记忆碎片。那是十年前的祝延在疼痛，于是十年后想起来，仍然有种幻觉般的阵痛。

和上一次只是想起了某个片段不一样，这一次人鱼的脑海里，浮现出了很多的生活片段。就像是一个个碎片，尚且不足以拼凑出整个记忆的宫殿，但仍然可以窥见片刻属于“祝延”的过去时光。

人鱼睁开了眼睛，检查了一下小猫身上的瘀痕，发现已经变淡后，去了楼下的二十四小时便利店，买小猫的零食。

人鱼的身后，很快就出现了一个熟悉的人。陈生一直在车上等着，看见元勋下来后就追了上来。他似乎很急切，说了很多的话。毕竟，这位秘书已经很敏感地察觉到了什么。

要是从前，除了小猫之外的人这么聒噪，这只怪物早就失去了耐心。但也许是十年前的记忆在影响着“他”，怪物勉强忍受了这种聒噪。

只是一路上，人鱼一个字都没有听进去。陈生说了许多，但是人鱼的脚步根本没有任何停顿，最后径直路过了陈生，面无表情地离开了。

在那些不断冒出来的记忆片段里，人鱼认为，祝延是个很糟糕的人。毕竟，被当作“人形核武”的人，怎么也不可能活得好。人鱼很讨厌那个过去的幽灵，偏偏那个幽灵仍然在影响着“他”。

因为发生了变异，这只凶兽已经和过去不一样了，“他”变得更加强大，更加恐怖，就算不睡觉，也不会觉得累。所以这只怪物是没有“疲惫”这种感觉的，也很难理解小猫嘴里的“累死了”是什么意思。

然而，从属于祝延的零星碎片里，这只怪物感受到的最多的情绪，就是“疲倦”。甚至在发现自己被污染后，那个大首领也只是靠在了墙上，心里想着：终于可以休息了。

就像是一个走得太累的人。

人鱼回到了酒店里，没有吵醒舒棠，却在玻璃窗上的影子前停了下来。窗户里的怪物尖锐的鳍、漆黑的眸子，渐渐地和冒出来的记忆重叠，变成了一个剪短发、穿军装的冷漠男人。怪物有些厌恶地蹙眉，立马扭过头去。

舒棠半夜醒来想喝水，发现人鱼并不在床上。她迷迷糊糊地往后一摸，没有摸到人鱼的鱼尾。

舒棠心想：我鱼呢？

她一抬头，就看见了露台上坐在椅子上的高大背影。

穿着睡衣的舒棠爬了起来，远远地看了过去，感觉到那个人看上去很是陌生。“他”有一种冷淡疏离的气场，而且身上有种倦怠的疲惫感，就像是一个经历很多的上位者，看着外面的大雨时，侧脸冷漠而沉郁。

舒棠从未见过这样的人鱼。她在原地看了一会儿，感觉这条鱼看上去有点厌世。

她走了过去，仗着自己个子小，从人鱼的手臂下面穿过去，钻进了人鱼的怀里。她开始在他的身上左边嗅嗅、右边嗅嗅，还嗅了嗅人鱼的脖子，仿佛要从他的身上找到另外一个人的味道。

人鱼的视线终于发生了变化，注意力转移到了小猫的身上，这只怪物很宽容地任由她像是一只小猫一样嗅来嗅去。

等到确定味道没有变化后，舒棠停了下来，她确定了眼前的人还是那条鱼。于是她安静了下来，在人鱼的怀里找了个合适的姿势窝着，毛茸茸的脑袋就趴在了人鱼的手臂上。

她听见了一声很低沉好听的笑声从“他”的胸腔里传来，人鱼叫她

“棠”，今天夜里的声音似乎更加低沉了。

这只怪物在问她：小猫，你在撒娇吗？

小猫很自然地蹭了蹭他。

没有否认。

第二天早上，他们两个下楼去自助餐厅吃早饭，找了个靠落地窗的位置。

因为昨天夜里，他们保持了那个姿势一夜，早上起来舒棠的脖子就开始疼了，下巴也像是脱臼了一样，她抱怨了半天自己的头要没了。

怪物伸出手捏捏小猫的脖子。但是一做出这个动作，他们俩就都看见了玻璃上的影子——很像是要将她的脑袋拧下来。

于是两个人都停了下来。

外面的雨水在不断地冲刷着地面。

“小玫瑰，你说，你以前是个什么样的人呢？”

人鱼沉默了一会儿，看向了桌子上的那杯咖啡。人鱼第一次喝咖啡，是舒棠前段时间考试的时候。显然，这种怪物是不需要喝咖啡提神的，只有一到下午就犯困的舒棠需要。

当时舒棠递过去让人鱼喝，人鱼喝了一口，认为舒棠在喝刷锅水。

冰冷、苦涩，大概就是从前祝延这个人的底色。偶尔浮现的记忆，每一个细节的基调都是阴雨天。

舒棠注意到了人鱼的视线，看了看那杯苦涩的咖啡。

两个人都安静了下来，仿佛只能听见窗外的雨声。

好一会儿，她伸出手，往咖啡里加了两勺糖。

大概是那杯不苦的咖啡有某种神奇的魔力，那天早上之后，人鱼很快就恢复了正常。

人鱼本能地讨厌那个名为祝延的过去，并且不愿意继续回忆，于是那些碎片就像是生活中的浮光掠影，很快就被人鱼刻意忽视掉了。

比起“祝延”，这只怪物更加愿意做“小玫瑰”。

他们俩窝在一起看电视的时候，人鱼的鱼尾甩来甩去。舒棠忍不住回头瞅了人鱼好几眼，心想：这是彻底正常了？

她扒拉了一下人鱼的鱼尾，人鱼看了她一眼，抬起鱼尾拍拍她的手。

舒棠大概猜到人鱼昨天夜里是想起了什么，她其实也很好奇人鱼的过去，但是她发现小玫瑰看上去并不是非常愉快，于是她就将自己的问题给咽了回去。

就算是情侣，也是要互相给对方空间的。舒棠前几天买了一本《夫妻关系指南》，上面就是这么写的，舒棠深以为然。

现在，就连舒棠夜里做的梦都是这样的：昨天晚上她梦见了他们白头到老，变成了老太太和小老头，一起手拉手漫步在夕阳下。她的头发变得和人鱼的长发一样白，他们俩的床头摆了一对情侣牙套，早上起床就会一起刷牙套。

舒棠觉得这个梦非常浪漫。想到指南上说，要把恋爱的美好想法告诉对方，于是她就把这个梦告诉了人鱼。

人鱼先是困惑，紧接着抬起了她的下巴，看了看她的牙。这种凶兽是不能理解一起戴牙套的幸福的，而且告诉了她一个很无情的事实：就算是她的牙齿掉光了，“他”的牙也不会掉。

舒棠离奇地听懂了。她眼睛里冒出了愤怒的小火苗，觉得自己的罗曼蒂克被这只人鱼不解风情地破坏掉了。

人鱼朝着她嘶了嘶，告诉她：等到她牙齿掉光了，咬不动东西了，也没有关系。人鱼现在已经学会了煮粥，于是那时候她就不用担心吃不动东西的问题了。

舒棠愤怒的火苗越发燃烧。神奇的是，她平日里不一定能全部理解人鱼的意思，但是吵架的时候电脑波的传递却是无比准确的。

于是，这个非常浪漫的话题，很快就变成了一场情侣间的吵架。

外面下雨的时候，他们在酒店里没法出去玩，只能待在房间里看电视。雨停了的时候，他们两个去街上散步，踩着水坑，看着水里的倒影。于是舒棠就很小心眼地踩水，试图把水花溅到人鱼身上去。

人鱼并不会和她计较这种事，只是若无其事地看了她一眼，把她从水坑边提溜开来，装作没有发现她的小心眼。只是在回去之后，不管她的扑腾，高大的人鱼仍然把她提溜去了洗漱间。

人鱼的大手将她的裤腿折上去，把她放在浴缸边坐好，然后开始放水。

舒棠发现人鱼的手真的很大，比方说她在人鱼的手中就显得很娇小。她感觉到人鱼手指的温度，下意识地想要缩一下腿，但是人鱼的大手并没有松开她，还抬头朝着她嘶了嘶，大意就是让她乖一点。于是她就安静了下来，控制不住地盯着人鱼的侧脸看。

仿佛是感觉到了她的视线，人鱼抬起眸子询问：“棠？”

她就立马收回了视线。

这场吵架也就莫名其妙地结束了。

舒棠认为指南上说的“床头吵架床尾和”，还是很有道理的。至少现在，她就一点也不生气了。

对于自己的恋人很可怕这件事，舒棠并没有什么实感。虽然她现在仍然会戴着猫耳朵和人鱼一起出门，也会在路人露出惊恐的眼神时，靠着无比自然的表现吸引别人的注意力，但是舒棠仍然对于人鱼是个怪谈主角、恐怖邪神之类的认知很悬浮。

因为她每天都要摸邪神的鱼尾，看电视的时候，也会给邪神的头发扎小辫子。

人鱼也没有什么感觉，被扎麻花辫的时候顶多朝着她嘶一嘶表示反对，既不会凶性大发，也不会展现出很恐怖的一面。

只是渐渐地，酒店里出现了一个传闻：每天早上吃饭的时候，都有一个女学生被一个恐怖的怪物从背后拧断了脖子。

听到这个传闻时，舒棠正让人鱼给她捏捏脖子，她上次在人鱼怀里睡了一夜后就开始脖子痛。当事猫认为：这纯粹就是谣言。

但是很快，舒棠终于对人鱼的某些恐怖特质有了真切的认知。

是这样的，舒棠给人鱼做完检查后，决定在夜里做一次精神力疏导。于是夜深人静之时，舒棠就把“大鸡腿”给放了出来，开始四处寻找人鱼的精神体。一开始“大鸡腿”没认出人鱼的精神体，但是找来找去找不到后，“大鸡腿”开始围绕着人鱼的精神体转圈圈。

往日里人鱼都假装没有看见小猫。但是今天，“大鸡腿”震惊地伸出了猫爪开始比画：“小玫瑰，你怎么变得这么大了？”是的，舒棠发现才多久没见，人鱼的精神体已经扩大到了半座城市那么大，看上去就像是一个在半空中俯瞰城市的邪神。

要是从前，这只怪物一定不会愿意让她看见如此庞大的自己。饶是今天，怪物仍然有所顾虑，担心小猫会和其他人一样害怕、畏惧。

于是此时，怪物只是保持沉默，但是在舒棠的面前，用精神体幻化出了一朵蓝色的小玫瑰。

发现自己恋人的真面目后，她开始在人鱼的精神体体内狗刨式游泳，试图爬到人鱼的头顶上去。

怪物看她游得很累，于是就推了她一把。“大鸡腿”看着下面的城市，有一种一览众山小的感觉：“真高啊！

“小玫瑰，你的精神体看起来真的好大。”

怪物继续沉默，看起来似乎有点低落。

很快，她感叹了那一句之后，就开始了精神力疏导。

怪物有点犹疑地戳了戳她。“大鸡腿”立马凶“他”——在她做正事的时候别捣乱。

于是庞然大物就真的安静了下来。

舒棠的确觉得现在的人鱼精神体看上去太克系（克苏鲁神话）了，很可怕。但是她每次切换到精神体的视角，都觉得像是做梦一样，很难有什么真实感。所以醒过来之后，她仍然该吃吃该睡睡。

而且即将有一件很重要的事情发生，让舒棠一下子就把这件事抛在了脑后。

怪物观察了她两天，发现她突然紧张了起来，在屋里坐立不安。怪物凑过去试探她，结果发现舒棠正紧张地等待资格证考试的成绩。

舒棠面色十分慌张，手指紧张地抓住了人鱼，显然，什么可怕的怪物都没有考试挂科可怕。前者只是看起来凶，后者是真的要了老命了。

而且酒店的网络很差，舒棠就更加紧张了。一直到苏茵打了个电话，激动道：“咱俩都过了！”舒棠才知道，她超过了合格线五十分。

怪物于是发现，她立马就不紧张了，也不凶了，还很自然地凑了过来给了“他”一个吻。

舒棠一边哼着小曲儿，一边收拾东西：“明天我们就回家吧？”

于是那个怪物就说：“好。”

不知道为什么，他们两个都已经把那个阴森的禁地，当作他们两个的小家。并且在准备回家的那一刻，两个人都觉得非常放松。

怪物收拾了行李箱，把舒棠往行李箱上一放，两个人就离开了酒店。

舒棠想起了人鱼没有通信器，于是两人还去了一趟商场。

卖通信器的是个男性 beta，看了看他们一个猫耳朵、一个鱼耳朵，就连那个沉默寡言的高大怪物，看起来都不那么可怕了。

他忍不住好奇地问：“你们俩在一起多少年了？”

舒棠说："我们俩已经结婚十年了。"

怪物停了下来。

小骗子在胡说八道。但是怪物很喜欢她的这句胡说八道，于是第一次很随和地发出了一个"嗯"的音。

这是怪物学会的第三个词，主要用在舒棠喋喋不休、念念叨叨的时候回应她。

因为地铁停运，老吴一直跟在他们后面，发现他们要回去，就立马打电话问要不要接。

舒棠说不用，她想要体验一下校园恋爱的快乐。于是舒棠在共享单车前摩拳擦掌："小玫瑰，你上来，我载着你回去。"

但是显然，舒棠忽略了这只凶兽的体形。

人鱼看了看蹬单车蹬了半天，还没有蹬出一米的舒棠，伸出了手，于是舒棠还有单车一起被拎走了。

最后，舒棠悻悻地放弃了单车，和人鱼肩并肩地在公交车站台等 101 路公交车。

其实一起坐公交车也很校园恋爱，但是下了公交车后还要走很远的一段路。天上又下起了大雨。舒棠很后悔，她感觉自己出了一个馊主意，有点抱歉地和人鱼说："要不我打电话让人来接？"

人鱼一言不发，只是将伞塞进了她的手里，示意她趴在"他"的背上。舒棠在心里想：和他谈恋爱的感觉真好。

出了馊主意的舒棠趴在了人鱼的背上，他们两个打着伞，朝着疗养院走去。

她悄悄地蹭了蹭人鱼的脖子。

被宠爱，变成小猫，变成小孩。

天上下小猫小狗。

我们淋着雨一起往前走。

舒棠在路上教了人鱼怎么用通信器，怎么开关机，怎么充电，怎么打开软件。

回到禁地，他们两个都觉得像是回到了家。

因为回来的时候已经有点晚了，舒棠洗了个澡就去睡觉了。结果盖上被子的时候，舒棠发现人鱼在看通信器，蓝色的光打在人鱼精致的侧脸上，看上去很专注。

舒棠晚上爬起来喝水的时候，发现人鱼的通信器还是亮着的。

舒棠想到了自己高三放假得到了通信器的使用权后，打了一个月游戏的事情。她一边喝水一边想：这条鱼不会染上网瘾了吧？

联邦的通信器是有个人 ID 的，所以购买的时候需要录入指纹，于是人鱼在通信器上录入指纹后，账号就被激活了。

这天深夜，一个被尘封了十年的私人账号，突然间上线了。其实知道大首领私人账号的人并不多，也就几十万人。一开始都是从前自由军的同僚、部下，但是秘密这种东西，总是一传十十传百的，于是几十万人都知道了这个“机密”的私人账号。

只是这个账号和拥有者一样，沉默寡言，从未有过任何动态。

直到这一天深夜，这个 ID 上线了。他仍然没有发任何动态，只是突然关注了一个陌生的猫猫头账号。然而第二天一大早，大首领就被人家移除关注了。

事情是这样的。

第二天早上，舒棠打开通信器查看消息，发现一个陌生的账号关注了她。本来也没什么，但是那个账号一整夜的时间，查看了她的动态两千次。

舒棠十分害怕：这是哪个死变态。

于是她立马移除了对方的关注。三秒后，对方再次关注了她。

舒棠再移除，对方再关注。

对面的人鱼突然安静了下来，朝着她嘶了嘶。舒棠凑过去一看，立马松了一口气：还以为是别的不认识的变态呢。

舒棠并不意外人鱼之前有账号，毕竟联邦为了方便管理，统一用指纹 ID。只要人鱼从前注册过，录入指纹就可以找回账号。

舒棠只是有点意外：“哎呀，你怎么找到我的账号的？”她凑过去看了看，原来通信器会自动推送通讯录好友。于是，人鱼就被推送了舒棠的账号动态。

舒棠很好奇地点开了人鱼的账号，一看，竟然有几十万的粉丝。

舒棠震惊：“你以前怎么买这么多的粉？”人鱼朝着她嘶了嘶，表示不知道。

舒棠的账号有一万多的粉丝，是她年少不懂事的时候花了两块钱买的。她以为自己买粉的数量已经很多了，没想到人鱼竟然买得比她还要多。

舒棠非常好奇，但是翻了一下动态，发现什么都没有。而且他的账号头像是联邦自由军的标志，昵称也是一片空白。舒棠感叹："小玫瑰，你以前的风格好高冷。"

人鱼对自己过去的账号并没有什么兴趣，只是扫了一眼，就面无表情地移开了视线。但是显然，人鱼非常喜欢看舒棠账号里的图片——全是她精神体的自拍。

因为有特定的相机可以拍摄自己的精神体，于是很多人都喜欢在网上晒自己的照片。

舒棠也很喜欢，而且她每次拍照都给自己修图。因为觉得自己的精神体有点圆润，猫脸太大，每次都会被同学和亲戚留言：又胖了。于是舒棠每次都会开瘦脸模式。而且她认为自己的猫中有点短，她就会故意拉长一点，这样看上去就比较威武一点。于是账号里有很多稀奇古怪的猫照。

人鱼觉得很有意思，于是浏览了两千次。

舒棠问："你说咱俩要不要改个情侣网名？"

人鱼问，情侣网名是什么？

舒棠就说："和刷牙杯、牙刷一样。"

舒棠解释："什么东西都成双成对，这样就表示我们是天生一对。"她还和人鱼解释了一下"偶数"和"奇数"的概念。

人鱼甩了甩鱼尾，决定日后去捕猎的时候，什么鱼都要抓两条；弄死污染物的时候也不能一鱼尾拍死，要两尾巴，因为用偶数的话，寓意很好。

解释完后，舒棠再说回情侣网名的事，人鱼就表现出了很大的兴趣。

他们俩开始讨论用哪一个称呼。

舒棠要叫人鱼"小鱼干"，但是人鱼立马就想起了楼上晒着的咸鱼干；舒棠要叫罗密欧猫和朱丽叶鱼，但是谁是罗密欧这件事有待商榷。

总之，最后，两个人各退一步。

舒棠的昵称变成了：小鱼干。

人鱼的昵称变成了：五块。

舒棠签名：便宜一点行不行?

人鱼签名：行。

嘀，交易达成——大鱼也就被打包装进了舒棠的购物车里。

改完情侣名，两个人很快就把这件事忘在了脑后。因为舒棠开始教人鱼怎么打电话了，这件事成为他们两个新的乐趣。

人鱼学得非常快。

舒棠在浴室洗澡时，通信器响了起来，一接电话："嘶嘶嘶——"

舒棠心想：这么近，打什么电话？

于是，她一边抱怨，一边在浴室里和人鱼隔着一堵墙打了二十分钟电话。

舒棠在楼上挂衣服，通信器响了起来，接通电话："嘶嘶嘶——"

舒棠在阳台上看着楼下的人鱼，心想：哎呀，这不是一嗓子的事情吗？

然后，他们两个又聊了半个小时。

人鱼非常喜欢这个功能。人鱼捕猎完，从海里出来，又给舒棠打电话。

舒棠在楼上看电视："哎呀哎呀，好了好了，知道你回来了。"

但是隔了五分钟还没有看见人鱼，舒棠立马打电话过去："哎呀，你怎么这么慢呢，快点，《天气预报》要开始了！"

他们两个相距不超过五十米，只要大声一点就能听见对方的声音，但还是乐此不疲地给对方打电话。

晚上，舒棠和人鱼在海边烤扇贝。海风轻轻地吹拂，人鱼靠在礁石上，懒洋洋地甩着鱼尾，偶尔低头看舒棠一眼。气氛非常好。

突然，舒棠打电话问人鱼："小玫瑰，我们现在是不是应该接吻了？"

电话里和身后同时传来了一声"好"。

于是她回过头，亲吻了那只高大的怪物。他们交换了一个很绵长的吻。

然后接着烤扇贝。烤着烤着，舒棠突然想起来："小玫瑰，我们俩从认识到现在，好像还没有半年时间。

"可是不知道为什么，我觉得我们好像已经在一起生活了很长很长的时间。"

这只怪物就停了下来，低头注视着她的侧脸，最后只是在海风中用一个低沉好听的"嗯"来回应她。

她以为人鱼也有一样的感觉。

但其实不是这样的。

在人鱼尚且不能理解爱情到底是什么之时，就已认识到了它不平等的本质。

人鱼不认为“祝延”是自己。

于是，这只怪物认为自己的生命是从苏醒那天开始的。从苏醒到现在，一共是九个月的短暂生命。

而舒棠占据了“他”生命的六个月。

四舍五入。

她就是“他”整个生命的长度。

爱情是非常不平等的东西。

舒棠很喜欢人鱼，但是除了人鱼，她的世界里还有父母、朋友，她也一样爱他们。她的喜欢和爱被划分成了几等份，虽然分给了人鱼很大的一块，但仍然不是全部。就像是半年对于她二十岁的生命而言，是四十分之一。如果他们分开了，对于舒棠而言，她会很伤心，但是她的世界丰富多彩，时间很快就会让她痊愈。

这段爱情，对于小猫而言，是平淡生活里的幸福奇迹；但是对于人鱼而言，并不是这样的。

刚刚苏醒的三个月，这只怪物浑浑噩噩，被强烈的神经痛折磨得丧失理智，关于祝延的一切早就在十年中被遗忘、消失，可以说是一只混沌的野兽。如果不是遇见了舒棠，开始吃药，慢慢地稳定下来的话，这只混沌的野兽迟早有一天，会变成一个不可名状的邪神，在某一天自我毁灭，并且给世界带来一场浩劫。

对于这只怪物而言，她就是“他”荒芜世界里的全部。

这样的爱情无疑是畸形的、不平等的。

而且岌岌可危。

从力量上来看，这只怪物无疑有着碾压般的强势，已经是食物链顶端的霸主。可是爱情这种东西，不讲道理，没有逻辑，强者也危如累卵。被偏爱的人，就算再弱小，也是爱情里的暴君。于是生活中的每一刻，这只怪物都处于一种不安中。

舒棠会在海风里对人鱼说：“我喜欢和你在一起的感觉。”

但是她一天里要说很多个喜欢：她喜欢金枪鱼，喜欢玫瑰花，路过一块形状别致的鹅卵石，她也很喜欢。

人鱼想到了舒棠教过的一个词：批发。

舒棠会掏出图纸，兴致勃勃地和人鱼规划未来在禁地里的生活，把他们的未来描绘得很好。

人鱼很喜欢她对他们巢穴的构建，这只凶兽展现出了前所未有的耐心。但是同样的，舒棠也会在周五的夜里捡到一只乌龟，然后开始兴致勃勃地在家里给乌龟搭建乌龟窝。

当时人鱼站在舒棠的身后，沉默地注视着那只乌龟和它的窝。

如果舒棠是个很敏感的人，也许很快就会发现人鱼的异常；但如果舒棠是个细心的人，也许一开始就不会走入这个危险的凶兽巢穴。

这周六的早上，舒棠想要在“巴士底狱”里收拾出一间屋子作为书房。

因为在考试后，舒棠收到了专业课导师的消息。舒棠理论课的成绩一般，但是实操课的分高得一骑绝尘。导师说，她的精神体非常适合当治疗师，而且精神力很强，天生就是吃这一碗饭的。

导师认为舒棠还是很有天赋的，让她考虑一下读研究生深造的事情。无独有偶，舒棠的成绩出来后，邱院长也发了消息问她读研的事情。

舒棠有点犹豫，不过现在还在大三的假期，她还有整整半年的时间考虑这件事。于是她也不着急，打算慢慢考虑。但是舒棠决定先收拾出一间书房。

打开二楼一间尘封的房间，舒棠开始扒拉里面布满灰尘的东西，准备一起洗洗晒晒。结果舒棠偶然间翻出了一只非常精致的皮匣子，从柜子的夹缝里抽出了一张泛黄的照片。

银白色短发的青年扣上黑色的联盟军装帽，回过头来，抬起流畅的下颌线，指了指自己身上的荣誉勋章，勾起了一个笑。这一刻被定格，成为泛黄的老照片。

舒棠还是第一次看见人鱼短发的样子，于是盯着惊奇地看了又看。她为爱人过去的模样所倾倒，于是举着照片去找在厨房里准备午餐的人鱼。她凑过去说：“哇，小玫瑰，你以前长得好帅！”

人鱼低头一看，就看见了那张照片。那是刚刚从联邦军校毕业的祝延，眼睛还是漂亮的灰蓝色。

人鱼停顿了片刻，立马低下头凑近了她，漂亮的眉眼逼近她，仿佛在问：现在就不好看了吗？

然后在舒棠还没有反应过来的时候，一个冰凉的吻烙印在了她的面颊上。

偶尔看见她亲吻一朵花的时候，人鱼都会有尖锐的嫉妒心。怪物担心她的喜欢就像是喜欢一朵花一样。花园里有那么多的花，她亲吻了这一朵，也会继续欣赏下一朵。而人鱼很显然已经看透了，这是一只对一切美丽漂亮的生物都抱有好感的小猫。

人鱼感觉到内心的嫉妒在翻滚，要非常克制才能控制住搂着她的力道，不至于因为内心的妒火将她拆吃入腹。

但是最后，人鱼还是低下头，冰冷的唇齿张合，轻轻地咬了她一口。

舒棠很是不解，心想：这是为何啊？

一直到走出厨房，低头看了看照片，她才突然间意识到：这条鱼吃醋了。

因为她说过去的他长得很帅。

舒棠觉得非常稀奇。她从厨房门口探头，偷看人鱼的脸色；从背后偷看还不够，还钻进了人鱼的怀里，抬头去看他的下颌线。

她根本没有发现人鱼的敏感和尖锐，以及复杂的内心活动，她就像是一只好奇心过剩的小猫，在凶兽的面前兴致勃勃地把虎须当逗猫棒。

一直等到人鱼忍无可忍地低下头，掐住了她的脸，舒棠才心满意足地哼着小曲儿揣着手手走了。她心想：原来人鱼吃醋是这个样子的。

这就是天蝎座和射手座相处时的悲剧。

舒棠很难注意到这些小的细节。

舒棠曾经对人鱼说，也许要等到“他”恢复了记忆，才能明白什么是爱情。但是她错了。

人鱼站在厨房里，垂下了眸子，因为人鱼渐渐地想起了一些过去的碎片。在那些碎片里，人鱼知道，祝延是个孤儿，他没有父母，没有亲人，最亲近的人是自己的秘书和下属，最了解他的人是主治医生。

那个大首领，是个真真切切的孤家寡人。因为从未体验过被爱的感觉，自然也不会懂得什么是情爱。甚至比起现在的人鱼，过去的他更加冷硬，更加不懂得爱情是什么东西。爱人和感受被爱都是很稀缺的能力，并不是每一个人都能奢侈地拥有。人鱼正在学习如何爱人，却在“感知被爱”这方面显得非常迟钝。

她眼里细水长流、甜蜜幸福的爱情，在另外一个视角里，却是随时会破碎的镜花水月。

一直到这天下午，舒棠继续收拾书房的时候，变故发生了。

舒棠想过他们俩的爱情会遭受考验，也许是传说中的七年之痒，也许是遭遇危险，或者哪一天人鱼想起了一切。更加现实一点的是，舒棠考上了燕市的研究生，要和人鱼开始异地恋。然而，她从未想过“身份”这个问题。

舒棠在楼上继续收拾东西，翻出了一盒子的荣誉勋章。

下午，人鱼提溜着她去礁石上捕猎。

舒棠就在礁石上洗洗晒晒。她翻到了那盒勋章，有点好奇，趁着下午的阳光正好，打算把每一枚都拿出来擦干净晒晒。但是晒着晒着，舒棠突然间发现不太对劲。

她擦干净了勋章下面的烫金小字，在阳光下照照：联邦自由军总指挥官——祝延。

舒棠第一反应就是这勋章是假的。因为舒棠认为人鱼很大概率从前是南岛基地的高级军官，或者特种兵这一类的，大概和陈生差不多。但是她每擦一枚勋章，上面就会重复出现这一行字。

舒棠的脑海里一瞬间浮现出人鱼从前的账号、头像，她呆住了。

就这样，舒棠后知后觉地发现了人鱼过去的身份。她看了看被她和扇贝摆在一起的勋章，立马把东西收进了匣子里。

舒棠觉得自己成长了。要是从前，实习生舒棠一定会震惊得久久不能回神，大惊失色、不知所措。但是现在，舒棠已经转正足足一周了，是个有资格证的成熟社畜了。她非常镇定，先是给人鱼发了一条短信，紧接着，她冷静且思路清晰地离开了禁地，来到了陈生的值班室门口，敲响了大门。全程，舒棠都表现得非常之冷静，以至于陈生都忍不住高看了她两眼。

陈生心想：真不愧是把元勋的昵称改成“五块”的 alpha。

这段对话是在下午和煦的阳光中进行的。

陈生还递给了她一杯热茶。

“是的，元勋的身份要保密，但是如果你已经发现了的话，那就没有必要隐瞒了……”

“对的，我们已经派了人前去保护你的父母，不过他们暂时还不知情。”

“大首领已经在十年前就隐退了，他的账号是私人账号，怎么用是元勋的个人爱好。”

当然了，陈生并没有告诉舒棠，他的手机今天早上已经被打爆的事。

他已经解释了无数次元勋没有被盗号。

持续一个小时的谈话中，成熟的“社畜”——舒棠同学十分冷静地签署了三份保密协议。

舒棠在内心表扬自己：处变不惊，是办大事的人。

陈生到底是当了很多年的秘书，轻声问：“你还好吗?

“其实大首领人很好，你不要因为他的身份产生心理压力。”

但是陈生接下来的话没有说下去，因为他发现她正对着一杯茶发呆。他沉默了一会儿，把门关上了，留了一段独处的时间给她。

陈生以为，舒棠在接受了现实之后，会提出搬回宿舍的要求，但是并没有。

舒棠发了半个小时的呆，突然看见外面的天色黑了，才想起来要回家了，于是活动了一下麻木的腿，朝着禁地走去。

舒棠认为自己拿到了资格证，就是个合格的社畜了，面对生活中的惊心动魄要摆出专业的态度来。所以她回到禁地后，做的第一件事就是把人鱼放在礁石上的通信器打开，把昵称和签名全都改了回去。

不给别人添麻烦，是“社畜”的原则。

她看了看人鱼还没有回来，大概是遇见了污染物。毕竟如果是从前自由军的总指挥的话，清理污染物也是职责所在。

于是舒棠先去洗澡了。坐在浴缸里，把淋浴器打开，水声“哗哗”中，舒棠开始反思这个乌龙是怎么发生的。

其实“祝”这个姓氏是很少见的，但是鉴于舒棠的前任基因匹配对象蹭热度的行为，舒棠并没有意识到“祝”这个姓氏的独特含义。

十年前“祝延”隐退时，舒棠还在为期末考试发愁，完全不关心时事新闻；十年后舒棠终于开始听同事们讨论新闻了，而前任大首领隐退的种种秘闻已经过去太长时间了，在有心人刻意模糊淡化下，连名字都搜不到了。

没能发现端倪，其实也很正常。

舒棠在“哗哗”的水声里发呆。她应该惊喜的，但是她一点也不觉得开心，还难过得想要哭。虽然联邦没有什么严格的阶级划分，但就像是，舒棠在南岛基地的匹配对象一样，人家会嫌弃她是普通家庭，推三阻四不愿意。如果换一个更加厉害、背景地位更高的人呢？

就在不久前，舒棠还想着等人鱼恢复记忆、身体彻底好起来之后，一起在南岛市买一套房。

她猜测过人鱼的身份，猜他也许是南岛基地的高级军官，舒棠算了一下自己的工资，这样他们两个的工资加起来，只要五十年就能还清贷款了。而且她还可以读研究生，硕士毕业拿的工资还会涨。

就像是他们两个的昵称和签名。

小猫掏出了五块钱买小鱼干，如果小鱼干价值二十块，小猫会开开心心地认为自己抢购顺利，快乐地把价值二十块的小鱼干拖走；可是如果这条小鱼干的价值是两千万，或者两个亿呢？

兜里只有五块钱的小猫不会觉得开心，她会开始担心是售货员拿错了货，开始担心警察找上门，开始四处寻找地方藏自己的小鱼干。可是小猫心里很清楚，价值千金的小鱼干，怎么也不会属于只有五块钱的小猫。于是她改掉了昵称和签名，因为她知道那个交易不可能五块钱达成了。

舒棠想，按照小说里的桥段，接下来就应该是人鱼恢复记忆，然后回去当高高在上的大首领，她凄惨地被抛弃，也许会被补偿一笔丰厚的封口费。他们两个也会彻底没有可能了。

如果是南岛基地的高级军官，或者像是陈生这样的军衔，小猫会理直气壮地想，其实华大毕业的治疗师也不差嘛，而且她年轻，潜力无限；可如果是联邦的前任大首领呢？理直气壮的人开始感觉到了心虚。

她躲在了浴缸里，想象力在这一刻达到了巅峰——她开始幻想着在人群中看着人鱼坐上加长轿车走远，甩追车的她一身水的场景；想象着以后她只能在电视上看见那条鱼，她想要去现场亲自远远看一眼，结果被警卫员拉走丢进垃圾桶里；想象着自己被甩五千万的封口费……虽然想到五千万封口费的时候，好像变得可以接受了一点。

但是更多的不安和害怕就像是潮水一样把她淹没了。因为舒棠认为，为了这种没发生的事情哭很丢人，于是她打开了淋浴器，“哗哗”水声就把其他的声音给掩盖住了。

但是很显然，这是非常掩耳盗铃的行为。

人鱼一上岸，极好的听觉就捕捉到了这点动静。瞬间，这只凶兽的表情阴沉了下来，尖锐的鳍竖起凶狠的弧度——这只凶兽以为有污染物上岸，弄伤了自己的小猫。

但是很快，人鱼就确定了自己的巢穴里没有任何污染物的气息。

人鱼便认为舒棠在浴室里受伤了，也许是不小心滑倒，于是人鱼敲了敲浴室的门："棠？"

这只凶兽很紧张自己的小猫，蹙眉听着里面的动静。听见里面没声了，人鱼直接伸出手，"咔嚓"一声把浴室的门锁给拧下来了。

但是里面没有摔倒在地上起不来的小猫，舒棠只是坐在浴缸里抽泣。舒棠此时沉浸在自己的世界里，认为自己是世界上最可怜、最倒霉的倒霉蛋。她的脑子被浴室的水汽熏了半个小时，有点缺氧，脸也是红的。

那一瞬间，这只怪物愣了一下，因为她满身都是沐浴露的泡泡。

人鱼朝着她嘶了嘶，有点不知所措，视线也不知道往哪里放：因为舒棠是不准人鱼在她的洗澡的时候进来的，也不准人鱼看她洗澡的。

当突然被抱住、她头发上的泡沫蹭到了这只凶兽的下巴之时，"他"僵硬了一下，绷紧了浑身的肌肉。人鱼不明白她为什么哭，于是乖乖地任由她发泄情绪。

一直以来，人鱼都不确定舒棠到底有多喜欢自己，也许是因为那次表白是人鱼主动的，而舒棠虽然会批发"喜欢"，但是并不会经常说很多情话。偏偏人鱼的感知能力很差，于是在人鱼的眼中，她并不是那么喜欢"他"。

直到此刻，她一开口就是问"他"："以后你恢复了记忆，是不是就不要我了？"

人鱼愣了片刻，几乎以为那是来自自己心灵的质问。

因为在和她相处的每一刻，这只凶兽都会反复拷问自己的内心：会不会有一天，她厌倦了这只怪物的贫瘠、无趣，就不要"他"了？

一直到她开始指责"他"会无情地把她丢进垃圾桶、开车溅她一身水，这只怪物才从那种僵硬的状态里恢复过来。

舒棠不安又害怕，但是又不知道如何宣泄，于是她就开始胡说八道威胁她抱着的这只凶兽。

她说，她不是什么五千万就可以打发掉的人，如果他想要始乱终弃，她会让他知道什么叫作甩不掉的麻烦，她会找他要一个亿、十个亿，把他所有的钱都榨干；她说，她会纠缠他一辈子，坟都会买在他旁边，让他死了都得不到安宁；她说她的手里还有两个人的合照，她会去曝光他是一条渣鱼，让他名声扫地。

但是其实她很清楚，如果把照片发到网上会立马被删掉，如果对方真的想，只要一句话，她别说找他要钱了，就连疗养院都出不去。

她越说越绝望，发现这些威胁完全没有用，如果真有那么一天，她除了在原地等着，也许什么都做不了。

当然了，扎小人还是可以的。

于是忍了忍，她又开始掉眼泪，开始大哭。结果她哭着哭着，突然听见人鱼在闷笑。

第十二章 //
在爱情里变得更好

舒棠一开始以为自己幻听了。结果发现人鱼真的在笑后，舒棠气得一口咬住了人鱼的肩膀。

“我以后不会放过你的！

“你就等着我纠缠你到死，到时候你求我也没用！”

但是她发现自己越威胁，人鱼就笑得越低沉，银白色的长发垂下，就连胸膛都在震颤。舒棠生气极了，还有点悲从中来，趴在人鱼的肩膀上又咬了两口。

大概是良心发现，人鱼开始缓慢地拍小猫的后背，试图让她平静下来。

她气了一会儿，可能因为外面的空气涌入，浴室里的氧气充足了，她的脑子渐渐地也清醒了。舒棠后知后觉地意识到自己还在浴室里洗澡，泡泡都还没来得及洗干净，她的脑子“嗡”的一声。舒棠立马捂住了人鱼的眼睛，说：“你快出去。”

人鱼微微困惑地歪头，叫她“棠”，仿佛在问她，被她捂住眼睛要怎么出去?

舒棠：“你闭上眼睛，转过去。”

人鱼也就很听话地合眼，转了过去，但是并没有离开。舒棠推他出去，人鱼想起了她在里面偷偷哭的事情，于是沉默地没有动弹。

舒棠很生气，但推不动人鱼，她又觉得现在这样很没有安全感，便想着随便冲冲就完事了。

果然，人鱼就很乖地坐在了旁边，不动了，像是一尊雕像。

舒棠稍微放心了一点。

狭窄的浴室里，水汽蒸腾。人鱼的体型本来就十分高大，此刻的存在感是完全不可能忽视的。在狭小的空间里，野兽沉重的呼吸声无处不在。就算是安静地合着眼，像是沉默寡言、很听话的大型犬类一样，但是翕张的鳍、矫健而爆发力极强的身躯，仅仅是坐在那里，仍然像是存在感极强的危险物品。

她匆匆地用水冲干净，水声就清晰地、一丝不漏地落在了这只凶兽的耳朵里。

舒棠开始责怪那个门质量太差，却完全忽略了一点，那就是就算大门的质量再好，也不可能在这凶残的人鱼手中坚持一秒钟。

约莫几分钟后，人鱼微微侧头，询问："棠？"这是在问她好了吗。

如此听话乖巧的凶兽，只是在那低沉的嗓音出口的那一刻，泄露了一点端倪，因为他的嗓音变得非常沙哑。这种沙哑源于她逸散的信息素让凶兽感觉到了一种奇怪的饥饿，但是这种饥饿又并不是来自食欲，有点折磨他的神经。

她有点慌乱，立马去够自己的浴巾："马上好了！"她为了掩饰自己的不自在，开始小声抱怨，"我不是说让你出去等吗？干吗一定要在这里守着。"

人鱼不吭声：因为担心自己一走她又躲起来哭。

人鱼感觉到了温暖的水汽蒸腾，她的气息靠近了一点，像是一缕暖风从面前一晃而过。人鱼不由得往后仰了仰，手指在浴缸的上方蜷起，仿佛在克制某些东西，喉结也非常缓慢地上下滚动了一下。

也许是因为越着急越容易出错，舒棠一抬头就磕到了脑袋。她捂住了额头，抓住了浴巾，但是有点迟了。因为听见了那一声闷响，这只警觉的凶兽立马就竖起了耳鳍，睁开了眼睛。

舒棠愣了一下，于是他们两个都僵住了。人鱼的身体是冷的，呼吸也是冷的，但是眼神和视线却像是无比灼热的岩浆，仿佛可以一寸寸把她给烫化。

舒棠结结巴巴，也不知道要说什么，立马就要将浴巾裹好，但是那只一直乖乖坐着、百依百顺的凶兽，呼吸放缓了，漆黑的眸子开始发生变化。

人鱼按住了她，先是缓慢地查看了一下她有点发红的额头，紧接着冰冷的大手握住了她的腰。她推不动人鱼，也不知道为什么在对方的视线下胆怯起来，她觉得自己快要在对方的眼神中被烫化。

也许是意识到自己的眼神太有侵略性，人鱼垂下了眸子，接过了她的浴巾，接手了这项工作。人鱼再次想起了她形容过的糯米糍，停顿了片刻。

简单的工作，被这只凶兽做得认真而细致，浴巾擦拭完每一寸的水渍残留，有点笨拙地将她重新包裹了起来。舒棠大脑一片空白，仅仅是听着耳边沉重的呼吸，也是一种巨大的折磨。

人鱼停了下来，这只凶兽一直保持着坐着的姿势，抬头看着她的时候，样子很乖巧。这只凶兽开始征求她的意见，在她的胸前低声询问："棠。"看上去很好欺负，近乎请求的语气，仿佛在问：可以给我尝一口吗？

她被看得头皮发麻，本能地察觉到了危险，想要往后躲一躲的时候，这只高大的怪物却没有那么听话了。

其实舒棠一直隐约感觉到拥有掌控权的是她。但是当这一刻，掌控权交到了对方的手上，她才后知后觉地意识到人鱼无比危险的一面。毕竟不能指望这种凶残的怪物，会像一条大型犬一样温驯、乖巧。如果有这种认知，那显然是一种巨大的误解。

冰冷的大手扶住了她的腰，微微用力，往前一推，浴巾被十分粗暴地撕裂、绷开，掉了一地。冰冷的唇齿，从浴巾的中间往上，一路吞咬到了脖子。

一直到夜色渐深，海上吹来有点凉爽的夜风，舒棠才被高大的人鱼抱回了楼上的卧室，放在了床上。

舒棠踢了"他"一脚，立马往薄被里钻。

人鱼被踢到了也不生气，而是低声叫她"棠"，和她道歉。

如果不是刚刚发生的事情，这只体型很大的凶兽看上去真的很听话、很好欺负。但是舒棠已经气昏头了，眼睛和脸都是红的，她把人鱼的枕头丢了过去，把这只高大的凶兽赶出了卧室。

舒棠脑袋冒烟，揉着胸口还感觉到隐隐作痛。她想起刚刚人鱼问她那是什么的时候，那种让她头皮发麻的感觉。舒棠当时想要忽悠人鱼，但是太慌乱结结巴巴没说完。本以为人鱼不懂可以糊弄过去，结果，在蒸腾的水汽里，她变成了一颗糖果，又啃又咬，被囫囵吞进去。

舒棠去换睡衣的时候，看见领口皮肤上的痕迹十分刺眼，于是只能换上了秋天的睡衣。

过了一会儿，门外，怪物又来敲门，叫了她一声“棠”。他手里拿着上次的药膏，低声下气地询问她要不要涂药。

舒棠火冒三丈：“不要，你放在那里我自己来。”

如果是平日里，敏感又阴郁的怪物一定会认为自己做错了事情，进而退后、妥协，在内心评定为这是她不够喜爱“他”的表现。

但是今天，那些尖锐的想法全都消失了。这只怪物甚至没有任何退缩的意思，“他”并没有听话地把药放下回到书房里，而是直接坐在了她的床边。人鱼一边非常低声下气地叫她“棠”，一边不容拒绝地将她的被子掀开。

舒棠拿枕头挡住了脸，想要踢“他”，但是被人鱼的大手抓住了腿。普通人的力量在这只凶兽面前就像是螳臂当车，她挣了两下，感觉到自己不小心踢到了人鱼的下巴，吓了一跳。她立马从枕头后探出头，问“他”：“你干吗不躲？”

结果一抬头，就看见了怪物的眼神。舒棠并不知道，她的抱怨和威胁，对于人鱼而言，是最直白的示爱。这只患得患失、如履薄冰的凶兽，突然间得到了这样的礼物，就像是行走在沙漠里的人被告知他拥有的不是一碗水，而是一口泉，如何能够克制住对她疯狂的眷恋和爱意呢？

可是她到底是个迟钝的人，只是埋怨这只凶兽的贪婪，并没有发现在那平静表象之下狂风骤雨般的心情。

低头看着她的姿态是温驯的，抓住她脚踝的动作是克制的，但是眼神有一种兽类的侵略性。

男人沙哑低沉的嗓音，非常缓慢地叫了她一声“棠”。

她心尖一颤，头皮发麻，有种不妙的感觉。

舒棠渐渐地安静了下来，因为有句话叫作：识时务者为俊杰。

乖乖地任由这只凶兽把她的扣子扣好后，她立马飞快地瞪了人鱼一眼。她觉得很恼，也很生气，但是好像这两种情绪都来自某种恼羞成怒。

显然，如果是在她的教导下做出这种事，她现在绝对不会是这副样子，而是会得意扬扬。但是她被人鱼反客为主了，而且事情完全不按照她的预想来，她不仅失去了掌控还被欺负得很惨，她就开始恼怒。她仍然没有准许人鱼回到卧室睡，正好她已经把书房收拾了出来，人鱼完全可以睡书房。

舒棠认为书房就是人鱼的归宿。但是把高大的人鱼赶去了书房后，抱着抱枕独占一张床的舒棠突然想起了人鱼的身份。舒棠立马开始有点惴惴不安，毕竟是把大首领赶去睡书房。

舒棠：会被抓起来吗？

但看了看床边的药膏，她又决定先暂时把人鱼的身份忘在脑后。

舒棠在床上翻滚了一会儿。本来，得知了这么颠覆三观的真相，舒棠应该彻夜难眠才是，要么以泪洗面，要么痛苦失眠。但大概是中间被打岔了的缘故，舒棠那些悲惨的想象消失了。想到隔壁乖乖睡书房的人鱼，这只猫甚至感觉到了一丝报复的快乐。

舒棠认为：她完全可以在人鱼把她丢下汽车前，先让“他”多睡几天书房，然后通过各种威胁残酷地折磨“他”的心灵，用各种家务活折磨“他”的身体。虽然不太公平，但舒棠心想：就当是提前还贷了。

大概是因为心情好了一点，她很快就睡着了。

然而，人鱼是不可能乖乖地睡书房的。在舒棠睡着之后，应该在隔壁躺着的高大人鱼就出现在了房间里，“他”很自然地躺到了她的旁边，亲昵地蹭了蹭她的脖颈，用鱼尾将她圈了起来。

舒棠显然没有发现这件事。因为人鱼很谨慎，起床后连床垫的下陷处都恢复了正常，力保让舒棠认为他在隔壁书房好好反省了一夜。

为了讨好生气的舒棠，人鱼还在大清早就出去捕猎了。

接下来的一整个早上，舒棠的表现都和从前截然不同。

如果一直按照之前的相处模式，迟早有一天他们会发生一些难以解决的矛盾，因为怪物很难感受到她的爱意，她又不够细腻。日积月累之下，也许某一天，这只被嫉妒和不安折磨的怪物，会做出一些不可挽回的事情来。

但是现在，因为心里认为人鱼一定会抛弃她，舒棠变了。她变得非常敏感，而且心思全都放在了如何折磨人鱼上。毕竟舒棠现在放暑假，闲得冒泡，有一整个夏天的时间折磨他。

她翻出了一本菜谱，拍在了人鱼面前，要求人鱼给她变着花样做吃的。她又从犄角旮旯里翻出了一些家具，要求人鱼全部搬出去晒干净，为了避免人鱼偷懒，她还追在人鱼后面“监视”。因为在礁石上用望远镜看到眼泪湾附近的椰子成熟了，舒棠立马说：“小玫瑰，你带我去摘椰子，我要吃那个！”于是，她就坐在了人鱼的身上，要求人鱼扛着她，摘椰子给她吃。

舒棠想起椰子饭、椰子鸡，就开始流口水。但她绝对不动手，就揣着手手窝在冰箱上面，恶狠狠地瞪着人鱼。

这简直完美契合了怪物的内心。她如影随形的视线，让他能够感觉到平静，她的威胁就是最佳的示爱。但是偏偏，人鱼并不能当着舒棠的面表现出愉快的一面，只能装作沉默、听话的样子满足暴怒的小猫。

只可惜这些折磨，并不能让舒棠平静下来。一天，舒棠洗完头发在阳光下晒干的时候，突然发现自己的头发非常乌黑顺滑——因为认识人鱼后，她的伙食太好了。

她又转过去看看周围。如今的“巴士底狱”也彻底大变样了，就像是他们两个的小家。想到人鱼以后可能不在这里住了，也不会给她抓鱼吃了，舒棠就想要大哭一场。但是作为一个成熟的社畜，总不能遇见困难就惊慌失措。

舒棠想了半天，想到了一个办法。于是，舒棠晒干长发后，就拿出了一张草稿纸，开始写写画画。

舒棠打算拟一份字据。她一边想一边在上面画黑圈圈。

人鱼就在一旁注视着她。她乌黑的长发像是阳光下的黑色精灵，圆溜溜的猫眼是黑的，穿着半截灯笼袖的睡衣，额间有细碎的薄汗。让人鱼很有亲吻她的冲动。但是人鱼并没有那样做，而是看着她有点欲言又止。因为，人鱼很敏锐地察觉到了小猫的不安，只是并不知道要如何化解她的这种情绪。

舒棠抬头，递过来一张纸：“小玫瑰，你在这里签个字。”

纸上的内容大致就是：人鱼不能在恢复记忆之后把她丢下，也不能翻脸不认人，要像现在一样对待她。如果他做不到，她就立马收拾包袱回家，和他老死不相往来。

舒棠递过去一盒印泥、一支钢笔。人鱼十分配合，只是在看见“老死不相往来”的时候，他停顿了片刻，然后若无其事地接过了钢笔，拔出了笔头。其实，就算是签了协议，人鱼也绝对不可能履行什么老死不相往来的协定的。

但是这协议到底没有签下去，因为舒棠突然想起来一件事：人鱼现在还没有想起一切，还是失忆中，按照联邦的法律，人鱼在这期间签署的一切文件都是没有效力的。

于是，人鱼还没落笔，舒棠就把字条给抽了回去。她莫名其妙地瞪了人鱼一眼，又转身跑楼上去了。

在发现人鱼的身份后，舒棠把自己的通信器关机了，就像是一只缩头乌龟。

舒棠鼓起勇气打开了自己的通信器。她很担心自己乱改情侣账号名会出大问题。

关于“祝延”的一切，都是超出舒棠认知范围的，她可以解决一些小问题，作为一个情绪稳定的新晋社畜，她可以应付生活中的难题，不会搞砸自己的工作。但是当超过她认知范围的事情发生，就是另外一种情况了。

舒棠很害怕看见别人认为他们不相配，认为她盗窃了人家的账号，她还担心别人会攻击她的弱小、普通。她现在特别想要删掉自己修得面目全非的猫照，还有转发打折券的动态。

但是幸好，陈生的工作能力很强。而且舒棠是在保护范围内的，陈生一点也不希望她出事。

于是，舒棠打开账号，发现一切风平浪静，她的账号上没有恶评，或者被大批量关注，而是处于被保护状态。舒棠松了一口气。关注栏里也仅仅是出现了十来个账号，但看见他们的账号名的时候，舒棠手一抖，立马把通信器给关掉了。

她在床上郁闷了很长一段时间。她觉得自己的胆子太小了，但是她找不到可以理直气壮的理由。

人鱼需要她，她享受着被宠爱、被需要、被当作唯一的感觉，并且在爱情里恃宠生娇，逐渐沉溺其中。可是等到人鱼真的想起来一切，重新回去当“大首领”，或者当祝延了，那她还会被这样爱着、需要着吗？

但是这件事，人鱼不能给她答案，甚至她自己也不能给出任何的答案。

舒棠正难过的时候，突然，通信器“叮咚”一声。她低头一看，是消息提示，人鱼重新把自己的昵称改了回来，价格仍然是五块。

人鱼用行动告诉了这只小猫：她享有终身 VIP 五元购特权。

舒棠立马想要发消息让人鱼改掉，可是她在输入框里写了一大段，最后全部删掉了。

因为，如果可以的话，她还是很喜欢“小鱼干”和“五块”的。

人鱼其实明白舒棠的担心。可是对于这只怪物而言，她的意义远大于那些虚无的过去。甚至他在内心想，她怎么会觉得想起关于祝延的一切后，他会离开她呢？

但凡她能够窥见这只怪物对她极度偏执的冰山一角，都不会这么想。

人鱼将那张被舒棠揉成了一团、墨迹洇染开来的字条捡了回去，将草稿纸的每一个角落都压得平整。

拔出钢笔签字的时候，人鱼并没有用现在印刷体的字迹，而是按照记忆中出现的龙飞凤舞的凌厉字迹，签上了小玫瑰三个字。还在旁边写上了：（祝延）。最后印上了指印。

看上去非常像是卖身契。

舒棠一直躲在楼上发呆，直到她听到了敲门声。

人鱼进来，来到了床边的舒棠面前。舒棠闷闷地问：“你来干吗？”他低下头，将“卖身契”放在了她的手里。

然后舒棠就看见了那份按了手印的霸王条约，她抬起头。

这只怪物并不会什么山盟海誓，也不能对她说什么花言巧语。“他”只是一言不发地俯下身，十分执拗地看着她，眼神坚定而极为有力量，如同沉默的山、冷峻的峭壁。

那一刻，舒棠突然觉得很多的想法，连同迷茫和害怕都消失了。她想：未来会怎么样，谁知道呢？

她顺从自己的心意抱住了眼前的人鱼，宣布：“我们明天吃椰子鸡。”

椰子鸡汤，香喷喷、清甜至极，让老吴帮忙挑的新鲜鸡肉也非常滑嫩。

吃完了椰子鸡的那个下午，最近都是晴天的海岛，有了一场绝美的落日。晚霞遍布了海面，透进石头窗里的余晖都是镀金边的。

舒棠正在看漫画，一抬头就看见了绝美的落日景色，她立马就兴奋了起来，想要上楼呼唤人鱼一起看落日。当舒棠“噔噔”地穿着拖鞋上楼，就看见人鱼在走廊尽头微微蹙眉、扶住额头的样子。神态和上次在酒店露台时一模一样。

舒棠的脚步停住了。要是不知道祝延的身份，舒棠此时会肆无忌惮地钻进他的怀里、蹭他的下巴，吸引对方的注意力，就像是一只无时无刻不要求别人对她全神贯注的猫。

可是当知道了对方是谁后，她停住了。他们两个之间隔着一道楚河汉界，划开了巨大的差距。舒棠知道，人鱼可能又想起了什么。失忆症患者的恢复就是这样，时不时就会想起来一些片段。

她没有打扰人鱼，而是回到了客厅，打开了电视。她蜷成一团窝在了沙发里，盯着电视机上落日的光斑出神。舒棠想，人鱼也许是想起了以前在自由军的日子。

毕竟大首领呢，真风光。她伤心又酸溜溜地想：大概有不少人给他献殷勤呢。

像她这样的治疗师，他的身边，肯定是按照一打一打算的。像她这样的小年轻，至少要熬二十年才能挤进去给大首领当治疗师。舒棠想：说不定还有别的情人，嘘寒问暖。

她不停地按着遥控器的按钮，掩盖自己的心慌。然而，舒棠在空气中，捕捉到了一丝低哑的声音，是嘶哑而痛苦的嘶声。

舒棠按了下遥控器关掉电视机，那种非人的嘶声就更加清晰地传到了她的耳朵里。她“嗖”地站了起来，立马朝着楼上跑去。

黑暗的卧室里，人鱼坐在角落里，靠在了墙上，苍白的面容上全是冷汗。人鱼竖起了尖锐的耳鳍，浑身青筋突起，像是陷入了一场醒不过来的梦境里，发出了痛苦的嘶声。

舒棠匆匆地摸了一下人鱼的体温，发现没有高烧。看着人鱼苍白的唇干涩至极，她想去倒一杯水过来，但是她刚想要离开，人鱼就抓住了她的手。

舒棠一直以为人鱼想起的过去，应该是无比风光的，毕竟好歹是个大首领呢。舒棠听爸爸说南岛基地的那些 alpha 高层的生活是如何的光鲜亮丽，很自然地认为，祝延也是这样的。想想那张照片上的意气风发，那一定是春风得意、青云直上的人生。

可是此刻，这只高大的凶兽明明神态那么像“祝延”，却死死握住了她的手腕，面容苍白，像是溺水的人，抓住了一根浮木，就又像是她的蓝色小玫瑰了。

她停了下来。猫猫叹了一口气。她去亲吻怪物的脸，一边亲，一边叫他“小玫瑰”。她记得一个说法：如果人梦魇住了，可以叫名字把他叫回来。于是她说：“小玫瑰，我在呢，不要怕，我会一直陪着你的。”

那个怪物，也就慢慢地安静了下来。她想：你这个样子，我到底要怎么放得下？

人鱼陷入了一场过去的梦境。

这种失忆症就像是拼接碎片，按照常理来说，最先想起来的部分，一定是时间最近、印象最深的部分。

这段梦境，是距离“他”最近的时间点。在出现眼睛变黑的标志性污染物感染的症状后，祝延以为那是一种解脱，或者一段即将到来的漫长假期。

战士不会畏惧死亡，他很平静地等待着结束的到来。但是死亡没有降临，他并没有和其他被污染物寄生的人一样很快死去。强大的意志力和优秀的基因制造了一个生命的奇迹。一天天，他的身上发生了人类无法想象的变异。

他清醒的时间渐渐地变少。在偶尔醒过来的时间里，他发现自己的头发生长的速度变得快得出奇。枕头经常像是被什么尖锐的利刃扯碎。他伸手去扶桌面，瞬间，坚硬的大理石台面上就出现了裂痕。甚至他的牙齿也变得尖锐无比，强大的咬合力让他不得不放轻力道才能正常进食。他像是一只正在不断蜕变的怪物。

因为暂时没有丧失神志，偶尔遇见紧急情况，祝延也会暂时离开，继续带领军队进入污染区执行任务。他越来越强，也越来越不像是个人，从前那个“人形核武”的美誉变成了现实，却不算是什么好消息。

剩下的大部分时间，祝延都会独自待在自己的住所里。有一次，他的生活助理前来补充物资，然而一转身，就看见了那个怪物。助理发出了尖叫。祝延蹙眉，下意识地想要出声，但是一张嘴，却是嘶哑无比的、怪物的嘶声。

后来，他渐渐地不再离开住所了。他不再露面，而是对着屏幕，参加一个个视频会议。也并不是没有人关心，比方说一些老部下就经常前来拜访，但是在某一次严重的精神力暴动失控后，他发现了自己的不可控，于是开始闭门谢客。

电话仍然响个不停，人们不停地嘘寒问暖，但是嘘寒问暖到最后，都是在试探他的心意，究竟属意的接班人是自由派还是民主派？

很多研究员都认为，这是一种奇迹般的变异。就连精神力研究中心的院士都亲自上门拜访，鞠躬请求大首领将珍贵的数据记录下来。在那位老先生保持着鞠躬的姿势站在门口两个小时后，他打了个电话，同意了。

于是，至少每三天，他就要去测量评估一次自己身体上的变化。像是一种缓慢的凌迟。他的世界渐渐被各种嘈杂的声音淹没了。

“您的变异至少从几年前就开始了，我们正在推测时间，也许是拥有自愈能力开始……”

“这是伟大的进化。”

“这会为我们精神力研究的发展方向提供新的指引。”

尖锐的神经痛让他难以入眠，经常必须服用药剂才能入睡。但是祝延有非常严重的胃病，时常在半夜被胃疼折磨得醒来。

伟大的自愈能力，在那时，似乎还没有代谢掉胃病这个顽固毛病。

在某一个下午，他去翻冰箱想要拿出面包的时候，一抬头，就看见了镜子里的那个怪物。他停下了动作，愣怔地盯着镜子，那非人的鳍也就随着他的呼吸翕张着。

他坐在落日余晖里，像是一座雕像，一口一口面无表情地吃着面包。近乎狼吞虎咽。剧烈的胃痛似乎并没有因为进食而平息下来。但是那只怪物并没有因为剧烈的胃痛而皱眉，冷白的面容上毫无表情，漆黑的眸子仿佛不会转动了一般。

疲惫、自厌。像是落日下，即将消失的一抹残影。

然而，在荒芜的金色阳光里，他好像听见了一个有点熟悉的声音。这里的人都被遣散了，电话线也拔掉了，怎么还会有声音呢？

落日透过落地窗。他不喜欢落日的颜色，因为那像是生命沉寂的余晖。但是，一只和落日一样颜色的橘黄色小猫“嗒嗒嗒”地闯进了混乱颠倒的梦境里，来到了落日余晖中的男人的面前，爬上了他的膝盖。

于是穿越了十年的时间，橘黄色小猫的吻落在了男人的面颊上。

她说：“别害怕，小玫瑰，我在呢，我会一直陪着你。”

大概是因为小猫的存在，这段来自记忆深处的梦境，也就发生了一些变化。

十年前阴暗、冰冷的那个下午消失了。在那座孤独的住所里，有了毛茸茸的小猫的陪伴，他们看了一场生命中非常美丽的夕阳。

舒棠发现人鱼尖锐的鳍慢慢地放松了下来。她艰难地从人鱼的怀里爬了出来，下楼翻出了缓解神经痛的药片，还顺便拿了一瓶镇定剂。

然而，等回到楼上的时候，舒棠一进门发现人鱼的手放在腹部，仰靠在墙边，微微皱眉。喂了药下去后，人鱼也没有松开眉头，反而一直保持着那个姿势，看上去面色苍白，很不舒服的样子。

舒棠觉得这个样子很像是她见过的苏茵犯胃病时的样子。但是人鱼变异后的躯体远比普通人强悍无数倍，怎么会胃痛呢？

舒棠突然想到：如果人鱼想起了过去，那么这个动作，很可能是胃痛时残留下来的肢体记忆。

虽然知道人鱼大概率不是真的胃痛，但舒棠还是下楼找到了一盒副作用比较小的胃药。打开药盒的时候，舒棠想：过去的小玫瑰，和自己想象中的不太一样。

上一次在酒店，祝延就像是一个加班过度到厌世的社畜；这一次又是严重的胃病，很像是他们从前加班到没空吃饭时的状态。

舒棠以前加班的时候也是这样的，晚饭扒拉两口就要赶去上夜班，偶尔还要一边吃早餐一边查房。她有两次胃很难受，去检查了一下。医生叮嘱她要按时吃饭，不然长期下去一定会得胃病。但她是小实习生，祝延作为大首领，身边的医生一定很多，怎么还有这么严重的胃病呢？都没有人提醒他按时吃饭，也没有人管他的胃病吗？

舒棠发现祝延可能和她想象中的光鲜形象不太一样，有点像是一棵没人疼的小白菜。于是她回到了人鱼的身边，钻进了这棵因为变异长到两米的小白菜怀里，叹了一口气。

第二天早上，舒棠醒来的时候，人鱼还没有醒。

舒棠也不太确定人鱼现在的情况，但是想到胃痛不能吃生冷的食物，于是她就蹑手蹑脚地爬了起来，离开禁地，去买早餐了。在超市的包子笼面前，舒棠刚买了一笼肉包子，一转头，就看见了一个熟人。

陈生明显是特意来找舒棠的，证据就是他揣着兜，手里连根油条都没有。

发现陈生是特意来找她聊天的后，舒棠脑子里出现了一系列的电视剧桥段，心想：来了，传说中的棒打鸳鸯。

一般来说，陈生这样的秘书，都是会在第一时间出现，告诉她身份悬殊，劝她打消念头，早日放弃的。但是谁知道，陈生想要和她聊的事情不太一样。

他正色道："如果可以的话，请您一直陪着大首领。"作为察言观色能力一流的秘书，在那天送走舒棠之后，他就意识到了这件事对于舒棠而言冲击性还是很大的。

据陈生查到的资料，舒棠并不是个很有野心的人，而大首领现在的情况非常复杂，如果舒棠不想蹚浑水的话，陈生其实是很能够理解的。但是出人意料的是，舒棠留下来了。

于是，就有了今天的这段对话。

"大首领没有家人，也没有别的亲人，就算有朋友、有下属，这十年里也走得差不多了。

"人走茶凉嘛。"

舒棠愣了一下："他没有亲人吗？"

陈生说："没有，大首领是从孤儿院里出来的。"

舒棠很难形容这一刻的感觉，她安静了一会儿，突然问了一个很奇怪的问题："以前他很忙的时候记不得吃饭，没人提醒他吗？"

陈生被问蒙了，他委婉地道："大首领的事情，我们没法管。"

舒棠有点机械地啃了一口包子，愣愣地出神。

如果祝延从前是大首领的话，他的私事手底下的人是不好管的。就算是医生，面对这样位高权重的病人，也不会多加干涉。这些责任，本来应该交给父母、亲人来承担的。就像是舒棠的爸爸妈妈会一直念叨她按时吃饭。可是祝延是个孤儿，也就意味着，他的身边没人会担当这个角色。

舒棠想了一下。她觉得他好孤独。

陈生还在继续话题，大概是为了劝说舒棠安心留在人鱼的身边，他开始讲过去的一些事情："我们以前还有休假的时候，大首领是没有的。我们当初大部分对污染区的战役，都是大首领亲自指挥的……"

她看了看陈生，其实他能来和她说这么一大段话，还能一直守在这里，应该就是从前对祝延很好很好的人了。

于是，她很朴素地表达了善意——塞给了陈生一个热腾腾的大包子。

舒棠朝着禁地走的时候，想着等下次出来的时候，带点鱼分给陈生和老吴。

大概是因为陈生的那一番话，重新踏入禁地的时候，舒棠突然想起了很多从前忽略的细节。比方说她来01区这么长时间，从未见过有人来探望人鱼；在她来这里之前，这里遍布了灰尘，可见很多年都没有人踏足过。

她下了电梯，穿过了那片废墟，就好像走过了一段渐渐荒芜的人生。

从陈生透露出的只言片语中，舒棠知道，祝延是一个很好的首领，因为她听陈生说，他参加过五百次对污染区的作战。

舒棠想到现在的南岛市，虽然物资匮乏，却是当之无愧的末日里的“安全区”，大部分人都不需要操心生存问题。

舒棠看着这荒芜的禁地，看着那座“巴士底狱”，十年里，那个战场上的大首领，就住在这样的监狱里，一年又一年地度过孤独的岁月。在她来之前，甚至连病历本都是空白的。如果不是陈生还在，也许现在的禁地连这幅光景都没有。

就算对方是个陌生人，她也会因为这种现实的落差感觉到酸楚，更何况对象是她的爱人呢？

在回来的路上，她的心里一直酸酸涩涩的，有种说不出来的难受。等回到家，看见那棵小白菜的时候，她的眼神就变得无比柔软了。她跑过去抱住了人鱼的腰，在他的身上蹭了蹭，才感觉到那种闷闷的难受慢慢地好了一点。

舒棠说：“小玫瑰，就算你给我五千万的钞票，我也不愿意离开你了。”这是舒棠能够说出来的、最严肃的情话了。

刚从那个梦境里苏醒过来的人鱼，有些分不清回忆和现实，一直到被她抱住，好像才从那场梦境里醒过来。然后一低头，就听见了这样的情话。

人鱼看见了舒棠的眼神，是那种有着很多“怜惜”的眼神。但是这只凶兽浑然不觉有损尊严，反而，沐浴在这种充满了怜惜的视线中，人鱼能够很清晰地感觉到被爱的感觉。

于是人鱼也就渐渐地将梦境里的那个祝延给抛在了脑后，低下头，亲吻了她。这个吻也是无比温柔的。

小猫的胆子并不大，如果爱人的人生光鲜亮丽，小猫大概最后也会积蓄起勇气和对方站在一起，只是那需要的时间会更长一点。

可是当她发现，其实人鱼过去活得乱七八糟，甚至有点糟糕、孤独后，小猫就会立马竖起尖锐的爪子，挡在自己的小鱼面前。

舒棠表达爱意和怜惜的方式就是把属于自己的大肉包子全都给人鱼，然后用充满爱意的眼神注视着人鱼，像是一只跟屁虫一样追在人鱼的后面。

但是这种情况没有持续多久，因为人鱼不小心把舒棠养的乌龟冲进了大海里。

舒棠去给乌龟喂食的时候，看见自己辛辛苦苦垒出来的乌龟窝里空无一龟。

舒棠找到了犯罪嫌疑鱼：“我的龟龟呢！龟龟！我的龟！”

人鱼告诉她：龟龟向往大海，已经回到了海里。

舒棠那种怜惜的眼神不见了，因为舒棠回忆起她好几次看见人鱼在乌龟窝前面目露凶光。泼出去的龟就是收不回来的水，舒棠决定再养一只宠物。

舒棠问人鱼：“你说我是养一只水母还是再养一只乌龟好呢？”

人鱼非常讨厌乌龟，也不喜欢水母，而且水母非常容易死，到时候舒棠一定会认为是“他”干的。

闻言，人鱼叫了她“棠”，表示他会带新的宠物回来给她的。

当时，舒棠还以为人鱼会抓一只小水母回来，还期待了一整个晚上。

第二天早上，人鱼带回了一条虎鲸。

坐在礁石上等待水母的舒棠十分无语。

舒棠想象中的宠物：很小只、很温顺。

人鱼想象中的宠物：咬合力要大、要聪明，还要凶猛。

舒棠觉得自己需要冷静一下。

大概是舒棠当时的表情让人鱼产生了误解，人鱼以为她看不上那头虎鲸，于是下午带来了一群虎鲸让她挑选，胖的、瘦的、大的、小的应有尽有。大概是想起了那条舒棠很喜欢的抹香鲸，人鱼转头又把那条抹香鲸给带来了。在诸多的鲸鱼中，人鱼询问她：到底想要养哪一只？

舒棠左看看右看看，觉得这辈子都没见过这么大的场面。但是舒棠怀疑自己不选的话，人鱼明天可能会带回一条大白鲨。于是她犹犹豫豫：“就那条抹香鲸吧。”

这样，舒棠拥有了一条抹香鲸作为宠物。

舒棠给抹香鲸取名“珍珍”，人鱼对这个名字很困惑，因为不明白为什么要取这个名字。舒棠说：“蟹老板的女儿就是一条抹香鲸，她就叫珍珍。”

人鱼没看过《海绵宝宝》，自然无法接上这个脑回路。不过，还是指出了一个显而易见的谬误：这条抹香鲸是雄性。

但是舒棠认为一切抹香鲸都可以叫作珍珍。

舒棠有点发愁，因为这只宠物超过了她的预算。她本来只想花五十块钱养一只海龟，现在她被迫养了一只鲸。她掏出了自己的通信器查看银行卡余额，心想：这么大块头，光是喂吃的，就会把自己喂穷吧？

谁知道人鱼听她说了种种顾虑后，安静了片刻，非常不理解舒棠养宠物的思路——养宠物竟然还要花钱，还要为宠物准备食物？

人鱼眼里的养宠物：挑选一只深海里的猛鱼，只要它能从其他海洋动物的厮杀中脱颖而出，人鱼就会允许它进入自己的海域捕食。要是还要他去喂养，人鱼可能会把那条鱼一尾巴甩飞。

于是，很快，舒棠就知道养一条鲸鱼是多么省心的事情了。

每天早上，鲸鸣变成了准点的闹钟，舒棠一推开窗户，就看见珍珍在海面喷水，很像是一个海上的定时喷泉；舒棠在礁石上的时候，只要对着大海喊珍珍，不一会儿海面上就会神奇地出现一条抹香鲸。她至今都不明白，珍珍是怎么听明白自己的名字的。

喂食问题也很好解决：每天下午，珍珍都会叼着一条深海里的鱼过来。不仅全自动化喂养，还可以给主人捕猎。

舒棠陷入沉思：因为她发现，珍珍的行为，很像是来上供的。

舒棠看了看人鱼，后知后觉地意识到，这附近的水域好像都没有什么大型生物，她也就见过珍珍一只，其他鲨鱼之类的根本看不见鱼影。并不是这里没有其他的鱼，更大可能是：这一片海域都是人鱼的“领地”。

舒棠转头看了一眼眯着眼睛晒太阳的人鱼。果然大佬就是大佬，就算是失去了记忆，成为一条人鱼，也能在海里混到食物链的顶端。

对于新的宠物，舒棠很满意。

人鱼也很满意：因为珍珍的体型特别大，舒棠再也不会想着在家里给别的生物弄一个小家了；而且珍珍还可以自己捕食，舒棠就不用天天拿着肉一边叫“龟龟”一边喂那只乌龟了。“乌龟危机”也就顺利地化解了。

舒棠知道人鱼在慢慢地想起过去的事情，人鱼也知道她知道。

两个人心照不宣，他们谁都没有提起这件事，而是和以前一样地生活着。

舒棠不再因为没有发生的未来患得患失，也开始坦诚地表达自己的爱意。而且她感觉到，因为知道了一些祝延过去的事情，她对人鱼产生了一种很奇怪的保护欲。她感觉自己的胆子可能被慢慢养大了，就算以后面对风浪似乎也不再畏惧。

但并不是她在极短的时间里快速成长了，而是因为她每时每刻都能够感觉到自己是被爱着的。

沐浴着爱意，让人心情愉快，睡眠质量提升，就连脾气都变好了。

恰巧，人鱼也有这种感觉。

时间一晃就到了六月的最后一天。

在六月中旬的时候，陈生接到了来自老院士的一通电话，匆匆去了一趟燕市，然后带回来了一个很好的消息。

一次机缘巧合，研究员们从污染物的巢穴中找到了一种半透明的晶体。在经过了数年的研究后，研究员们惊讶地发现，从晶体中提取的新物质对于精神力暴动有着极佳的疗效。在这一发现的基础上，研究院开发出了一种全新的精神力暴动治疗法，并且在今年的五月份，秘密临床实验成功。这是一种跨时代的进步。

本来，联邦内部钩心斗角，不少人不愿意祝延醒过来，将消息瞒得死死的，一直到六月初都没有传到南岛市来。但是，那位老院士曾经欠了大首领一个很大的人情，于是，非常自然地，老院士顶住了各方的压力，给陈生打了个电话。

按照现在研究院的成果，如果元勋回到燕市，进入研究院接受治疗，精神力暴动能够在不久后痊愈；精神力暴动带来的副作用，比方说失忆症、神经痛都会得到有效的缓解。

陈生非常激动，但是这个天大的好消息暂时还不能外传。陈生认为元勋现在已经有了清醒的神志，还恢复了一部分的记忆，作为前任秘书，他应该先将这件事告诉元勋。

于是，在六月的最后一天，人鱼去海上捕猎的时候，遇见了几艘在领地外徘徊的大型探测船。人鱼停了下来，在海面上看着从船舱下来的陈生。

陈生神色激动，语速非常快地将事情的始末说了一遍：“……大首领，只要您回到燕市，我们一定会全力推动这一次的治疗，您完全不用担心。”

要知道，十年前元勋不得不隐退，一部分是因为污染物产生的变异，另外一部分则是因为诱发的严重精神力暴动。这种疾病会让他慢慢地失去记忆、丧失神志，甚至不得不将自己囚禁起来。

而现在，对精神力暴动有了全新的疗法，只要元勋去燕市接受治疗，恢复正常之后，他就可以和人们正常地沟通，拥有过去的记忆，还有强大的精神体。不管是重回自由军，还是做别的打算，都是轻而易举的事情。这一天，他们足足等待了十年。

但是陈生激动地说完后，却发现海面上的人鱼非常平静。“他”长发上的水在往下滴，眼神没有发生任何变化。

陈生愣住了。

没有兴奋、没有激动，甚至没有一点意外。

好半晌，陈生才将手里的保温盒递了过去，“大首领，这是您从前最喜欢喝的南瓜羹，您要不要带回去尝尝看？也许您可以考虑一下，这个机会千载难逢，您就不想要回来吗？”甚至，保温盒还很贴心地套上了防水袋。

在那些破碎的记忆里，祝延好几次让自己的秘书去买南瓜羹，但不是因为喜欢，而是因为有人建议，犯胃病的时候可以吃南瓜羹中和一下胃酸。

人鱼转过头，鱼尾一甩就消失在了大海里，朝着禁地的方向游去。

船上，有人高呼着“大首领”，想要开船进入人鱼的领地，刚追上去，那只凶兽就转头看了一眼。那一眼，让陈生悚然一惊。那是全然陌生、全然兽性的眼神，饱含警告和威胁。

如果带领他们来的不是陈生，也许在踏入人鱼领地的那一刻，船就会被撕得粉碎。

于是陈生立马喊住了他们：“别追了！”

天色再次阴沉了下来，海浪拍打在了船体上。

他们从未想过一件事，也许现在的人鱼，根本就没想回去当祝延。

人鱼回来的时候，舒棠正在“巴士底狱”里面种菜。她网购了一批种子，打算在废弃的大楼里种点小番茄什么的。

禁地的占地面积真的很大，而且联邦的蔬菜水果少得可怜，南岛市的超市里每次都只上一点点，还都不是新鲜的。

舒棠觉得人鱼关在禁地里那么多年，应该很多年没有尝过这些时令蔬菜了。于是，舒棠就准备在这只凶兽的巢穴里，种几颗小番茄。

她还想过养几只鸡，搞个番茄炒鸡蛋。但是人鱼非常讨厌“咯咯咯”的叫声，明确地表示：如果舒棠养小鸡，“他”就会把小鸡全部喂给珍珍。

舒棠一时间分不清到底是鸡惨，还是珍珍比较惨，只能悻悻地放弃了。

如今这座荒芜的禁地已经非常富有生活气息了，沙滩上晒着舒棠的抱枕，蓝色玫瑰花架下面摆着舒棠的摇椅，还有煲汤的锅。

不远处，地上出现了一个个的坑。人鱼检查了一下坑的数量，发现舒棠一整个早上一共挖了三个。虽然如今这只凶兽的巢穴变成了一个彻彻底底的猫窝，但是人鱼还是很喜欢这里。“他”不想离开，也不想改变现状。

人鱼盯着挖了一会儿坑就开始躺着睡觉的舒棠，看了一会儿后，直接把辛苦劳作的舒棠给提溜走了。

舒棠没有注意到人鱼今天的异常，还以为人鱼想要带她出去捕猎，只是象征性地挣扎了一下就像是一只塑料袋一样挂在了人鱼的手中，直到舒棠看见了海面上停着一艘全新的搜救艇。

舒棠看见船身上偌大一个“南岛基地”的字样，第一反应是：可真是太“刑”了。

搜救艇是人鱼从陈生那里打劫过来的。说是打劫也不对，因为他带走的时候，那个小兵还主动把钢索给解开了，应该算是陈生赠送的。

舒棠问人鱼这船的来历，面对她，怪物身上那种阴郁的气息消失了，他告诉舒棠这是人家送的。

舒棠不信，心想：怎么，买鸡蛋送邮轮？

舒棠觉得自己的心理素质越来越好了，至少转头一看“巴士底狱”这座监狱，她就觉得好像这也没有什么大不了的。

舒棠以为人鱼要带她出去玩，就直接进“巴士底狱”收拾东西去了。

舒棠根据上次的经验，带了足够的淡水、药品，还有一大堆的零食。想起来他们还有一只宠物，于是她在楼上问：“小玫瑰，我们俩出去，带不带珍珍啊？”没一会儿，舒棠下楼的时候就看见了珍珍在远处换气。

舒棠觉得这很像是一家人去春游，爸爸、妈妈，还有一条狗。虽然珍珍是抹香鲸不是狗，但是差不多聪明，四舍五入就是了。

这一次出海，人鱼并没有亲自拖着搜救艇朝大海深处游去，而是换了珍珍干苦力活。

舒棠看着不负责任的人鱼，说：“你怎么能够让珍珍来拖，它才那么点大。”

珍珍似乎听懂了，很是高兴，毕竟珍珍不敢反抗那条凶残的人鱼。它高兴地喷出一蓬水，制造了一场小型降雨，正中舒棠的脑袋顶。

明明人鱼也被淋湿了，却还是立马发出了好听的笑声，懒洋洋地甩了甩鱼尾上的水，看着她的样子不停发笑。

舒棠担心珍珍又喷她水，跑进挡板下面，拿着毛巾擦头发，像是一只奓毛的猫。她凑到人鱼旁边：“小玫瑰，你和珍珍打个商量，下次喷水的时候离我远一点行不行？”

人鱼装作没有听见，懒洋洋地甩着鱼尾。

舒棠觉得人鱼这个表情很像在说：求我。

自从舒棠知道了人鱼的身份后，表现出了一些患得患失，人鱼的阴郁和不安都慢慢地消失了，现在脾气也变好了，整条鱼都有种朝着猫科发展的趋向。

不知道为什么，舒棠很喜欢人鱼这样。于是，她凑过去亲了人鱼一口——人鱼果然很吃这一套。

舒棠也不知道人鱼是怎么沟通（修理）的，在人鱼去了海里一趟后，珍珍再喷水时就会“嗖”地跑得老远。

舒棠回头看人鱼懒洋洋地晒太阳的样子，突然觉得，好像她给他一个吻，这个深海里的霸主，就什么昏庸的事情都可以做得出来。

她觉得这样的趋势很不好。至少，她觉得自己非常容易恃宠生娇。但是她还是顺从自己的心意，凑过去，啾啾啾地亲了人鱼好几下。

人鱼一边甩着鱼尾享受着，一边托着她的腰，将毛巾扯了过来，很自然地开始帮她擦头发。就像是每一对熟悉彼此的伴侣一样。

舒棠躺在他的身边晒了一会儿太阳，又转头看向那条鱼。她感觉人鱼有事瞒着她。

舒棠一路上都在思考人鱼到底瞒着她什么了。试问一下，有一天男朋友让你收拾家当，即刻带着你逃往一座海岛，你完全可以在他抢了银行和放火之间任选一个。

虽然海上的风景很美丽，但是舒棠有点无心欣赏。她在脑袋上套了一个挖了两个洞的黑色塑料袋，凑过去问人鱼："小玫瑰，你是不是抢银行去了？"

人鱼回头，和套着塑料袋的舒棠对视。

舒棠想想那艘船。还有一种可能就是，人鱼和南岛基地的舰队在海上发生了冲突，虽然对方可能全副武装、人多势众，舒棠看了看身边的人鱼，觉得他应该是占据了上风，但是连夜出逃，应该是惹上了大麻烦。

祝延从前虽然位高权重，但是现在都已经退休了。

舒棠去问人鱼，人鱼就沉默以对，像是默认了这个猜测。舒棠很是紧张，开始回去清点食物和淡水。结果舒棠紧张了半天，一出船舱，发现人鱼已经慢悠悠地钓上了鱼。

鱼竿还是她的。

舒棠心想：他不是会去海里抓吗？为什么多此一举啊？

她凑过去指手画脚："你的竿子角度不对啊，那个鱼饵你用上了吗？"她指点一番，人鱼懒洋洋地甩着钩，时不时古怪地看她一眼。

舒棠看了一会儿人鱼钓鱼奇景后，突然反应了过来。等等，如果真的有事，人鱼怎么会在这里钓鱼，肯定早就带着她"嗖嗖"游出去好远了。

这条鱼变得狡猾了，他竟然逗她玩。舒棠转头，不可置信。

人鱼懒洋洋地看了她一眼，还伸手揉了揉她的头发，仿佛在揉一只智商不太高的小猫，还怜爱地拍拍她的脑瓜。

舒棠：他什么眼神！

舒棠扑过去抢他的鱼竿，被人鱼抓住压在了栏杆上。人鱼在她的脖颈间笑得发抖。

舒棠暴怒推鱼，发现推不开后，愤愤地躺平了，像是一只咸鱼一样从人鱼的怀里往下滑，瘫开了四肢。

人鱼伸手去戳她，舒棠不肯动弹。舒棠打定主意不理人鱼，躺得很平。

直到人鱼朝珍珍发出了一声嘶声——在珍珍喷水前，她"嗖"地爬起来躲进了船舱里。

舒棠："小玫瑰，你太卑鄙了！"外面人鱼的笑声非常好听，舒棠愤怒地探头，结果发现人鱼笑起来还怪好看的，尤其是在阳光下，很像那张照片上意气风发的样子。

她还怪喜欢的。

舒棠发现自己此时的想法后，呆了一会儿，心想：完了，自己真的栽得很彻底了。

人鱼的钓鱼技术非常差，一整个下午一条鱼都没有钓到。

舒棠在一边发出了无情的嘲笑。人鱼转头把鱼竿塞她手里，表示你行你上。

舒棠终于发现了人鱼不擅长的事情，她掏出了鱼竿继续钓鱼，准备在人鱼面前露一手，毕竟她可是从小就跟着爸爸苦练钓鱼技术。但是舒棠钓了很久，什么都没有钓上来。

舒棠有点着急，因为人鱼刚刚出去了没有回来，如果她在对方回来前钓不上鱼，吹出去的牛就收不回来了。

舒棠一开始以为是自己很多年没有钓鱼，技术退步了。直到舒棠跑到船边一看——她的鱼竿边有一条人鱼。

每一次鱼竿附近有鱼靠近，人鱼就会一甩鱼尾，把周围的鱼全都赶走。

舒棠匪夷所思，大喊："小玫瑰，你太卑鄙了！"

人鱼懒洋洋地看了她一眼，"嗖"地消失在了这片海域里。

舒棠认为没有人鱼捣乱，自己一定可以钓上鱼来。果然，不一会儿，鱼竿一沉，舒棠心中一喜，一看这沉手的重量，舒棠觉得一定是条很大的鱼。

她急忙收线，然后，钓上来了一条人鱼。

人鱼慢悠悠地上岸，甩了甩鱼尾上的水，问她满不满意这条鱼？

舒棠十分无语。

船在一座海岛边停了下来。

海岛的位置比供电站还要远一些，四面环海，非常漂亮。最重要的是，舒棠一上岛就看见了不远处的香蕉树，还有遍地的椰子。

在安全区待久了，她感觉自己可能退化成了一只猴，疯狂想吃香蕉。她跟着人鱼一路走一路摘，摘到拿不动了，她就走过去，来到了人鱼的旁边，把他的手往自己的衣领上一放。

人鱼低头和她对视。

于是，人鱼号代步机启动，舒棠顺利地抱着香蕉来到了他们暂时的居所。

小岛上有座断崖，并不高，走到断崖下面就是一个岩洞，里面干燥通风，非常适宜度假。

舒棠把临时帐篷搭好后，直接用人鱼的鱼尾开了一个椰子。她往椰子壳里面捣了两根香蕉，就是一杯香蕉椰子奶昔，往上面插上一只勺子，再支棱起一把遮阳伞。舒棠觉得自己人生得到了升华。

小岛并不大，浅色的沙滩被碧海蓝天环绕笼罩。

舒棠最喜欢的旅游方式，不是爬山也不是到处打卡，而是找个山清水秀的地方躺下吹风。她躺在岩洞里感叹："这才是生活啊！"

人鱼甩了甩鱼尾，表示赞同。

然后两个人都不动弹了，懒洋洋地躺在一起，在这里看了一场很美的夕阳。

但是躺着躺着，舒棠觉得他们很像是一对退休的老夫妻。而且也不知道是不是近朱者赤近墨者黑，人鱼现在好像也变得懒惰了。不过懒惰也有懒惰的好处，毕竟从前人鱼一天到晚一副阴郁至极的样子，但是现在，多开朗、多活泼——显然，全世界只有舒棠会认为人鱼"开朗"。

舒棠扭头和人鱼分享了这个发现。人鱼无情地指出：缺乏活力、十分懒惰的人只有舒棠。

人鱼认为自己现在仍然很有活力，至少可以徒手拖一群虎鲸来给舒棠当宠物。

舒棠非常生气，趁着人鱼转头甩鱼尾的时候，凑过去咬了人鱼的脸一口。

人鱼诡异地安静了一会儿，顶着脸上的牙印转过头，然后把想要逃跑的舒棠拖了过来。

舒棠现在已经很有经验了，她就躺着不动，任由人鱼咬回来。在这件事上，舒棠拥有绝对的优势，因为人鱼控制不好力道，从来不敢咬重了。

舒棠幸灾乐祸："你咬啊，哎呀，你一口下去，你的毕生挚爱就没命啦！"

人鱼发出了一声冷笑，开始脱舒棠的衣服。

舒棠大惊失色——光天化日之下，怎么可以做出这种事！

她在人鱼的手中挣扎得厉害，人鱼就露出那种阴冷的表情，发出一声冷笑。

但是舒棠立马想到这里没有人，她就松开了捂住衣服的手，躺平了。

人鱼询问她为什么不继续挣扎了。舒棠反问：“看我挣扎，你是不是很有乐趣？”

人鱼若有所思：好像真的是这样的。

舒棠十分生气，决定当一条咸鱼，让人鱼毫无趣味。结果她发现人鱼很不挑，虽然她不挣扎了，但是他似乎对她身上的每一个部位都很有兴趣，甚至捏到舒棠柔软的肚子后，人鱼还停顿了一下。

人鱼的腹部是结实的肌肉，不热爱运动的舒棠的腹部却是软软的，手感非常好。人鱼饶有兴致地戳来戳去。舒棠感觉自己变成了一只捏捏乐，眼睛开始喷火。

但是当人鱼开始往上后，气氛就变了。直接从打打闹闹变成了需要拉灯的片场。夕阳也十分应景，暖色的黄昏下，冷热的不同触感变得十分旖旎。

一直到那只漂亮的大手开始从她的腰部往下后，舒棠终于清醒了过来，她立马大喊：“珍珍，珍珍还在看着！”

人鱼被她喊得一愣。于是舒棠捂住了衣服就往帐篷的方向嗖嗖地爬了进去。

爬进去后，舒棠心有余悸了一会儿。转念一想：不对啊，自己才是alpha，应该是自己邪魅狷狂，躲起来的应该是外面那条鱼。

她在帐篷里越想越气。制定了一系列的偷袭战略后，她从帐篷里探头，结果发现人鱼已经开始煮晚饭了，是鱼汤和香喷喷的大闸蟹。而且，舒棠发现，正在熬汤的人鱼，漂亮的侧脸在光线中柔和了那种冷锐和坚毅，在夕阳下，竟然很有一种“贤妻”的气质。

整个海岛充满了晚饭和居家的气息，那种旖旎的氛围也消失了。

舒棠内心还在挣扎之时，人鱼已经转过头，递过来一条去了壳的螃蟹腿。肉质晶莹剔透，在冷白修长的大手中看上去让人很有食欲。好吃得舒棠立马就原谅了他。

在海岛度假的第二天。

上午，舒棠在浅水区摸鱼。

这时候，天上传来了“嗡嗡”的轰鸣声。舒棠抬头一看，是一架直升机，“嗖嗖”往下面砸纸团。但是很快，人鱼抬眸看了一眼，那架飞机也就嗖地飞走了，速度非常之快，那些纸团就全都丢进了大海里。

舒棠说：“谁啊？这么没素质。”跑这么远竟然就是为了往海里丢垃圾。

舒棠以为这是联邦人素质下滑的又一表现，并没有深究下去。

人鱼眯眼看着上空消失的直升飞机，眼神非常不善。

舒棠并没有将这件事放在心上。她能够隐约感觉到人鱼有事瞒着她，但是她尝试着问了两回，第一次人鱼喂她螃蟹腿，第二次人鱼直接带她去海里潜水玩，还带她看了一种很漂亮的水母。

舒棠虽然一直有所怀疑，但是老是被打岔，也就没时间深思这件事。至于自己的通信器没有信号，舒棠只当是这里离基站比较远的缘故。

然而，空投失败后，对面的人仍然没有放弃联系舒棠。

于是，这天夜里，舒棠在海边喝香蕉奶昔的时候，捡到了一只漂流瓶。舒棠心想，这都什么年代了，怎么还有人搞这么古老的东西？结果她打开一看，发现瓶子里是一封信。

落款是老吴。

舒棠看着那只漂流瓶，心想：他们怎么不搞一个鱼腹藏书，打开后上面写个陈胜王呢？

信件非常简单，里面附带了一篇没有公开发表的论文。

舒棠毕竟是一位治疗师，她浏览了一遍后，几乎一下子就明白了这篇研究成果的含义。

舒棠几乎是立刻就穿上了自己的拖鞋，朝着海岛另一边的人鱼跑去。

舒棠其实一直有点担心人鱼的精神体，越来越强大并不一定是一件好事，因为很可能下一次人鱼精神力暴动造成的危险也会更大。虽然人鱼现在按时吃药，精神力的状态已经慢慢稳定了下来，可是这东西就像是一个定时炸弹，如果有那么一天再次复发，谁也说不准会是怎样的光景。

可是朝着海岛另一边走时，舒棠突然想到，如果可以光明正大联系她的话，陈生他们怎么会用这么迂回的方式？再联系一下人鱼突然将她带到海岛上。

答案只有一个：人鱼并不愿意回去治病。

就像是舒棠能够感觉到人鱼有事隐瞒她，这种默契，让人鱼几乎可以预判到她的反应，所以人鱼果断将舒棠带到了这个与世隔绝的海岛上。

舒棠的脚步停了下来。

不远处，海浪中，礁石上的人鱼也远远地看见了她，但是并没有上前，因为人鱼也看见了舒棠手里的东西。在黑暗里，怪物的鳍翕张，盯着舒棠手里的东西，低沉地叫了一声“棠”。人鱼是在让舒棠丢掉手里的东西。

换一个人面对现在的情况——这座陌生的海岛与世隔绝，她手里的通信器还被切断了信号，对面是一只强大的怪物——一定会认为这只喜怒无常的怪物想要伤害她。

可是舒棠了解这只怪物，那是她的爱人，于是她很自然地把漂流瓶丢进了大海里，然后朝着礁石边的怪物走过去，很自然地环住了人鱼的腰。

这只凶兽也就慢慢地放松了下来，还亲昵地蹭了蹭她的肩膀。

他们两个安静地拥抱了一会儿。舒棠觉得人鱼这样很像是一只黏人的大猫，对着你哈气后，立马来蹭蹭讨好你。但是她犹豫了一下，还是决定和人鱼开诚布公地谈一谈。

然而，舒棠一开口，人鱼就用有点凶狠的眼神盯着她，双唇紧抿，看上去非常不合作。要是别人早就被吓死了，但舒棠有和人鱼吵架的丰富经验。就在矛盾一触即发之际，人鱼突然低下头，抬起了她的下巴，非常凶地吻了上去。

舒棠：他们两个刚刚不是还在对峙和酝酿吵架的气氛吗？

人鱼的吻非常凶狠，像是冰水里灼烧的烈酒，和这只凶兽的气质一样，充满了兽性，却又饱含偏执的爱意。

一直到舒棠被亲得晕头转向、大脑供血不足后，人鱼才松开了她。

等到平复了呼吸，舒棠又想要提漂流瓶的事情。

但是人鱼已经顺着她的脖颈，一路吻了下去。

舒棠：不是，我们两个不是要谈一件生死攸关的大事吗？

他们在海风中肌肤相贴。冰冷的吻一路往下，在夏天有种说不出来的冰凉。

人鱼直接将舒棠抱起来，放在了礁石上。于是，她又变成了一颗被低温融化的糖果。

她觉得气氛越来越不妙，有种往某个方向发展的趋势。

但是不对啊，他们一开始是准备吵架来着。

舒棠试图把这个话题拉回来。她露出了此生最严肃的表情：“小玫瑰，我刚刚知道……”

结果人鱼抬起眸子看了她片刻。就在舒棠以为人鱼终于感觉到不合适，决定要和她开启一场严肃的会谈时，对方非常果断地低下头，冰冷的吻就落在了她的腰侧。

人鱼还顺手捂住了舒棠的嘴。

舒棠感觉自己好像遭到了传说中的，美鱼计。

第十三章 //
鱼爱上了陆地上的猫

这段时光是人鱼，乃至于是祝延最快乐、最幸福的时光。怪物不愿意改变现状，因为这样的现状，对于怪物荒芜的生命而言，太过珍贵，每一分每一秒都像是在做梦一样幸福。

然而怪物不愿意改变，唯一能够做的，就是来到这个无人的小岛上，隔绝消息，不让舒棠知道。这种行为不得不说是一种掩耳盗铃。

冰冷的吻就像是雨点一样落在了她的身上。

舒棠一开始还想找机会说话，但是渐渐地，她看见了人鱼的眼神。人鱼的眼睛在微弱的光照之下，纯黑色的雾气比从前淡化了一点，透出了一些蓝色的底色。然而那双漂亮的眼睛里有着细微的血丝，这让这只怪物看上去有些偏执，但是更加像是一片易碎的琉璃。

她于是把话咽了回去。其实知道这个消息后，欣喜之余，舒棠也不是没有迷茫的。她知道总有一天人鱼会恢复记忆，会好起来，不再像现在这样，只是没想到这个机会来得比想象中还要快。

她不知道为什么，在此时此刻突然有一种想要亲吻人鱼的冲动。于是，她也就顺从了自己的心意，并没有继续谈下去，而是凑过去，亲了亲人鱼的眼皮，用温柔的回吻安抚这只凶兽。

他们拥吻着，如同月光下的两尾鱼。许久之后，在交缠着的呼吸声中，他们停了下来。野兽的呼吸沉重而冰冷，喉结上下滚动着，眼神仿佛要将她拆吃入腹。

然而，这只怪物几乎只能听从本能驱使，除了亲吻，暂时什么都不会做。怪物只能发出低低的、来自喉咙间的嘶哑声音，向她表达自己的索取和渴望。

不知道为什么，当看见人鱼这个样子的时候，舒棠有点心软。她想了想，额头抵着人鱼的，凑过去在人鱼的耳边，悄悄地告诉他要这样那样。

人鱼垂下了眸子，学得很快。但是在学习过程中，人鱼却觉得越来越难受了。

人鱼停顿了片刻，蹙眉，呼吸声越发低沉。他有些难受，却不知道如何宣泄。可是坏心眼的小猫却临场退缩了，因为她感觉到再这样下去，场面就会濒临失控了。于是，小猫只告诉了人鱼一半的步骤，就不愿意教了。

人鱼不知道要如何继续，于是朝着她嘶了嘶，低哑地询问自己为什么这么难受。

舒棠却告诉他，忍一忍就好了，这是很正常的事情，学习的过程中总是要吃点苦的。

她很心虚地抬头吻了吻人鱼的喉结。人鱼漂亮的喉结滚动了一下，拧着眉，狐疑地盯着她，发出了有些难耐的呼吸声。

当舒棠良心发现，想要帮帮他的时候，人鱼垂下了眸子，盯住了她，然后慢吞吞地将小猫放在了自己的鱼尾上面。“他”往后一仰，懒洋洋地眯着眼睛。

关于最后一道题的解法，小猫不教，也可以另辟蹊径。他们只隔着薄薄的一层布料。冰冷而坚硬，柔软而温暖，截然不同、完全相反的两个极端。

人鱼想到了一个词语，叫作滑滑梯。

空无一人的海岛上，呼吸声和其他的声音都被感官空前地放大。

月色如此皎洁，如同银霜洒在了沙滩上。潮汐一浪一浪地打过来，沙砾也被海浪打磨得光滑圆润。

舒棠每一次认为自己掌握了全部优势的时候，认为自己让柔弱小鱼喵喵叫的时候，都会乐极生悲。低哑笑声响在舒棠的耳侧，她觉得耳朵麻酥酥的，还很痒。

这一夜，就像是泡在了温暖的海水里一样暖洋洋的，舒棠有点四肢发软，脑子也有点发飘。也不知道怎么的，就迷迷糊糊地趴在人鱼的肩膀上睡了过去。等到舒棠一觉醒过来，发现自己已经在帐篷里了。

舒棠看着熹微的阳光，开始后悔自己昨天夜里被美色诱惑，一时冲动。但是她突然回想到了一点：昨天夜里，她非常想咬人鱼的脖子，好几次她都迷迷糊糊地发现自己张开了嘴，露出了牙齿，想要去咬人鱼。

当时舒棠没觉得有什么，但是现在越想越清醒。她张嘴摸了摸自己的牙，生怕自己也发生了变异，多了一个吃人的癖好。但是她焦虑了一会儿，突然想起了一个词语，叫作标记。原来她那个时候只是想要标记人鱼，不是兽性大发想要吃人。

舒棠松了一口气，开始在帐篷里活动酸软的四肢。

岛上传来一两声海鸟的叫声，空气清新至极。这样好的天气非常适合吃吃喝喝、散散步，但是舒棠却再次想起了昨天被打岔的事情。

她看见了正在帐篷外面生火的人鱼。舒棠捏了捏地上的一棵草，还是开口了："小玫瑰，我们去燕市吧。"

外面的人鱼安静了片刻。那只凶兽坐在火堆边许久，影子被拉得很长。人鱼转过头，朝着她嘶了嘶：留下来，就这样在这片海岛上一起生活，不好吗？

舒棠抱着膝盖看着他，摇了摇头："小玫瑰，如果你不去接受治疗，某一天要是再像上次那样精神力暴动，我们要怎么办呢？"

"我不想你出事。"她绞尽脑汁，想要说其他的好处和理由，但是说来说去，突然觉得自己这时候的行为很像是在说"我都是为了你好"。

他们沉默了一会儿。

人鱼看了她一眼，舒棠以为人鱼会和她吵架，但是并没有。

人鱼选择消失在了大海里。于是整座岛屿，就只剩下她一个人。

但是舒棠一点也不觉得害怕，还觉得挺时髦的。好一会儿，她对着海面喊："小玫瑰，我饿了！"于是，海面上飞出了一些小银鱼。

舒棠说："小玫瑰，我好渴。"海面上就漂过来一只椰子壳奶昔。

舒棠开始觉得无聊了，于是，珍珍就出现在不远处喷彩虹给她看。

舒棠看腻了鲸鱼表演，不一会儿，海面上漂过来了一个大椰子壳，里面是舒棠的游戏机和平板，还贴心地把充电宝也捎上了，还套了防水袋，就连墨镜都给她捎上了。

人鱼用行动告诉舒棠：干什么都行，就是别想回去。

他不肯露面，就在海底待着。之所以这样，仅仅是因为看见小猫，他会不受控制地动摇。

但是人鱼不愿意出现，舒棠却有的是办法。

舒棠：“祝延，你不上来，我就会做一件让你后悔终生的事情。”海底的礁石边，人鱼以为她要离开他，立马凶狠地抬头。

舒棠站在礁石上做出跳海状：“祝延，你的心肝宝贝就在我的手上，你再不上岸，我就把她淹死，让你后悔一辈子。”

人鱼有些无语。

舒棠原地扑腾了一会儿，发现人鱼很无情地抛弃了他的心肝宝贝，于是绑匪猫讪讪地回到了岸上。

她在海岸边百无聊赖，于是找人鱼聊天。

猫：“祝延，你知道海水为什么是蓝色的吗？

“因为海里有鱼吐泡泡，blueblueblue——”

海底的人鱼更无语了。

猫：“祝延，你知道小猫是怎么叫的吗？”

海面上冒出了一个泡泡。

人鱼心想：除了喵喵，不就是咪咪吗？

猫清了清嗓子，开始：“我要鱼我要鱼我要鱼我要鱼……”

通透的阳光在水底像是一只只的透明蝴蝶，喜悦像是一个个小泡泡飞出了海面。怪物尖锐的内心开始软化，可是他抬起头看了看蔚蓝的海面，却并没有选择浮上去。

现在的人鱼并不是十年前的祝延，就算他想起了一部分记忆，可是人鱼的思维方式仍然和正常人不一样。怪物不愿意回去做祝延，更加不愿意改变现状。就像是一个固执的、被时代淘汰的守旧者。旁观者觉得他固执得可笑，可是他自己清楚，那是因为这是他仅有的东西了。就像是一个富有的人，可以豪掷千金，但是怪物的口袋里，只有少得可怜的三枚硬币。他能够做出的最大努力就是将舒棠带到这里，尽力留住这段时光。

舒棠还在岸上试图说服人鱼：“小玫瑰，你还记得我前段时间准备读研究生吗？燕市的燕大就很好。

“我还是你的治疗师，于情于理都要和你一起去燕市配合治疗的。

“以后你的病治好了，就再也不会头疼了。

“等到你恢复记忆了，我们两个就去登记结婚。现在你这样，我们两个领证都不能生效。”最后一句话，舒棠越说就越心虚。

但是她还是努力地想着说辞：“小玫瑰，以后你要是想要回南岛市，我们就一起回来嘛，治病最多花个半年的时间，就当出去玩一次。”

舒棠说着说着，自己也有点慌：如果他们去了燕市，真的还有回来的一天吗？

人鱼在海底抬起了头，看着岸边小骗子的影子。他知道她在骗人，就连语气都不够坚定。

人鱼清晰地感觉到了她的动摇。于是，人鱼再次出现了。

人鱼从海面上冒了出来，朝着她嘶了嘶：就这样保持现状，不好吗？

他们可以一直待在禁地里。只要人鱼不愿意，谁也不能进来；人鱼在一天天地变得强大，带着她无论去哪里都不会被人干涉。

在人鱼的眼神之下，舒棠神奇地明白了他的意思，也不受控制地动摇了。如果小玫瑰当一辈子的小玫瑰，那自然是很好的，他们可以天天在一起生活、接吻，白头到老。

可是舒棠想起了那一匣子的勋章。她可以很自私地将人鱼留下来，但是祝延呢？他真的愿意一辈子困在一座小小的海岛上，放弃所有的荣誉，留下来做一朵小玫瑰吗？

舒棠没有说话，人鱼也就知道了她的答案。

人鱼这一次消失后，一直到夜里都没有出现。

舒棠一开始以为人鱼还在生气，直到发现人鱼连晚饭都没有给她准备，就突然想起，早上、中午，人鱼都没有吃药。

自从人鱼的精神体再次扩张之后，舒棠一直很紧张，因为按照上一次人鱼精神体进化后的精神力暴动看，扩张会伴随着精神力的紊乱。

可是今天因为吵架，人鱼就没有吃药。

但是舒棠左顾右盼，船也不知道被人鱼停在哪里了，海面上空无一物。舒棠收拾了水和药片，在礁石上叫了一声：“珍珍！”

珍珍很快就出现了。

舒棠游过去，爬上了珍珍的背：“珍珍，我们去找你爸爸。”

一开始舒棠还很担心珍珍会不会潜进海水里，但是珍珍很聪明，将舒棠送到了附近的一座礁石群中。仿佛是感应到了人鱼有些混乱的精神力磁场，一把舒棠送过去，珍珍就立马转身跑了。

舒棠一眼就看见了人鱼。这只凶兽在忍受着强烈的神经痛，尖锐的鳍竖起，看上去十分痛苦。舒棠几乎是看到的那一刻就意识到，不得不去燕市了。

神经痛是累积的，一旦一次次强烈的神经痛累积到一定程度，就会爆发一次精神力暴动。

几乎是听见脚步声的那一刻，人鱼就睁开了眼睛，发出了尖锐的嘶声，第一时间就露出了防御的形态。但是在发现是她后，人鱼凶狠的表情消失了，只是看了看舒棠，就转了过去。

舒棠将药片喂到人鱼嘴边。她递水过去的时候，人鱼躲开了，将药片硬生生地咽下去了。

舒棠认为人鱼这种行为太幼稚了，她三岁时和爸妈闹脾气都不这样了。

靠在礁石上的人鱼闻言，沉默了一会儿，将水接了过去，一仰脖，“咕咚咕咚”就把水喝光了，然后将水瓶塞进了她的手里，抬起了眼皮看着她——喝水了，不幼稚了。

舒棠一屁股坐在了人鱼的旁边。

她问他：“你看，发病的时候是不是很痛苦？”

人鱼闻言，将因为疼痛而皱眉的表情强行舒展开来，还若无其事地甩了甩鱼尾，表示：根本不痛苦。

舒棠匪夷所思，换了个说法：“我们现在要是去领证，你这样人家都会说是我哄骗你，是乘人之危。”

人鱼很明显动摇了片刻，但是很快就表示：那就不领。

舒棠说：“那你不怕我找别人领证？”

人鱼看了她一眼，然后一甩鱼尾，拍碎了一块石头。人鱼表示：她离开他，就如同此石。

舒棠绞尽脑汁：“小玫瑰，你看，你现在学说话学得那么慢，以后病好了恢复了记忆，不就可以和我正常地交流了吗？”

结果人鱼慢吞吞地看了她一眼，字正腔圆地说：“不去。”

冷不丁听到这句话的舒棠震惊：“你什么时候学会说这两个字的！”

舒棠觉得他们两个还没去燕市，感情可能就已经发生了破裂。

但是这个时候，人鱼又不说话了。怪物非常清楚，舒棠的爱很大一部分来自那种奇怪的怜惜。正因为清楚这一点，怪物时常会在她面前示弱，以得到她更多的怜爱，今天也是如此。

当她用那种眼神注视着自己的时候，怪物能够清晰地感觉到她的爱意。可是如果有一天，病好了，小猫这种怜惜的眼神还会存在吗？这只怪物认为这样想很卑劣，可是这只怪物就是这样卑鄙无耻，渴求她永远怜爱。

舒棠这时，使出了妈妈教她的讨价还价大招："那你不去，我就先回去了。"

人鱼在原地看着她，没有动弹。

她一直走走停停，注意着身后的影子，但是身后的人鱼没有跟上来。

她看见了附近的那艘搜救艇。她爬上了船，大喊了一声珍珍，转头一看，不见鱼影。

她立马就让珍珍带着船走。一直到被珍珍带着离开了那座海岛，人鱼都没有出现。

舒棠坐在甲板上被风一吹，有点生气。

舒棠也不想改变这样的生活。而且去燕市，不安和紧张的人明明应该是她才对。

她也不知道自己发了多久的呆，一直到夜色渐深，她才想起来船舱里的食物都被她搬去海岛上了。她回头一看，船已经开出去老远了。周围都是茫茫的大海，在黑夜里看上去有点吓人。

舒棠觉得有点饿，还有点迷茫。她坐了一会儿后，掏出了鱼竿钓鱼：不管怎么样，晚饭总要吃的。

舒棠觉得她一点也不爱人鱼了。他不体谅她，还无情地把她丢在大海上一个人饿肚子。

舒棠自顾自生气的时候，完全忘记了一件事：珍珍拖了一会儿搜救艇就不见影子了，船又没有自动驾驶功能，船到底是怎么开出去的？

气着气着，舒棠发现自己钓到了鱼。

她收线的时候想起自己忘记放鱼饵了，低头一看：那么大一条人鱼，正在抬头看着她。

谁也没有低头。

不过是路过一条人鱼，碰巧被小猫给钓了上来。

人鱼若无其事地上了船，切了一条新鲜的金枪鱼给她吃，自然得好像他们两个刚刚没有吵架似的。

舒棠不肯吃，人鱼就把碟子放在她旁边，进了船舱。

偷偷观察了一会儿，确定人鱼不会出来后，饿得肚子“咕咕”叫的舒棠把鱼给端了过来。

人鱼就在船舱里远远地看着她。那张面无表情的脸上，漆黑的眸子渐渐变得柔和。

他们一直到凌晨才从海上回到了“巴士底狱”，舒棠迷迷糊糊地靠在了船边的围栏上睡着了，一觉醒来就发现自己回到了被窝里。舒棠坐了起来，她打开通信器一看，发现信号恢复了。她立马给陈生发消息，询问新疗法的事情。

陈生将资料发了过来。舒棠越看越觉得这办法非常可行。只可惜的是，因为技术和设备受限，他们必须前往燕市才能接受治疗。

舒棠非常清楚：虽然他们两个回家了，还恢复了信号，但是人鱼的态度并没有软化，顶多是放弃了在海岛上生活的打算罢了。

其实舒棠也不是完全没有办法，如果她连夜买车票跑到燕市，然后给人鱼打电话，先斩后奏，成功率还是很高的。毕竟人鱼发现她不见了，肯定会去燕市找她的。但是舒棠在购票界面犹豫了好长时间，最后还是关掉了。

如果她不见了，把人鱼刺激得提前精神力暴动了怎么办？这是很有可能的。她想到上次人鱼找不到她，在大雨里撑着一把伞，浑身湿透的样子，在心里叹了一口气。这样做也许能够成功，可是舒棠不想伤害人鱼。

这一犹豫，天就微微发蓝了。舒棠下楼的时候才凌晨五点，她洗漱完，穿着拖鞋出去，就看见人鱼正在火堆边煮着粥。人鱼的侧脸在火光下看上去有种神性的美感，“他”懒洋洋地眯着眼，看见她就把她抓了过去，两个人靠在一起看了一场日出。

舒棠发现人鱼的手边还有一本书，她打开一看，发现是她随手放在一边的《三十六计》。

舒棠转头一看，心想：难怪变得这么狡猾了。

舒棠掏出了通信器，开始给人鱼念新闻：某某因为精神力暴动病重不治，伴侣携款潜逃。

悠闲晒太阳的人鱼听了一会儿舒棠的早间新闻，完全当作背景音乐。

舒棠生气，拿水泼人鱼。

人鱼看了她一眼，直接用鱼尾把她压住。于是舒棠就像是一只被翻过来的乌龟一样翻不了身。她挣扎，人鱼就在一边懒洋洋地眯着眼看着她。

舒棠：这日子没法过了！

不过，很快，转机就来了。

这天下午，舒棠接到了妈妈的电话。

舒妈妈那边有搓麻将的声音传来："棠棠，你周末有空吗？我和你爸递交了申请，你有空就和那个小祝一起去登记处取消一下那个基因匹配嘛。"

舒棠上次和妈妈说过之后，就彻底把这件事给忘在了脑后。基因匹配的解除要递交材料通过审批，流程最后一步需要两个人在场，所以舒棠必须亲自去一趟。

正好，舒棠一直想不到说服人鱼的办法，暂时也去不了燕市，就决定先把这件事给收个尾，于是直接和妈妈约定了周六。

人鱼听见了舒棠妈妈的声音，听到她说周六要出去一趟，脚步一顿。

舒棠转头对人鱼说："我要和妈妈一起去办件事，只去一个下午。"舒棠暂时还没有将他们的事情告诉父母，主要是舒妈妈一定会让舒棠带回家去看看的，而祝延的身份又比较特殊，舒棠想等到确定了再说。

舒棠灵光一闪，开始用激将法。她叹气："你看，你现在不去看病，我连一个下午都不敢离开你。"她学着奶奶的语气，"唉，我真的是天生操心的命啊。"

舒棠以为人鱼会因为她要出去的事被刺激，但是人鱼的意志媲美钢铁，说不去看病就不去，根本不会被舒棠的小小伎俩蒙骗。

周六中午，舒棠试探了好几次，人鱼都不动如山，还表示：她完全可以放心去办事，不用担心他会在一个下午突然死掉。

他好得很，身体强壮，精神力稳定，可以在整个城市的上空随便哪个角落里把她给抓出来。

舒棠只好灰溜溜地揣着手手离开了。

七月份的暴雨来得很及时，将闷热的空气一扫而空。

人鱼并没有在禁地里等着舒棠。超市的位置在01区的必经之路上，只要在窗前，人鱼就能清晰地看见舒棠路过。

人鱼所在的角落被自动售货机阻挡，路过的人们只能看见一个高大的侧影，因为看上去体型高大、有些凶悍，于是那个角落都没人敢接近。只有匆匆赶过来的陈生犹豫了一会儿，坐在了元勋的对面。

人鱼只是看了看他，并没有拒绝陈生的接近。

陈生几次三番想要谈去燕市的事情，但是人鱼明显没有什么兴趣，甚至因为他太吵，还投去了警告的视线。陈生也就叹息了一声，坐在对面陪着元勋一起等。

当舒棠出现的时候，人鱼的耳鳍动了动，睁开了眼睛。

然而，这一次，舒棠并不是一个人回来的，她的旁边还有另外一个男人。

舒棠从前也和同学、同事聊天，人鱼不喜欢其他人靠近她，但是发现她这种行为只是正常的社交、她对其他人的态度远不如他后，人鱼就慢慢地收敛了尖锐的嫉妒心。

然而此刻，角落里的人鱼感觉到了一丝不同寻常。透过窗户，人鱼看清楚了那个男人的长相。omega 普遍注重外表，男人的气质非常斯文，戴着一副平光眼镜，身高约莫一米七多一些。面容很文静秀气，眼睛是桃花眼，是时下最流行的 omega 长相。

人鱼敏锐地意识到：这个男人和过去那些人都不一样。

这是舒棠身边出现的第一个 omega，虽然人鱼还并不那么理解 alpha 和 omega 的区别，但是在这一刻，人鱼产生了一种非常尖锐的、来自本能的敌意。

他们两个站在 01 区的门口交谈了一会儿，人鱼的视线死死地盯着那个男人。

那个男人没有尖锐的鳍，也没有漆黑的双眼，气质也不像野兽一般的凶悍，反而非常温和，和舒棠走在一起，看上去非常相配。

舒棠和人鱼走在一起的时候，人们会投以惊恐的视线，他们所到之处，经常是一片空荡。但是舒棠和这个男人走在一起的时候，没人会觉得奇怪，还会报以微笑。他们路过水果摊的时候，超市的阿姨甚至还询问舒棠："哎呀，他是不是你的男朋友？"

这是很正常的事情，因为一对 ao 走在一起，谁都会问上这么一句。

暗处的人鱼停顿了片刻，眼神发生了一些细微的变化。人鱼已经知道男朋友是什么意思了——“他”看上去很平静，如果不是超市里的灯泡因为不太稳定的精神力磁场时明时暗的话。

一种名为嫉妒的情绪如同烈火一般燃烧。漫天黑色的雨点都在说：杀死他，杀死他！

仿佛感应到这种强烈的意愿，外面的大雨下得更大了，在阴沉的天空下，如同一种邪神的恶意。

但是幸好，舒棠转头和那个阿姨说：“不是，就是刚刚认识的朋友。”

陈生感觉到了空气中的变化，悚然一惊，立马转头顺着人鱼的视线看过去。

人鱼缓缓地转过头，用询问的眼神看向了陈生，漆黑的眸子里映着窗外的黑色的雨水。

陈生查过舒棠的资料，也知道那个男人是谁。但是毕竟对方是舒棠的前任基因匹配对象，就算已经解除匹配，仍然有点敏感。陈生担心说出来会刺激到此时的大首领。于是，他擦了擦额头上的冷汗：“这个，您……”

因为陈生隐瞒的态度，人鱼意识到了那个男人的不同寻常。人鱼缓慢地盯住了那个男人，眼神里充满了尖锐的审视。一直到强大的精神力磁场将对方压制得浑身冒汗，人鱼才发出了一声冰冷的嗤笑。

“他”再次转过头看着陈生。“他”知道陈生不愿意说，此时，“他”的气场就发生了变化。就算人鱼并不喜欢祝延，但是祝延确实是人鱼的过去，因此如果想要模仿过去的祝延，简直是易如反掌。

眼前诡异的人鱼，一瞬间变回了十年前的大首领，气质变得内敛、冷漠。“他”有些冷淡地掀起了眼皮，看着陈生，在桌子上写了两个字：回答。

陈生被镇住了，面对大首领的时候，他下意识地选择了服从。早在知道这个祝家的存在后，陈生就决定处理一下，只是因为事情太多一时间忘了，现在他也有点后悔，只能硬着头皮都说了。

其实姓“祝”是完全没有问题的，但是打着和大首领有关系的旗号牟利就是另外一回事了；而且更加阴错阳差的是，对方还成为舒棠的前任基因匹配对象。

陈生一五一十地说完了，他的精神高度紧张，手指一直按在对讲机上。

但是出人意料的是，人鱼看上去很平静，仅仅是扫了一眼陈生，就起身离开了。

人鱼在舒棠他们出超市之前就离开了这里，朝着禁地走去。路过那片废墟的时候，人鱼抬起头，漆黑的眸子就看见了破碎镜子里的影子。

“他”注视着镜子里的自己。人鱼外表看上去和人类截然不同，虽然舒棠经常夸赞人鱼的鱼尾和面容，但是人鱼非常清楚，除了她，很少有人认为自己是“好看”的。

更加适合这只人鱼的词语应该是：诡异、狰狞。

这对于深海里的捕食者而言并不是什么贬义词，因为恐惧会带来臣服，畏惧会省掉许多的麻烦。但是在求偶的时候，这就成为了一种致命的缺点。

人鱼看上去太凶神恶煞，也完全和温柔不挨边。人鱼显得古怪又可怕，性格也没什么可取之处，全然没有什么吸引她留下来的魅力。甚至一旦有竞争者，人鱼就会出于本能想要杀死他们，将他们拖进无边的深海里溺死。这种想法尖锐又危险，人鱼需要非常克制才能控制住自己的这种欲望，不回头将那个竞争者溺死。

因为人鱼非常清楚，如果他真的这样做了，就会永远失去她的怜惜。

然而不能这样做又让人鱼感觉到一种无能为力的愤怒和不甘。

可是除了小猫的怜爱，面对竞争者，古怪的人鱼根本没有任何的筹码。因为被这种想法折磨，这只凶兽发出了尖锐又愤怒的嘶声。镜子里的人鱼看上去就更加狰狞了。

这样极端的一个可怜虫。

镜子里苍白的手指和面容被雨水打湿得模糊，像是一朵被淋得苍白的蓝色小玫瑰。

在这一刻，这个顽固的、尖锐的守旧者，才有了动摇的想法。

舒棠今天顺利得出奇。因为对方已经有了新的对象，双方都希望快点解除关系，于是两个人都很配合。

舒棠对于这个祝家没有什么好感：一方面因为舒妈妈的抱怨，另一方面也是因为祝家靠着改姓在南岛基地混到了高层。

祝延在禁地被关了十年，一群伪装和他沾亲带故的人，却借着他的姓氏在外面春风得意。舒棠很难对他有什么好感，她连对方的名字都没问，只想快点结束今天的会面。

但是不知道为什么，听到舒棠现在在01区工作后，对方突然改变了那种冷淡的态度。舒棠觉得莫名其妙。

他提出要和她一起共进晚餐，舒棠就带着他去了超市排队抢包子；他提出要留个联系方式，舒棠就告诉了他疗养院的挂号预约号码；最后，他询问舒棠能不能送他离开疗养院，舒棠帮他找了一辆共享单车。当时对方用打量奇行种的眼神看着舒棠，面色铁青地骑上单车走了。

舒棠心想：自己很可能会出现在抠门alpha锦集里面。

舒棠和往日一样回到了堡垒里，她看见了厨房里的人鱼，于是很自然地跑了过去，和从前一样从后面抱住人鱼的腰。

人鱼低下头，垂下眸子，冰冷的手指非常亲昵地贴在了她的脖颈间，撩起了她的一缕发丝。因为这只凶兽，在她的发丝上，闻到了一股十分陌生的气味，那是和alpha完全不同的气味。

缠缠绵绵，像是外面惹人生厌的雨。

人鱼缓慢地挪动了一下手指，青筋也就缓慢地藏在了身后。

舒棠问："小玫瑰，怎么了？"

人鱼叫了她一声"棠"。不知道为什么，舒棠觉得有点不太对劲，于是转过头看着他，询问："小玫瑰，怎么啦？"

然而下一秒，人鱼将她的腰肢钳制住，近乎疯狂掠夺的吻就夺走了她的呼吸。她往后一缩，冰冷的大手就饱含着浓郁的嫉妒和强烈的占有欲，握上了她腰部的肌肤。

在她窒息之前，人鱼松开了她。她一头雾水，还没有喘匀气，就被人鱼再次疯狂地吻了上来。她的后背抵在了有点凉的冰箱上，几乎被高大的凶兽整个遮住。

好一会儿，她喘匀气息，勉强找回了一点理智，抓住了人鱼的头发去推"他"。其实这点力量很小，但是感觉到那点微不足道的推力之后，人鱼还是顺从地被推开了两厘米。

舒棠觉得自己真的要被亲窒息了，她一边平复呼吸一边瞪人鱼："你、你是想要把我给亲死在这里吗？"

人鱼抬眸，眼神里面充满了疯狂。那一瞬间，舒棠以为人鱼是想说"是"的。但是怪物一开口，却是沙哑而诚恳的道歉："对不起。"因为这只凶兽，是很真诚、很真心地想要"亲死"她，并且为此感到抱歉。

舒棠都没来得及纠结人鱼什么时候学会道歉的，只是本能地以为人鱼道歉了就是不继续了的意思。可她动了动，却发现人鱼没有松开她的意思。

人鱼的眼神变得非常晦涩，直接将小猫扛到了楼上，打开了房门，将她丢在了床上。陷入柔软的床垫里的舒棠还有点蒙，但是下一秒，疯狂而混乱的吻就已经落在了她的腰肢上。

人鱼的手非常修长，青色的血管看上去非常优雅、漂亮，现在这只大手直接掌控住了她腰。兽类的本能就是用自己的气息去覆盖陌生的气味。

舒棠低头一看，对上了那饱含侵略性的眼神。伴随着漂亮的喉结滚动，欲望仿佛被具象化。舒棠几乎不敢和对方对视。她在愈发浓郁的信息素中，发出了自己都觉得惊讶的呼吸声，她几乎陷进柔软的床垫里。

舒棠曾经告诉过这条人鱼，惹她生气了要道歉，道歉了她就会原谅“他”。

于是整整一夜，这只凶兽都在诚恳地道歉，舒棠觉得自己的脑袋都要爆炸了。她本来只有四分的羞意，结果因为对方一本正经、十分诚恳的道歉，直接飙升到了七分。她气得抬腿要踢人鱼，于是腿就落在了怪物有些粗糙的手心，然后小腿、大腿内侧全都遍布了吻痕。

暴雨下了大半夜。

舒棠躲在被子里瞪着人鱼。小猫问对面的人鱼，他是不是狗变的？对此，人鱼没有反驳。因为理亏，一整夜这只怪物都处于打不还手、骂不还口的状态。就连她砸过来的枕头，这只怪物都会接住，然后一言不发地俯下身，态度很好地交到她的手里。但显然，这才是最气人的。

舒棠想要把人鱼赶去隔壁睡，但是她从被子里钻出来的时候，看见了人鱼的眼神，平静而危险。那一眼，舒棠立马感觉到了今天夜里的人鱼和平常似乎不太一样。

于是欺软怕硬的小猫立马重新钻回了被子里，把要赶走他的话给咽了回去。也许是凉爽的夏夜很适合睡觉，她一下子就迷迷糊糊地睡着了。

城市的上空，一个庞然大物苏醒，如同黑色的阴云笼罩了许多的高楼大厦。

雨夜时分，高大的怪物撑着一把蓝色的小雨伞，顺着气味找到了祝家的别墅。

闪电中，修长的人影也被拉长。

开门的是一个男人，冒充祝延的亲属，让这户人家牟利无数，已经住上了高档的别墅；但是当这个亲戚，真的在雨夜上门拜访的时候……一声尖叫刺破了夜空。

怪物看见了那个故意在小猫身上留下气味的男人。

在怪物的身后，黑色的雨点拍打在窗户上，留下了一个个濡湿的手印，电灯“啪”的一声炸开。一切如同雨夜怪谈。

那个男人发出了一声尖叫，晕了过去。

黑夜里，传来了一声冰冷的嗤笑。

舒棠醒过来的时候，雨已经在半夜时分停了，外面是一个晴朗的好天气。但是人鱼却不在。舒棠昨天迷迷糊糊地感觉到，她睡了没多久后，人鱼离开了“巴士底狱”，但她并不知道人鱼到哪里去了。

当她穿着拖鞋下楼的时候，就看见了已经回来的人鱼。

人鱼彻夜未归，一直到清晨才回来，站在门口若无其事地询问她：今天要不要出去?

这是个致命题，因为舒棠只要再去找那个 omega，对方就会致命。你不能指望一只过于强大的怪物，在疯狂的嫉妒心中保持理智。

但是舒棠探头看了一下外面的大太阳，立马缩回去煮牛奶去了。

她说：“今天就待在家里吧。”于是，怪物内心沸腾的嫉妒慢慢地平息了下来。

然而，人鱼仍然不放心。“他”歪了歪头，身后“巴士底狱”的石头大门就关上了，发出了一声巨大的响声。

如果舒棠敏锐一点，就会意识到人鱼昨天应该是离开禁地，去做了一点什么。

虽然人鱼的本意是不希望舒棠去找那个人，但因为可怕的外表还有异于常人的行为，表现出来的就非常容易让人误解。再发散一下思维，很容易联想到某些偏执的囚禁 play（扮演）。如果警觉一点，一定会认为这只怪物终于在她放下警惕心后，露出了暴虐和偏执的一面；如果胆子再小一点，感觉到害怕、试图逃跑，一不小心就会变成虐恋情深和强制爱的剧情。

可是眼睁睁地看着人鱼关上大门，舒棠浑然没有感觉到这只怪物的阴鸷，也没有感觉到哪里不对劲。她抱着热牛奶路过人鱼："你要是关门就顺便把被子给晒了。"

怪谈主角十分无语。

舒棠转头和他对视。

舒棠："你知道被子不晒上面有多少细菌吗？"

阴鸷的怪谈主角沉默了片刻，转过头，听话地晒被子。

舒棠从阳台探头，继续指挥："哎呀，小玫瑰，你顺便帮我给番茄施个肥嘛。"

怪谈主角转头去给舒棠的番茄幼苗施肥。

人鱼给番茄浇水的时候，眼睁睁地看见被关在古堡里的舒棠冒了出来。她揣着手手，凑到了他的旁边，问："小玫瑰，你一天浇了几次水啊？"

人鱼古怪地看着她，询问：你到底是怎么出来的？

舒棠莫名其妙地看着他："走窗户啊！"她还兴致勃勃地演示了一番，从狭小的窗户里爬了回去，爬到一半扭头，"愣着干吗？推我一把呀。"

等到人鱼回来后，她还很好奇："你关大门干吗？是因为最近小飞虫太多了吗？"

舒棠点了一盘蚊香，施施然回去看电视了，浑然没有把这件事当回事。

什么强制爱，什么怪谈主角，就算住在监狱里，在生活的油盐酱醋中，都要老老实实一日三餐、洗洗晒晒。

这就是猫的世界观。

神奇的是，在这种神奇的态度中，偏执的怪物也慢慢地放松了下来。尤其是舒棠让人鱼顺便把地给拖了的时候，人鱼已经彻底恢复了正常，而且还想把小猫提溜起来挂树杈上。

舒棠倒是从妈妈那里得到了一个消息。

这事儿说起来有点玄。听说祝家做了亏心事闹鬼了，前两天的夜里，窗户上出现了诡异的手印，吓得那一家子半夜差点疯掉，第二天开始逢人就说自己见鬼了，要求警察二十四小时保护他们。

紧接着，祝家那位基地高层，就被查出来挪用基地的后勤费用，已经被革职了。毕竟这几年里他们没少借着姓氏牟利，因为挪用的金额巨大，牢狱之灾是免不了了。

舒棠知道这事后，松了一口气。她感觉对方在知道她调到01区工作后态度大变，可能没安什么好心，她有点担心他们去纠缠她爸妈，现在就没这个后顾之忧了。

她转头就把这个新闻告诉了人鱼。人鱼的手一顿，古怪地盯着她看了一会儿，没有从她的脸上看出任何的惋惜，甚至还看出了一点看热闹的兴致勃勃。

人鱼被舒棠这种浑然不在意的态度所取悦，甩了甩鱼尾，笼罩在头顶的阴云仿佛一扫而空。人鱼凑过去，轻轻咬了咬舒棠的手指。

舒棠还不知道，她的小玫瑰差点在醋海里被淹死。

就这样，一场风波消失于无形。

就算是在去不去燕市这件事上面有些分歧，日子还在继续过。

但是也不知道是不是她的错觉，舒棠隐隐感觉人鱼对于去治病的态度没有那么抵触了。

从前舒棠一说这个，人鱼就要亲她，或者把她压在鱼尾中间，但是现在，人鱼那种不合作的态度好了许多，只是仍然没有松口。

嫉妒是一种很强大的力量，让这只怪物第一次不满足于现状。

时间一晃，就到了七月十日，距离他们知道新疗法的消息，已经过去了十天。

舒棠看陈生发过来的资料，看着那一个个因精神力暴动死去的案例，她终于开始着急了。但是舒棠也不好催人鱼，她生怕人鱼的一点动摇，因为自己的着急又给按了回去。

也不知道是不是案例看多了，日有所思，夜有所梦，一向睡眠质量极好的舒棠开始做噩梦了。她梦见人鱼的精神体成为一片浑浑噩噩的黑雾，在城市的上空睁开了狰狞的眼睛，肆意破坏。“他”没有了神志，也彻底泯灭了人性，然后在一次次疯狂的肆虐中，彻底失去理智，最后消失得无影无踪。

她站在城市的废墟之上，转头是坍塌的房屋，往前走啊走，也找不到人鱼在哪里。她经常在这个梦里醒不过来，找不到出口。这些梦并不是没有根据的臆想，而是因为舒棠白天看了太多现实案例。舒棠知道，如果不治病，也许某一天，这就是他们的未来。

因为这个梦，她总是在半夜的时候惊醒。直到抱着人鱼的鱼尾，感觉到对方的体温，她才能够找到安全感。

每天夜里做噩梦的事，舒棠没有和人鱼说，因为她总觉得这种梦说出来有点不吉利。

其实，舒棠还有一件事没有告诉人鱼：舒棠有时候会觉得，自己是乘人之危才得到了人鱼的依赖和喜欢。

如果人鱼一天不好起来，她就一天觉得自己像是个乘人之危的小偷。就像是在人昏迷的时候抢劫财产一样，在祝延失忆的时候，她仗着祝延一无所知，贸然地闯入了他的世界。这也是为什么在那个梦里面，她一直找不到出口。

她以为自己晚上惊醒的事情人鱼并不知道。但是同床共枕，她夜里翻身，听觉极好的人鱼都能感觉到。她晚上在梦里辗转反侧的时候，人鱼就会将她搂进怀里轻轻拍抚着她的后背，就像是安慰一个惊厥的小孩子，一直到她在梦境里慢慢平静下来。发现她半夜惊醒之后，睡前人鱼开始给她煮牛奶安神。

但是在煮牛奶的时候，高大的人鱼垂下了眸子，心中那个本来就松动的天平开始缓慢地倾斜。

人鱼不想改变现状。"他"不喜欢回去当祝延，更加不喜欢燕市，"他"只想在她的身边当小玫瑰；而且，人鱼认为过去的记忆对于自己而言并不重要。

在变异十年后，这只怪物已经习惯了如今的生活，大海无比辽阔，和天空一般自由，那才是真正属于人鱼的世界。可是"他"爱上了一只陆地上的猫。

半夜的时候，"他"突然听见了一些细小的动静，然后意识到：她在厨房里哭。

那一瞬间，人鱼僵住了。在这一刻，这只尖锐的怪物隐约明白了一件事：也许在爱情里，妥协才是常态。

舒棠半夜爬起来喝水，因为夜里太黑，堡垒里的门槛是石头做的，又高又结实，舒棠路过的时候没看清，不小心往前一踢……如果痛苦分等级的话，踢到脚趾一定和针扎手指有得一拼。

舒棠感觉自己的脚趾要消失了，灵魂要被疼飞了。她抱住了腿，弯下腰蹲坐了下来，生理性的眼泪就开始“哗哗”地往外掉。

站在不远处的人鱼看着她抱住腿，肩膀一抖一抖的。人鱼知道她这两天会睡不好半夜出来，却不知道她会躲起来哭。人鱼有些不知所措。愧疚一瞬间如同潮水一般淹没了这只怪物。人鱼低下了头看着自己的小猫，无声地张嘴想要说些什么安抚她的情绪。

但是这只怪物会说的话还没有多少，笨嘴拙舌，根本不会讨她的欢心。最后，人鱼沉默了一会儿，突然说：“好。”

痛苦地捂着腿的舒棠在听见脚步声时，还沉浸在自己的脚趾要裂开了，是不是要截肢了的痛苦中。当听到人鱼的声音的时候，她还愣了一下。

舒棠保持着这个姿势转过身，因为刚刚踢到了门槛，脚趾很明显地肿了一圈。

人鱼低下头，终于看清了舒棠的全部姿势，想象中的为了那件事哭得无助的小猫消失了，只留下龇牙咧嘴、捂着脚的小猫。

舒棠立马就反应了过来，惊喜来得太快，就像是龙卷风。眼看着人鱼就要说话，舒棠疑心人鱼想要反悔，于是立马像是一只螃蟹一样“噌噌”地挪到了人鱼的身边，死死地抱住他，整个人都挂在了人鱼的身上。她警觉道：“你答应了，我两只耳朵都听见了，你不能反悔！”

人鱼没有出尔反尔的习惯。“他”将小猫给提溜了下来，去冰箱里拿了冰块给她冷敷消肿。舒棠一边龇牙咧嘴一边笑，就连抱着冰块捂着自己肿起来的脚丫都是咧开嘴笑着的，看上去有点傻兮兮的。

人鱼垂下了眸子，朝着她嘶了嘶，问她怎么就这么高兴？

舒棠一不小心就说漏了嘴：“去燕市治好了病，我就不会害怕你哪一天会死掉了。”

就像是人鱼一直认为舒棠很容易死，所以从来不带她去危险的地方一样。小猫也在担心身边的大家伙哪一天就因为精神力暴动，一不小心就死掉了。人鱼于是知道了她这段时间做噩梦的原因。

她发现人鱼有点愣怔地看着她，想了想，索性把话摊开了说。她抱住了膝盖，叹气：“小玫瑰，你想想看，你要是死掉了，我要到哪里去找你呢？”

事到如今，舒棠不得不承认，她早就已经习惯了人鱼的宠溺和爱，如果有一天他出事了，她的确会好好地活下去，但是每一个下雨天，她都会非常难过。

她把脸搁在膝盖上，在客厅那一盏小小的、昏黄的台灯下看着人鱼。这样的眼神是可以轻易打败这只顽固的凶兽，让他俯首称臣的核武器。

怪物发现自己坚硬的心脏开始不受控制地塌陷，融化成了一片。他无可奈何地发现，自己的原则和坚持都失效了。

高大的怪物低下头，将她的腿拉了过来，放在了自己的膝盖上，大手握着冰块给她冰敷。他再次给出了答案："好。"

离开南岛市的时间定在了十九号。

七月十八日。

"南岛市未来三天有强降雨，请大家做好防雨措施……"人鱼在听天气预报的时候，舒棠正在把冰箱里面的一箱冰冻鱼肉解冻。

舒棠絮絮叨叨地说："我还没有去过别的地方呢。"

在安全区里生活的人，很少会离开自己所在的城市。舒棠去过最远的地方也就是南岛市的海边。

她有点向往："也不知道燕市是什么样子的？"

人鱼并不太喜欢燕市。偶尔的记忆碎片里，那是一座黄沙漫天的城市。海里的鱼怎么可能喜欢干燥、充满风沙的地方呢？

舒棠很好奇地凑过去，看见人鱼在桌子上写下"风沙"两个字后，她陷入了沉思。

人鱼看着舒棠转头拿来了一个浇花的喷水壶，有点不解地看着她，歪了歪头。

舒棠："那里缺水，我带个壶，随时给你的鱼尾补充水分。"

人鱼有些无语。

她朝着人鱼的鱼尾滋水："就是这样。"

人鱼沉默了片刻。虽然小猫是出于好心，可是不知道为什么，他总觉得小猫就是单纯地想要滋他。

下午，舒棠把冰箱里解冻好的鱼肉全都带到海上去喂珍珍。

舒棠有点担心珍珍再次遇见污染物，趴在了船的栏杆上，对着珍珍说了很多的话，叮嘱了一大通，让它机灵一点跑路要跑得足够快。

珍珍时不时搅动海水，表示回应。

人鱼甩着鱼尾，在旁边时不时露出饱含嘲讽的表情，冷眼看着试图撒娇的珍珍，发出无声的、恐吓的嘶声。但是在舒棠回头的时候，人鱼就会立马若无其事地移开视线。显然，人鱼认为珍珍要是连这片他清理过的海域都混不下去的话，珍珍就可以去喂污染物了。

当然了，那一箱的鱼肉对于珍珍而言也就是一口的事。珍珍仿佛听懂了他们要离开的事，吃完后，一直发出鲸鸣声送他们回去。

舒棠拉着人鱼的手往回走。

他们最后看了一次眼泪海。舒棠本以为自己已经看腻了这里的风景，毕竟再美的地方日复一日地看，也会觉得失去了新鲜感。然而在要离开的时候，她发现这片孤独的天地，变成了她无比眷恋的地方。

她和人鱼说："小玫瑰，等到你恢复了记忆，治好了病，我们就回来住好不好？我还是很喜欢这里的。"人鱼却有些困惑：这是他们的巢穴，治好了病，不回巢穴要回哪里呢？

随着离开的时间渐近，喜悦过去后，对未来的不确定就占据了上风，她看着眼泪海，对未来会在燕市发生什么感觉到有点忐忑。然而，舒棠一转头，就看见人鱼靠在礁石上看海的样子，莫名其妙地，心情就平静了下来。

七月十九日，降雨。

舒棠吃完早饭就接到了爸爸的电话，收到了爸爸打过来的一笔钱。舒爸爸的原话是：别饿死在燕市了。

人鱼听到这句话的时候，凑过来嘶了嘶，表示：他不会让小猫饿死的。

舒爸爸："你那边还有人？"

舒棠立马捂住了通信器。人鱼若无其事地离开了。

舒棠觉得人鱼是故意的，但是人鱼假装没看见舒棠狐疑的视线，若无其事地继续甩鱼尾。

除了这个小插曲，一整个早上他们都在等待着出发的消息。然而，舒棠左等右等都没有等到陈生的电话，一直到中午吃完饭后，舒棠的通信器才响了起来。

陈生的声音有点断断续续："飞机走不了，航班关停了。"

祝延从前的身份太敏感了，而且在自由军内的威望太高，十年里，联邦的格局早就洗过一次牌了，前任大首领的回归无疑会搅浑这局面，不想让人鱼回去的人，一定会对这次的事百般阻挠。

陈生也不能说太多，只是告诉她不能坐飞机了。

舒棠："那我们是准备延期吗？"

舒棠却听见陈生匆匆道："不行，我们今天下午就走，我从南岛基地调车过来，我们在隔壁市转机。"

挂了电话后，舒棠转头看着人鱼的侧脸，后知后觉地意识到：也许航班延误并不是因为天气，而是因为"祝延"这个人。

陈生让他们直接去01区门口，舒棠就和人鱼带着行李箱一路离开了禁地。

舒棠以为他们去燕市就是两个人，最多加个老吴和小陈。但是出去一看，不仅陈生、老吴都要去，甚至还有南岛基地调过来的护送部队。一行十几辆装甲车，延伸出去老远。

面对这样大的排场，迟钝的小猫在这一刻终于意识到了"大首领"三个字的含义。她只是知道人鱼从前的身份，虽然会因此而有些焦虑，但心里根本没法将自己的鱼和那个祝延联系起来。但是现在，她转过头看着人鱼和那张军装照上一模一样的侧脸，突然就将自己的鱼和大首领联系起来了。

人鱼其实并不喜欢很吵的环境，尤其是这么多的人。他站在原地，高大的身形很有压迫感，漆黑的眸子缓慢地扫过人群，如同逡巡的兽类，周围的喧嚣声一下子就安静了下来。

一直到感觉到舒棠的视线，人鱼移开了视线，不再用那种阴沉的眼神注视着他们，周围的人才松了一口气，重新开始小心翼翼地动了起来。

陈生接到了一些消息要急忙赶去调集部队，于是只能暂时把老吴给舒棠留下来了。离开前，陈生告诉舒棠，今天从燕市来了一批专家护送。他欲言又止，似乎想要提醒她一点什么，但是很快通信器就响了起来，他不得不匆匆离开了。

他们的车在车队的最前方，被老吴带过去后，舒棠把人鱼按在了座椅上，开了一瓶水递给人鱼。狭小的空间里，高大的人鱼的耳鳍已经碰到了车顶，不得不微微低头看着她。

人鱼表现得非常不喜欢这里。乱七八糟的陌生气味、嘈杂的声音，还有逼仄的空间，都像是把这只凶兽关进了一个尺寸不符合的笼子里。

人鱼蹙眉看她：“棠。”凶兽表示自己很难受的方式，就是过来蹭了蹭她的面颊。但是这里太小了，人鱼一动，尖锐的鳍就划破了车顶，发出了一声“刺啦”。

她觉得有点好笑，看见人鱼不满的视线，就把水递到了人鱼的嘴边。人鱼就着她的手喝了一口，看上去眉头松开了一点。

舒棠看了看这车，车的尺寸她也没有办法，只好说：“先忍忍，到隔壁市就好了。”

她担心人鱼会晕车，所以又把口罩、清凉糖都递给了人鱼。

那边有人叫她：“小舒治疗师，过来认识一下燕市的专家吧！”

舒棠应了一声，然后转头对人鱼说：“小玫瑰，你先在这里坐一会儿好不好？我去见一下几个专家，一会儿就回来。”

她转身要走，结果下一秒就被人鱼抓住了手臂。人鱼苍白的大手拉住她，紧紧抿着唇，不让她走。

舒棠左顾右盼一番，借着车门的遮挡，凑过去在人鱼微凉的唇上轻轻吻了一下。她说：“你乖，我一会儿就回来。”

于是人鱼慢慢地松开了手，注视着她渐渐远去。

其实舒棠想过一个很现实的问题：如今在南岛市，她还是人鱼的治疗师，可以全权负责；可是等到了燕市，老院士接手之后，像她这样年轻、没什么资历的小治疗师，别说负责了，很可能被挤得连站的地方都没有。

舒棠有所预感，但是没想到这一切会来得这么快。

联邦研究院派来接元勋的人，正是老院士的关门弟子，如今在燕大任教的唐教授，他是个长得非常和煦的 alpha。

看见舒棠过来，唐教授立马就站了起来，笑眯眯地和舒棠握手：“听邱院长说，小舒同学有想来燕大读研究生的想法呀？今年我就在招学生，小舒有没有考虑过来我这里读研呀？”

在来南岛市之前，他就知道了舒棠的存在。研究院既然接手了元勋的治疗，这群权威人士当然不能忍受一个小年轻当总负责人，于是，唐教授就来了。

唐教授一开始以为舒棠是一个很厉害的人物，结果一见面，发现是个看上去很好欺负的包子脸。唐教授这句话就是一个下马威，提醒舒棠她就是他学生辈的人，要看清楚自己的位置。

舒棠浑然不觉自己被人安上了好欺负的包子标签，她根本没听明白，只是下意识地看了看唐教授的地中海发型。

唐教授有些尴尬。

舒棠一开始的确没有明白唐教授拉着她扯东扯西到底是想要做什么，直到唐教授绕了一大圈，终于意识到舒棠完全听不懂“潜台词”，直截了当地说，舒棠才听明白了。

唐教授委婉地表示，舒棠的实践经验不足，而且也不是研究院的人，对于新疗法根本不懂。唐教授希望她多给其他治疗师接触病人的机会，并且把一些重要的工作和其他的治疗师一起分担。唐教授对着新疗法侃侃而谈，提起手底下治愈的例子。

唐教授询问舒棠有没有带过其他的病人？

舒棠摇摇头——人鱼是她的第一个病人。

她并没有注意到，唐教授给身后的人使了个眼色。

研究院拿到了元勋最近精神力数值的报告，这让他们判断元勋现在的状态是比较稳定的，危险性也比从前降低了不少；而且陈秘书也提到过，元勋现在恢复了部分记忆，这就给了他们铤而走险的基础。都说富贵险中求，但因为舒棠一直在元勋的身边，其他的治疗师根本插不进去，只有找机会调开舒棠，他们才有可能借机接近元勋。只要混个脸熟，元勋愿意用别的治疗师了，哪怕是帮点小忙，舒棠这个治疗师独一无二的地位也会慢慢被取代。

于是，就在这个时候，舒棠突然听见了开车的声音。她回过头，就看见队伍的第一辆装甲车突然启动了。

舒棠愣了一下。舒棠听见了雨中那熟悉的、尖锐的嘶声，她想要往车子那边跑，却被唐教授的学生给拦住了。她几乎想要问他们是不是疯了，但是当看见他们惊愕至极的表情时，舒棠不愿意再和他们多说了。

舒棠眼中的其他人都消失了，她只能看见渐渐远去的装甲车剧烈摇晃，车身铁皮传来了被捏碎的声音。周围人发出了有点惊恐的声音，拦着她的唐教授一行人也有些慌乱：“怎么回事，报告上不是说……不是说情况好转了吗？”

那些声音全都从舒棠的耳朵里消失了。

“他”今天一直很乖，为了履行对她的承诺，就算是很讨厌这些气味和嘈杂的声音，也没有表现出不配合的一面；甚至答应她在车上等，人鱼就真的一动不动地在车上等待着她回去。但是一转头，治疗师换人了，车门关上了，车子启动了，舒棠仍然没有回来。

舒棠知道人鱼一直不愿意去燕市，一直有着强烈的不安，现在，人鱼一定以为是她骗了“他”，或者叫了别的治疗师来接近“他”。

而且如果唐教授真的派人进去了，一定会说是她同意的。因为舒棠一直表现得非常想要人鱼治好病，还有一些不太自信的表现，让这件事变得有了一些合理性。

本来，人鱼的手可以撕碎铁皮，可以轻松地让车子停下来。如果是几个月前，人鱼会毫不犹豫地撕碎这小车子，可是人鱼却没有这样做。

可怕的声音消失了。那辆远去的车渐渐地安静了下来，“他”大概以为这是她的意愿。

那一刻，舒棠感觉自己就像是遗弃了小狗的坏人。

舒棠气得手都在发抖。她是个普通人，和其他的普通人一样，在学校里听老师的话，在单位里听上级的话，面对权威，她也会觉得自己的能力不足，也会有点㞞㞞地想：是不是真的应该把这种重要的治疗，交给更加靠谱的专家呢？

她是个还没毕业的学生，所以面对其他治疗师的时候，有点底气不足，这种底气不足在面对唐教授的时候达到了顶峰。

可是这一刻，那种退缩、怯懦的想法都消失了，就像是她带着家里养了好久的猫出去玩，一转头，“毛孩子”被人偷了，而且是眼睁睁地看着猫贩子扛着猫离你远去。

舒棠眼睛里冒出了火苗。这群猫贩子还在拦她，但是舒棠已经完全听不见他们在说什么了。舒棠觉得他们都疯了，他们难道不知道激怒人鱼是什么后果吗？眼见着大车已经消失了，她直接往包围圈中一钻，朝着第二辆即将启动的装甲车跑去。

舒棠已经不去想什么后果不后果了，她只知道，如果她短时间内不追上去的话，人鱼一定会认为她要抛弃“他”了，肯定会非常伤心。

唐教授和他的学生们面面相觑，追了上去。老吴也匆匆赶来了，把他们给拦住了。

舒棠拉开车门的时候，就被警卫员给拦住了：“舒治疗师，你的车在后面，这辆车是给研究院的教授们留的。”警卫员示意她应该坐最末尾的那一辆车。是了，南岛市和燕市很不同，地位不同，安排坐的车都不一样，像是舒棠这样的小治疗师，本应该和其他 01 区的治疗师一样坐最后一辆车。

舒棠停下了脚步，她没有任何一刻像现在这样清醒。她不敢在社交平台上改情侣昵称，不敢告诉父母他们的关系，一直像一只乌龟一样躲在壳里。可是她意识到今天发生的事情仅仅是一个开胃小菜，日后这样的时候还有很多，除非她寸步不离地待在人鱼身边。如果她不争，就会像现在一样眼睁睁地看着人鱼离她而去。而最为悲剧的是，他们的感情不是因为矛盾破坏的，而仅仅是因为他的身边汇聚了越来越多的人，于是他们就这样被人群给冲散了。

舒棠想，如果是十年前的元勋，他们敢违背他的意愿开车吗？她非常清楚，不会，他们仅仅是在欺负小玫瑰生了病。

她难道要退后，放任别人欺负他吗？舒棠知道，自己坐最后一辆车也可以发短信和小玫瑰解释，可是，退了一步，就有第二步、第三步。她这时后退，或者停在原地，其实是一种最缓慢而无情的背叛。

警卫员还要拦，但是舒棠已经直接拉开了车门，无视了唐教授他们，坐上了副驾驶。她扣上安全带，说：“我不是以他的治疗师的身份上来的。

“我是他的 alpha，他的伴侣。

“他的家人。”

陈生说人鱼没有父母，没有家人，她就去做“他”的亲人。

她转头看着身后这一车人：“现在，我可以坐这辆车了吗？”

狭窄的车厢里，唐教授带来的研究员是个小平头，此时有点紧张地看着旁边的那个男人。其实唐教授也不是随便就敢派人来的，这个研究员是十年前祝延的治疗师之一，算是老熟人了。研究员很熟悉过去的祝延，一路上都在不停地说起过去：“您还记得第一次在西南废弃污染区作战的时候吗？”

人鱼一直一声不吭，面无表情地喝水。从头到尾，人鱼只在研究员介绍自己是“舒治疗师的助手”的时候，才给出一点反应。

高大的人鱼觉得这个声音有点耳熟，大概这人真的是从前祝延的治疗师。但是人鱼也只是转头冷冷地看了研究员一眼，就收回了视线。

研究员慢慢放松了下来，因为人鱼一言不发的时候是很像祝延的，而研究员很了解从前的大首领，他虽然看上去很冷淡，但其实性格宽容，很少苛责手底下的人。

在研究员想要挪到人鱼的旁边，尝试着给他做检查的时候——水喝光了，她给的清凉糖也吃光了，人鱼的耐心终于消耗殆尽了。人鱼直接掐住了那个研究员的脖子，轻轻松松地把他摁在了车壁上。

一米八的研究员，几乎单手就被抓了起来。什么宽容、温和？眼前的人鱼的眼神根本不像是在看活物。研究员已经吓得浑身发抖，连句话都说不出来了。

人鱼慢吞吞地收回了手，发出了一声冷笑。什么忆往昔，如果真的是从前对祝延好的人，为什么在疗养院的时候不出现，要等到"他"想起来了才来？

这只凶兽心情非常糟糕，"他"决定，如果舒棠以后想要往他的身边塞别的治疗师，"他"就一个个把他们丢下去。如果舒棠不给"他"当治疗师了，人鱼就不治病了。"他"就是疼死，也不会答应。

凶兽不认为是舒棠的错，千错万错都是别人的错，一定是他们用言语蒙蔽了小猫。

在这条人鱼的眼里，小猫不太聪明，几百个字背了十遍还没背出来。而且她还经常和人鱼感叹，其他的治疗师学历如何如何，她的本科学历又是如何如何。

舒棠以为人鱼没听懂，其实人鱼心知肚明。人鱼认为舒棠搞错了一件事："他"是因为她才愿意去燕市的。如果她不在他的身边了，他为什么要去燕市呢？

半路上下了雨，人鱼的耳鳍刺破了车顶，所以有点漏水。感觉到雨点滴答滴答落下来的时候，人鱼想起了小猫不让他淋雨，但是这里太小不能打伞，于是人鱼看向了角落里瑟瑟发抖的研究员。

研究员以为，既然大首领恢复了部分记忆，自己这个熟面孔来这一趟，就算一下子没得到对方的信任，也可以用舒棠助理的身份留在大首领的身边。但是一分钟后，他被扔到了车顶当挡雨布。

人鱼和祝延完全不同。祝延是个宽容、近乎完美的领袖，没人知道他的内心在想什么，这样的大首领也不会将任何的喜恶表现出来。

但是人鱼不一样，这只凶兽更加直白、凶残，而且已经完全丧失了宽容的品格。

人鱼还能一直保持着冷静，完全是因为舒棠的车很快就跟了上来，而且在他的视线范围内，距离也在慢慢地缩近。

装甲车离开了南岛市，想要去下一个城市，就必须穿越广阔的污染区。

车是军用的，马力足、速度快。但是很快，意外发生了。装甲车遭到了一阵剧烈的撞击，司机立马急转方向盘，然而车头还是朝着一面墙撞去！

就在即将车毁人亡的时候，一只苍白的手轻松抓住了车，将司机从车内扯了出来，稳住了车身。原来不知道什么时候，人鱼已经暴力摧毁了车门，提前出来了。伴随着刺耳的轮胎声，身后出现了数辆装甲车将他们团团围住，黑洞洞的枪口齐齐对准了人鱼。

人鱼松开了司机。

人鱼根本没有将这些人放在眼里，漆黑的眸子缓慢地从他们身上扫过，径直去找舒棠的那辆车。

但是就在这短短几秒钟的空当里，那辆车消失了。人鱼立马用精神体去找，然而这里干扰因素太多，他的精神体一时半会儿根本找不到舒棠。

然而，不仅有武装埋伏，还有大批的污染物正如同黑色的潮水一般朝着他们爬来。

显然，这是一场有预谋的埋伏。

研究员从车里爬了出来，司机也面色苍白，面对包围瑟瑟发抖。

就在他们认为这场面已经足够吓人的时候——

人鱼的表情逐渐狰狞了起来。

紧接着，他们看见了此生最为恐怖的一幕。

庞大的精神体狂乱暴动，愤怒地碾碎了能够看见的一切。

污染区曾经都是繁华的城市，只是因为被污染物入侵到人类无法居住的程度，人们才不得不迁徙，原来的城市就沦为一片废墟。

大雨中，舒棠放轻了脚步，朝着附近最近的一座废弃大楼快步跑去。她能够清晰地听到雨声、自己急促的呼吸声，还有剧烈的心跳声。

就在半个小时前，她还坐在装甲车的副驾驶上想着一会儿追上了人鱼要如何解释。可是短短的三十分钟里，一切就发生了天翻地覆的变化。她的膝盖上因为装甲车侧翻摔出来的擦伤还在隐隐作痛，但是舒棠不敢停下来，因为她隐约可以听见污染物的嘶叫声，她只能不停地往前跑。

舒棠大学军训时学的知识发挥了作用，她没有像无头苍蝇一样乱走，而是不停地寻找可以躲藏的建筑物。废弃的城市里建筑物很多都破败不堪了，舒棠找到了一家看上去还算坚固的废弃商场躲了进去。她躲在了墙壁后面平复呼吸，慢慢地坐了下来。

今天下午的行程非常匆忙，舒棠以为仅仅是航班延误的缘故，但是后面事情的发展就超过了她的想象。舒棠在车子侧翻的时候是被老吴救出来的。老吴带着她一边跑一边告诉她：今天不是陈生没有安排好，而是因为今天不走，明天可能就走不了了。

在燕市方面的影响下，陈生收到了调职令，勒令他在这个时候去北岛基地任职。如果陈生今天不匆匆送走他们，很可能这次的燕市之行就不了了之了。

只是谁也没有想到，疗养院方面泄露了消息，他们的临时行程仍然遭到了埋伏。老吴帮她引开了大部分的污染物，让她往这片污染物比较少的地方跑。老吴是特种兵，自己保命不难，舒棠知道自己留下来就是拖后腿，于是拼命地跑。

窗外一只乌鸦扑棱棱地飞过去。舒棠平复了一下呼吸，抱紧了怀里那把老吴塞给她的枪，脑子“嗡嗡”的，还有种做梦一般的感觉。她这辈子碰到的最刺激的事情就是上次在供电站遇见那群污染物。但是现在她不仅遇见了污染物，还勇闯了污染区。

舒棠觉得自己出息了，要是能活下来，这事儿她能吹到八十岁。然而舒棠平息了剧烈的心跳，就开始思考接下来要怎么办了。

舒棠很有自知之明，她知道自己就是个战五渣，根本没想过冲出去和污染物大战三百回合。她决定求救，最好的求救方法当然是去找小玫瑰的精神体。就算他们现在可能有点小误会，但是舒棠觉得夫妻吵架，还不至于让小玫瑰见死不救。

然而，这座废弃的城市从前房价奇高，所以开发商建房子拼命建高层，街道还十分狭窄，她的视线在这种遮挡下，只能看见一线狭小的天空。

舒棠心想：开发商真缺德啊！

她不得不释放出自己的精神体“大鸡腿”。她要去比较开阔的地方求救，半空中庞大的人鱼就会看见她；于是“大鸡腿”跳上了一家商铺的屋檐，朝着另外一条开阔的街道走去。

但是才走了一会儿，橘猫就立马警觉地竖起了飞机耳。借着电线杆的遮挡，她远远看见了几只被污染物寄生的鬣狗徘徊在不远处。它们的行为十分怪异，发出的声音已经不是正常动物的叫声，而是那种让人毛骨悚然的呜声。

橘猫收回了肉垫，放慢了脚步，在鬣狗们往这边看之前，“噌”地跳下了屋檐，几个跳跃就重新回到了这片街区，回到了这座废弃的大厦。舒棠不得不放弃了去开阔处求救的打算。因为主动在污染物面前暴露自己的位置，可能在人鱼看到她之前，她就被污染物啃完了。

知道这样行不通后，舒棠收回了自己的精神体。

偏偏，污染区是没有信号的，通信器也不能用了。舒棠有点灰心了，她观察了一会儿后，捡起了商场的拖把，在布满灰尘的落地窗前拖出了“小玫瑰”三个大字。这样，只要人鱼的精神体路过上空，一低头就能看见这个求救的信号。

舒棠检查了一下商场内部并没有污染物后，直接将商场的大门关上，蜷缩在了玻璃窗前。这时候，夜晚降临，天空一片漆黑，整座废弃的城市里一点光都没有。周围静悄悄的，连一点声音都听不见。

舒棠这才感觉到自己浑身都疼，特别是车子侧翻时被剐蹭到的左腿。她也不知道左腿怎么样了，也不好移动。

随着时间的推移，舒棠越来越饿了。她一口水都没有喝，晚饭也没有吃，体力早就在下午逃跑的时候消耗殆尽。但是她还不敢睡觉，这里也并不安全，舒棠生怕一闭眼醒过来就被污染物啃了。她干脆掏出了通信器，打起了精神，开始啪啪啪地写遗言。

如果说舒棠有什么遗憾的话，大概就是她不够勇敢，很多话都没来得及和人鱼说。而且她还没有看见人鱼恢复记忆的样子。她还在备忘录里给爸妈打了一大段话，最后全都删掉了，改成了让他们生个二胎。

舒棠写完了遗言，就想着分一下自己的遗产，结果打开银行短信一看：她的遗产等于她爸资助的五千块钱。

舒棠感觉自己的人生很失败，尤其是发现自己要嗝屁的时候还是个穷鬼。她决定如果两个小时内还没得到救援，就放出自己的精神体，主动去找人鱼的精神体求救，赌一把。

人鱼庞大的精神体在废弃城市的上空焦急地寻找着。

污染区远比南岛市大得多，毕竟比起广袤的污染区，人类的安全区就如同海洋中的小岛一般。

而且舒棠的精神体和身体都太小了，一场大雨又将残存的气味冲刷殆尽，连气味都消失了。在这样一座庞大的、废弃的城市里寻找一个小小的舒棠，无异于大海捞针。

那狂躁的庞然大物找了许久都没有找到后，直接伸出了无数精神体的触须，一寸寸地找了过去。一瞬间，蓝色的精神体就如同汪洋一样覆盖了过去。终于，人鱼找到了"小玫瑰"三个字。

舒棠在装甲车侧翻的时候撞到了头，有点脑震荡，一直有眩晕感，而且又累又饿。她拼命打起精神观察四周的情况，但是在伸手不见五指的黑夜里，疲倦如同潮水一般袭来。

舒棠最后靠在玻璃窗边睡着的时候，脑子里迷迷糊糊的，只有一个想法：完了，她要被污染物给啃了。

在舒棠睡着后，附近的那几条鬣狗就出现在了这座商场的门外，发出了毛骨悚然的呜声，开始疯狂地挠着大门。眼见着大门就要被疯狗们撕扯出一个大洞，街角处，出现了一个浑身凶煞之气的怪物。怪物死死地盯着那些鬣狗。

怪物找到舒棠的时候，舒棠已经在几次挣扎后被周公召唤过去了。她在窗帘边蜷缩着，眼睛闭着，身上全是擦伤，就连额头上都有很大一块瘀青。

那一瞬间，这只怪物以为自己的小猫死掉了。"他"立马发出了尖锐的嘶声，眼神变得非常恐怖。一种强烈的不安让这只怪物的理智几乎消失殆尽。

但是当怪物冲过去，听见了小猫的呼吸声之时，那只冰冷的怪物才从暴怒中稍微恢复了一丝清醒。怪物收起了尖锐的耳鳍，将小猫死死地搂在了怀里，冰冷的大手贴在了她的面颊上。怪物在她的耳边发出低低的嘶哑声，想要让她醒过来。

舒棠一直在昏睡，当听见身边嘶哑的呼唤声的时候，她迷迷糊糊地醒过来，下意识地问了一句："几点了？你去浇番茄了吗？"那只怪物立马安静了下来。

舒棠还以为他们是在“巴士底狱”里睡觉，但是一睁眼就清醒了。当她以为自己可能会被污染物啃死的时候，人鱼找到了她。

舒棠在黑暗里感觉到了人鱼抱住她的力道，有种想要抱着人鱼大哭一场的冲动。但是当她感觉到人鱼抱住她的力道越来越大的时候，她哭不出来了，感觉人鱼再用力一点，他们俩就要天人永隔了。

她叫了一声“小玫瑰”。

那只凶兽才仿佛惊醒一般地抬头，意识到什么，松开了手。

舒棠感觉到人鱼的状态不太对，她立马抱住人鱼：“小玫瑰，我没事呢，就是一点皮外伤。我刚刚是睡着了，不是晕过去了。”她就像是哄一个从噩梦中惊醒的小孩一样拍着人鱼的背。

舒棠想，这就是她妈说的：摸摸毛，吓不着。

她这样想着的时候，人鱼已经冷静了下来。

舒棠以为他们两个会抱头痛哭，或者人鱼会因为下午她没跟上车的事情生气，但是并没有。人鱼的脸色阴沉得吓人，一言不发地盯着她染血的裤脚，眼神像是要杀人。

舒棠说：“只是擦伤，没有伤到骨头。”但是人鱼已经将她的裤腿给撕开了。防护服下面，一条腿上都是严重的擦伤，青青紫紫一片，有的地方还在渗血。

明明人鱼见过很多血腥的场面，自己的腹部开一个大口子还能面不改色地评价：小伤。只要胳膊腿都完整，人鱼都会很漠然地觉得没什么事。但当借着通信器的光，这凶兽看见了她腿上的伤之时，人鱼的青筋暴起，看上去非常狰狞。

她想说不怎么疼的。主要是疼的时候她在狂奔，肾上腺激素上升，没顾得上。但是人鱼看上去太凶了，就像是随时会出去抓几个污染物榨汁的样子，舒棠都有点不敢说自己不疼了。

狰狞的凶兽死死地盯了一会儿，凶神恶煞的人鱼忍了忍，大手把旁边的扶手捏得发出“咔咔”的声音。舒棠咽了一口口水。

在舒棠以为人鱼要凶她的时候，他看着她青紫一片的左腿，俯下身，吹了吹。

舒棠：嗯？

这种戏码经常被用来骗小孩，比方说吹一吹就不疼了，而且只能用来糊弄五岁以下的小孩。

她认为这很幼稚，完全就是骗小孩的。可是当凶神恶煞的人鱼轻轻吹了一下，舒棠立马觉得自己被哄到了。

第十四章 //
仲夏夜之梦

舒棠躲在这座废弃的大楼里写遗书的时候，看着外面伸手不见五指的黑夜，她害怕自己真的再也见不到小玫瑰，再也回不到爸妈身边了。可是人鱼吹一吹，她就真的不疼了，似乎那种紧张惶恐的心情，也跟着一起慢慢平静下来了。

然而，在如此温情的时刻，舒棠的肚子开始“咕咕”叫了起来。也许是因为放松了下来，她后知后觉地感觉到肚子饿得厉害。

人鱼也听见了她的肚子在唱空城计。舒棠没有自愈能力，虽然没有伤到骨头，但是创面很大，还是有点严重的。人鱼在找舒棠的路上，看见了队伍里的一辆装甲车，已经人去车空，但是车厢里有充足的水和食物，更重要的是有医药箱。于是人鱼决定去把东西带回来，本来要带着舒棠一起去的，但是她现在不太好挪动。

他低声朝着舒棠嘶了嘶，告诉她，自己的精神体就守在她的旁边。

舒棠点了点头：“你去吧。”

然而，人鱼一走，这座废墟又变得伸手不见五指。

舒棠答应得好好的，但是打开了通信器的手电筒，坐了一会儿后，她又趴在了玻璃窗上，探头看着人鱼高大的背影。她犹豫了一会儿，干脆就一瘸一拐地下了楼，一路跟在了人鱼的背后，像是一个小尾巴。

舒棠想，这当跟屁虫的毛病一定是人鱼传染给她的，她以前也不是这样的。

人鱼走得非常快，舒棠只好也越走越快。然而当人鱼攀着窗框，一跃跳上了四楼屋顶的时候，舒棠的脚步停了下来。

舒棠只好自己一个人留在这里等待人鱼回来。她有点失落，觉得周围黑不溜秋的，她一个人等怪孤零零的。

人鱼出色的听觉，早就感觉到了身后有人跟着。像是一只怕黑的小猫，鬼鬼祟祟地跟在人鱼的身后。人鱼脚步一顿，发现了她的变化。就像是走丢了，在外面吃了苦的小猫，被捡回来后就想要寸步不离地跟在他的后面，因为他一走远，小猫就开始害怕。于是，人鱼回到了小猫的身边。

舒棠正在电线杆边眺望，一转身就看见了人鱼。她还没有想好怎么解释，但人鱼并没有询问她为什么。在她以为人鱼要把她提溜回去的时候，人鱼把她抱了起来，托着她放在了自己的肩头。

舒棠坐在人鱼的肩膀上，好一会儿，诚实地坦白了："小玫瑰，你以后不要把我留下来去找东西，都带着我好不好？"她觉得自己这样胆小，有点丢人，但是人鱼毫不犹豫地答应她："好。"

舒棠有点担心老吴和小陈他们，于是询问人鱼一路上有没有见过他们。人鱼表示，见过老吴，但是没有见到陈生他们，应该是已经离开了。

在听到老吴没事后，舒棠松了一口气。

倒在街角的装甲车，车头撞掉了一个大灯，但是里面的物资都还在。他们找到了一整箱的牛肉罐头和面包。医疗箱也是完好的。

舒棠吃饭很慢，从来不吧唧嘴，但是当饿极了，她也很难顾得上吃相了。只是吃着吃着，她发觉人鱼正在看着她。

舒棠把一包肉松面包递给人鱼，人鱼面无表情地看了一会儿后，沉默地接了过来，和她一样狼吞虎咽了起来。但是人鱼不是饿的，而是在强自压抑自己的情绪。怪物面无表情地看着自己的小猫浑身脏兮兮地吃着罐头和面包，突然伸出手，把她面颊上的灰给擦干净了。

舒棠的左腿严重擦伤，人鱼翻出了消毒水还有绷带，蹲在了她的面前。舒棠一边吃晚饭，一边看着人鱼，犹豫了一会儿，还是开口解释了下午没和他坐一辆车的事情，虽然人鱼看上去因为她受伤被转移了注意力，完全没有要提那件事的意思。

人鱼听说她是被人设套的时候，手上的青筋暴起。但是人鱼还是克制住了自己的力道，没有把舒棠的伤腿捏得伤上加伤。这只凶兽按住了她的腿，手艺非常差地把舒棠的左脚绑成了一个大粽子。

她说："小玫瑰，我没有想要别的治疗师接近你。"

舒棠以为这件事说清楚之后，人鱼应该就会与她和好了，但是她错了。虽然人鱼从头到尾都不生气，但是人鱼还是决定和她表明自己的态度，因为舒棠的表现都被人鱼看在眼里。他认为意志不坚定的小猫，很可能在日后会犯这种原则性的错误。

不仅舒棠想要化解误会，不再因为这种事闹矛盾，人鱼也不愿意。于是舒棠话音落下，就见人鱼看着她，凶神恶煞地道："换人，死。"

舒棠的CPU（中央处理器）烧干了，她理解了一下这句话，人鱼是说：如果她敢换人，对方就会死。

人鱼告诉舒棠：如果她推其他人到他的身边，他不会对她做什么，也不会生她的气，但是他会把那些人都丢出去。

舒棠没有想到人鱼的反应会是这样的，她有点不安了。她一开始以为人鱼是在开玩笑，但是人鱼面无表情地看着她。今天的人鱼本来就因为处理太多的污染物和埋伏而浑身凶煞之气，此时就非常有说服力。

她真的被吓到了，有点着急地问："那助手呢？或者其他的治疗师呢？"

人鱼很干脆："死。"人鱼的眼神很漠然，就像是那种无情的变态杀人犯。这只凶兽本来就对人类没有什么归属感，也不认为自己就是祝延，变异让他的心变得无比冷硬，这种非人类的怪物，早就失去了很多的同理心和情感。

人鱼在告诉舒棠：如果她不在身边，他不保证自己会做些什么。

人鱼第一次在她的面前展露自己的凶性，舒棠真的被吓到了。因为和人鱼朝夕相处，她不是没有见过人鱼捕杀鲨鱼时的凶残和平静。她还知道人鱼很难理解很多人类的行为，但是代入一下动物，人鱼却能够快速地理解。一直以来，因为人鱼在她面前很无害，她就真的不觉得人鱼是个多么危险的人物。但是此时，她内心的那些面对更加权威人士的退缩、犹豫都立马消失得一干二净。

人鱼威胁了她一番后，就若无其事地进去拿食物了，但仍然在用余光观察她。人鱼看到她真的露出了惴惴不安的表情，还时不时忐忑地往这边看一眼，便知道她信了大半。

如果说舒棠之前觉得自己不够资历，有点无足轻重，那么现在，人鱼冰冷且毫无人性的态度让她肩头的责任一下子就像是一座山一样压了下来。她从前只需要担心人鱼怎么融入人类社会，现在还要担心人鱼变成没有人性的大魔头。舒棠一下子就从“我一点也不重要”过渡到了“我责任好大、压力好大”，她有点焦虑又有点紧张。然而等到舒棠一转头，却发现人鱼在笑。

舒棠蒙了一下，立马意识到人鱼刚刚在吓唬她。但是这条鱼的演技太好了，她愣是没有识破。舒棠火冒三丈，拖着伤腿仍然斗志昂扬，扑过去打人鱼：“小玫瑰，你太过分了！”

人鱼抱住了她，在她的肩头大笑。

舒棠好生气啊。人鱼感觉到小猫的恼怒，立马讨好地凑过来，亲亲她的面颊。

舒棠转过头，瞪了人鱼一眼，气得钻进了车厢里。但是进了车厢后，舒棠突然觉得：也许人鱼说的不完全是假话。

小玫瑰一开始就不喜欢这个世界，更加不喜欢和人类相处，虽然现在“他”会说一些话了，也可以在人类社会生活了，但这并不代表“他”真的和正常人一样了。变异也许永远地改变了一些东西。她意识到，也许自己真的是个纽带，或者说一把钥匙。

他们夜里是在车厢里睡的。

舒棠睡前还有点担心如果老吴来救他们遇上污染物怎么办。人鱼就让她放心，他会看着的。舒棠放下了心事，看了看身边懒洋洋的人鱼，很快就陷入了睡眠。

但是她并不知道，她的呼吸渐渐均匀后，人鱼身上那种懒洋洋的感觉消失了。他面无表情地看着身边狼狈不堪、筋疲力尽的小猫，一言不发地起来，沾了水帮她擦干净脸，动作很认真。

人鱼没有骗她，这就是一只无比凶残、在泯灭人性边缘的怪物。被污染物寄生的一个标志性特点就是会渐渐地丧失一些属于人的部分，祝延扛住了，但是有些东西也永久地消失了。就连人鱼自己都不能确定自己能够保持多久的理性，因为就在今天看见小猫躺在那里没有反应的时候，这只凶兽就已经有点濒临失控了。

人鱼知道舒棠担心陈生他们，于是在她睡着之后，用自己的精神体找到了老吴所在的队伍。大部分的埋伏者和污染物都被人鱼杀掉了。他们此时正在艰难地往里面寻找。

人鱼顺手处理了附近的一批污染物，却没有和他们联系，而是在确定了他们的安全后，直接回到了舒棠的身边。

这天夜里，舒棠没有做噩梦，人鱼却做噩梦了，就是人鱼时常做的那个在黑暗的荒芜里跋涉的梦。这还是第一次在梦境里出现其他的内容：他梦见自己踏入了那座废弃的商场，然而小猫没有醒过来，她双眼紧闭，无论怎么呼唤都没有动静。

人鱼在梦中发出了痛苦的嘶声，一睁开眼，就看见舒棠靠在他的怀里，呼吸均匀。这样可怕的怪物竟然因为一场噩梦而冒出了冷汗。

这只凶兽靠在车厢上，看着自己的小猫好一会儿，突然站了起来，将沉睡的舒棠抱了起来。“他”想要带她回家。

舒棠这一觉睡得非常沉。一直到在人鱼的背上醒过来，她看见了渐渐亮起来的天色。被清晨的凉风一吹，舒棠彻底清醒了。

在污染区，这里的黎明都是有些晦暗的，天上的乌云压在整座废弃的城市上方，像是要下雨的样子。舒棠以为他们接下来就要去找大部队集合。

但是，如果人鱼想要找大部队的话，在昨天夜里就会主动联系小陈他们了。

她跷着那只被捆成粽子的脚，趴在人鱼背上念叨：“也不知道老吴他们到哪里了？我们坐上车，大概几个小时就到邻市了。听说隔壁市的航空餐很好吃，我们在飞机上吃两顿就可以到燕市了。”高大的人鱼只是轻轻地“嗯”了一声，小心翼翼地托住了舒棠的左腿。

舒棠感觉到了一点不对劲，一开始还以为是错觉，但是越走越觉得古怪。她渐渐发现，人鱼带着她走的方向，是回南岛市的方向。

舒棠从昨天被人鱼找到的时候，就感觉到了人鱼的状态不太对，她叫他的时候，他就像是从噩梦中清醒的人。但是人鱼后面表现得完全没事了，舒棠就放下了心。一直到这个时候，她才感觉到，也许人鱼昨天夜里只是想要安抚她而已。

她在心里叹了一口气，趴在人鱼的肩膀上问：“小玫瑰，我们不是还要去找他们集合吗？

“我们还要去燕市的，你都答应我了。”

人鱼却不吭声。人鱼想要带着她回家，不想要小猫受伤，如果去燕市，危险随时都在。装甲车有危险，那飞机呢？

舒棠却从人鱼的背上挣扎了下来。

人鱼一直护着她受伤的左腿，但是她一直要下来，人鱼只好把她放在了一座废弃大厦前的邮筒上面。

舒棠：“不行，小玫瑰，我们还是要去燕市的。”

人鱼装作没听到。

舒棠：“小玫瑰，你总要慢慢好起来的。我还想和你在一起度过很长很长的时间。

“你明明答应过我的。”

这只凶兽看着她，冷不丁地冒出了一个词：“反悔。”

人鱼是在说：他准备反悔了。

就像是舒棠和人鱼下五子棋的时候，她教人鱼落子无悔，但是她自己时常悔棋，人鱼认为自己也可以反悔一次。

舒棠说：“小玫瑰，你在耍无赖。你这样出尔反尔，还有没有信用了？”

人鱼低头看着她，说：“怎样？”翻译：反悔了，她能拿他怎么样？

她匪夷所思：“你什么时候学的这么多话？”

人鱼又不说话了，开始装哑巴。

其实在学会说“好”之后没多久，人鱼就掌握了说话的技巧。但是人鱼发现每当自己说不出话来，或者学得很慢的时候，舒棠就会露出怜爱的表情，人鱼的学习就越来越慢、越来越慢。而且在发现自己的学习进度一快，舒棠就不再花很多时间教他后，人鱼的学习进度立马就开始倒退。

舒棠想起每一次他们吵架的时候，人鱼的语言能力就会突飞猛进。意识到这一茬，她顿时更加生气了。

人鱼可以和她解释，自己梦到她死了，但是经受过舒棠迷信的熏陶后，人鱼也觉得说出来不吉利，于是干脆不说话了。

舒棠气了一会儿后，坐在邮箱筒上，开始和人鱼动之以情、晓之以理：“危险也不是每一次都会遇到的嘛，这些都是可以克服的。只要你不和我分开，我们一直在一块儿不就没事了吗？”

但是人鱼看上去像是吃了秤砣一样铁了心，说不松口就不松口。

舒棠瞪了人鱼一眼，她扶着邮箱筒下来，在一边捡了一根断木头，朝着大部队的方向一瘸一拐地往前走。舒棠就不信，她这样身残志坚地表达自己的决心，人鱼还会和她犟。

她走了三步、四步。天上落下了两点雨，她只好往屋檐下挪动。就在她一瘸一拐地要走到屋檐下的时候，终于，她听见了人鱼的脚步声。

人鱼扶住她的时候，舒棠回头看他。

雨在废弃的荒芜城市里飘落。

其实，除了这个噩梦，还有一个更深层次、困扰了他们两个很长时间的分歧。

只是他们谁也没有告诉彼此而已。爱情让人变得患得患失，像是个胆小鬼。

两个胆小鬼，在这一刻对视着。

——如果你好不起来，我会觉得自己像个卑鄙的小偷，乘人之危，才拥有了这么好的你的喜欢。

——可如果我好起来，我这个卑鄙的、企图利用你的怜悯心偷走你的小偷，又要拿什么将这么好的你留下来呢？

大雨落下的时候，他们对视着，情不自禁地吻在了一起。长发交缠在了一起，冰冷的唇覆盖在了她的唇上。

她抱怨着他咬到了她的唇，他就低头，爱怜地舔舔她的唇。

她说："小玫瑰，我们往前走吧。"

Forecaster said the weather may be rainy hard.

But I know the sun will shine for us.（天气预报说今天可能雨很大，但我知道太阳会为我们闪耀。）

等到雨停后，污染区的地面上，出现了一个又一个的水洼，倒映着乌云渐渐散去的天空。

他们并没有回去和大部队会合。因为飞机危险性太大，跟着大部队走还有走漏风声的风险。毕竟十年过去了，陈生也不再是大首领的秘书，手上能够调用的资源十分有限，还有一个立场成谜的研究院插一脚，走漏风声也是很无奈的事情。

如果是祝延出面安排，一切会顺畅很多，可是现在的祝延正在生病，而且护送他们的人也有很大的危险。

舒棠想：其实过去十年，他们做得已经足够多了。

接下来的路，就让他们两个一起走吧。

舒棠知道人鱼并不是那么想要去燕市，于是她对人鱼说："小玫瑰，你说我们要是不跟着大部队走，咱俩去燕市怎么样？

"本来就是我们两个的事情嘛。"

高大的人鱼本来背着舒棠一路上都没吭声，听到这句话，就在舒棠以为他还要继续装哑巴的时候，他发出了嘶哑的一声"嗯"。

如果只有他们两个的话，旅途就像是另一场约会。

不远处的大部队很是热闹。陈生正在和老吴确定舒棠的位置，对讲机响个不停，全是催他去营救燕市专家们的。但是显然，陈生并不是很在意那群专家的死活，他很着急舒棠会不会出事。

袭击来得突然，大部分埋伏的人都被元勋给解决了，但是污染物仍然给他们造成了很大的损失。唐教授带来的人也因为袭击失联了一半，唐教授本人也受了重伤，但是陈生并不同情他们。

研究院趁着元勋好转赶来摘果子，本就是富贵险中求，总不能好处想抢，坏处又不愿意担吧？

偏偏对讲机响个不停，一直在催陈生去救那群人。陈生根本不想让手底下的人深入污染区为了他们丢命，干脆把对讲机给关了。

然而，就在这个时候，他们的面前出现了一封信。

上面的落款是舒棠和祝延。

老吴看完了信，有点着急："这可怎么办？"

陈生也愣了一下，但是好一会儿，笑了："现在就连我们都找不到元勋和舒棠了，其他人又要怎么找？

"元勋的精神体很庞大，也正因如此，他们很难锁定元勋具体选择了哪一种交通工具。

"就算是想要埋伏，也不可能有人会丧心病狂地去炸掉一座城市。"

不过，陈生还是想要将物资给他们送过去一部分。然而等到他们想要顺着信的方向找过去的时候，却再也没有找到他们两个的踪迹。

祝延和舒棠消失的地方，他们只看见了晚霞漫天。接下来的很长一段时间里，再也没有人知道祝延和舒棠的消息了。

这场燕市之旅，慢吞吞地走了快七天。

第一天，舒棠和人鱼坐上了那辆被遗弃的装甲车。舒棠大一假期被家里人赶去考了驾照。于是猫司机上任，载着人鱼朝着污染区的尽头驶去。舒棠打算和人鱼把车开出去，然后转到隔壁市坐火车。

火车在联邦是比较危险的出行方式，一般有条件的人都会选择坐飞机。但是这种交通方式反而是最容易浑水摸鱼的。

舒棠打算一直关着通信器的信号，避免被定位，但是问题来了——车票非常贵，他们身上的现金只够车票钱，不够在火车上两天三夜的伙食费。

巧的是，他们第一天就遇上了一支九人小队。污染区里除了污染物，还有很少的人。有的是和大部队失联的alpha士兵，有的是因为各种原因沦落到污染区的普通人，他们的生活非常凄惨，而横穿污染区回到家乡就成了一个最奢侈的梦想。

这支求生者小队是这片污染区仅剩的一支，因为有两位侦察兵保驾护航，这九个人才活到了今天。然而，就在今天，他们遇见了一个十分可怕的男人。对方有漆黑的眸子、高大的身躯、古怪的鱼鳍，在雨夜的废墟上俯瞰他们的时候，就像是雨夜里的邪神。他们以为那是变异的污染物，而且这个污染物看上去非常强大、诡谲。九人小队露出了恐惧的眼神。

就在这个时候，高大人鱼的后面飞出了一辆唱着“啦啦啦”的车。一个女孩子从车窗里探出了头，她大声问：“上车吗？滴滴送人！包送到安全区，六百元一位！”

高大的人鱼漆黑的眸子慢吞吞地看向了他们。九人小队很害怕，他们不信有人会送他们出污染区，但是他们觉得这车不上可能会死。幸好，他们身上都有不少现金，于是都上了后车厢。然而，上车后就被杀掉的画面没有出现，车子真的朝着安全区行驶。

九人小队面面相觑，大气都不敢喘地听着前面传来的对话。

前排的女孩子点头：“六百真是公道价。”

人鱼：“公道。”

女孩子说：“良心买卖。”

人鱼继续点头：“良心。”

那女孩子问：“你是复读机吗？”

人鱼立马反驳：“不是。”

女孩子："你再学我说话我就唱歌给你听。"

人鱼闭嘴了，但是女孩子"啦啦啦"的歌声很快就响彻了整个空旷的街道。

他们两个就这样吵吵闹闹地开着车向前行驶。

于是九人小队也就知道了，那个看起来很可怕的雨夜怪物，叫作"小玫瑰"，而看起来很可爱的女孩子，她唱起歌来的危害性堪比核武器。而这截然不同的两个人是一对，因为怪物看他们的眼神如同冰山一般冷，看女孩子的眼神就像是春天融化的雪。

慢慢地，后面的九个人都放松了下来。听着小情侣吵吵嚷嚷，好像在这个末日般的世界里，找到一丝属于人间的烟火气。

晚上吃饭的时候，那个女孩子把车上的牛肉和面包全都留给了他们。就在队长泪眼汪汪，和小队成员们都觉得自己遇见了顶尖的好心人的时候，人鱼回来了，生火，架起了支架，在原地和女孩子一起烤鸡吃。

其他人看得口水直流。

真神奇，在这片支离破碎的废墟上，这一对小情侣看上去就像是在公园旅游。路过什么景点，女孩子就会停下来欣赏一番，和那只高大的人鱼一起肩并肩地吹风；遇见了娃娃机，两个人还会头碰头去抓娃娃。没有人去催他们，一个是不敢，另外一个是在旁边围观他们两个热热闹闹开开心心的样子，就像是在看一场胶片电影。最后，九个人每人都被分到了一只毛绒公仔。

偶尔遇见了污染物，人鱼就会前去处理。

其实侦察兵已经发现了人鱼精神体的异常，但是九个人都不敢吭声，只觉得人鱼可怕无比，他们心中瑟瑟发抖，觉得遇见了污染物的头子。然而每一次他们这么想的时候，一转头都会看见女孩子坐在车顶大喊小玫瑰加油——真是一对奇怪的情侣。

后来，更加奇怪的事情发生了。在一次遇见污染物的时候，那个女孩子也释放出了她的精神体，是一只可爱的圆润橘猫。橘猫爬到了庞然大物一般的精神体的上面，叽叽咕咕地说了一些什么，他们没有听清。

那时，舒棠对人鱼说："小玫瑰，我想要做一件不可饶恕的事情。"

人鱼没有什么善恶观，他的三观等于舒棠的喜好。这是一件很危险的事情，因为一旦舒棠是个危险分子，就完蛋了。

舒棠凑在了人鱼的耳边叽叽咕咕。于是，很快，九人小队的精神体就看见了很可怕的一幕。半空中狰狞的庞然大物头顶上，那只橘猫猫爪掏出了一根小树枝，大喊："阿瓦达啃大瓜！"小树枝就立马射出了蓝色的光，被击中的污染物应声暴毙。猫爪所指之处，污染物全军覆没。

但是"大鸡腿"显然还没有玩够。"大鸡腿"转头："阿瓦达啃大瓜！"

庞然大物迟疑了一会儿。

小猫一挥爪，庞然大物捂住了胸口缓缓倒下。于是，恐怖的污染物之王就被魔法打败了。他们转过头，发现车上的人都惊恐地看着他们。但是这回，他们惊恐的视线看向的不是人鱼，而是那只大橘。

很快，舒棠和人鱼把他们送到了污染区的边缘。她探头朝着他们挥挥手。九人小队真的在安全区的边缘了，他们还有点不敢置信。侦察兵队长突然说："那个人长得有点像是我们元勋。"

"怎么会呢，元勋不是在燕市好好待着吗？"

"而且那眼睛是……"他们转头看向污染区的方向，人鱼和会魔法的女孩开着车消失在了污染区的黎明里。

第三天。

因为绕路跑滴滴送人赚路费，耽误了不少时间。但是舒棠不着急，人鱼也不着急。舒棠觉得按照约定时间到达燕市反而容易出幺蛾子，倒不如晚几天到，避免在火车站被蹲守。

唯一的小插曲就是副驾驶的车顶被人鱼的耳鳍给顶破了。外面一下大雨，人鱼的头顶就会下小雨。偏偏副驾驶很狭小，高大的人鱼只好一边躲雨一边凑过来朝着她嘶。

舒棠觉得人鱼看上去有点委屈，于是爬上去给人鱼放了一把伞，下雨天打伞，晴天就收起来。

两个人都很开心。漫长的路途，仿佛变成了一场约会。

舒棠在这天早上，看见了一片海棠花海。也许是因为气候的异常变化，污染区的花早就不会按照时令绽放了。这片延迟了两三个月绽放的海棠花海生机勃勃，蔓延了整片废墟。

他们的车穿越了重重的海棠花海，花瓣就这样纷纷落下。

舒棠从车窗探头出去，转头兴奋地对人鱼说："小玫瑰，你看，那就是海棠花！"

人鱼也看见了这些野蛮生长的海棠花在雨水中生机勃勃的样子。如果不经过污染区的话，在这个世界，他们可能一辈子都不会见到海棠花。人鱼歪了歪头，然而他一动，车顶的海棠花就顺着被他耳鳍戳烂的缝隙漏下来，掉了他一脑袋的花。

本来，脑袋上掉满粉色花的样子应该有点滑稽的，但是当月光一般的长发、睫毛上都掉上了花瓣后，舒棠的心跳漏了半拍。于是，她趁着人鱼试图去摘掉脑袋上的小花花的时候，过去亲了人鱼一口。人鱼猝不及防，一转头，舒棠却已经笑眯眯地坐直身子准备去停车了。

她哼着小曲儿。他们漫步在海棠花海中，舒棠的脑袋上全是落花。

安全区是绝对不会有这样的美景的，因为土地紧张，绿化都不多。舒棠蠢蠢欲动："我们合影吧。"但是舒棠举起了通信器，发现照到她的脑袋就照不到人鱼，照到人鱼就看不见她。因为身高差，他们很难出现在一个框里。

但办法总比困难多。她示意人鱼抱住她，然后她单手搂住了人鱼的脖子，举高了通信器："小玫瑰，看镜头！"

人鱼转过头，和小猫脸贴脸，拍了一张游客照。

舒棠觉得不满意，因为人鱼面无表情地转过头，也没有说茄子，就她一个人笑得开心，人鱼像是被她绑架来的，而且衬托得她笑得见牙不见眼的样子很傻。

但是人鱼很喜欢这张照片。人鱼的通信器壁纸改成了这张照片。舒棠一直蠢蠢欲动地想要换掉，但是一直没有找到机会。

第四天。

舒棠在废墟里捡到了几箱烟花。吃完了今日份烤鸡之后，她就和人鱼一起去了城市的最高点放烟花。舒棠坐在废弃的高楼大厦上，点燃了烟花。在"啾嘣"的烟花声中，舒棠打开了通信器，打开了相机，伸出手比剪刀："茄子——"就在这个时候，人鱼低下头，吻了上去。

这张拥吻的照片后面，巨大的烟花绽放，像是末日里的一场奇异的庆典。

他们看了很久的烟花。在高空"呼呼"的风声中，她看着人鱼的侧脸，心想：和你在一起，就算是四海漂泊，我也觉得快乐得像是一场盛大的春游。

他们饿了就在污染区捕猎。废弃的农家乐乱跑的鸡，废弃的公园里的鸭子和鱼，都是非常新鲜的食物。而且因为吃虫子、到处乱跑，肉质很美味。舒棠吃烤鸭烤鸡吃得流连忘返——就是需要艺高人胆大，还要仔细分辨有没有被污染物寄生。

夜里睡觉，有时候在车上，有时候就在海棠花边支起一个帐篷。

大概是睡得早的缘故，他们两个醒得也很早，还能看见凌晨四点的海棠花未眠。他们就什么也不做，看着花瓣慢慢飘落。

时光也变得很悠闲。他们都很珍惜这种两个人独处的时刻，谁也没有提出要加快脚步。但是等到天亮了，他们也不得不重新踏上了旅程。

舒棠知道祝延以前的工作很忙，也许恢复记忆后就要和从前一样忙得连吃饭的时间也没有。于是她恋恋不舍地说："小玫瑰，我们以后大概就没有这样出来玩的机会了。"

但是顶着一头花瓣低头的人鱼却问她："想，哪里？"人鱼说话词汇量丰富了不少，但是喜欢单个词地往外蹦，而且说出来有点不太连贯。不过神奇的是，每次舒棠都能准确地听懂他的意思。

舒棠也不知道去哪里。大概是，和他在一起，天涯海角哪里都可以。

最后一站，是污染区尽头的一家邮局。

人鱼知道邮局是什么地方。于是人鱼停下了脚步，舒棠也顺着人鱼的视线看过去。他们一起进了邮局，找到了落满灰的信封和信纸。

两个人背对背给对方写信。

舒棠写道：亲爱的小玫瑰。

人鱼写道：亲爱的棠。

舒棠第一次没有耍赖去偷看，而是认认真真地写了一封给恢复记忆的人鱼的信，足足用了三页信纸——也不知道这座废弃的邮局的信件还能不能送达。

但是他们两个都把信封投进了邮箱里，而且留下了钱，从架子上买了足够寄到的邮票贴上。

也许未来的某一天，他们会回到这里，打开信封。不过未来的事情，谁知道呢。

终于，在污染区破碎的路牌指引下，他们进入了最近的安全区的市内。

因为"滴滴"送人，他们俩的现金足够在火车上吃吃喝喝三天。

舒棠就在火车站买了票，和人鱼坐上了火车的包厢。舒棠趴在了火车的窗户上看着远去的城市。

这是舒棠第一次坐火车，对于苏醒后的人鱼而言，也是第一次。他们像是两个乡巴佬一样在窗前，对着路过的每一座城市指指点点。他们好像有说不完的话，虽然大部分时间都是舒棠在说，人鱼在听。有时候聊得累了，她就开始教人鱼说成语，两个人玩成语接龙游戏。

人鱼知道舒棠在欺负他。和半个哑巴比成语接龙的她，得意扬扬地往他的脑门上贴纸条。

人鱼知道她坏心眼，但是喜欢她得意扬扬的样子。她的表情映在他的眸子里，每一个笑都被记住。

她贴着贴着就感觉到了人鱼的眼神，于是问道："怎么了？"人鱼知道这是在火车上，于是仅仅是将她圈住，抬头给了她一个克制的深吻。

人鱼告诉她，什么都没有发生——仅仅是偶尔注视着她的时候，爱意会藏不住，不小心跑出来。

火车呼啸着穿过山洞，朝着远处驶去。

晚霞漫天。

"燕市站到了，请乘客们带好行李，到站下车。"

燕市乍一看并不像是在末世中建立起来的人类文明，这里人口众多、车水马龙，一切有条不紊，有着和其他七个基地截然不同的繁华。

时隔十年，祝延再次回到了这座城市。大概是故地重游的缘故，很快，人鱼就有一些属于祝延的记忆碎片浮现在了脑海中。

在人流如潮的火车站里，这些混乱的记忆，像是一个颠倒混乱的梦境。黎明的光影和十年前的黄昏混淆起来，带来一种真实与虚幻交织的感觉。

熟悉的神经痛再次袭来，让他有些分不清现实和幻觉。但是人鱼并没有表现出任何异常，他仅仅是脚步停顿了片刻。

这座城市并不安全，周围陌生的人潮让人鱼很难放下警惕心，这只凶兽保持着警惕观察周围。也许是强行从混乱的幻觉中抽离，神经痛非但没有消退，反而越发强烈起来。

恋人之间也许有某种心灵感应，舒棠一下车就发现人鱼面色有点苍白，她误以为他是有些晕车，于是跑去自动售货机买水。回来的时候，舒棠发现人鱼闭着眸子坐在角落里的椅子上，高大的身体都藏在了黑暗中，像是睡着了一样。可是一走近，舒棠就注意到他苍白的大手抓着椅子的扶手，金属扶手发生了一些变形。

舒棠叫了一声小玫瑰，把水递了过去。人鱼却至少等了两三秒，才睁开了眼睛，接过水，朝着她嘶了嘶。

舒棠立马伸出手去摸人鱼的额头，没有发烧，但是摸到了他额头上的冷汗。

舒棠感觉到了一丝不对劲，问：“小玫瑰，你现在头疼吗？”

人鱼朝着她低声嘶了嘶，低下头蹭了蹭她的面颊。

舒棠立马猜测，是不是精神力暴动要开始了。早在上次在海岛上他们闹别扭的时候，人鱼就有了复发的预兆。而一路上为了避免被定位，他们又耽误了一些时间，很可能要经历第二次精神力暴动了。不过幸好，他们已经到达燕市了。

舒棠摸了摸人鱼的额头，匆匆地找了一辆出租车，一上车就给司机塞了一把钱：“快，去研究院！”司机一看，五百多块，立马如同火箭一样开了出去。

上了车后，人鱼再也无法控制住，耳后的鱼鳍已经尖锐地冒了出来；“他”发出了低哑的嘶声，鱼尾也变了出来，占据了整个后座；漆黑的眸子一下子变得凶煞无比，因为剧烈的神经痛，不得不抓住了车子的靠背缓解一二。

司机从后视镜看了一眼，差点一脚踩中刹车。舒棠十分着急，干脆把身上所有的钱都塞了过去。司机立马冷静了下来：“你们俩坐好啊，我加速了。”

舒棠已经顾不上什么埋伏、暴露踪迹了。她匆匆给陈生打电话：“你们在燕市吗？快！快联系研究院！”那边还想要问什么，就被舒棠的一句“他精神力快暴动”给镇住了。

一直到两分钟后，舒棠才听到了陈生的声音。陈生匆匆道：“快去，我派车在路口接！”

舒棠挂了电话，这才稍微安心了一些。她抓住了人鱼的手，叫着他“小玫瑰”，然后不停地吻他的面颊。靠着这种安慰，人鱼稍微冷静了一些。

高大的凶兽蜷缩在狭小的后座，发出了有些痛苦的嘶声，仿佛在告诉她有些疼。于是她把他抱得更紧了一些。

大概是因为看到这一幕，司机突然没有那么紧张了，出租车平稳而迅速地朝着研究院的方向驶去。

窗外，天空突然阴沉了下来。清晨的光仿佛被什么东西遮蔽住，天灾一般庞大的精神体狰狞地笼罩了整座城市，像是漆黑的海水遮住了所有的光线。整座城市仿佛一下子从白天到了黑夜，从陆地变成了海底。出租车穿行过的街道，清晨还没有来得及熄灭的路灯，一路“啪啪啪”地断电。路上的指示灯牌也全部熄灭。从燕市军事基地到联邦大厦的半座燕市，电路全部瘫痪。

舒棠并不知道，一开始接电话的人并不是陈生。

陈生的所谓调职，其实是被抹去了所有的职权，一回到燕市就被软禁了起来。只不过，被软禁的第二天，陈生就接到了舒棠的电话，立马被放了出来。他接到了议会打来的无数个电话，全都是问他精神体是怎么回事，停电又是怎么回事。

陈生才刚刚出来，就看见了那个天灾一般的精神体。蓝色、庞大、美丽的精神体，此时变得漆黑无比，充满着邪恶和不祥的气息。“他”笼罩在整座城市的上空，就像是黑色的海水淹没了整个世界。

看见这一幕的人，当然不仅有陈生，还有联邦的议会大厦里的所有人。就算是看过视频，知道现在“他”的杀伤力呈几何级数地放大，但在燕市这群人的心中，对祝延的印象还停留在十年前。

十年前，祝延也发生过一次十分严重的精神力暴动。但是，他选择给自己注射了致死量的药物，在即将毁灭城市的那一刻控制住了自己。这也是后来，他的病情根本没法控制的原因。

十年前的祝延，是一个道德感极高的人，他是宁愿牺牲自己也不会对其他人造成伤害的。也正是因为这一点，燕市的这群人有恃无恐。

但是十年后，当他们看见这恐怖的精神体的时候，才后知后觉地感觉到恐惧，因为他们似乎再也无法从这个庞然大物身上找到祝延的影子了。不，严格来说，是根本找不到“人”的影子了。

面对议会在视频会议里提出的种种质问，陈生直截了当地道：“我现在就要和自由军的最高指挥官通电话。

“因为诚如你们所见，他会随时毁掉这座城市。”

随时。

这一点亲历了上一次人鱼精神力暴动的陈生，无比地肯定。

此时，研究院附属医院内，一片混乱。临时启用电力设备的声音此起彼伏，护士们跑来跑去地通知；而治疗师们行色匆匆，全都朝着二楼的方向赶过去。

自从人鱼进来之后，医院里所有仪器都发出了精神力数值超标的提醒，一直到仪器不堪重负，炸毁了几个液晶屏。现在已经可以确定人鱼正处于精神力暴动的边缘，如果不立刻采取行动，后果不堪设想。

但是幸好，研究院提供的新药非常管用，舒棠匆匆给人鱼注射了一针后，他看上去稍微没有那么痛苦了。来研究院这个选择是对的，因为舒棠能够明显感觉到这里的治疗条件比海角疗养院好很多，就连药也能用上最新的。

但等药物的镇定作用过去后，人鱼再次发出了尖锐的嘶声。舒棠凑过去亲吻他、安慰他，不停地对他说：“小玫瑰，我在呢，我在呢……”

研究院的白大褂们早就匆匆赶来了，但是他们都在二楼的入口处不敢上前。里面的动静实在是太吓人了，金属碎裂的声音让人觉得毛骨悚然，古怪的嘶声也让他们踌躇不前。

老院士暂时赶不回来，来的是医院的苏院长，作为老院士的学生之一，他也是这方面的专家。苏院长咬咬牙准备进去的时候，却突然有点为难地问：“小舒治疗师，那个治疗同意书有人签吗？”

这声音传进了病房里。

人鱼双眼紧闭，已陷入了混乱的记忆碎片中。苏院长的声音和十几年前的声音重叠了。祝延第一次精神力暴动时，被紧急送进研究院，当时谁也没有想到一件事——没有人可以帮他签治疗同意书。

祝延一直是很多人心中值得依靠的人，就像是所有人的主心骨、顶梁柱；于是人们自然而然地认为大首领无所不能，甚至因为他的战斗力，有些神化了他的存在，可是一直到即将上手术台，才发现没有人可以为他负责。

治疗师们着急地问：“治疗同意书谁来签字？”

可是祝延没有家人、没有亲人，从来都是孤零零的，在那一刻竟然找不到一个人签治疗同意书。

陈生这些部下、秘书急得团团转，但是没有用，他们可以照顾生病的大首领，但是他们没有代签治疗同意书的资格。

这是一件棘手的事情，因为祝延的身份特殊，谁也不敢担这个责任。

最后，虽然治疗了，但是竟因为这个滑稽的理由错过了最佳的治疗时机。

梦里的祝延躺在病床上，强忍剧烈的神经痛，依稀听见了外面的动静。他在疼痛中有些自嘲。

这只凶兽想要摆脱记忆中的那种感受，但是漫长的黑暗笼罩了他，不让他从这场幻觉中醒过来。人鱼的手指动了动，那是在梦里，坐起来拿笔签字。

就在这个时候，小猫的声音响了起来——“我是病人的家属，是他的临时监护人，我来签字！”

于是，梦里的祝延拿着笔的手停顿了片刻，正在自嘲的男人愣住了，穿越了很多年的时空，空空荡荡的心被“家属”两个字重新填满。

家属吗？

舒棠很着急，她以为签了同意书就行了，但是迟迟没有人进来——不进去当然是因为有点害怕，因为里面的人鱼，比所有的污染物加起来还要危险、可怕。

舒棠干脆自己出去找人，她飞快地看了一眼苏院长的胸牌，对他说：“苏院长，你和我进去，要是出事，我会挡在你前面。”

苏院长有点犹豫，舒棠打算再说些什么的时候，苏院长已经跟着她进去了。他一带头，后面的人面面相觑，犹豫了一会儿，也进去了。在他们小心翼翼的低声对话中，舒棠听见了“元勋”这两个字。舒棠意识到，也许祝延的号召力，比她想象的还要大。

舒棠担心陌生人的进入会刺激到人鱼，于是一进来，她就抓住了人鱼的手，抱住了他。

这只凶兽此时已经完全不像是人类了。他漆黑的眸子毫无焦距，竖起的鱼鳍展现着极强的攻击性，暴起的青筋和周围的空气中跳动的精神力磁场，都昭示着此时这只怪物处于极为危险的状态。

而人鱼没有失控的唯一原因，仅仅是因为舒棠一直抓着他的手。在她柔和、温暖的信息素里面，濒临失控的怪物就像是得到了短暂的安抚和慰藉。

见此，苏院长和其他人趁机打开了各种设备，快速地忙碌了起来。

其实人鱼的问题不在精神体上，而是精神域。人鱼虽然发生了变异，但是身体上变异的速度显然赶不上精神体的变异速度。这就导致了人鱼的身体和精神域根本承受不了如此庞大的精神体。

而老院士的研究就是在精神域上的开创。他认为对精神力暴动的治疗，重心应该从精神体转移到精神域上面。老院士的研究取得了非常显著的成果，刚刚用的新药就证明了老院士的思路十分正确。

饶是如此，一干研究员在做完基础检测后，还是有点心惊：因为如果元勋身体的进化速度再快一点，人类的科技和手段就完全起不到作用了。

他们一边庆幸，一边飞快地启动仪器。只是，治疗过程中，不管是助手还是苏院长，都一直忍不住看向元勋身边的舒棠。

他们都注意到，元勋的手正死死地握着舒棠的手。力度应该是很大的，因为她的手都被捏得发红了。但是舒棠好像没有感觉一样，只是抱住了元勋不撒手。

所有人都以为舒棠的手会被捏得粉碎，几乎要忍不住开口提醒她。因为精神力暴动时，靠近病人是非常危险的，他们会控制不住想要撕碎一切。然而，就在有人想要脱口而出的时候，那只看上去十分狰狞的怪物，突然松开了手。

他们愣了一下，其实他们都知道元勋没有亲人。很多人都知道他的功勋，知道他是“人形核武”，但是没人知道他的亲人是谁，有没有什么熟悉的朋友或者爱人。就好像这个人就应该活在新闻和前线战报上。然而此时此刻，他们突然有点信了舒棠“家属”的说法。应该只有爱人，才会在这种时候还记得松手吧？

舒棠的手很疼，但是她根本不在意这个，只是抱住了人鱼。她不停地抚摸着人鱼的长发，松开人鱼捏在一起青筋暴起的手指。她开始和他说起家里的小番茄、珍珍，还有明天的天气预报，就像他们还在“巴士底狱”时，每个下午聊天一样，轻松、惬意。

在她念叨着这些生活细节和琐碎之事的时候，很容易让人联想到漫长的下午、慵懒的午觉，于是，她的声音好像有一种安抚的力量，不仅仅是人鱼，就连其他的治疗师也都在她的声音中镇定了下来。

在仪器跳动的“嘀嘀”声中，那一直在顶峰的数值开始有了明显的下降。所有人都松了一口气。

这里的专家们和南岛市的不一样，他们的级别更高，机密消息知道得很多，他们都知道人鱼的真实身份。甚至十年前，大首领的病就是交给研究院负责的，这里还有当年的老人。像唐教授那样的人，其实在研究员中并不多。象牙塔里单纯的理想家还是占很大一部分的。

祝延是联邦许多人心目中的精神领袖，是很多人的偶像。但是看见眼前苍白而狰狞的怪物之时，没有人再将“他”和那个精神领袖联系在一起。十几年前短发的、温和完美的领袖，完全没法和眼前的人重叠。他们都有点恍惚。如果说十年前在研究院治疗的祝延还有点像人类，那么，现在没人能从那双冷漠漆黑的眼里看见一丝属于人性的东西了。

等到结束后，苏院长的助理年纪小一点，忍不住露出了惋惜又痛心的目光。露出这种目光的人还有很多，那是一种出于本心的同情。

但是就在这个时候，舒棠站起身，挡住了他们的目光，拉上了帘子。她十分感激地和他们道了谢，把他们送出了病房，只是从始至终，都挡住了他们看向人鱼的视线。

舒棠能够感觉到他们眼神中传递出明显的同情和惋惜。但是善意的同情有时候也是一种尖锐的刺。这种刺只有扎在自己身上，或者亲近的人身上，才会感觉到尖锐的疼。

人鱼是很凶残、很骄傲的，他是海洋里的霸主，祝延也是个很厉害的人，他从来都是所有人敬佩的对象，怎么会愿意别人用这种同情的视线看着他呢？

舒棠不能指责任何人，因为这种眼神都是善意的。明知道人鱼现在看不到，但她还是控制不住地上前，挡住了他们的视线。她目送他们离去，听见了他们商量着准备去做精神力疏导的声音，正准备转过身去看看人鱼的情况，就听见了一声惊呼。是刚刚的治疗师们释放出了精神体，于是就看见了那天灾一般的恐怖精神体。

舒棠看着门外的人们恐惧而呆滞的表情，这一次，没有再试图化解别人的恐惧。她没有像以前那样掏出猫耳朵，爬到人鱼的精神体上降低他们的害怕和恐惧。因为舒棠想，小玫瑰应该很讨厌任何人露出同情的眼神，还不如恐惧呢。

十年前的祝延，日日沐浴在这些同情、惋惜的目光中，是一种什么样的感受呢？那应该是一件比痛苦本身更加折磨人的事情。

人们会同情不幸的人，会同情跌下云端的人，会交头接耳地说着他的不幸。但是当那个人变成了一场天灾，一个只会让人恐惧的怪物之时，这些眼神都会消失。

舒棠一直不想要别人怕他，想要人鱼重新回到人类社会，不再被别人用异样的眼神看待，想要告诉全世界这是个多好的人。她一直怀揣着这个美好的期望。可是这一刻，舒棠突然意识到，回不去了。在发生了变异、长出了非人的鳍后，祝延的人生就回不去了。

舒棠只是远远地看着他们，注视着他们惊恐慌乱的样子，平静地回到了人鱼的身边，亲了亲他的面颊。

她释放出自己的精神体，跳上了那团恐怖的阴云，消失在了那团恐怖的阴云中。她爬到了人鱼精神体心脏的位置。她说："小玫瑰，不要害怕，我陪着你呢。"

于是，狰狞的庞然大物就慢慢地平静了下来。因为早就习惯了她的存在，她的精神体、她的气味都像是他身体的一部分，就算是在极端的情况下，"他"都没有伤害自己的小猫。

于是她做精神力疏导的时候，就像从前一样轻松、容易。也不知道过去了多久，阴云渐渐散去了，庞然大物平静了下来，一低头，就看见了身体里睡着的她。

于是怪物戳了戳自己的小猫。小猫醒来，爬到了大家伙的头顶，拍拍对方，她说："小玫瑰，你看那边嘛。"

猫咪揣着手手，趴在大家伙的头顶，和他一起看向了远方。他们在这个黄昏，看见了一场绝美的落日。

舒棠不想住在研究院，这里认识祝延的人太多了，她听见了无数窃窃私语。那些充满畏惧、好奇的眼神，还有惋惜的声音，都让舒棠觉得很不自在。她不太想要人鱼听见这些声音，于是整整一夜，她都伸出手捂住人鱼的耳朵。

其实没什么用，昏迷中的人鱼能够听见很多的声音。就像是十年前的祝延，总是在病房里听见很多的叹息和惋惜。十年前、十年后也没有什么不一样。但是舒棠的手一直捂在人鱼的耳朵上，于是这一点点的不同，就像是一个小小的锚点，让人鱼在这个本应很难熬的夜晚，睡得很沉。

陈生是昨天半夜赶到的，他在门口守了一夜。舒棠大清早起来看见门口蹲着的小陈，顶着老大一个黑眼圈，被他吓了一跳。

舒棠把陈生拉到一边，问他怎么现在才来。陈生无奈："不瞒你，我前几天被软禁了，要不是你们昨天弄出了那么大的动静，我恐怕人都出不来。”

舒棠一听：“那现在呢？都放出来了吗？老吴呢？”

陈生耸耸肩：“都官复原职了，别担心。”

其实祝延回来了，而且顺利到达了燕市，这就是一个很大的震慑了，他们因此松了一口气。接下来，不管联邦是畏惧祝延的威望还是他强大的精神体，都不会直接撕破脸皮。

舒棠和陈生一起去买了早餐，也不知道要怎么表达感谢，她就给他塞了好几个大包子。陈生有点哭笑不得。

回到研究院附属医院的住院大楼之后，舒棠想了想，还是问道：“小陈，你知道小玫瑰从前住在哪里吗？治病要好久，我们不想一直住在医院里。”

祝延过去名下有不少的资产，房产自然也是有的，在研究院附近就有一座庄园，专门用于养病的。

陈生刚刚被放出来，一时间没想到这一茬，于是和舒棠说了一声，就匆匆去取钥匙了。

等到她揣着早餐回来的时候，人鱼已经醒过来了。

舒棠若无其事地和人鱼分了包子和豆浆，并没有提起昨天的混乱，而是问道：“我们不在这里住，回你以前的家好不好？”

人鱼无所谓住在哪里，如果是舒棠喜欢，他们俩挂屋顶上，人鱼也不介意。

于是靠在病床上啃包子的人鱼点了点头，就是看上去似乎不太喜欢吃面食——他们从前的早餐都是吃鱼片粥的。

舒棠就说：“等回到家，我们再去买鱼。”

人鱼和舒棠离开了研究院，两人顺着陈生发过来的地址找到了那座庄园。

因为那时候，祝延的病渐渐严重，需要治疗师随时去查看病情，所以住所离研究院不过两条街的距离。十年前病情严重后，祝延就把自己关了起来。这座庄园外竖起了高高的警戒线和高大的铁围栏。时间过去了很多年，那围栏上面爬满了野蛮生长的蓝色玫瑰，变得陈旧而锈迹斑斑。

舒棠打开了门锁，推门进去，看见了一片荒草丛生的花园。

她的身后，人鱼停顿了片刻。隔了十年的时光重新看着这个“家”，人鱼看见了那扇脏兮兮的落地窗，看见了墙上恐怖的抓痕，看见了破碎的镜子。于是很多的画面就如同闪回一样出现。

人鱼看见了一个高大、苍白的怪物，靠在这座旧居的角落。他发出了尖锐的嘶声，忍受着变异的痛苦。他极为讨厌自己长出来的鳍，还有鱼尾，但是那些变异的器官坚硬无比，既不可能切除，也不可能凭空消失。他一遍遍尝试发音，可是只能发出“嘶嘶”的古怪声音。他甚至失去了引以为傲的自制力和理智，变成了一个破坏性极强的怪物。

过去的祝延，是一个有点孤傲的男人，他有着极高的自我要求和道德底线，他是绝对不能接受自己变成一个不可控，甚至会造成毁灭性灾难的怪物的。于是他不再照镜子，也不愿意再接受治疗，他选择了自我放弃，将自己关在了这座庄园里，缓慢地等待着死亡，就像是一场慢性自杀。

在这座旧居里等待着死亡降临的时候，天空都是晦暗的。他日夜颠倒，甚至分不清黎明和黄昏。但是很快，这些记忆里的陈旧画面都消失了。

因为舒棠出现在了画面里。就像是一场昏黄的老电影里，跳出了一个色彩明艳的小人。

她撸起了袖子，举着抹布喊：“小玫瑰，快来帮忙呀！”

于是，世界重新变回了五颜六色、鲜活明亮。

人鱼漆黑的眸子微微动了动，记忆里那种死寂也就如同潮水一般散去。他跟在小猫的身后寸步不离，就像是一个从黑暗里走出来的人下意识地紧紧依靠着自己的光源。

这座庄园很大，有前后两个大花园，主体建筑物也有三层，十分美丽宜居，就是打扫起来工作量非常大。

舒棠于是把主意打到了人鱼的精神体上：“小玫瑰，你的精神体那么厉害，一定可以同时操控三个吸尘器的吧？”

而且舒棠想起了在玻璃窗上写字的功能——那擦玻璃一定很行。

人鱼闻言，立马装作没有听见。舒棠又说：“哎呀，好累呀，要是有人可以帮我用吸尘器，那他一定是世界上最帅气、最可爱的人鱼了。”

人鱼低下头，凑了过去。

舒棠一时间没反应过来，和人鱼大眼瞪小眼了一会儿：你干吗啊？

好一会儿后，舒棠突然福至心灵，她凑过去在人鱼的脸上亲了一口。

于是拿到了报酬的人鱼满意了，终于愿意动用自己的精神体了。

庄园内，二十一扇大窗户开始自动清理；三台吸尘器在半空中飞起，自动吸尘；杂草也规规矩矩地飞进了垃圾袋。而小猫则负责坐在扫拖一体机上面，像是开碰碰车一样，在庄园的地面上“哇哇哇”地飞来飞去。等到快要撞到墙上的时候，就会立马被人鱼抓起来转个方向。

在小猫的絮絮叨叨中，人鱼丢掉了十年前被自己打碎的镜子和遍布抓痕的家具，擦干净了灰暗的玻璃窗。

清洁旧居，就像是在打扫陈旧的心灵。把过去的垃圾装袋，灰尘拂去，在窗明几净中，迎来生命的新篇章。

陈生很细心，打了电话叫人维修庄园的电器和水电；想到这里十年没有住人了，还特意去买了新的床单和被子。然而，想要上楼找大首领和舒棠的时候，陈生就看见了二十一扇窗一起洗刷刷的灵异事件，还有半空中飞舞的吸尘器。谁也想不到那个被其他人视作一场天灾、给议会带来巨大压力的庞大精神体，此时竟然在用精神力搞卫生。

原来精神体还能这么用吗？

真应该让议会那些人过来开开眼界，陈生如此想着，刚想要走进去，仰起头，就看见了阳光中的露台上，有一高一矮两个身影。他们的身影被阳光晕成了一团。他们正在一起收拾窗帘，低声交谈着，偶尔眼神撞在一起的时候，就会同时笑起来。灰尘在阳光中都像是飘浮的小精灵。

陈生于是停下了脚步，没有上去打扰他们，而是带着人悄悄地进了一楼，收拾好了就安静地把门给带上离开了。

陈生还记得十几年前他作为新上任的秘书，第一次到大首领身边工作的时候。私底下的祝延大部分时候都是面无表情的，有种冷漠的气质，和电视上的样子不太一样，给人一种距离感。就算是当了祝延很多年的秘书，他仍然不知道祝延的爱好、喜恶，仿佛那就是一个永远喜怒不形于色的男人。说白了，就是不太鲜活。

但是今天，陈生突然觉得元勋变得像是一个活生生的人了。虽然十年后，他已经不完全是生物意义上的“人类”了。

过去十年里，对于这座元勋的旧居，知情人都讳莫如深；对于不知情人而言，这座院子始终有着高高的围墙、带着武器的警卫员，像是尘封了一个秘密。人们远远路过的时候，只能看见这座院子里荒草丛生，好像从始至终，都没有人类居住过的痕迹。

然而，就在七月的一个下午，这座尘封的旧居打开了门。于是路过的人们惊讶地发现，这座被尘封了十年的大院子，围栏上晒出了五颜六色的被子、窗帘，在阳光下随风飘摇。高大的铁门上，还放了一把大大的彩色风车，风一吹，风车就呼啦啦地转。

舒棠往洗衣机里塞各种被单、枕套，还有祝延的旧衣服。她每找出来一件就会在人鱼身上比画一下，人鱼被她按在原地当模特，有点不满，却也只能无可奈何地低下头给她比画。舒棠非常震惊地发现，人鱼竟然长个子了，以至于过去那些高级定制的衣服都穿不上了。

舒棠于是把旧衣服都打包放进了衣柜的最深处，把陈生买回来的新衣服摘了吊牌去洗。

舒棠顶着沾了泡泡的脸凑过去够衣架，人鱼却以为她是在索吻，于是从善如流地去亲她的鼻尖。舒棠躲开：“洗衣粉，我脸上有洗衣粉，有毒的呀。”

这座庄园面积挺大的，围栏上、花坛里都是蓝玫瑰，只是久未打理显得很荒芜，有点像是个鬼屋，但是打扫完之后就焕然一新。

等到收拾得差不多了，舒棠点了四份烤鱼外卖，三份给人鱼，一份给自己。

他们两个在二楼的露台上吃晚饭，周围全是晒出来的被单。舒棠俯视着这片新的领地：“这里真漂亮，我很喜欢。

“前院可以种点葡萄，后院还有一个小水池，收拾好了可以游泳。书房有两个，我们俩一人一个……”

因为过去的记忆，人鱼并不喜欢这座旧居。但是在她的描述里，这里的每一个角落都被赋予了新的意义。在她对于未来的美好规划里，这座旧居也似乎鲜活了起来。而且，小猫宣布：“这是我们新的家了！”

于是，人鱼决定喜欢这里。

他们俩就睡二楼的主卧，那大床可以让舒棠在上面滚三圈，然后被人鱼接住。他们躺在主卧的大床上，说了好一会儿话，然后舒棠想起了一件事，她爬起来打开了新买的日历，在日历上写上了倒计时。一共四十页。因为苏院长告诉她，人鱼痊愈大概需要四个疗程，顺利的话差不多就是一个半月的样子。舒棠决定将日历挂在墙上，每过去一天，她就翻开日历的一页。

写完之后，舒棠被人鱼扛回了床上。人鱼像是在“巴士底狱”里一样用鱼尾将她圈住，两个人重新躺回了“LI”形。

神奇的是，人鱼并没有因为回到了这里而做噩梦。大概是因为人鱼不会像祝延那样厌恶自己的耳鳍和鱼尾。现在的人鱼认为自己的鱼尾是很好的武器，而且舒棠很喜欢，每一天都要赞美人鱼波光粼粼的鱼尾，还有很好摸的耳鳍。人鱼甚至经常甩鱼尾吸引小猫的注意力。于是，过去的心理阴影并没有继续折磨他。反而，他们两个在新家都睡得很好。

接下来的时间里。

他们早上在院子里吃早饭、看天气预报，然后一起去附近的超市买食物。下午的时候就去研究院治疗，如果快的话，夜里的时候，就在家里打开投影看一部电影。但是也经常有很慢的时候，可能要到十一二点才能回家。饶是如此，他们仍然不会在研究院住院，每次都会坚持回到自己的小家里。

治疗是十分枯燥的，如同日复一日的钟摆。但是在治疗之外，一切却没有那么平静。

一开始在燕市住下的时候，舒棠很不适应这里的气候。这里的空气干燥，对于长住南方的舒棠而言，睡着的时候很容易流鼻血。她夜里总要爬起来喝水，比人鱼还像是一条失水的鱼。她的保湿喷雾经常喷了自己喷人鱼，每天早上都要抓住人鱼一顿滋。

反倒是人鱼，或许是进化了，或许是从前就住在这里，适应得比较良好——除了每天夜里都要在浴缸里泡很长时间。

当然了，这些生活的琐碎，也不过是生活里的小插曲。

舒棠从得知小陈被软禁过之后，就意识到他们并不是到了燕市就安全了。反而，因为祝延从前的身份，麻烦才刚刚开始。所以她基本上白天出门都不会和人鱼分开。

舒棠以为只要他们一直在一起，就不会有太大的危险。但是在燕市住了几天后，舒棠才意识到不太对劲。

起初是人鱼开始不分场合地亲她，舒棠以为是燕市的空气太干燥了，人鱼想要通过接吻的方式补充水分。舒棠心想：为啥不喝水呢，这啥毛病啊？但还是包容了人鱼的新怪癖。

结果某一次，舒棠在接吻的时候睁开眼，看见了镜子里，有个人鬼鬼祟祟地跟着，紧接着就被一股无形的力量拖进了楼梯间，一点声音都没发出来就消失了。

下一秒，她的眼睛就被捂住了。舒棠问人鱼怎么回事。

人鱼低头，告诉她："接吻，窒息，幻觉。"

舒棠和他对视："你是、不是、当、我傻。"

人鱼沉思了片刻，低下头，和她接吻了一分三十秒，没有换气。

结束后，人鱼问舒棠，是不是幻觉？

舒棠的确出现了幻觉——她看见她太奶了。

如果说仅仅是几个跟踪的人还没有那么危险的话，紧接着，舒棠就在药品中发现了一瓶换过标签的药剂。当时舒棠以为是过期了，但是她嗅了味道感觉有点不对，于是立马把药剂替换了下来，回去让陈生查了一下。

回家的路上，舒棠在通信器上看到陈生发过来的鉴定报告——那是一种成瘾性极高的精神药品。

那一刻，在燕市的艳阳天中，她出了一身的冷汗。这种药她是知道的，依赖性极强，早就被划入了联邦的禁药行列，可现在却堂而皇之地出现在了人鱼的药瓶中。

那天之后，舒棠从研究院拿走了一堆资料，她的睡前读物就变成了各种论文。每天都要看到人鱼提醒她吃饭为止。她必须抓紧时间对每一种药物都加深了解，不给人钻空子的机会。就算是当初考试的时候，她都没有这么认真、专心过。因为当初只是关系着一场考试，而现在，关系着一条鱼命。舒棠决定，人鱼用的每一种药剂她都必须亲自过目。

人鱼也没有见过舒棠这么用功读书的样子，一开始以为舒棠是为了考研，直到人鱼发现舒棠做梦都在念着几种药物的名字。

人鱼记忆力很好，自然知道自己的药的名字。那一刻，这只怪物停顿了好一会儿，他低下头，很轻地拍抚着小猫的背，一直到她的眉头松开，不再念念叨叨，沉沉睡去。

然而，等到她睡着后，这只怪物漆黑的眸子却阴沉了下来。

诚如陈生所想的那样，人鱼和祝延是有很大区别的。人鱼的思维模式是很兽类的，他不会和祝延一样去博弈、权衡。就算是有了过去的记忆，除了在和小猫斗智斗勇上很有心机，人鱼不会把心力浪费在其他人的身上。

对于冰冷的凶兽而言，他要保护自己的巢穴和伴侣，还有自己的领地。这是天经地义的事情。至于面对敌人，谈判、协商都是不存在的，只有毫不留情地拖进深海里绞杀一个选择。

他决定清理一下这些潜在的危险。于是，住在研究院的那条静谧街道附近的居民们，渐渐发现，每到深夜两点，一个高大的黑影就会消失在庄园的门口。一直到凌晨五点左右的时候，黑影才会再次出现在寂静的街道上，伴随着“滴答滴答”的滴水声，脚步沉重而迟缓地朝着那座庄园走去。

诡异的滴水声，让熬夜的人们屏息凝神，不敢发出半点声音。

一直到影子消失在了路口。

怪物消失的那座庄园里，准时响起“吱呀”的开门声。

舒棠想要短时间内读懂老院士的所有论文、搞清楚所有的药剂，所以每天都起得很早。每次她起来人鱼都在洗澡，舒棠只以为是燕市的天气太干燥了，所以早上抹面霜的时候都会把那只高大怪物给按住，往他的脸上抹香香，顺便还会揉一下人鱼的脸。

人鱼当然知道她的小心机，每次舒棠抹完了，他都会低头捏回去，让舒棠发出“嘎”的小黄鸭叫。这种早晨的小游戏，他们两个都乐此不疲。

舒棠一开始是对人鱼深夜失踪一无所知的。直到某天夜里，舒棠做了一场噩梦，梦见人鱼在她的鱼缸里被毒死了。

一睁眼，舒棠一转头，发现人鱼不在。她睡蒙了，穿着鞋到处去找鱼缸，找了半天才想起来，刚刚好像是在做梦。

舒棠回过神来，发现人鱼在家里留了蓝色的小光点。这是他们的一个小暗号，表示他的精神体就在旁边。

她看着蓝色的小光点，因为那个梦还有点心有余悸，她想：人鱼呢？

她干脆就坐在了蓝色的小光点边上等着人鱼回家。也不知道过去了多久，她迷迷糊糊地在地毯上睡着了。

舒棠是被洗澡的声音吵醒的。她看了看身上盖着的外套，知道是人鱼回来了。舒棠本来想问人鱼去干什么了，但是她在空气里捕捉到了一丝淡淡的血腥味。

舒棠愣了一下，她已经可以分辨人鱼的气味了，知道那不是人鱼的血。

那一瞬间，舒棠抱着外套想了很多：他做什么去了？为什么带着血腥味回来了？是不是在外面遇见了危险？

但是最终，她什么都没有问出口，而是起来，打开了窗户散散味道。

也许是朝阳带来了明亮的光线，于是她也就注意到了人鱼的外套上有一个很小的烧灼痕迹。小小的半圆烧痕，是弹孔擦过衣摆留下来的。她盯着那个小小的弹孔看了好一会儿，在阳光下感觉到大脑有些空白。

听见身后开门的声音，她若无其事地去拥抱了刚刚洗完澡出来、长发还很湿润的人鱼。

人鱼低头朝着她嘶了嘶。

舒棠差点想要对他脱口而出：我们回南岛市，好不好？

她知道小陈被软禁的事，还知道在污染区的时候小陈他们差点全军覆没。她以为这就是全部了，可是事情还是超过了她的想象，成瘾性药物、衣服上弹孔的痕迹，都在告诉她，危险从未离去。她有点害怕，于是抱紧了他，脑袋埋在了他的身上，嗅着他的气味，像是一只寻找安慰的猫咪。

那一天过后，舒棠经常会睡到一半就爬起来，在客厅里等待着早上人鱼回家。

人鱼好几次都看见她在沙发上睡着，于是每天早上都会带不同的早餐回来，装作只是出去买早餐的样子。

她会整夜开着灯等他，人鱼每个清晨披着露水出现的时候，都会看见家里那束明亮的灯光。而她也习惯了在沙发上醒来后，就会闻到早餐的香味，听见人鱼在厨房里的声音。这成了他们两个的心照不宣。

直到持续了约莫一周的时间，舒棠在早晨醒过来的时候，没有听见厨房里的声音，也没有闻到早餐的香味。她穿着人鱼的外套，在沙发上呆愣了好久才意识到：他今天没有回来。

只是还没有等到她出去找人，门铃就响了。她看见了一个老熟人——老吴。

老吴对她说：“昨天夜里小陈去找元勋了，他们有点事情，今天也许会晚一些。”老吴是来保护她的，他让舒棠今天不要去研究院了，元勋大概下午四点的时候就会回来。

舒棠闻言，看了看窗外，想要翻开冰箱看看有没有什么吃的招待老吴。发现见底后，她就决定和老吴一起去一趟超市。

他们的庄园在街道的拐角处，这条路的尽头只有他们这一户。

因为庄园里开满了蓝玫瑰，经常有小孩子成群结队地来摘花。刚刚来的那几天，舒棠还认识了几个小胖墩。但是最近他们不来了，就显得有点冷清。小孩子们也远远地离开了这座蓝色玫瑰包围的庄园。

这一周，舒棠其实并不是什么都不知道的。

她听见了很多的传闻。偶尔她从庄园里出去的时候，经常看见路人匆匆地离去；就连在研究院内，那种畏惧的眼神也如影随形，他们不再议论或者交头接耳了，而是一看见舒棠就匆匆地逃开。偶尔舒棠在研究院的护士台翻报纸，就会看见上面某某政要离奇死亡的消息。他们死亡的时间都在深夜，报纸上也不敢大肆渲染，匆匆两笔带过。

舒棠走进附近的小超市，就听见他们在讨论最近的“雨夜屠夫”的传言。人们发出了惊呼，交头接耳地讨论那个可怕的怪物。

老吴有点担心地看了舒棠一眼，似乎想要和她解释一些什么，但是她看上去十分镇定，并没有因为这些议论声而停下脚步。

因为人鱼不吃饭，也不喜欢吃蔬菜和面食，舒棠也只爱吃鱼，所以他们的采购就是不停地囤冷冻金枪鱼和三文鱼。她买了整整一推车，最后都是老吴开车运回来的。

告别了老吴后，舒棠打算把花园角落里的水池给清理干净，这样人鱼就可以在水池里待着。舒棠已经很久没有看见人鱼甩鱼尾了。而且这里的天气干燥得她有点担心人鱼会脱水，她也非常热，时常和人鱼怀念起在“巴士底狱”的大海边的日子。

她这样一边打扫落叶、花瓣，一边清洗水池，一天很快就过去了。但是她一直等到了下午五点钟，人鱼都没有回来。她坐在池子边，一边给池子放满水，一边给小陈打电话，但是打了好几次都没打通。

看着那么小的一个池子，她开始怀念起了禁地里的那片大海。那一瞬间，舒棠有种想要大哭的冲动。她不敢想象要是人鱼回不来了怎么办，她甚至有点后悔来到这座城市了，这里又干燥又没有鱼吃，她还要天天担心人鱼回不来家。

她想要和人鱼回家，回到那片大海里，在那里她可以睡个安稳觉，没有人可以伤害他们，也没有人可以把他们分开。

在舒棠打电话的时候，人鱼其实已经回来了，正在花园的角落里处理身上的血迹，打算洗干净了再去见她。但是这个时候，人鱼听见了很细微的抽泣声。人鱼立马就意识到是她的声音。

其实人鱼刚回来的时候，就看见了地上掉落的报纸。这只在外面凶残至极的怪物此时有点不知所措——他根本不想让舒棠知道，因为他很清楚，这会暴露自己凶残、冷血的一面，而且这只怪物知道，小猫的胆子是很小的，他不想吓坏她，或者让她畏惧自己。

此时，看着地上的报纸，人鱼竟不知道要如何辩解，因为上面写的就是事实。

人鱼远远地看着她，发现自己并不擅长哄她，于是他按照老办法，先去买了一个冰激凌，然后出现在她的身后，将冰激凌递给她。

这个方法很笨。但是怪物小心翼翼地看着她，想要告诉小猫，他没有报纸上说的那么坏，可一张嘴发现自己好像找不到有力的论据证明，只能发出“不坏，假的”这么苍白的辩解。但是看到冰激凌的那一刻，她却直接扑过去抱住了他。

人鱼小心翼翼地低头看着她，不明白她为什么是这个反应。

舒棠紧紧抱着他。好一会儿后，在人鱼想要说些什么的时候，他听见了舒棠闷闷的声音：“小玫瑰，我想家了。”

人鱼知道，她说的家是他们在海边的巢穴。

人鱼于是安静了下来，轻轻顺着她的长发，把她搂在了怀里。他们都知道不能在这个时候回家，那就是前功尽弃。人鱼找不到别的话哄她，于是，他对着她低声说：“你乖。”

舒棠把脑袋埋在了他身上，好像真的变成了一只被安慰的小猫。她慢慢地平静了下来。

他们在水池边坐了下来。

人鱼似乎有话要问她，迟疑了一会儿，叫了一声“棠”。

舒棠顺着人鱼的视线，看见了旁边的报纸。她怎么会生气呢？她只是担心他回不来家。

一直以来，人鱼都在她的面前藏起自己的爪牙，遮掩自己凶残的本性，但是这种隐藏并不是快乐的，因为人鱼害怕有一天她发现后会离开自己，就像是一种甜蜜下的隐患。

舒棠移开了视线，转头对人鱼说：“小玫瑰，如果你是坏人，那我就是你的同谋。”她的眼神清澈又坚定。

舒棠不是一瞬间就变成了铁石心肠，而是那些恻隐之心，在药物和人鱼身上的弹孔面前不值一提。舒棠很清楚，要是人鱼不去做这些事，不仅是她，还有她在南岛市的父母都会很惨。她为什么要因为这种事情去指责保护自己的爱人呢？

怪物那颗敏感而尖锐的心，就这样被小猫的眼神融化。但是，怪物并没有忘记小猫刚刚的害怕，有点担心地在水池边甩甩鱼尾，坚定地递上那支冰激凌——仿佛只要吃了冰激凌，她就被哄好了、不再害怕了。

人鱼小心翼翼看着她的样子，甚至有点笨拙。其实人鱼不管学什么都很快，现如今，已经没人会把这个沉默寡言的男人当作笨蛋了，从前祝延的某些冷漠的气质也回到了人鱼的身上。

但是舒棠发现，不管人鱼恢复了多少、想起来了多少，只要面对她，人鱼就变成了一开始的笨手笨脚、手足无措的样子。偏偏她觉得这样很可爱。

她看了看那支冰激凌，凑过去，吻了人鱼的鼻尖。人鱼下意识地往后退，于是他们俩就跌进了那池子里。池水里全是花瓣。

舒棠在水池里狗刨式地扑腾了一会儿才浮起来。人鱼一开始还有点紧张她，但是发现舒棠真的好了之后，他戳了戳小猫的脸，询问她现在还难受吗？

舒棠伸手，泼了人鱼一尾巴的水。人鱼沉默了一会儿，直接扎进了水池里。舒棠想要跑，但是人鱼的鱼尾已经丝滑地一甩，她就被那只凶兽从水里直接抱了出来。

她整个人跌进了人鱼冰冷的怀抱里。舒棠大喊“救命”，人鱼作势要咬住她的脖子——一个狰狞，一个装模作样。

他们对上视线的时候，都看见了对方眼中的自己。

花瓣漂浮在池子里，傍晚的夕阳透过树影，变得斑驳而美丽。

舒棠发现人鱼的眼睛在阳光下恢复成了那种浓郁的蓝色，像是最深处的大海。

她控制不住地吻住了他的眼皮，她说：“小玫瑰，你的眼睛好漂亮。”

人鱼觉得有点痒。因为两个人此刻的姿势，她几乎就搂住了人鱼，肌肤相贴。她的体温清晰地传递给他。人鱼发出了低低的喘息声，试图告诫小猫不要折磨他。但是光是这样在蓝玫瑰盛开的池水中相拥，就是一件无比旖旎的事情。

他们肌肤相贴，从未有一刻如同现在这样清晰地感受到彼此的心灵。

不知不觉间，她的额头贴在了他的额头上，鼻尖相抵。野兽冰冷的呼吸和她的呼吸交缠。水中人鱼的鱼尾轻轻摇摆，像是仲夏夜的旖旎梦境。他们的姿势也不知不觉变成了她在水中被人鱼托住，发丝交缠。

情人在这个渐渐降临的夏夜窃窃私语：“小玫瑰，家里好像有你以前的酒。”

人鱼发出了一声“嘶”，询问她为什么要喝酒。

舒棠小声地在他的耳边说：“壮胆。”于是她听见头顶传来了低沉好听的笑声，有种让人耳膜发麻、心跳加速的感觉。

他们彼此试探地啄吻对方，很快就发丝交缠、难分你我。

仲夏夜的小夜曲从远处传来，梦境也就沉入了旖旎的水底。

第十五章 //
标记我，驯服我

葡萄酒的香味在月光下晕开。

喝酒误事，尤其是 alpha 喝酒，更加容易上头，做出一点追悔莫及的事情。比方说打开了电视机直接拉着人鱼一起看深夜节目，一起进行深夜小栏目的学习。有些事情就变得十分顺理成章了。

月光下酒瓶东倒西歪，她爬到了那只凶兽的身上，捧住了人鱼的面颊开始往下吻。呼吸在酒意中交缠，这只凶兽发出了有些沉重的呼吸声，冰冷的体温也像是被点燃了一般，大手警告般地搂住了她的腰。但是喝了酒的她笑嘻嘻地跪坐在这只凶兽身上，完全无视了这种警告，甚至还按住了人鱼，不允许对方动弹。

信息素带来一种让人脸红心跳的气氛，和酒精一起，酿造了一种醺醉的空气。小猫的鼻尖一路嗅，像是在嗅猫薄荷似的，控制不住地去吻，甚至去咬人鱼后脖颈的腺体。那好听的急促呼吸声，是非常好的反馈，这让她像是得到了鼓励一般，开始沉迷于这种小游戏。

人鱼发出有些低哑的嘶声，让她不要这样折磨自己；但是她醉得厉害，就靠在人鱼的肩头笑，脸都是因为酒意绯红的。

很快，她的世界天旋地转，被酒意带去了另外一个奇异的世界。在那里，海神将作乱的小猫拉入了无边的深海。她在这个晚上看见了海上残暴的风暴之神在海洋中带来如同暴风般的海啸；也见到了皎洁月光下的美人鱼，如同月光一般温柔啄吻。狂烈的海浪和海上的风暴一起袭来，小船掀翻、海水飞溅，月光坠落。

等到这场海上风暴结束的时候，潮水退去，船只靠岸。

人鱼亲昵地和她接吻，温柔而低沉地询问，但是说了什么都像是镜花水月。她醉得厉害，只觉得对方说话的时候，呼吸气息凉凉的，很舒服。紧接着，再次被海神拉着沉溺进了无边的大海，浮浮沉沉。最后，她睁开眼，看见了窗外天边的黎明。

舒棠像是一条咸鱼一样躺在床上。她觉得他们两人之间有一个巨大的问题，那就是战斗力差距很大。往往她觉得人鱼力气太大了的时候，人鱼都会有点委屈地告诉她，他已经很小心了。这当然也是事实，因为他忍耐得有些难受。

这只凶兽会发出嘶声，用长发蹭着自己的爱人，诉说着自己的忍耐和小心。

当时酒精让她的头脑发昏，脑子一热，就开始心软，告诉人鱼完全可以再来一次。

这只凶兽当时问了她两遍，反复确认，而她鬼迷心窍，在信息素的诱惑下轻轻咬住了人鱼的脖子。

人鱼于是让她扶好。当时，舒棠还没有意识到问题的严重性，比方说为什么要扶稳这个哲学问题。

舒棠从来不觉得人鱼不爱说话有什么问题。舒棠话特别多，完全可以以一己之力平均他们两个的说话量。她就觉得自己和小玫瑰是绝配。但是她终于意识到有时候不说话也不是什么美德。比方说在昨夜，人鱼一直没怎么说话，如果说人鱼说话的压迫感是五级，那么不说话的压迫感就是十级。以至于她真的以为自己见不到明天的太阳了。

她抱着被子，看着地上滚落的酒瓶，决定把柜子里的酒都给锁起来，可见醉酒是没有什么好下场的。但是她没有什么力气，还腰酸背痛，好像昨天夜里一口气加了十年的班，只想赶紧躺回去睡个回笼觉。

幸好，人鱼还记得要把小猫洗干净，“他”无视她的眼神，把她提溜进了浴室。舒棠在浴缸里生无可恋，和甩着鱼尾的人鱼形成了鲜明的对比。人鱼还心情很好地去捏舒棠的脸，她只好投以疲惫且愤怒的眼神。

猫很嫉妒，她觉得人鱼好歹也要扶墙走才对，但是人鱼看上去很有活力，还能甩鱼尾。

人鱼好像感觉到了她的眼神在说啥，懒洋洋地眯眼，凑过去就要把她抱起来继续。

舒棠惊恐地大喊：“救命！”

人鱼就心情很好地把她按在浴缸里亲，笑得好大声。

舒棠坐回了浴缸里，继续瞪着人鱼，瞪着瞪着，阳光透了进来，洗发水的泡泡在人鱼月光般的长发上，像是五颜六色的精灵。她戳了戳泡泡，泡泡就轻盈地飞到人鱼的睫毛上。懒洋洋的人鱼终于动了动睫毛，阳光下的侧脸如梦似幻。

舒棠有点想亲人鱼，但是立马控制住了这危险的想法，这样太容易擦枪走火了。她无奈地躺了回去，感觉自己提前了好多年感受到什么叫作“有心无力”，面对娇妻，感觉身体被掏空了。

人鱼的长发在淋浴下面氤氲出热气，水珠滑过苍白却矫健的身体，腹部的真人鱼线更是优美至极。人鱼示意她帮忙擦头发。舒棠无视了这人鱼出水的美景，匆匆地结束了这一荒淫的娱乐活动。

等到躺回床上补觉的时候，看着外面的艳阳天，舒棠想起了一句话：从此君王不早朝。她就是那个君王，人鱼就是蛊惑她的贵妃。

但是总体上，这是一种有益身心健康的活动。至少，因为腰酸背痛了三四天，舒棠那一点点的失眠很快就消失了。外面的世界依旧混乱而热闹，危险而未知，人鱼仍然在半夜离开；但是因为失去了世俗的欲望，舒棠每天都在想着自己的腰是不是要去检查一下，所以那些不安和胡思乱想全都离奇地消失了。

等到腰不痛了，不用再像一条咸鱼一样让人鱼给她按腰了的时候，她好了伤疤忘了疼，开始思考对这条鱼的反制之法。

舒棠认为自己应该要有 alpha 的样子，不能这么窝囊下去。她决定用知识武装自己的头脑，用别人的经验丰富自己的作战经验。于是等到夜里人鱼离开后，她鬼鬼祟祟地爬起来，打开电视收看妈妈不让她看的深夜节目。她在客厅里支起一个帐篷，把自己和电视机一起罩进去偷偷学习新知识。

这天夜里，人鱼刚刚回来，正在洗澡，身上未散的戾气，让这只怪物看上去有种阴郁的气质。正面无表情地清理身上的血迹的时候，人鱼突然听见了一些奇怪的声音。人鱼知道小猫在看电视，但是人鱼看过天气预报、电影、音乐频道，还从未接触过这种成年人的频道。这是一个完全陌生的领域。

人鱼歪歪头，本着爱好学习的精神，人鱼洗完澡后就去找小猫了。

此时，舒棠抱着抱枕，正在认认真真地学习上面的高难度技巧。但是什么把小 omega 丢床上、扛起来等动作都被舒棠打了个叉。舒棠觉得有些姿势太离谱了，那不是会拉伤吗？她发出这样的感慨的时候，一旁的鱼尾也点了点，表示赞同。毕竟小猫太脆弱了，很容易死，还容易哭，要很小心。

舒棠觉得有点挤，拍了拍鱼尾，示意人鱼往边上挪一点，不要挤着她了。人鱼很乖地把鱼尾收到了一边。把下巴放在了舒棠的脑袋上继续看。一起观赏完了一部作品后，舒棠趁着广告时间在笔记本上总结经验，然后她像是突然意识到了什么，震惊地回头："你怎么在这里？"

人鱼：自己不是一个小时前就来了吗？

舒棠立马抱怨："你为啥不出声，多吓人啊！"她和人鱼讲了一下进屋要敲门的礼仪之后，电视上开始播放第二部影片，伴随着抑扬顿挫的吟唱开局。

她看了看人鱼，突然觉得似乎有点不合适。但是被发现了，也没有什么好说的，舒棠决定摆烂，那就一起看吧。

只是渐渐地，舒棠感觉到了别扭："你看就看，点头干什么？"

人鱼从善如流，很乖地不点头了，开始点鱼尾。

渐渐地，舒棠感觉到人鱼的视线看看电视，又看看她的后脑勺，再看看电视，再看看她的后脑勺。她能够清晰地感觉到人鱼那似有若无、充满侵略性的视线在打量她，好像在权衡她身上有几两肉，够不够塞牙缝似的。于是，猫臀就像是凳子上长了钉子一样坐立不安起来。

舒棠："你看电视啊，看我干什么？"

人鱼转过头，很乖地开始专心看电视，只是甩了甩鱼尾，发出了一声让舒棠觉得毛骨悚然的轻笑。

人鱼露出了很认真学习的表情，看得舒棠有了一种不祥的预感，她感觉自己把人鱼压得喵喵叫的生活在朝着她挥手说再见。她立马就想要关电视机，但是手刚摸到遥控器就被人鱼抓了回来。人鱼威胁地看了她一眼，示意她乖乖看电视。舒棠竟然离奇地读懂了这隐含的威胁，于是立马坐回了原地。

但是很快，生理健康课零分的差生人鱼发现了一个盲点：电影的最后，主角都会咬住对方的腺体。

人鱼问舒棠为什么。于是，舒棠给人鱼科普了一下临时标记和永久标记。

人鱼于是要求她给他也标记一个，他也想要。

舒棠：你以为是盖章啊。

人鱼不依不饶，示意舒棠要给他盖一个。舒棠觉得人鱼很无理取闹，不过还是无奈地揣着手手解释道："标记对 omega 是很不公平的。"

因为有了永久性的标记后，omega 会受到信息素的影响，爱上标记自己的 alpha。而且会变得黏人、离不开那个 alpha，在发情期，对方就会成为自己的唯一解药。而且他们都会对彼此的信息素更加敏感。这是一种远比婚姻更加强有力的生物学上的"契约"。

舒棠和人鱼说完之后，就把这一茬给揭过了。她认为至少要在日历翻过最后一页之后再去思考这个问题，现在想还是太早了。

但是她没有注意到，人鱼看着电视上的画面，歪了歪头。人鱼的理解和舒棠截然不同。这只凶兽认为，标记大概就是"驯服"，就像是自然界的一场征服。

这个词语和爱情联系起来之后，就变得有些不同。人鱼认为自己爱上她的过程，就是一个被她"标记""驯服"的过程。不然这只食物链顶端的凶兽，为什么会被小猫牵着鼻子走，变得黏人、患得患失呢？这只凶兽自然无法忍受被其他的生物征服，但是如果对方是小猫的话，被她征服就是一个顺其自然的过程。

人鱼并不会觉得这个所谓的"标记"是一种不公平的单方面掠夺，反而，让她给他盖个章，就好像是昭示了归属权，他很喜欢这个"标记"。

但是，舒棠并不知道人鱼此时的心理活动。她眼见着人鱼陷入了思考，鱼尾甩动的速度都变慢了，悄悄掀开了帐篷的帘子准备逃跑。

她已经计划好了逃生路线。然而当她半个身子钻出去的时候，人鱼懒洋洋地回过神来一看，一伸手就抓住了猫臀。猫开始扭动、大叫，人鱼一动不动，饶有兴致地看了半天小猫的表演，然后轻轻松松地将她往身边一拉，一捞。高大的人鱼懒洋洋地扛着小猫往卧室走。

舒棠有了一种不祥的预感。

显然，人鱼意识到了自己第一次的课堂检测表现很差，因为什么都不懂，只能凭借着原始的本能，导致成绩很差、体验感不佳，但都说勤能补拙——

舒棠左右扭动挣扎：“你别信，视频都是P的！”

但是她的背已经抵在了门板上。人鱼再次开启了静音模式。

在治疗进入第二个阶段的时候，遇到了一些小小的波折。

人鱼的记忆太碎片化，而本人又没有太强烈的意愿去拼凑这些记忆，这导致了进度十分缓慢。

这一天，老院长尝试着让两位治疗师强行唤醒，进行催眠。舒棠就在门外等着，本以为催眠会很顺利，但是很快里面就传来了巨大的动静。紧接着两名治疗师跌跌撞撞地跑了出来，话都来不及说就连滚带爬地跑远了。

舒棠走进去，就看见人鱼竖起了尖锐的鱼鳍，面色苍白地坐在床上。看见她，人鱼才回过神来，亲昵地凑过去，蹭了蹭她。

催眠失败了，人鱼非但没有想起来一切，反而产生了强烈的排斥反应，还引起了剧烈的神经痛。人鱼低下头，朝着舒棠发出嘶声，告诉她回想起来就会觉得头痛。

虽然知道他刚刚才吓跑了两个人，实在算不得多无辜可怜，但是当人鱼在她的耳边亲昵地蹭着她，“嘶嘶”地对着她抱怨的时候，她的心就软了下来，再也拿他没有办法了。

到了这个时候，她有了和人鱼从前同样的感受：原来被撒娇、被依赖，是这么难以拒绝的一件事。

听着人鱼发出含糊的嘶声，和她抱怨那两个治疗师的时候，她伸手摸摸他耳后的鱼鳍，最后还是同意了他不接受催眠治疗的事。

其实，就算人鱼不接受催眠，平日也会因为不断想起记忆碎片而产生一些神经痛，这是一个不可避免的问题。

舒棠和人鱼都明白其中的关键：记忆碎片就像是重重叠叠的迷宫，他们始终缺一把将一切记忆碎片串联起来走出迷宫的钥匙。

不过很快，在两天后的一个黄昏，舒棠翻衣柜的时候，翻到了一本祝延从前的日记。他们偶然间得到了一把开启记忆迷宫的钥匙。

舒棠大呼小叫让人鱼过来。人鱼凑过来，视线却定在了扉页上。过去的记忆对于这只怪物而言，就像是时常做的那个梦一样，是一场没有尽头的跋涉，往前是一片荒芜，往后是茫茫黑夜。于是这本日记，对人鱼而言，就像是一本禁忌之书。

但是小猫看上去很有兴趣的样子。于是人鱼决定，要是实在无法忍受那些痛苦的记忆，他会看到一半就把小猫扛到床上去。

在这座城市的深夜里，他们两个开始头碰头地在落地窗前，一起窝在沙发里读那本祝延的日记。

日记里的语言是非常简洁的风格，记录得比较琐碎。因为从前身份特殊，里面也只是一些简单的随笔。

人鱼有点警惕地看着这本日记，不自觉地竖起了鱼鳍，表现出了一些敌意。在人鱼的眼中，自己过去的生活，乱七八糟、十分无趣，而且很痛苦。

祝延也的确是个没有什么趣味的人，他的生活中基本上只有工作，就连睡眠时间都少得可怜，记录的东西也都十分乏味。以至于，才读了两页，祝延就开始有点担心：万一小猫发现他的过去太过无趣，会不会让小猫连带着对现在的自己也失去兴趣呢？

毕竟，人鱼一直认为自己缺乏讨好小猫，长长久久吸引她的魅力。

但是事实上并不是这样的。对人鱼而言，这是一些尘封的不太美好的记忆；而对小猫而言，这是她没有参与的过去，她充满了对爱人过去样子的探索欲和好奇心。

舒棠看得津津有味，还和身后的人鱼凑在一起交头接耳。

比方说他过去喜欢喝咸豆花。

舒棠评价："甜豆花好喝。"

人鱼点了点鱼尾："甜，好喝。"

舒棠夸奖人鱼改邪归正，人鱼甩甩鱼尾，和舒棠一致认为过去的他品位不佳。

比方说祝延过去看那部 abo 世界的《泰坦尼克号》时，评价：毫无价值，全是卿卿我我。

舒棠转头看着人鱼，人鱼也看着她。两个人立马开始卿卿我我。

当然了，日记本里也不都是乏味的工作记事，偶尔也会记录一下祝延的一些看法、心情。比方说，祝延过去不喜欢过节，因为上门送礼的人太多，却没有什么人和他一起过节。有一次，小陈好心留下来陪孤独的大首领，祝延评价：看见他就想起加班。

他和舒棠想象中不太一样。证件照上一脸光风霁月的冷漠大首领，在日记本里，却会一本正经地给惹麻烦的部下起代号"麻烦精"，也会认真地分析自由派和民主派，哪一派在胡说八道上更胜一筹，然后得出一个“不相上下”的结论。

他在日记本里似乎对自己的部下、天气以及一些给他惹麻烦的人，都有很大的意见。某种意义上，本性和“温和”没有很大的关系。

舒棠狐疑地转头去看人鱼，她突然怀疑人鱼不爱说话，是不是在内心腹诽她，比方说认为她很笨之类的，但是因为说话不太利索，没有说出来而已。

她凑过去询问人鱼：“你是不是在心里偷偷说我笨了？”人鱼低头“嘶嘶”地和祝延划清界限，以示忠心。

也是，舒棠想，小玫瑰自己就不太聪明，和她玩游戏就没赢过。

她又坐了回去，和人鱼一起继续看日记。

她读得津津有味，也就没有注意到，人鱼此时的姿态已经从一开始的敌对慢慢地放松了下来，甚至对于过去的事情，第一次产生了探索的兴趣。

和小猫一起读祝延日记的时候，这些不愿意触碰的过去，似乎多出了很多美好的、闪光的部分；在两个人的窃窃私语中，接受过去也变得容易了许多。

一直到此时，这只怪物才意识到：一个没有过去的人，就像是一片无根的浮萍。没有人能够完全抛弃过去独立存在。就算他认为自己是“新生”的，过去仍然在他的身上留下了顽固的痕迹。比方说读着这份日记，他就能够知道自己和过去的许多共同点。也许是舒棠兴致勃勃的态度感染了他，人鱼开始试着了解自己从前是个什么样的人。

他们每一天都会读几页祝延的工作日记，这成了他们新的“睡前故事”，只不过这个故事更加漫长，承载着一个人的过去。

她经常读着读着，就举起那夹在日记本里的证件照对着祝延飞吻，然后笑嘻嘻地看着人鱼吃醋。

她不再叫他“小玫瑰”，而是叫他“祝延、祝延”。

一开始人鱼有些气闷，“嘶嘶”地不许她叫他“祝延”，但是伴随着日记唤醒更多的记忆，他渐渐地不再因为这个名字生气了。反而越来越习以为常，会在她叫着这个名字的时候，下意识地转头看着她。

很快，日记里出现了一些童年的回忆。

祝延是在孤儿院长大的，父母大概是死在了污染区。这种弃婴在当时数量很多，都被送去孤儿院统一养大。但是联邦物资匮乏，小祝延早年一直被贫穷和饥饿折磨。大概也是这个原因，埋下了胃病的病根。祝延写道：最喜欢吃的东西是饺子。

因为在孤儿院的时候，过年会举行包饺子的活动，他是唯一一个可以把饺子包得不露馅的孩子。在轻描淡写的语言中，他写道：后来，那座孤儿院所在的城市因为一场污染物的偶然入侵，变成了污染区。

在那一次事件中，只来得及转移了城市中心区的居民，于是位于城郊偏僻地区的孤儿院，只有祝延一个人侥幸活了下来。年代久远，事情又发生在记忆模糊的童年，所以祝延写起来的时候已经很平静了。只是在日记里，他说：再也没有吃到过热闹的饺子了。

这个夜里，燕市下了一场雨。

舒棠睁开眼睛的时候，人鱼已经离开了。她在淅淅沥沥的雨声中，不受控制地想起了祝延日记里的内容。

提到不幸的童年往事的那一篇，正好是那一年的新年写的。舒棠想，祝延应该是真的对污染物深恶痛绝的。可是日记本上的祝延，在未来的某一天，发现自己的眼睛变成了污染物的黑色。那时，祝延会是什么心情呢？童年的阴影没有那么轻易摆脱，他恐怕会将那种对污染物的厌恶投射到自己的身上。

舒棠没有穿越到十年前的能力，她也不能告诉日记本里的祝延：你后来战胜了污染物，成为一个伟大的奇迹。

她只能在这个深夜里，心里充斥着对爱人的怜惜和同情。她爬起来去了附近的二十四小时超市，买回来了一包饺子皮，在花园的夜色里，不太熟练地把炉子搬出来、生火，还翻出了一个锅。

切肉、加料，搅拌肉馅。她切得有点手疼的时候，高大的怪物回来了。

怪物的脚步一顿，远远就看见了正在忙碌的舒棠，还有一圈圈的饺子皮。他们心有灵犀地一起想到了日记上的内容。

怪物感觉到一种异样的情绪在胸腔发酵，那是属于过去的祝延的。

祝延短暂地拥有过一个家，但是破灭得太早。有人追求名利，有人追求自由，有人穷其一生，只是想要一个停泊的港湾，供他休息片刻。于是，人鱼走了过去，和舒棠一起包饺子。

两人也很热闹。

舒棠打开了教程，和人鱼一起照着视频包饺子。贪心的小猫总是放太多的肉，一合上馅就会露出来；而人鱼第一次包，下意识地一折、一捏，就包出了一个完美的形状。

因为力气太大，这只怪物总是有点笨手笨脚的。所以当饺子漂亮圆润地出现在手心的时候，他愣了一下。

舒棠却已经凑了上来，她说：“哇，小玫瑰，你日记上说的都是真的！”他看着那只饺子，破天荒地“嗯”了一声。

他们捏了猫头饺子，又捏了鱼头饺子，然后互相把对方的“头”给吃了，并且夸奖对方的“脑袋”味道不错。

十年前，祝延无法接受变异的自己；十年后，人鱼也不喜欢那段过去。但时间终于愈合了一切。大概是因为她一直在他的身边，他很平静地接受了过去的自己，这个过程也没有什么痛苦。

很快，人鱼不再每天半夜离开了。

舒棠每天晚上都能感受到人鱼的体温，她不再因为担心人鱼回不来而做噩梦了。舒棠也已经把所有药物的性状都牢记于心，再也不用担心人鱼被毒死了。至于跟踪和风言风语，已经完全不能影响他们的生活了。

生活重新回到了正轨上，外面的一切风风雨雨好像全都被隔绝在了这座庄园外。

怪物每天早上都会摘下最新鲜美丽的蓝玫瑰送给舒棠，于是他们的床头、书桌和餐桌上，全都是美丽的蓝玫瑰。

舒棠也会和人鱼撑着伞，在雨天人少的时候出门，一起看一场电影，或者去附近的商超买一些食物回来囤着。偶尔他们两个什么都不做，就在草地上躺着看天空。

人鱼非常黏她，大部分时间都喜欢用鱼尾圈着她；舒棠也得了不摸鱼尾就觉得缺了点什么的毛病。人鱼会对自己的小猫求欢，在她的脖颈边发出低沉好听的嘶声；舒棠就会像一条咸鱼一样躺尸，因为对于自己的战斗力了然于心。

她也会时常被人鱼的长发、呼吸搞得意乱神迷，偶尔也会把持不住回吻他，但是结局总是睡到第二天早上，就开始腰酸背痛。

生活变得就像是在“巴士底狱”里面一样悠闲。

夜里，他们会一起读祝延的日记。

舒棠知道了因为自愈能力，祝延时常不得不拿胶带应付地绑住伤口的事情。舒棠震惊又生气。其实她有些不理解为什么他会被苛待，但是很快她就想明白了，因为那时候的祝延，正处于极度自我厌恶的状态。如果一个人连自己都不爱惜，他的身边没有亲人、朋友，谁又会来爱惜他呢？

她先是十分生气地对人鱼进行了一番批评，隔空对他十年前的行为进行了谴责。但是批评完了，她发现他在看着她笑。这当然是因为，十年前的祝延，没有人对他说出这一番话。但是十年后，他有了这样好的小猫。

她生气地不理他了，转头就去打电话找陈生，终于找到了当年负责的卫生局，跨越十年的时光，给对方写了十封投诉信。

舒棠伪装自己是元勋的死忠粉，偶然从某本元勋的传记中得知了这件事，要求他们立马给元勋道歉，否则就将此事发到网上，昭告天下，到时候一定会有无数的媒体，一起对他们进行口诛笔伐。

人鱼问舒棠：什么是死忠粉？

她解释后，人鱼开始狂笑。她心想：这鱼真傻。

舒棠孜孜不倦地给卫生局递投诉信，终于，在某一天，舒棠收到了那位老医生打过来的道歉电话。虽然这封投诉信管用的原因可能是她寄信的地址是燕市的 001 号门牌号，但也算是讨回了十年前的公道。

日记本越读越薄，仿佛从一个人的童年一日日地翻到了成年，也从光辉看见了大厦将倾。她隔着时光见证了祝延人生最顺风顺水的几年，仿佛看见了一个意气风发的青年，在回头朝着她笑。

舒棠知道祝延动过手术，在心脏偏移了几厘米的地方，取出了一枚子弹；她也知道了祝延因胃病住院频繁。

繁华和衰落，她都和人鱼一起在花藤下面翻过。祝延的形象在她的眼里越来越饱满。

偶尔舒棠会盯着人鱼看，于是一个影子也在他的身上重叠。

人鱼询问舒棠在想什么，舒棠笑眯眯地不说话。她在想：了解他的过去后，更加喜欢他了怎么办？

但是这样的甜言蜜语，她想慢慢地讲给他听，给往后余生留一点余地，避免情话说得太多，以后就没有新的创意了。

时间过得很快，他们终于翻到了日记本的最后几页。

这时候，舒棠反而有点犹豫了。舒棠知道接下来会发生什么，她有点不敢看祝延变异后的心路历程。她犹豫了很久，终于鼓起勇气翻开的时候，她发现只有一段话，祝延写道："做梦，醒来是个黄昏。天黑得很快。"

舒棠往后翻，没有了。那故事后来呢？

人鱼告诉她，祝延忘记写了。

其实是，在写完这句话后，祝延做出了一个决定。他决定前往那座海角监狱，听说那里有很美的大海。

那个时候，祝延还没有进化到如同现在一般强大，鱼尾会因为缺水而刺痛，燕市已经不适合他生活了。

他想要去海边。于是祝延收了笔，关上了门。

祝延朝着那座监狱走去的时候，他以为那是人生的黄昏。

然而十年后。

他迎来了生命中的一场黎明。

在大雨中，舒棠合上了那本泛黄的日记本。她转过头，却惊讶地发现，人鱼的眼睛已经变成了美丽的深蓝色，就像是明珠拂去了尘埃。她被海神的美丽所折服，愣愣地回不过神来。

人鱼后知后觉地转过头看向了镜子。十年前和十年后的祝延重叠在了一起，穿军装的男人，和这个长着鳍的人鱼一起歪了歪头。

两人在镜子前互相看了很久，双方都非常惊奇。

舒棠觉得这是一个值得庆祝的时刻。人鱼也是如此认为。她说："庆祝新生！"

于是唱片机里，十年前祝延喜欢的沉郁乐曲换成了轻快的雨中舞曲。

他们选了一瓶红酒。她喝一口酒，就抬头与人鱼缠吻。她搂住了人鱼的脖颈，睡裙于是就旋转成了洁白的花瓣，那冰冷的鱼尾变成了裙摆的支撑点。

人鱼低下头，用冰冷的吻回应自己的女孩。

她听见了人鱼的呼吸声。

他们的笑声交织在一起。"daladala"的音乐不知疲倦。

大雨中，窗帘缓缓拉上。

都说眼睛是心灵的窗户。人鱼之前心灵的窗户被闭塞，但是自从眼睛变蓝之后，舒棠越来越容易感知到人鱼的情绪了。

比方说她和人鱼一起下五子棋的时候，舒棠埋头冥思苦想，举着黑子左右徘徊，一抬头就看见人鱼充满怜爱地看着她。

舒棠：他什么意思？

比方说舒棠早上赖床，抱住人鱼的鱼尾打滚，结果她发现人鱼眼神变得很古怪。要是平日里她一定看不出有哪里不对，但是现在，对方的眼神一扫，舒棠立马就意识到了不对劲，“嗖嗖”地往被子里钻。但还是晚了一步，她很悲惨地复习了一遍昨天夜里的新姿势。

比方说舒棠每天早上都要和人鱼一起进行高难度的语言练习。但是在心灵的窗户打开之后，舒棠终于发现了事情的真相：她一上课，人鱼就露出那种“陪小孩子玩游戏”的无奈眼神。

人鱼每次都会装模作样地听着，以前眼睛是黑的，舒棠也看不出专心不专心。但是现在，舒棠终于发现人鱼听课的时候，注意力都在她的嘴唇上；一整堂课下来，对方都在全神贯注地玩她的头发。

舒棠火冒三丈。她觉得心灵的窗户打开后，他们两人完美的恋爱产生了一些裂缝。可见还是神秘感产生美。

不过，也有例外，至少，在每个清晨，看见露水下的人鱼的蓝眼睛，舒棠都会怦然心动；在一起看电视时对视，她也会被阳光下蔚蓝的眸子所迷惑，时常忘记自己要看的是电视而不是人鱼。

人鱼发现了这一点后，表面上装作无事发生，但是时常会若无其事地挑光线最好的角度，在花园的蓝玫瑰中，用那双美丽的眼睛似笑非笑地盯着舒棠。美丽的长发和鳍都像是在发光，有种梦幻的、神秘的美感。

而每一次看到这一幕，她都会不受控制地被蛊惑到人鱼的身边，被人鱼抬起下巴懒洋洋地吻上来。这种新型钓猫法，屡试不爽，以至于舒棠过了好久之后才意识到自己被骗了。

当然了，在人鱼的眼睛恢复正常后，越来越多的人认出他就是元勋。甚至在恢复蓝色眼睛后的第一天，他们一走进研究院时，就直接受到了全体研究员摘下帽子致敬。越来越多的人一见到人鱼，就会脱口而出一句：“元勋！”

人鱼之前眼睛是黑色的，有点像是在眼睛上打了马赛克。而且他的气质有点吓人，敢仔细看的只有舒棠一个。现在那种阴森的气质因为蓝色的眸子淡去了许多，和十年前的祝延就十分相似了，辨识度大幅度提升。

虽然这样出去，买包子经常被多塞两个，但是也会被围观、被偷拍，以至于老吴他们不得不出面维持秩序。

于是，为了避免一些不必要的麻烦，舒棠和人鱼不再去人多的地方逛街了。他们改成在人少的凌晨和傍晚出去散步，剩下的时间大部分都待在庄园里。

舒棠知道人鱼前段时间一定是出去做了点什么，这才让他们的生活恢复了宁静。但是她闻到人鱼身上的血腥味后就再也没有问过人鱼。一直到人鱼不再半夜出去，她才稍微松了一口气。

等到人鱼开始天天在家里懒洋洋地甩鱼尾，舒棠就知道，这是安全的信号。当时她仅仅是认为不用提心吊胆了，却没有想到，后续的发展有些出人意料。

时间过得很快，日历只剩下十多天的时候，舒棠在早晨的新闻里，偶然听见了一则消息："据悉，近期燕市上空出现的庞大精神体……"

舒棠看着电视机上的播报，有点意外。她一直以为联邦不会承认人鱼精神体的存在，会找借口糊弄过去，就像是在南岛市一样。

但如今，似乎不太一样了。

新闻直接承认了那是元勋的精神体，甚至还连番进行专题播报，展示了那精神体的庞大和强大。他们不再像是介绍一个让人恐惧的怪物，而是充满了激动和骄傲的语气。

舒棠看到出现在电视上的新发言人，竟然是许久不见的小陈。小陈似乎还升官了，他出现在了很多大人物中间，站在了第一排。

舒棠的脑海里浮现出了很多波诡云谲的斗争，什么九龙夺嫡、纸牌屋，而那个心机深沉、把所有人耍得团团转的大 boss，就是她身边的这条鱼。

但是这些脑补全都被打破了。因为她一转头，就看见人鱼懒洋洋地甩甩鱼尾，眯着眼睛享受阳光和花园的花洒——这是舒棠在浇花的时候的灵感。

她买了一个自动转头喷雾器固定在墙上，这样就可以一边浇花一边给人鱼的鱼尾浇水了。这样在燕市干燥的夏天，家里的鱼就不会觉得太干了。

舒棠看见了人鱼脑袋上出现的彩虹，立马被吸引了过去，完全把刚刚的事给忘了。

祝延的外号是“人形核武”，在没有变异前，他就已经是联邦最顶尖的特种兵，战斗力无人能敌。

然而时隔十年，更新换代，很多人已经对十年前的事情记忆模糊了，还有很多不知天高地厚的年轻人上任，认为可以掌控这只怪物，在巨大的利益面前蠢蠢欲动。但是就像陈生提醒的那样，人鱼已经不是过去的祝延了。

这只深海里的凶兽只信奉一个准则，弱肉强食，他甚至不会花时间去和他们多说些什么。这座人类文明里的那些衣冠楚楚的政客，在这只怪物面前，想要谈论利益与平衡；而“他”却直接将他们拉入了另外一个黑暗的丛林法则中。在这里，弱肉强食、强者为尊。

于是，在给两派都换了首领后，世界平静了。怪物发现再也没有威胁他巢穴的生物后，回家了。

也许是自然界亘古不变的法则，联邦不管是任何一派，都因为恐惧，很快就转变了态度。

外面的风风雨雨一点也没有影响到他们的小家。他们仍然在窗前一起看书看电视，在出太阳的时候一起在花洒下面浇水。不过，渐渐地，有很多人开始来到他们的庄园拜访，其中不少是电视上时常出现的面孔。

首先来拜访的，是一对夫妻。

舒棠一开始还没认出来，她以为是来他们庄园帮忙打扫的——小陈说园艺师和打扫阿姨会隔几天来一次，于是舒棠就直接让他们帮忙打扫一下庄园前面的小花园。

这对夫妇面面相觑，但是想到某天议会上出现的恐怖画面，立马老老实实地接过了扫把，把地给扫了。

他们无法想象，那个可怕的男人也会有爱人。很多人都对现在的祝延心情十分复杂，一方面，大家饱含着敬畏和崇敬；另一方面，大家也会在他如今古怪的外表、可怕的精神体面前感到恐惧。更何况他的性格大变，早就不是从前那个宽仁的领导者了。他们一直认为这个传闻中的女孩子是被抓进来的，不然怎么会有人敢这样亲密地和如今变得如此古怪的元勋住在一起呢？

然而，他们却发现这里没有什么属于怪物的冰冷刑具和锁链，只有盛开的蓝玫瑰；他们听见了窗户里传来的窃窃私语和笑声，还有轻快的音乐声。就像是每一对小情侣在周末时凑在一起听音乐一样愉快。那个女孩子在这里过得很快活，他们真的是一对十分相爱的情人。

渐渐地，舒棠发现每次来打扫的人都不一样，于是她就把家里修剪下的蓝色玫瑰全都系上扎带，挂在了门口，放了满满一篮子。这样，每次拜访的人离开时，都会得到一支蓝玫瑰。

后来，就有了一个传言，叫作“蓝玫瑰外交”。意思就是能够拜访大首领的，都会得到一支蓝玫瑰。

就算是此时的祝延凶名在外，人们也知道他变得性格古怪、让人恐惧，但是强者为尊是亘古不变的道理。因此渐渐地，人们开始以得到蓝玫瑰为荣。

庄园里的生活与世隔绝。

因为蓝色玫瑰绽放，这座庄园有了一个代称：蓝玫瑰庄园。就像是童话故事里古堡里的怪物生活的地方一样，充满了神秘而传奇的色彩。

人们对于里面发生的事情，产生了许多古怪恐怖的联想。但是实际上，怪物和他的女孩会浪费大部分的时间在厨房里翻菜谱，一起试着烹饪新的菜式。他们一个炸厨房，尝试板蓝根泡面的究极黑暗料理；一个负责吃光小猫的所有失败作品。

他们对于外界的变化总是显得很迟钝。舒棠是在某一天早上看联邦新闻的时候，看见了昨天来拖地的门卫大叔，这才意识到了事情有哪里不对劲。

舒棠后知后觉地意识到了前来拜访的那些人的身份，她有点紧张起来，手忙脚乱地准备明天的下午茶和点心，用来招待他们。她像是一只蝴蝶一样在蓝玫瑰庄园里的怪物面前转来转去，询问他：“我们要不要去买两套正装？早上见客人穿拖鞋不好，哎，得换皮鞋。”

她还会坐在扫地机器人上面大呼小叫，指挥怪物推着她把卫生搞了。

怪物阴沉着脸，更加讨厌这些不速之客了。因为他要做更多的家务，还要不停地帮小猫烤饼干。

光是明天的下午茶，小猫就从晚上念叨到了第二天早上。在此期间，她忽略了给他的晚安吻和早安吻，而且还无情地指挥着怪物扛着她去烤姜饼。

于是第二天拜访的人一进来，就撞见了黑着脸的怪物。虽然眼睛已经恢复了正常，但是那双眸子毫无感情，他阴冷地盯着他们，尖锐的鱼鳍竖起，高大的身影在阴影后面阴沉沉地看着他们。拜访的人开始发抖，狂流汗，刚刚想要迈进去的腿立马收了回来，连滚带爬地跑了。

等到舒棠下楼的时候，就看见了两个踉踉跄跄鞋子都跑飞了的背影。她在窗户边看了一会儿，喊他们留下来吃顿午饭的时候，他们跑得更快了。

她回头看着怪物，十分生气："他们真没礼貌，招呼都不打一声就走了。"怪物收起了黑脸，低头赞同："素质，低下。"两个人深有同感地一起点头，携手回去看肥皂剧去了。

这样的拜访又来了几次，舒棠每一次都兴致勃勃地热情接待，而人鱼则负责阴沉着脸把人吓跑。

但是渐渐地，舒棠发现来的人眼睛里只有恐惧和害怕；若是热情一点，眼神里就全是谄媚和算计。她不喜欢他们看人鱼的眼神，这让她非常不自在。她直接在蓝玫瑰庄园的大门口挂了一个牌子，表示不接待客人了。于是，再也没有人打扰他们了。

他们重新过上了愉快而惬意的小日子。

日历本上的数字越来越小，舒棠每翻一页，都感觉到时间飞快地流逝。

舒棠早上起床，再次一翻，突然发现日历只剩下了两张纸。她愣了一会儿，才想起来如今已经是夏末的九月了。还有两天，疗程就结束了，病也要治好了。舒棠有些期待，还有一些不安。

从早上和人鱼完成早安吻后，她的心脏就开始"咚咚咚"地跳个不停，像是事情发生前的某种预感——她总有一种事情不会太顺利的感觉。

一直到下午被老院士给单独叫过去之后，舒棠才有一种一只靴子终于落地的感觉。

老院长说："我有八成的把握可以治愈元勋，但是我不得不告诉你一件事，还请你做好心理准备。"

老院长给舒棠看了六个临床案例。像是元勋这样严重的精神力暴动，治愈的例子并不多。仅有的几例里，精神力暴动治愈后，患者都说像是经历了一场大梦。但，有人会记得梦的细枝末节；也有人一觉醒来却忘记了全部。就像是一觉醒来，发现自己突然间失去了几年的青春。

老院长告诉舒棠："其实这是大脑的保护机制，因为精神力暴动的时候记忆是非常痛苦的。病好后，有些病人为了保护自己，大脑会自动屏蔽这段记忆，让他们像正常人一样生活下去。”

舒棠离开的时候，外面下起了瓢泼大雨。她在窗户上数雨点，数到第十一滴的时候，她停了下来。

舒棠一转头，就看见了大雨里的人鱼。舒棠知道，小玫瑰肯定全部都听见了。因为人鱼苍白的唇紧抿，正死死地盯着她，像是一座不会动弹的雕像。一直到舒棠说：“小玫瑰，我们回家吧。”他才低下头，接过了她手里的伞。

两个人慢慢地朝着那座庄园走。

舒棠发现经历一些事情，真的会让人长大。比方说要是在来燕市之前知道这些事情，她会不知所措、会迷茫想哭。然而现在，她发现自己比想象中要镇定许多。

舒棠不会在这个时候喊停，她也不想阻止祝延治好病。她希望小玫瑰再也不会神经痛，再也不会因为某一次精神力暴动而失去生命。

于是，她主动安慰人鱼：

“小玫瑰，你相信吗？就算是你不记得我了，我们也会走到一起的。

“毕竟我们的信息素是很配的，也许你一觉醒来再见到我，也会对我一见钟情呢。

“你知道命中注定吗？”

人鱼终于低下头看着她，没有说话。

舒棠从前也不信这个。她觉得命中注定就是一个传说。就连她的父母，也是在匹配后很多年才慢慢相处出了感情。

但是当遇见了人鱼之后，她觉得也许世界上真的有奇迹发生。

他们一个在燕市，一个在南岛市；一个是海里的鱼，一个是陆地上的猫。南辕北辙、千里迢迢。

舒棠说：“其实，如果可以忘记那十年，也挺好的。而且，还有一半的概率嘛。”但是她一回头，发现人鱼没有跟上来。

怪物沉默着，他就站在原地，很固执地不愿意跟着她走。

人鱼说：“不想。”他不想忘记。

舒棠停下了脚步，两个人在雨中对视。人鱼固执地想要停在原地、守住记忆，哪怕不治好病也无所谓。他的态度十分执拗，就像是紧紧抓住唯一一颗糖果不肯交出来的小孩子。

好一会儿之后，她看见人鱼的发丝开始滴水，只好走过去，踮脚把伞撑在了他的头顶。她蹭了蹭人鱼的面颊，低声对他说："小玫瑰，我们先回家好不好？"于是，他终于松动了，跟着她回家了。

两个人一路无话，一直走到了庄园，坐在了花园的长廊上。舒棠像是从前每一次那样，拿着毛巾帮他擦那一头潮湿的长发。轻柔地擦着他的长发，只是这个动作，此时带上了强烈的安抚意味，她在哄他。

但是好一会儿后，人鱼仍然固执地对她说："不想。"

舒棠看着他："不继续的话，我们就前功尽弃了。"

人鱼沉默不语，抬头盯着她，一会儿后仍然十分坚定地重复了一遍："不想。"

舒棠停了下来。她叹了一口气，刚想要和人鱼继续说些什么，下一秒，她被人鱼握住了腰肢。他把她拉进了怀里，紧紧地拥抱着。大手按住了她的后脑勺，人鱼发出了嘶声，把她拽到了自己的脖颈边。

人鱼有些迟缓地说："标记。"声音在雨声中也变得潮湿。

舒棠在人鱼的怀里嗅着他身上冰冷的气息，有点想哭。但她还是摇了摇头。在她受到的教育中，这是一件很过分的事情。因为任何一个人在这种时候标记对方，都是不道德、乘人之危的行为。因为只要她标记了人鱼，不管记不记得，他都会不受控制地被信息素吸引，再次爱上她。

过了一会儿，她才安静了下来，对人鱼说："小玫瑰，这样不公平，等过几天……"

但是她却激怒了这只凶兽。人鱼发出了嘶声，第一次打断了她的话。人鱼充满了控诉的眼睛看着她，长发上的雨水往下落。

这才是对人鱼最大的不公平。因为她竟然想要夺走他人生中唯一的光和欢喜。

她愣住了。

他们对视着，安静了好一会儿。

如果他不爱她，他当然可以继续回去当祝延。但是如果不爱她，他一辈子都不会再找到欢喜。

人鱼此时的样子很凶，可是眼神就像是一只求她不要丢掉他的小狗。人鱼在请求她，和从前每一次一样，请求她不要离开、不要丢下他。

舒棠面对这样的眼神，清晰地感觉到自己心里的某个角落在坍塌。她也和过去的每一次一样，无法拒绝这样的眼神。哪怕他是在请求她做一个卑鄙的小偷，把他偷走。

她被说服了，但那并不是因为她否定了心中对于公平的定义，而是她心里充满了对爱人的怜惜。

于是她抱住了这只高大的怪物，鼻尖相抵，她说：“好。”

怪物慢慢地放松了下来，发出了嘶声，低下了头，近乎哀求地对自己的小猫说：

标记我。

驯服我。

在这个冰冷的夜里，他们成为一起盗窃案的共犯。

窃取的东西，是怪物的一颗心。

他们决定将那颗心暂时寄存在小猫身上，走到天涯海角都不会丢掉。

标记是一个混乱的过程。

在这场隐秘的盗窃案中，她发现自己深深地被此时的人鱼所吸引。这只凶兽驯服地低头看着她，将她按在脖颈间，发出了好听又急促的低哑声音。

他苍白的喉结上下滚动着。神态看上去是迷人的，但是身体是紧绷的，暴起的青筋是性感而粗野的，危险又脆弱。兽性和神性融为一体，矛盾得就像是某种欲望的化身。

她不受控制地咬住了人鱼的腺体。于是他的呼吸急促起来，发出了更加低哑的声音，有些迷离地低声呼唤她的名字。她含混地应了一声，又害怕咬疼他，但是刚想要松开牙离开一点，就听见了人鱼难耐的声音。他伸手将她重新按了回去，低哑地让她继续。

他们的呼吸声潮湿而混乱。他闭上了眸子，遮住了那种狂热渴求的视线，仰起头微微合上眼，像是惨败灯光下的冷色蓝玫瑰，迷人得让她呼吸都慢了半拍。

她就像是在海上迷路的人，听见了海上缥缈的歌声，被塞壬的神态所迷，自愿被拉入无尽深海。海水淹没头顶，他们的发丝交缠，美丽的鱼尾散开，蓝色的泡泡在雨点声中往上升。世界被雨水浸泡，在这个深夜，陆地颠倒成了一片汪洋大海。

他低哑地渴求她，像是疯狂的风暴；于是她尽力地回应他，像是尽力安慰凶兽的驯兽人。

对于有些人而言，标记是枷锁，是笼中锁链；然而对他们而言，却没有丝毫的痛苦。

在这个夜晚，通过这种疼痛而欢愉的连接，这只凶残的兽找到了自己的归属感。他无数次确定了自己真的属于这只小猫，并且永远不会被丢弃。他发出了低哑的笑声，去蹭小猫的鼻尖。她筋疲力尽，但是并没有和往常一样睡着。她转头也去蹭人鱼的鼻尖，抱怨他又让她消耗掉了太多的体力。

乖孩子从未做过坏事，她又抱怨人鱼让她成为一个小偷。然而看着人鱼此时懒洋洋的神态，还有愉快地甩来甩去的鱼尾，她突然觉得这场盗窃十分值得。

如果人鱼觉得开心的话，做一下小偷似乎也没什么关系。她凑过去问人鱼，标记是什么样的感觉？

人鱼感受了一下，凑过去，漂亮的鼻尖在她的脖颈间嗅来嗅去，冰冷的野兽般的呼吸弄得她很痒。舒棠左躲右躲，大喊“救命！”，最后，他们大笑着跌倒在了大床上。

标记究竟是什么样的感觉呢？

她发现自己能够清晰地感觉到人鱼的存在。从前也能，但是从未如此强烈。比方说现在，她在被子里嗅嗅嗅，就像是电影里那只找金币的嗅嗅。她发现被子上、枕头上都是人鱼的信息素。她就算是躺在人鱼的对面，也能够听到人鱼的心跳声。

舒棠觉得很神奇。人鱼也能够清晰地感觉到那种连接，像是一条细细的纽带把他们连接在了一起。他们两个转头对视了一眼，一起听着对方的心跳声，就像是时钟准确而清晰地走过。

吃过晚饭后，他们谁也没有舍得睡觉，而是一起窝在沙发里看电视。挤在狭小的沙发里，两人窃窃私语。

窗外的雨拍打在玻璃窗上。

舒棠很好奇标记后他们会不会心有灵犀。舒棠在心里腹诽：小玫瑰好笨。

人鱼立马低头，朝着她发出了嘶声。舒棠大惊失色：这么灵？

当然不是，而是她心里想什么都写在脸上，人鱼都不用瞟就知道她在心里面想什么了。

不过，至少他们两个准确地用两台遥控器，同时选择了看《天气预报》

的重播。

人鱼仍然喜欢看这个栏目，天天不落，而且最近爱上了一边用舒棠做的花洒浇鱼尾，一边重复听天气预报。

舒棠想起了在“巴士底狱”里面一起听收音机的日子，南岛市总是下不完的雨。他们必须在下雨天前准备好柴火和足够的食物。那时候，舒棠总是欺负人鱼，指挥他做家务，赖在他身上不下去，就连走路都要偷懒。其实现在也是这样的。她知道这样不好，但是她喜欢高大的人鱼拿她没有办法的样子，喜欢撑着下巴看着他紧绷的下颌线，喜欢笑嘻嘻地看着人鱼被她指挥得转来转去。

听着天气预报的播报声，舒棠突然间有点惆怅。她很舍不得这样沉默寡言、任由她欺负的人鱼。她担心恢复记忆之后，眼前会任由她欺负的大笨蛋一眨眼就消失了，变成了一个全然陌生的人。于是她渐渐地不看电视了，而是盯着人鱼发呆，眼睛都舍不得眨一下。

她知道他们都只能往前走，这种眷恋是不合时宜的。她只能将此时人鱼的样子记下来，甩动的鱼尾、漂亮的侧脸，还有点懒洋洋的神情。

人鱼注意到了她的视线，他清晰地感觉到她目光中的情绪，那是和怜爱截然不同的视线。也许是标记真的让他们多了一些心有灵犀，人鱼突然明白了她视线的含义。那是一种眷恋和不舍。

她突然转过头，吻上了人鱼苍白的唇。她爬到了他的膝盖上，坐在了人鱼的腰上。这只高大的凶兽托住了她的腰，避免她跌倒。

人鱼有些不知所措地看着她，说：“不会。”他听完了老院士的话，很清楚、很确定自己不会忘记。因为对于这只怪物而言，这并不是痛苦的回忆，而是漫长跋涉中唯一的一颗糖。但是除了告诉她不会忘记，他仍然笨嘴拙舌，不知道要如何安慰她。

这只怪物感觉到了那种饱胀的爱意涌动在胸口。于是，人鱼沉默了一会儿，在《天气预报》的背景音中，回吻了上去，用狂热的、坚定的吻回应她。

舒棠和人鱼约定了一个暗号。

天气预报说明天会下雨。于是他们约定，如果人鱼还记得，那就撑一把蓝色的伞。

因为十年前的祝延不喜欢撑伞，也只会选择黑色的伞。

这是他们不为人知的小秘密。

舒棠不知道人鱼是何时离开的，因为她不想在这个时候看着他离开的背影；她也没有陪着人鱼去研究院，或者在门口等着人鱼，因为数着分钟度过的时间会很难熬。

于是她闭上了眼睛，睡了一个漫长的觉。她做了一场梦，梦里她在禁地的树梢上看海，人鱼在树底下靠着树干，他们一起看着海平面的尽头太阳落下。他们漫无目的地聊明天要吃什么，她说吃椰子鸡，人鱼说吃生鱼片。

舒棠在梦里计划着和人鱼第二天早起去海岛上摘椰子吃。一觉醒来，已经是第二天的傍晚时分。舒棠下意识地爬起来去翻日历，发现墙面上空空如也。

舒棠穿着拖鞋下楼，第一次发现这座庄园是如此大，她能够清晰地听见自己脚步声的回音。她转头看了看窗外，发现今天是个阴天，并没有下雨。

她茫然了一会儿。但是待在这里，她总是控制不住抬头去看时钟走过的动静。于是她撑着伞，漫无目的地朝着大街上走去。

舒棠准备等到天彻底黑下来了再回家。这样她只需要在进家门的那一刻忐忑。她穿行在街道上，在路边的玻璃窗的影子中，清晰地看见了自己的眼睛。

舒棠对这个世界经常会有一种抽离感，因为她不像是 alpha，也不像是 omega，在各个群体中都找不到认同感，总觉得自己是游离在这个世界之外的游客。然而，不知道从什么时候开始，那种抽离感消失了。

而她性格里的那些胆小和退缩，也慢慢地因他者的宠溺和毫无底线的爱意消失了。她开始有了一种对生活的自信。她久违地找到了真实感和秩序感。她相信不管遇见任何事情，他们都会继续在这个美丽而混乱的世界里，快乐地度过漫长的岁月。

但是舒棠对于未来仍然有些担心。她担心人鱼会变成一个完全不同的人，那样她会感觉到无所适从。她不知道要怎么面对照片上的祝延。如果他不记得了，那要怎么和他打招呼看上去才不会局促？

舒棠突然觉得离开家是个坏主意——如果他不认识她了，不让她进门了怎么办？她今天晚上睡大街吗？

她漫无目的地想着，在街上揣着手手往前走。舒棠想，不让她进家门，她就装作在人鱼家门口摔倒了碰瓷。

街道上只有她一个打伞的人。路灯依次亮起，人们看着撑着伞的舒棠，投来好奇的一眼。

天气预报很准，天上很快就下起了雨。大雨中，对面的街角，高大的怪物迟疑地看着天上的大雨，雨水落在他的发丝上，顺着苍白的面颊缓缓落下。

有人说，治愈的感觉就像是从一场大梦中醒来。怪物感觉到自己好像睡了很长的时间，似乎足足有十年的光阴。他清晰地记起了祝延的童年、少年、青年，也清晰地记得自己是如何变成了一个可怕的怪物。

那后来呢？怪物往前走着，很迟钝、很笨拙，几乎像是刚刚学会走路。所有人都在躲雨，只有这只怪物仿佛没有任何知觉一样，任由大雨淋湿他的鳍。

于是他想起了在那个下雨天，举在他头顶的蓝色小雨伞。

阴天、晴天、大雨天，他们在每一种天气里，窝在“巴士底狱”里听天气预报。

那不是一座阴森的监狱吗？怪物困惑地想着，漫无目的地往前走。

记忆中那空旷阴森的监狱里，她坐在他的肩膀上挂窗帘，她转过头，叫他“小玫瑰”。“巴士底狱”里，他们热烈地接吻、相爱，漫步在柔软的沙滩上。于是空旷荒芜的地上，开出了一朵又一朵的蓝色小玫瑰。

大雨中，这只怪物迟钝地停下了脚步，走进了一家便利店。雨水从他的身上滴落，耳后的鳍翕张着，怪物看着收银台里的那把蓝色小雨伞。

他很久才想起来怎么说话。

“伞。”

在这座陌生的城市里，舒棠穿过一扇扇的落地玻璃窗。

身边的人行色匆匆地走过，只有她在漫无目的地前行。

一直到她撑着小红伞，往前走，看见了大雨里一把蓝色的小雨伞。

小红伞和小蓝伞伫立着，他们隔着雨幕对视着，周围的一切都成为背景。喧嚣的城市安静了下来，只剩下大雨落下的声音。

她说：“小玫瑰？”

他说：“嘶。”

小红伞朝着小蓝伞飞奔而去。雨伞旋转着，掉落在了水洼里，倒映出一对拥吻的恋人。

他们笑着。

大雨坠落。

世界再次颠倒成了一片海洋。

番外一 // 幸福之路

刚刚痊愈的时候，人鱼的记忆发生了一些混乱。人鱼时常会回到记忆中的某个不确定的时间点。就像是一个不断穿越在时空缝隙里面的旅人，经常会随机地忘记一些事情。有时候，人鱼会回到刚刚苏醒时的混沌状态，只有兽性，没有任何的常识和人性。

在清晨时分睁开眼，怪物用警惕而充满攻击性的视线盯着身边的人。之所以没有立即发起攻击，是因为她的气息让怪物觉得很熟悉，而且很好闻，于是怪物收敛了自己的爪牙，只是用一种警惕的视线注视着她。

舒棠一觉醒来，就看见人鱼正在她的脖子边“嘶”她。她迷迷糊糊地看着那个凶神恶煞的怪物，凑过去亲了人鱼一口。

怪物被她“袭击”，愣在了原地。他立马想要反击，但是刚凑过去，就又被舒棠亲了亲鼻尖和下巴。

因为那个吻落在面颊上的温度，警惕的兽类乖乖地跟在了她的身后，跟着她去了洗漱间。人鱼审视着小猫，在她打开水龙头听见水声的时候，竖起了翕张的鱼鳍，盯着水龙头看。

舒棠这个时候才意识到了不对劲，因为人鱼又不会刷牙了，而且看着水龙头的样子警惕得有点可爱。她凑了过去，使劲打量人鱼，果然换来了凶兽冰冷的嘶声威胁。舒棠一头雾水，心想：怎么还变回去了呢？

她决定去找老院士问问看。

但是此时的人鱼是个大麻烦——人鱼正朝着水龙头发出嘶声，并且把她抓起来圈在自己的身边躲避水龙头的攻击。舒棠看看人鱼，觉得他这样好可爱。

舒棠已经好久没有看见这么笨的小玫瑰了，她现在很难在智商上取胜，而且经常被人鱼骗，骗了她还要懒洋洋地甩鱼尾。她感觉到很怀念，于是凑过去亲了他一口，然后在人鱼警觉的目光中，施施然地关掉了水龙头。

人鱼看看她。

舒棠揣着手，沐浴着人鱼的视线，重新教他用牙刷，重新教他洗漱。他这个时候还是混沌的，没有一点就通，学了好久，大手总是拿不好那把牙刷，上手一捏就断了。怪物有点愤怒地看着牙刷，朝着舒棠嘶。

人鱼以为她会嘲笑他，不知道为何有些恼怒，但她没有嘲笑他，而是踮脚给了他一个吻。人鱼于是安静了下来，乖乖地去学怎么用毛巾了。

舒棠告诉人鱼：她是他的爱人、伴侣。

人鱼不理解这些词是什么含义，只是困惑地看着她，一脸单纯好骗的样子。

舒棠说："就是一起捕猎、一起吃饭的人，还有接吻。"她指了指自己的唇。

人鱼困惑地想了一会儿后，在舒棠以为要花更多的时间去教会他的时候，人鱼突然低下头，学着她的样子，笨拙地亲了亲她的面颊。

他们两个窝在了沙发里。舒棠说："哎呀，好不容易教会你说话，现在一眨眼又不会啦。"人鱼听明白了，以为她在嫌弃他笨。人鱼有点生气地朝着她嘶。

然后一转身的工夫，舒棠发现人鱼不见了。她匆匆找到巷子口的时候，人鱼回来了。人鱼的手里多了两条鱼。人鱼将鱼给了小猫，朝着她发出了嘶声，然后低头看着她，大概就是在告诉她：他会给她捕猎，很厉害的，不要嫌弃他笨。

舒棠看着人鱼手里的鱼，愣了好一会儿。她拉着他回家，告诉他："不要乱走，我会担心你的。"

她嘀嘀咕咕："我没有嫌弃你笨。你要是又忘记了，我就再教你一遍嘛。

"我们还有很长的时间，再来多少次都可以。"

怪物低声朝着她嘶，问她：很长时间是多长？

舒棠想了想：“至少五十年吧？”她觉得自己现在好好锻炼身体，活到七老八十应该没有问题。

她比比画画告诉人鱼五十年是多长的时间。人鱼听明白了，朝着她嘶，表示反驳：五十年太短，要五百年。

舒棠又拉着人鱼坐在电视机前面，重新告诉他外面的世界是什么样的。他们好像回到了在“巴士底狱”的时光，就连台词都一模一样。她教着教着，看着人鱼蹙眉困惑的侧脸。人鱼正在有些困惑地消化刚接收到的信息。

时光仿佛倒流回了初见时的雨季，她发现，就算重来很多次，她都愿意一遍遍地教会他一切。

老院士告诉舒棠，这并不是记忆的退化，而是痊愈后的一些后遗症，因为破碎的记忆太多，大脑会有一段时间的混乱期，大概一两周的样子就会自我复原。

舒棠和往日里一样从人鱼的身上跨过去，给了对方一个早安吻，然后穿着拖鞋“噔噔噔”地下楼去刷牙。她并没有发现她的伴侣此时正在警惕而困惑地打量着她。她把牙刷递给了人鱼，想要再次教人鱼刷牙，但是对方沉默了片刻，动作很流畅地用起了牙刷。舒棠以为人鱼恢复了正常，于是也开始“咕噜噜”地刷牙。

祝延一觉醒来，发现自己的身边多出了一个人。装潢也变了，床头摆着一束蓝玫瑰，窗帘是米色的透明薄纱，不再像是祝延临时用来囚禁自己的居所，而像是一个真正的小家。

祝延坐在床上揉了揉眉心，误以为是药物使用过多产生的幻觉，直到那个幻觉跑过来，亲了他一口，然后穿着睡裙就从他身上跨了过去。

祝延看着自己身上穿着的蓝色大鱼睡衣，又看了看舒棠身上的粉色同款睡衣，还看见了蓝色的情侣牙刷，他没有打草惊蛇。

一切都那么符合常理，就像是一对平凡普通的小情侣；唯一不符合常理的是，镜子里的怪物尖锐的鳍。

身边站着这样一个怪物，她还在一边哼着歌，一边扭来扭去地刷牙。他想问她为什么不害怕，于是逼近了她，想要看看她的反应。

舒棠觉得人鱼今天有点莫名其妙，先是一脸深沉地看着她刷牙，紧接着又凑过来也不知道要做什么。

舒棠一边刷牙一边心想：这是要撒娇吗？

于是她刷完牙后，转头给了他一个吻。但是舒棠发现她亲完后，人鱼看上去更加奇怪了。他并没有和往日里一样自然地回吻她，而是浑身僵硬，站在原地一动不动，像是“石化”了一般。

舒棠：不是恢复正常了吗，怎么又变傻了？她嘀咕着，看了看人鱼，“噔噔噔”去煮牛奶了。

好一会儿后，牛奶的香味传来，祝延才回过神来。

就在昨天，他在日记本上留下最后一句话，做了一个决定。但是不知道为什么，他今天并没有出现在南岛市的那座监狱。反而周围的一切大变样，身边还多了一个奇怪的女孩子。

他本来可以立马打电话给陈秘书，或者别的什么人，然后把这个女孩子带走，让混乱的一切恢复正常。但是他发现自己似乎并不想这样做。也许是因为他发现自己对她提不起任何的恶意，就像是他们已经在一起生活了很长时间。

也许是因为要是她走了，这座庄园就安静得像是一座坟墓，除了自己的脚步声，什么声音都听不见了。所以他什么都没有做，默许了她的存在。

舒棠看见祝延下来了：“小玫瑰，我早上要吃烤面包！加蓝莓果酱！”

祝延愣了一会儿，站在冰箱前迟疑了很久，才想起来烤面包的步骤——他记得自己已经很久没有吃热的东西了。

他们在厨房一起做了早餐，然后一起在饭桌前喝了热牛奶。蓝莓果酱的味道很好。

她一边哼歌一边吃早饭，还把电视机打开放《天气预报》。

其实有点吵。

祝延记得自己应该在今天离开燕市，去那座监狱，但也许是因为今天早上的阳光太好、热牛奶很香，她喝牛奶时脸上印了一圈白胡子。

他突然想：再等一天吧。

明天再走吧。

舒棠很快就意识到了不对劲，因为人鱼竟然早上没有和她一起去花园晒太阳，而是远远地在书房里看着她。这在平日里是几乎不可能发生的事情。因为人鱼很喜欢用鱼尾缠着她，然后把下巴压在她的脑壳上。他们经常这样度过很长的时间。

而此时，他并没有来缠着她。舒棠在窗外稀奇地看了一会儿。她后知后觉地意识到——眼前的人，正是日记本里的那个祝延。

舒棠知道祝延是大首领，像这样的大人物，身边出现一个不认识的人，一定会戒心很重、严加审问。她在花园里思考了一会儿后，好奇地看了一眼里面正在翻书的祝延——真奇怪，她并没有被赶走；而且对方什么都没有说，竟然默许她在这座庄园里随意活动了；早上她要人鱼给她热面包，他竟然也热了，还给她加了酱。

舒棠从他的身上感觉到了一种出人意料的宽容和纵容。

此时，书房里的祝延，已经发现了越来越多值得困惑的地方，比方说通信器的壁纸是他们在海棠花前的合照。祝延盯着看了许久，不知道为什么，没有换掉。

比方说，昨天还尖锐的神经痛，今天却消失不见了。他等了许久的发作和痛苦并没有到来。反而窗边，冒出了一只猫猫头。猫是一种十分擅长得寸进尺的动物。她从窗边探头，叫他“小玫瑰”。

祝延想：小玫瑰，是谁?

她直接从低矮的窗户蛄蛹了进来，手里还捧着一大束蓝玫瑰，插在了桌子上的花瓶里。她凑过来好奇地打量着他，就像是一只探头的小猫。祝延不喜欢别人进他的书房，因为里面机密很多。但是，他没有出声赶走她。

舒棠从书架上找来了一本书，先是坐在了他的对面，装模作样地翻了两页书，发现祝延仅仅是看了她一眼，并没有赶走她，如同黑暗里高大而静默的雕塑一般坐在原地。她又蹭到了他的旁边。

她安静了一会儿，继续试探。她推过去一把坚果：“小玫瑰，你帮我剥一下好不好？”

祝延沉默了一会儿，漂亮的手指开始帮她剥果肉。舒棠立马就高兴了起来，她发现祝延并没有给她任何的疏离感，就算不记得那些事，祝延仍然对她有种古怪的包容，看上去就像是正经一点的小玫瑰。

舒棠就开始以一种对待过去的爱人的态度来对待眼前的祝延。

她凑过去告诉他：“小玫瑰，你的病好了，现在只是暂时忘记了一些事。喏，我是你现在的伴侣和爱人。”她絮絮叨叨地和人鱼说着话，说着他们两个是如何如何相爱。

祝延微微一顿。他掀起眼皮看着眼前的这个小骗子——她在说谎。

因为病不会好，也不会有人爱一个怪物。但是也许阳光太绚烂，空气中飘浮着尘埃的精灵，她的脑袋上都有着毛茸茸的光晕，这一幕就像是梦境一样美丽。于是他只是沉默地剥坚果，没有反驳，甚至，会在她说话的时候，偶尔发出“嗯”的回应。

仿佛是某种心有灵犀，舒棠似乎感应到了他此时在想什么。她渐渐地不说了，认真而安静地注视着自己的爱人。

祝延感觉到了她的视线。从未有人这样直接地打量他，祝延下意识地想要将鳍藏起来，但是很快意识到这是一种欲盖弥彰的行为，于是他停了下来，苍白的唇紧抿，任由她的视线打量自己。祝延在内心发出了冰冷的自嘲：难道你真的认为她是你的爱人吗?

阳光中的尘埃慢慢地沉了下去。她的眼神就像是在看一朵花、一只淋了雨的小猫，充满了好奇和喜欢，还有怜惜。那完全是看着心上人的眼神，并没有丝毫的害怕和退缩。于是，怪物慢慢地放松了下来，尖锐的鳍也放了下来。

她撑着下巴，在阳光下趴着，小腿一晃一晃的，于是睡裙的裙摆也就随着她的动作往上走。皮肤像是镀了一层粉色微光的糯米糍。还有白色的礼物系带，看上去让人很有食欲。她时不时往他这边看一眼。祝延停顿了片刻，移开了视线。喉结不由自主地滚动了一下，他垂眸喝了两口水。

大首领从未见过有人在他面前这样衣衫不整，想要提醒她把衣服穿好，但是这种提醒一出口，仿佛也带了某种古怪的色彩，他只好保持缄默，然后不动声色地站起身过来，拉上了对面可能窥探到这边的窗帘，遮住了花园里的春色。

但是他不知道，这种退让就是一种对犯罪分子的纵容。因为小猫发现他只是移开了视线，拉上了窗帘，并没有训斥她穿好衣服后，突然觉得过去的爱人很可爱，还有一点不易察觉的古板。她不会觉得这样很没有意思，反而意识到，这是一个可乘之机。于是她悄悄地挪了过去，在耀眼的阳光下，爬上了他的膝盖。

她注视着过去的爱人蓝色的眼睛，还有他有些不知所措的样子，笑嘻嘻地去亲他的薄唇。他有些狼狈地仰头躲开，于是吻就落在了冰冷的鳍上面。

那丑陋而尖锐的鳍被亲吻的时候微微颤动了一下，似乎立马就要竖起尖锐的弧度，但是祝延用强大的自控力忍住了。他有一瞬间的恍神，因为她的气息太甜美，也因为阳光很耀眼，落在耳朵上的呼吸和吻像是甜美的糖果。这让他没有第一时间推开她，等到她开始亲喉结的时候，他漂亮的喉结一滚，再次偏过头。

这一次，祝延伸出手捏住了她的下巴，仰头躲开她，然后将她按着坐好，低头蹙眉，有点严厉地看着她，告诉她不可以这样。

但是舒棠听完之后，就算被按住坐好，也不老实。她的手被束缚着，就作势要蹭开自己的睡裙下摆。

祝延忍了忍，最后忍无可忍，不得不单手将她反剪过来，压在了自己的膝盖上。但是这个姿势变得更加暧昧了，几乎像是即将要用某种方式教训自己的伴侣。

她也发现了这一点，这回不再乱动了，而是抬起头，笑眯眯地看着祝延。小猫对过去的爱人充满了兴趣还有探索欲，就像看见了猫薄荷一般，蠢蠢欲动地想要嗅一嗅、蹭一蹭，最好再啃上一口。

他的双唇紧抿。这只凶兽逼近了她，还发出了恐吓的嘶声，竖起了尖锐的鳍，警告她不要再做出这种冒犯的行为。这只怪物凶起来的时候十分有威严，尤其是发出那种低沉的、嘶哑的声音。大首领的气势很惊人。

祝延认为自己有必要和她谈一谈，比方说她卷到腰上的睡裙；比方说她刚刚得寸进尺的冒犯。

他沉下了面容，非常严肃地告诉她："不可以。"

要是换个人早就吓得腿软了，尤其是此时她还被摁在他的膝盖上，完全受制于人。可此时的舒棠不但不觉得害怕，还很新奇——小玫瑰竟然会因为她亲他而凶她。

于是她好奇地询问自己变得严肃的爱人："是什么不可以？"是不可以亲他？还是不可以爬到他的身上？还是不可以亲他的耳朵？

祝延很平静地说："都不可以。"

她在他的膝盖上扭了扭，祝延继续很平静地说："不可以。"

祝延将她单手钳制住，另外一只手就开始整理自己的睡衣，将被她弄乱的蓝色的睡衣整理好，蹙眉将最上面的扣子也扣好。

她就一动不动好奇地看着祝延的动作。

他不打算和这只狡猾的小猫继续纠缠，准备将她丢在书房，离开这里。但是走到一半，仿佛是想起了什么，他的动作一顿。怪物面无表情地低下头，把她身上乱七八糟、根本起不到任何遮掩作用的睡裙给拉了下来，把露出来的腿和半截腰肢遮得严严实实。他蹙着眉的样子有点可爱，有点像是在“巴士底狱”里把频道校正到天气预报时的样子。

她却拱了拱腰，一动，睡裙又爬上去了，露出的大片雪白皮肤刚好贴上了祝延冰冷宽大的掌心。修长漂亮的大手一顿，就像是被这种温软的触感烫到一般，快速收了回来。

小猫以为他还会教训她，仰着脑袋打算听他怎么说。但是祝延只是愣了一会儿，就松开了钳制住她的手，一言不发地离开了这里。就是背影看上去有点狼狈。

舒棠撑着下巴看了半天。她哼着小曲儿，把睡裙给放了下去。

祝延把自己锁在了书房里，他决定和那只声称是自己爱人的小猫保持距离。但是他仍没有把她赶走，因为这座庄园足够大。如果她愿意，她可以在一楼、二楼住下，等到他离开后，这座庄园也可以馈赠给她。而他只需要在这一间昏暗狭小的书房里待着，安静地度过剩下的时间。

祝延以为她很快就会厌倦这里的寂寞和无趣，也会很快认识到自己是一只多么孤僻而可怕的怪物。只要等到她失去了逗弄这只古怪的怪物的兴趣，就会立马离开这里。

但是并没有。她没有放过他，没有给这只可怜的怪物一个清净，放他一个人孤独地待在书房像是一块朽木一样等待生命的终结。

她搬了地毯、沙发、抱枕到怪物的窗户下面。隔着一道墙，她在窗外深情地朗诵情诗。她称呼怪物为“忧郁蓝色小玫瑰”，而她是“小玫瑰命中注定的爱人”。她偶尔还会即兴创作一句“鱼爱上猫”的诗歌。

祝延安静地听着，面无表情地评价：胡说八道，毫无逻辑。

但是等到转过头看见镜子里嘴角上扬的怪物时，他又重新回到了沉默中。

她在窗外做瑜伽，举着花洒到处滋水，像是一只有多动症的小猫。

她在门口引吭高歌。祝延心想：很难听。

但是不知不觉，他竟然坐在那里，听了一整个下午。这座庄园仅仅是多了她一个人，就变得热闹了起来。

这天夜里，祝延直接睡在了书房。他听见了外面她的脚步声，似乎是上楼去睡觉了，他也终于重新回到了寂静之中。

怪物心想：这样就很好。

书房里的床很狭小，因为那条冒出来的鱼尾，他不得不半坐着在黑暗的角落里睡觉。他听见声音："小玫瑰，会腰椎间盘突出的！"转头一看，她抱着枕头出现在他的窗外，然后爬上了他的窗户，"咚"的一声摔在了窗户下，被祝延下意识地接住。

他蹙眉看着不睡觉的小猫，想要问她来这里做什么。只见她拍了拍枕头，扯过来被子。她抱怨着庄园太大，房间太空，她一个人睡很害怕，总觉得窗外有脚步声。

于是这只怪物的质问也就咽了回去。他想说这样不好，但是她已经找了个舒服的姿势，很快就睡着了。呼吸声十分均匀，像是一只蜷缩着、睡得很香甜的小猫。

怪物浑身僵硬，感觉到她慢慢地靠近了他，脑袋动了动，就趴在了他的肩膀上。他慢慢地、小心翼翼地放松了身体，让自己不再那么僵硬。他微微侧头，挪开了自己的尖锐的鳍，将鱼尾换了个位置，避免划伤小猫的皮肤。

但是她却越靠越近。柔软温暖的身体，紧紧靠着人鱼冰冷矫健的躯体。她的呼吸在他的耳边，气息甜蜜而温热。她在他的怀里翻了个身，于是饱满丰润的臀就贴在了他紧实爆发力极强的腹部。

那条冰冷的鱼尾僵硬至极，小心翼翼地想要往后缩，但是小床太狭窄，简直无处可躲。这只身高逼近两米的高大怪物，被小猫挤得无处可退，只能蜷缩着鱼尾。

饶是如此，他们呼吸交融，她一翻身，柔软的唇就蹭过了他的面颊。高大的怪物冰冷的呼吸一滞，漂亮的喉结滚动。怪物知道，她醒着，因为睫毛还在颤动着。

他忍了片刻，终于忍无可忍。穿着蓝色睡衣的怪物将她提溜下床，无情地把她丢出了门外。同时用蓝色的眼睛审视着她，愤怒地看着她。她立马乖乖地认错。

他冷冷地看了她一眼，把门关上。怪物在黑暗中，面无表情地喝下了两杯水。

他以为她终于走了。这样，这只怪物就可以和往常一样睡个漫长的觉，度过无比寂寞的一个夜晚了。但是很快，祝延听见了窸窸窣窣的动静，就像是一只小老鼠在门外摸摸索索。

她悄悄地搬来了毯子，抱着被子在他的房间门口直接打了地铺。她轻手轻脚，似乎故意降低了音量，但是这只怪物的听觉如此敏锐。他睁开了眼睛——就算是被赶出去，在他的门口打地铺，她仍然不愿意走。

怪物在房内沉默了很久之后，打开了门。

他看着地上的人，低声问她："你想要什么？"

他不是她的爱人，也不是她嘴里的"小玫瑰"。他不过是个变成了一个可怕的怪物，在这座空旷的庄园里等待黄昏的将死之人。她到底想要从他的身上得到些什么呢？他不过是个无趣而枯萎的怪物。

但是话音落下，床上"刺溜"就多了一只"猫"。她怕他把她丢出去，裹紧了被子，抱住了床头栏杆。她说："我就想和你睡一起！"于是，就这样，祝延默许了她在他的地盘里睡觉。

但因为他提的那个想要什么的问题，她在第二天提出了一个要求。她问他："想要什么都可以吗？"对面的祝延沉默了片刻，示意她开口。

他想要告诉她，在他死后，这座房产可以送给她。看她的年纪不大，在这里的几天都没有联系家人，应该是孤身在燕市生活，他可以嘱托自己的部下照顾她一二，如果没有足够的钱生活……

但是她却笑眯眯地说："我想和你一起出去逛街。"

祝延安静了片刻，他本来准备下午离开，已经拖延了一天了。

但是看着她在家里转来转去，祝延沉默了一会儿，同意了。

他想要挑一顶黑色的帽子，遮住耳后的鳍，避免其他人惊恐的视线。其实这只怪物早就已经习惯了那些视线，但是想到了她，怪物不希望破坏她逛街的兴致。

但是镜子前出现了一对猫耳朵。她从他的怀里拱出来，示意他看这对耳朵。高大的怪物垂下了蓝色的眸子，有点愣怔地看着那对猫耳朵。他清晰地听见自己沦陷的声音，像是冰块发出"咔嚓咔嚓"的声音，然后融化在了春日的阳光里。

她注意到他在走神，于是悄悄地踮起脚，想要去亲他的面颊。

这一次，他没有躲。他纵容、默许了她的吻。

舒棠知道这时的祝延，已经很久没有出过门了。于是他们就去看了电影，吃了冰激凌，还在公园里喂了鸭子。

祝延有些生疏地看着外面这个生动的世界，突然被舒棠塞了一把食物让他去喂鸭子。大首领生平第一次喂鸭子，蹙眉看着这些“嘎嘎嘎”叫的生物，还是很乖地去喂了，然后手被咬了两口。

“祝延！”他转过头，发现对面有一只猫在举着冰激凌上蹿下跳地打招呼，像是擦玻璃的猫。她递给了他一支冰激凌，和他一起肩并肩地往前走。

冰激凌很甜。她的头顶刚好出现了彩虹，横跨了整个天空。

她要坐在他的肩膀上，还说他们以前就是这样走路的，于是她“嗖”地就爬到了祝延的肩膀上。他下意识地扶住了她的腰，想要训她，这样太危险。但是她嘀咕着：“掉下来你就接住我嘛，接住就不危险了。”

就像是一个破窗效应，当原则被打破一次后，后面就再也无法坚守底线。怪物沉默了片刻，还是稳稳地扶住了她的腰，没有再说些什么。

舒棠在路上和祝延说起了很多过去的事情。

祝延沉默地听着。他想：小骗子。

他很清楚，自己不会是她的小玫瑰。一个内心荒芜一片，早就把自己囚禁在了那座庄园里的怪物，怎么会和她一起去看海、一起去看海棠花呢？

怪物有点尖锐地想要告诉她这个真相，但是从她的嘴里说出来的一切，都美好得像是幻境。他于是顺着她的描述，也一起做了一场美梦。

只是等到回到了那座庄园里，听见她欢呼着“小玫瑰”，感受着她落在面颊上的吻，怪物发现，他深深地嫉妒那个“小玫瑰”。

他拥有热闹、全心全意的爱，还有无限灿烂的人生。他暂时成为“小玫瑰”，窥见了生活的另外一面，人生的另外一种可能。但是他意识到，不能再继续这样下去了。就像是在沦陷前，清晰地意识到这是一个悬崖。

他知道自己时日无多，他不能再贪恋时光，耽误时间了。于是在这天夜里，当她再次翻窗户进来的时候，他拦住了小猫。

他将她提溜到了别的房间。这只怪物沉默了一会儿，说：“我不是。”

他想要告诉她，他不是小玫瑰。他不过是变成了一个可怕的怪物，在这座空旷的庄园里等待黄昏的将死之人，也不是她的爱人。

怪物认为，只要告诉她这件事，她就不会再纠缠他。这样，他就可以安静地等待死亡的来临了。生活也会恢复平静。

但是舒棠闻言，却说："如果你不是，你的身上怎么会有我的信息素呢？"她还跑回去翻包，拿出洗出来的照片摆在了他的面前，还有他们的车票、一起看的电影票……她想要向他证明：他就是小玫瑰。

但是人鱼现在却认为自己活在十年前，在那一年，他并没有离开这座庄园。偏偏这些摆出来的凭据又如此真实，在她的描述里，幸福得像是一场触不到的梦，让这只怪物感觉到了一种尖锐的嫉妒。

因为他再次感受到了属于"小玫瑰"的那种，生命的可能性，就像是呈现在他面前的海市蜃楼，他甚至产生了一种想要毁掉这些东西的邪恶想法。

祝延在内心，冷冷地嘲讽自己的丑恶。他第一次打断了她的话，再次告诉她：他不是她的小玫瑰。

看见她愣住的样子，怪物想，这下子，她一定会意识到他是个性格多么古怪、孤僻又不讨喜的存在了。

怪物说完之后就不再看她，转身就走。

但是实际上，舒棠拿着相片愣了半天。她熟悉人鱼的每一种表情，她惊讶地发现，自己的爱人竟然在嫉妒日后的自己，并且为此而生气。

他还尖锐地不愿意承认自己是小玫瑰，因为他认为她爱的是另外一个人。

小猫不仅不会因为这个生气，还有点小小的得意，因为她发现，人鱼比她想象中还要爱自己。

她开始收拾东西，因为大四开学在即，她还有毕业论文要写。而且，他们还有一件很重要的事情没有做完。她决定收拾好东西，再去哄她的小玫瑰。

怪物在书房里慢慢地安静了下来。他听见了她开始收拾东西的声音。她准备离开了。

祝延垂下了眸子，对着自己发出了冰冷的嘲讽。蓝色的眼睛像是晦暗的天空暗淡了下来。他坐在这座庄园黑暗的角落里，看着窗外的最后一丝阳光缓慢地消失。

她离开后，这里会变得很寂静。他会在失去理智前给秘书打电话，走进那座监狱，然后平静地等待生命的结束。

怪物面无表情地等待着那一刻的到来。他听见了一些动静，以为她要关门离开了，但是脚步却朝着书房走来。

她再次敲响了他的房门。这只孤僻的怪物不想听她的告别，于是藏进了黑暗里，没有出声。但是门已经打开了，她提着行李箱，手里拿着两张车票。她说：“祝延，你想要跟我一起走吗？”

许久之后，久到她几乎以为对方不会回答的时候，书房黑暗的角落里，传来了沙哑、古怪的声音：“去哪儿？”

她笑眯眯地说：“去结婚。”

当发现舒棠手里的车票是去南岛市的之后，祝延认为，这一切也许是他在前往海角监狱的路上，临死前大脑产生的一场幻觉，就和在沙漠里的人会看见泉水一样。

他不再待在黑暗里，去收拾了几件衣服，数量不多，因为他认为自己前往海角监狱后很快就会死去，并不需要做太多的准备。

舒棠本来以为他被哄好了，但是看见他沉默地收拾行李时，一副即将赴死的平静模样。

也许是阅读过那本日记的缘故，也许是因为对小玫瑰太过于熟悉产生的心有灵犀，舒棠神奇地知道了自己的爱人正在想什么——记忆混乱的他，固执地认为自己在十年前，即将奔赴死亡的那一天，于是平静地收拾着自己进入坟墓的行李。

他甚至给自己带了一套准备穿着死去的正装，还有一枚蓝宝石袖扣。

其实这样有点可爱得好笑。因为他现在病已经好了，但是他一点也没有察觉到这一点。他甚至没有去看日历的打算，就连一切异常的变化都没有发现。

舒棠没有嘲笑这样的小玫瑰，甚至不会去逗这样一本正经，甚至有点固执的小玫瑰。她看向爱人的视线再次变得柔软而饱含怜惜。

这只准备孤独地走向死亡的怪物，平静地踏上了旅途。因为没有什么朋友亲人，于是谁也没有联系。他以为自己在生命的最后一刻会得到窒息般的平静。但是显然，前提是他没有养猫。

祝延一转头，行李箱里就钻进去了一只猫。他踏上旅程，除了负责拿行李箱，还要负责扛起肩膀上的猫。他告诉自己：那是幻觉。

但是小猫却叫着“祝延祝延”，拍着他的脑袋指挥他去买奶茶。等到拿着第二杯半价的奶茶，这只怪物才有了一丝真实感。

他孤独地检票进站，一抬头，脑袋上就冒出了一只东张西望的猫猫头。

过安检的时候，他甚至还要从行李箱上把猫拎起来，避免她乘坐着行李箱一起过安检。孤独的怪物坐在火车上靠窗的位置看夕阳下沉，平静地想着：也许这次就是最后一次看见燕市了。

“祝延祝延！你吃番茄牛腩吗？

“祝延祝延，你帮我剥个虾行不行？”

祝延想：我都要死了，她为什么还要让我剥虾？

见他看过来，舒棠还夹过去一片沾满了酱的肉片，问他好不好吃。

祝延：“……好吃。”

他们就这样，在火车上吃了一顿很丰盛的午饭，以至于他产生了一种他们正准备去秋游的错觉。

其实关于舒棠那句近乎求婚的话，祝延并没有当真。

但其实那是舒棠思考了很久的结果。“标记”是一种更加强有力的契约。但是婚姻也可以带来一些东西：比方说给双方更多的安全感；比方说他们可以更加名正言顺地生活在一起，任何人都不再能把他们两个分开。

在来到燕市之前，舒棠有点担心，以祝延的身份，想要结婚的话是不是会有一些阻碍。比方说要经过审核，或者面对一些压力。但是她在经历了燕市的事情后，成长了很多，她变得不再那么在意外界的态度或者身份上的差距了。婚姻是他们两个的事，祝延没有家人和亲属，并不需要争取其他人的同意。

她偷偷找人定了一对戒指，是拿她刚刚发的三个月的薪水换的。其实钻石并不大，但是舒棠很喜欢，因为戒指的托是蓝玫瑰的造型。

舒棠决定在火车上就和小玫瑰谈这件事，虽然他现在还认为自己在十年前，看上去很像是要去参加自己的葬礼。

她的开场白也很简单直白：“等到回到南岛市后，我们去结婚吧。

“我们可以去南岛市的登记处登记，不过要先回家征询我爸妈的同意。你的证件我都给揣上了。”

她又询问了祝延，在程序上会不会很麻烦，要不要打报告之类的。她开始念叨着结婚要请谁，婚礼要怎么办，婚后要去哪里度蜜月。他们就好像是一对真的要去领证的小夫妻，在这个阳光灿烂的下午商量着这些琐碎的事宜。

祝延沉默了一会儿，轻声说：“我快要死了。”

她看着一本正经、因为记忆混乱真的以为自己要死去的爱人，从桌子下钻了过去，从他的怀里钻了出来，搂住了他的脖子去亲他。

她没有试图说服他，因为她知道记忆错乱的时候，这样做是徒劳的。

她说：“那我也想要在最后的时间和你在一起。”她甜甜蜜蜜地去亲他的嘴角、下颌线，像是一只黏人的猫。但是这一次，这只怪物绷紧了下颌线，将她提溜了开来，看上去有些严肃。如果人鱼不愿意的话，她的力量是很难和他对抗的。

他言简意赅地说：“不行。”她不愿意从他的身上下去，抱住了他的手不肯松开。人鱼蹙眉看了她一会儿，然后将她按在了对面的座位上，蹲在了她的面前和她平视。

高大的怪物蹲下来都比她坐着要高一个头。他告诉她：她的人生才刚刚开始，有很多的可能，不能在他的身上浪费时间。

她还是第一次听见小玫瑰说这么多的话，她发现此时的他就像是一个很好的长者，认为自己命不久矣，很耐心地想要说服她。舒棠一开始就知道小玫瑰从前是个多么好的人，但是此刻，她发现，他比她想象中的还要好。

在燕市的短短两个月，他们的感情变得更加热烈，就像是进入了盛开的花期。

一开始舒棠只是觉得自己谈了一场对象有点特殊的恋爱，她很喜欢这个人，很想和他在一起度过漫长的时间；然而越走进这个人的人生，她就发现自己内心的爱意和怜惜越发浓烈。

舒棠知道自己的求婚一定会成功的，至少等到他醒过来的时候，一定会毫不犹豫地把她扛起来去登记处。

但是此时，蹲在她面前的、过去的恋人看她的眼神就像是在看一个不懂事的小朋友，仿佛她说的喜欢呀、爱呀，在他的眼里都不构成结婚的理由。

她有点赌气地说：“那如果我是想要你的遗产呢？”

对面的大首领微笑了一下。祝延说：“好啊。”

舒棠呆呆地看了他一会儿，有种非常难受的感觉。酸涩在心尖发酵，她想：如果真的可以回到十年前就好了。

怪物发现对面的女孩子，眼睛里充满了怜爱的情绪。这种目光让他觉得陌生又不太自在。他不太确定地想，她在可怜他吗？

但不一样，这种可怜和别人说“大首领真可惜啊”时的可怜不一样，而是近似于一种柔软的怜惜。

他有些不太自然地偏过了头，他感觉到她似乎有点低落又伤心的样子。也许是话有点伤人了。于是他迟疑了片刻，扯出了一张纸，坐回了位置上，开始列自己的遗产清单。房产、银行里的财产，还有一些股份。

就像是十年后人鱼掏出了三个硬币想要讨好小猫一样，十年前的祝延，也试图搜肠刮肚，用自己仅剩的东西哄好自己的小猫。

但是舒棠仅仅是匆匆看了一眼就收回了视线，然后“噔噔噔”地跑开了。

祝延的手指一顿，低头看着那张纸，心想：连这些都不想要了吗？

那他就什么都不剩了。

火车上有着露天的观光走廊，她迎着风声跑啊跑，终于来到了祝延的那扇车窗下。

舒棠今天有种很强烈的情绪，也许这种情绪名为心疼。她无法穿越十年的时间回到过去拥抱那个孤独地走进囚牢的大首领，但是她仍然拥有和他的此刻、当下。

安静的车厢里，祝延还保持着看着纸张的姿势，看上去有点寂寥。长发安静地垂下，苍白的唇紧抿。

但是很快，这种寂寥就被打破了。车厢里，“咚咚咚”的声音传来，仿佛敲开了时间的阻隔。

祝延有些迟缓地回过头来，打开了车窗，看见了舒棠。她站在午后的阳光下，从背后掏出了一大束盛开得无比热烈的蓝色玫瑰，在火车的呼呼风声中，她大喊：“祝延！我超级喜欢你，你可以嫁给我吗？”

太阳耀眼至极，风声呼呼而过。

祝延愣住了。他僵在了原地，苍白的唇动了动，似乎还想要说些什么。

但是她却再次大声重复了一遍：“祝延，我特别喜欢你，你嫁给我好不好？”也许是她的声音太响，半辆火车的人都探出了头来，他们看着角落里的热闹，似乎在交头接耳地说些什么。不过，最后这些声音全都变成了：“嫁给她！嫁给她！”

这些声音汇聚成了一片热闹的海洋。

这一刻，她根本不在乎别人投过来好奇的目光，她捧着那束热烈又灿烂的花束，眼睛里只剩下了他。

在阳光中，这只怪物感觉到了一种让人觉得目眩神迷的幸福，穿越了风声和阳光击中了他。他清晰地听见了自己内心某个坚硬的部分被融化的声音，看见了荒芜的土壤上长出了一朵蓝色的玫瑰。

怪物想：也许她说的是真的，她真的是自己的爱人。

不然为什么，强大的意志力都会在她的眼神中轻易被摧毁？

他听见自己鬼使神差地说：“好。”

在一片欢呼声中，她笑了起来。她捧着花，踮着脚来吻他。

她被此时看上去禁欲又古板的恋人所诱惑，但是又担心他会躲开、会拒绝，在这大庭广众之下，她亲得有点小心翼翼。

他清晰地感觉到了她的紧张，也听见了内心的某个声音。于是，他第一次顺从了那种强烈的心声，放纵自己低下了头。冰冷的唇就和她柔软的唇瓣贴在了一起，唇齿相依。

不知道是谁在车厢的那头“砰”地打开了五颜六色的彩带。

他们隔着车壁，捧着花束，在阳光下接了一个漫长的吻。

火车到达南岛市那天，是个大晴天。

祝延跟着舒棠，一起朝着那座海角监狱走去。蓝色的花朵被修剪得很整齐，那座海边的阴冷堡垒，绽开了一朵又一朵蓝色的玫瑰，透明的窗帘在空中飞舞。她抱着花束，脚步轻快地走进了堡垒里。

这里看上去很像是一个温馨的家，有着柔软舒适的沙发，窗台上摆着一台收音机，到处都是生活的痕迹。

祝延平静地看着这一切，认为这也许是生命走到尽头时的一场幻境。因为对祝延来说，他的经历十分坎坷，生命中几乎没有顺利可言。童年时唯一带来温馨的孤儿院也快速被摧毁，此后他很长一段时间挣扎在温饱线上。他打过零工，靠着奖学金和资助完成的学业。

很难想象到，大首领十几岁时，曾经为了省下学费，经常靠着馒头和食堂的免费汤水度过一整天的时间。就算是后来成为“大首领”，但是在走到那个位置前，他的定位一直是“人形核武”，作为特种兵的领袖无数次出生入死。

很多人都认为祝延是个完美的领袖。但是只有祝延清楚，他有着非常严重的心理缺陷。也许是童年的缘故，他很难感觉到快乐；甚至于选择进入污染区，也一定程度上是因为他喜欢杀戮。但因为过高的道德底线，他很早就产生了极为严重的自厌倾向。

但是这些事情说出来，根本没人信就是了。在被污染后选择自我放弃，是因为，他觉得自己的人生是一场没有尽头的跋涉，没有快乐，也没有任何幸福可言，除了在苦难和孤独里挣扎什么都不剩了。于是，当幸福触手可及，甚至不需要付出什么昂贵的代价后，他更加固执地认为这一切都是镜花水月。

离开了两个多月，“巴士底狱”仍然和走的时候差不多。

舒棠认为，既然十年前的小玫瑰都同意了她的求婚，手指上都戴上了她的戒指，那么回到了“巴士底狱”之后，那段孤独的记忆就会被即将新婚的喜悦冲散，重新补全那份遗憾。

但是舒棠发现，订婚之后，祝延的态度并没有变得很热情，反而更加冷淡了一些。

她出去晒被子的时候，这只怪物就远远地站在窗前，手里拿着一本书，眼睛都不眨地看着她，但是并不会上前或者靠近她。有时候她对着他说话，那只怪物也不会接话，就像是怕发出一点声音她就消失了。

她让人鱼去抓鱼，他也会按照她的指挥给她带回来一些金枪鱼，但是就远远地放在她的前面，并不上前。

舒棠也会主动靠近他，比方说在阳光下和他比画戒指晕散出来的光，但是他的神情是迟疑的、不太确定的，经常要慢半拍才会回应她的声音，而且语气很轻，声音很缓慢。

因为怪物的这种态度，舒棠几乎以为自己变成了某种蒲公英——一靠近或者一口气就会被吹散了。

这个时候，舒棠才意识到了一件事：也许他们的爱情真的是不太平等的。

舒棠其实不太明白为什么小玫瑰会一直觉得不安，直到他变回了十年前的祝延，她才得到了答案——缺乏爱的人，在“被爱”这件事面前是很自卑的。

拥有幸福家庭普普通通长大的舒棠，内心却是十分充裕的，她对生活有着无限的热爱。不管是爱还是被爱，她都是充裕和富足的。猫是一种很自恋的生物，面对幸福和爱情，猫的内心深处会认为：得到爱不是理所当然的事情吗？怎么会有人不喜欢猫呢！一定是那个人出了问题！

然后理直气壮地爬到对方的头顶进行俯视。但是这条鱼却不一样，他会怀疑“被爱”这件事是否真实存在。

中午午休，祝延仍然选择了睡在书房里。

下午的时候，舒棠去敲开了祝延的门。怪物穿着深蓝色的丝绸睡衣，耳鳍几乎接近了门框的高度，所以开门后不得不微微低头看着找上门来的小猫。但是还没有等到他询问她到底是来做什么的，小猫已经抱住了他的脖子，亲了亲他的下巴。

她说：“你感觉到我的体温了吗？”

“你看，你是冷的，我是暖和的。”她温暖的呼吸就在冰冷凶兽的耳侧，说出来的甜言蜜语都像是梦境一样悬浮、不够真切。

祝延无动于衷地低头看着她，他很平静地想：都是幻觉。

等到今晚结束，他再睁开眼睛，就会看见一座冰冷的监狱。他认为自己不能沉溺于这种幻觉中，于是看上去非常冷淡。

她看着他无动于衷，却升起了一点儿好胜心，直接吻上了对方的耳鳍和喉结。

他漂亮的喉结滚动了一下，深蓝色的丝绸睡衣下，肌肉瞬间紧绷。他似乎有点不太适应，下意识地想要躲开她，蹙眉看着她，像是想要提醒她一些什么。

但是下一秒，祝延到嘴边的话停住了。因为她被提溜开后，也不打算后退，而是笑眯眯地看着怪物美丽的蓝色眼睛，直接解开了睡裙的系带。丝滑的布料一下子就掉到了脚踝处。在午间的光芒中，有着一种梦幻般的美感，像是一幅绝美的油画。

祝延平静地想着：她很快就会消失了。

她很快就会消失了。

这句话就像是一个咒语。

在她踮脚再次吻上来，柔软温暖的身体贴在冰冷的丝绸睡衣上的时候，他低下了头，面无表情地抬起了她的下巴吻了上去，冰冷的野兽般的呼吸就打在了她的脖颈间。

她有一种对于危险本能的直觉，但是小猫的好胜心让她没有第一时间逃跑，反而选择迎了上去。

她以为他会像从前的几次那样惊慌失措，但是显然她错了。她对上了一双侵略性极强的、野兽般的蓝色眸子。

因为认定她很快就会消失了，于是禁欲者选择了放纵和疯狂。

一切都结束之后，他等待着幻觉的消失。但是她并没有像蒲公英一样一吹就消失了，而是继续生动地、活泼地出现在了他的眼前，比方说通红的眼睛、有点潮湿的可爱发丝。然后就是一个枕头朝着他砸过来，还有衣服、裙子、内衣……

小猫还在发脾气，因为他直接在她的大腿上咬了一口，而且还让她腰酸背痛腿抽筋。

因为眼前生动的一幕，祝延此刻终于意识到了一切是真实存在的，再面对小猫的时候，立马就感到了一种慌乱、手足无措。

祝延的道德底线是非常高的，他直接忽视了她之前的勾引行为，将一切归结于自己的放纵。在他的心中，她是不够成熟、不够懂事的，哪怕有所引诱，也是作为年长者的他没有把持住犯的错误。

高大的祝延苍白的唇紧抿，直接来到了小猫的面前，和她平视，看上去简直就像一个负荆请罪的罪人，认真地和她忏悔刚刚的错误。他的声音平缓而稳定，诚恳而愧疚。

他说："对不起。

"是我色欲熏心。"

他的反应让小猫很惊讶。她在床上趴着愣了好一会儿。看着蹲坐在她的面前，一副任打任骂样子的人鱼，舒棠觉得他这样真的有点好欺负，还有点傻。明明是她先去找他的，但是他现在表现得像是自己犯下了滔天大罪一样。

祝延以为她会继续生气，会把他赶出去，再也不愿意见到他这个罪人。

但是并没有，她甚至还开始笑话自己的爱人。

她小声问他："那你以为我今天是来做什么的，和你聊天的吗？"她一开始是嘴角上扬，紧接着是控制不住地发笑，笑得在床上打滚。

她抱着被子，对他说："小玫瑰，你现在真的好可爱哦。"

男人沉默了片刻。小猫甚至还凑过去笑嘻嘻地嘲笑他。祝延一直在忍受着她的戏弄和嘲笑，只是苍白的手指，默默地整理好了身上乱七八糟的衣服。

但是有一句话叫作：在沉默中爆发。

他将她重新按回了床上。被嘲笑的大首领做了一件事，将她以一个标准的擒拿姿势按在了床上，贴心地递给了她一个抱枕。调整好了她的姿势，确认不会掉下床去后，他很冷淡地说：“扶好。”然后摘下了手表，看了一眼时间。

她惊慌失措地往前爬，被拉了回来。她转头让他冷静。祝延说：“我很冷静。”

她害怕地用他刚刚的说辞，告诉祝延，他这是在犯罪。祝延很平静地说：“结束后可以找人来抓我。”

她开始挣扎，很害怕地夸大其词，她问他是不是想要弄死她，再继续他就会永远失去他的心肝宝贝了。

结果对方很平静地告诉她，他之前训练过很多的 alpha 士兵，对体能方面有着精准的把控。她震惊地回头。他说她现在可以开始祈祷了，但是不要发出声音来，因为他很生气。

舒棠一直认为人鱼很好欺负。在人鱼变成十年前的祝延后，她认为他看上去更加好欺负了，简直是那种爬他脑袋上他都不会生气的老好人。

但是惹毛一个好脾气的人显然是一件很可怕的事。

舒棠很后悔。她发现自己就连更加好欺负的祝延都欺负不了之后，她悲伤地意识到自己这辈子可能没有翻身的机会了。

她觉得自己很没有尊严，但是她回想了一下小玫瑰的战绩后，发现所有的 alpha 在他的面前都非常 omega。舒棠安慰自己：不是她太菜，是敌人太强大。

结束后，已经到了黄昏时分。她不再穿着那件一根系带的丝绸睡衣了，老老实实地换回了自己平日里穿的保守长款睡衣，甚至也不再动不动就跑过去亲对方一口，或者蹭蹭抱抱两下了。因为人鱼暂时性的记忆混乱，这两天，她就很有一种想要欺负一下他的冲动。但是现在，她很老实地坐在了厨房里，等着人鱼给她做晚饭吃，甚至没有和前两天一样非要坐在人鱼的鱼尾上吃饭了。

她小声喊：“祝先生，你的饭好了吗？”祝延的动作一顿，嘴角扬起了一抹不易察觉的笑意。

恢复属于祝延部分记忆的人鱼，厨艺上显然进步了很多。至少吃完之后，她选择了原谅。

他们两个一起看了今天的天气预报，然后躺在了一张床上，一起听着外面的潮水声，就着月光一起看交握的手指上那一对蓝玫瑰的对戒。

时至如今，这只怪物终于相信了她是他的爱人，也相信了一切是真实存在，幸福真的就躺在了他的怀中。

然而，怪物仍然对自己能够拥有这一切而抱有疑虑，他反复和自己的小猫确认。

舒棠也不嫌烦，因为人鱼从前就喜欢这样，虽然嘴上不说，但是时时刻刻都要反复确认她是否还爱着他。于是她就告诉他——他们是如何相遇的，又是如何相爱的。

比方说她教了他好多次，他才学会说话，一个词要教上一个星期。

祝延听了一会儿，无情地拆穿："他是故意的。"没有人比他更加了解自己，他的学习能力很强，怎么可能学得这么慢。

舒棠于是问他："那你觉得，你会做一样的事情吗？"祝延安静了一会儿，发出了一声嘲讽的冷笑。

就在舒棠以为十年前的大首领绝对不会这样的时候，他承认了："当然会。"

舒棠无言以对。

她说起了一些很小的事，比方说她还经常让他上岸后赶紧擦干头发，回来取暖，但是人鱼屡教不改。

祝延在心里想，上岸后她会给他擦头发，他怎么会改掉这个毛病？

这一点祝延并没有无情地拆穿，因为他也决定这样做。

他们就这样细细碎碎地讨论着，月亮也就慢慢地爬上了树梢。

好一会儿，祝延突然说："我有些嫉妒。"他终于承认了，低低地说，"不，不是有些。"

是嫉妒得要死。

小猫开始笑，笑得很得意，如果有尾巴，现在一定是一甩一甩，一副趾高气扬的样子。

祝延问她：那为什么他没有这段记忆呢？

小猫告诉他："因为这一切都发生在十年后的未来。"

他说："所以，只要等十年，就可以等到你了吗？"

但是她却说："不用等那么长时间。

"只要睡上一觉，醒过来，我就在你身边。"

舒棠是一只很喜欢骗人的小猫，她总是有很多稀奇古怪的理由去糊弄人鱼。但是在陪伴他这件事上，小猫一直说到做到。她经常会因为一些事情而退缩，就像人鱼了解到的那样，她的胆子并不大，但是无论多么害怕，小猫从未离开过他的身边。

祝延以为十年会很漫长，但是小猫的话就像是有魔力一样，再次睁眼，果然，十年只花了一夜的时间就到了。

醒过来是个美丽的黎明，他听见了小猫煮粥的“咕咚咕咚”声，还有手忙脚乱加水的声音。

秋天的气温开始降低，风也变得很柔和。日历上的时间一翻开就变成了十年后，凋谢的蓝玫瑰也迎来了新的人生。

这只高大的怪物来到了厨房，耀眼的阳光刚好落在了小猫的身上。可望而不可即的幸福和爱情，在终点到达。血雨腥风的前半生也就全都归于柴米油盐的平静。变成了小猫的粥，“咕噜咕噜”往空中冒泡泡。

但是在这天早上，苏醒过来恢复正常的怪物并没有主动告诉小猫这件事，他表现得和昨天的祝延没有任何区别。

舒棠很自然地叫他“祝先生”，和昨天一样坐在他的身边吃早饭，并没有发现今天的祝延已经不同了。她也有点困惑，因为老院士说的时间到了，怎么还没有恢复正常呢?

她频频看向祝延，总觉得哪里不对，但是祝先生很平静地邀请她乘船出海一起去吹风。

舒棠有点困惑，但是看今天的天气不错，于是欣然同意了。

当看见祝延熟练地操作着轮船的驾驶系统时，舒棠打消了怀疑，露出了崇拜的眼神。

“祝先生”的手指一顿，扫了小猫一眼，在心中发出了一声轻哼——这只怪物早就发现了，小猫面对“祝延”的时候，会表现出强烈的探索欲和好奇心。她看上去对新鲜的“祝先生”更加感兴趣一些。

今天的祝先生很喜欢问她问题，刚刚他就若无其事地问她：喜欢十年后的他多一点，还是喜欢十年前的他多一点?

舒棠下意识地想要端水，说都喜欢、都很满意。

但是她心中产生了一点狐疑。她有一种古怪的直觉，她看着身边深沉的“祝先生”，突然说：“我更喜欢祝延一点。”

她掰着手指头数：“祝延更讲道理，而且他做饭更好吃……”

舒棠发现旁边的“祝先生”停顿了片刻，她继续说：“而且祝先生不会幼稚地假装自己失忆。”

人鱼转过头对着她，用祝延的语气很平静地说：“会。”

舒棠大叫：“我就知道是你，小玫瑰，你装的！”舒棠从甲板上摸出了水枪，去滋人鱼。人鱼懒洋洋地在阳光下浑不在意地甩甩银白色的长发，长臂一伸就把她捞进了怀里，把长发上的水全都蹭到了她的衣服上。舒棠躲来躲去，两个人打打闹闹了半天，一直到不远处的珍珍听见动静，喷着水出现才停了下来。

舒棠好奇地看着懒洋洋地在海水里洗鱼尾的人鱼，心想，彻底恢复记忆之后，他会不会有一些变化？

十年的时间当然改变了很多的东西，就像是舒棠和人鱼都知道，他不可能再回到十年前，成为那个受到所有人爱戴的大首领了。祝延身上发生了太多不可逆的变化。至少，他那种极高的道德底线不复存在了。因为对于现在的祝延而言，他已经不认为自己是人类了，属于人类社会的道德枷锁自然也就碎裂了。

但是比起从前的人鱼，如今他又多了一点“人性”。以前，人鱼的共情能力是几近于无的，也很难理解舒棠形容的很多情绪。他知道眼泪代表难受，但是分不清痛苦和悲伤的区别。

从前，舒棠看电视剧哭得稀里哗啦的时候，人鱼有段时间一直认为是电视机的电波隔空攻击了小猫的泪腺，所以经常对着电视机发出嘶声。但是现在，人鱼至少能够理解她为什么看着电视机里的画面会哭了。

他能够理解悲伤这种情绪了。

舒棠知道这一点后，觉得很荒谬，因为他们正在看一部生离死别的电视剧，但声称自己懂得什么叫作悲伤的人鱼却面无表情。

她问人鱼：“如此生离死别的画面，你为什么不哭？”

人鱼甩甩鱼尾：因为污染物的血是假的，他亲手捅过，不长那样。

舒棠让他试着换位思考一下，如果里面吐血的女主角是她，他就会哭了。人鱼歪头代入了一下，缓缓告诉她：他不会哭，他会把电视机里所有的出场人物全都弄死。

舒棠：他有了点共情能力，但是感觉不是很多的样子。

不管是十年前还是十年后，祝延的话都很少，沉默寡言是他的某种不会改变的特质。就连说很长的句子都极为少见。但是恢复记忆的好处也是显而易见的，人鱼的词汇量空前地扩大，至少他们两个可以玩成语接龙玩一整天不会断了；还可以一起看书，一起分享看法，这种思想上的碰撞，是他们从前从未体验过的。

但是要说他们两个灵魂上的共鸣——人鱼的关注点永远在书上的各种武器，舒棠的关注点永远在书上的各种美食。

一个说新式武器，一个说新式蛋挞；一个说杀伤范围，一个说加点香菜。然后在思想的激烈碰撞中一起打开了烤箱。

午后的阳光下，他俩就会一起看书，或者讨论要怎么装修“巴士底狱”。

其实，如果没有找到过去的记忆，这只怪物也许真的会在某一天彻底失去“人性”。而他俩三观上的差异也会在一天天的相处中暴露出来。

但是现在，祝延拥有了更加完整的认知，更加健全的三观。他仍然不关心外面的世界，也并不是很会爱一个人，但是在找回了过去的自己后，他发现自己有了更多的经验和耐心去学习爱她这件事。

过去的祝延也曾经认为命运愚弄过自己，但是十年后，他不再痛恨命运的阴错阳差，甚至，现在的祝延认为也许变异是一种馈赠。

因为如果不变异，他们两个就会像是两条平行线，一个在北方、一个在南方，永远没有产生交集的一天。

舒棠问：“小玫瑰，你在看什么呢？”

人鱼说：“影子。”

他们两个的影子在夕阳下被拉长，交会在了一起。

在某一天夜里，舒棠坐在了人鱼的面前。

“接下来，我们就要讨论结婚的事情了。”

就像是十年前满身风霜的祝延，从未想过自己会和人结婚过上平淡幸福的生活一样，二十岁的舒棠也没有想过自己竟然会英年早婚，甚至早于她大学毕业的时间。

他们两个都对即将步入婚姻这件事充满了不可思议，但就像是即将开始一段崭新的人生一样，都感觉到了一种新奇和跃跃欲试。

他们讨论着如何装修婚房（“巴士底狱”），在哪儿举办婚礼，什么时候去试礼服，还有要如何说服舒棠的父母，给哪些人发送请柬。这些琐碎的话题讨论到了深夜，但是他们两个都不觉得枯燥。

甚至于，这位曾经的“人形核武”、大首领，还被舒棠要求穿婚纱。

祝延当然拒绝了。他言辞很果决，评价她：“白日做梦。”但是好一会儿后，人鱼又告诉她，如果她愿意主动一个月，此事可以商酌一下。

舒棠当然拒绝了。她觉得自己可能会下不来床。她言辞很果决，她评价他：“异想天开。”

见家长的那一天早上，有点兵荒马乱。

舒棠不打算一开始就告诉父母祝延的身份，因为舒棠的父母都是很普通的小市民，她想要循序渐进，等到他们认识了小玫瑰后，再告诉他们人鱼的身份。于是，她只说自己谈了一个对象叫作“小玫瑰”，是个不爱说话、沉默寡言的omega。

舒棠就这样和人鱼一起回家吃饭，见家长了。

进门前，舒棠惊讶地发现身边的人鱼竟然看上去有点紧张。这只怪物今天每一粒扣子都扣得整整齐齐，蹙眉看着窗户里自己的鳍，第一次感觉到了一点无所适从。

等到进门后，看见了比自己矮小很多，和小猫差不多高的猫妈妈和猫爸爸后，这只要低下头才能进门的高大的怪物，有点不知所措。

在人鱼过去的记忆中，并没有和家人、亲属相处的经历；但是幸好，因为想起了过去，人鱼不再和从前一样一无所知、完全不会和人相处。这只怪物有点生疏地、有点笨拙地模仿着自己从前的记忆，想要给猫妈妈猫爸爸留下一个好印象。

舒棠当然发现了这一点，她默默地抓紧了人鱼冰冷的大手，于是慢慢地，高大的怪物紧绷的后背放松了下来。

虽然猫爸妈的确第一时间很惊讶于人鱼的外表，但是舒棠同学提前给爸妈打过预防针了，她给妈妈发消息简单讲了一下她对象的情况。

她描述了一下自己心目中的小玫瑰——品学兼优但是遭遇突变的小可怜；备受歧视，孤僻不爱说话，性格还有点敏感；看上去有点不像是个人，但是鱼尾和耳朵都很可爱。

在舒棠的描述里，猫爸妈认为“小玫瑰”是一个柔弱不能自理的病弱小可怜omega。猫爸妈并不会因为外表歧视舒棠的对象，反而听说了两人从认识到相爱的过程后，对这个柔弱的omega很有好感。

但是当打开了门——

舒妈妈心想：这哪里柔弱了啊？他是不是有两米高啊！

舒爸爸心想：这看上去可以随手捏死十个污染物啊！

不过，总体上，因为舒棠的预防针十分有效，第一次会面很成功。

虽然“小玫瑰”看上去和舒棠的描述毫无关系，也和“小”与“玫瑰”没啥联系，但是某种意义上，祝延就是世俗标准中完美的女婿对象：性格沉稳，工作稳定，无父无母。而且他还会做饭、钓鱼。当然了，要不考虑他的精神体有一座城市那么大，而且很可能已经不是人类了。

但是凭借今天的会面，舒爸爸和舒妈妈都认为：这是一个沉默寡言但是很靠谱的人，而且还挺包容的，性格上很适合舒棠。

虽然他长得高了一点，舒棠站在他旁边像一个开水壶；

虽然气质阴沉，看上去有种介于领袖和怪谈主角之间的迷离气质；

虽然单手就差点把舒爸爸的铁桌子捏碎了；

虽然外形可疑，白得血管都发蓝，耳后的鳍还把他们家大门划开了一条缝；

但是舒妈妈认为：只要多补补血，就能看上去正常一点了。

舒爸爸则认为：都是玩通信器玩的，少玩点通信器就好了。

虽然有点小毛病，看上去不太像是个人，但是听说对方会做饭、会钓鱼，且捕鱼技巧一流，绝对饿不到他们家小猫后，猫爸妈一致认为：整体上，这还是一个很积极向上、稳重靠谱的大好青年啊！

原来这就是小猫的家吗？猫窝就是很普通的三室一厅，客厅很小，一家人热热闹闹地挤在电视机前面的茶几边看电视，人鱼就坐在后面有点局促地看着前面的三只猫。

人鱼觉得小猫一家人都很小只、很迷你，尤其是俯视的时候，可以看到三个一模一样的黑色脑壳。他们仨凑在一起说话的时候，就像是三个小黑球凑在了一起。

人鱼想要俯下身加入其中，但是刚低下头凑过去，三个脑袋就齐齐回头。人鱼于是不得不老实地坐在了原地，接受三只猫的安排。

小猫一家人都非常热情好客。猫妈妈还一直很热情地让人鱼喝红枣乌鸡汤。

人鱼有点局促地抓着汤碗。对于从小长在孤儿院里的他而言，这画面有点陌生，又有点温情。

小猫转头捅他，让他按照排练好的叫爸爸妈妈。人鱼低下头，用眼神询问小猫：真的可以这么叫吗？

舒棠回以一个怂恿的眼神。好一会儿后，祝延开口了，有点生疏，又有些局促地叫了一声：“爸、妈。”

猫爸妈面面相觑，很热情地“哎！”了一声，两个人都很高兴。

猫猫一家对于女婿的要求非常朴实：力气大一点，性格稳重，最好能不要饿到小猫。

因为舒棠是只很馋的猫，她特别喜欢吃鱼，总是把工资全都拿去买鱼，还经常存不下来钱，他们时常担心舒棠以后会饿晕在南岛市的街头。所以如果伴侣靠谱一点、稳重一点，是一件很好的事情，他俩完全可以互补嘛！

当然了，虽然他们俩很满意这个大个子女婿，但还是要进行一些考验的。猫爸爸让人鱼帮忙扛饮用水，跟着他出去溜达提东西，发现这小伙子干活很勤快。虽然玩通信器玩得脸色发白，但是身体素质很好，很靠得住，一点都不虚。

猫爸非常有心机地喊人鱼和他一起去买东西，然后开始观察人鱼是怎么买东西的。他发现这小伙子虽然不善言辞，但竟然很会砍价——人鱼仅仅是沉默不语地抬眸看摊主一眼，对方就会立马打上五折。虽然摊主总是会吓得腿软，但是价还是砍下来了。对此，猫爸很满意：这小伙子，会过日子！

猫妈的考验也很简单。她让人鱼帮忙切个排骨，虽然画面看上去有点阴森，人鱼的手法熟练而冷酷得像是手里有很多条人命的样子，但是排骨炖得很香啊！

猫妈妈评价：干净利索。

猫爸爸评价：眼里有活。

这和他们那个坐在冰箱前到处翻冰棍，遇事就只喊“妈！”的懒惰女儿形成了鲜明的对比。

懒猫配勤快鱼，实在是天仙配。

一整个下午，眼睁睁看着小玫瑰被父母轮番考验，舒棠都胆战心惊，鬼鬼祟祟，生怕父母觉得哪里不对劲。比方说发现她带回来的对象，很有怪谈主角的气质。

但是从头到尾都很和谐。舒棠有点不可置信地去打探消息，询问爸妈：有没有什么不满意的地方？比方说有点凶，气质有点吓人，或者长得有点眼熟，在电视上见过之类的。

猫爸妈让她闲着没事干就去把马桶刷了，别搁这儿碍眼。小猫悻悻离去。

转头，猫爸妈就把他们俩打发出去买菜了。

厨房里，猫爸妈两人老怀大慰，感动于小猫竟然真的找了个靠谱的大好青年。尤其是和上一个相亲对象相比，这年轻人又靠谱，又会过日子，实在是很难得的好女婿啊。

不过——

猫爸："孩子她妈，你说她对象是不是长得有点眼熟？"

猫妈："名字也有点耳熟。"

猫爸扶眼镜："不过这年头同名同姓长得一样的人多了去了。"

十五分钟后，猫爸和猫妈看着楼下和舒棠坐在一起的祝延。脸是那张脸，气质也差不多，区别就是照片上的大首领西装革履；现在的祝延手里拿着豆角，正在帮他们家闺女择豆角，还坐在他们闺女的卡通小马扎上。

猫妈捂住了胸口："天哪。"

猫爸倒吸一口冷气："我就说我最近怎么老是被人跟踪，我还以为偷我电瓶呢。"

猫爸猫妈很难接受他们看好的朴实无华的女婿一下就大变样了。这就像是在路边拔了一根葱给女儿炒鸡蛋，回家才发现是翡翠白玉葱。虽然还是葱，但是完全不能炒鸡蛋了啊！而且他们还很想打孩子。

舒棠说柔弱不能自理，结果带回来了一个身高两米的"人形核武"。

舒棠说工作稳定，月入过万，结果带回来了联邦最高指挥官。

偏偏那不靠谱的闺女还在晃悠着腿吃冰棍，坐在祝延的旁边让他顺便把她的那盆也一起择了。祝延也不生气，任由她使唤来使唤去，看起来就像是早就习惯了的样子。

脾气好、长得俊、会过日子——多好一小伙子啊，怎么就是一棵翡翠白玉葱呢。

接下来，虽然猫爸妈两人没有表现出任何异常，但是心情都很复杂。

有个词叫作"齐大非偶"。舒棠的性格并不强硬，也不是个很厉害的 alpha，说白了就是有点傻，他们很担心她被欺负。如果那小伙子是这样的身份的话，小猫被欺负了他们也没有办法帮她撑腰。更何况，祝延的身份背景这么复杂，小猫的心眼和她的钱一样少，被要得团团转恐怕都反应不过来。他们更加害怕她被欺负，有苦说不出。

这天夜里，猫爸和猫妈回到了卧室商量对策。猫妈妈想要直接告诉小猫，他们不赞同，她甚至开始和猫爸爸商量谁去扮黑脸，谁去扮白脸。但是很快，他们两人听见了隔壁的动静。

他们往窗户边一看。隔壁的窗台上，舒棠正笑眯眯地打电话。楼下，一个修长高大的身影打着电话看着她。两个人对视着，看一眼就互相笑起来。她还举起了手朝着祝延招手，在窗台上比比画画地说些什么。下面的元勋就含笑看着她。月色都变得很温柔。

他们听说过祝延的名字，知道这位被人们称之为元勋的男人是个铁血而冷硬的人，人们总是把他和“人形核武”联系起来。但是此刻，冰冷的武器，眼神却很温柔。月色就像是水一样在他们两个之间流淌。

小猫翻出了阳台，被高大的男人稳稳接住。小猫就坐在了祝延的肩膀上，他们一起朝着小区外面慢慢走去，小声商量着夜宵要吃什么。影子被路灯拉得很长。

猫妈：“现在的年轻人喔！”

猫爸：“那咱俩到底谁扮黑脸？”

这个问题没有答案。

因为和祝延对视的时候，小猫笑得很开心。

他们谁也不忍心看见她失落的样子。

人鱼很喜欢小猫的家人和猫窝。其实小区人很多，周围有点吵，但在这里祝延感觉到一种温暖、平淡的烟火气。父母的唠叨，口味很好的家常菜，还有一家人窝在茶几边看电视的拥挤和热闹，对祝延而言都是很陌生的事，但是感觉并不坏。而且管一对没有血缘、还很小只的夫妻叫“爸妈”，似乎也并不困难。

他听着小猫念叨和家人的日常，听着她说“我们家”的时候，把他加入其中，有种陌生又新奇的感觉。

他问她：他也算是这个家庭的一分子了吗？

舒棠告诉他：当然算了，而且过年爸妈还会发红包呢！

不过，人鱼的红包都要给她。她以后就可以收双份的红包了！

人鱼甩甩鱼尾，表示自己会把所有的红包钱都上交给她。舒棠还告诉他，如果她爸妈数落她，他就要扛下所有罪名；如果她爸妈打发她去干活，他就帮她干了。

舒棠以为人鱼会反驳，或者过来“嘶”她，但是他想了想，竟然同意了，因为他既没有收过红包，也没有被人数落过。

舒棠突然有点不忍心欺负他了。她觉得习以为常的生活，是作为孤儿的祝延，可望而不可即的幸福想象。她挪到了他的怀里，亲了亲他的下巴，对他说：“以后我们就有家啦。”有他们的小家，还有一个大大的家。

夜风里，风铃轻轻摇晃。

睡觉前，舒棠翻出了一本小时候的日记，兴致勃勃地和人鱼分享。舒棠觉得是时候让人鱼了解一下她叱咤幼儿园、小学、初中的光辉过去了，于是人鱼就被按在小板凳上，听小猫吹嘘她叱咤风云的前半生。

但是，人鱼的听力是非常好的。

舒棠说她打小就聪明，隔壁的猫妈：“这孩子打小就笨。”

舒棠说她神童转世，隔壁的猫爸：“三岁还学不会联邦语。”

舒棠问人鱼有什么感想。人鱼面不改色：“厉害。”

于是，从隔壁猫爸妈的描述中，人鱼知道了舒棠小时候的样子。

其实在猫爸妈的眼中，这个孩子有点笨，有点迟钝。舒棠小时候学联邦语学得很慢，经常说着说着就蹦出来一些奇怪的发音。她还喜欢坐在婴儿车里看着外面的世界发呆，这个习惯持续到了上小学的时候，以至于父母都担心这孩子是不是脑瓜子不太聪明。好不容易长大了，还是很不靠谱，总是让父母操心。但是猫爸妈只有这一个孩子。

于是，人鱼也就知道了：他们很不忍心让小猫出去面对外面的风雨。

猫爸妈不介意小猫的对象长得有点奇怪，或者有点不太像是个人，只要小猫觉得喜欢就好，但是他们会担心小猫的未来。他们是一对很好的父母。

而祝延的身份和她的与众不同，也许就是小猫平静的人生中，最大的风雨。

这天夜里，人鱼坐在黑暗里想了很久。如果是当年的祝延，也许会因为他们的担心而动摇，他极高的道德底线，也许会在这从未体验过的慈父慈母之心面前退缩；但是现在的人鱼却很自私地不愿意放手，也不肯退后。他决定和小猫的父母好好谈谈。

第二天早上。

小猫当然没有发现父母的欲言又止。选择了暂时隐瞒，是因为她不希望父母一听到人鱼的身份就直接拒绝，因为她也是经历了一个漫长的过程，才了解到祝延到底是一个怎么样的人。祝延的过去太过传奇、遥远，可是走近了才知道，他是一个很好很好的人。

人鱼知道小猫的想法，也配合了她，却并不那么赞同她的隐瞒。于是这天早上，人鱼主动找到了猫猫的爸妈，和他们进行了一次谈话。其实这只怪物有点局促，不知道要拿什么样的态度去面对猫爸妈。

猫爸妈看着面前高大的祝延，明明他是有着“人形核武”之称的男人，也经历过无数的风浪，但是面对他们的时候，看上去却很紧张、僵硬。他并没有否认自己的不同寻常，或者危险性。但是这只怪物向他们证明了他有足够的能力保护好自己的小猫。他告诉他们，他会用生命去保护自己的小猫。

他有点紧张地看着他们。这份紧张源于这只怪物很爱小猫。他知道小猫也很在乎自己的父母。他希望他们的爱情，可以得到猫爸妈的祝福，希望她不必做出二选一的抉择，就可以拥有世界上最好的一切。这只高大的怪物从头到尾都没有提“他很爱她”这件事，但是他的紧张、局促，无时无刻不在告诉猫爸妈这件事。他们有点无奈，又有点心软。

谈话很顺利。

等到小猫买完冰激凌回来的时候，三个人都表现得很正常，以至于舒棠完全没有意识到这场对话的发生。

不过，这天夜里，舒棠还是找猫爸妈坦白了祝延的身份，小猫很忐忑。小猫很了解自己的父母。她一直都是个很听话的好孩子，她知道爸妈希望她找个普通人在一起，平淡但是安全地度过一生。

她做过最叛逆、最不听话的事情就是和小玫瑰在一起。他既不普通也不平凡，和他在一起之后，可能会遇到一些危险，可能会与父母希望的“安稳”背道而驰。她很爱自己的父母，也爱着小玫瑰，她希望在他们中间找到一个平衡。

她最后和父母坦白的时候，什么冠冕堂皇的理由都没有用上，她只是很诚实地告诉了他们："和他在一起，我很快乐。"

她等待着爸妈的反驳，带着一点忐忑。但是他们并没有表示反对。舒棠以为是因为人鱼的钓鱼技术得到了爸妈的认可；或者是她的口才一夜之间突飞猛进，感动了老爸老妈。但是她猜错了。是因为他们希望她可以得到幸福。

番外二 //
岁月情书

领证那天，是一个阳光灿烂的好天气。他们两个一起在登记处拍了证件照。

“一二三，茄子！”舒棠笑得眼睛弯弯，看上去很可爱；人鱼面无表情，看上去有点凶。凑在一块，就很像是没头脑和不高兴。

“咔嚓”一声，这一幕定格在了时光里，变成了两本红色的小本本。

她抱怨人鱼不笑，把她衬托得怪傻兮兮的，但她还是把结婚证高高兴兴地举了起来。

“我们结婚啦！”

前面沉默寡言的高大人鱼，嘴角开始上扬，一开始是个不明显的弧度，紧接着弧度越来越大——我们结婚啦！

他们的车在风中“呼啦啦”地前进。小猫车上的风车就“呼啦啦”地快乐地转动着。

后来，祝延在日记中写道：

> 那时，我并不想停下来，想要一直往前走，和她走到世界的尽头。
>
> 那是我生命中最愉快的一天，但是我不太会笑，小猫抱怨我拍照的时候太严肃。
>
> 其实那时候，我有些茫然，因为幸福来得有些突然。

小猫在路上说婚礼的事情。她说：“希望那天是个好天气。”

其实，当时我在想：和你在一起的每一天，都是好天气。

人鱼和小猫的婚礼很盛大。那天来了很多的人，有很多电视上才能见到的大人物。海角疗养院的门口停了看不到尽头的车，这座安静的、经常会被人遗忘的疗养院，场面从未如此盛大过。

虽然客人非常多，但大部分都是不请自来的。只有得到了蓝玫瑰的人才能进入禁地参加婚礼，比方说苏茵、小陈、老吴等老熟人，还有与舒棠关系比较好的急诊科同事们。

在朋友和家人的见证下，蓝玫瑰铺满了整个禁地。在抹香鲸喷出来的彩虹中，他们走入了婚姻的殿堂。那是南岛市一个月以来天气最好的一天。

《祝延日记》

10月15日，天气晴。

结婚。

小猫按照天气预报挑的好天气。她说：珍珍在晴天可以喷出彩虹来，很梦幻。

她想要站在彩虹下面接吻、交换戒指。很糟糕的主意，像是两只落汤鸡在结婚。

但是她说很浪漫。

不想小猫被淋湿，于是在接吻的时候撑开了伞，那把蓝色的伞就成了婚礼的见证。

小猫说要把伞裱起来挂在堡垒的屋顶。很糟糕的主意，会被雷劈。

小猫说婚后她想要装修一下婚房。

没意见。

小猫说她想建个地方养她的乌龟。也许在这一刻，比起爱我她更爱乌龟。

10月20日暴雨，涨潮。

断电断水，不过我提前看了天气预报，囤了足够的柴和食物。

海水淹没了一楼。小猫坐在二楼的窗台上钓鱼，什么都没有钓到后，又找了个储物箱当船，划到了隔壁书房的窗下，询问我要不要一起玩。

小猫伸出猫爪挠螃蟹，被夹。

中午清蒸螃蟹。小猫吃着螃蟹说这是她见过的最大的天灾，很害怕。

没看出来。

下午一起坐在窗前看一楼被海水淹没，一起钓鱼。

开始讨论爱情和生活的真谛。这是个很深奥的话题。对此，如今的我已有了一些心得，不再像从前那样一无所知，可以随便被小猫糊弄。

我认为，生活的真谛就是：收拾小猫的残局。而爱情的本质就是：并且以此为乐。

小猫的看法很不一样。她认为爱情就是两个人一起肩并肩收听着《天气预报》，还有像是这样，不管刮风下雨、涨水还是龙卷风，都可以互相依靠。

对此，我的看法是："小猫，你可以先从我的头顶下来一会儿吗？"

虽然有一些分歧，但是人生漫长，这个问题还有一辈子的时间可以达成一致。

10月25日，雨。

爱情这件事就像是月亮，有时圆，有时缺。

涨水结束后，小猫忙了起来。小猫说她要申请研究生，需要更好的实习履历。她有了新的工作调动，还拥有了新的病人。

我试图打听新病人的门牌号，小猫不肯说，她说我会痛下杀手。

怎么会呢。杀人可是犯法的。

小猫开始在古堡里转来转去，拿着文件还夹着通信器，像是一只忙碌的小蜜蜂到处转悠。她说自己是"职场达人""学术界明日之星"。

年轻人需要梦想。但是她说她想要做大做强、冲出宇宙。

放信心满满的猫上班去了。她走后这里有点空。

10月27日，雨。

小猫开始上班后，祝延变成了一个可怜虫，每天只能得到小猫的一个早安吻和晚安吻。

她晚上九点才回家，一天只能抽出两个小时零四分陪伴她的伴侣。

其中一个小时在吃，一个小时在洗澡，抽出四分钟给我两个吻。

书上说：婚姻是爱情的坟墓。

书上说得对。

舒棠完全不知道自己的爱人重拾了写日记的爱好，还在里面编排她。她忙得脚不沾地，回来的时候，人鱼说要和她谈谈，并且表示了自己被冷落的不满。

她很愧疚地看着他，甜蜜蜜地献上一个吻，用一连串的甜言蜜语哄好了人鱼。舒棠说："只要过了明天就好了。"人鱼想：小骗子。

果然，小骗子甜蜜蜜地给了一个吻后，又匆匆地去打电话了。她转过头，告诉人鱼：明天她一定会抽出时间和他吃烛光晚餐的。

结果发现黑暗里高大的怪物正面无表情地写着东西。

"小玫瑰，你在写什么？"

"菜谱。"

实际上，高大的怪物在日记本上冷冷地写下：

明日复明日，明日何其多。

祝延是个可怜虫，只能得到小猫的明日。

10月28日，晴。

明日泡汤了。小猫说加班，烛光晚餐取消了。

但晚上小猫惊慌失措地打来电话，说电梯坏了被困在了电梯里。

去救猫，猫哭，没有受伤。

小猫今天变得很黏人。冷漠无情的猫不见了，给了三个吻。她还趴在我背上大声唱："玫瑰玫瑰我爱你——"

我想：祝延是个可怜虫。

小猫只有吃鱼时才会想到我——还有遇见危险时。

平日里，她叫“喂！”；需要时，她叫“亲爱的”“小玫瑰”。

我想，也许这就是婚姻的本质。

这一年的年底，舒棠作为治疗师被派到了前线做后勤，给导师打下手。因为这个机会可以积累履历，研究生面试的时候可以得到优待，于是舒棠在导师的鼓励下，决定去参加。舒棠以为小玫瑰会拒绝，因为他们从未分开过这么长时间，但是人鱼竟然同意了。

舒棠当然知道自己最近有点冷落了自己的伴侣，这种和预想中截然不同的反应，让她更加愧疚了。

她和苏茵一起坐着皮卡朝着污染区的前线去的路上，给人鱼发了很多条短信安慰他。她觉得等到申请到研究生后，她就不会那么忙了，到时候他们两个就可以一起去看电影，一起去吃烛光晚餐，完全可以填补回这段时间的冷落。

不过，当看着窗外的景色慢慢地变得陌生起来，舒棠不得不承认，才刚刚离开不久，她就有点想他了。

污染区的营地里，工作细碎而繁忙。他们每天都在连轴转，干的却是一些打下手的活计。苏茵叫苦连天，舒棠也大部分时间一回到帐篷里就抓紧时间睡觉。

很快，他们被分配去了不同的区域负责伤员。

舒棠背着背包跟着人来到了最南边的区域，才工作了没多久，她发现自己的长官，背影有点眼熟。她狐疑地看了看那个高大的身影，找借口去送口罩。走过去一看，就见人鱼正在面无表情地擦着枪。她凑过去，一张猫脸布满狐疑，仿佛在问：你怎么来了？

结果高大的人鱼看了她一眼，让她立正站好。她被他陌生的态度唬住，真的乖乖站好了——此时的人鱼很像那张照片里意气风发的年轻大首领，气势十分惊人。

舒棠一边罚站一边和他打听：你是什么时候来的？是不是太想我了？要来几天呀？

人鱼就看着她，也不说话，一本正经的样子，很能绷得住。

最后，猫凑过去问：我能不能来蹭你的饭吃？

大首领勉强同意了小猫蹭饭的要求。

一整个白天，两个人都装作不认识，各自忙各自的事情，偶尔人鱼路过她，还会问问她今天的工作。因为一抬头就可以看见他的背影，那种对污染区的不确定和害怕都消失了。

一到了夜里，舒棠就跑到祝延的车上蹭饭吃。小猫和他大吐苦水。人鱼就安静地听着，时不时发出一声好听的“嗯”。

但是好一会儿后，舒棠问他不是退役了吗，为什么还来？高大的人鱼转过头，评价她：“明知故问。”她笑嘻嘻地凑过去，非要他承认是想她了。人鱼摘下了帽子，看了她一眼。他承认了：“是，非常想。”

舒棠发现，今天的祝延看上去很有侵略性，也许是这套看上去很冰冷的装束，增加了一点锐利感。当他们对视的时候，狭小的空间里，气氛就变得非常逼仄。野兽般的呼吸冰冷而沉重，她下意识地想要往后躲一躲，但是贴上了冰冷的车壁。他的皮手套贴在了她的大腿之间，轻轻用枪敲了敲她的膝盖，示意她分开。

11月3日，大雨。

小猫已经在车上睡着了。睡前，我们谈了一会儿。

小猫说，她觉得祝延是个很耀眼的人，就像是太阳一样。

小猫认为自己普普通通，她也想要成为一个和他一样闪闪发光的人。

我并不认同。

第一，耀眼的祝延已经退休了，还被小猫冷落在家整整一个月，无人问津；

第二，小猫才是我的太阳。

她说想要变得厉害一点、勇敢一点的时候，表情很生动。她并没有试图借助“祝延”的身份，甚至还假装不认识我，其实这样做很笨。

但是我的小太阳还很年轻，很有活力。她可以尝试做任何的事情。

11月4日，晴。

这是一次很简单的任务。为了快点结束这次的污染区行动，早点回家，我决定先去解决几个高等级的污染物。污染物都是没有大脑的丑东西，而且很吵。

其实我有点不太清楚自己现在算是什么，很难给自己分类。但是解决这些污染物还是很容易的事情，我认为不会出现任何的危险。

但是在回营地的路上，我发现了体温的异常。体温飞速升高，心率也超过了平均值，高热让鱼尾有种烧灼的感觉。

如果用小猫的话来说就是，发烧到快熟了。

当时我的第一反应就是，某种毒药。

进化后，我的体温一直维持在固定值，高热也许会成为我的某项弱点。这种级别的体内高热，也许会开始摧毁我体内的细胞。那时候，我以为这是离死亡最近的一次。

其实应该去找小猫，因为最想要见她。但是她很胆小，不想让她哭。

我决定找个没有人的角落悄无声息地死去，最好不要让她发现。

死亡是个并不陌生的词语。因为就在十年前，我认为死亡是一种解脱和休息，并且期待可以解脱的那一日，就像是期待一场漫长假期的到来。因为生命像是一场漫长的跋涉，除了疲惫似乎没有什么可以眷恋的东西。

但是隔了十年，再次提起“死亡”，心情似乎不太一样了。想起“巴士底狱”里绵绵不绝的雨，想起小猫的眼睛。

等了许久，但是好像死亡并没有降临。

想起了一些常识——原来是发情期。

进化为什么没有进化掉这个？

想小猫。

我决定等到体温稍微降低一些，再去找小猫。

反复告诉自己冷静下来，但是在墙上靠了一会儿后，听见了远处的声音。是小猫的声音。

小猫穿着防护服，脸上、头上全都是灰，她从废墟的洞里钻了进来——也许是信息素的缘故，如此隐蔽的藏身点被她发现了。

后来，我问了小猫为什么会追上来。

小猫说她午休的时候做了个噩梦，起来的时候很心慌。于是因为这种心有灵犀，她顺着信息素的味道，顺利找到了这里。

小猫曾经说过，爱情就像是月亮一样有阴晴圆缺。

如果说前段时间是缺，那现在就是圆。她来的时候扛着一个很大的药箱，还一直和老吴保持通信。她看上去比从前专业、冷静了很多，虽然触碰到极高的体温的时候很慌张，但还是拼命镇定了下来。

她的手在抖。小猫在哭，她一边亲，一边告诉我，她很害怕我死掉。

因为她的眼神，我开始畏惧死亡。

特殊时期是很难熬的。高热让祝延的体温飙升，舒棠不得不拿出退热贴，还有车上车载冰箱里的冰块给他降温。但是这种物理降温作用几乎可以忽略不计，他的呼吸仍然是滚烫的，触碰到的皮肤也滚烫至极。

大概是因为难受，他解开了黑色军装的领口，仰靠在副驾驶上，眼神变得有些失去焦距，偶尔扫她一眼，呼吸也越来越沉重。她的气味、她的发丝，都变成了一种无孔不入的催化剂，在这个密闭的空间内缓慢地煎熬着他。

舒棠一边安慰他一边往前开车。作为alpha，根据常识，她知道他们需要找一个安全且不被打扰的地方度过这段时间，舒棠定位了最近的一家酒店。

她在路上不停地告诉他：快了快了。

人鱼回应她的声音有些嘶哑。

但不幸的是，污染区的导航发生了错误，半个小时过去了，他们还没有绕出去。

这个时候，人鱼的耐心已经达到了某种危险的临界点。小猫着急地拨出电话想要找人，伸手去试探人鱼额头的温度。人鱼眼睛里面都是血丝，漂亮的喉结滚动着。这只冷血动物在努力地克制着某种冲动。终于，在注视着她侧颜的时候，他突然轻声说："别找了。"

通信器"嘟嘟"两声，掉到了座位下面。皮手套粗暴地往上，撕开了布料。

她惊呼了一声，似乎想要说些什么。但是下一秒她已经被托住，按在了方向盘上。

车上的隐私帘缓缓地升上去。

特殊时期会持续整整一个月。他们找到了附近一家私密性很好的度假酒店，暂时住了下来。因为情况特殊，舒棠直接请了一个月的假。

特殊时期开始的前几天，人鱼都非常克制。他很清楚自己的身体发生了进化，两个人不管是体力还是耐力都非常悬殊。她很难承受特殊时期的索求，人鱼又不愿意让她受伤，于是为了忍过这段时间，他每次都会在她睡着后去拿抑制剂。

他会坐在黑暗的客厅里，面无表情地给自己注射抑制剂。抑制剂当然起到了一点点的作用，但是在进化后的强大体魄面前，似乎效果削弱了不少。

从未想过会遇到现在这种情况，人鱼注视着自己推进去的抑制剂，有些无奈和郁闷。

他担心小猫会厌倦这种无止境的索求，甚至会在注射了抑制剂后再去冲冷水澡。等到强行冷静一些后，他才会重新回到床上抱着她睡觉。但是这样做的后果却是，焦躁与日俱增，那种进入特殊时期后本应该被她的信息素安抚的躁动越发严重。

一开始，舒棠没有发现这件事。她在网上做了足够的功课，发现好像特殊时期也没有想象中那么难以度过，只是信息素的作用，会让两个人都变得非常热情。她发现人鱼此时的信息素非常诱人，总是让她控制不住地想要去吻他。但是除此之外，他们好像和平日里也没有什么太大的区别。

舒棠还以为特殊时期就是这样的呢，直到她偶然间发现了垃圾桶里的抑制剂药瓶。

她看了一会儿，突然明白了什么。

等到夜里，舒棠半夜爬起来的时候，果然看见了黑暗中人鱼坐在沙发上给自己注射抑制剂的样子。他面无表情，但是看上去有点郁闷。

他听见了动静，抬头看向舒棠，愣了一下。

舒棠突然觉得眼前躲起来打抑制剂的小玫瑰看上去有点可怜。他蓝色的眸子在灯光下有种颓靡的美丽，深蓝色的绸缎睡衣内敛而深沉，苍白的皮肤上有着性感的青筋，像是一支蓝玫瑰。那种有些焦躁又有些阴郁的气质看上去更加诱人了。莫名其妙地，她发现他现在有点像猫薄荷。

猫钻进了他的怀里，抬起头给了他一个甜蜜的吻。她身上的睡衣很自然地从肩头滑落，人鱼的视线凝滞住了。他低声警告她，让她穿好衣服回床上睡觉去，否则他现在不一定能控制住自己。

但是小猫告诉他：她才是他的抑制剂。

他们对视着。她抬头去亲那个躲起来打抑制剂的小可怜。小可怜让她下去，因为他可能会失控。但是她已经亲上了他的喉结。

他们的感情，温暾、绵长，以至于舒棠认为他们似乎太早就进入了某种老夫老妻的模式。

这当然很好。他们很少吵架，而且心灵很贴近彼此；就连在某些方面，他们也会进行讨论。因为人鱼进化过的身体很强悍，他一直都很小心，尽量不弄伤她。他一直把她当作珍宝去爱惜，甚至于有点虔诚。

这种珍重的感觉当然是很好的。但是也正因为如此，他们两个之间，缺乏了一些干柴烈火的感觉。舒棠认为也许这就是他们余生里爱情的模式，小火慢熬，“咕噜噜”冒泡泡的温暾。

但是这特殊时期，就像是一把极为辛辣的调味料。他们度过了极为疯狂的一个月。在躁动的信息素作用下，他们对彼此的吸引力达到了某种巅峰。不管是对方的呼吸，还是眼神，都像是一味烈性药，剧烈地产生着反应。

小猫发现，他变成了某种具有强大吸引力的猫薄荷。她发现自己开始时常对着人鱼发呆。他衬衣扯开扣子的样子，看上去懒洋洋的，但是有种颓靡矜贵的美感；他洗澡的时候长发湿漉漉的、水珠滚过喉结的样子，也十分迷人；就连他做饭的时候，手臂上跳动的苍白泛着蓝色的青筋，也会成为她留意的细节。从前他也是很好看的，但是现在这种好看，似乎多了某种吸引她的张力。

她还有了某些条件反射。比方说看见他脱手套的动作的时候，就会联想起来一些画面；偶尔他松开领口，露出有些倦怠，像是颓靡的蓝玫瑰一般的神情，她就会联想到他们在事后靠在一起看窗景时的样子；人鱼像是往常一样凑在她的耳边低声说话，想到他不久前的低语声，她的耳朵尖就会烫到发烧。信息素和想象力是一种强力的药剂，看一眼就会脸红心跳、不敢对视。

人鱼也有同样的体验。比方说小猫喜欢在某些时候抓枕头，于是每次看见她抓住某些布料的时候，他都不得不低下头，在心里斥责自己荒唐；比方说小猫会在某个时候下意识地挺腰，于是每次看见她露出半截腰肢，他都会立马移开视线；甚至于，不再注射抑制剂后，她的手指、她说话的声音，全都变成了某种强烈的信号。这些信号无孔不入，让他深受折磨。

这让人鱼时常会用很挫败的语气询问自己的小猫：她是不是使用了

某种有强烈吸引力的香水？

其实应该是一种爱情的魔法、一种迷情剂。他们都意识到在他们中间，发生了一些强烈的化学反应。这种感觉十分新奇，就像是进入了一个全新的阶段。

然而，在特殊时期这种高强度的吸引力之下，横在他们中间，有一个很现实的问题：他们两个的战斗力天差地别。在停止使用抑制剂后，这个问题暴露得非常明显。

祝延认为自己索求无度，会给小猫带来一些压力，于是他决定控制住自己，只在下午和深夜进行。某种意义上，这只外表看上去很凶残的怪物，实际上是个很贴心的伴侣，他很照顾在他眼里很容易死掉的小猫。

在早上的时候，祝延会找一些事情做，来分散注意力，比方说看书，或者写日记，或者阅读从前的一些记录。

他是个执行力和自制力强到变态的人。但是他忽略了一件事，他现在在小猫的眼中，就是移动的猫薄荷、香香的猫罐头。

每个清晨，小猫都会若无其事地在他的面前，只穿着一件他的衬衣乱晃。他的衬衣是保守而严谨的，长度刚刚好遮到了膝盖，但她的身上还有没散去的痕迹，于是暧昧和欲盖弥彰的感觉，就无时无刻不困扰着他。

他要是装作没有看见，她就会直接坐到他的对面，装作看书的样子。她的信息素就像是漫天纷飞的猫毛，无时无刻不在干扰他。最后，往往是他深受困扰，把她带去了衣柜前低声要求她换衣服，猫就会无视他的表情趁机吻上来。一退再退的祝延，实在是无法再克制住自己，往往会面无表情地看着她，将她反身按在衣柜上。这样，她就得逞了。

在发情热之前，舒棠从未这么主动过。她时常会评价人鱼是在“异想天开”，但是现在，发情热开始了，一切就好像是颠倒了过来。

祝延为了她的健康着想，选择了禁欲、严于克己。结果这一行为，完美戳中了猫科动物的癖好。就像是告诉猫——不要打翻水杯。

猫：什么？立马打翻水杯！

不要打扰工作。

猫：什么？键盘，趴一下！

祝延后来反思自己：这就是在爱情里变得愚蠢的表现。

他竟然企图在猫薄荷前面设置锁链和荆棘。

祝延在日记里写道：

有人说如今已经没有可以克制我的武器了。

这显然是错误的。

小猫是从天而降的，我的克星。

为了避免跃跃欲试的小猫受伤，祝延决定转变战术，在早上的时候和小猫一起出去玩。以他的自制力，在这种时期出门也不是一件很困难的事情。祝延想：这样，她应该可以老老实实地度过一个早上了。

但是，他低估了猫科动物在危险边缘大鹏展翅的决心。

小猫会在他们出去采购的时候，故意从超市的货架上取东西，在他面前露出半截腰线。他无数次抓住她的腰肢，在她耳边低声斥责她，把她的衣服拉下来。但是她仍然会故意在人多的地方踮脚凑过去，偷偷亲他的耳鳍，或者钩住他的掌心轻轻挠他。

于是往往等到他们回到家的时候，一关上门，面无表情的祝延，就会直接将她按在门板上亲，低声骂她是“坏猫”“小骗子”，然后斥责她，让她分开腿，开始收拾小猫。

祝延也是有报复心的。他会在这个时候试图给小猫一个刻骨铭心的教训。当然了，这种教训是完全无效的。

虽然每一次都很惨，但小猫仍然会每次都使用同样的招式，并且乐此不疲，仿佛对于勾引他这件事焕发了极大的热情。祝延甚至认为，她把这件事当作了一种业余爱好。

他认为这是一种十分甜蜜的折磨。他时常不明白，为什么每一次小猫都会哭得很惨，但是她下一次还是要在他的面前抓纸巾，或者咬住他的耳鳍，饱含热情地去勾引他呢？

偶尔，他照镜子的时候会想，难道是因为眼睛变蓝了，看上去变得好欺负了吗？她好像无论何时都不会在他面前感觉到害怕，也很难记住教训。但是后来，祝延渐渐想明白了。

他在日记里写道：

因为我是宽纵她的元凶。

她知道我爱她，无论何时都不会伤害她，于是开始仗势欺人。

而我一开始就错误地选择了绥靖政策。

但这也许就是爱情的本质：永远宽纵于她。

和人鱼的想法一样，舒棠同样认为婚姻会有倦怠期。

婚姻总没有热恋期那么美好，激情会在渐渐熟悉的过程中消退。就像是童话故事里王子和公主在一起后就没有后续了，因为最后都会沦为柴米油盐的平淡。

但似乎，在结婚的几个月后，他们进入了一个新的时期。就如同干柴和烈火。甜蜜的热恋发酵成了烈性的美酒。他们有了一些在特殊时期才会称呼彼此的昵称。

她最喜欢人鱼用低哑好听的声音叫她“乖乖”，但实际上他总是叫她“坏猫”“小浑蛋”“小骗子”。

他们在淋浴的花洒下接吻，他们在隐秘的角落说一些暧昧的悄悄话，在彼此的身上留下牙齿的印记。

他们还有了一种心照不宣，比方说只用一个眼神就可以点燃彼此。

爱情没有在婚后走入坟墓，反而沉醉在这渐渐步入冬天的夜里。

一个月后，他们结束了这段疯狂的时期。

南岛市也迎来了冬天。

小猫重新开始忙碌，但他们之间的那种热情并没有因为小猫的忙碌而消退。

粗心的小猫终于意识到了自己对人鱼的忽视，她每天开始按时下班，下班回家还会给人鱼带一束花，回家后的第一时间就会甜蜜蜜地凑过去吻人鱼。

进入冬天以后，人鱼很喜欢她的体温，会低哑着称呼她“坏猫”，然后贪婪地感受着她的体温；不过，每次人鱼都会记得洗热水澡，把自己的体温弄高一点再去触碰她。

她有时候没有空陪他，就干脆打电话要人鱼来接她，然后他陪着她加班，下班后再一起去吃夜宵。

冬天很冷，人鱼冰冷的呼吸会让她缩脖子，人鱼很爱这样去逗她，她就会捂住围巾和脖子大呼小叫地躲开。雪地上全是他们两个的脚印。互相对视的时候，他们眼睛里面都是笑意。

白天的分离变成了一种“小别离”，让他们开始一起期待每天夜里的重逢。

祝延在日记上写道：

1月20日，大寒，阴。

这段时间，小猫终于记起了自己还有一个法定配偶。

进入冬天后，我的体温太低，不想冻到她，于是分两床被子睡。但是小猫一定要往我这边钻。

进化为什么没有让我变成变温动物？

小猫认为我的体温太低，担心我的血液结冰，在堡垒里装上了地暖。

其实有点热，但是我没有告诉小猫这件事。因为她会捂着我的手哈气，或者把我的手揣到她的口袋里焐热。

很可爱。

我有点爱上冬天了。

在新的一年里，舒棠忙忙碌碌，想要成为一个闪闪发光的人。她充满热情地投入到申请研究生的事业中。

但是在立春的那一天，她遭到了一个巨大的打击。大概是她和祝延的婚姻关系被人知道了，她在二月四日早上，收到了一封来自她心心念念大学的推荐录取信。可是这天降的惊喜，直接让小猫辛辛苦苦攒的申请资料全变成了一堆废纸。

小猫有点沮丧，她在深夜对他说：她忙碌的半年好笨，好像个超级大傻瓜。

她说她准备了很多，熬了好多的夜。说这话的时候声音闷闷的，像是窗外轻柔的雪花飘过。她一直认为，只要回到南岛市，生活就会恢复正常，但是其实他们已经不可能再回到普通人的生活了。反而是燕市那样的生活，才是他们两个生活的常态。

接受这个事实需要一点时间，她有点迷茫，好像生活再次变得有些陌生了。

比方说络绎不绝前来拜访的人，比方说经常发现有人跟踪，或者遇到一些危险，比方说不能经常在大庭广众之下露面。

那天夜里，他询问自己的小猫：如果以后一直都会笼罩在祝延的阴影下，被迫接受“祝延”带来的一切麻烦，会不会想要离开自己？

舒棠坐在原地，好一会儿，说：不想。

她说：她只是需要一点时间去适应这一切。

很快，他的话就应验了。“巴士底狱”热闹了起来。

只不过，祝延现在的脾气变差了。这只古怪的怪物不再像从前一样拥有领袖风范。他变得非常不好沟通，而且缺乏宽容之心，时常会直接把人从“巴士底狱”里丢出去，以至于“巴士底狱”变成了一个新的魔窟。

前来拜访前任大首领的人再也不敢贸然打扰，只能改成寄信到“巴士底狱”。

当然了，也有人别出心裁，想要去找舒棠。但是发现祝延每天都会去接她后，他们很快就打消了这个念头。两个人在“巴士底狱”很难过独处的小日子了，他们都感觉到最近的生活被严重地打扰到了。祝延给在燕市参加竞选的小陈打了一个电话后，世界终于清静了。

不过，也不是没有任何的好事。

至少在这年的春天，小猫在邮箱里发现了一枚勋章——联邦给她颁发了一枚荣誉勋章，奖励她在最危险的时候接近了那时精神力暴动的元勋，阻止了一场浩劫。

她拥有了一个荣誉头衔。小猫有点不安，觉得自己受之有愧。但是拿回家后，家里那个性格古怪的前任大首领却很平静地告诉她：差一点南岛市就被毁掉了，这份荣誉是她应得的。

他如今已经能够很平静地说起自己发病时的危险性了。也许是因为他轻描淡写的态度，小猫慢慢放松了下来。她在人鱼那些闪闪发光的勋章旁边摆上了自己的勋章，感觉还是很搭的。

在人鱼的影响下，小猫也在慢慢习惯这样的生活。

“巴士底狱”已经没有人敢来拜访了，但是联邦的信件仍然如同雪花一般飞来。

在傍晚的时候，他们就会在火堆边，拿这些信件烤红薯。烤之前偶尔会看一眼那些信件。

五月份的某一天，小猫从火堆边翻出了一封与众不同的信。

很神奇，这是一封来自联邦的催生信。议会祝福他们新婚快乐，并且十分委婉地建议他们快点生一个聪明可爱的孩子。

人鱼的基因很特殊、很强大，而且已经超越了人类的范畴，舒棠的精神力等级也不低，两个人的基因结合出来的孩子，很可能会是下一个祝延。

联邦议会甚至还隐晦地提到：现在研究院的胚胎培育技术很厉害，如果有需要，可以随时待命。

这封信当然被拿去烤了红薯。

然而这个关于“生孩子”的话题，他们两个却讨论了起来。

比方说生出来的是小猫还是小鱼这件事。

猫说：“可能会生出来一只海豹。”

人鱼问她为什么，舒棠画了一只猫头鱼尾的怪东西。

人鱼：好丑。

他们其实都隐约清楚了一件事，现在的人鱼已经不能算是人了，那么生殖隔离也许是存在的；如果真的生了孩子，说不定会生出个很奇怪的孩子。而且，对于“孩子”这个问题，舒棠觉得茫然又陌生，她还没有做好成为家长的准备呢。

她有点纠结，看着人鱼欲言又止，又担心人鱼万一很想要小孩呢？

于是，在睡前，她还是和自己的爱人坦白了：她不知道要怎么当一个妈妈，她认为自己现在还是十八岁，而且可能心智一直都不会成熟，她觉得这种身份的变化她可能很难适应。

舒棠以为说出这件事，祝延会认为她不够成熟，或者这种想法太幼稚。舒棠知道自己的伴侣以前是大首领，一个大家长一般的角色，他一定会是个很好的父亲，也许他早就期待自己的孩子降生了。所以说完后，她有点担心地看着祝延。

他们两个正在厨房里热睡前的牛奶。

祝延听完了，安静了一会儿，还是选择了坦白。他很平静地道：“我做不好一个称职的父亲。”舒棠有点惊讶地看着他。

祝延说：他没有过父亲。他的生命中没有一个“父亲”的参照物可以让他去学习。他也不知道一个合格的父亲会是什么样子的。而且，有一个更加严重的问题：他能够给出去的父爱可能会有点匮乏。

如果他们真的孕育了一个孩子，要是孩子像她，他也许会对小猫崽有一些包容之心，还有一些微薄的父爱；但如果长得像他，还经常通过大吵大闹吸引小猫的注意力，通过哭泣得到她的怜爱，吸引小猫全部的关注，那么他那一点点稀薄的父爱可能要收回了。他大概不会对这个孩子有多么宽容，也许会成为一个十分苛刻的严父。

听完这番话后，舒棠捧着牛奶，惊讶地看着自己的爱人：“小玫瑰，你是说，你会和自己的孩子吃醋吗？”

她那个看上去很沉稳的伴侣看了她一会儿后，竟然真的承认了。

是的，他会平等地嫉妒每一个夺去她注意力的存在，不管是工作、学习，还是孩子。

这次谈话后，他们心照不宣地揭过了这个话题。

舒棠想：哎呀，现在还年轻，等到很多年后再说也不迟。

祝延想：等一等，也许小猫就忘记了这件事，那就没有人会分散她的注意力了。

他们都感觉两人之间很难再插进去第三者——就算是他们两人爱情的结晶也不行。

时间一转，就到了这年的夏天。人鱼仍然没有放弃写日记的爱好。

7月8日，小暑，晴。

也许是入夏的缘故，我的鱼尾出现了严重的缺水状况。

我开始大部分时间待在海里。

小猫买了好几个浴缸放在家里，这样夜里我回来睡觉的时候就可以在水里泡着了。

我的身体似乎不太一样了，就连精神体都在缓慢地发生一些变化。小猫和我都认为，进化一直在发生，但是我们都不知道进化的终点是什么。

小猫说：也许是那种恐怖电影里的邪神，还可能是变成高级生命体。

小猫请了假，留在家里陪伴我。而缺水的症状却越来越明显。

我询问小猫：如果我变成了一条不能上岸的鱼，她会离开我吗？

小猫说：她可以变成一只漂在海上的猫。

鱼在海里游，猫在船上漂。

我很喜欢这个回答。不过幸好，缺水的症状很快就缓解了。

有个小问题：我的精神体突然间可以小范围制造降雨了。

一开始我很难把握雨量，以至于小猫需要在床上打伞。

“巴士底狱”经常被水淹，买了抽湿机也很难保证住所的干燥。

我为此感觉到苦恼。但是小猫叫我不要苦恼。

因为我的心情一不好，雨就更大了，她的午饭就要泡汤了。

她的安慰让我下了一场倾盆大雨。

我询问她：会不会觉得我是个怪物？

我知道很多人是怎么看我的，如果知道我能降雨，也许我的形象会更狰狞可怕一些。

小猫却安慰我，她说我现在的状况，就和珍珍差不多。

往好处想，也许我的进化方向是鲸鱼呢？

没有被安慰到。

她还兴致勃勃地举例了雷公电母、龙王，还有一个三个头、脚踩王八的海神。

想象力很丰富。

接下来的一段时间，小猫开始物尽其用。

比方说让我去浇她养的小番茄，指挥我去降雨洗“巴士底狱”的外墙，询问我能否代替淋浴器。

我告诉她不能把我当成一个移动花洒，于是她开始叫我“多功能自动洒水机”。

收拾小猫。

小猫改口叫我“尊敬的洒水机先生”。

生气，下暴雨。

7 月 11 日，中伏，小雨转暴雨。

参加小猫的毕业典礼。

小猫让我给她降雨降温，于是在学校附近下了一场雨。结果她说我在下开水。

小猫拍毕业照的时候笑得很可爱。

第一次清晰地意识到，我和小猫之间有一些时差：在小猫精力最旺盛、最富有进取心的年龄，我已经功成身退，并且对事业失去了兴趣和热情，而且厌倦社交，讨厌接触新的事物。

少年时的祝延太过于贫穷，青年时期的祝延又太过于忙碌，他花费了太多的时间和精力在不相关的事情上。如今，我发现自己对于这些琐事都非常缺乏兴趣，更愿意花时间在小猫的身上。

可是小猫的人生才刚刚开始，她有很多的事情尚未尝试。她读研究生后会变得更加忙碌，想要在春天的时候和她一起去看海棠花的计划可能要推迟了。

但是以小猫“明日复明日”的个性，也许要推迟到十年以后。

心情不好。

下雨。

下暴雨。

9 月 23 日，秋分，晴。

读研究生后，小猫果然更加忙了。

但是她偶尔会唉声叹气地趴在我的鱼尾上，看上去有点茫然。她说不知道自己在瞎忙什么。

大部分年轻人都是这样，充满了白日梦和拼劲，但往往不知道自己到底想要什么。

我并没有试着去说教些什么，哪怕我是个年长者，只是会偶尔给她一点建议，或者扮演一个安慰者的角色。

也许这就是人生要经历的一些必要过程。就像是我也走了很长时间，才找到了自己真正想要的生活。

这天夜里，小猫垂头丧气地回来了。她不再说自己是“未来之星”，而是很沮丧地告诉我，她发现自己是个很平庸的人，她可能不是什么有着杰出天赋的奇才。

小猫说，她很普通，还很平凡。

从前她以为一切都是她不够努力所以才不够优秀，结果努力了才发现，她好像真的没有什么闪光点。

小猫叹气说，她感觉自己好像是天上的那颗很黯淡的星星，有点不太起眼。

但是她的心上人却和月亮一样耀眼呢。

其实她说得不对。

我告诉她：小猫是祝延的太阳。

太阳怎么会黯淡呢？

她时常觉得自己不够好，但并不是这样的。她身上有一种富有感染力的热情，不管是对生活还是未来，永远生机勃勃。

她热爱着生命，享受着生活的幸福和每一个细节，仅仅是在她的旁边，我都会被她的光芒所照耀，同样地感觉到幸福。

这是一种十分难能可贵的东西，而太多人是缺乏对生活的爱意和热情的。

小猫不明白，某种意义上，她是我的精神支柱，是我对生活的全部理解。

等到这一年年底的时候，舒棠终于放假了。

其实小猫的研究生生活非常顺利，甚至过得如鱼得水，但是正是因为这种顺利，小猫才感觉到了一些无奈。她发现自己很难在理论研究方面取得很杰出的成果，她意识到自己和天才们之间的差距很大。但如果她一定要取得成功，最后一定会实现。不过，那已经和她本人无关了，而是因为“祝延”这个名字。

她偶尔也会郁闷，但是在和人鱼出海玩了几次后，小猫就释然了。她本来就是一个随遇而安的人，只是因为有了一个很特殊的伴侣，生活发生了翻天覆地的变化。

在新婚的第一年里，她有点茫然，还有点不知所措，这些都需要时间来冲淡、消化。而伴随着时间的流逝，现在，她重新接受了自己的平凡，并且开始乐在其中。她不再一回来就唉声叹气，而是重新过上了摸鱼的快乐生活。

冬至那天早上，舒棠起来的时候，看见了外面一片白茫茫。虽然污染区降临导致天气变得极端、异常，不太适合人类生存，但是海边的南岛市仍然是极少下雪的。

舒棠还是第一次见到下雪。她兴奋地爬了起来：“小玫瑰！下雪啦！”

她抬头看着天空落下的雪花：“哎呀，时间过得好快呀。”

祝延也想：时间过得真快。

他们安静地靠在一起看了一会儿雪。小猫看见自己的头发上落了一些雪，她很自然地想到了“白头到老”这个词语。等到她转过头，想要分享自己的想法时，小猫看见窗外的一片雪花落在了他的睫毛上，很快一眨就融化了。

小猫突然愣住了，她发现人鱼现在的样子，和十年前没有任何区别。他身上找不到任何衰老的痕迹，并没有因为岁月的变化而露出疲惫的神态，反而如同最风华正茂的时候一样好看。甚至于他低头询问她的时候，她发现自己很难判断他的年龄了。

岁月从变异的那一刻开始，就永远在他的身上停滞了下来。但是小猫的时间会往前走的，她会不可避免地衰老、长出细纹，变成一只牙齿都掉光的老猫猫。大约在六十年后，她就会走到生命的尽头。

神奇的是，舒棠并不担心自己变得衰老后，人鱼会不再爱她。她好像有种预感，就算是她变成了一只老猫猫，他也会一直这样宠爱着她。

可是小猫开始担心一件事——如果她不在了，人鱼要怎么办？

他看上去很强大、很厉害，可是小猫知道他很离不开她。他会不记得吃饭，下雨天也会不记得撑伞。如果没有她在他的身边，他会像十年前一样把自己的生活过得乱七八糟。

小猫看着外面大雪纷飞，发了好一会儿的呆。

她想起来，小玫瑰和她说过想要出去走走的事。但是她总是告诉他，再等等，等下一个假期。她总是觉得人生很漫长，他们有的是时间。但是她发现，自己可能只能陪他六十年。于是，小猫转过头，突然说："小玫瑰，我们一起出去玩吧。"

12月22日，冬至，下雪。

不知道为什么小猫改变了主意。她不再兴致勃勃地想要像是个小灯泡一样发光发热。

我询问她想要去哪里。

小猫说：哪里都可以。

她说，她只是突然发现自己太久没有休息了。

我想，她又在糊弄我了。

小猫有了一个新的小秘密，但我还没找到蛛丝马迹。

另外，一年过去了，小猫仍然认为我在写菜谱，从未偷看过。

笨猫。

在地球上大部分地区都沦为污染区后，旅行就成为一件十分危险、极可能丧命的事情。对于在南岛市长大的小猫来说，她没有见过高大的山脉，也没有见过宽阔的河流，不管是草原还是雪山，这些对于她而言都是很新奇的事情。而祝延去过很多的污染区，但是太过于匆忙，从未停下来欣赏过风景。

他们没有固定的目的地，只是小猫说想要去看雪山，于是两个人就往北边走。交通工具很简单，有火车就坐火车，没有火车就在污染区寻找废弃的车辆。如果两者都没有，交通工具就变成了人鱼。食物很好解决，因为不管走到哪里，人鱼都可以找到猎物。

小猫带了足够御寒的被褥和衣物，还有很大的帐篷，有了上一次横穿污染区的经验，旅行就变得十分惬意。

路上，他们经常会遇见一些污染物，祝延也会大开杀戒。偶尔画面看上去会有点血腥。

每到这种时候，小猫就会窝在车里看电影，等待着他回来。一般电影快看完的时候，她的爱人也解决了污染物。等到祝延回到车上的时候，他们刚好还能一起看个结尾，再一起点评一番。

偶尔他们也会搭救几个不幸的倒霉蛋，载他们出去的路费是给小猫讲一段八卦。

他们一路上走走停停，从降雪的南边，一路走到北方。

一路上，小猫都怀揣着一个秘密：发现生之有限，只能陪伴他走完人生的一段路后，她决定给他留下足够支撑余生的美好回忆。

小猫认为，怀揣着这个秘密的自己，成为他们两个之间更为深沉的那一个。她有着无尽的忧愁，有时候会看着人鱼摇头，唉声叹气，心想：这真是一条天真无邪、无忧无虑的鱼。

祝延却在日记里如此评价："小猫开始经常看着我叹气，像是个时不时放气的煤气罐。"

走走停停的两个月，舒棠认为人鱼不可能猜到她在担心什么。但是显然，祝延已经发现了一些蛛丝马迹。

他在日记里写道：

突然发现了小猫的秘密。因为小猫开始早睡早起，在保温杯里泡枸杞，她还开始锻炼了，看上去变得很惜命。

发现这一点，是因为我也开始畏惧死亡。

小猫大概是认为自己只能活普通人的一生，她担心丢下我一个人。

对我而言，遇见她的那一天，是我新生命的开始。我是个孤僻、避世的怪物，对生命的眷恋，全部源于小猫的爱。

在寿命这个问题上，我会平静地选择和小猫一起死去，这一点毋庸置疑。

很快，祝延就主动提起了“寿命”这个话题。

其实舒棠多少也明白，也许她死后，小玫瑰会选择和她一起。但是当真的听到人鱼如此回答的时候，小猫叹了一口气。

她没有反驳，也没有劝说自己的爱人。她想：算算时间，六十几年也还有好长好长的时间呢，足够留下很多美好的回忆。

未来的事情谁能说得准呢？她决定等到她三十岁、四十岁，变得更加成熟、聪明的时候，再去思考这个问题的解决办法。

等到他们开着车一直往北，渐渐地看见雪山的尖顶的时候，已经是第二年的春天了。耳边冷冽的寒风呼啸，鼻尖都被冻得发红。

他们下了车。雪山脚下，有一个人类聚居的小镇。这里算是污染区的边缘，因为特殊的地理位置，聚集了很多流落到污染区的人们，一代代繁衍生活下来，也就变成了这座雪山小镇。小镇上的建筑都是木石结构，还没有化的雪堆在屋檐上，看上去很像是舒棠买过的“姜饼屋”。

如此圣洁美丽的雪山之下，小镇中不仅生活着纯朴的原住民，还有一些穷凶极恶之徒。他们烧杀抢掠，专门对过路前往安全区的无辜幸存者下手，谋取钱财和物资。小镇中唯一一家旅店，就是这样一家黑店。

就在这个春天的早上，一对很奇怪的情侣造访了这家旅店。叼着烟斗的旅店老板盯上了他们，在办理入住的时候给服务员使了一个眼色。

那个高大的、低声和女孩子说话的男人，突然抬起了眸子。老板瞬间僵住了，因为他看见男人身后的影子缓慢地扭曲，变成了一个狰狞的庞然大物。“他”幽幽地低下头，阴沉的视线缓慢地扫过店家，身后荫翳般的黑暗就如同潮水般降临。

黑店里传来了一声尖叫。老板和服务员们不要命地往前跑，想要逃出那潮水一般的荫翳，不管不顾地朝着最危险的污染区跑去，仿佛身后有什么洪水猛兽一般。

舒棠听到了动静，从菜单后面探出头来，询问人鱼发生了什么事。

人鱼说：“一楼有老鼠。”

小猫立马“嗖”地爬上了人鱼的肩膀，很神奇，虽然是一只猫，但是她有点怕老鼠，还很讨厌小虫子。

他们就在这家旅馆住了下来，虽然老板和伙计们都不知道跑到哪里去了。

但是舒棠也只是抱怨了一下他们的服务不好，并没有深究这个问题。毕竟爱人是个很有怪谈气质的不明存在，心大一点显然有益于身心健康。

他们的房间正对外面的雪山，温暖的壁炉烘烤得木地板也热烘烘的。她很爱光着脚走来走去，把地板踩得“嘎吱嘎吱”响。他们还可以一边煮早餐，一边欣赏日出。

舒棠和祝延决定在这里度过他们剩下的假期。

然而，在入住旅馆的第一天夜里，舒棠发现了自己体温的异常。一开始舒棠以为是自己到处乱踩冻感冒了，心虚地穿上了鞋和袜子。他注意到了她的小动作，煮了一些驱寒的姜茶。喝了茶她就好多了。

然而很快，舒棠感觉到自己的精神体似乎也有点不太对劲，于是她放出来看了一眼——舒棠的精神体很小只，但是现在，她的精神体变大了一圈。

从一只毛茸茸的小橘猫，变成了一只缅因猫那么大。

她惊呆了。紧接着，她想起了一件事，那就是刚到这里的第一天，洗澡时她发现自己小腿上出现了一个很小的擦伤。作为一个治疗师，舒棠第一时间就联想到了：感染，变异。

这种级别的暴露，按理说不是什么大问题。但是他们一路从污染区走过，污染物的血不计其数，难保不会有千分之一伤口被污染的可能。

小猫在那一刻想，完了，难道她就是千里挑一的那个倒霉蛋吗?

她没有告诉自己的爱人，因为告诉了也没有什么用，目前没有药物可以治疗，唯一的办法就是靠着强大的意志力。目前能够战胜污染物的只有祝延一个人，除了他，活着的人里面没有任何例外。

小猫有点怕死，而且有点慌，小猫知道自己并不是一个意志力很强大的人。

她在浴室里坐了很久，直到她的爱人在外面敲门，询问她是否洗好了。

小猫在那一瞬间，有一点鼻酸。她想想小玫瑰，想想父母，认为自己还是可以抵抗一下的。

她在浴室里做了一个决定，她想好了，她要和污染物做最冷酷的搏斗，她要像海明威笔下的《老人与海》的主人公那样，拿出钢铁般的意志力，战胜污染物。

小猫洗完澡出来，装作若无其事地抱住了爱人的腰，脑袋埋在他的胸口，有点委屈又有点难受地蹭了蹭。

这天，祝延在日记里写道：

到达雪山小镇不久后，小猫光脚乱跑，感冒了。

洗完澡后，她突然对我说，她要锻炼出钢铁般的意志，并且开始声情并茂地背诵《海燕》，让我作为英雄的家属，给予她精神上的力量。

不知道小猫想要和什么搏斗。

也许是烤鸡，或者是楼下的老鼠。

但是不知道为什么，感觉小猫有点难过。

在这里度假无疑是个不错的选择。

他们白天的时候在小镇上散步、去附近的集市上采购一些食材和生活物品，然后在附近的森林转一转，踩着松软的雪，去看森林里偶尔出没的小鹿。没有工作和烦恼，而且可以一天到晚待在一起，他们都感觉很好。

舒棠在旅馆前，用雪堆了一条很丑的美人鱼。

人鱼以为那个丑东西是珍珍，后来发现舒棠在旁边堆了一只更丑的猫。虽然仍然觉得丑得无法直视，但是基本上可以判断，那只“丑珍珍”就是他了。

于是，祝延给这一对雪人围上了情侣红围巾。

似乎更丑了——猫认为是他的红围巾的缘故。

他们一起看雪山之巅的日出，在太阳落山的时候一起煮蘑菇汤，说一些小话。

时间就这样缓慢地度过。只是，舒棠强大的意志力似乎没有起到作用，她的低烧退下去了，但是精神体的异样一直没有消失。

她在看雪山的时候，时常会想到死亡。她有点害怕要是自己死掉了，小玫瑰怎么办？

她想起来了自己从前的那个梦境，人鱼变成了一个混沌的天灾、一个可怕的邪神，他会失去自我，也完全不记得自己是谁。但是她目前想不到什么解决办法。

一直到这一周的周末，邮差送来了一封转寄信。是先寄到“巴士底狱”，然后被疗养院的人寄到雪山小镇的。

时隔两年，当初他们前往燕市治病时，横穿过的污染区已经重新被启用。那里渐渐地有了一些人生活，而那家废弃的邮局，积压了多年的信件也被翻了出来，有的信的收件人已经死去了，自然也就无法寄达；但是活着的人，每个人都收到了隔了很多年才送达的信。

舒棠和祝延一起在壁炉前拆信。写信的时候，他们都认为到达燕市，就是一次分离。

小猫在信上说，她最大的愿望就是和他再去看一次海棠花未眠，只是不知道他那个时候是否还会记得她；人鱼当时认为小猫会不再怜惜他，认为她会在他病好之后抛弃他，于是在信上告诉小猫自己的心情。

时隔两年，他们已经结婚了，再回头看热恋时的心情，两个人都安静了一会儿，他们很自然地交换了一个吻。

他们说起了从前的事情，夜色也就慢慢地降临在了这座静谧的小镇。

受到这件事启发，舒棠决定开始争分夺秒地给人鱼写信。

她决定写很多很多封信，一年有十二个月，每个月寄一封信给小玫瑰。

她认为自己可能距离被污染物寄生不远了。于是，她在信里凄凄惨惨地告诉人鱼，说自己其实是很爱他的，说自己有多爱他银白色的长发、漂亮的鱼尾。她还认真地反省。粗心的小猫从未如此剖析过自己，她给他道歉，说自己总是忽视他又总是不够耐心，还老是欺负他、糊弄他。

她还告诉祝延，清明节和情人节还有新年都要来看她。她想吃的祭品如下：红烧扇贝、金枪鱼、椰子鸡、蒜香生蚝……当然了，还要烧很多很多的钱给她。不然她在地下当治疗师，可能只有月薪三千，不够她买东西吃。

她在信上唠叨着让祝延记得打伞，注意腰椎间盘突出，还有多炖红枣汤之类的。

然而小猫埋头苦写了好几天之后，发现自己绞尽脑汁也只能写出一百二十封信。但是一百年，有一千两百个月，需要写一千两百封信。

很快，舒棠又开始低烧了。她意识到自己剩下的时间可能不多了。她不想让小玫瑰伤心，或者看见那样的画面，她认为那是一件很残忍的事情。于是小猫决定找一个地方安静地等待死亡——不得不说，他们在对待死亡的态度上，选择竟然出奇的一致。

不过，和祝延不太一样的是，舒棠去集市上买了很多的“陪葬品”，比方说各种零食、饮料，自己喜欢的游戏卡带之类的。她还带走了祝延送给她的一袋珍珠、一些漂亮的鳞片，当然还有婚戒。

她还给猫爸妈写了很长的信，又在给祝延的信里面嘱托他照顾好猫爸妈。她在雪山附近发现了一个大小刚好的坑，坑的对面就是雪山，风景很是优美，舒棠觉得十分合适。

不过，在等待死亡降临之前，她还是想要和人鱼一起度过的。

于是在这一天，祝延发现小猫变得更加热情了。她会在他做饭的时候钻进他的怀里，甜蜜蜜地吻上来，也会在洗脸的时候拿泡泡蹭他，她还开始对着他哼“玫瑰玫瑰我爱你”的曲调，笑眯眯地注视着他。

在一起采购完东西后，她一进门就热情地吻了上来。祝延迟疑了片刻，低头审视了脸蛋红扑扑的小猫一会儿，坚定地把她抱了起来，丢上了床，然后将她按在了床上。丝绸睡裙从腿弯滑到了地毯上，但是接下来并不是如她所愿的抵死缠绵，而是祝延低声逼问她这段时间表现异常的原因。毕竟是当过大首领的人，观察能力远超常人，而且他们早就足够了解彼此。

那天夜里，她抱着抵死不从的决心，就是不肯说。于是祝延沉默了一会儿，慢吞吞地摘下了手套，决定“严刑逼供”。

这件事最后还是一个大乌龙。

小猫当然没有死掉。

但是她为自己的抵死不从付出了一些代价，在她红肿着眼睛窝在他的怀里哭诉的时候，祝延终于得知了事情的原委。

这只怪物的内心变得很柔软，在这个冬天的夜里像是化成了很绵软的东西，融化在了这颗糖面前。

他提醒了小猫一件事。

于是舒棠终于想起了一些自己忽略掉的细节——她的精神体“大鸡腿”，很喜欢人鱼精神体的味道，所以经常会偷偷啃两口。因为人鱼表示随便她啃，婚后，她啃的次数越来越多。

但问题来了，人鱼的精神体是不断进化的，而且已经和其他人的精神体有了显著的区别。“啃”了大鱼很多口的小猫，很自然地发生了一些变化。这天夜里，他们得出了一个结论：她可能不是被污染物感染了，而是进化了。

这个大乌龙让小猫很生气，主要是她还被“严刑逼供”了，还伤心了很长一段时间。但是至少，一直困扰他们两人的寿命问题得到了解决，舒棠也放下了长久以来的心事。

他们都不知道进化的终点是什么。但机缘巧合之下，他们产生了一种很神奇的联系，这种联系让他们的生命也牵绊在了一起。

这是一件很值得高兴的事情。因为他们中间的任何一个人，都不需要看着对方死去，也不需要孤独地走过剩下的路途。

死亡并不可怕。他们只是害怕丢下任何一个人。只要他们两个仍然互相陪伴，不管是狂风暴雨还是世界尽头，就算是最胆小的小猫，也不会觉得害怕。

这个乌龙解开后，舒棠得到了一个刻骨铭心的人生经验，那就是什么事都不要藏着掖着，很容易造成一些误会，还有一些惨重的后果。

比方说发现自己不会死掉后，她做的第一件事就是火急火燎地去雪山小镇的邮局，试图撤回那一百二十封信。但是信件已经全都寄到了“巴士底狱”，然后又被疗养院转寄了回来。

舒棠一共寄了一百二十封定期信，这就意味着，每个月祝延都会收到一封小猫的示爱信，并且要持续整整十年。

因为当时是怀揣着“我要死了”的心情去写的，她写得无比肉麻，还告诉了祝延很多自己的小秘密。以至于，每天一看到邮差来了，她就会急匆匆地冲下去，试图抢走那些信，看看里面有没有夹杂自己的情书。

但是抢信是绝对抢不过的。人鱼长得太高了，他只要懒洋洋地举高一点点，她就完全抢不到了。她只能一边蹦，一边进行口头上的威胁，然后无能狂怒地看着那条鱼在窗前拆开那堆信，精准地找出她的情书。

这件事被舒棠认为是她人生的滑铁卢、一辈子的黑历史。但是祝延却很喜欢她的这些信，每一封都仔细地保存好。

那些信件在后来的数年里，无数次在深夜里被翻出来阅读，一直到发黄、变脆。

祝延在日记里写道：

小猫说不公平，因为她给我写了一百二十封情书。

但是我却没有给她写过一封。

笨猫。

她怎么知道我没有写呢？

一整个假期，舒棠都对这件事耿耿于怀。

在一个月的某一天，她不小心碰倒了行李箱，掉出了一本厚厚的本子。

她认出那是他经常写的那本菜谱。结果翻开一看，发现是祝延的日记。她十分好奇，尤其是想到自己要寄十年才能寄完的黑历史——

小猫鬼鬼祟祟地翻开，希望自己可以抓住一些爱人的把柄，却发现上面端端正正地写着一行字：

致亲爱的小猫。

…………

她做了一场很美的梦，醒来的时候天才刚刚亮。

他们一起去了山间，雪山上有一场很美的日出。

他们在霞光中，渐渐地靠在了一起。

相伴一生。

这是我们之间，漫长的岁月情书。

番外三 //
睡前故事

1 如果相遇在多年前

01.

实习生上前线是一件很糟糕的事：没经验，容易被嫌弃；干的活最多，拿的钱最少；撤退的时候清点人数，没有正式工作牌的实习生还容易被忘记。

不久前，安全区前线被污染物突破，发生了一次非常严重的入侵事件。因为前线急需治疗师，于是华大的所有实习生全都被调去了前线。

在队伍撤离的时候，被打发去寻找水源的实习生舒棠，不幸被遗落在了污染区。她一觉醒来发现周围空空如也，大部队早就跑出了三里地。舒棠扛着大包追啊追，最后只追到了一车屁股的尾气。

就这样，倒霉的实习生舒棠被困在了污染区，一时间，她也很难分清这是命运弄人，还是她纯粹倒霉。

她在废墟下面躲了三天。在这期间，她只靠一点水，还有一袋压缩饼干度过。舒棠出去找过食物，但是每一次都无功而返，半路还被两条被污染物寄生的鬣狗追。

在如此凄惨的情况下，她不得不留在比较安全的废墟下保持体力。但是食物越来越少，饿到最后，她产生了一些幻觉。

比方说：这水泥看上去好香，这地板可以啃两口吗？

她头重脚轻，突然想起童话里卖火柴的小女孩，她感觉自己现在的处境和小女孩有异曲同工之妙。

就在她以为自己的生命走到了尽头的时候，她听见了一些动静。她所在的废墟上方，出现了一只苍白的手。恰好清晨的阳光投射进来，他灰蓝色的瞳孔，让人过目难忘。

那一瞬间，舒棠以为自己看见了心软的神。

02.

祝延不太喜欢下雨天，也不喜欢打伞。那种黏稠、潮湿的气息，会让他想起污染物的血液。

这当然不是什么愉快的体验。作为指挥官，人们都叫他“人形核武”，他也如这个外号一样，杀伤力巨大，而且身上有着那种属于武器的冰冷质感。

祝延经常会孤身一人去解决一些高危污染物，有人说他爱护属下、以身犯险，但是只有祝延清楚，他仅仅是不太喜欢热闹。大概是因为出身孤儿院，置身于人群中的时候，他总有一种格格不入的冷清感，热闹反而叫人落寞。

行走在污染区的大街上，数着自己的脚步声，他反而会有种清晰的寂静。

一直到这一天，孤独的祝延，捡到了一只“猫”。第一眼看见她的时候，她像只脏兮兮的、可怜兮兮的小流浪猫。猫在废墟里看上去很可怜，一双圆眼睛还有点茫然。于是在他询问她饿不饿，想不想吃东西的时候，她有点恍恍惚惚地说：“我想吃烤鸡。”

其实这是个有点过分的要求，但看着她因为长期没有进食而看上去有点虚弱的模样，他先递给了她一支营养液。等到再次回来的时候，他真的给她带回来了一只烤鸡。

大概是见她没有什么防身的武器，他把枪留给了她——他并不是每一次都这样好心，更多的时候是一种置身事外的冷漠。可能今天的雨有点大，猫看上去有点可怜兮兮的。

银白色头发的青年找了一把军刀，就朝着污染物的方向前去。

本来，这不过是一次平常的搭救，顶多是他记住了那双圆眼睛。

但是很快，他感觉到有一个脚步声跟在了身后。他停顿了片刻，看到了她的精神体。

橘猫精神体探头探脑地看过来，在发现他的注视后，立马“嗖”地缩了回去。

还真的是只猫。

他猜到她是害怕，所以想要跟着他，于是默许了这种行为。

舒棠发现，她的恩人虽然长得有点凶，但是人真的特别好。她不敢在污染区乱跑，就只好偷偷跟着他。她担心给他添麻烦，但是一整天下来，他什么都没有说。

本来夜里舒棠打算找个废墟睡觉，但是周围一片伸手不见五指的漆黑。她犹豫了一会儿，还是把自己的帐篷小心翼翼地朝着恩人的方向挪了挪。

夜里，祝延感觉到自己的营帐边悄悄挪过来了一个小鼓包。他只是看了一眼，仍然当作没有看见。

中午，他吃饭的时候，感觉到有人在悄悄地打量他——手里的牛肉罐头。

祝延沉默了一会儿，走到了不远处，把罐头放在了石头上。隔了一会儿，他看了一眼，罐头果然被猫吃了。

但在第二天早上的时候，他在帐篷边发现了一罐黄桃罐头、一块未过期的巧克力，作为回礼。祝延想：她是怎么找到的？

这天下午，祝延找到了污染物的巢穴。

也许是大开杀戒的一幕吓到了那只猫，他没有再听见亦步亦趋的脚步声了。

祝延脚步一顿，看着手上黑色的血迹，面无表情地擦干净。他想：也许被吓跑了吧。

到了吃午饭的时候，他加热牛肉罐头，黑暗的角落里亮起了发光的猫眼：盯——

祝延有些无语。

舒棠的确被大开杀戒的一幕惊到了，就算她是前线的治疗师，也很少见到这样血腥的画面。青年杀污染物的时候，侧脸毫无表情，一刀一颗脑袋。这对普通人舒棠而言，造成了巨大的心灵冲击。她想到了在污染区流窜的一些劫匪头子，的确是犹豫了片刻。但是猫的善恶观很简单：给她东西吃的人，不会坏到哪里去。

于是，她犹豫再三，还是跟了上来。果然，猫又吃到了香喷喷的牛肉罐头。

不过，猫很感激恩人，她每次都只会吃一半，然后在第二天找到别的食物来答谢他的罐头。但是食物是很难找的。

有一次，猫搜寻了一整天，只找到了一片过期的口香糖。她觉得很窘迫，于是那天的牛肉罐头，舒棠就一口也没有吃。

祝延看见了完好的罐头，脚步一顿——为什么不吃呢?

他听见了自己帐篷旁边的那个小鼓包里，传来了饿得肚子“咕咕”叫的声音。他什么也没有说，只是在夜里的时候架起了火堆烤鸡吃。然后在猫的那个小鼓包前面，放了两只鸡腿。

第二天早上。

猫在地上留言：好人。

他笑了一下。

03.

就这样，污染区的细雨纷纷。祝延走在前面，小猫走在后面。

祝延早就习惯了孤身一人的生活，但莫名其妙的，有只猫跟着，似乎也不坏。偶尔她的脚步声停了，或者消失了，祝延就会原地休息一段时间，等上片刻，她很快就会追上来。

祝延喜欢安静，但是每天夜里，隔壁小猫的呼吸声，他也不觉得讨厌。她偶尔会哼一点儿走调的歌，他捕捉到了，也只觉得有些好笑。

他开始在心里称呼她“小猫”，就好像真的养了一只小猫。

猫觉得对方看着很凶，但其实脾气还挺好的。她一直偷偷跟在他的身后，他也不会生气；而且还会给她罐头吃，时不时还会烤一只鸡给她吃。跟在他的后面，她再也没有饿过肚子，也再没有被鬣狗追过。

有一次，污染区突然间大降温，舒棠半夜冻得瑟瑟发抖，醒过来就在帐篷里面搓手。

大概是听见她的动静，隔壁帐篷里的人把自己的外衣放在了她的帐篷前。她披上了带着他体温的外衣，抬头一看，发现银白色的身影正在生火，身上只剩下一件衬衫。

她悄悄靠近了火堆，坐在了他的身后，第一次离他那样近。

他一直都能听见她的动静，但是并没有回头。

猫和孤独的旅人一起坐着。火堆驱散了严寒，“噼啪”声中，他们看见了彼此交叠在一起的影子。全程，他们都没有说一句话，但是两个人都有一种神奇的心照不宣。

就这样，半个月后，他们终于走出了污染区。

猫想过，也许出了污染区可以和他要个联系方式呢。她发了实习工资，就可以请他吃饭，感谢他的搭救了。

但是很快，猫就知道了他是谁——联邦的大首领，自由军的总指挥官。因为她在他的外套上，看见了胸牌上简洁有力的“祝延”两个字。

走出污染区后，外面十分热闹，自由军和秘书们都已经等待多时，朝着那个男人走了过去。

隔着绵绵的细雨，她在污染区的废墟角落里站了一会儿，没敢上前。

祝延等了一会儿，没有听见熟悉的脚步声。他回头的时候，人群拥挤，已经看不见那只猫的身影了。他的手里，还拎着准备给她的三个牛肉罐头。

接下来很长的一段时间里，祝延再也没有听见过小猫的脚步声，也再没有看见过那只姜黄色的精神体了。

忙碌的工作并没有给他太多的闲暇去思考。只是偶尔，他也会盯着牛肉罐头看一会儿。也许是因为半个月的时间里，他有些习惯了猫的存在，于是现在的安静就显得有点孤寂。

他时常会想起那双眼睛。只不过，丢了的猫，一直没有找回来。

半年后的某一天，大雨。

因为情报出现了错误，污染区的污染物数量远超过想象，所有人都忙碌了起来，驻扎区内人来人往，忙碌不已。

作为指挥官的祝延，刚刚回来，身上还带着寒气。他的衣服已经被雨水打湿了，发梢还在滴着水，他却没空擦一下，低声嘱咐了几句，就直接淋着雨朝着装甲车走去。突然，身后传来了一阵熟悉的脚步声。

他的脚步停了一下，这时，他的头顶出现了一把蓝色的小雨伞。

她努力踮脚撑高了雨伞，有点紧张地自我介绍：“大首领您好，我叫舒棠，是新来的治疗师。”他停顿了片刻，注意到她身上淋湿了半边，于是低下头，俯下身，走进了她的那把小雨伞里。

他将雨伞接过，正好遮住了她头顶的雨。

他说：“走吧。”

这是时隔半年后，他们第一次对话。

04.

因为被落在了污染区，实习生舒棠得到了一个调岗的补偿，她就直接选择调去给大首领身边的治疗师当实习助理了。就这样，他们顺理成章地再次见面了。

她一般是负责给其他的治疗师打打下手，做一点包扎、清创的小活计，在治疗师团队中并不起眼。

就这样，祝延再次听见了跟在自己身后的脚步声。只是猫的胆子没有那么大了，她一直在远远的地方踌躇着，不再靠近。

他还能感觉到熟悉的视线经常偷看他，时不时偷瞄一眼，就立马移开视线。他装作没有发现这一点。

第一天上班的时候，祝延的视线并没有在她的身上停留片刻。舒棠以为他不记得她了，有点失落。

他这样的人，每天肯定要处理很多的事情，半年前救过她的事情本来就不值得一提，他肯定把她忘光了。这样想着，她就像那时只能拿得出一片口香糖那样沮丧。

然而就在这一天，她准备早早下班去食堂抢饭的时候，她看见了桌子上摆着的牛肉罐头。猫愣了一会儿。

祝延路过的时候看了一眼，罐头空了。

猫留言：好吃。

他看了一会儿，笑了一下。

于是，接下来的很长一段时间里，他们重新回到了在污染区时那样。

他会定时在她的桌子上放各种罐头，投喂她；猫也会投桃报李，在他的门口放上自己的小零食。

猫的胆子也渐渐地大了起来，她不再像是一开始那样远远看着他不敢上前了。

有一次午间，秘书送来了下午茶点心和水果。

猫第一次路过，发现没吃；猫第二次路过，发现还没吃。

猫：盯——

大首领于是就喊她进来量体温。

走的时候，猫的药箱里就多了很多的点心和水果。

第二天，祝延让秘书多放一张椅子在办公室。

秘书问了一句给谁的，祝延看着桌子上的罐头：“猫。”

就这样，莫名其妙地，她每天都会在他的办公室里吃一顿下午茶。

猫吃猫的东西，祝延看祝延的文件。偶尔她也会跑去给他办公室的绿植浇水，或者帮他打开窗户通风换气。他们两个依旧很少说话。

祝延有很严重的胃病，又因为工作繁忙，经常不记得吃饭，于是猫就天天揣着自己喜欢的大包子和豆浆，放在他的桌子上作为罐头的回礼。祝延不喜欢打伞，猫就会把蓝色的小雨伞挂在他的门把手上。于是，他再也没有空腹上过早班，也没有淋过雨了。

喜欢就是这样缓慢加热着，就像是文火慢煨。

猫的办公室在一楼，祝延的办公室在五楼，如果不是下午量体温，其实他们见面的次数并不多。剩下的时间里，唯一能够见到彼此的机会，就是在一楼大厅偶遇了。

于是，早上的时候，猫就会装模作样地在显示屏前面看《天气预报》，她反反复复地听了一遍又一遍，一直要磨蹭到祝延来。

这个时候，祝延也会停下脚步。他会安静地站在小猫的旁边，然后他们两个一起看一会儿天气预报，再各自去工作。

若是祝延来得早一些，他也会站在显示屏前停下，让秘书去买一杯咖啡。然后在等待的时间里，猫的脚步声就会匆匆地响起。

大首领和小治疗师，两个人就站在同一块显示屏前面，安静地听今天的天气播报。

就这样，他们两个站的位置，也就越靠越近、越靠越近。从一开始远远地站在两端，到一伸手的距离。

一直到影子重叠在一起的那一天，小猫鼓起勇气才敢搭一句在心里面念了好多遍的话：“今天天气真好啊。”

那天雨下得很大。

但是祝延盯着地上他们两个的影子，说：“天气很好。”

05.

大首领有十来号治疗师，平日里他们就在办公大楼的医疗间里待命，如果大首领要坐飞机赶行程，就会派出一半随行。作为一个不起眼的打杂的，舒棠在这里混得如鱼得水。她每天想着早上的天气预报、下午的点心和水果，还有考虑明天给他带什么口味的大包子，过得很是愉快。

但是像她这样没有什么事业心的咸鱼还是少数，她的同事们都是冲着大好前途来的。但是不幸的是，这位领导有着“人形核武”的外号，并拥有逆天的自愈能力，治疗师们很难有什么发挥的余地，都是来坐冷板凳的。

大首领拥有出色的愈合能力，偶尔在前线医药资源紧张的时候，他还会主动让出自己的治疗师给其他人。次数多了之后，治疗师们都默认了这一点。他们虽然不敢怠慢大首领，却也会非常积极地给其他的将领治病捞功劳。

祝延并不介意这一点，而且会经常给他们往上爬的机会。这并不是出于某种“宽和”，而是一种习以为常的漠然。他是个孤儿，没有亲人，早就习惯了人与人之间以利益为纽带的相处方式。

但是猫却是个异类。她既不到处钻营，也不跟在那些教授后面混资历，甚至对于和同事搞好关系也没有什么兴趣，反而像是一个小尾巴一样，一直跟在他的身后。就算每天的工作只有“量体温”这种无聊的事，她也乐此不疲。

但是发现猫隐约被孤立后，祝延曾经委婉地告诉她：他有很强的自愈能力，不需要她这样关心他的身体——这是他在那天说了天气后，主动和她说的第一句话。

结果猫当时什么也没有说，只是走之前留言：不信。

常年面无表情的大首领，很轻地笑了一下。

她仍然风雨无阻地来量体温，在前线的时候也亦步亦趋，哪怕只是涂碘伏这种小事她都很乐意去做。

祝延仍然认为自己不需要这样的照顾，但是他从来没有拒绝过猫的好意。

在这一年的年底，南岛市爆发了一次非常严重的污染物入侵事件。不仅是 alpha 士兵，就连普通居民都有很多的伤员，治疗师们忙得团团转，着急的时候，她的前辈就在前面喊她过去帮忙。

祝延让猫出去帮忙。

看着外面的伤员被担架抬走，舒棠走出去了两步，又回头看他。她看向了他捂住的右臂，那里正在流血。祝延顺着她的视线看了过去，很平静地告诉她："小伤，一会儿就愈合了。"

她匆匆地走了。祝延在帐篷里闭上了眼睛，第一次发现她走后，周围有点安静得冷清。纱布下的创口仍然在不断渗血，他感觉到了一些疼痛，发现自己的额头上冒出了一些冷汗。

他看了一眼自己的伤口，有些无可奈何。他单手拿起一卷新的纱布，用牙齿咬开，有些艰难地想要缠绕止血。这个动作单手做起来，多少有点狼狈。

但就在这个时候，猫又跑了回来。她前后只花了半个小时，跑回来的时候气喘吁吁。

他愣了一会儿，保持着那个姿势看着她。猫突然觉得他这样有点笨。她去扯他叼住的纱布，他愣了一下才想起来松开牙。

她坐在了他的面前，帮他清创、消毒。她告诉他：她是实习生，人家都嫌弃她帮倒忙，所以她只能跟在他的身边——只有他不会嫌弃她笨手笨脚。

他低头看着她熟练麻利的动作，心想：骗人。

舒棠以为他会再次要求她去照顾别的伤员，于是加快了速度，争取在被赶走前完成清创止血的步骤。

但是并没有。他只是安静地看了她一会儿，并没有再次把她赶走。他说："好。"

她抬起头，发现祝延在看她。

他们两个对视着，有一种很奇妙的氛围——其实认识以来，他们说过的话，加起来都不超过十句。

从某种意义上来说，他们现在应该算是陌生人。但是在污染区的纷纷细雨里，他们坐在简易的帐篷里，周围都是嘈杂混乱的人群，眼神却开始不受控制地与对方交缠。

她听见了自己的心跳声变得很大，他的眼神也变得很有侵略性，他们两个就像是磁铁的两端一般贴近。

06.

最后，他们还是没有更进一步。因为他们想起来，互相还不算相熟，这样做稍微有些冒昧。

但是气氛开始变得非常古怪。他们对视着，明明什么都没有说，却一起笑了起来。

大概是因为这一次的经历，他们的关系空前地亲近了起来。她不再因为和他说话而感觉到胆怯，他也开始主动和她交谈。虽然只是偶尔聊两句天气，但是不管天气是好还是不好，他们讨论天气的时候，都是笑着的。

她的胆子渐渐大了后，下午就会抱着药箱和书，坐在他办公室的小椅子上。她在摇椅里面一晃一晃地吃点心、看自己的专业书，偶尔还会在阳光下睡着。

他们两个互不打扰，但是会在休息和吃点心的时候聊天。猫的话很多，和他聊午饭、晚饭、昨天的晚霞，今天早上的《天气预报》换了主播，就连肥皂电视剧都能和他聊上半天。等意识到自己的话太多之后，她问他会不会打扰他工作。

他说："会。"

猫有点讪讪地住了嘴，缩在摇椅上不敢吭声了。

然后他又说："但是我乐意。"

很乐意被你打扰。

猫在摇椅上探头，看见他在阳光下低头看报纸。她忍不住嘴角上扬，轻轻哼起了小曲子，小腿就在阳光下一晃一晃的。毛茸茸的发丝，像是洋桔梗的花边。

祝延偶尔看一眼那画面，就像是从属于他的黑白世界里，跳跃出了彩色的花束。

他很喜欢。

只是偶尔，猫也会给他带来一些困扰。

比方说猫因为不良的睡姿卷上去的裙摆。她蜷缩在摇椅里的时候，露出的大片雪白肌肤，在阳光下晶莹剔透，他时常会被这耀眼春光所扰，不得不脱下西装外套，遮在她的小腿上。然而这一点并不好提起，他不愿意让她窘迫，只好每次都装作没看见。

比方说猫的信息素，也会给他造成一点困扰，就像是有一种绝对的吸引力，时常让他分心；比方说猫毛毛躁躁地离开的时候，时常会遗落乱七八糟的东西在他的办公室。偶尔有人进来汇报，时常会看见一些和祝延格格不入的东西，比方说饮料、小猫发圈、乱七八糟的涂鸦。

祝延会面不改色地将她的痕迹挡住。等到目送着部下离去，他张开了手心看着里面的小猫发圈。

他认为她在入侵他的生活，但是他并没有阻止这种入侵，甚至内心的深处，乐见其成。

07.

如果按照这样发展下去，也许在某一天，猫会得寸进尺，从办公室入侵到卧室。而他的默许就是亲手纵“虎”归山，猫会在他的世界里占山为王，最后牢牢盘踞在他的生活里，让他永远被漫天纷飞的猫毛所困扰，听着她跑调的歌，还要一辈子违心夸赞猫的歌喉。

这无疑是一种非常美好的愿景。

只是，好景不长，他得知了一个有些糟糕的消息。

祝延渐渐地意识到自己发生了变异，也许是被污染物污染的前兆。他并不是一个很幸运的人，而上天也从未眷顾过他。幸好，他还没有来得及将不幸传递给他的猫。

那一天，祝延很平静地离开了研究院，只是在《天气预报》前面站了很久。也许是半个小时，也许是一整个下午。他反反复复听着同样的播报。

窗外下了很大的雨。

他知道大概是不能和她一起继续说“明天天气很好”了。

这一天，猫在显示屏下等了很长时间，没有等到他说早安。她失落地回去，却被告知不用去“量体温”了。

猫想要去找他，却听说大首领出去开会了，短时间内不会回来了。

那次不告而别后，她再也没有吃到牛肉罐头，再也没有等到人和她一起看天气预报。她趴在窗户上仰望高高的办公室落地窗，第一次发现一楼到五楼的距离，原来有那么遥远。

一个月后，猫在会议上远远地看见了祝延的身影。她听说会议要持续三天，大首领暂时不会离开办公大楼，于是匆匆去敲门。

开门的人，还是那副模样。他们在门口站了一会儿，一个气喘吁吁，着急得出汗；一个有点失神，低头看着小猫，嘴唇有些干涩。

他以为猫这么匆匆忙忙，是遇到了一些困难来找他帮忙。

他第一反应就是有人欺负了猫，或者她被同事排挤了。他把她叫了进来，询问她：有没有想过调去研究院？

他知道自己大概很快就会退下去了，他想先把猫放在一个安全的、稳定的环境。研究院就很不错。

但是猫并不是来找他帮忙的——猫掏出了两张电影票。

她期期艾艾地询问他，如果有空的话，能不能在下午的时候和她去看一场电影。

高大的男人，下意识地躲开了她的视线。他翻开了行程本，想要说可能有个会。

但是猫却说："今天是我的生日。"

祝延的动作一顿。

生日啊。

这天的下午，她和他肩并肩地在电影院看了一场电影。

电影很烂，但是屏幕闪烁的光影中，她的侧脸很好看。

祝延认真地描摹着她的轮廓，就像是要将她的样子记在脑海里，最好一辈子都忘不掉。

电影说了什么他们两人都不记得了，只记住了彼此的呼吸声。

回去的车上，猫悄悄靠在他的肩上，假装自己睡着了。

祝延看见了她颤动的睫毛。他想：真笨。

但是他却脱下外套，盖在了她的身上。他贪婪地感受着她的体温，因为祝延认为，这大概是最后一次见面了。

到她宿舍附近后，祝延目送她朝着巷子里走去。一直到细雨飘进了窗户里，他才想起来原来已经是深夜了。

离别是悲伤的。

然而第二天早上，猫敲门。

猫掏出了两张电影票，期期艾艾地说自己今天过生日。

祝延沉默了片刻，几乎要认为自己遇见了鬼打墙。

第三天，猫敲门。

猫抱着蛋糕进来。猫期期艾艾地说："今天我过生日。"

高大的大首领终于低头问猫了："你到底一年过几个生日？"

猫说："公历过一个，农历过一个，身份证上写错的日期，再过一个。”

于是，祝延还是没有赶走她。

她期期艾艾地问他能不能给她唱生日歌。衣冠楚楚的大首领闻言愣了一下，想了想，当真坐在了她的对面，给她唱了一首生日歌。

“祝你生日快乐。”祝你余生都是好天气。

两人在蜡烛前看着彼此，眼神渐渐互相缠绕，就像是下了一场绵绵的细雨。

她吹灭了蜡烛，世界一片漆黑。他们的心跳声和呼吸声，清晰可闻。猫往前靠近，柔软的唇瓣就贴在了冰冷的唇上面。

他停顿了片刻。黑暗里，他们两个呼吸交缠，唇齿相依。

但是最后，他还是控制住了那种疯狂的、想要吻回去的欲望。他用最强大的自制力按住了小猫，有点狼狈地将她提溜开。

黑暗里，他喃喃地说：“该走了。”但他不是在说猫，而是在告诉自己。祝延是个没有未来的人，但是她有，她还有大好的青春和人生，不应该在他这样的人身上浪费时间。

他是个意志力强大、行动十分果决的人，唯独面对她的时候，总有例外。

他变成了一个懦夫、一个犹豫不决的可怜虫。他心知不能再继续沉溺下去了，他告诫自己：是时候离开了。然而离开的时候，因为看见她眼睛里的失落，他失去了往日的从容，几乎落荒而逃。

08.

祝延很平静地接受了自己的命运，他退居了幕后，不再露面，将自己关在了那座庄园里。有许多的人来拜访他，但是都吃了闭门羹。

他偶尔会盯着牛肉罐头出神。他知道，小猫应该是很伤心的，但是他从未拨出过一次猫的电话。他无数次想要问秘书她的事情，但每一次都会在话出口前打住。

再看着窗外细雨纷纷的时候，他感觉到了一种窒息般的寂静。

过去的那些年，祝延的身边也是很安静的，可是现在，似乎这种习以为常的寂静，变得有点难以忍受了起来。他想：就这样吧，这样就很好。

一个月后的一个午后，祝延听见了门铃声。他打开门，看见门口坐着一只猫。

舒棠找了很多人，都问不到祝延在哪里。还是一个姓陈的年轻秘书有点不忍，悄悄地告诉了她元勋的地址。于是她收拾了包袱就来找他了。

她说她辞职了，现在无家可归，还吃不起饭了，问他能不能收留她。

他贪婪地看着她的容颜，用视线描摹她的样子。但是他看上去却是面无表情的，甚至有点不悦。他冷下了脸，第一次在她面前疾言厉色，将小猫很凶地赶走了。

猫被凶得有点不知所措。她一步三回头地往前走，眼圈有点发红。

猫是他的治疗师，隐约能够打听到一点消息，她大概猜到他生病了，于是想要留下来陪着他。但是从始至终，他都没有提出挽留，甚至疾言厉色地要赶走她。

她垂头丧气地往前走，却不知道，如果她回头，就会看见那个沉默寡言的男人，不远不近地跟着她。一直把她送到了宿舍门口，看见那盏小灯亮起又熄灭，祝延才缓慢地离开。

然而第二天，猫又来了。她很有一些锲而不舍的精神。

猫带着被子和帐篷，在他的庄园门口搭起了一座小帐篷。

祝延不想让警卫员赶走她，也不想看见她失落的样子，于是打开了门，想要和她好好谈谈，劝她回家。

可是谈话还没开始，猫就抢先一步说：她被人盯上了。

她说，有人想要从她这里打听他的近况，她发现被人跟踪，吓坏了，才跑过来寻求庇护。

这是一个十分拙劣的谎言，因为她只是一个实习生。

但她提醒了他一件事。祝延不太确定自己隐藏的在意，是否被有心人注意到，毕竟喜欢和感冒、贫穷一样，是无所遁形的。

于是高大的男人沉默了一会儿，退开了挡住的门。他有某种预感：比方说他再也赶不走这只猫了。

他要求猫只能在一楼和庄园活动，绝对不能上楼；如果遇见了什么危险的情况，就要立马打电话叫警卫员送她出去。

猫立马保证自己每一条都能做到。但是显然，猫的话，就像是她一个月要过两三次生日一样完全不可靠。

为了保证她的安全，祝延将二楼用铁门锁了起来，把自己关进了黑暗的房间里。他知道自己发病时候的样子十分狰狞。这是他不愿意让她看见的——谁都可以，她不行。

过去的一个月时间里，祝延每天都在黑暗的二楼，远远地看着外面的世界，安静地看着这座庄园里黄昏降临、玫瑰枯萎，等待死亡的脚步声接近。

但是猫的到来，打破了这座庄园的死寂。她就像是这幅枯萎画卷里的生动色彩，她一出现在画面里，那种无声的绝望和寂静，就像是潮水一样退去了。

她会在花园里远远地对着窗户大喊“祝延”；她会在庄园里转来转去给花浇水，修剪花枝，然后挂在二楼的门上；等到吃饭的时间，她就会点各种外卖，或者熬粥。

在饭菜的香味里，这座空空荡荡的庄园，就像是彻底活了过来。

她不会让祝延独自待在二楼太久，她会时不时来敲门送饭、送水、送点心；还会把电视机的声音开得很大，这样在不同的楼层，他们也可以一起“听电视”。

二楼黑暗里的那只怪物，其实已经很久没有好好吃一顿饭了，那种疲惫的自厌太早地淹没了他。

一直到她来了，他终于端起了粥，像是一个正常人一样地进食了。他尝到了她加了很多的糖，有点甜。

在搬进来住的第一个周末，猫跑到了二楼。她隔着铁制的囚牢，告诉他——她今天又过生日了，能不能陪她吃个生日蛋糕?

祝延问她这是她的几岁生日。

猫说：是二十又七十三天的生日!

他不愿意让她看见他。于是猫就转过了身。就这样，他们背对背分着吃掉了一个蛋糕。

吃完后，猫小声说：“我骗你的。”

猫说：“今天不是我的生日。”

猫说：“今天是情人节。”

猫匆匆留下了一束藏在后面的蓝玫瑰，然后不等他回答，就“噔噔噔”地下楼去了。

猫怕他拒绝。

然而他没有。他仔细地收好了那一束玫瑰。

第一次，他看着夕阳想的不是死亡，而是“活”。

这个愿望是如此地强烈，就像是外面旺盛的、向着阳光顽强生长的蓝玫瑰。

09.

夜里，在这座偌大的庄园里，猫偶尔会听见一些痛苦的嘶声，配合着窗外的雨点，像是雨夜怪物的嘶鸣，十分地瘆人。但是舒棠并不是很害怕，她经常会想：应该是很痛苦的吧，他一定很疼。

她好几次想要抱着枕头去找他，但是想到他的叮嘱，又只能停下来，坐在楼梯上，等待着楼上的动静停歇。

她从未见过祝延发病的样子，一直到某一天夜里，铁囚牢被撕碎，从二楼，走下来一个高大的怪物。他的头发变得很长，眸子也变得漆黑，耳后的鳍冰冷而尖锐。

她叫了一声“祝延”，但是他意识混沌，已经认不得她了。怪物转头，朝着她发出了嘶声。她被他嘶得后退，躲在了沙发后面。

猫听见了一些很可怕的动静，等到一切归于平静后，客厅已经是一片狼藉。

猫是很害怕的。因为她知道祝延应该是精神力暴动了，这个时候的他不会有清醒的认知，就是纯粹的、被本能驱使的凶兽。

她躲在了角落里，很久之后，她饿得肚子疼。猫觉得自己大概是要死了。她小声说：“祝延，我好饿。”

好一会儿后，那只怪物来到了她的身后，动作迟滞地递过来了一个金枪鱼罐头。

她一抬头，对上了凶兽漆黑的双眼，侧脸在灯光下，像是颓靡而诡谲的蓝玫瑰。

但是神奇地，她不害怕了。她试着朝他靠近，那只怪物并没有阻止，于是她就直接坐在了他的旁边。她吃掉了罐头，还看着他笑。她靠在了他的身上，怪物觉得她的体温很舒服，下意识地蹭了蹭她。她蜷缩在了他的身边，睡了一个很安稳的觉。

祝延认为自己发病时候的样子像是一个彻头彻尾的怪物，可是她开始叫他“小玫瑰”。

别人说他像是“人形核武”，她说他像是“蓝色小玫瑰”。真是个奇怪的比喻，但是她乐此不疲。

渐渐地，清醒的时候，祝延会拒绝她、不许她上楼；不清醒的时候，小玫瑰会捏碎锁链，迟缓地来到楼下，抱住猫睡觉。

她偷偷让小玫瑰吻她，祝延朝着她嘶了嘶，困惑地看着她，她就凑过去，吻住了祝延冰冷的唇。

猫在祝延清醒过来之前鬼鬼祟祟地脱掉睡裙，然后在他的怀里假装伸懒腰，让祝延看清楚脖子上的吻痕。

祝延知道猫又在骗人了。他仍然不想耽误她，希望她离开。他尝试了无数次规劝，还有冰冷的分析，想要尖锐地推开她，让她去过更好的生活。但是每天夜里，他的心总会诚实地出卖自己，告诉她：他很爱她，不想要离开她。

10.

大概是意识到了自己对她毫无办法，祝延开始主动配合治疗，不管是手术还是精神力疏导，他的态度都变得郑重了许多。很多人不理解他的变化，然而祝延却非常清楚，他开始对死亡产生巨大的畏惧。

因为他很想要活下来，陪伴她、爱她，不让她伤心。他愿意为了那一缕光挣扎求生，用最强大的意志力去对抗命运。有着牵挂，他就不愿意死去。

他没有拒绝猫帮他签治疗同意书，但是，他清醒的时间却不可抗地越来越少。

有时候他会在清醒的时候问她：为什么愿意留在他的身边呢？

其实这个问题她也说不清。猫想了想，说：“也许我们是上辈子的情人也说不定呢。”

见你第一面，我就觉得喜欢。和你说话，我就觉得雀跃。你说留在你身边会吃苦，可是一起看天气预报的时候，每天都是好天气。她说话的时候撑着下巴看着他笑，是真的很开心。

于是他不再拒绝她。他只是开始反复告诉自己，要记住两件事：保护猫、记得喂猫。

他希望这一点可以刻进他的潜意识里，不管以后变成了如何面目全非的模样，都要好好保护她。

后来，怪物长出了鱼鳍，猫说看上去好酷；怪物长出了鱼尾，猫就在阳光下给他刷鱼尾；他的头发变得很长很长，她就在窗前，给月光般的长发编辫子，然后系上各种颜色的蝴蝶结。

别人说他是只怪物，猫说他是人鱼公主、长发公主，是她的蓝色小玫瑰。

祝延最后一次清醒的时候，是在一个下午。

他没有立刻告诉小猫，他只是和往常不清醒时一样，凑过去吻了自己的猫。

那是祝延第一次主动吻她，但是她仿佛意识到了什么。她停顿了片刻，也热情地回应了他。他们在窗外燕市的大雨中，渐渐缠吻在了一起。

告别的时候，谁也没有表现得悲伤，反而是用无比的热情回应对方热烈的爱意。

他在睡着前，拨出了最后一个电话。他让秘书给他们办理了结婚，他想要用这个身份保护她；但是与此同时，他在她的抽屉里留了一份签了他名字的离婚协议书。这样，只要她想走，也不会被困在他的身边。

看着沉睡的猫，他想，他会回来的。

也许需要一段时间，也许是一场漫长的跋涉，但是他有着无比的对生的渴望。他贪婪地想要拥有和她的明天、后天，还有一切未来。

他不舍得死，所以他会用最坚强的意志力，活下来，重新见到自己的猫。

第二天早上，猫抽出了那份离婚协议书，塞进了火堆里烤红薯。

她挖出了红薯，看着身边的那条人鱼。猫问：“小玫瑰，你说祝延是不是个大笨蛋？”

怪物歪歪头，甩了甩鱼尾，表示了赞同。

11.

后来，小玫瑰忘记了很多东西，甚至连冰箱都不会用了，早上起床的时候，经常把牙膏吃下去，猫就很耐心地一遍又一遍地教他；他也完全不会说话了，只能发出嘶嘶的声音，猫却听得懂他说的每一句话。

他的精神体变大了，人们总是为此感觉到惊恐。猫却时常爬到他的头顶睡觉，或者坐在他的身上兜风。

这个时候的他，除了会表达一些简单的意思之外，就完全是个兽类了。他听不懂猫的很多话，大部分时间都不会给她任何回应。这只孤僻的怪物浑浑噩噩，但是他记得要保护她、要喂猫。就算是忘记了一切，他仍然记得给她递罐头。

猫经常说他笨，但是她从未离开过他。她坚持给他注射缓解的药物，坚持给他做精神力疏导，还会和研究院的老师们时不时交流病情，时刻期盼着他好起来。

只是，猫偶尔会想：如果他一辈子都这样呢？

不会说话，只是一只浑浑噩噩的凶兽。

她想：那就这样过一辈子吧。

但是，祝延是个说话算话的人。浑浑噩噩的怪物，其实在经历一场漫长的跋涉，从前那场跋涉的尽头是荒芜，现在这场跋涉的尽头，是一片黎明。

终于，在两年后的某一天，怪物从浑浑噩噩中醒了过来。

他看见了小猫在不远处的黎明中，他叫了她一声“棠”。

她当时正在修剪蓝色的玫瑰，一转头，就看见祝延正站在不远处看着她。她手里的玫瑰掉在了地上。

他们在蓝色玫瑰盛开的地方，拥吻在了一起。

明明朝夕相处，却是久别重逢。他们看着彼此，眼神再也舍不得从对方的身上移开。幸好，现在，他们拥有了很长很长的时间相爱。

祝延病好后，变得很黏人，一刻也离不开她。两年的时间，他的性格比起从前的稳重内敛，变得更加像是坦诚的小玫瑰了。

他从前很冷酷、话特别少，现在却很喜欢把脑袋放在她的肩膀上，亲昵地去蹭她，低声说一些琐事。她抱怨他比生病的时候还黏人，他还甩甩鱼尾，带着笑意看着她。

两年前，玩游戏的时候，祝延总是让着她，十分包容，现在却最喜欢看她被杀得片甲不留时，火冒三丈的样子；从前他就连吻都十分克制，是个很禁欲克制的人，现在却很喜欢亲她，而且还喜欢把她扛起来往床上丢。

猫深感上当受骗。

大首领告诉她：这就是人生的残酷真相，比方说婚前婚后两张面孔这件事。不过，她已经签署了婚姻条约，不能退货了。

其实，猫不知道的是：每当她笑，或者朝着他露出生动的表情的时候，他都会贪婪地注视着她，感受着“生”的可贵。

12.

后来，猫说想要去看海，想要和他一起在海边烤扇贝。祝延知道，猫其实就是想吃鱼了。

他们就回到了猫的家乡，一个名叫南岛市的地方。他们在海边的一座堡垒里定居。

他现在没有从前忙了，大部分的工作都辞掉了。只是偶尔会出一出公差，他们就会一起坐飞机飞来飞去，然后躺在污染区的帐篷里看星星。

她仍然是他的专属治疗师，但是他受伤，会挨骂。

猫心情好就叫他“亲爱的小玫瑰”，心情不好就叫他“讨厌的祝延”。

他受伤的时候，他就是“最最讨厌的祝延”。为了不被讨厌，大首领现在非常爱惜自己的身体。

他们每个周末都会休假。

有一次，小猫在家附近发现了一片蓝色的眼泪海。她使唤他用鱼尾带着她去看那片海。

并肩看蓝色的眼泪海的时候，猫抬头看着他蓝色的眼睛，他很自然地低头，和她交换了一个吻。

他们说起了从前的事情。

猫想：他们大概真的是前世的情人，不然为什么，不说一句话也能像是磁铁一样相互吸引？

猫说她发现了一个“猫学第一定律”。

祝延询问自己的猫，那是什么？

猫说：鱼爱上猫，就是新的“万有引力”！

2 竹马是人外怎么办

01.

小怪物是在某一年的冬天，出现在海边的。

幼年的小怪物诞生于大海，他无父无母，也没有任何亲人，或者族群。他长着尖尖的鳍、美丽的鱼尾，还有人类的外表。

小怪物会在海洋里捕猎，作为幼年的猎食者，他不逊于任何成年的海底生物，他远比海洋中其他生物凶残、嗜血，就像是另外一个维度才存在的顶尖猎食者。

在某一次被潮水冲上岸后，小怪物发现自己的鱼尾在陆地上可以变成双腿，耳后的鱼鳍还可以隐藏起来。于是，小怪物开始频繁地出现在渔村附近，观察着这里的人类。

他不会说话，出现的时候总是会伴随着“滴滴答答”的海水。海边的村民们十分惶恐，惴惴不安。

小怪物一直不知道自己算是什么，因为他长得和海里的任何一种鱼都不太像；但是上岸后，渐渐地，小怪物发现自己的外形很接近人类。而且，小怪物记得自己的名字叫作“祝延”，发音很接近人类的语言。

小怪物想，如果他有一个人类的名字，那他应该就是人类吧？

在海洋里，小怪物格格不入，很是寂寞，他也想要拥有自己的族群。

于是，他开始观察人类，学习人类说话做事。小怪物发现他们都会穿衣服，于是找了一件破破烂烂的、带着大兜帽的黑色外套，洗干净穿上了。

但是，如果小怪物想要学习怎么融入这个族群，仅仅是这样还不够。

小怪物想要假装成人类的幼崽。于是，在某一天的清晨，海边的一户好心人家发现了一个蓝眼睛的漂亮小孩子。他们询问不出他的父母和亲人，于是打电话报警，准备把他送进附近的一家孤儿院。

小怪物迟缓而僵滞地看着身边的人，警觉地观察着一切。他发现他们的胸口起伏，呼吸的方式和水里的鱼完全不一样。于是小怪物漠然的蓝色眼睛转动了一下，他开始模仿人类的呼吸。小怪物认为：这样就更像是人了。

小怪物很聪明，一路上，他都假装自己不会发声，是个哑巴，其实蓝眼睛一直盯着其他人，学习他们用声带说话的样子。

就这样，他顺利地被当作一名人类的孤儿，进入了一家孤儿院。

进入孤儿院后，学习能力很强的小怪物模仿着周围的小孩子，渐渐地学会了说一些简单的词语，也学会了用筷子吃饭。但是小怪物没有学习周围的小孩子打滚、尖叫，他只是用漠然的视线注视着他们，对这个世界，带着一点好奇、一点不解。

小怪物认为，自己已经很像是个人了。

他已经融入了人类这个群体。虽然有点吵，但是感觉还不坏。毕竟他长得和他们很像，人类应该就是他的族群。

小怪物适应得很好。直到有一天早上体检时，医生给他量体温，一声尖叫响彻了云霄。小怪物歪头看着地上的体温计，有点不明白。

后来，一个调皮的孩子笑嘻嘻地掀开了小怪物的兜帽，尖锐的鳍冒了出来。

小怪物歪着头，看着所有人都惊恐地尖叫着退到了离他很远的地方。小怪物站在原地，茫然又不解地看着他们。他不知道自己做错了什么，只能像一个黑色的影子一样站在原地。

02.

第二年的夏天，小舒棠被好心人送到了孤儿院。她长得可爱，脸蛋圆圆，活力满满，阿姨给她起了个小名叫“小猫”。

整个孤儿院的小朋友都喜欢和小猫玩，小猫成为孤儿院的“老大”。

但是有一个例外，就是那个沉默寡言的小怪物。

他不像其他孩子一样吵吵闹闹。小怪物永远只会在二楼黑暗的角落里，冷冷地看着下方，像是这个孤儿院里格格不入的一个古怪的幽灵。

不过，小猫发现，他比其他人长得都要高，比正常的小孩子体型看上去大一些，而且他的眼睛是蓝色的，像是漂亮的大海。和其他脏兮兮的小孩子不一样，小怪物很干净，只是性格十分孤僻，从来不和人交流。但就是这样，据说他打架很厉害。

别的小孩子都告诉小猫，不要和小怪物玩，因为他非常可怕。但是这些忠告，小猫一个字都没听进去。

猫认为，小怪物的战斗力和大个子，足够让他成为小猫征服孤儿院的劲敌。而且她认为让所有人都闻风丧胆这一点太威风了！

她偷窥了小怪物的行动轨迹三天后，决定在午睡时间发起伏击。她拖着小被子，趁人不注意来到了小怪物旁边。

小怪物的床被孤零零地放在角落里。小怪物看了她一眼，警觉地开始看她手里有没有毛毛虫，或者一些很脏的东西。他不害怕这些幼崽的战斗力，但是小怪物很讨厌他们不讲卫生。

小猫悄悄说，她想要和他一决胜负。

小怪物有点不明所以。但是小猫一口咬住了他的耳朵，卑鄙地进行了偷袭。

小怪物觉得她的牙齿很软，咬合力很差，危险等级比一只毛毛虫还要低。于是他只是看了她一眼，就闭上了眼睛，开始睡午觉。

小怪物有点寂寞，开始想念在大海里的日子了。他想起了那些围绕在他鱼尾边的小鱼，还有会被他吓跑的大型鲨鱼。虽然也没有人说话，但是自由自在。然而在这个人类的世界里，小怪物很寂寞。他不能把那些讨厌的小孩子丢出去，因为他已经看了电视，懂了很多东西。小怪物很聪明，他知道那样会很危险，会惹来一些大麻烦。

他想，再待一个月，等到涨潮的时候，他就回大海的家里去。

午觉醒过来，猫还保持着咬住他耳朵的姿势。

小怪物有些无语。

一直到夜里他们吃晚饭，猫还不肯松口。小怪物没有什么感情的蓝眼睛困惑地看着她。他试探着递给猫一只鸡腿。小猫松口了。她说：如果他可以每天都把好吃的分给她，她就再也不咬他的耳朵了，但是他要给她当小弟，成为她的马仔。

小怪物问她：马仔是什么？

五岁的猫冥思苦想，想不出来。

小猫生气：马仔就是马仔，问那么多做什么。

小怪物想了想，答应了，因为他太久没有和人说话了，其他人都当他不存在，而且他不讨厌小猫的气味，还有点喜欢她的体温。

不过，小怪物问她：马呢？

要他当马仔，她要先给他一匹马。

猫说：先欠着，等到她八岁成为世界首富后，就给他十匹马。

03.

在达成了那个“君子一言，十匹马难追”的约定后，小怪物不再从头到尾都是自己一个人了。因为时不时会有一只猫，从角落里飞出来，大喊着“祝延祝延”，喊他跟她一起去抢饭。他就会很乖地跟在她的后面。

小怪物在孤儿院的角落里看书的时候，书上经常会突然冒出一只猫猫头；他睡午觉的时候，小猫也会抱着被子“吭哧吭哧”拖着小床出现在他的旁边，要和他挨着睡。

她喜欢大喊着“祝延祝延”，然后从滑滑梯上飞下来，要求小怪物坐在一边“护驾”。她撒娇得到的小零食，也会揣着来到角落里，偷偷和小怪物分享。

小怪物其实已经有点清楚，自己和人类不太一样了。人类并不是他的族群，而且他开始有点讨厌人类了。但是他不讨厌小猫，还有点喜欢她。

只是，好景不长，很快，小猫也被孤立了。

小猫和小怪物一起玩之后，其他的孩子都不和小猫玩了。小猫从呼风唤雨的孤儿院老大，变成了一个光杆司令，手底下只剩下小怪物一个兵。小怪物当然知道为什么，于是他很诚实地告诉她：如果她和他玩的话，其他人都不会理她了。

猫却不以为意，她说他长得很高，看上去很威武，带着他出去，比带着一帮小豆丁还要威风！等到她八岁的时候，给他配上十匹马，那就更加威武了！

小怪物歪了歪头。其实，小怪物觉得小猫傻乎乎的，还有点笨。因为他认为小猫的战斗力很弱，她应该像海里的小鱼一样，成群结队地团聚在自己的族群身边，那样才是最安全的。而不是跟在一个被族群排挤的怪物身边。

不过小怪物一直沉默地跟在她的背后。这是寂寞的小怪物的第一个朋友。虽然有点小只，还有点叽叽喳喳，但是小怪物很喜欢她。

有一天，小怪物坐在角落里，绝佳的听力，让他听见了隔壁教室里几个小孩子的对话声。有小孩子让小猫快跑，他们都说：小怪物不是人，他是个会吃人的怪物，会在半夜把人拖进水里。

小怪物在墙角听得一清二楚。小怪物冷冷地想，扭断这些幼崽的脖子，哪里还需要拖进海里呢？

的确，小怪物走到哪里，哪里就会出现诡异的水滴痕迹，像是从海里出来的怪物；他的眼神也让人瘆得慌，就算是孤儿院的阿姨，都会觉得脊背发凉。

他以为猫听到这些话，一定会被吓跑。于是他抿紧了苍白的唇，撇开了头。

小怪物心中有点漠然地想：跑了就跑了吧。

反正他下个月就要回海里去了，他也不是很喜欢那只猫。

小猫玩堆积木，听到别人的谗言，只当作耳旁风。

小猫觉得小怪物太笨了，他既不会收拢人心和别人搞好关系，也不会讨好孤儿院的姨姨婶婶，明明撒撒娇就可以得到很多好吃的，但是他只会站在角落里一声不吭。小猫心想：还得靠自己啊！

她决定要好好罩着自己的傻瓜小弟。

出去春游的时候，是个下雨天，阿姨给所有的小孩都发了雨伞，只有小怪物没有。雨水顺着兜帽缓缓地往下流，小怪物的脸苍白至极，蓝色的眼睛却是一片冷漠。他不远不近地跟在队伍的尾巴上，像是一个黑色的随时会消失的影子。

撑着小红伞站在第一排的猫猫却把手举得老高：“老师老师！祝延还没有伞呢！”

她兴冲冲地举着小蓝伞回来了，踮脚在小怪物的头顶撑开了伞。虽然因为胳膊短，所有的雨水都往小怪物的头顶浇了下去。

猫说，不用谢，她是老大，她会罩着他的！

小怪物看着往他脑门上滴水的伞，心想：她太矮了，罩不住自己。

小怪物接过雨伞，一把给自己打，一把给小矮子打。小怪物说：“嗯。”

小怪物决定晚一点回大海里，也许拖到明年涨潮的时候吧。

04.

小怪物经常会控制不住冒出耳后的鱼鳍，而且会在夏天的时候，因为缺水不受控制地变出鱼尾来。第一个看见这一幕的是孤儿院的一个阿姨，她发出一声尖叫后，立马收拾包袱像是见鬼一样地逃离了这里。

从此以后，再也没有任何一个工作人员对小怪物表示过关心了。他们害怕又忌惮，只能当他不存在。

小怪物不知道，猫会不会和他们一样被吓跑，所以他一直小心翼翼地把这些奇怪的特征藏得严严实实。

但是在某个夜晚，小怪物在浴室里面无表情地洗自己明天要穿的衣服时，猫叫着“祝延祝延”，也抱着衣服跑了进来。

她看见了他冒出来的耳鳍。小怪物呆住了，有点僵硬地看着她，不知所措地站在原地。他想要解释，但也许是因为没有来得及给自己浇水，小猫很快就看见了他的鱼尾。

小怪物想要告诉她，自己不会伤害她。

猫呆滞了一会儿，才凑过去，捏了捏他的耳朵，发现是真的；又捏了捏他的鱼尾，发现也是真的。猫应该觉得害怕的，但是她很快就想到了，小怪物是她的马仔。

小猫海豹式地鼓掌，她觉得他这样更威风了。拥有这样一个马仔，猫觉得自己很厉害。

小怪物歪了歪头，有点不可置信，因为她是第一个见到他这副样子，还不觉得害怕的人。

不过，小怪物仍然有点疑虑，他审视着小猫，认为她胆子那么小，可能是在他面前假装不害怕。于是，小怪物开始频繁地在她面前，露出耳鳍和鱼尾，然后若有似无地观察小猫的反应。甚至，偶尔还会在夜里变出鱼尾吓唬小猫。

小怪物发现小猫看他鱼尾的眼神有点不太对劲。

直到某一天，他听到小猫在梦里流口水："糖醋鱼、红烧鱼……"

小怪物的鱼尾"嗖"地收了回去。小怪物再也没有在夜里变出鱼尾了，因为他很担心猫会在半夜的时候抱住啃一口。

这一年，孤儿院收到的捐助很少，据说是因为经济不太景气。所有小孩子的食物都大打折扣，经常要隔一段时间才能吃到肉。

小猫瘦了一点点，经常和小怪物说饿。于是小怪物投桃报李，他会经常出去，给她带回一条新鲜的鱼，他们会在夜深人静的时候一起窝在角落里。

小猫很感动，她说她要和他做一辈子的好朋友。

小怪物心想：她吃饱了鱼，大概就不会半夜三更盯着我的鱼尾流口水了。

05.

这一年的冬天很快就到来了，猫猫开始隔三岔五就凑到孤儿院的姨姨面前。她朝着姨姨撒娇的时候，小怪物冷冷地看着那个阿姨。小怪物不想要猫猫去讨好别人，但是这种小别扭只能藏在心底。

他转头就去给小猫抓了两条鱼，希望小猫有了好吃的就不要去讨好阿姨了。他也可以让她吃饱的。

但是小猫并不是因为嘴馋才对着阿姨说甜言蜜语的。

很快，小怪物就收到了猫的新年礼物，一顶圣诞鹿角毛线帽子，突出来长长的毛线鹿角，刚刚好可以套住他耳朵后面的那对鳍。

小怪物很喜欢这个新年礼物。他的衣服很少，更加没有过毛线帽。但是为了不让帽子被划破，他小心翼翼地收起了毛线帽，从来不戴，就是经常拿出来看一看。

猫说他很笨，礼物不戴会冻伤耳朵的，但是小怪物歪了歪头，没有搭话。

整个冬天，猫猫一直在碎碎念，她说她好羡慕电视里会下雪的地方，雪长得就像棉花糖，她都六岁了，还没有见过雪呢。小怪物想：真笨，要是真下雪，这么冷的情况下，条件如此差的孤儿院，她这样的小孩子会被冻死的。

但是圣诞节的这天晚上，小怪物还是给小猫下了一场雪，不过只有两个小时。

小猫玩疯了，拉着小怪物打雪仗、堆雪人。她鼻子冻得红红的，跑过来说："祝延祝延，下雪好好玩哦！"

猫猫不知道那是小怪物的新年礼物。她说，是好心的圣诞老人听见了她的许愿！

小怪物看着外面的雪，心想：笨蛋。

夜里，猫在圣诞树下面许愿，自己的圣诞袜子里面出现一条很大的鱼，她期待着圣诞老爷爷扛着鱼回来。

世界上当然没有那种有求必应的圣诞老人了，但是有一只有求必应的圣诞小怪物。

06.

孤儿院里，时不时会有好心人前来领养这些可怜的孩子。但是这些好心人往往也很现实，他们喜欢乖巧、可爱，长得像是天使一样的小孩子；如果是脏兮兮，或者看上去不够可爱的小孩子，就会直到长大都不会被领养走。

猫就是那种长得像是天使一样的小孩子。她有可爱的婴儿肥、圆溜溜的大眼睛，嘴巴很甜，还很干净，所以很多人都想要领养她。祝延却是被剩下来的那一批。小怪物虽然长得很好看，但是气质十分阴冷，仅仅是站在角落里，就像是一片黑色的阴云。

所有人看见他都会匆匆地移开视线，更不要说善心大发地领养他了。人们会联想起一些狼崽子，会感觉到危险，下意识地回避。

好几次都有很富裕的人家想要领养小舒棠。但是每一次，她都会问他们：我有一个很好很好的朋友，可不可以把我的好朋友也领养走？

结果往往是不如人意的，人们一看见小怪物就会匆匆离去。猫就这样和那批未被领养的孩子一起被剩下来了。

小怪物其实有点感动，但是他不太分得清这种感情是什么。

有时候看着她欲言又止。小怪物知道，孤儿院的小孩子要是去有钱人的家里，就可以吃很多好吃的，穿很多漂亮的衣服。她还可以去很好的学校读书，过上电视机里的幸福生活。

小怪物想，他可以在下一次涨潮的时候回大海里去。

他已经猜到自己不是人了。他在大海里可以抓到很多的鱼吃，也可以过得很好。但是小怪物不知道要怎么说服小猫。

有一天，小怪物听说，孤儿院即将来一个很有钱的富豪，有钱的程度可以买下一百个这样的孤儿院。

孤儿院的阿姨把猫叫出去，告诉她一定要抓住这个机会。

小怪物躲在角落里听着，他确定了那户人家真的是户有钱的好人家后，决定主动离开。于是，小怪物在富豪来的时候，失踪了。

小猫果然又被看中了。但是当她带着富豪去看小怪物的时候，发现他不见了。

小怪物躲在了阁楼里，他决定等到天黑后，就离开这里，回到大海里去。

如果发现他失踪了，再也找不到了，小猫总会愿意跟着别人走的。

他看见那辆很豪华的车离开了孤儿院。小怪物看了很久，心想，她会去什么地方呢？那里离大海远不远？如果不远的话，也许他可以在退潮的时候去看她。但是如果她去的地方没有大海呢？

他并没有想象中那么平静，低落情绪像是潮水一样淹没了小怪物。小怪物有点焦躁地发现，自己有点不想要猫离开了。小怪物幽蓝色有点瘆人的眼睛死死地盯着车尾气，突然间有了一种强烈的、将那辆车留下来的想法。

他竖起了耳后的鳍。但是下一秒，阁楼的门被敲响了。小猫钻了进来，小怪物愣愣地看着她。猫坐在了他的旁边，告诉他：她是他的老大，她要讲义气。

所以她是永远不会丢下他的。

小怪物尖锐的鳍慢慢地放松了下来，他轻轻地朝着小猫“嘶”了一声。

他们坐在阁楼里一起吃猫从有钱人那里卖萌换来的巧克力。

小怪物：苦的，难吃。

猫：有钱人为什么也要吃苦？

猫惆怅地说：哪有老大去过好日子，让马仔一个人留下来的呢？她让他放心，她是个很靠谱的老大，一定会带他一起享福的。

猫说：狗狗贵，勿相忘！

小怪物有些无语。

虽然才踏入人类社会第二年，但是小怪物的知识储备显然比猫多一点。

小怪物纠正：苟富贵。

猫挠头：狗富贵？难道猫就不能富贵了吗？

小猫不肯跟着有钱人去过好日子，小猫就喜欢和小怪物窝在一起，她觉得有鱼吃、有好朋友，就已经足够满足了。

小怪物听到小猫的说法后，决定暂时不回大海里去了。

小怪物告诉猫：他以后会给她买很多的衣服，还有很多的吃的，会把她养得很好。

小猫说：她以后一定会猫富贵的！她会带着他一起狗富贵，不需要他养。

但是猫幻想了一下以后猫富贵的生活，发现她的完美人生还缺了点什么。

孤儿院的屋顶漏风，冬天很冷，细雨拍在窗户上，映出了两个小小的身影，他们渐渐地靠在了一起。

猫问小怪物，长大后能不能给她当老婆。

小怪物想了一下，歪了歪头，同意了。

07.

孤儿院的每一个冬天，小怪物都会为小猫下一场雪。

舒棠不再像小时候那样笨了，她知道了圣诞老人不存在。

因为偶然一次，小猫半夜偷偷睁眼。她看见圣诞老人没有长胡子、大胖肚子，而是长了一副小怪物的样子。小怪物认认真真地往她的袜子里面塞她想要的闹钟，板着还有点婴儿肥的面颊，明明有点凶的样子，但是在灯光下看上去很温柔。

小猫缩回了被子里，她觉得小怪物真好。等到小怪物穿着睡衣蹑手蹑脚地爬上床睡在她的身边后，小猫滚进了小怪物的怀里。小怪物很奇怪她冬天为什么要抱着他睡，但还是低下头蹭了蹭小猫。小猫想，新年真好，小怪物也真好！孤儿院里度过的童年应该是很凄苦的，但是小猫有一个可以许愿的小怪物，饿肚子的时候可以和小怪物一起去抓鱼吃，孤单的时候也可以靠在一起说心事。她没有亲人，小怪物也没有，于是他们就成为了最亲的人。

他们一起读了小学、初中。

在小怪物的逼迫下，小猫放弃了最喜欢看的电视剧，花了一个学期的时间埋头苦学，终于和小怪物考进了同一所高中。

时间一天天过去，他们也慢慢地长大。

初三的那一年暑假，小怪物的个子已经接近门框那么高，小猫还是个矮个子。

小怪物看她总是要低头，因为她腿不够长，他总是认为她走得太慢，于是就很喜欢拎着猫走。她小小一只，携带很方便，就像是一个刚刚好的温水壶。

小怪物想要走到哪里，就把小猫揣到哪里。

08.

只不过，随着他们渐渐长大，也有了一些小小的烦恼。他们两个的小房间挨在一起，从十岁有了自己的房间开始，他们就没法一起睡了。但是小猫会趁着阿姨不注意，隔三岔五就从窗户翻进来，钻进小怪物的被窝，和他说悄悄话。

一直到整个初中，他们俩还是同床共枕的。但是初三这一年的夏天，小猫仿佛终于意识到他们之间这样下去不合适了。小猫振振有词，她说自己长大了，和他不是一个性别的，以后不能睡在一起了。她把自己的枕头和被子都抱走了，再也没有翻墙来睡过。

小怪物有些不高兴。从前夏天孤儿院的风扇不管用，她热得难受，爬窗户过来抱着他睡，把他当冰块降温。

现在不需要了，就开始男女有别了。小怪物在心里冷哼了一声。

但是小怪物只能下雨下雪，不能让太阳更大一点，让隔壁的猫热得受不了回来找他睡觉。于是他只能接受这件事，一整个夏天都一个人睡。

她还开始躲着小怪物鬼鬼祟祟地去商店买东西，因为孤儿院的阿姨告诉她，她现在要穿内衣了。

小怪物因为某种原因，一整个夏天都很生气，一直都面无表情。虽然发现了她偷偷摸摸的行为，却也没有主动去问她。只是在某一天小猫起身去够东西的时候，小怪物一转眼，就看见了她衣服下面透出来的青涩弧度。

少年愣了一下，立马移开视线。小怪物的耳鳍开始有点发红。但是在她发现之前，小怪物谨慎地把耳朵"嗖"地收了起来。

小怪物大概知道了为什么。他开始蹙眉，时不时把她的衣服整理好，或者在她伸懒腰的时候，遮住别人的视线；他还开始叮嘱猫不让她在生理期吃太多的冰激凌，还会在孤儿院的厨房煮红糖水。他也在这个时候意识到了，她不仅是他唯一的朋友、亲人，还是个女孩子，充满活力的、生机勃勃的女孩子。

知了叫个不停，夏季变得有点焦躁，但是隔壁的小猫还在哼着不着调的歌曲。

青春开始的夏天，豆蔻年华倏忽而过。

09.

进入了高中之后，学校要求所有人都住校。他们不得不分开，这件事让小怪物的心情更加差了。在外人面前面无表情的小怪物，在帮她把书包和被褥搬到宿舍后，话多了起来，叮嘱了她很多。

别人问舒棠：那是不是你的哥哥呀？

小猫说是。但是小怪物不知道为何有点不开心。莫名地，他好像有点不太喜欢哥哥这个词语。不过少年也只是沉默地盯着小猫看了一会儿，并没有说什么。因为好像除了兄妹，他们的关系暂时没有别的词可以形容。

随着住校和融入新的集体，他们的关系并不如小时候那样亲密了。

长大了的小怪物，学会了隐藏自己的异常，他不再像小时候那样被人排挤，像个透明人一样被边缘化了。他长得很好看，第一次考试的时候就拿到了年级第一。在操场开大会代表高一年级讲话的时候，少年俊秀冷漠的眉眼，像是一把尚且青涩的剑，锐气逼人。

小猫时常从别人嘴里听见他们议论祝延的声音，如果不是因为小怪物的气质非常冷漠，一定有很多人围绕在他的身边。

小猫走到哪里都能听到祝延的名字，偶尔她也会觉得有点失落，因为小怪物看上去不像小时候那样需要她了。而且再也不会一直跟在她的身后，像是小时候那样形影不离了。她以前觉得长大很好，上高中也超级棒，但是现在好像，有点美中不足了。

小怪物也有这种感觉。

他们分别住在两栋宿舍楼里，只有在周末的时候，会一起回孤儿院，或者去做兼职，其他的时间里，他们在同一个教室，但是隔得很远。他明显感觉到小猫不再热衷于待在他的身边了，尤其是和从前的亲密无间比起来，小怪物能够明显感觉到那种生疏。

他无数次想要问小猫，但是每次小猫都会找借口跑开。

于是，在某一天放学的时候，少年抓住了小猫的书包，单手就把她给拽了回来。

小猫不明所以，但是少年已经逼近了她。

他问："你是不是讨厌我了？"

那是她第一次发现，原来长大后的小怪物，长得这么好看。

少年凑过来的脸蛋漂亮至极，蓝色的眼睛盯着她，蹙眉的样子有点严肃，身上还有干净好闻的气味。

她如此熟悉眼前的这个人，但是不知道为什么在他靠近之后，变得这么别扭。她愣住了，感觉到心跳在加速。她抱怨着他靠得太近了，抓过书包就跑，但是心跳快得要命。

10.

高一的第一次期中考试后，小猫的书包里，掉出了一封情书，刚刚好被小怪物捡到了。

小怪物冷冷地看着那些示爱的词语。表白的人是传说中的校霸，据说打架特别厉害的一个小混混。他想要在巷子口堵住小猫对她表白，但是谁知道，最后见到的人，是黑暗角落里的小怪物。

善于伪装的小怪物是所有人心中的标准优等生，完美的"别人家的孩子"。他的校服和不良少年不一样，永远是干干净净、一尘不染。在其他人的心中，这样冷漠孤高的优等生是肯定打不过不良少年的。

但是，可能没有人猜到：小怪物不是人。

伴随着一声尖叫，小混混连滚带爬地爬了出来。优等生面无表情地扫过一眼，有点厌恶他弄脏了小猫的书包。

尽管解决得很顺利，但是小怪物心情特别差。整整一个月，外面都是雨，大雨、小雨。

在小猫和人说说笑笑的时候，大雨转成了暴雨；在舒棠问别人题目的时候，暴雨带上了闪电和狂风。

小怪物跟在小猫背后，默默地保护着她。但是少年也会冷冷地想：小骗子，小时候的诺言，只有我一个人记得了。

和从前一样，小猫是非常受欢迎的。她性格很好，成绩也不错，最重要的是笑起来非常可爱。

很快，又有一个打篮球特别厉害的男生，开始偷偷地看舒棠。男生三番五次在小猫面前炫耀自己的球技。

小怪物冷笑：开屏的孔雀。

男生邀请小猫去看他打篮球，她本来想要拒绝，结果这场球赛是班级赛，全班都要去，她也就一起去了。小怪物看着这一幕，突然觉得今天晴空万里，实在是个坏天气。

小怪物破天荒地出现在了篮球场上。于是昏昏欲睡的小猫，眼睛亮了起来。她觉得奇怪：他到底是什么时候学会的打篮球呢？

不过，在小猫的眼里，自己的小怪物是无所不能的，小时候就可以给她抓鱼吃，她许的每个愿望都可以帮她实现，学会打篮球当然也很简单了！

小猫亮晶晶的眼睛一直追着他，像是有整个夏天的星星碎在里面。

小怪物的嘴角上扬，回头又抿紧了，想要表现得矜持一点，但还是忍不住嘴角弯起。

这场篮球赛后，她兴高采烈地凑过去。他们说说笑笑地往教室走，是许久没有的亲密。小怪物低头凑过去，要她喂他吃雪糕。这是他们小时候经常玩的小把戏。

小猫只有一根雪糕，着急追着咬。于是，他们同时咬住雪糕的时候，视线就撞在了一起。少年运动后的呼吸声沉重而稍显急促，但是眼睛很清澈。香草冰激凌在他们的唇齿间融化。她的心跳也开始加速。

少年专注地看着小猫濡湿的发丝还有圆溜溜的眼睛。他垂下眸子，咬掉了一截雪糕。他说：“很好吃。”

就这样，受欢迎的小猫，身边所有的早恋萌芽都被掐死了，一切桃花都被小怪物无情摧残。

青涩的青梅酒，加入一点点的糖，就可以缓慢地发酵。他们两个之间的气氛再也不像从前那样自在了，各自都有了一些小心思和小秘密。就连一起补习的时候，偶尔他蹙眉像小时候那样敲她的脑袋，两人都会愣住，然后莫名其妙地对视。偶尔肩并肩走在一起，他下意识地伸出手搂住她，避免别人撞到她的时候，他们都会因为这样的接触而不太自在。那些从前习以为常的亲昵，好像再也没有办法以平常心对待。

小猫理所当然地把责任全都推到小怪物的身上。她抱怨他："哎呀，你最近总是奇奇怪怪的！"但是她说得越大声，就越证明她自己也很心虚。

时间就这样慢慢地滑走，一直到这一学期考完试，搞大扫除的时候，舒棠摔伤了膝盖。

长大了一点的小怪物就像是一座孤高而沉默的雪山，蓝色的眼睛给人一种拒人于千里之外的冷漠感。他沉默地看着小猫，发出了一声冷哼，然后把她背起来，带去了医务室。

少年把她放在了椅子上，拿来了碘伏和棉签。虽然一个字都没有说，但是浑身上下都在说她笨。

她抱怨着他笨手笨脚，缩回腿不肯让他涂碘伏。少年蹙眉，修长好看的手抓住她的腿，轻松就让她动不了了。他低声让她乖乖把腿放在他的膝盖上，不要乱动。

小猫发现，长大后的小怪物，五官精致得不可思议，身上还有干净好闻的气味。他穿着蓝色的校服，喉结已经渐渐突起，身高也开始拔高，有种介于青年和少年之间的气息。小猫立马把视线从他的喉结上移开，莫名其妙有点不好意思。

她感觉到他的视线停留在她的身上，眼神专注得像是在解一道难题，她嘴上抱怨着，其实不太敢看他。因为阳光下的少年，介于成熟和青涩之间的眉眼，格外专注沉稳。

11.

小猫的反应很慢，他们一直这样别别扭扭地持续了很久。终于在高二的时候，她后知后觉地发现自己可能有点喜欢自己的小怪物了。

但是对于这件事，小猫百思不得其解，她觉得很奇怪，因为他们两个太熟悉了。

直到前年的暑假，他们俩还经常在一个被窝里睡觉呢；她换的牙，还是小怪物亲自丢到大海里的呢。

她小时候经常觉得小怪物是她的另外半边身子，小怪物的鱼尾就是她的鱼尾。她喜欢小怪物这件事，就像是左手爱上右手一样奇怪。彼此熟悉到一定程度的人，还会产生爱情吗？

小猫在补课的间隙，突发奇想，问小怪物：牙刷要是爱上了牙杯怎么办？

少年回过头来。今年他又长高了一点，看上去更加冷峻了。

少年认为她在胡说八道，目的是逃避写试卷。他让她乖一点，写完这一张，就带她去海边抓鱼吃。

不知道从什么时候起，跟在小猫身后的小马仔，因为身高、智商、体力等方面的优势，在长大一些后，成为他们中间更加成熟、扮演着“哥哥”角色的那一个人。他总是想得更多、照顾得更多一点。

她看了他一眼，嘀嘀咕咕起来，嘴里说着什么六岁那年，什么答应她了之类的。

小怪物蹙眉：是答应给她当马仔那件事，还是十四马，还是每周一条鱼？

六岁那年，他答应她的事情实在是太多了，一时半会儿也想不到究竟是哪一件。

小猫却嘀咕了一声，没有继续说下去了。她想，六岁那年答应给她当老婆的承诺，他一定是忘记了。

学业繁重，他们大部分时间里都要不停地刷题目、写试卷，高中的生活平凡而乏味，就像是这座城市的阴天和雨季。但是偶尔，小猫也会在休息的间隙，盯着少年的侧脸发呆。

有一天，小猫在他的旁边，若无其事地问：她要是喜欢一个人，想给他写情书表白怎么办？

这是一个小心翼翼的试探。

小怪物的手一顿。他想：喜欢谁？

小怪物捏紧了手心，强行控制着自己的情绪，少年苍白的唇紧抿，但是表面上看不出任何异常。他只是装作若无其事，和从前一样告诉她——不要想这些乱七八糟的，早恋影响学习。

小猫悄悄打量少年的表情，发现他看上去云淡风轻，长大后的小怪物很难被猜出心思了。

猫看着外面的瓢泼大雨、狂风大作，有点垂头丧气。

这一周都是很坏的天气。等到周末回家的时候，小猫站在宿舍门口，才发现自己的雨伞被偷了。

她原本着急去找祝延，因为他们约好了在十分钟后会合。她着急的样子，落在了小怪物的眼中。

小怪物远远地看着她，没有走上去。她喜欢谁呢？他为她留在了陆地上，他们一起度过了十几年生命的大部分时间，为什么又要丢掉他呢？他想：坏猫。

但是在小猫准备冒雨跑出去的时候，小怪物还是出现了。他撑着那把蓝色的雨伞，沉默地让她拿着伞，背着她步入了大雨中。

就算她说她有了喜欢的人，小怪物也无法不管她。

少年闷闷的，一声不吭，在风雨中往前走。

小时候，他们都希望长大，因为可以变得很厉害，保护他或者她。可是等到长大了一点点，他们又想回到小时候，一起窝在孤儿院的小床上，靠着彼此一起看雪花落下。

她趴在高大的小怪物的肩膀上，撑着雨伞。她恍惚间觉得这一幕很熟悉，好像从六七岁那年的绵绵细雨，倏忽就走到了十六七岁。

她趴在他的肩膀上，感受着小怪物熟悉的、极低的体温，就像是回到了小时候那样安心。

她看着他紧绷的侧脸，发现自己就像是左手喜欢右手那样地喜欢他。于是，她小声地悄悄问他：“祝延祝延，你说不可以和别人早恋。

“那和你可以吗？”

12.

小猫等了一会儿，突然发现雨停了。她“咦”了一声。

小怪物的鱼鳍都要冒出来了，他嘴角上扬，努力了好久才恢复了平静，让天边重新下起了纷纷的小雨。

小猫趴在他的肩膀上，看不见他的表情。于是，他很严肃地说：“不可以，不能早恋。”趴在他肩膀上的她失落地叹气。

好一会儿后，他听见猫开始抱怨：“六岁答应的事你怎么一点都不记得了，记性真差！”

她嘀嘀咕咕，但是被抱怨的小怪物嘴角越扬越高。

过了好一会儿，他突然说：“不可以早恋。

“但是，可以等一等。”

童言无忌时的诺言还作数吗？

当然啦。早在六岁的时候，他们就已经手拉手，预定彼此的终生了。小猫是小怪物唯一的亲人、家人，也是小怪物的心上人。

当她说喜欢别人的时候，小怪物的世界刮风下雨；当她说想和他早恋的时候，小怪物的世界晴空万里。

不过，早恋肯定是不能早恋的。小怪物还想和她读同一所大学，在同一座城市工作，就连什么时候结婚都想好了。

十七岁的少年深谋远虑，并且绝对不会破坏这个周密、完美的计划。只不过，他并没有告诉趴在他肩膀上抱怨他变成了个“老古板”的猫。

回到孤儿院后。

时隔两年，小猫再次半夜翻窗，爬到了小怪物的房间里。她说是来写作业的，然后就哼着小曲儿，写一会儿作业，就抬头看他一会儿，笑得眉眼弯弯的。小怪物低声说小猫三心二意、不够专注，其实他的嘴角也开始上扬。

夜里他们盖着两床被子，像是小时候那样靠在了一起。少年的气息就像是夏天的薄荷汽水，刚刚洗过澡的头发还有点潮湿，闭着眼睛听英语听力，侧脸十分好看。

小猫偷偷地凑了过去，越靠越近。但是在即将亲上之前，似乎快要睡着的小怪物突然出声了：“不可以。”小猫愤愤地转过头，背对着他。

少年清润的笑声很好听。他把耳机分给了她一只。

在十七岁的夏天，风扇“吱呀吱呀”的转动声中，他们一起听着有点枯燥的听力题，渐渐地脑袋靠在一起睡着了。

这次“失败”的表白过后，他们又再次像是小时候那样重新亲密了起来，也许是双方表明了自己的心意，知道了彼此的在意，就开始控制不住地想要靠近彼此。

他们会一起吃饭、一起去教室。因为又一次考试进步，他们调换了位置，成为同桌，从此形影不离，一转头就可以看见彼此的侧脸，胳膊肘之间的距离只有两厘米。

很快，说两人在早恋的风言风语传了出去，甚至还被举报到了班主任那里。小猫承认了，于是就被叫出去罚站了。她以为祝延也会被罚站，等着看他的笑话。

优等生小怪物进去了五分钟，就解决了这个问题，还把罚站的猫给领走了。

小猫很好奇，问他是怎么做到的。少年凉凉地说，他告诉班主任，他有坚定的意志，说不早恋就绝对不会提前一天，否则天打雷劈，不得好死。

想着要早恋的猫，蠢蠢欲动的心思被掐灭。

而且因为小怪物天天给她发试卷，写了一张又一张，以至于她看见小怪物的脸，就条件反射地开始头疼。久而久之，她就没有那种世俗的欲望了。

只不过，她仍然认为，他是她谈恋爱的最佳选择，因为世界上再也没有人像小怪物那样对她好了。她偶尔也会想，他们以后谈恋爱是什么样子的呢?

她在繁重的学业中也会畅想未来。小猫说，以后谈恋爱了，他们两个要像电视里一样接吻、睡觉，还要牵手，一起去看电影。

她在纸上乱涂乱画，写以后想和他做的一百件事。他不回答她，但是嘴角开始上扬。

突然，小猫小声问："那以后谈恋爱的话，现在可以先试用一下牵手吗？"

变得高冷的小怪物安静了一会儿，他哼了一声说："不可以。"

但是好一会儿后，课桌底下，两只手悄悄地靠近，十指相扣。

她挠了挠他的掌心，被他反手握住，谁也没有主动松开。

放学回宿舍的路上，他们一前一后地走着。

小猫说："现在网购流行先用后付。"

小怪物："嗯。"

她建议他们两个先预支一下明年毕业后的接吻份额。

小怪物很无情地拒绝了小猫的建议。

小猫又说："那有没有小份额的试用装？"

少年转头看了她一眼，拒绝："没有。"

钻空子未果，小猫叹着气揣着手手朝宿舍楼走去。这时候，少年一伸手，抓住了她的书包，把猫给提溜了过来。

她仰头看少年分明的睫毛阴影，有点迷茫。一个有点凉凉的、带着少年清冽气息的吻，就落在了她的额头上。他说：“试用装。”

一直到少年走出去了老远，她才回过神来，捂住了额头。她哼着“甜蜜蜜”回到了宿舍，这天夜里做了一个美梦。

13.

高三的学习压力很大，尤其是他们想要考上同一所学校的话，需要付出的努力就不言而喻了。

月考结束后，小猫开始在宿舍里熬夜，经常写试卷写到凌晨两点。小猫的室友们偶尔会很奇怪，因为她的成绩已经可以上一个很好的大学了，没有必要这么努力。

但是小猫想，她还有一个试用装没拆呢。

她很努力地写试卷、刷题。然而又一次月考结束后，她看着成绩，跑去绿化带的角落里哭了一场。她觉得自己好像真的没有那么聪明，总是要差一点。

当她抬头的时候，就看见了少年站在她的面前。小怪物很认真地对她说：“你考去哪里，我就去哪里。”她说：“你傻不傻，那会浪费很多分的。”

可是少年却很平静地告诉她：如果她不让他跟着，他就会在涨潮的时候回到大海里。

这句话，他从六岁说到了十六岁。

每一次他们吵架、闹别扭，小怪物都说他要回大海里去，但是说了好多年，他仍然在她的身边。

可是这一次，小怪物是认真的。他所有关于未来的设想都是围绕着小猫的，如果没有她，他不知道要怎么在陆地上生活下去。

可是她说：“我不想变成一个秤砣，把你给拽下来。”

少年沉默了一会儿，转头看着她的侧脸：“不是秤砣。”

怎么会是秤砣呢？

她是他整个世界的地基。

从六岁起，小怪物的爱好就是小猫的爱好，小怪物喜欢的东西，全都是小猫喜欢的。他并不是没有自我，而是早在朝夕相处中，和她渐渐地分不清你我了。

小怪物没有继续说什么，也不再和她讨论这个问题，只是把小猫牵回了宿舍。

从那之后，小怪物默默地把她的笔记本写满了重点，把每一个知识点都拆分得一清二楚。他挑灯夜读的时候，大家都觉得不可思议，毕竟他的分数已经足够去排名第一的学校了，何必再那么努力呢？

他们两个都很在乎彼此，一个人愿意停下来，一个人愿意努力往前跑。

每天夜里，看见小怪物力透纸背的漂亮字体，小猫也不觉得熬夜很辛苦了。她偶尔会对小怪物说，他的脑瓜子那么好使，能不能分她一点。

这个时候小怪物就会给她一个“试用装”，表示把自己的智商分给她一半了。她经常捂着额头笑，眼睛里面闪闪发光。

她喜欢抱怨着“祝延祝延，让人发愁”，就像是在念一个可以让人觉得力量无穷的咒语。

少男少女都有关于彼此未来的期许和幻想。

十七岁的冬天悄悄降临的时候，她终于考进了年级前五。她努力地往前跑，于是真的和他只有一点点的距离了。

她在圣诞节的时候许愿：想要小怪物偷亲我。

她把这个叫作“新品试用装”。

夜里少年起来，翻她的许愿小字条的时候，看见了这句话。

装睡的她屏住了呼吸。但是等了半天，小怪物没有亲她。

她掀开被子坐起来。小怪物在看书，翻过一页，告诉她：“试用装”明年才能发货。

舒棠抱怨了一整夜，小怪物都装作没有听见。

然后等到她彻底呼吸平稳了、真的睡着了，少年才低下头，看着她眼睛下面的黑眼圈，心脏的一角在坍塌。在无人看见的深夜，少年在她的睫毛上落下了一个吻。

她的每一个新年愿望，他都会满足。

14.

就这样，时间过得飞快。

小猫的成绩进步得很快，但是她最近越来越憔悴，两个大大的黑眼圈，看上去从猫进化到了熊猫。偶尔，小怪物会看着她的黑眼圈蹙眉，他时常会盯着选学校的册子发呆。

小猫知道他想要说些什么，但是她告诉小怪物：如果他想要改志愿的话，她就再也不会理他了——因为小怪物拿了竞赛一等奖，不久后就要和班主任谈保送的时间了。

小怪物那天没有吭声，但是在谈话的时候，他破天荒地问了一所top3的大学。

小猫知道了。他们就这样僵持了好几天。她不和他说话，小怪物也不肯低头。

但是过了几天后，小猫还是决定和他谈一谈。她觉得自己还是有很大概率能考上的，只需要努力坚持到最后。

少年沉默了一会儿，看了她一眼：可是他不想她这么辛苦。

他的侧脸隐没在了黑暗里，一声不吭。

小猫说：“祝延，这一次，你要听话好不好？”她才发现，小怪物的眼睛里面全是血丝，他低声告诉她，他不想要和她去两所学校。

她说：“我又不是不要你了。

“我们可以异地恋的。”

她说，只需要分开几年，而且还有寒暑假呢！

少年想：小猫的试用装即将到手了。

于是准备分期付款了。

不是每个人都是智商绝佳，努力没有结果的事情也时常发生，还有更多的倒霉蛋，因为运气不佳考试失利。

小怪物虽然不想和她分开，但是更加不希望小猫有心理压力。于是，在几天后，小怪物突然若无其事地告诉她：他已经看开了，只要她一周给他打二十八个电话、发一百条短信，他也不是不可以接受异地恋。

舒棠有些头疼。

但是幸运的是，努力和坚持，在学习上还是很奏效的。

在高考的时候，她念着“祝延祝延，让人发愁”的咒语，竟然真的发挥得很不错。

她冲出考场后，远远地就看见了一个挺拔的少年。她直接冲过去从背后抱住了他。

两个人都放松了下来，因为知道未来仍然可以并肩而行。

她兴奋地说着未来一起上大学的事，手拉手和他一起回家。

等到了巷子口，小怪物却突然问她："想要正式装吗？"

她迷惑了一瞬。少年却停下了脚步。他低下头，俯下身，于是少年好闻的气息就扑面而来。他的薄唇轮廓漂亮，有点微微凉，咬住了她的唇。

少年的气息青涩，但是侵略性已经初现端倪。她在他的怀抱和亲吻中沉沦，于是渐渐地抬头迎合他。好一会儿，少年才气息有点不稳地松开了她。

他们两个互相对视着。阳光就在他们洁白的校服上，成了跳跃的蝴蝶。

小猫得到了"正式装"，小怪物也不用被"分期付款"了。

她笑着说："再亲一次，好不好？"

15.

就这样，他们上了同一所大学，在同一座城市工作，住进了同一间房子里。

这一辈子太长，他们生命的大部分时间都被彼此占据，就像是共享了对方的生命。

其实也不是没有分离的时候，比方说小猫在读大三时，拿到了半年交换生的资格。

交换生的生活一切都很好，同学都很友善，教授也很体贴，只是偶尔，她会特别想他。

他们好像从来没有分开过那么长的时间。

小猫半夜的时候会忍不住打电话给小怪物，但是又不想让小怪物担心，于是就只是和他聊聊天气、聊聊食物，多余的话什么都没说。

但是他们仿佛心有灵犀一般地懂得了彼此，对面的小怪物就说："你看窗外。"

于是小猫从床上起来，朝着窗户走去。

在电话里，小怪物告诉了她一个秘密：只要外面下雨了，就是他在想她。

如果是小雨，就是有一点想；如果是大雨，那就是非常想。

于是她打开了窗户，看见窗外暴雨如注。

她就知道了，在另外一座城市，小怪物也非常非常想她。

从那以后，她觉得寂寞孤独的时候，就会打开窗户看雨水一滴滴地落下。

毕业后工作了，他们也会偶尔分开。

小猫阴错阳差当上了电视台的气象播报员，小怪物成了几家跨国航运公司的老板。

据说，只要拜拜小怪物，就能在海上一帆风顺，不会遇见狂风暴雨，而小猫的天气预报绝对是最准的一个。

有时候小怪物要出差，就会三四天见不到小猫。但是只要打开电视机，打开《天气预报》，他就能够看见笑得很可爱的小猫。她穿着职业装，眼睛还是圆溜溜的，声音清脆又温柔。

很多人都觉得，这是小怪物的一个怪癖：怎么会有人看着天气预报说明天下暴雨笑起来呢？

但是他们不知道，对于小怪物而言。

晴天、阴天、下雨天，只要有她在的每一天，都是好天气。

已经长大的小怪物成为一位邪神，他生于大海，却再也没有回过大海，而是作为一个普通人，在陆地上和小猫度过了漫长的一生。

童年的风车、青春的蝉鸣，直到暮夏的黄昏。

从六岁到十六岁、六十六岁，一直到老掉了牙，他们仍然是彼此的唯一。

黄昏日暮时分，她问他：要是她离开了，他要怎么办呢？

听到这个问题，海洋的神明告诉她：等到那一天，她就闭上眼睛睡上一觉。

等大雨落下的时候，再次睁开眼睛，他们会在另一个世界相遇。

3 喵啊喵！兽人篇

01.

舒棠有八个兄弟姐妹，但不是超生游击队，而是一胎八宝。玳瑁、橘白，还有一只纯种橘。他们这一窝猫崽出生在一个春天。

舒棠就是最小的那一只纯种长毛橘，长得像个小号鸡腿，叫声也很微弱。她一出生就比别的猫小一圈，猫妈妈一开始以为这只小橘猫最弱，可能会养不活。谁知道小鸡腿吃饭最积极，一开饭就“噌噌”飞出来，不到两个月就吃胖了很多圈。

舒棠每天的日常如下：和兄弟姐妹们互殴，抓对方的猫毛；大声“喵喵”叫和别的猫对骂；跟在猫妈背后学习捕猎的技巧，并且痛殴玳瑁。剩下的时间，她就天天在石头上晒太阳，把猫毛晒得毛茸茸、暖乎乎，发出呼噜呼噜的声音。

这是一个兽人的世界，所有的毛茸茸都可以变成人，在幼年就可以变成毛茸茸的带耳朵的小孩。但是这一窝里面，出现了舒棠这个异类。

在兄弟姐妹们都陆续变成了光着屁股、围着毛裙长耳朵的小孩子的时候，她还是那副毛茸茸的样子。她每天就在石头上晒太阳呼呼大睡，越吃越胖、越吃越胖，猫脸盘子开始往越发圆润的方向发展，没有丝毫变人的迹象。

全家都很发愁，就连最小的玳瑁都看着她直摇头：喵！喵！（愁啊！愁啊！）

狮子猫一家都认为舒棠那么圆润，吃得还多，以后肯定找不到伴侣，极可能成为狮子猫家族几百年来唯一的光棍——猫族喜欢苗条的猫，舒棠的花色虽然很漂亮，但是她太圆润了，而且还喜欢偷懒摸鱼。

找不到伴侣和新的族群的猫，以后很容易饿死。狮子猫一家经常坐在山洞的下面围成一团叹气，为她的未来发愁，并且思考以后她成年了还变不成人要怎么办。

而岩石上的长毛橘舒棠浑然不觉，努力干饭。

“大鸡腿”：我吃吃吃吃吃吃吃！

02.

温暖的夏天即将过去，狮子猫所在的这片地区即将迎来严寒。虽然长毛并不害怕严寒，但是食物会减少，于是狮子猫家族决定迁徙到南方温暖的地方去。

这一年秋，他们举家迁徙南下，来到了一片温暖的海边。这里气温在冬天仍然有十多度，物产十分丰富。但不幸的是，狮子猫家族到来的时候，赶上了海边的雨季。

他们一家找到了一个山洞后，就开始接二连三地病倒了。先是强壮的猫妈妈，紧接着是小玳瑁，最后一家子的捕猎主力都躺板板了。

眼见着就要一家猫饿死在山洞里，也不知道是因为脂肪比较厚重，还是橘色拥有某种抗体，舒棠成为了狮子猫家族里唯一没有病倒的那一只，一下子就肩负起了全家的捕猎任务。

全家都发出了“喵！喵！”（天哪，完蛋了！）的哀嚎。

大家都以为他们一家要饿死了，只有圆润的“大鸡腿”信誓旦旦地挥爪，表示自己一定可以养活全家。

舒棠自信满满地踏上了第一次独自捕猎的旅途。猫妈说，狗是他们的天敌，鳄鱼也吃猫，还有猴子和一些大型生物都需要小心。

但是舒棠发现自己的捕猎之旅很顺利，她一路上什么都没有遇到，顺利到达了海边。很快，舒棠跳上了一棵树，四处看了看，一眼就看见了海边有一条闪闪发光的鱼尾。那条鱼尾加上下摆飘逸美丽的蓝色纱带似的鱼鳍，看上去非常大一只。

舒棠觉得自己今天运气特别好，随便在海滩上一转，就看见了一条搁浅在海岸上的傻瓜鱼。她觉得这么大一条，足够狮子猫家族半个月的口粮了，于是磨磨爪子，嗖地朝着海滩边的礁石扑去。

她左顾右盼都没有看见其他任何的生物和她抢，于是她匍匐前进，嗖嗖嗖地来到了鱼尾旁边，一口叼住了大鱼，朝着岸边拖。但是显然，她忽略了一件事：为什么这里方圆几百米内，连鸟叫声都没有。

这片海域在兽人界赫赫有名，名叫“死亡海岸”。当然不是因为这片海岸有什么神秘之处，而是因为这片海域里面生存着一条人鱼。鲛人是兽人中极为凶猛的凶兽，而这条人鱼则是鲛人中最强的王。只不过他喜欢独居，最讨厌别人发出声音吵到他，而且非常霸道。鱼尾经常随机扇死一条迷路的鲨鱼。当然了，什么鳄鱼、陆地上的豹子族、虎族，通通扛不住人鱼的一尾巴，他还喜欢把猎物拖进深海里面溺死。于是他所在的这片海域就成为了“死亡海岸”。

他所在的海域方圆百里都没有兽人敢接近。但是狮子猫家族是外地兽，人生地不熟，误入了这片海岸。尤其是那只“大鸡腿”还有眼不识泰山，企图把鲛人之王叼回家去。

人鱼正在岸边晒太阳——这条人鱼的爱好就是晒太阳，一直到把自己的鱼尾晒得闪闪发光了，他才会回到海里，再随机扇死几条鲨鱼。

他第一时间就发现了那只鬼鬼祟祟的猫，但是人鱼没有在意，因为长得太小了，还不够塞牙缝的，于是就任由她在海滩上活动了。但是他睡着睡着，突然发现有猫在咬着他的鱼尾往外拖。

人鱼低头一看，发现她正在很努力地想要把他的巨大鱼尾拖出一厘米。

他很好心地挪了一下。猫一屁股摔海滩上了，还没来得及为自己终于拖动了感到喜悦，一抬头就看见一个庞然大物凑了过来。

舒棠一屁股坐在了沙滩上：妈呀！巨怪！

但是被提溜起来后，舒棠发现这只巨怪其实是一条人鱼，长得还怪好看的，比她那个一胎八宝的猫界万人迷的亲妈还要漂亮。

那只巨人鱼有着一口雪亮的牙齿。人鱼露出了尖牙，歪了歪头，凑了过来。“大鸡腿”开始惨叫、扭动、挣扎：“喵！喵！”（救命啊！）

人鱼当然没打算吃她——猫毛满天飞，个子还很小只，塞牙缝都不够。人鱼只是凑过去，嗅了嗅她的气味。很好闻，干燥的、暖烘烘的。人鱼伸手捏了一下猫肚，发现很柔软。

人鱼：“嘶嘶嘶。”（怎么这么胖？）

舒棠：“喵啊喵啊！”（非礼啊！）

人鱼一直觉得自己躺在礁石上晒太阳总是缺了点什么，直到顺手把猫垫在了脑袋下面当枕头后，圆满了。舒棠挣扎、惨叫，悲惨地想到了一窝的病猫，开始发出凄厉的猫叫。

如此不识时务的兽，也很少见了。凶残的人鱼一眯眼，一甩鱼尾，礁石碎成了两半。

舒棠不动了，她绝望地躺着当枕头。躺着躺着她觉得人鱼的脑袋虽然有点重，但是触感还不错，很像是把猫肚放在光滑石头上的感觉。于是她绝望绝望着，觉得太阳还不错，就呼噜噜地睡着了。

人鱼枕着猫猫肚皮睡了一个很好的午觉。神奇的是，也许是猫肚枕头很舒服，猫发出来的呼噜呼噜的声音也很催眠，他第一次睡了一个完整觉。

这条人鱼脾气很差的原因就是听觉太好，经常一点风吹草动就醒过来，就连细小的水波的声音都可以惊扰到他。睡眠不好脾气就很差，因此睡得好了，人鱼的脾气也好了不少。离开礁石回海里的时候，人鱼甚至还顺手抓了一条鱼给舒棠。

舒棠以为自己死定了，这只凶残的人鱼要把她睡扁了再鲨，躺着当猫枕的时候眼前都出现了人生的走马灯。但是谁知道人鱼竟然还给了她一条新鲜的金枪鱼。

舒棠死里逃生，万分惊险地叼着那条大鱼回到了家。狮子猫家族的兄弟姐妹们大为震撼，而且还十分感动。舒棠有点心虚。

吃了鱼后，一家病猫看上去精神都好了很多。

舒棠决定明天躲开那条巨人鱼，去旁边的海滩抓一条鱼回家，再不济带回来一些螃蟹和扇贝也是可以的。

但是第二天，她刚绕路到海滩，准备和螃蟹搏斗的时候，海里突然出现了一条人鱼。

人鱼如同往日一样到那块礁石上晒太阳。但是往日里舒适的活动有了一点遗憾，他总觉得缺了点什么，于是决定去抓猫。

发现猫在和螃蟹搏斗，围观。发现猫太菜，不耐烦。抓猫，猫惨叫。

垫着猫当枕头，猫继续惨叫。

抓鱼喂猫，世界安静了。

人鱼闭上了眼睛：zzz……

“大鸡腿”张开了嘴：我啃啃啃啃啃！

03.

渐渐地，人鱼开始每天都去抓猫当枕头。不管她躲到哪个旮旯角落里都会被他拽出来扛走当枕头。人鱼很喜欢她的毛茸茸，而且还很喜欢她的体温。人鱼的体温很冷，所以会很喜欢她的体温。除了喜欢把她当枕头，他不睡觉的时候，还会把手放在她肚皮的毛毛上暖手。偶尔还会把她的猫胡须揪起来玩，有一次还打了个结。

舒棠：“喵啊！喵啊！”（非礼啊！）

但是猫语和鱼语显然不通，她完全阻止不了如此丧心病狂的行为。虽然最后人鱼把她猫胡须的结给打开了，但是舒棠还是耿耿于怀、怀恨在心。

舒棠忍辱负重，等到狮子猫一家病好了，她就决定对人鱼展开险恶的报复。她在一个上午，人鱼在岸边吹风的时候悄悄靠近他，飞扑过去，准备送他一爪子，把他的头发给挠秃，让他感觉到兽人世界的残酷。

但是她刚刚纵身一跃，他就像是背后长了眼睛一样地随手一抓。人鱼懒洋洋地看着她，舒棠原地挣扎，她指了指自己的胡须，又指了指人鱼的脖子，“喵啊喵啊”地表示自己愤怒。

神奇地，人鱼歪了歪头，竟然懂了她的意思。他带着她朝着海里游去，舒棠以为人鱼要把她给淹死，但其实并没有。人鱼只是游了一会儿，抓了几条鱼给她，还把她送上了礁石，示意她吃。

她看着鲛人在阳光下美丽到梦幻的容颜，突然觉得这条鱼还是有几分姿色的。她很坏地在岸上抖毛，像是一只奓毛的橘色毛球球，把毛毛上的水全都甩到人鱼的身上。

人鱼也不介意，把她顶在脑袋上，生火烤扇贝，顺便烘干猫毛。

但是警惕的舒棠在发现他要把自己往火堆边送后，顿时奓毛了。她以为他为了报复她，要把她烤了吃，顿时发出了凄惨的猫叫。

人鱼暴躁地拍拍鱼尾，朝着她“嘶”了半天。很快，她的面前多了一只烤扇贝。

她停下了“喵啊喵啊”的惨叫，低头看了看扇贝。她好像误会他了。她想了想，爬到了他的鱼尾边坐下，悄悄蹭蹭他的鱼尾。

人鱼没有搭理她，只是发出了一声冷笑。好一会儿后，又给了她一只扇贝。

舒棠决定对他改观，这条巨人鱼，还挺好的。

狮子猫家族很快就打听到了消息，这才知道原来他们误入了可怕的“死亡海岸”，这里有一条十分凶残的人鱼，他凶残又暴躁，曾经一条鱼尾灭了鳄鱼一族，顺手一掐，捏死了眼镜蛇一族。众猫：喵啊！（太凶残了！）

这里的其他兽人族都过得很谨慎小心，不敢打扰到海岸边的人鱼。他们为了找到更多的食物来到死亡海岸，实在是茅坑里找石头，找死来了。

舒棠回来之后，众猫就把消息告诉了她，并且询问她最近捕猎的时候有没有遇见那条可怕的人鱼。

舒棠：他们是说那个把她当枕头、喜欢她猫肚肚上的肉，但是会给她送鱼吃的巨人鱼吗？他真的有那么厉害吗！

很快，舒棠第二天早上就知道了。因为她鬼鬼祟祟地探头的时候，看见了人鱼一鱼尾抽飞了一条在兽人中十分凶残可怕的鳄鱼，对方在半空中转体一百八十度，消失在了海里。

舒棠很害怕，但是她还没有往后退两步，就被人鱼看见了。人鱼顺手把她抓了过来，和往常一样把她当枕头，并且塞了鱼给她啃着玩。

舒棠：好像也不是很可怕了。

午睡结束后，人鱼又把她抓过来当抱枕，并且把她的毛全都逆方向梳了一遍。猫：火猫（冒）三丈！

不过，狮子猫一家准备搬家了，舒棠心想这是她最后一次见这条人鱼了，于是甚至连他拿她暖手都没有介意。小猫哼歌：再见了大鱼，今夜我就要远航——

谁知道这一幕被众猫看见了。众猫大为震撼。狮子猫家族都很欣慰：最能吃还不能变人的小猫终于找到了长期饭票，不用担心她以后饿死了。虽然对方凶残了一点，但是众所周知：猫吃鱼，鱼又不吃猫。

狮子猫一家交头接耳，决定趁着天还没黑就离开。

于是舒棠回到了家里的洞，发现一根猫毛都没了。

猫妈在墙上用爪子给她留了一句忠告：喵啊！喵啊！（装模作样十分钟，幸福快乐几十年！）——这是猫界混吃混喝的不传秘籍。

然后猫妈带着狮子猫家族卷铺盖逃离了此处。

舒棠环顾四周，在洞口大喊：喵啊！（妈啊！别丢下我啊！）

04.

就这样，舒棠和人鱼生活在了一起。

人鱼给她抓鱼吃，她趴在他的脑袋上晒太阳。

偶尔人鱼会给她梳毛。她时常觉得人鱼是因为没有毛，才会这么喜欢她的毛发，于是她偶尔会在人鱼的鱼尾上蹭毛，好心地分给这只鱼一些毛。

虽然她经常看见人鱼一尾巴甩飞一条鲨鱼，还经常在沙滩上把鳄鱼丢来丢去当球打，偶尔还会把入侵领地的鱼撕成碎片，的确是很凶残、很霸道的一条鱼，但是因为他每天都会给她烤鱼、烤扇贝，她也不觉得害怕。

渐渐地，人鱼发现自己喜欢上了她的猫肚皮，还有柔软的触感和温度。鲛人的审美应该是光鲜亮丽的、五颜六色的漂亮鱼尾，但是人鱼却发现她毛茸茸的毛很好摸、她发出的猫叫声也很好听，就连气味都和其他的生物不一样。

冷血动物突然发现自己有点喜欢温暖的毛茸茸了。但是问题来了：

她一直没有变成人的迹象。偶尔，人鱼会把她抓起来抖一抖，或者盯着她拍一拍鱼尾，朝着她发出“嘶嘶嘶”的声音。

舒棠：喵啊？（你干吗啊？）

很快，她就知道人鱼要干吗了。因为他抓了一个兽人过来，鱼尾指指兽人，对着她发出了嘶嘶的声音。

人鱼：嘶嘶。翻译：变人。

舒棠喵喵喵地和他鸡同鸭讲了许久，连比画带蹦跶。人鱼甩着鱼尾，看着她在沙滩上转圈圈，终于明白了：她说她好像哪里出了点问题，变不了兽人了。

这其实是个很严重的问题，因为变不了人不仅没法融入兽人群体，还有早早死掉的风险。

人鱼盯着她看了半天，倒也没有继续提溜她让她变人了。他在海滩上懒洋洋地晒太阳的时候，经常会若有所思地盯着她。

某一天，人鱼消失了一整天。人鱼去了深海里最危险的海峡，寻找一种帮助兽人化形的草。

舒棠趴在礁石上大喊，发出“我要鱼”的声音呼唤人鱼。但是一直呼唤到了半夜，人鱼都没有出来。舒棠知道很多的兽人出去捕猎，没有回来就是死掉了。

她等了很久。最后，她很失落地垂着尾巴回到了他们经常去的礁石上，蜷成了一团。她找到了人鱼最喜欢的那块礁石，给他立了一个鱼头坟，刚堆好了土包包，人鱼就把她拎起来了。

他嘶嘶嘶地问她在干吗。舒棠喵喵喵地语无伦次，表达自己看见他的喜悦。不过，谁也没有懂对方的意思就是了。

人鱼在海底找到了那种草，可以让她这样的兽变成兽人，他把草喂给了猫。

这天夜里，舒棠发烧了。人鱼以为把她给毒死了，蹙眉感受着她的温度。他用自己的体温给她降温未果后，人鱼直接割开了自己的手腕，拿自己的血喂给她吃。

舒棠不太肯吃，但是人鱼皱眉直接捏住猫嘴喂了进去。

她有点感动，因为就连猫妈，在看见她一出生就很病弱的时候，都打算把她弃养。

这倒也不是猫妈多残忍，而是兽类一胎都会生很多个，如果强行要保弱小的那一只，可能其他的猫崽也会死掉。要不是因为猫妈妈有点不忍心，又把她叼回来喂了几天，她顽强地活了下来，也许都长不到这么大。

她第一次主动蹭了蹭人鱼的颈窝，蜷在他的身上，变成了一颗毛茸茸的小球。

鲛人血是兽人界的圣药，据说包治百病，它帮助舒棠度过了变形期。

在天亮的时候，她变成了人。但是不太成功，毛茸茸的耳朵和蓬松的大尾巴还留着。

她喵喵大喊让人鱼找件衣服给她穿。人鱼顺手给她扯了一片叶子，两片贝壳。

05.

舒棠变成人之后，最大的变化就是，人鱼不再把她当作枕头了，而是把她当成了抱枕，因为她的身高刚刚好可以给他放下巴。

很快，冬天过去了，物资丰富的春天到了，海水开始升温，天气变得晴朗。

舒棠发现人鱼开始给她送东西了。

他从前也送的，但是一般是顺手塞给她鱼，很少表现得很正式。

他带给了她很多的珍珠，丢在她的身边堆成山，给她当球玩；他找到了很多珍贵的珊瑚树，给她磨爪用；他给她带去了鲛人族珍贵的织物，替换了她的贝壳和树叶；他抓了无数的鱼，圈在近海附近，十分霸道地圈出了一个鱼类丰富的渔场。

这样舒棠随手在海里一捞，就可以捞出美味的鱼类。

人鱼还开始给她展现他强大的捕猎技巧，比方说某一天单手拖着一条鲸鱼，把她拎起来让她看。舒棠摸不着头脑，发出了“喵啊喵啊”（你干吗啊？）的声音。

人鱼开始给她展现自己漂亮的鱼尾，比方说在海里可以展开漂亮的轻纱，在阳光下会发出五颜六色绚丽夺目的光。但是每次展示的时候，舒棠都会被地上的光点吸引注意力，兴致勃勃地扑过去抓光点。

于是，人鱼发现她完全不懂后，有点焦躁，经常对着她拍鱼尾，发出嘶嘶嘶的声音。

后来，时间一长，舒棠那迟钝的反应终于慢半拍地明白了什么。舒棠终于知道人鱼在干什么了，他是在求偶。

她转头看着人鱼漂亮的侧脸。猫：喵啊，喵啊！（鱼和猫，不是一个物种啊！）

人鱼转过头，低下头看着她：嘶嘶，嘶嘶。（喜欢，伴侣，跨物种，在一起。）

06.

舒棠告诉人鱼：他们两个是不同的物种，沟通还不太顺畅，当伴侣以后会有很多的矛盾；而且他们两个还生不出后代；更加重要的是，人鱼喜欢水，猫最讨厌沾水。

猫对着人鱼喵喵喵了半天，但是因为语言不通，他没有听懂。

他认为她没有一口答应，就是拒绝了。鲛人之王看了她许久，扭过头去，看上去有点气闷。

凶残的人鱼也知道猫科的择偶标准：毛多、毛茸茸，颜色鲜艳，很能捕猎的那种。而像是鲛人这种没有毛的冷血动物，大概是会被完全排除在猫类的择偶标准外的。

猫有点惴惴不安，绕着他喵喵了半天，企图哄好他，让他开心起来。

午饭他们吃烤扇贝，猫伸出爪要抓他的扇贝，人鱼看了猫一眼，鱼尾拍开了她的爪子。

猫有点生气。她对着他喵喵叫了两声，然后朝着海岛的另外一边嗖地跑走了。

但是跑出了一大段路后，舒棠又有点后悔：其实人鱼对她还怪好的，还给她喝了他的血呢。

她有点低落地往前走。舒棠以为他们两个的关系要破裂了，结果一转头，突然发现人鱼不远不近地跟在后面。

她被螃蟹夹的时候，虽然人鱼没有说什么，但她还是有点恼。总觉得他在嘲笑自己。她也不是抓不到猎物的，要不是因为他在这片海域称王称霸，他们猫科也可以很容易捕猎到食物。

她决定去雨林里抓些大的猎物让他长长见识。

小猫嗖嗖地穿行在雨林间。但是很快，舒棠遇见了危险——一条眼镜王蛇。

那条蛇十分歹毒地藏在树梢下，准备偷袭舒棠。小猫嗖地弹起，跑得飞快，但还是被蛇的尾巴给缠住了。

五分钟后，蛇被凶悍的人鱼变成了肉饼。对方朝着她嘶了嘶，看上去很凶，好像在骂她乱跑。

她第一次见到人鱼这么凶的样子。舒棠问他：她都没有答应他的求偶，他为什么还要救她？

人鱼看了她一眼，转过头不理她了。

——明知故问。

但是最后，他还是把她给提溜过来，放在了肩膀上朝着雨林外面走去。就是，不管她答不答应，人鱼都开始不允许她离开他的视线范围内了。只要她跑出去了，他就会把她抓回来凶她。

07.

就这样，他们两个莫名其妙地住在了一起。

但是新的问题出现了——人鱼住在海里，舒棠住在岸上。

她喵喵地和他说，他们需要一个新的家。毕竟她不可能跟着他去海里，也不能一直住在礁石上。

人鱼当时在岸边生火，他刚刚才一尾巴拍死了一条爬过来找死的鳄鱼，显得很暴躁。是的，自从舒棠拒绝了他之后，人鱼看见什么鳄鱼、鲨鱼，统统一尾巴扇飞，看上去心情十分恶劣。但是听明白她的意思后，人鱼安静了一会儿——对于兽人而言，一起构建巢穴，差不多就是结为伴侣、共同生活的意思了。

她答应他的求偶了。这让这条最近很暴躁的人鱼心情立马多云转晴了，还凑过去亲昵地蹭蹭她。

他朝着她嘶了半天，她朝着他喵了半天，最后，两个人达成了一致。

人鱼找来了一些巨大的木头，在海边打地基，建了一座小木屋。猫就趴在他的头顶，喵喵喵地叫，示意他把猫窝搞得大一点。

后来，人鱼发现，猫窝太小了——他上岸后只能把脑袋伸进去。

于是他又重建了一座海边的大木屋。猫可以在里面飞奔，鱼也可以在里面甩尾巴。这里就成为了他们的巢穴。

白天，猫对着大海发出“我要鱼！”的猫叫声，示意人鱼上岸送鱼；夜里，人鱼在门口“嘶嘶”叫，示意猫开门。猫仍然不确定，一只猫和一条鱼能否结为伴侣，但是和他在一起生活，似乎还不赖。

海上不总是风和日丽的好天气，在夏季来临的时候，海上迎来了一场可怕的暴风雨。内陆生活的猫，最多就见过倾盆大雨，从未见过大海波浪滔天的样子。

电闪雷鸣，海啸卷起狂潮，小木屋摇摇欲坠。猫下意识地想要往床底下钻，或者往内陆跑，但是看见人鱼，她还是忍住了。她努力表现得镇定一点，实际上毛都奓开了。

人鱼当然发现了她的害怕。他确定小木屋足够安全后，转身走入了暴风雨中。等到回来的时候，人鱼浑身湿透，脸上还有一些擦伤。

他带给了她一支永不熄灭的海底烛。于是，黑暗的、摇摇欲坠的世界里，有了一盏不灭的灯。

猫不害怕了，但不是因为海底烛。

他们两个在烛光下，互相看着彼此。人鱼冰冷的发丝还在滴着水，苍白的喉结滚动，看上去有点狼狈。

在烛火下，猫凑了过去，亲他的鼻尖。他们很快就吻在了一起。

鲛人是掠夺性极强的捕食者，冰冷的吻几乎夺走了她的呼吸。渐渐地，人鱼将她抱了起来，放在自己的鱼尾上。

她抬起头，用温暖的面颊蹭着他冰冷的下颌。他的呼吸喷洒在她的脖颈，他贪婪地感受着她的体温。

他们在深夜里耳语。海浪一浪一浪稳定而有力地扑过来，黑暗的大海浮浮沉沉。冰冷和温暖交缠着，海底烛明灭。

等到风暴停歇，已经是一个月后了。

他们两个都默认为彼此为伴侣了。

他们有很大的体温差，也有截然不同的生活方式，甚至连语言都不太通，但是他们仍然很自然地在一起了。有一种强烈的吸引力存在于他们之间，这种吸引力远远不需要语言交流，就足够让他们无法将视线从对方身上移开。

不过，他们偶尔也会吵架。但是因为语言不通，经常吵半天都没吵明白。

后来，聪明的鲛人之王就学会了一些应对办法。

只要一吵架，他就会主动低头示弱，这一招通常很管用，但也有失效的时候。这时，人鱼就会直接一言不发地单手把她一捞，往肩膀上一扛，往猫窝里一丢。

他经常会被她摇曳的长发吸引，还有她圆溜溜的眼睛；偶尔人鱼会把她放在自己的鱼尾上，低头温柔地理顺她的长发。人鱼很喜欢咬她的耳朵，冰冷的牙齿咬住了猫耳朵，用极低的温度，还有微微刺痛的力度轻轻地咬她。尤其是某些时候，越是粗暴，他咬她的力度就会越温柔。

她也喜欢咬他的脖子，这是猫科动物的某种爱好，但是往往她咬着咬着就会无力地往下滑，然后被人鱼的大手捞起来。对于咬对方这件事，双方都乐此不疲。

不过偶尔把她弄疼了，他也会道歉，发出低低的嘶嘶的声音，愧疚地看着她。只不过，往往会被猫赶出巢穴去。

这座巢穴也慢慢多了很多的东西。

舒棠打听到在人鱼领地的不远处，有一座兽人的集市。于是，他们偶尔会去附近的兽人集市上买东西。

因为兽人的货币是贝壳，而海底有无数的珍珠、贝壳，所以他们可以买很多的东西。她买了很多的罐罐腌制一些吃不完的鱼，还买了很多的猫科喜欢的藤编制品，于是他们就有了床、秋千，还有藤编的床垫。

她买回了玫瑰花的种子，据说可以开出一种蓝色的奇迹之花。但是她总不记得浇水，老是需要凶残的鲛人之王屈尊给她的花浇水。

他们的家越来越美丽。

08.

在兽人的世界里，鲛人是一个独特的物种，这种凶残的物种如今已经非常稀少了，却在海底有着漫长的历史。他们的血液十分神奇，可以治愈很多的疾病；鲛人不仅有无数奇珍异宝，还有不灭的海底烛；他们的歌声也有神奇的魔力。

而鲛人和异族的孩子，诞生于海底神奇的泉水中。

自然而然地，他们有了两个孩子。虽然鲛人从未有和猫结合的例子，但是显然，他们不会生出海豹，而是一只猫、一条鱼。

蓝眼睛的长毛橘，叫舒帽帽；黑眼睛、蓝尾巴的小人鱼，叫祝余；

孩子的到来让小木屋热闹了很长一段时间。孩子们虽然很少哭，也很乖，但是幼崽的出现仍然会让新手父母手忙脚乱。

比方说孩子们哭的时候，人鱼会凑过去朝着他们嘶，企图用恐吓的方式让他们不要哭。以至于人鱼后来不嘶了，孩子们看见父亲也会条件反射地大哭。

她经常抱怨他吓唬孩子们，凶残的鲛人则感觉到了委屈。

他们会轮流照顾孩子，如果孩子们哄不好一直哭，他们就会去礁石上晒太阳，一起抱怨孩子们就是魔鬼降世。晒到孩子不哭了才回来。

人鱼对长得像舒棠的猫崽还不错，会把一些鱼肉给小猫崽。只不过如果舒帽帽太黏着舒棠，他也会把孩子挂在树杈子上。

而人鱼对小鱼崽就没有那么好了，他会随便找个海把小鱼崽丢进去，美其名曰：爱的教育。

以至于舒棠不得不经常举着个网到处去捞冲进大海里的小鱼崽。

她指责他不是一个好爸爸，怎么能乱丢孩子？人鱼每次都会认错，但是每次都会趁着她不注意，把小祝余丢海里去。

渐渐地，她也明白了，这就是鲛人的风格。

鲛人之间父子矛盾是很尖锐的。比方说祝延刚出生的时候，因为太过强大，被自己的父亲鲛人族的旧王追杀了三千海里；后来他长大了一些，回去把鲛人族杀得片甲不留，还顺便把亲爹喂了鲨鱼，这才解决了父子矛盾。这么看来，好歹祝余只是偶尔被丢海里，已经算是父慈子孝了。

不过，猫科动物带崽也没有好到哪里去。

舒棠按照从自己妈妈那里学来的经验，经常会叼着舒帽帽爬树，叼着叼着偶尔会不记得自己还叼着个崽，一张嘴，舒帽帽就会离奇失踪；她还喜欢烤扇贝吃的时候拍一拍贝壳，经常把舒帽帽整只压在贝壳下面，等到她到处呼唤帽帽的时候，就会看见一只长角的贝壳在到处乱爬。

不过幸好，大概是因为人鱼，他们的孩子们都很凶残。

祝余经常趁着他们不注意去海里追虎鲨玩；舒帽帽会在陆地上殴打鳄鱼、眼镜蛇、海龟，目光所及之处，一切生物都会被舒帽帽暴打。

两只都是凶残的霸王性格。他们不用怎么管，孩子们就能很顽强地长大。

09.

孩子们不仅让小木屋热闹了起来，还带来了一些矛盾。比方说，人鱼经常认为有了两个孩子后，自己被舒棠忽视了。比方说，他们也会因为育儿观念吵架。

在孩子们诞生之前，他们两个已经神奇地无师自通了猫语和鱼语，这让他们吵起架来更加顺畅了。

不过，人鱼认为，他们两个能吵架都是因为孩子们。实际上，孩子们还没出生前，他们两个就经常吵架，但是人鱼完全忽略了这件事。

人鱼认为：都是孩子们的错。

孩子们经常会看见父母莫名其妙地吵起来，然后他们的父亲就会把他们丢去海岛的另外一边。

一开始孩子们很担心家庭关系破裂。但是等到孩子们战战兢兢地回到家，就会发现父母已经和好了。

父亲和母亲在海底烛下面窃窃私语，一起修剪蓝玫瑰的花枝，好像他们之间再也插不进任何一个人似的。

后来，孩子们渐渐习惯了这种模式。他们不再担心父母关系破裂，家庭被毁灭，而是开始担心自己太多余，随时会被扫地出门。尤其是他们强大而可靠的父亲——海上的鲛人之王，经常会用一种阴沉的视线扫视着他们，仿佛随时想要抓住他们的把柄，把他们扫地出门似的。因为这个，两个孩子懂事后都非常乖。

不过，很多年过去了，强大的鲛人之王仍然没有得逞，他们得以度过了一个安全的童年。

鲛人之王仍然要忍受和舒棠约会的时候，玫瑰花下面多出两个头；而他好不容易找到机会在门后和舒棠接吻的时候，一听到孩子们的声音，她就会急匆匆地推开他；他还忍受着被她忽视、遗忘，还要被她差遣着帮孩子们做事。不管是怎样的情调，中间有两个孩子，他们俩的角色就必须从“情人”变成“父母”。

不过，幸好，忍过了至暗时刻，总会有见到曙光的一天。

一直等到帽帽和祝余长大了，鲛人之王迫不及待地把猫崽丢去了山的那一边，把鱼崽丢去了海洋的另外一边。

告诉帽帽，要是想家了可以爬三个星期回家；告诉祝余，要是想家了可以游三年游回来。

舒棠：——祝余，多余的余。

不过，这也是人鱼的天性，他们往往会很排斥自己的领域里出现另外一条人鱼，哪怕是亲生的孩子也不行。于是，舒棠也没有干涉，只是给孩子们准备了很多的食物和行囊。

回来的时候，鲛人之王正在若无其事地看着大海。听到她说孩子们都走了，他歪歪头，鱼尾却开始愉悦地一甩一甩。

10.

丢了孩子后，人鱼肉眼可见地心情愉快了很多。

他做的第一件事就是关闭了门窗，把她单手抱起来，按在门框上亲。这回总算是没人打扰他们了。

舒棠知道他心里在想什么，她装作孩子们回来了，人鱼立马下意识地转头，松开了她，一瞬间露出了“严厉的父亲”的嘴脸。

等到发现她在恶作剧后，他咬住了她的耳朵，忍不住发出嘶嘶声，斥她是个坏心眼的猫。只不过，没有孩子救命，猫可能会很惨就是了。

一切好像回到了刚刚建起这座小木屋的时候。

没有孩子后，他不再需要扮演一个父亲的角色，开始光明正大地带回珍珠、海底的宝物送给她，还有开得烂漫的蓝玫瑰——他完全不需要考虑给孩子们带礼物，也不需要避开他们了。

舒棠一开始觉得，孩子们不在了，只有他们两个有点寂寞。

但是很快，这种感觉消失了，因为他们好像又回到了热恋的时候。

他们在晴朗的天气里热烈地接吻，在夕阳下一起烤扇贝，在暴风雨中点着蜡烛互相依偎。爱情的结晶没有消磨掉他们的热情，在走过了人生的某个阶段后，他们再次陷入了一场热恋。

闲下来的时候，她开始和从前一样在海边引吭高歌，唯一的观众就是人鱼。

很难听，但是人鱼每一次都会赞美她的歌喉。也不知道是不是因为被折磨了很多年，鲛人之王渐渐地觉得猫的歌喉有点动人了。

偶尔，住得比较近的帽帽也会回家看看父母。

孩子们总以为离开了自己，父母会过得很孤独，但实际上，这多少有点一厢情愿了。

帽帽远远就看见他们在海边散步，舒棠光着脚踩着人鱼的影子，人鱼很自然地把她抱起来，放在了肩膀上。

父亲是一个凶残的、严肃的顶尖猎食者。他是鲛人的王，海上的风暴也无法战胜他的强者。但是在母亲的面前，他永远温柔而宽和。

他们十几年如一日地相爱。背影像黄昏下美丽的画卷，渐渐交融在了一起。

帽帽在树梢上看了一会儿，没有再打扰他们，只是留下了探望他们的礼物。

11.

后来，等到帽帽成家后，他们准备到处走走。

他们离开了小木屋，建造了一条大船，漂泊四海。船上装了他们喜欢的家具，还奢侈地建了花坛栽种蓝玫瑰。海风一吹，他们就可以在蓝玫瑰的摇曳中欣赏大海上的日出。

船到了岛上，就在岛上看看风景；到了大陆，就一起手拉手去陆地上走一走。

反正鲛人之王是捕猎的高手，还凶残得让所有兽人闻风丧胆。他们不用考虑安全问题，还有足够的贝壳钱，想去哪里就去哪里。

因为鲛人可以掌控海上风暴，于是他们的船十分行踪诡谲。不知不觉间，他们的船渐渐地被兽人们称为“玫瑰幽灵船”。据说上面有凶残的鲛人之王，还有他会唱“死亡之歌”的小猫夫人。

后来，他们来到了一片海湾，遇见了被流放到海洋另一边的祝余。他已经成为了这片海湾里的王。

只不过，祝余在船上待了两天，就又被父亲丢下了船。鲛人之王无情地抛弃了自己的孩子，但还是仁慈地把一箱箱的珍宝丢给了祝余，希望他在海洋中过得富裕、饱足，最好永远不要来打扰父母的美好二人世界。

小猫夫人探头问他们的崽呢？

鲛人之王那冷酷无情的表情，转过头就变成了慈父的样子。他朝着她嘶嘶嘶，告诉她：祝余贪玩，追虎鲨玩去了。

她抱怨了两句，和人鱼躺在了一起。

舒棠在海风中哼着调子，哼了一半，突然转头问他：兽人流传的传说里，人鱼的歌声特别好听，他们在一起那么长时间，他能不能也为她唱一次歌？

鲛人之王甩了甩鱼尾，懒洋洋地看了她一眼。

就在她以为他不会唱的时候，在海上的雾气和蒙蒙的细雨中，银白色长发的人鱼靠在船舷上，为她唱起了歌。

游出去很远的祝余远远地听见了声音。

祝余停留了片刻。

那是鲛人一生只会唱一次的歌，代表着生生世世、永恒不变的爱。

幽灵船渐渐地消失，于是关于爱情的海上传说，渐渐地隐入了薄雾和细雨中，消失在了群山和礁石之间。

番外四 // 此心安处

01.

婚后某一个平静的下午，舒棠正在看电视。

她最近爱上了给人鱼的尾巴涂身体乳，每次洗完澡自己涂完之后，就开始勤勤恳恳地把手上残留的身体乳往人鱼的尾巴上抹。同理还有护手霜和润肤乳——就算是作为研究院一致认为的某种高维生物的人鱼，也要接受妻子用剩下的东西。

很长一段时间里他的鱼尾都闪闪发光，散发着玫瑰花、桃子的香味。

舒棠最近爱上了看家庭伦理大戏，什么丈母娘刁难丈夫，丈夫在妻子和丈母娘的双重嫌弃下里外不是人之类的狗血剧情。看着看着，人鱼递给了她一个文件袋。舒棠以为是什么广告纸，顺手接过翻开看了一眼，发现是他名下的所有财产清单，股票、乱七八糟的投资股份等，最后一行“二十七亿流动资金”加粗字体很是醒目。

人鱼说：“上交工资。”

如果不是这份文件价值二十七亿，他看上去就像是平日里切了片生鱼片塞进舒棠嘴里的样子。

人鱼最近跟着舒棠看了很久的家庭伦理剧，在电视上学到了很多夫妻相处之道：每个月要上交工资，惹妻子生气要跪键盘等等。人鱼认为舒棠是个很好的妻子，因为每次她生气都只是让他睡书房、睡海里。

晚上，舒棠摸着人鱼的尾巴，看着他欲言又止。以现在的物价标准，二十七亿可以买下整座南岛市，这还仅仅是流动资金。舒棠第一次感觉到了钱多烧手的感觉，从前她都是钱少得伤心。

舒棠的脑子里全是些不可描述的钱权交易，她感觉他以前可能贪了不少，她的内心很矛盾，一整夜辗转反侧。

从前，舒棠以为自己和人鱼的爱情关键词是：人外、科幻、跨种族。

万万没有想到，他们这么诡异的设定还会加上贪腐这一社会热点话题，一下子就从科幻题材变成了现实题材。

发现她的异样，人鱼把她捞起来问她在想什么。舒棠支支吾吾。

很快，人鱼就知道舒棠在想什么了。因为第二天她把家庭伦理大戏换成了反贪风暴，手机里的搜索关键词变成了：贪污要关几年？坐牢能带什么生活用品进去？坐牢可以一起坐吗？

在祝延的时代里，污染物横行，战争总是最容易发财的。从前的祝延也会做一些简单的投资，其中很大一部分都是股票和债券。十年前联邦才稳定下来，经济尚且没有发展起来，大批的低廉股票流动在市场里。随着经济的发展，股市发生了好几次大的动荡，很多人因为在这几次动荡里的错误投资而亏得血本无归。

而祝延因为变异了，一直在“巴士底狱”里待着，几次大风波都没有抛售。

就这样，十年后，股价水涨船高，他本就不菲的资产就变成了天文数字。当年他收藏的很多战利品也都变成了绝版的天价。

舒棠听完了，沉思许久。她背着人鱼掏出了自己的压岁钱买了两支股票，打算十年后美滋滋坐享其成、原地暴富。

一年后，舒棠打开了炒股软件。

收益：-5000。

02.

舒棠不信邪。

听说藏品也可以升值，人鱼十年前收藏的一幅画就拍出了三千万的高价。

舒棠受到启发，在二手拍卖网站上挂上了自己从前珍藏的邮票、纪念品。询问的人寥寥无几。后来有个叫“鱼”的买家全都买了下来。但是其中卖价最高的却是舒棠随手挂上去的那个红色保温壶，对方开出了二十万的天价。

舒棠盯着保温壶上的花开富贵陷入了沉思。她翻来覆去都没有找到什么特殊之处。这就是个最普通不过的水壶哇。

舒棠嘀咕着世界上的怪人真多。

卖出去几天后，家里又多了一只一模一样的保温壶，人鱼说是去超市买的。

怪人，哦不，怪鱼心想，他很喜欢这只保温壶，简直是爱不释手。

因为每到冬天舒棠穿上那件红色羽绒服走在雪地里，远远看上去就像是这只红色保温壶。

03.

那次去看雪山的时候，舒棠就发生了变异。

今年，她的精神体变大了一点，毛还变长了，越发蓬松，本来有点淡的橘黄色变得像是烤焦的焦糖黄。她感觉到自己变得和那种挪威森林猫一样凶猛，从衣柜上跳到床上的时候床都在她的魔爪下颤动，小猫抬头挺胸地在他面前转圈，询问他有没有发现她的变化。

人鱼看了看桌子上的小猫，又看了看旁边和她长得很像的全麦面包。

他点头，承认她威武了许多。——婚姻，充满了谎言和欺骗。

比起人鱼的变异，舒棠的变异就平缓多了，她的变化几乎只发生在精神体上。

舒棠自己就是一位治疗师，她知道自己的变化没有任何痛苦本身就是一个奇迹。

这一年的春天和往年一样多雨、潮湿。

舒棠办公室里的仪器表总是坏，监测值也总是忽上忽下，舒棠一直以为是疗养院太潮湿仪器进水了，为此，她还给仪器中心打了好几个电话催他们来维修。

然而，中心的维修员检查了好几次都没有问题。

舒棠正纳闷，突然，她感觉这一幕有些熟悉：刚刚认识小玫瑰的时候，那些仪器用在他身上也是这样的。那是因为变异，精神力和大部分人都不一样了。

她愣了一会儿，送走了维修员，在窗边站了好一会儿。

她撑着伞朝着“巴士底狱”走去。在某一刻，她感觉到了一种迷茫和孤独。但是当她推开了家门，看见人鱼的时候，那种感觉就消失了。她和从前一样坐在了他旁边，把脑袋靠在了他的鱼尾上。

祝延仿佛早就意识到了什么，大手像是哄小孩一样缓慢地拍抚着她。

她抬起头，果然看见他正在安静地注视着她，目光沉静。

窗外雨水“滴滴答答”地落下。

他们身上经历的变异是前所未有的。从某种意义上来说，祝延的精神体是在朝着更高的维度进化，甚至已经是更高维的生物了。

自从精神体出现后，人类的进化陷入了瓶颈，似乎只有沦为污染物一条路，但是祝延的进化成为了新的一种可能性。

变故和未知发生在他们的身上。这是一条从来没有人走过的道路，舒棠的前方只有她的爱人。

他轻声问她：“怕吗？”

舒棠从小到大一直按部就班地生活，她胆子不大，不然也不会按照父母的期待进入疗养院这种机构。

按理说她应该害怕、焦虑，甚至感觉到一种窒息般的孤独。但是神奇的是，她看着对面的爱人，这些感受就消失了。她甚至不害怕和他走一样的路、经历一些颠簸和风波。

这并不是因为他的强大或者某种依赖感，而是他的眸子沉静，轻轻拍抚着她的时候，她想起了一个词：此心安处。

她摇了摇头。哪怕未来风暴来临，时移势迁，她都不再害怕。因为她会牵着他的手，一起抵挡时间的洪流。

04.

因为短时间内没有办法接触仪器，舒棠申请了个大长假。婚后最开始的几年，一放假他们就在大陆上到处转，去看了雪山高原、草原林场，穿越了无数废弃的污染区，爬山、探索岩洞。但是新鲜劲儿过去之后，他们还是更加喜欢大海里的生活。

舒棠说，因为爱上了一条鱼，她才喜欢上了大海。

人鱼很有自知之明：这只猫究竟是爱上了一条鱼，还是爱上吃鱼，答案显而易见。但是小猫愿意说甜言蜜语哄他，他便感到很是满足。毕竟自从舒棠当年写下百来封情书后，她恼羞成怒，足足一年不愿意再对他示爱。人鱼很是失落了一段时间。

他们买了一条白色的邮轮，取名珍珍号。

珍珍号十分之豪华，三层高的邮轮上有宴会厅、书房和影音室。如今舒棠已经很习惯这些了，某次，舒棠还在珍珍号的操控舱里，看见了一排只在电视上见过的电磁炮。

珍珍号没有固定的航线，船开去哪儿，主要取决于舒棠最近想吃哪个海域的特色鱼类，在这件事上人鱼没有什么意见。每隔一段时间他们就会找到最近的港口城市去补充蔬菜、水果、零食。

就这样漂啊漂地过了两三个月，他们遇见了海上风暴。

当时，舒棠很兴奋地趴在人鱼的精神体上捞鱼。

海啸一来，很多鱼就会被卷着打过来，人鱼在海里懒洋洋地一尾巴抽过去，舒棠就举着网兜捞鱼。好几次这条人鱼故意让她扑空，气得舒棠来捞他。

人鱼就转过身，鱼尾消失在了海浪中。等到舒棠不气了，人鱼就会突然从水下出现，把她拉进水里，抱着她去追逐海浪。她哇哇乱叫，他笑出声来。

玩累了，舒棠躺在礁石上，转头看看这条人鱼，他银白色的长发在海水里散开，她探探他的额头，狐疑地问："祝延呢，祝延哪里去了？"

这个幼稚鬼是谁，她不认识，她要离婚！

很快，乐极生悲。海啸中珍珍号因为导航错误撞上了暗礁，搁浅了。他们不得不在就近的那座岛屿停留。

05.

在海洋上经常没有信号、没有网，珍珍号上有发电机、很多储存了电影游戏的电子产品，所以搁浅的时间里也并不无聊。

祝延偶尔会去探查污染物的巢穴，去看看附近的军事基地之类的，除此之外，人鱼更大的乐趣就是欣赏小猫在沙滩上呼呼哈哈地锻炼。

祝延感觉小猫的动作有点像是旁边爬过去的小螃蟹。但是作为一个明智的丈夫，他聪明地没有说实话，而是微笑着看着这只可爱的小螃蟹在他旁边横着过来、横着过去。

舒棠问他要怎么练出八块腹肌。

他说："游泳。"

最好的塑形方法就是游泳。舒棠早就学会了游泳，但是猫不喜欢水，每次都小心翼翼在船上努力不弄湿自己。

他是有私心的，骗她下水，就可以捞着她一起游，捕猎的时候也可以带上她了。

但是很快，这条人鱼就发现了这并不是个好主意。因为猫上岸的时候喜欢甩干毛上的水，猫毛纷飞，像是一只旋风煤气罐。人鱼是唯一的受害人。

后来，他学聪明了。每当小猫狗刨式上岸后，他就会第一时间用毛巾裹住高速旋转的煤气罐，按住她预备旋转的脑袋，开始帮她擦头发。

渐渐地，舒棠也开始喜欢上了跟他一起捕猎这项活动。

人鱼捕猎的时候速度极快，浑身流畅的肌肉矫健而优美，本来，这样粗暴的猎食者和美是没有关系的，但是那蓝色的鱼尾在海水里优雅地绽开的时候，就像是美丽的轻纱，优雅至极，危险而迷人。

现在人鱼捕猎的时候很少直接把猎物撕成两半了，那样太血腥了。恢复记忆后，人鱼会将猎物一击毙命，限制级的场面变得文明多了。

一到饭点，舒棠就会狗刨式游来游去，戴着护目镜在海里左看右看，然后伸出手指这里点点那里点点。人鱼就会嗖地飞过去猎食。

舒棠更加爱大海了，因为她现在觉得大海是一个巨大的海鲜市场、自助餐厅。

06.

每天早晨，舒棠都会爬起来在海边溜达。因为经纬度不同，这里的风景也和南岛市不太一样，这里的天空格外瑰丽。

岛上的天气阴晴不定，偶尔会有一场大雨，人鱼的精神体就会撑起一道透明的屏障，像是一把弯弯的伞罩住了他们两个。

人鱼走在她的身边，雨幕被隔绝在外，这个时候，天地间就好像只剩下他们两个。

偶尔，好奇心很强的舒棠也会脱下鞋子跑到很远的地方去捡东西。

这一天，舒棠在兴致勃勃地捡贝壳的时候摸到了一只硬壳子有点硌手的东西。

低头一看，发现是一只鳄鱼。

鳄鱼暴起张嘴一口就要把这个人类吃掉，却突然身体一轻，整只被掀飞摔进了海里，不省鱼（人）事。

舒棠继续往前走，身后又有一只鳄鱼看见了这个落单的人类，追了上来。

再次被掀飞。

人鱼很少会禁止舒棠去做一些危险的事情——除了偷吃垃圾食品。因为舒棠吃完之后会抱着肚子在床上翻滚。当然了，人鱼禁止也没有用，她每次都当作耳旁风，装作没有听见他的叮嘱撒丫子跑了。

猫的性格就是看见什么都想要摸一下，什么凶残的污染体，她都想要伸手试试看。就像是很多年前，这只猫看见了一只恐怖的人鱼，所有人都尖叫往后跑。

猫：伸手摸一下。

于是，现在舒棠的身后就有一只庞然大物无底线地纵容着她。

事情渐渐变成了舒棠开始追着鳄鱼们跑。这群凶残的鳄鱼在海岛上生活了很长时间，它们横行霸道，是这片海滩上的霸主。一直到某一天遇见了一只猫，沙滩上栖息着的鳄鱼们一看见她就纷纷掉头往海里爬。

场面一度十分壮观。

舒棠的早起散步就变成了每天早上去追逐鳄鱼。

人鱼大部分时间都慢悠悠地跟在她的后面，伸出手偶尔把往坑里跑的舒棠提溜回来。舒棠一边追，一边和人鱼闲聊：这些鳄鱼皮疙疙瘩瘩怪丑的，她从前待的世界里却有很多人喜欢拿鳄鱼皮做皮包，人和人的审美真的是有很大的区别啊。

——鳄鱼们爬得更加快了。

后来，舒棠终于对早上起床追鳄鱼这项活动失去了兴趣，鳄鱼们幸免于难。

舒棠开始追鲨鱼了。

某一天她套着游泳圈在海上漂浮着喝果汁，被一群鲨鱼盯上了。

紧接着海边就出现了一个奇特的景观：舒棠狗刨式地在海边游，前面的鲨鱼群纷纷四散逃逸。

07.

舒棠一直以为是人鱼在为她保驾护航——某种意义上也的确是这样，

但是舒棠一直没有发现自己身上的变化。

海滩上的变异海鸥们早就不是从前那些搞点薯条吃吃的海鸟了，简直是海上流氓，满岛乱飞，甚至在舒棠刚上岛的时候撵着她叨。

但是在岛上待了一个月后，舒棠一过去，它们就会齐齐扑棱着翅膀飞走。同样的事还发生在螃蟹上。舒棠从前总被螃蟹夹，现在螃蟹看见她就绕道走。

舒棠心事重重地回到了爱人的身边。她知道人鱼对她的保护欲很强，但是这样也太过了。她想：他们的婚姻果然出现了问题。

舒棠和人鱼打商量，他要是老是这样保护着她，她就失去了很多的乐趣，她还是很想玩螃蟹的。

人鱼从大海上收回视线：被夹吗？

人鱼提醒她：她变异了，随着时间的推移，气息会越来越可怕。

现在的她，相当于一只猛虎。舒棠顿时虎躯一震。

人鱼以为舒棠接受这件事需要一段时间。谁知道第二天天一亮，他就看见海鸥被吓得从东边飞到了西边，从西边又飞到了东边，地上的螃蟹满地乱爬。

舒棠玩耍完回来了，坐回了人鱼的身边打游戏。紧接着，他就听见了她心情很好地跷着脚哼歌：无敌——无敌是多么寂寞——

隔了一会儿，又换了一首：叱咤风云——我任意闯万众仰望——

08.

这座岛上还有一行六人。

他们是一支探测队，船只搁浅流落到此处的，一直在岛屿的北边荒野求生，这座岛屿上危险丛生，鳄鱼、虫蛇无数，因为被污染，战斗力指数增长。

某一次寻找食物的时候，一队人碰见了一条诡异的人鱼。他身上的气息十分危险，比他们见过的最高等级的污染物还要恐怖。探测队吓疯了，第二天就打算制造个小木筏逃离孤岛。

然而，赶到海岸边，远远地，他们就看见了一条搁浅的邮轮，还有一对情侣在礁石边。一个懒洋洋地靠在礁石上晒太阳，一个举着平板玩游戏，脚边是野餐布，上面有生鱼片、浆果之类的。他们回不过神来，几乎要以为自己艰苦求生的这段时间是在做梦。

等到他们看见了那个长发的男人转过来，看清了那礁石下长长的鱼尾，就更加像是做梦了。神奇的是，那个玩平板的女孩热情地招待了他们。简单的交谈后，他们知道了女孩子是个治疗师，还和他们一样有编制，甚至还一起抱怨了体制内升迁的种种困难。

他们时不时看看旁边偶尔动动耳鳍的恐怖人鱼，感觉画面十分之不科学。

临走前，女孩还给了他们一些物资。他们战战兢兢地拿着物资走了，一转头，就发现女孩子拿着平板凑过去和那条人鱼嘀嘀咕咕，说着什么“消消乐”“卡关”之类的话。

好像……也不是很可怕了。

接下来的几天，探测队频繁地遇见了这对奇怪的情侣。

那条人鱼的视线从来不会在女孩之外的人身上停留，只有他们吸引了太久女孩的注意之后，他的视线才会极具危险性地看向他们，带着非人的冰冷无机质。但是他看那女孩的眼神又很不一样。

他们拉着手漫步在海边。他们在悬崖上看电影。

海岛上有一种有毒但是十分美丽的花，女孩天天摘毒花送给那条人鱼，探测队欲言又止。

海岛涨潮了，他们远远地躲在了下雨的山上。女孩却坐在礁石上，她的头顶仿佛有一把透明的伞，低下头，和海里的奇怪人鱼说话。说着说着，他们就停了下来，缓慢靠近，吻在了一起。海面起了微光，发光的藻类用蓝盈盈的光点包围了整个下雨的海上夜晚。

后来某一天的下午，大雨初歇，落日洒在海面上。

探测队的救援信号得到了回应，他们急匆匆地赶去了海边。突然，有人说：“你们快看！”

他们抬起头朝着金色的大海看去——一条巨大的抹香鲸朝着落日的海平线游去，海面荡开了溶溶的光影。

鲸鱼背部浮出海面，他们在上面看见了两个依偎在一起的身影。